KB105494

그를 아는 것은 세상의 모든 사람을 사랑하는 것이다

Lev Nikolaevich Tolstoi **톨스토이**

Лев Толстой

그를 아는 것은 세상의 모든 사람을 사랑하는 것이다

톨스토이

Lev Nikolaevich Tolstoi

주최
모스크바 국립톨스토이박물관 · 서울역사박물관
동아일보 · Rosizo · 인디북

주관
(주)시월 네트워크

후원
문화관광부 · 외교통상부 · 주한러시아대사관
주러한국대사관 서울문화재단 · 한국방송
오마이뉴스 · 교보문고 · 영풍문고 · 베텔스만
한국수출보험공사 · 네이버 · 한국마사회

협찬
(주)아이비클럽 · 한국제지 · 이뽀뽀다무스

전시 기획 · 진행
도서출판 인디북 — 손상목(전시 주최) · 안승철(전시 주최 진행)
(주)시월 네트워크 — 이채관(전시주관 책임) · 정형탁(전시 총괄팀장)
김세라(통역 및 자료 번역) · 김기창(자료 번역)
박승애(부대 행사 프로그램) · 장혜진(홍보)
허은경(교육 프로그램)

자료 제공 · 협조
서울역사박물관 — 김우림(관장) · 조영하(홍보반장)
한은희(전시운영과장) · 허대영(학예연구사)
김양균(학예연구사) — 김현주(홍보) · 한병길(교육) · 김광식(시설)
이병희(시설) · 김남석(시설)
모스크바 국립톨스토이박물관
Remizov Vitaly Borisovich (박물관장)
Bulakova Tamara Tihonovna(학술 연구 부관장)
KalininaNatalia Alexeevna (수석 보존 담당)
Nina Vasilievna Zaytseva (회화 및 조각 보존 담당)
Kritsina Natalia Livovna (보관 담당)
Sherbakova Irina Victorovna (수석 학술 연구원)
Podsvirova Lyubov Fedorovna (유물 복원 담당)
Nikiforova Tatiyana Georgievna (친필 원고 담당)
Bastrikina Valentina Stepanovna (도서 유물 담당)
Loginova Marina Georgievna (회화 유물 담당)
Polyakova Tamara Vasilievna (수석 유품 보존 담당)
Gladkikh Lyudmila Grigorievna (학술 비서관)
Shumova Berta Mihailovna (수석 연구원)
Kudinov Yuri Mihailovich (국제업무 담당)
Kozmina Mariya Alexandrovna (편집 출판 담당)
Kuznetsov Mihail Ivanovich (정보관리 담당)
Alexandrov Ivan Grigorievich (시청각 홍보 담당)
Svetan Fedor Eduardovich (수석 전문가)
주한러시아대사관
Ramishvili Teimuraz Otarovich (주한 러시아 대사)
Mironova Polina Viktorovna(주한러시아대사관 문화 담당관)
주러한국대사관
정태익(前 주러 한국 대사) · 남진수(주러 한국 대사관 문화공보관)

전시 참여업체
전시 시공 — 데카바이데카
도록 디자인 — 시월
인쇄 · 홍보물 디자인 — 팬톤
영상물 제작 및 홈페이지 제작 — New Korean Art 김영기
물류, 운송 — 동부 아트
버스 광고 — (주)애드벨
현판 및 베너 제작 — 모던 애드
연극 제작 · 진행 — 극단21
연극 장소 제공 — 로빈아트홀
아트 상품 디자인 및 제작 — Willcom
부대 행사 기획 · 진행 — URART
티켓 판매 — 인터파크

전시 협조
김려춘(모스크바 대학교수) · 박형규(고려대 교수) · 정윤수(문화평론가) · 한지영(Ivy Club) · 조재익(한국방송) · 전종진(동부아트) · Igor V. Filatov(John Nurminen)

홍보 협조
안명학(라인업 엔터테인먼트 대표이사) · 손현욱(Cine家 대표)
박태은(오이뮤직) · 박준영(크로스 커뮤니케이션스)

도록 번역
김경준 · 김윤희 · 이은희

종이 협찬 지원
최용오(한국제지 영업팀장)

인터넷 홍보 협조
김현희 · 박진영 · 김신희

집필 중인 톨스토이
일리야 레핀, 종이에 수채, 35.4X25.3cm, 1893년

인간 영혼과 세계에 대한 진리

톨스토이의 폭넓은 분야에 대한 관심과 애정은 항상 세상을 놀라게 해 왔다. 모든 사람이 소중하고 모든 사람이 선하다. 그는 바로 이 점에서 출발하여 개인의 유일성에 가해지는 폭력과 개성의 평준화에 대항하였다. 그리고 세대를 단절시키고 영혼을 파괴하며 분별 없이 실용성만을 따지는 삶의 지식에 대항했던 것이다.

우리 시대의 두드러지는 특징은 모든 사람들이 나름의 근심을 가지고 있으며, 상호 교류에도 어떤 비애가 있다는 점이다. 우리 시대에는 인간의 고독, 기술만능주의, 불신 그리고 과학과 물질에 대한 맹신이 가져오는 고통이 존재한다. 도덕적 근거가 없는 우리 시대는 자연과 신적이고 인간적인 것의 심오한 기반이 사라져 버렸다. 톨스토이는 이미 그 위험성을 예견했던 것이다.

국가적, 민족적 기반을 잃고 가족적 전통에서 단절된 인간은 개인으로 전락한다. 천재적 인간 톨스토이는 노동자 민중의 대변자로서 민중의 심리를 깊이 이해하며, 그들의 도덕적 요구를 높이 평가하였다. 민중의 문화에 감동한 그는 수많은 예술 작품들에서 민중의 업적과 고통, 전락과 위대함을 형상화하였다.

톨스토이에게 민중적인 것과 전 인류적인 것은 한 나무에서 갈라진 두 개의 가지였다. 그리고 이 나무는 모든 것을 끌어안는 사랑의 법칙을 따르는 삶을 의미한다. 작가는 이 두 요소가 만들어내는 조화 속에서 여러 국가와 세대들, 민족들이 하나가 될 수 있는 근원을 발견했던 것이다.

톨스토이가 태어나서 60여 년을 보내고 그토록 사랑했던 야스나야 폴랴나를 죽기 전 10일 동안이나 떠나 있었던 이유가 뭘까? 지금까지도 이에 대한 논쟁은 시들지 않고 있다. 해석의 실마리는 그가 작가이자 사상가로 살았다는 점에서 시작된다.

그는 젊은 시절에 세상에서 가장 부유하고 가장 위대하며 가장 행복한 사람이 되고자 했다. 그러나 그는 세상 사람들이 고통받는 동안 자신의 행복만을 찾으려 하지 않았고, 부와 명예를 버림으로써 위대한 예술가이자 '사랑의 전령사' 로 기억되었다.

죽음을 앞둔 무렵의 일기에서 그는 마지막으로 당부했다. 자신을 평범한 묘에 안장하고 기념비를 세우지 말며, 슬퍼하지 말라는 것이었다.

톨스토이는 아스타포보에서 죽어갈 때 마지막 상념을 받아 적게 하고, 현자들의 금언을 읽어줄 것을 부탁하였다. 그는 임종시에 오래된 격언 '최선을 다하고, 결과에 순응하라' 를 떠올렸다.

'최선을 다하고……' 이 말은 우리와 우리의 의지와 무관한 세계 사이의 관계를 뜻하는 심오한 금언이다. 그러나 우리는 숭고한 진리, 양심의 숭고한 판단을 지니고 있다. 우리는 이를 기억하고 있으며, 이는 우리의 영원한 가치이기도 하다. 그러나 우리는 이를 잊어 버리곤 한다. 그리고 우리가 서 있는 토대가 불타 버리고 사방으로 흩어져 버린다. 고독과 비애 속에서 영혼이 마비되어 버리곤 한다. 우리와 친근한 것들이 사라져 버리는 것이다.

'……결과에 순응하라.' 우리는 때때로 우리 자신이 환경을 제어할 수 있는 권력을 쥐고 있다고 여긴다. 톨스토이는 우리 모두가 단지 자기 자신을 지배할 수 있을 뿐이라고 확신했다. 자신을 개선하고 주위 사람을 돕고 믿음과 진리로써 대하라는 것이 바로 우리의 의지이다. 그러나 그 이외의 것은 우리 능력 밖의 일인 것이다. 하지만 바로 사람들을 위해 봉사할 때 인간의 영혼은 환경보다 강하다.

모스크바로부터 남쪽으로 450킬로미터 떨어진 아스타포보의 고요한 벌판 가운데에서 인류의 긍지이며 예언자였으며 미래 부흥의 선지자였던 한 인간의 심장이 멈추었다. 그 짧은 시기에 아스타포보는 톨스토이 영혼의 불멸의 상징이 되었다. 그때까지 이 작은 역의 이름은 거의 알려지지 않았었고 누구도 들어 보지 못한 이름이었다. 세계는 순간 고요해졌고, 며칠 동안 전쟁이 멈췄으며, 사람들은 그들이 인류의 양심이라 불렀던 세계(톨스토이)와 이별하는 장례 행렬을 뒤따랐다.

그는 주위에 모인 친지들에게 말했다. "나는 당신들이 레프 톨스토이 말고도 많은 사람들이 있음에도 불구하고, 레프 톨스토이 한 사람만을 보고 있음을 깨달아 주기 바랍니다."

일찍 부모님을 여읜 톨스토이는 어린 시절부터 슬픔을 알고 있었노라고 말할 수 있을 것이다. 그는 전쟁에 참전하여 '전쟁이 인간 이성과 인류의 본성에 대립된다는 것' 을 깨달았다. 농민 아이들을 위한 학교를 세웠고, 굶주린 사람들을 위한 식당을 만들면서, 2년간 폭염과 강추위를 겪으며 러시아의 비포장 도로를 따라 여행하였다. 또한 누구도 신이 부여한 생명을 앗아갈 권리가 없다는 생각에 사형제도를 반대하며 목소리를 높였다. 그는 조선의 오랜 문화가 붕괴되고 조선인이 박해받던 시기에 조선의 민중을 변호하기도 하였다. 그는 1890~1900년대에 이에 대한 일련의 논설문들을 썼다.

톨스토이가 죽어가면서 남긴 말 중 하나는 "……진리를…… 나는 많은 것을 사랑했다, 나는 모든 이를 사랑했다"이었다.

사랑, 즉 세계와 인류에 대한 성스러운 사랑은 그의 전 인생을 밝혀 주고 있는 것이다.

"그 빛이 어둠 속에서 비추니, 어둠이 그 빛을 이기지 못하였다." 톨스토이는 요한 복음서의 이 말을 특히 좋아했다. 그의 일기에서 이런 구절을 찾을 수 있다. "시베리아의 수도원에서 기거하다가 온 노인이 있었다. 나는 말했다. '사람들이 암흑 속에 있는 동안 어떻게 수도원에서 살 수가 있소. 빛은 쓰지 않고 내버려둬서는 안 되는 것이오.' 그러자 그가 말했다. '빛을 구하는 이가 빛을 얻을 것입니다. 그러면 중요한 것은 빛을 비추는 것이 아니라, 빛이 되는 것이지요.'"

1928년 야스나야 폴랴나의 톨스토이 무덤을 방문한 슈테판 츠바이크는 "이보다 더 시적이고, 인상적이고, 마음을 끄는 검소한 무덤은 없을 것이다. 숲 가운데에 있는 꽃이 핀 작은 언덕…… 십자가도, 비문이 새겨진 비석도, 톨스토이의 이름도 없다…… 여기에 장엄하게 고요하고, 심금을 울리는 검소한 무덤이, 단지 대답 없이 바람과 고요만이 흐르는 무덤이 숲 어디엔가 있는 것이다" 하고 말했다.

2004년 12월 10일 서울역사박물관에서 열리는 살아 있는 톨스토이전(展)의 모태가 되는 모스크바 국립톨스토이

박물관이란 어떤 곳인가?

톨스토이의 사후 그의 친척들, 친구들, 지인들 및 독자들은 톨스토이 및 그의 환경과 관련된 모든 것을 보존하고, 그가 남긴 문학적 유산을 연구하며, 그를 객관적으로 이해하기 위한 센터를 건립할 필요성을 인식하였다. 그들 가운데는 톨스토이의 아내 소피야 톨스타야와 자녀들, 러시아 작가인 V. 브류소프, I. 부닌, M. 고리키, V. 베레사예프, 화가 I. 레핀, L. 파스테르나크, V. 메쉬코프, S. 메르쿠로프, 연극계 대표인 K. 스타니슬라프스키, V. 네미로비치-단첸코, V. 카찰로프, A. 야블로츠키나, 사상적 동지인 V. 체르트코프, P. 비류코프, I. 고르부노프-포사도프, N. 구세프, V. 불가코프 등이 있었다. 이들의 행동은 박물관 건립의 시작점이 되었다.

1911년 12월 28일 모스크바의 박물관이 처음으로 관람객들을 맞이하였다. 소비에트 정권은 초기에 톨스토이 박물관에 국가적 지위를 부여하였다. 오늘날 국립톨스토이박물관은 세계의 주요 문학-기념 박물관 중 하나가 되었다. 국립톨스토이박물관은 톨스토이의 하모브니키 재택 박물관과 레프 톨스토이 아스타포보 역(驛) 기념 박물관, 그리고 프레치스텐카에 소재한 문학 박물관과 퍄트니츠카야에 소재한 분관을 포함한다.

박물관의 소장품은 세계적 문화 유산이다.

강철로 된 금고실에 수십만 페이지에 달하는 톨스토이의 친필 원고들이 보존 되어 있다. 회화, 선화 및 조각상들은 4만 5천 점 이상에 달한다. 박물관의 사진 자료는 2만 3천 점에 이르며, 7천 장 이상의 톨스토이 사진 및 사진 원판을 포함하고 있다. 또한 모스크바 하모브니키 재택 박물관은 6천 점 이상의 진품 전시물을 소장하고 있다.

오는 2011년에는 국립박물관이 100주년을 맞이하게 된다.

국립톨스토이박물관의 직원들은 날마다 보이지 않는 노력을 기울이고 있다. 박물관의 소장품들을 점검하고, 수집하고, 학술 및 비학술 서적들을 간행하고, 전시회와 박람회를 준비하고, 박물관 건물과 전시품을 복원하며, 단체 견학, 강의, 모임 등을 주선한다. 거의 100여 년에 달하는 박물관의 역사 동안 많은 것을 달성했음에도 불구하고 더 많은 것을 해야만 한다. 그것은 무엇보다도 톨스토이가 자신의 노력을 고통으로 여기지 않고, 단지 인간 영혼의 발현으로서 우리 삶에 참여하는 것으로 여겼던 것과 같은 선상에 있는 것이다.

톨스토이는 인간 영혼이 살아가야 할 방법론을 창조했다. 그러나 당시에 그것은 실제로 필요한 것이 아니었는데, 효과가 없었기 때문이 아니라 인류가 톨스토이가 염원한 숭고한 도덕적 삶을 향해 천천히 나아가기 때문이었다.

톨스토이는 진리를 탐구하면서 인간의 인식 작용의 형태를 숙고하였다. 그는 계속 동시대인들과 교류할 새로운 언어의 필요성을 느꼈다. 그의 창작 범위는 복잡한 소설과 논문에서부터 아이들을 위한 동화까지 방대하다. 국립톨스토이박물관은 톨스토이의 뒤를 이어 오늘날 다양한 연령대, 즉 4~5세의 아이들부터 백발의 노인들을 위한 문화-교육 프로그램을 진행하고 있다.

이러한 프로젝트는 물론 명백한 중요성을 가진다. 톨스토이는 천재적 철학가이자 예술가이며 종교 개혁가, 교육자, 심리학자였다. 그는 오늘날 제대로 평가받지 못한 선구적 교육법을 창조했다. 센터는 앞으로 교육자이자 사상가로서의 톨스토이의 창조적 유산에 대해 적극적으로 관심을 가질 수 있을 것이다. 그의 창조적 유산의 예술적, 철학적 요소는 세계 여러 민족들로 하여금 문화적 대립을 그만두고 서로 어우러지게 할 수 있을 것이다.

교육의 개성화는 현대 교육학의 가장 중요한 문제 중 하나이다. 바로 이 문제에 대하여 톨스토이는 진정한 학문적 돌파구를 만들었다. 모든 학년 교사들을 위한 이 프로젝트의 결과로 교육의 개성화라는, 그러한 연구되지 않은 영역에서 자신의 지식과 경험을 수행하는 것이, 가정교육과 양육과 독학을 수행하는 것이 가능하게 되었다. 프로젝트의 사회적 중요성은 오늘날 가장 큰 중요성을 가지는 민족 문화적 유산의 새로운 층위들을 인식하는 데 있다고 할 수 있을 것이다.

'살아 있는 톨스토이전(展)' 은 모스크바 국립톨스토이박물관 직원들과 우리 한국 동료들이 함께 준비하였다. 전시회를 준비하면서 우리는 톨스토이와 만나게 될 관람객들을 가장 우선적으로 고려하였다. 이 전시물들은 우리에게 가장 가치 있는 것들이라는 점은 믿어도 좋을 것이다. 우리는 수십 년간 이 소장품들을 보존해 왔다. 이 유물들이 모스크바를 떠나 서울로 가는 것은 그만큼 큰 이별이었고 우리에게 용기를 요구하는 일이었다. 그러나 우리 박물관 동료들은 사안의 중요성을 인식하였기에 이를 진행했던 것이다. 인위적으로 조성된 우리 국가들과 민족들 간의 수십 년의 침묵은 깨어져야만 한다. 그리고 톨스토이는 여기서 우리의 중재자 역할을 하고 있다. 국적과 연령 및 문화를 불문한 사람들의 형제애와 단결은 그의 가장 중요한 사상이었다.

우리는 초판본을 비롯하여 L. N. 톨스토이의 문학 작품들 중 희귀본들을 가져왔다. 또한 작가의 유품들, 100장 이상의 사진들, 원본 삽화들, 유명한 화가인 레핀, 네스테로프, 파스테르나크가 그린 톨스토이의 초상화들, 선화와 조각품들 등을 포함한다.

전시품의 핵심은 톨스토이의 가장 유명한 작품인 ?전쟁과 평화?, ?안나 카레니나?, ?부활?의 친필원고를 관람객들이 만날 수 있다는 점이다. 톨스토이의 친필원고를 전시회에서 볼 수 있다는 것은 아주 드문 기회이며 특별한 경우이기도 하다.

'살아 있는 톨스토이전(展)' 의 전시품은 관람객들로 하여금 위대한 인간의 유일무이한 영적 형상을 재현하고 함께 영적 탐구의 길을 떠날 수 있도록 할 것이다.

톨스토이의 가정적 환경은 관람객들에게 큰 관심거리를 제공할 것이다. 톨스토이 가족의 삶은 러시아 역사와 삶에서 가장 흥미 있는 페이지 중 하나이다. 톨스토이의 가족사는 그의 영적 탐구의 강렬함을 반영한다. 동시에 야스나야 폴랴나를 떠나면서 발생한 비극적 드라마가 반영되는 곳이기도 하다

톨스토이는 항상 집을 사랑했다. 그리고 동시에 그의 집은 그로 하여금 밖으로 나가지 않을 수 없게 만들었다. 이 두 요소가 뒤섞이어 그의 삶이 진행되었고, 그의 영적 탐구를 휘저어 놓았다. 자신의 가족과 집이라는 틀은 무한한 세계를 지향하던 말년의 톨스토이에게는 너무 협소한 것이 되어 버렸던 것이다. 그가 말했듯이 "사람이 사는 집은 무너질 수도, 폐허가 될 수도 있다. 하지만 고결한 사상과, 선행으로 빚어진 영혼의 안식처는 영원을 두려워하지 않으며, 그 안에 살고 있는 존재는 어떤 것으로부터도 해를 입지 않을 것이다."

톨스토이의 교류에는 환상적인 것이 있었는데, 이것은 동시대인들뿐만 아니라, 그보다 앞서 살았던 이들과의 교류였다. 독서는 그로 하여금 신과 세계, 그리고 수세기에 걸친 인간의 영혼과 대화할 수 있도록 했던 것이다. 전시회에서 동시대인과 위대한 선배들의 영적 경험에 대한 톨스토이의 깊은 관심을 확인해 볼 수 있을 것이다.

톨스토이는 젊은 시절에 카잔 대학에서의 학업을 거부하였다. 그는 삶의 경험과 학문이 일치하지 않음을 느꼈던 것이다. 그러나 이후에 그는 스스로 자신의 대학을 만들었다. 즉 독학을 하였다. 그는 여러 언어(불어, 독어, 영어, 이탈리아어, 고대 라틴어, 여러 슬라브어 등. 말년에는 일본어와 네덜란드어에도 관심을 가졌다.)로 된 다양한 분야의 수천 권의 책들을 통해 영적 탐구를 수행했던 것이다.

이러한 이해와 더불어 힘겨운 육체 노동을 하였고 수공업 작업을 하기도 하였다. 그리고 이 모든 것을 이해하기 위해 그는 땅을 경작하고, 농민을 위해 난로를 설치하고, 장화를 깁고, 인구조사에 참여하고, 굶주린 사람들을 위해 식

사를 마련하고 죄 없는 사람을 위해 탄원하며, 사형제도에 반대하고, 황제에게 호소문을 썼다.

수천 명의 사람들이 그에게 몰려들었다. 1890년대에 이미 하모브니키와 야스나야 폴랴나의 집은 메카가 되었다. 그러나 세상은 그의 호소를 흘려듣거나 아예 듣지도 않았다. 세상은 그의 소설, 그의 주인공들을 사랑했지만, 그의 사도적 호소에는 거의 관심을 기울이지 않았다.

"……나는 늘 죽음을 기다리고 있는 80세 노인으로서 내가 깨닫고 굳게 믿고 있는 모든 진리를, 무수하게 발생하는 전쟁과 재난으로부터 인류를 구원할 진리를 말하지 않는 것이 부끄럽고 죄스럽게 느껴집니다." 이와 같은 말로 톨스토이는 1909년 스톡홀름에서 열린 국제 평화 회의를 위해 준비한 자신의 선언문을 마쳤다.

알려진 바대로 그는 가정적 문제로 국제평화회의에 참가할 수 없었다. 톨스토이를 초대한 포럼의 진행자들은 ?전쟁과 평화?를 쓴 작가의 사상이 공표할 만큼 중요한 것은 아니라고 판단하였다. 그들은 그 논문을 시기상 맞지 않은 순진한 것으로 생각했으며, 인정은 받았으되 노벨상을 거부당했던 작가의 기이한 행동으로 여겼다. 사람들은 톨스토이의 경고를 귀담아듣지 않았다. 4년 후 1차 세계대전이 발발했다. 20세기에는 유혈사태가 벌어졌고, 이는 오늘날까지도 계속되고 있다.

오늘날 우리의 문을 두드리는 톨스토이에 대해, 우리에게 논설 〈자성하라!〉로 호소하는 톨스토이에 대해, 자신의 작품을 통해 우리에게 '인간 영혼과 세계의 진리'를 제시하는 톨스토이에 대해, 임종시에도 자신의 마지막 저서 ?인생의 길?을 떠올린 톨스토이에 대해 '살아 있는 톨스토이전(展)'이 이야기하고자 하는 것이다. 그는 우리 곁을 떠나지 않았으며, 우리와 함께하고 있다. 그는 우리의 양심을 뒤흔든다. 그는 그가 임종 무렵에 말했던 "최선을 다하고, 결과에 순응하라"는 격언으로 우리에게 호소하고 있는 것이다.

비탈리 레미조프

국립톨스토이박물관 관장,

국제박물관협회 산하 러시아위원회 회장, 교수.

Три поры.

Часть 1я 1812й годъ

Глава 1я Генералъ-аншефъ.

『전쟁과 평화』 친필원고

1863년 21.9X34.2cm, 제13권, 77~78쪽

인사말

2004년 겨울, 저희 서울역사박물관에서는 〈톨스토이전〉을 소개하게 되었습니다. 겨울이라는 계절과 동토의 나라, 러시아의 대문호 톨스토이는 더없이 조화로운 만남이 아닌가 합니다. 사실 지금까지 동구의 유명한 작가 관련전시는 그간의 잦은 문화적 교류를 생각한다면 그리 많지 않았던 게 사실입니다.

그런 의미에서 이번 〈톨스토이전〉은 문학가로서만이 아닌 인간으로서 생전의 톨스토이가 가졌던 사상 . 교육관 . 철학, 그리고 동양 사상에 대한 관심 같은 그의 총체적인 면모를 유품 . 사진 . 삽화 . 책 . 육성테이프 등을 통해 공감각적으로 보여주는 전시입니다. 21세기 들어서서 인류는 이념의 붕괴에 따른 신자유주의의 무한경쟁이라는 삭막한 현실을 경험하고 있습니다. 또한 지금도 세계 각지에서는 종교, 민족, 신념의 차이로 인한 갈등과 소요가 끊이지 않고 있습니다. 이러한 복잡하고 삭막한 시대를 살아가는 우리들이 인류의 사랑과 평화를 기원하였던 톨스토이의 사상과 철학을 통해 작은 위안과 감동을 느낄 수 있는 기회를 만나게 된 것은 큰 행운이라고 하겠습니다.

전시는 톨스토이를 문학자 이외에 교육가 . 사회사상가 . 예술가 등 다각적인 측면에서 조명할 수 있는 유물들로 구성되어 있습니다. 그중에서도 우리에게 익숙한 소설 바보 이반, 참회록의 육필원고와 안톤 체호프의 "귀여운 여인"에 붙여준 후기 원고, 투르게네프 같은 자국의 문학가뿐만 아니라, 일본, 중국, 인도 등 아시아 국가의 명사들과 주고받은 편지글들이 첫눈에 들어오며, 그가 동양사상에도 깊이 심취했음을 보여주는 공자, 맹자, 노자, 싯다르타, 크리슈나 관련 육필원고들이 한층 흥미를 자아냅니다. 한편 사랑의 실천가로서, 톨스토이학교 창시자로서의 면모를 살필 수 있는 전시부분은 그가 다양한 분야에서 남긴 업적을 체험하는 기회를 제공합니다. 특히 러시아 대안학교의 모델이라고 하는 톨스토이학교 프로그램은 톨스토이의 교육관을 체험하는 소중한 행사가 될 것입니다.

전시와 동시에 열리는 부대행사로는 러시아 영화제와 연극제, 세계에서 가장 큰 책 만들기, 사랑의 트리 만들기 등이 있어서 다채롭고 재미있는 프로그램을 통해 자칫 지루해지기 쉬운 전시에 활력을 주었습니다.

현대 전시는 여러 가지 매체를 이용한 시각적 감성을 우위에 두면서, 관련 문화행사를 복합적으로 구성한 다양한 콘텐츠를 관람객에게 제공하는 방식으로 진행되고 있습니다. 이번 전시도 마찬가지로 시각적인 감동 이외에도 톨스토이라는 문화적 콘텐츠를 다양하게 보여주는 전시라고 하겠습니다. 세계 최초로 공개되는 그의 친필원고가 빛을 발할 수 있는 것도 이러한 러시아의 문화행사와 어우러지기 때문이 아닌가 합니다.

아무쪼록 이번 〈톨스토이전〉이 한 인간이 살았던 다양한 면모뿐만 아니라 러시아의 문화적 아우라 속에 흠뻑 젖어보는 뜻깊은 전시가 되길 바랍니다.

김우림 서울 역사박물관장

톨스토이

초판 1쇄 인쇄 | 2004. 12. 2
초판 1쇄 발행 | 2004. 12. 10

펴낸이 | 손상목
마케팅 | 최영태 박현수 정현철
관 리 | 김봉환 길은자
디자인 | 시월
펴낸곳 | 도서출판 인디북

등록일자 | 2000. 6. 22
등록번호 | 제 10-1993호
주소 | 서울시 마포구 현석동 105-56 3층
전화 | 02)3273-6895 팩스 02)3273-6897
홈페이지 | www.indebook.com
ISBN 89-5856-056-8 03890

톨스토이 — 차례

위대한 한 인간이자 예술가인 레프 니콜라예비치 톨스토이의 삶과 작품을 보여 주는 문서, 사진, 자필서가 다량 수록된 책자를 독자들에게 처음으로 선보이게 되었다.

레프 니콜라예비치 톨스토이는 그가 살아 있을 때부터 전 세계적으로 명성을 떨쳤으며, 권위자로서 인정을 받았다. 그는 작가로서의 탁월한 재능을 발휘하여 수많은 책을 집필하였다.

1930년대 한 네덜란드 작가는 이렇게 말하였다. "톨스토이의 작품 『전쟁과 평화』가 없었더라면, 신조차도 소설을 쓰지 못하셨을 것이다."

톨스토이의 불굴의 의지와 근면함은 천재적인 그의 재능과 환상의 조화를 이루었다. 이러한 그의 면모는 본 책자에 실린 자필본과 교정본을 통해 확인할 수 있다. 1900년 A. P. 체호프는 이렇게 썼다. "톨스토이는 모든 이를 대변한다. 톨스토이의 작품은 사람들이 문학에 거는 기대와 희망을 모두 충족시켜 준다." 하지만 톨스토이는 문학보다 삶을 더욱 중요하게 여겼다. 끊임없는 정신적 탐구, 인간의 도덕관에 대한 심사숙고, 정의로운 사회구조에 대한 열망, 굶주리는 자들에 대한 실질적인 도움, 학교설립과 민중을 위한 책 발행을 통한 민중계몽과 교육, 이 모든 것이 톨스토이가 일하거나 근심하는 이유였다. 때로는 보다 실질적인 일을 하기 위하여 창작을 잠시 접기도 할 정도였다. 하지만 이러한 창작의 휴지부 역시 더 높이 비상하기 위한 휴식이 되었다.

레프 니콜라예비치 톨스토이의 인생은 풍요로우면서도 복잡하였으며, 여러 번의 위기와 변화를 겪었다. 이 모든 것을 본 책자를 통해 만나 볼 수 있다. 더불어 톨스토이의 인생과 작품을 통해 러시아의 운명에 대해서 깊이 생각해 볼 수 있다. 본 책자는 톨스토이를 사랑하는 이들과 그에 대해 더 많은 것을 알고자 하는 이들에게 매우 흥미롭게 다가갈 것이다.

L. 오풀리스카야 (러시아 플라네타 출판사의 편집인)

볼콘스키와 톨스토이 가문의 전통

레프 니콜라예비치 톨스토이는 먼 선조부터 가까운 선조에 이르기까지 자신의 모든 선조들을 항상 자랑스럽게 여겼다. 톨스토이는 유년시절부터 지나간 세대와의 자연스러운 관계와 어느 정도 제한적인 관계에 대한 생각을 하며 자랐다. 성장환경도 이에 영향을 미쳤다. 그가 자란 야스나야 폴랴나 저택에는 선조와 친척들의 초상화가 걸려 있었고, 할아버지의 흔적이 남겨져 있었으며, 가문의 전설이 전해져 내려오고 있었던 것이다.

러시아 역사와 문화 속에 이름을 남긴 톨스토이 가문 위인들의 삶과 도덕적이고 지적인 경험들이 톨스토이의 천재성을 낳았다. 그리고 이는 톨스토이의 이성, 감정 그리고 신앙심을 성장시켰다.

톨스토이, 볼콘스키, 르티쉐프, 고르차코프, 차다예프, 네플류예프, 트루베츠키, 골리친, 골로빈, 오도에프스키, 메쉐르스키, 라주모프스키, 우샤코프 가문이 레프 톨스토이 가문의 족보에 실려 있다. 푸슈킨 가문도 톨스토이 가문의 먼 친척이다.

톨스토이의 선조 중에는 궁 내관, 궁정 고관 그리고 군사령관도 있었다. 알렉세이 미하일로비치 황제의 스웨덴 전쟁에 참전한 선조들도 있었으며, 골리친 공작의 크림원정, 표트르 1세의 아조프 원정, 7년 전쟁, 예카테리나 2세의 전쟁, 1812년 조국전쟁에 참전한 선조들도 있었다. 프랑스 오스만 제국 때의 러시아 대사와 같이 외교관으로 활동한 사람들, 예카테리나 법전 위원회 활동에 참여한 법조인, 러시아 중부의 크지 않은 도시에서 귀족단장을 역임한 사람들도 있었다.

톨스토이 가문에서는 18세기 표트르 안드레예비치 톨스토이가 처음으로 백작 칭호를 받았다. 그의 인생은 매우 극적이었다. 표트르 안드레예비치 톨스토이는 영지를 소유하지 못하고 있었으며, 소피야 공주와 후에 표르트 1세 황제가 될 그녀의 남동생의 싸움에서 소피야 공주의 편에 서 있었다. 그러나 친위병 반란 이후 표트르 안드레예비치 톨스토이는 승리자들의 편으로 옮겨가게 되었으며, 우스튜그 벨리키 도시의 군사령관으로서 작은 임무를 맡게 되었다. 이후 표트르 안드레예비치 톨스토이는 북방여행을 하던 중 이 도시에 들른 표트르 1세의 마음에 들게 되었다. 그는 곧 소위보가 되었고, 이어 세묘노프스키 친위병 부대의 대위가 되었으며, 해군기술 연마를 위해 이탈리아로 파견되었다. 이탈리아로 가는 길에 표트르 안드레예비치 톨스토이는 〈여행기〉를 썼다. 그 기록에는 그의 강한 지식욕과 자신감 그리고 기자로서의 능력이 잘 나타나 있다. 필요한 지식과 이탈리아어를 익히고, 이탈리아의 여러 도시를 방문한 후 그는 다시 러시아로 돌아왔다.

낯선 나라에서 다양한 사람들과의 친화력과 언어감각 그리고 재치를 알아본 표트르 1세는 그를 외무성에 임명하였다. 그래서 표트르 안드레예비치 톨스토이는 오스만제국의 초대 대사가 되었다. 그는 술탄과 술탄의 보좌관들, 국가예산, 육군과 해군 그리고 무역에 대한 정보를 수집하였다. 1년 후 표트르 안드레예비치 톨스토이는 〈터키민족의 현 상황에 대한 보고서〉를 이스탄불에서 러시아로 보냈다. 보고서에서도 그의 뛰어난 상황 분석력을 엿볼 수 있었다. 표트르 안드레예비치 톨스토이는 엄청난 에너지와 인내심, 융통성을 발휘하였으며, 자신의 동맹자를 쉽게 찾아내고 술탄왕조의 끊임없는 변화 속에서도 슬기롭게 대처하였다. 그는 10년 넘게 대사직을 역임하였으며 항상 평화를 유지하였다. 하지만 오스만제국과 러시아의 전쟁이 발발하자 터키인들은 7첨탑성에 표트르 안드레예비치 톨스토이를 가두었으며, 여기서 그는 2년이라는 세월을 보내야 했다.

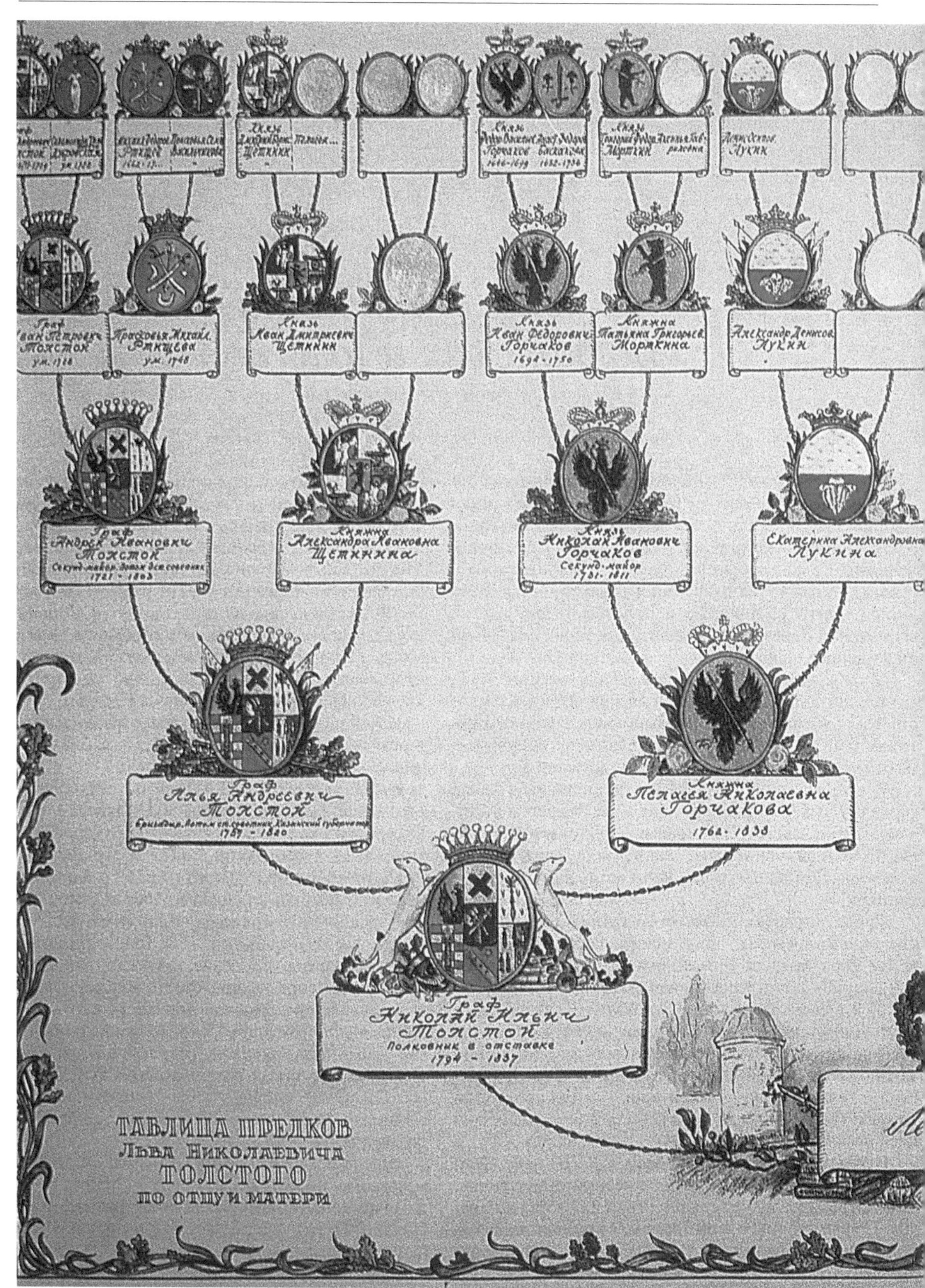

레프 니콜라예비치 톨스토이의 가계도

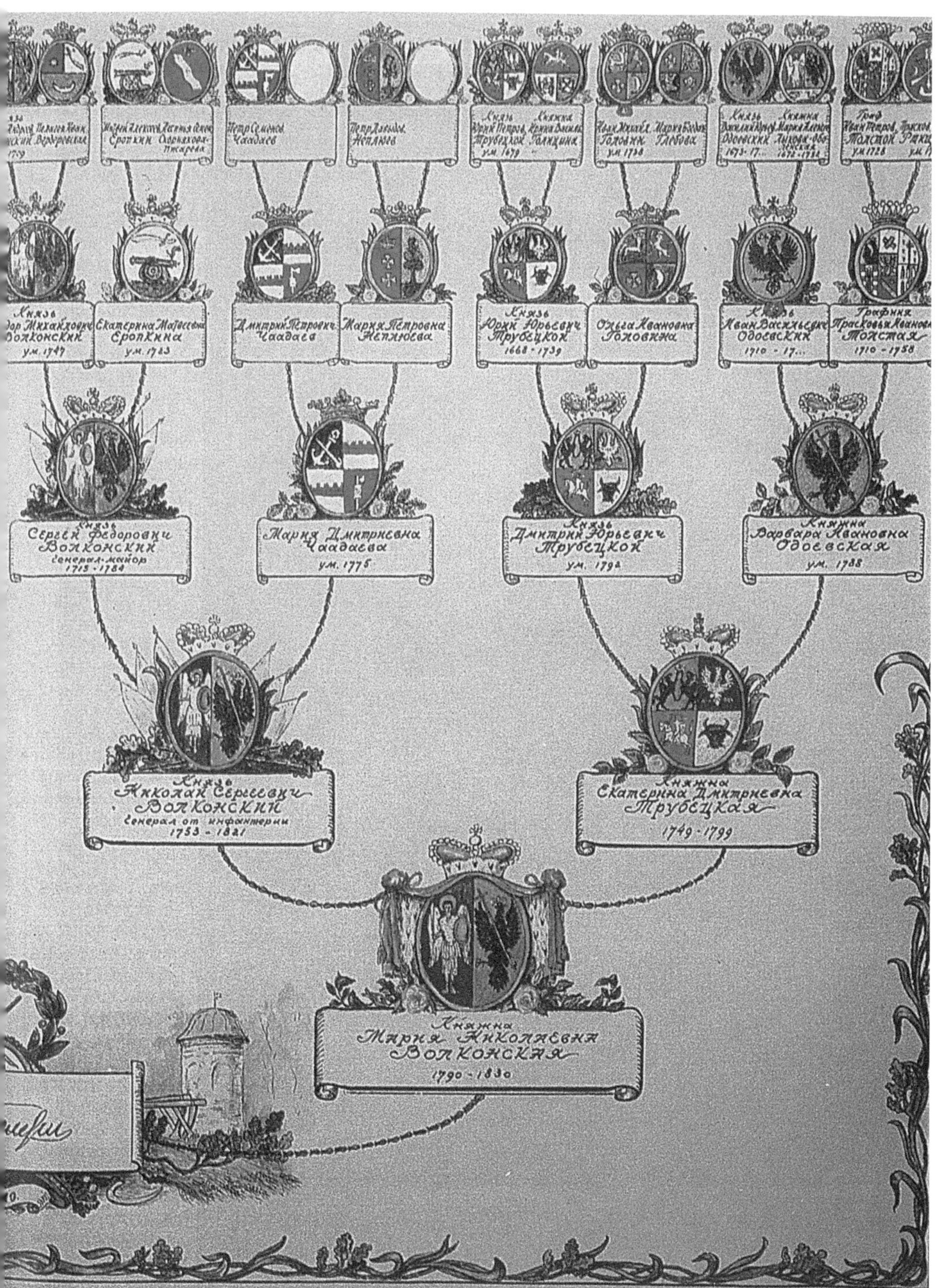
Екатерина Матвеевна Еропкина
ум. 1763
Дмитрий Петрович Чаадаев
Мария Петровна Неплюева
Князь Юрий Юрьевич Трубецкой
1668 - 1739
Ольга Ивановна Головкина
Графиня Прасковья Ивановна Толстая
1710 - 1758
Князь Сергей Федорович Волконский
Генерал-майор
1715 - 1784
Мария Дмитриевна Чаадаева
ум. 1775
Князь Дмитрий Юрьевич Трубецкой
ум. 1792
Княжна Варвара Ивановна Одоевская
ум. 1788
Князь Николай Сергеевич Волконский
Генерал от инфантерии
1753 - 1821
Княжна Екатерина Дмитриевна Трубецкая
1749 - 1799
Княжна Мария Николаевна Волконская
1790 - 1830

표트르 안드레예비치 톨스토이(1645~1729).

이스탄불에서 고국으로 돌아온 그는 스웨덴과의 분쟁을 해결하기 위하여 파리와 암스테르담에서 열린 외교관 회의에 참석하였다. 이후 표트르 안드레예비치 톨스토이는 오스트리아 정부의 은신처에 있던 표트르 1세의 아들 알렉세이를 고국으로 돌려보내는 임무를 맡았다. 그는 설득과 위협, 협박과 속임수를 동원하여 마침내 이 임무를 완수해 냈다. 왕자의 사건을 심리하기 위하여 페테르부르크에 비밀심리관청이 세워졌다. 이 비밀심리관청의 청장으로 표트르 안드레예비치 톨스토이가 임명되었다. 이후 그는 비밀고문, 상업자문기관대표, 상원 자리에 올랐으며, 안드레이 페르보즈반느이 훈장을 받고 세습영지와 백작 칭호를 얻게 되었다.

표트르 1세 사망 2년 후 레프 니콜라예비치 톨스토이의 현조부, 즉 표트르 안드레예비치 톨스토이의 운명은 뒤바뀌어 버렸다. 그는 관직, 칭호, 세습영지 모두를 잃고 외아들과 함께 솔로베츠키 수도원에 감금되어 결국 2년 후 생을 마감하였다.

톨스토이 가문에서 표트르 안드레예비치 톨스토이처럼 황제와 가까이 지냈던 사람도, 또 그렇게 빨리 모든 것을 잃은 사람은 없었다. 표트르 안드레예비치 톨스토이의 불운한 운명이 후손들의 기억에 남아 그들의 정신과 행동에 영향을 미쳤기 때문일 것이다.

표트르 안드레예비치 톨스토이의 아들인 이반 페트로비치는 솔로베츠키 수도원에서 자신의 아버지보다도 먼저 세상을 떠났다. 하지만 그에게는 다섯 명의 아들이 있었기에 톨스토이 가문은 대를 이어갈 수 있었다. 엘리자베타 페트로브나 시대에 안드레이 페트로비치는 칭호와 약간의 영지를 다시 돌려받았다. 레프 니콜라예비치 톨스토이의 조부인 일리야 안드레예비치는 해군유년학교에서 수학하였으며 해군소위 후보생이었다. 그는 친위대 근위병이 되면서 프레오브라젠스키 부대에서 근무하였다. 그리고 1793년 준장으로 퇴역하였다.

그는 온화함, 유쾌함, 관대함을 고루 갖춘 사람이었으며 다른 사람들을 쉽게 믿는 사람이었다. 그의 선량함을 이용해 돈을 빌리고는 갚지 않는 이들도 많았다. 일리야 안드레예비치는 카드와 투기를 즐기기도 했으며, 아내에게 밤새 이야기를 들려 줄 장님 이야기꾼을 살 정도로 아내를 몹시 사랑했다. 항상 사람소리가 끊이지 않던 그의 집안 분위기는 밝았으며, 성대한 무도회와 연회가 열렸다. 이런 연회에는 아스트라한에서 들여 온 철갑상어요리와 프랑스 포도주가 준비되었으며, 포도주는 보헤미안 크리스탈 잔에 마셨다. 뿐만 아니라 트럼프와 휘스트를 즐겼다. 그들은 이불을 네덜란드까지 보내 세탁할 정도였다.

일리야 안드레예비치의 아내는 펠라게야 니콜라예브나였다. 그녀의 처녀시절 이름은 고르차코바였다. 그녀는 교육을 많이 받지 못했으며, 천박하고 변덕스러운 여자였다. 하지만 유년시절엔 아버지의 사랑을, 결혼 후에는 남편의 사랑을 받으며 살았다.

일리야 안드레예비치에게는 세 명의 자녀가 있었다. 레프 니콜라예비치 톨스토이의 아버지인 아들 니콜라이와 딸들인 알렉산드라, 펠라게야가 있었다. 집에서는 두 딸을 각각 알리나와 폴리나라고 불렀다. 그들의 집에는 일찍이 부모를 여읜 먼 친척 타치야나 에르골스카야가 함께 살았다.

품위 있는 알리나는 사교계에서 큰 관심을 끌었다. 그녀의 아름다운 푸른 눈과 멋진 하프 연주는 많은 사람들을 매혹시켰다. 그런 그녀는 한창 어린 나이에 오스텐 사켄 백작에게 시집가게 되었다. 오스텐 사켄 부부는 오스트제이스키 영지에서 얼마 살지 못하였다. 남편의 병이 악화되어 정신병동에 입원해야 했기 때문이다. 큰 슬픔을 겪은 알리나는 결국 가족의 품으로 돌아왔다.

1812년 톨스토이 가문은 엄청난 변화를 겪게 되었다. 17살이던 아들 니콜라이는 전쟁터로 나가고, 프랑스군의 모스크바 입성 전날 가족은 모든 것을 버리고 모스크바에서 페테르부르크로 떠나야만 했다.

젊은 나이의 니콜라이 일리치 톨스토이는 러시아군의 해외원정에 참전하였다. 파발꾼이던 그는 부대로 복귀하던 중 포로로 붙잡혔다가 러시아군의 파리 입성 후 풀려나기도 하였다. 니콜라이 일리치의 용감함이 근위기병대에 알려지자 그는 나비모양의 리본장식이 있는 4급 성 블라디미르 훈장을 받게 되었다.

승전하여 돌아온 아들과 러시아군을 맞이하는 톨스토이 가족은 뛸 듯이 기뻤다. 하지만 이 기쁨도 잠시, 모스크바의 화재와 그 뒤의 생활로 톨스토이 가족은 다시 우울한 날을 보내야 했다. 일리야 안드레예비치는 유리한 입지를 차지해야만 했다. 이는 그가 쌓아온 대인관계 덕분에 어렵지 않은 일이었다. 그는 곧 카잔의 주지사가 되었다. 이사 후 가족의 생활은 조금 안정되었다. 조국

톨스토이가(家)의 백작문장
무명화가. 청동. 19세기 초

일리야 안드레예비치 톨스토이 백작(1757~1820).
레프 니콜라예비치 톨스토이의 친할아버지. 무명화가. 19세기 초.

볼콘스키가의 공작문장.
무명화가. 수채화. 1890년대(?).

니콜라이 세르게예비치 볼콘스키 공작(1753~1821).
레프 니콜라예비치 톨스토이의 외할아버지. 화가 F. S. 로코토프. 1780년대.

전쟁에 참전했던 카잔의 지주 V. I. 유슈코프가 톨스토이 집안의 딸 폴리나의 약혼자로 나서기도 했다.

몇 년 후 카잔에 자리잡은 톨스토이 가족의 생활은 다시 망가졌다. 권력남용을 일삼던 관리들이 일리야 안드레예비치의 온화함과 남을 잘 믿는 성품을 악용했던 것이다. 결국 상원위원회에서 사건을 심리하게 되었으며, 일리야 안드레예비치는 해고되고 최종결정이 있을 때까지 아무 데도 갈 수 없게 되어 버렸다. 얼마 지나지 않아 그는 자신의 치욕을 씻지 못하고 세상을 떠났다.

아버지의 사망 이후 니콜라이 일리치 톨스토이는 어려운 상황에 처했다. 아버지의 유산은 채무를 갚는 데 다 써버려야 했다. 게다가 호화스러운 생활에 익숙한 어머니와 동생들인 알리나와 타치야나 에르골스카야를 책임져야만 했다. 그들은 비싸지 않은 집을 얻어 모스크바로 이사하였다. 중령으로 퇴역한 후 2년이 지난 1821년 니콜라이 일리치는 군대의 고아부대 감독보좌관이 되었다.

그의 근무지는 데카브리스트들이 많이 속해 있던 주변 사람들의 신념과 관심에 부합하는 곳이었다. 그들은 군인들의 자녀 교육이야말로 아주 중요한 일이라고 여겼기 때문이다. 니콜라이 일리치 톨스토이는 비밀단체 회원은 아니었지만 그들의 생각에 공감하고 있었다. 그들은 같은 세대를 사는 한 배를 탄 사람들이었던 것이다. 니콜라이 일리치 톨스토이는 관직이나 지위보다 품위와 자유를 더 중요시 여겼다. "알렉산드르 1세 때와 13, 14, 15년의 원정에 얼마나 많은 사람들이 동원되었는가? 그는 자유주의자는 아니었지만 알렉산드르 1세 통치하에서도, 니콜라이 통치하에서도 그가 일할 곳은 없다고 여겼다" 라고 레프 니콜라예비치 톨스토이는 몇 년 후 자신의 아버지를 평가하였다.

레프 니콜라예비치 톨스토이의 외가인 볼콘스키 공작 집안은 칭호를 얻으려고 애쓰지 않았다. 그들은 이미 류릭 성 미하일과 체르니고프스키 집안의 자손이었기 때문이다. 성 미하일이 손에 계통수를

들고 있는 그림은 야스나야 폴랴나에 오랫동안 걸려 있었다. 14세기 볼콘스키 집안의 이반 유리예비치가 볼콘스키 영지를 받았다. 이 영지는 칼루지스키 현과 툴스키 현을 따라 흐르던 볼콘카 강의 이름을 딴 것이다. 그렇게 하여 '볼콘스키' 라는 성이 생겨났으며, 가문의 역사에 비교하면 이 성의 역사는 짧은 것이었다.

볼콘스키 백작 1세의 아들은 마마예프 격전에서 전사하였다. 레프 니콜라예비치 톨스토이의 증조부인 세르게이 표도로비치 볼콘스키는 7년 전쟁에 참전하였다. 어느 날 그는 아내가 보낸 성상화와 뭔가 암시하는 꿈을 꾸었으니 성상화를 항상 몸에 지니라고 부탁하는 편지를 받았다. 세르게이 표도로비치 볼콘스키는 아내의 부탁대로 성상화를 항상 몸에 지니고 다녔다. 바로 이 날 격전을 벌이던 그를 향해 날아온 총탄은 이 성상화에 맞았고, 이 덕분에 그는 목숨을 건질 수 있었다. 이 전설적인 일화는 후에 레프 니콜라예비치 톨스토이에게도 전해졌다.

육군소장으로 퇴역한 세르게이 표도로비치 볼콘스키는 툴라에서 멀지 않은 곳에 있는 야스나야 폴랴나 영지를 사들였다. 그리고 후에 이 영지를 아들 니콜라이 세르게예비치에게 물려 주었다.

니콜라이 세르게예비치 볼콘스키는 터키원정과 오차코프 체포를 위해 뛰었다. 예카테리나 2세는 그의 명석함과 경험을 신뢰하며 그를 높이 인정해 주었다. 니콜라이 세르게예비치는 예카테리나 2세의 타브리다(크림반도의 옛 지명) 여행과 오스트리아의 대공 요시프 2세와의 접견시 예카테리나 2세를 수행하였다. 그는 왕위를 계승할 왕자의 결혼식 때 특별대사로서 베를린에 파견되기도 하였다.

니콜라이 세르게예비치 볼콘스키는 파촘킨의 정부와 결혼하라는 제안을 받았으나 거절하였다. 그는 자신의 지인들에 속해 있던 트루베츠카야와 결혼하였다. 그들 사이에서 딸 마리야가 태어났다. 마

4장짜리 탁상용 병풍
톨스토이가의 선조와 친척들의 미니 초상화. 1879~1880년 톨스토이 가의 교사 V. I. 알렉세예프의 작품. 병풍의 초상화 순서는 레프 니콜라예비치 톨스토이가 지정함.

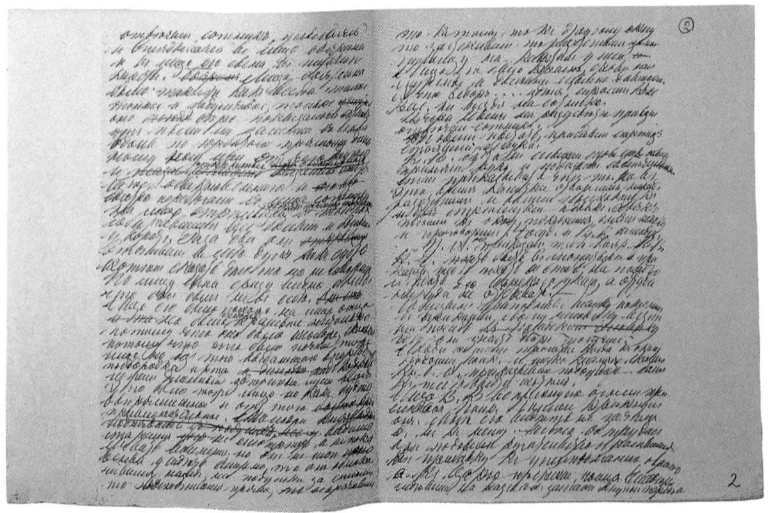

표트르 1세 시대 미완성 소설의 초본
레프 니콜라예비치 톨스토이의 자필본.
1870~1873년.

리야가 2살 되던 해 예카테리나 드미트리예브나가 별세하였다. 하지만 니콜라이 세르게예비치 볼콘스키는 재혼하지 않았다.

니콜라이 세르게예비치 볼콘스키가 권력을 쥐고 있던 파촘킨의 정부와 결혼하라는 제안을 거절한 것이 그의 출세를 막았다. 그는 더 이상 출세하지 못하고, 높은 지위도 잃었다. 파벨 1세 시대에 볼콘스키는 미움을 받았으나, 후에 아르항겔스크의 군 주지사가 되었다. 하지만 황제가 그에게 보낸 편지가 불손하다고 여긴 니콜라이 세르게예비치 볼콘스키는 주지사를 그만 두었다.

볼콘스키는 딸과 함께 야스나야 폴랴나로 이사하여 저택을 꾸미고 건물을 지었다. 야스나야 폴랴나 저택에는 입구 가로수길이 생기고, 큰 집이 지어지기 시작했으며, 두 개의 연못이 있던 영국식 공원을 없앴다. 입구에는 두 개의 작은 탑이 세워지고 그 사이에는 철문이 만들어졌다. 오래 전부터 있던 보리수길 '클리느이'는 새로운 공원 조성 때도 남겨 두었다.

당시 니콜라이 세르게예비치가 지은 건물은 지금도 남아 있다. 레프 니콜라예비치 톨스토이는 자신의 〈회고록〉에 이렇게 썼다. "그는 미적 감각이 있는 사람이었던 것 같다. 그가 지은 건물들은 튼튼하고 편리할 뿐만 아니라, 아주 우아하다. 집 앞에 조성되었던 공원도 그러했다."

니콜라이 세르게예비치 볼콘스키는 부지런한 주인으로 농민들이 풍족하게 살 수 있도록 배려하였다. 지방경찰서장이나 군경찰서장은 대장급무관을 두려워하여 농민들을 학대하지 못하였다. 축제 때마다 마을에는 원무나 그네타기 등 다양한 놀이들이 펼쳐졌다.

니콜라이 세르게예비치 볼콘스키는 교육을 잘 받은 사람으로서 프랑스 문학을 잘 알고 음악과 극장을 좋아했다. 그는 하루도 빠짐없이 책을 읽고, 읽은 책에 대해 깊이 생각해 보곤 하였다. 특히 그는 프랑스와 독일의 여행기를 좋아했다. 야스나야 폴랴나에는 니콜라이 세르게예비치 볼콘스키와 그의 딸을 위한 지역 오케스트라도 있었다. 그래서 아침마다 음악을 들으며 산책을 하곤 했다. 그리고 모스크바나 페테르부르크에 들를 때면 부녀는 극장에 잊지 않고 다녔다. 그 덕분에 코르넬리의 〈메데이아〉 비극의 유명한 여배우 조르쥐를 만날 수 있었으며, 보마르쉐의 〈피가로의 결혼〉을 볼 수 있었다. 니콜라이 세르게예비치 볼콘스키는 자연과학과 기술 진보에 특히 관심이 많았다. 그들이 페테르부르크에 갔을 때, 니콜라이 세르게예비치 볼콘스키는 마리야 니콜라예브나를 데리고 전시장에 들러 도자기 공장과 유리공장 그리고 증기기관이 있던 베르토바 공장을 보여 주었다. 니콜라이 세르게예비치 볼콘스키는 항상 교육학을 연구하며 딸의 교육에 열성을 다하였다.

니콜라이 세르게예비치 볼콘스키는 당시 지주들의 취미와는 다른 것들을 즐겼다. 그는 사냥을 좋아하지도 않고, 개를 키우지도 않았다. 대신 그는 그 지역에 자라지 않는 꽃과 식물을 좋아해서 온실을 꾸미기도 하였으며, 그 온실에는 언제나 아름다운 꽃

I. A. 톨스토이 가족과 레프 니콜라예비치 톨스토이의 할아버지의 초상화가 있는 여행용 보석함.
대대로 물려받아 레프 니콜라예비치 톨스토이의 어머니인 마리야 니콜라예브나가 소장하고 있었다.
· V. I. 유쉬코프–폴리나 톨스타야의 남편.
· I. A. 톨스토이 백작.
· 알리나와 폴리나–레프 니콜라예비치 톨스토이의 숙모들.
· P. N. 톨스타야 백작부인– 레프 니콜라예비치 톨스토이의 할머니.
· N. I. 톨스토이 – 레프 니콜라예비치 톨스토이의 아버지.

들이 만발해 있었다. 그래서 야스나야 폴랴나에 주변 지주들이 모이는 일을 없앴으며, 니콜라이 세르게예비치 볼콘스키는 고독하게 지냈다.

니콜라이 세르게예비치 볼콘스키는 볼테르의 사상에 공감하였다. 그 역시 교회의 권위보다 이성을 중요시 여기는 사람이었다. 동시에 그는 책으로 쓰인 학문보다 사람들의 타고난 능력을 더 높이 평가하였다. 현명하고 자신감과 재능이 있던 니콜라이 세르게예비치 볼콘스키의 사실과 상황을 자유로이 대조하는 능력과 자주적인 판단력 그리고 독립적인 삶의 자세는 특별한 것이었다. 젊은 시절 레프 니콜라예비치 톨스토이는 할아버지를 닮고 싶어했다.

점차 성장해 가면서 레프 니콜라예비치 톨스토이는 선조들로부터 얼마나 큰 은혜를 입었는지 깊이 깨닫게 되었다. 그는 집 안 곳곳에 있는 선조들의 작은 초상화 보는 것을 좋아했다. 선조들의 초상화에는 지난 과거가 아로새겨져 있었으며, 이러한 과거에 대해 레프 니콜라예비치 톨스토이는 자주 생각에 잠기곤 했다. 레프 니콜라예비치 톨스토이는 몇몇 초상화를 탁상용 병풍으로 제작해 주길 부탁하였으며, 이후에도 자신의 서재에 이 병풍을 두고 항상 보물처럼 아꼈다.

레프 니콜라예비치 톨스토이는 자신의 아버지, 조부들, 증조부들을 떠올리는 것은 매우 즐거운 일이라고 기록하였다. 작품의 비밀을 파헤쳐 들어갈 필요는 없으나, 필시 선조들의 운명과 성격, 그들이 겪은 삶의 순간들은 레프 니콜라예비치 톨스토이에게 창작의 힘을 불어넣고 상상의 날개를 펼칠 수 있게 해 주었을 것이다. 『전쟁과 평화』에 등장하는 나이 든 볼콘스키 공작이 니콜라이 세르게예비치 볼콘스키를 닮았고, 로스토프 백작이 일리야 안드레예비치 톨스토이를 닮은 것이 그 증거이다. 레프 니콜라예비치 톨스토이가 쓴 작품의 몇몇 장면들은 작가가 유년시절 들었을 가문의 전설을 떠올리게 한다.

레프 니콜라예비치 톨스토이의 선조들은 독특하고 분명한 성격의 사람들이었다. 바로 이런 선조들로부터 풍요로운 정신세계를 물려받은 것이다.

난 매우 행복한 귀족이다. 나와 아버지 그리고 조부 그 누구도 부족함 혹은 양심과 부족함 사이의 갈등을 모르고 살았으며, 다른 사람을 부러워하거나 다른 이에게 간청하지도 않았다. 우리는 돈과 지위를 얻으려고 교육을 받은 것이 아니었다…….

블라디미르 4세의 나비모양 훈장.
1813년 레이프치그 전투에서의 공훈에 대한 훈장. 최초 공개.

니콜라이 일리치 톨스토이 (1794~1837).
레프 니콜라예비치 톨스토이의 아버지. 화가 A. 몰리나리. 수채화. 1815년.

1813년 10월 19일 레이프치그 전투 후 프랑스군의 퇴각. J. F. J. 스베바흐의 원작을 피죠가 판화로 제작. 1814년.

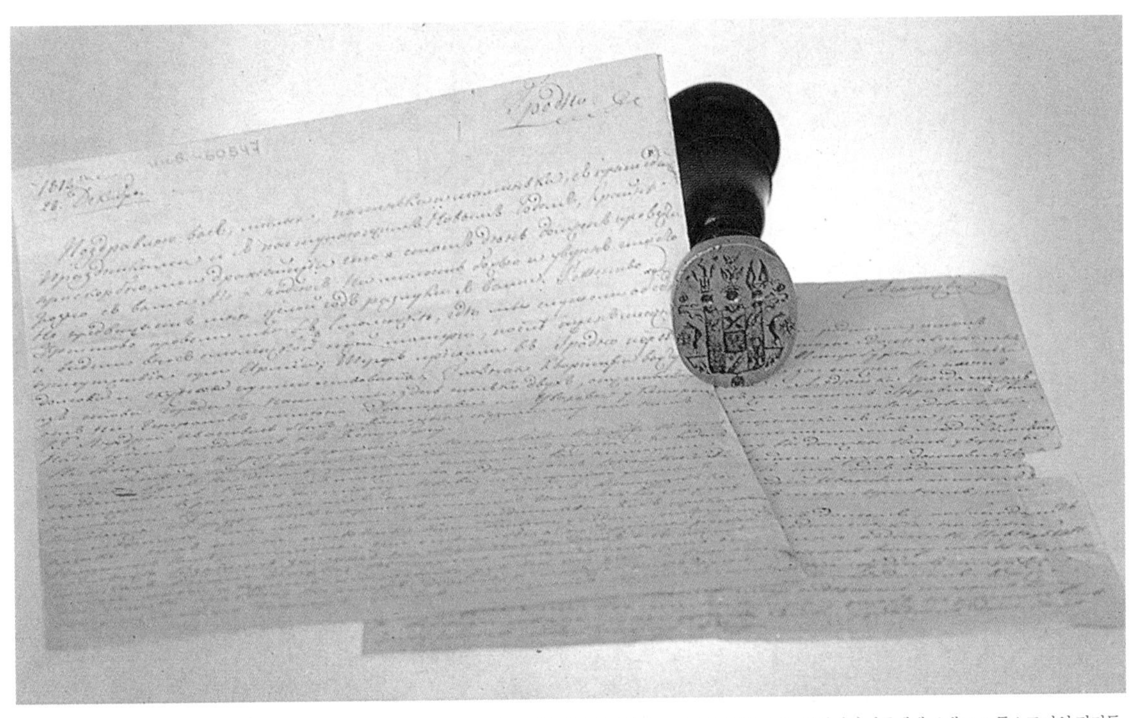

톨스토이 가문의 문장이 새겨진 도장. N. I. 톨스토이의 소유. 군대에서 가족에게 보낸 N. I. 톨스토이의 편지들. 1812~1813년.

1814년 3월 31일
러시아군대의 파리 입성
아크와딘트. R. 바우어의
1815년 작품.

마을에서 바라본 야스나야 폴랴나 저택의 전경. S. A. 톨스타야의 사진. 1897년

야스나야 폴랴나 공원의 보리수길 '클리느이'. P. I. 비류코프의 사진. 1905년.

야스나야 폴랴나의 입구 '프레슈펙트'.
스타호비치의 사진. 1887년.

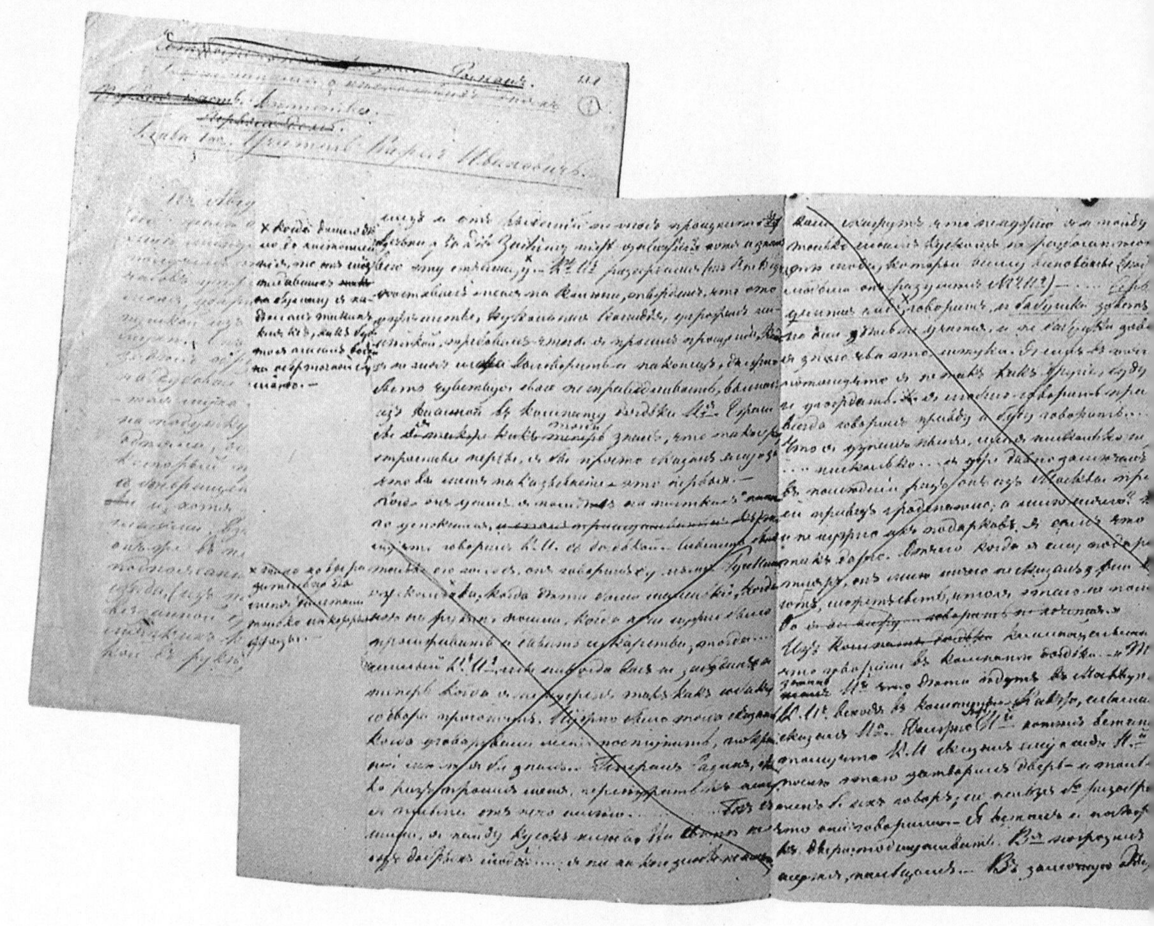

「유년시절」의 제1, 제2 성고. 레프 니콜라예비치 톨스토이의 자필본. 1851~1852년.

1828~1851

성장

오래 전부터 명성을 얻은 두 가문의 젊은 남녀 니콜라이 일리치 톨스토이와 마리야 니콜라예브나 볼콘스카야가 만나게 되었다. 그들은 가족들의 소개로 서로 알게 되었다. 당시 마리야 니콜라예브나는 아버지를 여읜 지 얼마 지나지 않은 상황이었다. 1822년 여름, 두 사람은 트루베츠키 비츠의 영지에서 멀지 않은 곳에 위치한 야세네프 마을의 교회에서 결혼식을 올렸다. 이곳에는 마리야 니콜라예브나의 외가 친척들이 살고 있었다.

결혼식을 올린 두 사람은 툴라 현 크라피벤스키 군의 야스나야 폴랴나 영지로 거처를 옮겼다. 햇살이 아름답던 이곳에는 이렇게 아름다운 지명이 붙었다. 서쪽에서부터 카글로바야 금벌림이 뻗어 있었는데, 이곳은 타타르 기병대의 공격에 맞서 적군을 향해 나무를 쓰러뜨리던 모습을 떠오르게 했다. 야스나야 폴랴나 주변도 매우 아름다웠다. 숲과 골짜기, 언덕, 그림 같은 보론카 강과 동쪽으로는 광활한 평야가 있었다.

니콜라이 일리치 톨스토이와 마리야 니콜라예브나 볼콘스카야는 4명의 아들인 니콜라이, 세르게이, 드미트리, 레프와 외동딸인 마리야를 낳았다. 레프는 1828년 8월 28일에 태어났다(신력 9월 9일). 톨스토이 가족은 니콜라이 세르게예비치 볼콘스키가 짓기 시작해 니콜라이 일리치 톨스토이가 완공한 큰 집에 살았다. 니콜라이 일리치 톨스토이는 집을 짓는 일에 아주 세심한 주의를 기울였으며, 모든 세부적인 면을 연구하였다. 아내에게 편지로 이렇게 부탁하기도 할 정도였다.

철지붕은 최대한 깔끔하게 칠하고, 현관문의 흠집을 먼저 없애고 칠을 시작하도록 도장공에게 잘 지시해 주길 바라오. 서두르지 말고 모든 나무조각까지 세심하게 살펴보도록 해 주시오.

톨스토이 가족이 살았고 레프 니콜라예비치 톨스토이가 태어난 집은 이미 야스나야 폴랴나에 없었다. 그 자리에는 키가 큰 나무들이 자라 있었다. 레프 니콜라예비치 톨스토이가 세바스토폴에서 근무하던 당시, 그는 잡지를 출간하기 위한 돈이 필요했던 적이 있었는데, 그때 이 집을 돌고예 영지의 지주인 P. M. 고로호프에게 팔았던 것이다. 1854년 11월 자신의 고향에 들렀던 L. N. 톨스토이는 군대에 있는 형에게 이렇게 편지를 썼다.

집이 사라진 것에 대한 느낌은 생각했던 것보다 놀랍지 않았다. 야스나야 폴랴나는 예전처럼 아름다운 모습 그대로였기 때문이다.

이후 레프 니콜라예비치 톨스토이는 집을 팔아 버린 것을 안타까워하며, 1897년 자신의 집을 보러 돌고예 영지에 다녀왔다. 그리고는 "부서진 집을 보고 많은 생각이 들었으며, 지난날을 회상하였다"라고 일기장에 써넣었다. 1913년 이 집은 결국 허물어졌다.

니콜라이 일리치 톨스토이는 아버지의 사건을 해결하기 위하여 법적소송을 하였다. 결국 그는 오래 전부터 소원해 오던 대로 니콜스코예 뱌젬스코예 영지의 부채 부담에서 벗어나게 되었다. 때로는 실패를 겪을 때도 있었지만 그럴 때마다 그는 이렇게 딸을 위로하였다. "이런 실패로 너무 상심하지 마라. 괜히 건강을 해치지 않도록 조심해라. 돈을 잃는다는 것은 다른 일들에 비하면 아무것도 아니라고 생각해라."

니콜라이 일리치 톨스토이는 자신의 아내를 무척 배려해 주었다. 축제를 좋아했던 그는 항상 사전에 축제 준비를 하고, 모든 기념일을 기억해 두었다가 기념일에 아내를 기쁘게 해 주었다. 마리야 니콜라예브나 1824년 새해를 맞이하던 기억에 대해 이렇게 썼다.

우리는 즐겁게 새해를 맞았다. 니콜라이는 툴라에서 여러 가지 장식품을 사 왔다. 그리고 우리는 추첨을 해서 그것들을 받았다. 어린 코코(레프 니콜라예비치 톨스토이의 큰형)는 자정이 다 되어 스스로 잠에서 깼다. 마치 우리와 새해를 맞으려고 그런 것 같아 신기하였다. 코코는 아주 즐거워하며 직접 추첨표를 뽑기도 했다.

레프 니콜라예비치 톨스토이는 생후 1년 6개월 만에 어머니를 여의었다. 그래서 그는 어머니를 전혀 기억하지 못하였다. 어머니의 소녀시절을 그린 작은 실루엣 외에 남아 있는 사진이 없었다. 그는 자신의 어머니에 대해 이렇게 기록하였다.

나는 실제 모습이 아닌 정신적인 모습으로만 어머니를 기억할 뿐이지만, 내가 아는 모든 기억은 너무나 아름다운 것이다.

마리야 니콜라예브나 볼콘스카야는 공작의 영양으로서는 드물게 다방면의 교육을 받았다. 그녀는 프랑스어, 독일어, 영어, 이탈리아어를 알았으며, 러시아어로도 글을 잘 썼다. 뿐만 아니라 수학, 물리학, 지리학을 배우고 어려운 책들을 읽었다. 그녀가 공부를 할 때 쓴 공책을 보면 아버지로부터 경제도 배운 것을 알 수 있다.

그녀는 처녀시절부터 자녀교육에 관심이 많았다. 어머니는 인내심과 온화함을 가져야 하며, 많은 노력을 기울여야 한다고 생각하였다.

그녀는 직접 맏아들인 니콜라이를 가르쳤다. 니콜라이에게 빨간 봉납 도장이 찍힌 성적표와 행동기록부를 써 주었다. 마리야 니콜라예브나는 아들이 어리석은 습관을 들이지 않도록 '니콜렌카의 행동기록부'를 썼다. 어느 날 니콜라이는 하루 전만 해도 손도 대지 못하던 딱정벌레를 엄마에게 갖고 오기도 하였다. 그리고 어느 날 저녁 야스나야 폴랴나 집에 곰이 나타난 적이 있었는데, 이때 아버지는 맏아들에게 곰을 쓰다듬어 주지 않겠냐고 물어보았다. 처음에 겁에 질려 울던 니콜라이는 조금씩 곰에게 다가가 쓰다듬어 주었다. 이에 대해 마리야 니콜라예브나는 이렇게 썼다.

니콜라이의 행동은 정말 칭찬할 만한 것이었다. 니콜라이가 겁이 많긴 하지만, 자신이 겁내는 것을 이겨 내기만 한다면 점점 용감해져 조국을 위해 일한 아버지의 아들다운 용감한 사람이 될 것이다.

이후 니콜라이 니콜라예비치는 용감한 사람이 되었고, 카프카스의 부대에서 근무할 때도 날아드는 총알을 두려워하지 않았다.

마리야 니콜라예브나는 동화나 여러 가지 이야기를 지어내서 얘기해 주는 데 소질이 있었다. 뿐만 아니라 시도 썼으며, 음악을 좋아해서 클라비코드와 피아노를 직접 연주하였다. 한 가정의 어머니가 된 그녀는 편지에 이렇게 전하였다.

나는 거의 매일 점심식사 전이나 저녁 티타임 전에 피아노를 연주한다. 촛불만 있으면 나는 열심히 피아노를 치기 시작한다.

당시 태어난 지 일 년도 안 되었던 레프 니콜라예비치 톨스토이가 음악을 잘 이해하는 것은 아마도 이때 들은 어머니의 피아노 연주 덕분일 것이다.

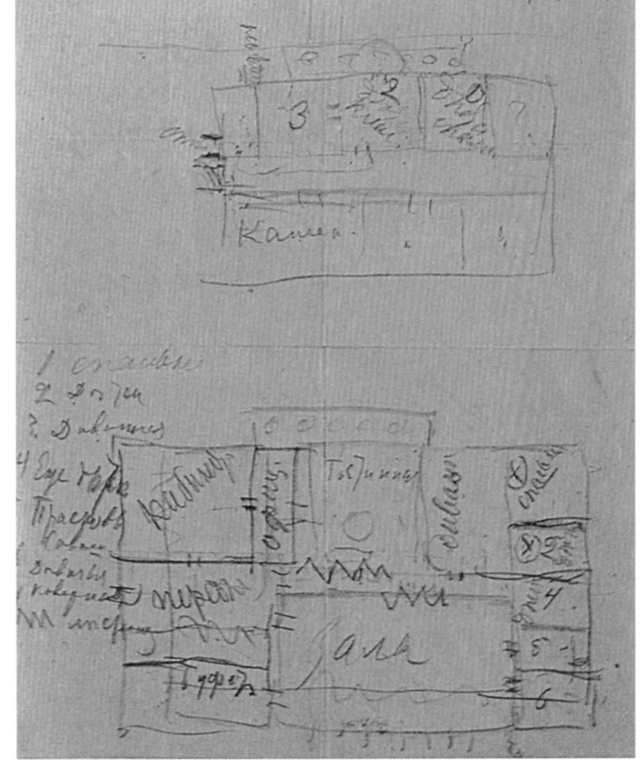

레프 니콜라예비치 톨스토이가 태어난 집의 이전 교실.
P. V. 프레오브라젠스키의 사진. 1898년.

레프 니콜라예비치 톨스토이가 태어난 집.
돌고예 마을(야스나야 폴랴나에서 20베르스타 떨어진 지역).
P. V. 프레오브라젠스키의 사진. 1898년.

레프 니콜라예비치 톨스토이 생가의 집안 도면.
1898년 톨스토이 가족이 직접 그림.

소녀시절의 마리야 니콜라예브나 볼콘스카야 (1790~1830).
레프 니콜라예비치 톨스토이의 어머니. 무명화가. 18세기 말. 유일하게 보존되고 있는 그림(M. N. 볼콘스카야가 종자매인 V. A. 볼콘스카야와 함께 그린 실루엣 초상화의 단편).

성상 '세가지 기쁨'.
목판. 템페라. 운모. 19세기. T. A. 예르골스카야가 소장. 성상 뒷면에 S. A. 톨스타야의 표서가 있음. "레프 니콜라예비치가 전쟁터로 떠날 때, T. A. 예르골스카야 숙모가 기도해 주었다. 숙모는 이 성상이 레프 니콜라예비치를 평생 지켜 주길 기원하였다."

자신의 아버지의 뜻과는 다르게 마리야 니콜라예브나는 신앙심이 깊었다. 아이들의 이름도 그녀에게 있어서는 특별한 의미를 지녔다. 그녀는 성자들이 그려진 작은 성상화를 주문하여 늘 지니고 다녔으며, 아이들의 이름도 이 성자들의 이름을 따서 지었다.

마리야 니콜라예브나는 감수성이 풍부한 사람이었다. 그녀는 자신의 공책에 한 프랑스 작가의 격언을 써 넣었다.

냉담한 이들은 기억만을 가질 뿐이지만, 온화한 이들은 추억을 가진다. 온화한 이들에게 있어 과거란 사라져 버리는 것이 아니며, 단지 현재 존재하지 않는 것일 뿐이다.

어머니에 대해 더 많은 것을 알고 싶었던 레프 니콜라예비치 톨스토이는 어머니가 아버지와 페테르부르크를 여행할 때 쓴 시와 편지, 메모를 읽고, 가족들과 친구들에게 어머니에 대해 물었다. 그리고 어머니를 많이 닮았다는 니콜라이 형을 자세히 살펴보기도 하였다. 이런 그의 노력으로 레프 니콜라예비치 톨스토이는 어머니의 정신적인 모습을 머릿속에 그릴 수 있었다. 그는 어머니가 아주 겸손하고, 사람들의 험담에는 무관심하며, 때로는 성미가 급하기도 했지만, 대체적으로 절제를 아는 사람으로서 다른 이를 비판한 적도 없는 보기 드물게 진실하고 충실한 사람이었다는 걸 알게 되었다.

톨스토이의 어머니는 길지 않은 결혼생활 동안 정말 행복했으며, 가족의 사랑 속에 살았다. 매일의 일상적인 생활이 그녀에게는 기쁨이었다. 아이들을 돌보고, 자연을 즐기며 산책을 하고, 새로운 책을 읽고, 피아노를 연주하고 시누이에게 이탈리아어를 가르치고 시어머니에게는 소설을 읽어 주고 집안일을 하는 것 등이 그녀에게는 기쁨이었다. 그녀는 큰아들이 진실한 사람이 되겠으며, 가족이 항상 평화롭고 화목하게 지내도록 하겠다고 약속한 것에 크게 기뻐하였다.

마리야 니콜라예브나가 세상을 떠난 후에도 가족은 어머니가 살아 있을 때처럼 지냈다. 아이들은 자신들이 버려졌다는 생각을 하지 않았다. 아이들은 마음속에 살아 있는 어머니를 느꼈으며, 주변 사람들에 대한 사랑도 소중히 하였다.

레프 니콜라예비치 톨스토이는 항상 자신의 행동과 생각을 자신의 마음속에 살아 계신 어머니의 행동과 생각에 비교해 보았다.

"어머니는 나에게 있어 고상하고, 진실한 영적 존재이다. 내가 유혹의 갈등을 겪을 때면 어머니께 도와 달라고 기도하였으며, 나의 기도는 항상 도움이 되었다"라고 그는 기록하였다.

아주 어린 시절 레프 니콜라예비치 톨스토이에게 있어 아버지는 가장 중요한 존재였다. 그는 아버지의 슬픈 눈망울을 한 얼굴과 정중하면서도 부드러운 매너와 균형 잡힌 체격, 재미있는 농담과 이야기, 아버지가 그려 준 그림과 푸슈킨의 〈눌린 백작〉에 묘사된 것 같은 아버지의 사냥을 좋아했다. 아버지가 친구들과 대화를

M. N. 볼콘스카야의 책들.

레프 니콜라예비치 톨스토이 어머니의 여행용 보석함.
보석함 뚜껑 안쪽– 레프 니콜라예비치 톨스토이 아버지인 N. I. 톨스토이의 미니 초상화. 19세기 초.

M. N. 톨스타야가 부부애에 대해 프랑스어로 쓴 시(1822년)와 강아지 모양의 인판이 있는 팔찌.
도금한 은. 홍수옥. 1810년대.

미쨔 톨스토이(1827~1856)와 세료자 톨스토이(1826~1904).
유즈(조세피나 코페르웨인)의 수채화. 1841년.

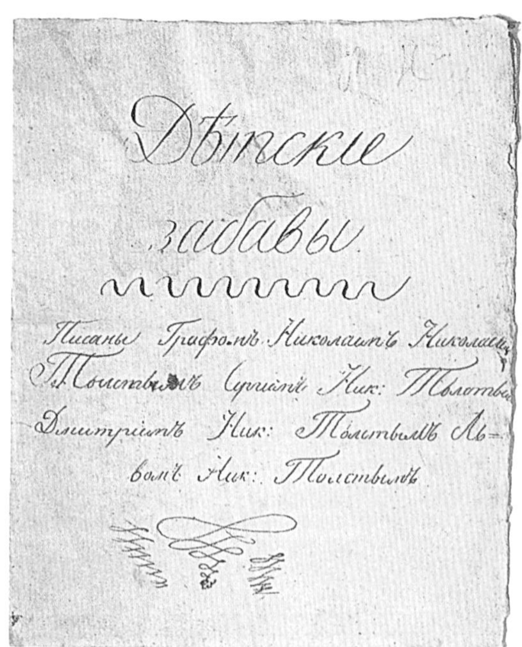

Дѣтскiе
забавы.

Писаны Графомъ Николаемъ Никола[ев.]
Толстымъ Сергiемъ Ник: Толстымъ
Дмитрiемъ Ник: Толстымъ Ль-
вомъ Ник: Толстымъ

톨스토이 형제의 필사본.
〈아이들 놀이〉의 겉표지. 1835년.

마리야 톨스타야(1830~1912).
레프 니콜라예비치 톨스토이의 누이.
다게로티프 A. 다빈온의 작품 1844년(?).

할 때면 아버지의 의자 뒤에 숨어 있는 걸 무척 좋아하였다. 자신의 부탁으로 아버지가 푸슈킨의 〈바다로〉, 〈나폴레옹〉을 읽어주거나 식사 때 낱말 맞추기 하는 것도 그에겐 큰 즐거움이었다. 그는 아버지의 독립적인 성격이 좋았다.

아버지는 단 한 번도 다른 사람 앞에서도 비굴하게 행동하지 않았으며, 민첩하고 유쾌하며 때로는 조소어린 어조로 말씀하셨다. 그래서 나는 아버지를 더욱 사랑하게 되었으며, 아버지와 있을 때면 몹시 행복했다.

톨스토이 가족에게 있어 타치야나 알렉산드라 에르골스카야는 특별한 의미였다. 마리야 니콜라예브나가 살아 있을 때도 톨스토이 가족과 타치야나 알렉산드라 에르골스카야는 친하게 지냈다. 타치야나 알렉산드라 에르골스카야는 젊은 시절부터 니콜라이 일리치 톨스토이를 사랑해 왔지만 그가 부유한 집안의 규수와 결혼하길 바라는 마음에서 그와 결혼하지 않았다. 하지만 타치야나 알렉산드라 에르골스카야와 마리야 니콜라예브나는 서로를 질투하거나 시기하지 않았다. 레프 니콜라예비치 톨스토이는 타치야나 알렉산드라 에르골스카야가 아버지를 사랑했다는 걸 나중에 그녀가 세상을 떠난 후에야 알게 되었다. 그녀의 물건을 정리하던 중 1836년 그녀가 쓴 메모를 발견하였다.

오늘 니콜라이가 나에게 청혼하였다. 아이들의 어머니가 되어주고 아이들을 버리지 말아 달라고 부탁하였다. 나는 그와 결혼하는 것은 거절하였지만, 내가 살아 있는 동안에는 아이들의 어머니가 되어 주기로 약속하였다.

하지만 그녀는 이 사실을 그 누구에게도 말하지 않았다. 그녀가 청혼을 거절한 것은 니콜라이 일리치 톨스토이와 그의 아이들과의 관계가 망가지는 것을 염려했기 때문이다. 타치야나 알렉산드라 에르골스카야는 자신의 약속을 충실히 지켰다. 레프 니콜라예비치 톨스토이는 그녀에 대해 이렇게 썼다.

내 인생에 있어 세 번째로 중요한 사람은 바로 우리가 숙모라 부른 타치야나 알렉산드라 에르골스카야였다.

그녀는 아이들에게 듣기 좋은 말들을 하거나 훈계를 하지 않는 대신, 자신의 사랑으로 아이들을 가르쳤다. 아이들은 타치야나 알렉산드라 에르골스카야의 자신들에 대한 사랑이 그녀에게 있어 얼마나 큰 기쁨인지 잘 알고 있었다. 바로 그런 그녀에게서 레프 니콜라예비치 톨스토이는 사랑하는 것이 얼마나 행복한가를 배우게 되었다. 아이들은 숙모로부터 단 한 번도 욕설을 들은 적이 없었다. 그녀가 아주 선한 사람이라는 것을 잘 알았던 아이들은 숙모를 슬프게 하지 않으려고 했다.

M. N. 톨스타야가 소장한 성상화.
성자 니콜라이 미르리키스키, 세르게이 라도네지스키, 드미트리 솔룬스키, 레프(이 성자들의 이름으로 아이들의 이름을 지었다)와 로마법왕 그리고 마리야 막달리나. 1830년대.

문진(대리석 위의 청동 강아지상)
T. A. 예르골스카야가 레프 니콜라예비치 톨스토이에게 선물.

'니콜렌카의 행동기록부'
1829년 M. N. 톨스타야가 씀. '성적표' –M. N. 톨스타야가 자신의 큰아들의 행동과 근면함에 대한 점수를 매겨서 줌.

타치야나 알렉산드라 에르골스카야는 체형을 몹시 혐오했으며, 농민들에게도 절대 체형을 가하지 않았다. 야스나야 폴랴나의 사람들 모두가 그녀를 좋아했다. 그녀의 장례식 날 그녀의 관이 지날 때 사람들은 그녀에게 작별인사를 하려고 거리로 나왔다.

그녀는 아이들의 취미에도 큰 관심을 기울였다. 그리고 레프 니콜라예비치 톨스토이가 〈할아버지의 이야기〉를 쓰고, 작은 공책을 직접 만들 때도 그를 독려해 주었다. 타치야나 알렉산드라 에르골스카야는 아이들이 직접 〈아이들 놀이〉라는 책을 자필로 쓴다고 했을 때 무척 기뻐했다. 이 책은 아이들이 한 부분씩 맡아서 공동 집필하는 것이었다. 특히 레프 니콜라예비치 톨스토이가 쓴 〈자연의 이야기〉 중 독수리, 부엉이, 앵무새에 대한 새들의 이야기를 무척 좋아했다. 타치야나 알렉산드라 에르골스카야는 레프 니콜라예비치 톨스토이가 글을 쓰는 것을 항상 격려해 주었다.

후에 타치야나 알렉산드라 에르골스카야는 자신이 소중히 여기는 이 책을 자신의 유리서류함에 고이 보관하였다. 그외에도 레프 니콜라예비치 톨스토이가 자신의 생일에 쓴 미숙하긴 하지만 순수한 시도 서류함에 보관하였다.

고대하던 행복한 날이 왔습니다.
저는 당신께 증명해 보일 수 있답니다.
제가 더 이상은 어머니가 달래 주던 때의
어린 아기가 아니라는 걸요…….

레프 니콜라예비치 톨스토이는 카프카스로 떠나 있는 동안 그에게 있어 숙모가 얼마나 중요한 존재인지를 깨달았다. 당시 그는 숙모에게 진심어린 편지를 보냈다. "누구를 기쁘게 하기 위해 저는 자신의 행동을 고치려고 노력하고, 좋은 성품을 갖추려고 애쓰며, 좋은 평판을 얻고자 할까요? 저는 올바른 행동을 할 때면 스스로 기뻐한답니다. 그런 저의 행동이 숙모를 기쁘게 할 거란 걸 알기 때문입니다. 제가 어리석은 행동을 할 때면, 저는 무엇보다도 당신을 슬프게 할까봐 걱정합니다. 당신께서 제게 주시는 사랑은 저에게 있어 전부입니다. 이런 저의 마음은 말로 표현할 수 없을 정도입니다. 이렇게 떨어져 있는 동안 저는 당신께서 얼마나 소중한 사람인지, 제가 당신을 얼마나 사랑하는지 깨달았습니다."

타치야나 알렉산드라 에르골스카야는 레프 니콜라예비치 톨스토이에게 서두르지 않고 혼자서 살아가는 것이 얼마나 매력적인 일인지 가르쳐 주었다. 레프 니콜라예비치 톨스토이는 카드놀이나 사냥을 즐기고 허영심이 만연한 툴라나 이웃을 방문하고 돌아온 후에는 항상 타치야나 알렉산드라 에르골스카야의 방에 오래도록 앉아 가을 저녁과 겨울 저녁을 보냈다. 방 안 의자에 앉아서 책을 읽거나 상념에 잠기기도 하였으며, 가끔은 숙모가 시녀나 청소부와 나누는 얘기를 듣곤 했다. "이런 저녁이면 나는 좋은 생각들이 머리에 떠올랐으며, 마음이 편안해지는 걸 느꼈다"라고 후에 톨스토이는 회상하였다.

레프 니콜라예비치 톨스토이는 미래의 가족에 대해 생각할 때면 자신과 행복을 함께하는 숙모를 떠올렸다. "행복한 삶의 계획을 세울 때면 항상 당신을 먼저 떠올립니다." 그의 이런 생각은 현실로 이뤄졌다. 톨스토이가 결혼한 이후에도 숙모는 톨스토이와 함께 살았으며, 숙모가 죽기 전 톨스토이는 이미 작가로서 명성을 얻었다. 타치야나 알렉산드라 에르골스카야는 톨스토이에게 글을 쓰라고 권하고 그의 재능을 인정해 준 사람이었다.

안타깝게도 타치야나 알렉산드라 에르골스카야의 초상화나 사진은 남아 있지 않다. 다만 톨스토이가 그녀에 대해 쓴 글만이 남아 있다.

그녀는 젊은 시절에도 검은 곱슬머리를 곱게 땋고, 검은 눈동자와 생기 있고 힘이 넘치는 표정을 한 매력적인 사람이었을 것이다. 내가 기억하는 숙모는 이미 마흔이었고, 나는 단 한 번도 그녀가 아름다운지 아닌지를 생각해 본 적이 없다. 나는 그저 그녀를 사랑했을 뿐이다. 나는 숙모의 눈과 미소 그리고 검고 작지만 힘이 넘치던 손을 사랑했다.

어머니의 정신과 신앙심, 아버지의 독립심과 정의로움, 숙모의 헌신과 사랑 속에서 톨스토이는 성장하였다.

어른들뿐만 아니라, 자신의 형제들과 누이와 친하게 지낸 것도 톨스토이의 성장에 영향을 미쳤다. 톨스토이 집안의 아이들은 각자 독특한 성격이 있었다. 하지만 그들은 가족의 공통점을 갖고 있었으며, 이는 겉으로 드러나 보이는 것은 아니었다. 가족들간의 이견이나 여러 가지 상황 속에서도 그들은 함께 이견을 조율하고 어려운 상황을 헤쳐 나가면서 서로를 아꼈다.

큰형인 니콜렌카와 함께 하는 것은 늘 즐거운 일이었다. 그는 무섭거나 재미있는 이야기를 들려주고, 재미있는 귀신을 그려 주기도 하고, '개미형제들'과 '초록 지팡이'와 같은 재미난 놀이를 생각해 내기도 했다.

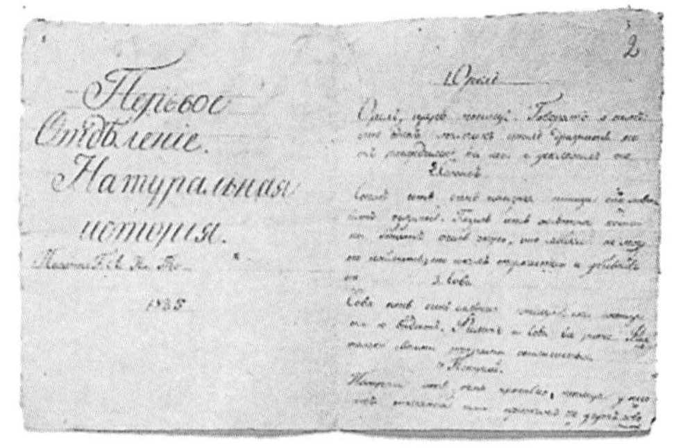

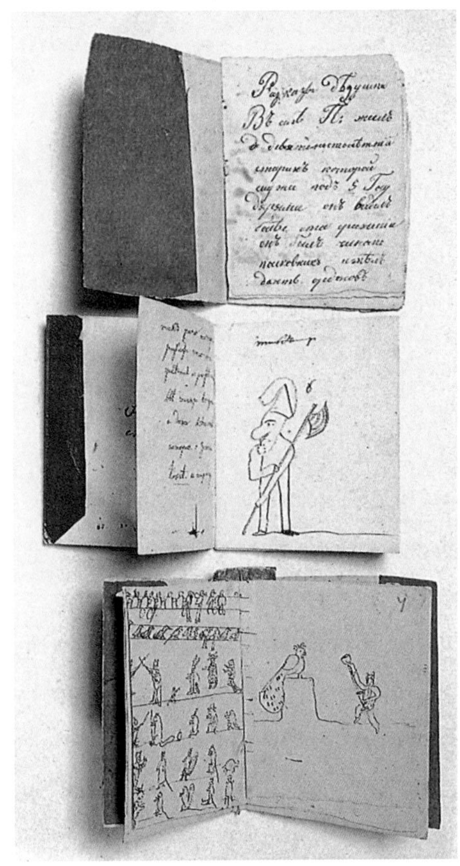

레프 니콜라예비치 톨스토이가 7살 때 새에 대해 쓴 이야기. 1835년. 톨스토이의 최초 자필서.

〈레프 니콜라예비치 톨스토이가 직접 제작한 책에 직접 쓴 〈할아버지의 이야기〉 1839년.

니콜라이 톨스토이의 그림들. 최초 공개.

알렉산드르 미하일로비치 이슬레니예프(1794~1882).
영지의 이웃으로서 레프 니콜라예비치 톨스토이 아버지의 절친한 친구. 은판사진. 1850년대 중반. 『유년시절』과 『소년시절』의 니콜렌카 이르체니예프 아버지 인물의 모델.

소피야 알렉산드로브나 이슬레니예바(1812~1880). 자노바 가문 출신. A. M. 이슬레니예프의 두 번째 부인. 리자, 소냐와 함께 찍은 사진. 모스크바, 은판 사진. M. 아바디. 1853년. 『청년시절』에서 A. V. 예피파노바라는 인물의 모델.

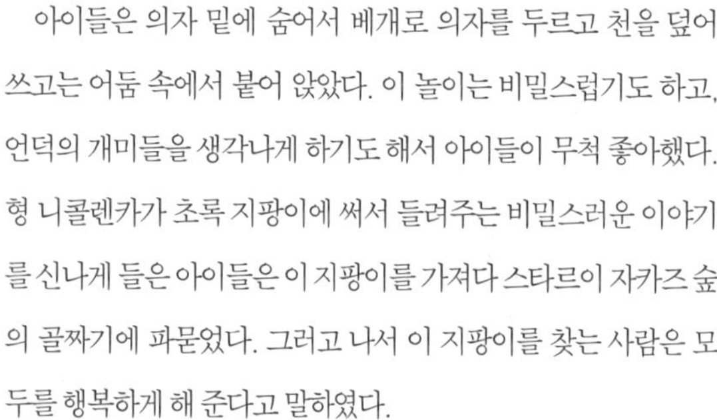

아이들은 의자 밑에 숨어서 베개로 의자를 두르고 천을 덮어 쓰고는 어둠 속에서 붙어 앉았다. 이 놀이는 비밀스럽기도 하고, 언덕의 개미들을 생각나게 하기도 해서 아이들이 무척 좋아했다. 형 니콜렌카가 초록 지팡이에 써서 들려주는 비밀스러운 이야기를 신나게 들은 아이들은 이 지팡이를 가져다 스타르이 자카즈 숲의 골짜기에 파묻었다. 그러고 나서 이 지팡이를 찾는 사람은 모두를 행복하게 해 준다고 말하였다.

동생들은 형을 무척 좋아하였다. 레프 니콜라예비치 톨스토이는 형이 들려준 이야기를 일생 동안 기억하였다. 그리고 초록 지팡이 이야기와 모든 사람들의 사랑은 악한 것을 물리친다는 것을 항상 믿었다.

형 니콜렌카는 항상 동생들과 함께 하면서 모범을 보이려고 노력하였다. 그는 동생 레프 니콜라예비치 톨스토이에게 쓰는 편지에 '나의 사랑하는 제자 레프'라고도 쓰고, '당신'이라는 존칭을 써 주기도 하였다. 대학과정을 마친 니콜라이 니콜라예비치는 포병이 되어서 십 년간 카프카스에서 복무하고 용기와 용감함에 대한 2개의 훈장도 수여받았다.

니콜라이 니콜라예비치 톨스토이의 주위 사람들은 항상 그를 좋아하고 신뢰하였다. 사람들은 그의 정신적인 자유로움과 명료한 생각, 겸손함, 선한 농담들을 높이 평가해 주었다. 이반 세르게예비치 투르게네프는 그에 대해 이렇게 기술하였다.

매력적인 작고 느릿느릿하며 말수가 없지만 선하고, 온화하며 세련된 취미를 가진 섬세한 사람이다.

니콜라이 니콜라예비치 톨스토이는 좋은 책들과 체스를 좋아하고, 자연을 섬세히 느낄 줄 알았으며, 사냥을 무척 좋아하였다. 뿐만 아니라 친화력이 좋아서 사람들과 쉽게 친해지곤 하였다.

니콜라이 니콜라예비치 톨스토이도 글을 썼지만, 그것들을 출판하겠다는 생각은 단 한 번도 해 보지 않았다. 하지만 레프 니콜라예비치 톨스토이가 니콜라이 니콜라예비치 톨스토이의 〈카프카스 사냥〉을 니콜라이 알렉세예비치 네크라소프에게 보냈을 때, 네크라소프는 작품의 신선함과 섬세한 관찰력에 놀랐으며 작가의 재능을 높이 사고 이렇게 평가하였다. "자연과 새에 대한 사랑이 잘 나타나 있으며, 모든 묘사가 새로운 것들이다." 이 작품은 잡지 《동시대인》에 실렸으나, 다른 작품들은 그의 생전에 출판되지 않았다.

네크라소프와 레프 니콜라예비치 톨스토이가 작가로서 갖춰야 하는 중요한 특징이라고 생각한 허영심은 니콜라이 니콜라예비치 톨스토이에게 전혀 찾아볼 수 없었다.

"그의 작가로서의 재능은 예술감각과 절제미, 선하고 유쾌한 유머, 독특하고 끝없는 공상, 정의로움, 도덕적인 세계관이었다. 하지만 그는 결코 자만하지 않았다"라고 레프 니콜라예비치 톨스토이는 자신의 〈회고록〉에 기술하였다.

레프 니콜라예비치 톨스토이는 형 세르게이 니콜라예비치 톨스토이를 무척 좋아하며, 그를 따라하려고 노력했다. 그는 자신의 형을 이렇게 회상하였다.

그는 착하고, 유쾌하며 솔직한 소년이었다. 그림을 자주 그리고 다양한 노래를 쉬지 않고 불렀다.

어느 날 세르게이와 레프는 병아리를 달라고 부탁하였다. 그리고 그 병아리들에게 먹이를 주고 커다란 네덜란드 수탉으로부터 병아리들을 지켜 주었다. 그것이 레프 톨스토이가 동물에 관심을 갖게 된 계기였으며, 이후에도 그는 동물을 좋아하여 관심을 쏟았다.

세르게이 니콜라예비치 톨스토이는 늘 공부를 잘하였으며, 공부하는 것을 좋아하였다. 카잔대학 철학학부의 수학과를 마친 후, 황제 가문의 보병부대에 입대하였다. 하지만 반년 만에 퇴역하였다. 유산으로 종마장이 있는 피로고보 영지를 물려받은 그는 경영을 하면서 말과 사냥에 관심을 쏟았다.

세르게이 니콜라예비치 톨스토이는 민중음악을 좋아하고 그에 대해 잘 알고 있었다. 젊은 시절에는 집시음악에 빠지기도 하였다. 그는 집시인 마샤를 사랑하여 툴라집시단에 돈을 주고 그녀를 데려왔다. 마샤와 오래 살면서 그는 4명의 아이를 낳았다. 후에 그는 레프 니콜라예비치 톨스토이 아내의 자매인 T. A. 베르스를 좋아하게 되었으며, 이때 그는 자신의 책임을 다하는 것과 자신이 원하는 것을 하는 것 사이에서 갈등을 했으나, 결국 자신의 책임을 다하기로 결심하였다. 그리고 자신과 오랜 시간 함께 살아온 마샤, 즉 M. M. 미

알렉산드르 세르게예비치 고르차코프(1831~1879).
'볼류멘탈 형제' 사의 은판사진. 1851년. 톨스토이 형제의 어린시절 친구로서 1854~1855년 세바스토폴 전투에 함께 참전하였다. 3부작인 『유년시절』, 『소년시절』, 『청년시절』의 에티엔 고르나코프라는 인물의 모델.

소피야 파블로브나 콜로슈나(1828~1911).
P. I. 콜로신 데카브리스트의 딸. 레프 니콜라예비치 톨스토이의 어린 시절 친구. 모이세예프의 사진, 모스크바. 1860년대. 『유년시절』과 『청년시절』의 소네치카 발라히나라는 인물의 모델.

모스크바 붉은 광장. 가르트네르 원작을 SH. A. 레브세가 석판으로 제작.

슈키나와 결혼하였다.

세르게이 니콜라예비치가 야스나야 폴랴나를 찾을 때면 모두들 기뻐하였다. 특히 레프 니콜라예비치 톨스토이는 자신의 형을 좋아하였다. 일리야 리보비치는 자신의 삼촌인 세르게이 니콜라예비치를 이렇게 묘사하였다.

삼촌은 아버지와 아주 닮았다. 하지만 삼촌은 아버지보다 더 마르고 품위가 있어 보이신다. 아버지도 그러하듯, 삼촌은 매우 절제된 표현을 하시며, 때로는 갑자기 신랄한 표현을 하시기도 한다.

세르게이 니콜라예비치는 현명하고 독특하며, 방관자적인 태도를 취하기도 했다. 그는 단 한 번도 글을 쓰겠다는 생각은 하지 않았다. 그는 독자로서 여러 잡지와 책을 구독하였으며, 특히 형제인 레프 니콜라예비치 톨스토이가 권해 주는 잡지와 책을 골랐다. 또한 레프 니콜라예비치 톨스토이가 새로운 작품을 쓸 때마다 큰 관심을 기울이고 자신의 의견을 말해 주곤 하였다. 레프 니콜라예비치 톨스토이는 이런 형의 의견을 존중했다.

레프 니콜라예비치 톨스토이는 피로고보의 형을 자주 찾아가서 하루이틀 묵거나, 일주일을 묵고 오기도 했다. 특히 봄에는 형을 더 자주 찾아갔다. 그는 피로고보 공원만큼 꾀꼬리가 아름답게 지저귀는 곳은 없다고 말하였다. 이 두 형제는 항상 서로를 그리워했다. 그래서 그들은 만날 때마다 서로에게 열중하여 많은 이야기를 나누었다.

자신보다 한 살 많은 형인 미쨔와 레프 니콜라예비치 톨스토이는 사이가 좋았으며, 함께 놀기도 했지만, 각별한 사이는 아니었다. 미쨔는 조용하고 진지하며 말수가 적은 사람이었다.

형 세르게이가 다닌 카잔대학 철학학부에 입학하면서 미쨔는 혼자 생활하고 종교에 열중하게 되었다. 그는 다른 사람이 자신에 대해 하는 말에 신경을 쓰지 않았다. 다른 학생들은 그를 별로 좋아하지 않았으며, 그를 '노아'라고 불렀다. 세르게이와 레프는 그가 마음 내키는 대로 행동하는 것을 비난하였다.

학교를 마친 후, 쉐르바체프카 영지를 물려받은 미쨔는 농민의 경영과 그들의 도덕적인 면을 연구하기로 결심하였다. 그는 조국에 보탬이 되고자 법 분야의 일을 하기로 결심하고, 페테르부르크로 일자리를 찾아 떠났다. 하지만 관리들의 행태를 보고 난 후, 자신의 계획을 변경하여 쉐르바체프카로 되돌아왔다.

그는 수도사와 순례자들과 친하게 지내면서 엄격하고 고독하게 살았다. 그는 당시 귀족집안 젊은이들과는 다르게 지냈다. 그 때문에 다른 이들은 그를 멀리하고, 비난하면서 이상한 사람이라고 여겼다.

드미트리 니콜라예비치 톨스토이는 25살 되던 해 인생의 큰 전환점을 맞이하였다. 당시 그의 삶에 대해 레프 니콜라예비치 톨스토이는 이렇게 기술하였다.

그는 갑자기 음주와 흡연을 즐기고, 금전을 낭비하며 여자들을 찾아 돌아다니기 시작했다……. 처음 만난 창녀인 마샤를 사서 자신의 집으로 데려왔다. 그가 모스크바에서 보낸 어리석고 방탕한 삶보다, 그의 내부에서 있었을 심적 갈등과 양심의 가책이 그의 건강을 상하게 하였다.

집안의 외동딸이던 마리야 니콜라예브나는 아주 어린 시절 어머니를 잃었다. 모두들 마리야 니콜라예브나를 아껴주고, 사랑하였다. 마리야 니콜라예브나는 특히 타치야나 알렉산드라 에르골스카야를 잘 따랐다. 마리야 니콜라예브나는 솔직한 사람으로 성장하였고, 다른 사람들 앞에서 거드름을 피우지도 않았으며 잘 웃었다. 그리고 일찍이 음악에 관심이 많았다.

마리야 니콜라예브나는 카잔에서 카잔 로디온 귀족 여대를 다니고, 집에서도 공부를 계속하였다. 그녀는 생기 있고, 활발하며, 똑똑한 사람이었다. 게다가 그녀의 크고 검은 눈과 엄숙하고도 순수한 모습은 아주 매력적이었다.

마리야 니콜라예브나는 아주 어린 나이에 타치야나 알렉산드라 에르골스카야의 조카인 발레리안 페트로비치 톨스토이와 결혼하였다. 하지만 그들의 결혼생활은 순탄치 않았다. 거칠고 음탕한 남편 때문에 모욕감을 느낀 마리야 니콜라예브나는 세 명의 아이들을 데리고 남편을 떠났다. 이때 그녀의 오빠들인 니콜라이와 세르게이가 그녀를 도와주면서, 피로고보 마을에 정착하도록 설득하였다.

마리야 니콜라예브나의 연인들은 그녀에게 행복을 주지 못했다. 영지의 이웃으로서 마리야 니콜라예브나의 현명함과 단순함, 매력에 빠진 이반 세르게예비치 투르게네프와의 짧은 사랑은 두 사람에게 좋은 추억을 남겼으며, 이 사랑으로 투르게네프가 마리야 톨스타야에게 바치는 단편소설『파우스트』가 쓰였다.

"내 이웃인 발레리안 페트로비치 톨스토이 공작의 아내는『소년시절』을 쓴 작가의 여동생이다. 그녀는 너무나 아름다우며, 현명하고 선하며 아주 매력적인 사람이다. 난 그녀의 오빠에 대해 잘 알고 있다. 그의 초상화를 본 적이 있다. 잘생기진 않았으나 현명하고 멋진 얼굴이다"라고 1854년 톨스토이의 은판사진을 본 투르게네프는 네크라소프에게 편지를 썼다. 마리야 니콜라예브나는 스위스에서 만난 스웨덴 사람인 헥토르 데 클렌과 동거를 하였지만, 결국 헤어지고 말았다. 그는 의지가 약한 사람이었으며, 가족들은 그들의 결혼을 반대하였다. 그때도 오빠들은 자신의 여동생을 도왔다. 당시 레프 니콜라예비치 톨스토이는 자신의 여동생에게 이렇게 편지를 썼다.

네가 최근에 보낸 편지를 보고 그동안 네가 얼마나 힘들었을지 이해할 수 있어서 몹시 안타까웠다. 사랑하는 동생아, 가장 중요한 것은 그리고 지금 너에게 가장 필요한 것은 평온과 의지이다. 너는 이런 의지가 충분히 있는 사람이다.

마리야 니콜라예브나는 강한 사람이었으며, 단순하고 흥분을 잘 하기도 하고, 밝은 성격의 소유자였다. 그녀는 사람들의 관심을 받는 데 익숙한 사람이었으며, 선한 사람이었다. 대하기 힘든 성격과 비극적인 운명, 끝없는 예배와 탐구 속에서도 형제들은 자신의 여동생을 사랑하였다.

후에 레프 니콜라예비치 톨스토이가 여동생에게 보낸 편지에는 이렇게 쓰여 있었다.

너의 편지를 읽고, 너의 사랑과 신앙심에 감동하였단다. 너의 오빠로서 나는 너를 정말 사랑한단다.

톨스토이 집안 형제들은 공통점이 많았다. 톨스토이 집안의 세 명의 형제들과 알고 지내던 A. A. 표트는 자신이 잘 모르는 마리야를 제외하고 다른 형제들에 대해 이렇게 말했다.

세 형제들의 기본적인 성향은 동일하다. 마치 단풍처럼 겉 모습은 달라도 똑같은 사람들이다. 그들은 모두 무언가에 몰두하는 성향이 있으며, 이런 성향이 없었더라면 레프 니콜라예비치 톨스토이는 시인으로서의 능력을 발휘하지 못했을 것이다.

이제부터 레프 니콜라예비치 톨스토이가 야스나야 폴랴나에서 보낸 유년시절과 그 시절 그가 무엇을 소중히 여기며 살았는지 살펴보도록 하자.

마리야 니콜라예브나는 이렇게 회상하였다.

레프는 항상 낙천적인 사람이었다. 마치 좋은 일만 있을 거라고 생각하는 것 같았다. 나쁜 일이 있을 때도 그는 실망은 해도 울지 않았으며, 오히려 그가 무언가로 감동받았을 때 울곤 하였다. 누군가 그를 안거나 쓰다듬어 주면 감동하여 울곤 하였다. 때로는 무언가 중요한 것을 발견했을 때면 다른 사람들에게 그것을 말해 주려고 빛나는 눈빛으로 방에 뛰어 들어오기도 하였다.

야스나야 폴랴나에서 보낸 행복한 유년시절의 추억은 레프 니콜라예비치 톨스토이의 기억 속에 선명하게 남았다. 9월 1일의 사냥축제와 할머니를 마차에 태우고 숲으로 호두를 수확하러 가던 때, 그리고 작은 마을인 그루만트로의 여행이 기억에 남았다. 외양간이 있던 그루만트에서는 마음대로 골짜기의 냉천수를 마실 수도 있었고, 물이 흐르는 못에서 낚시를 하는 것도 구경했으며, 산 아래를 뛰어다니기도 했다. 게다가 그곳에서는 짭짤한 흑빵과 부드러운 응고우유, 진한 크림과 신선한 우유를 먹을 수 있었다.

크리스마스 주간에는 항상 즐거웠다. 특히 곰, 염소, 터키인, 도적 등으로 가장한 농민들이 찾아올 때면 아이들은 너무나 즐거워했다. 그들은 그리고리 아저씨의 바이올린 연주에 맞춰 공연을 하고 춤을 추었다.

레프 니콜라예비치 톨스토이는 특히 야스나야 폴랴나를 자주 방문했던 교주 이지코프, 항상 진기한 선물을 주시던 아주머니의 남편 유슈코프, 먼 친척인 테메쇼프, 이웃인 이슬레니예프와 가족들을 잘 기억하고 있었다.

그는 또한 아주 어린 시절부터 알던 농노들도 떠올려 보곤 했다. 충실하고 헌신적이던 집사 프라코피야 이사예브나, 재미있는

돌다리 위에서 바라본 크레믈린의 전경.
판화. 노스티츠 백작이 찍은 사진을 바탕으로 I. 블레헌게르가 그림. 1896년.

클레믈린과 파슈코프가의 전경.
E. 가르트네르의 원작을 바탕으로 SH. A. 레브세가 석판으로 제작.

이야기로 아이들을 즐겁게 해 주던 급사 티혼, 식당에서 쟁반에 아이들을 태워 주던 바실리, 부드럽고 낭랑한 목소리의 마부 니콜라이를 그리워했다.

어린 시절 내 주변의 사람들은 내 기억 속에 너무나 좋은 사람들로 남았다. 아마도 나의 순수했던 마음이 사람들의 좋은 모습을 발견해 냈기 때문일 것이다.(이런 좋은 모습은 누구에게나 있는 것이다.)

레프 톨스토이는 어린 시절의 기억을 소중히 여기고, 자주 회상해 보곤 했으며, 자신의 아이들에게 그때의 이야기를 들려주었다. 그리고 〈회고록〉과 자신의 첫 작품인 『유년시절』도 집필하였다. 이런 작품들은 레프 톨스토이 주변인들뿐만 아니라 당시의 집안 분위기도 잘 전해 주고 있어서 흥미롭다. 주인공의 모든 감정은 레프 톨스토이가 지어낸 것이 아닌, 그가 스스로 느낀 것들이다. 이 작품들을 읽고 있노라면 레프 톨스토이가 어떤 심적 변화를 겪었는지, 때로는 모순적이기도 하던 그의 행동, 그가 관찰한 것들과 생각한 것 등을 알 수 있다.

레프 니콜라예비치 톨스토이는 어린 시절부터 한 걸음 물러서서 자신을 바라보며 자신의 감정, 생각, 행동을 평가하였다. 자기 자신을 관찰하고 분석하는 능력은 타고난 것 같았다.

어린시절의 기억은 그의 마음속에서 자라나 그에게 모든 고뇌와 어려움을 극복하는 힘이 되어 주었다. 그는 언제나 '선명하고, 부드럽고, 시적이며, 사랑스럽고 비밀스러운' 자신의 유년기를 기억하였다.

그는 소년시대를 모스크바에서 맞이하게 되었다. 그는 모스크바의 첫 느낌을 평생 잊지 못하였다.

그날은 아름다운 날이었다. 모스크바의 교회와 집들을 보며 나는 환호하였으며, 나에게 모스크바를 보여 주시던 아버지의 자랑스러워하시던 목소리도 나를 황홀하게 하였다.

이후 아이들은 가정교사인 표도르 이바노비치 료셀과 모스크바의 거리를 걸으며 모스크바를 더 자세히 살펴보았다. 하지만 아르바트 거리, 볼샤야 브론나야, 네스쿠치느이 정원, 쿤체보 등은 아이들에게는 평범하게 느껴졌다. 아이들은 이내 평온해졌다.

하지만 이른 아침 모스크바의 광경을 본 레프 톨스토이는 감탄하였다. 평소의 시끄럽고 사람들과 마부들이 북적대는 모스크바가 아닌 텅 비고 낯선 도시의 모습이었다.

아르바트 거리에는 짐수레들만 서 있었고, 두 명의 석공이 이야기를 하며 보도를 걷고 있었다. 천 걸음 정도 지나자 사람들과 광주리를 들고 시장에 나가는 여자들, 물을 길러 가는 사람들을 만날 수 있었으며, 교차로에는 한 행인이 걸어나왔다. 그리고 빵가게 한 곳이 문을 열고 있었으며, 한 짐꾼이 아르바트 거리 입구에 도착해 있

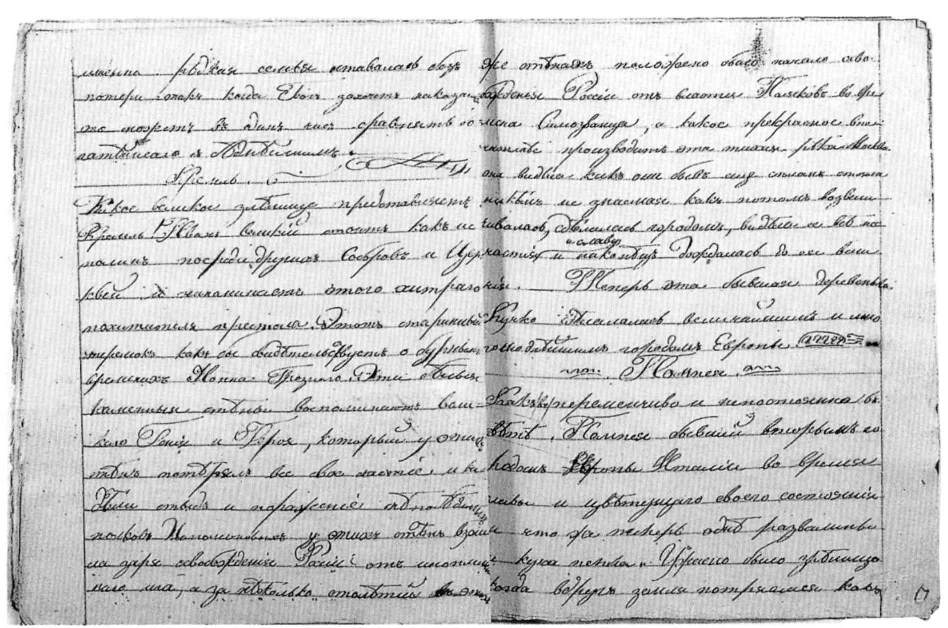

레프 니콜라예비치 톨스토이의 작품. 〈크레믈린〉. 레프 니콜라예비치 톨스토이의 자필. 1839년.

모스크바 플류쉬호에 있는 집. 이 곳에서 톨스토이가 1837년부터 1838년까지 살았다. '세레르, 나브골츠 그리고 K사', 1914년.

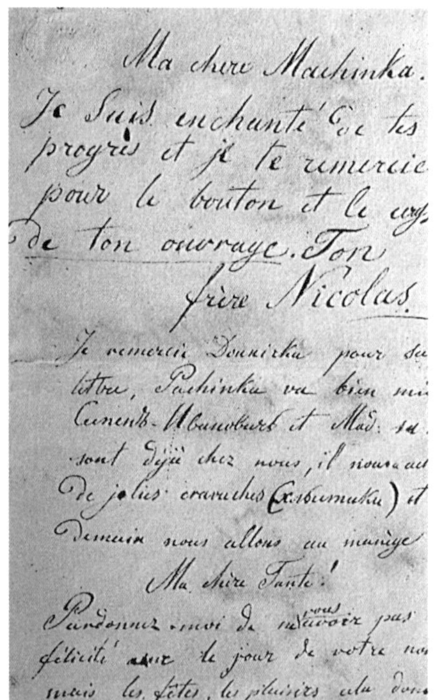

Ma chere Machinka.
Je suis enchanté de tes
progrès et je te remercie
pour le bouton et le corp
de ton ouvrage. Ton
frère Nicolas.

Je remercie Dounichka pour sa
lettre, Pachinka va bien [illegible]
[illegible] et Mad: [illegible]
sont déjà chez nous, il nous a [illegible]
de jolies cravaches ([illegible]) et
demain nous allons au manège

Ma chère Tante!
Pardonnez-moi de ne vous avoir pas
félicité avec le jour de votre [illegible]
mais les fêtes, les plaisirs [illegible]

니콜라이 톨스토이와 세르게이 톨스토이가 모스크바에서 야스나야 폴랴나에 있는 T.A.예르골스카야, 남동생들, 누이에게 쓴 편지. 1839년 1월.

었다.

레프 톨스토이는 이 시절을 회상하면서, '텅 빈 소년시대를 빨리 지나쳐 가고 싶다' 고 하였다. 그의 소년시대에는 따뜻했던 순간들이 별로 없었기 때문이다. 형 니콜라이는 모스크바 대학에 입학하여 공부를 하느라 여념이 없었고, 이제 막 친해지기 시작한 형들 세르게이와 드미트리도 자신들이 하고 싶은 일을 하느라 바빴다. 이전같이 가족이 모이는 일도 드물었다. 민감하던 레프 톨스토이는 가족들간에 비밀과 복잡한 감정들이 생겨나는 걸 느낄 수 있었다.

소년이던 레프 톨스토이는 외로웠으며, 혼자 공상에 빠져 즐거움을 찾는 일에 점차 익숙해져 갔다. 그는 주로 철학적인 생각을 많이 했는데, 이는 아직 미숙한 나이의 그에게는 힘든 것이었다. 그는 혼자서 무언가를 발견함으로써 자존심을 키워 나갔으나, 자신이 안고 있는 문제의 심각성을 깨닫고 두려워하기도 하고, 자신 없어하기도 하였다.

때로는 새로운 신념을 갖고 싶어하기도 했다. 금욕주의자가 되고자 결심한 그는 스스로 고통을 참아 내는 방법을 익혔다. 이어 그는 쾌락주의자가 되기로 결심하고는 수업에 가지 않고 침대에 누워 과자를 먹으며 소설을 읽기도 했다. 한 때는 윤회사상을 믿기도 했지만, 그가 가장 오랜 시간 빠져 있던 것은 회의론이었다.

레프 톨스토이는 자주 자신의 결점을 찾아내곤 했다. 다른 동료들을 닮아가려는 생각은 연민의 감정을 잃게 만들고, 놀이는 마치 힘과 교묘함을 겨루는 경기 같았다. 그는 친구 중의 한 명이던 사야 무신 푸슈킨의 관심을 끌고 싶어했다. 그리고 당시 그가 좋아하던 소냐 칼로쉬나의 마음에 들기 위해서는 무슨 일이든 할 수 있을 것 같았다.

세르게이와 레프는 구경 다니는 걸 좋아했다. 승마연습장에서 군대행진을 열광하며 구경하고, 구원자 그리스도의 사원 착공식을 구경하였다. 볼쇼이 극장에서 레프 톨스토이는 멋진 극장의 특별석을 보고 감탄하기도 하였다.

모스크바에서는 아버지를 자주 보지 못하였다. 아버지는 일 때문에 자주 집을 비우셨다. 1837년 아버지가 툴라 거리에서 급사했다는 소식을 듣게 되었다. 레프 톨스토이는 아버지가 돌아가셨다는 걸 인정하지 못하고, 한참을 모스크바 거리에서 아버지를 찾아다녔다.

숙모 알렉산드라 일리니치나가 고아가 된 아이들의 후견인이 되어 주었다. 그녀는 엄격한 신앙생활을 하였다. 절제된 생활을 하며 사치스럽지 않게 지냈으며, 가난한 이들에게 돈을 나눠 주었다. 그녀는 조카들의 교육에 힘썼다. 그녀와 타치야나 알렉산드라 에르골스카야는 아이들을 위해 최선을 다했지만, 소년기의 아이들에게는 아버지의 빈자리가 컸다.

아버지를 잃은 아이들은 선생님과 가정교사에게 더욱 의지하게 되었다. 아이들이 존경하던 표도르 이바노비치 료셀 다음으로 온 가정교사는 프랑스인 센 토마였다. 그는 협박과 체벌의 효과를 믿는 사람이었다. 레프 톨스토이는 거만하고 진실되지 못한 그를 좋아하지 않았다. 이런 레프 톨스토이의 생각을 읽은 가정교사는 어떻게 해서든 톨스토이가 그의 말을 듣게 하려고 했다. 어느 축제일에 가정교사 센 토마는 레프 톨스토이가 장난친 것을 벌주려고 고집스러운 그를 가두었으며, 채찍으로 때리겠다고 말하였다. 레프 톨스토이는 이런 폭력의 잔인함과 불공정함, 수치스러움과 모욕감을 평생 기억하였다. 그는 오랜 시간이 흐른 후 이렇게 기술하였다.

그날의 사건을 계기로 나는 평생 폭력을 두려워하고 혐오하게 되었다.

다행히도 그는 독서를 통해 모든 슬픔과 안 좋은 생각들을 떨쳐버릴 수 있었다. 레프 톨스토이는 러시아의 전래동화와 영웅서사시를 좋아했으며, A. 포로겔스키의 〈검정 닭〉을 여러 번 읽었다. 그는 살면서 이 책을 여러 번 다시 읽었다. 그리고 어느 날 이 책을 다시 읽고 그는 무엇보다도 자신의 결점을 먼저 고쳐야만 한다는 것을 깨달았다. 〈천일야화〉는 그가 어린 시절 할머니 집에서

레프 니콜라예비치 톨스토이. 학생. 무명 화가의 작품, 1840년대.

보낸 밤의 기억과 함께 그의 머릿속에 남았다. 할머니의 집에서 그는 촛불 아래 앉아 장님인 레프 스테파노비치 티힘이 조용한 목소리로 들려주던 카라말자만 왕자의 이야기를 들었다. 또한 그는 성경에 나오는 단순하고도 위대한 요시프 이야기를 읽고 크게 감명을 받았다. 그리고 나이가 든 후에도 이 이야기를 좋아했다. 그리고 푸슈킨의 시에 감동하고 즐거워하였다.

그가 무엇에 관심을 기울였는지는 그의 공책을 통해서도 알 수 있다. 공책에는 〈크레믈린〉, 〈쿨리코보 평야〉, 〈마르파 포사드니차〉, 〈폼페이〉 등 네 가지의 역사적인 주제로 쓴 글이 있다. 이 네 가지 이야기 중 하나는 툴라에서 일어난 화재를 다뤘고, 두 가지는 크릴로프의 우화 〈행운의 여신과 거지〉, 〈개들의 우정〉을 개작한 것이다. 특히 〈크레믈린〉 이야기가 재미있다. 이 이야기를 통해 레프 톨스토이가 크레믈린에 대해 어떤 책을 읽었는지, 크레믈린을 보고 어떤 인상을 받았는지 알 수 있고, 그의 애국심도 느낄 수 있다.

레프 톨스토이는 공부를 잘한 편은 아니었다. 수업 시간에 그는 뭔가 다른 생각에 빠지기도 하고, 창문 밖에서 일어나는 일을 구경하기도 하고, 공적을 세우겠다는 공상에 빠지기도 했다.

엄청난 공상과, 자신과 주변에 대한 관찰로 그는 슬픈 생각에 빠지거나 새로운 것을 발견하기도 하였다.

1841년 8월 오프틴 수도원에서 알렉산드라 일리니치나 오스

카잔. 요새전경. E. P. 투르네렐리 그림을 석판으로 제작. 1839년(?).

텐-사켄이 사망하면서 모스크바에서의 삶은 순식간에 무너져 버렸다. 이후 유일한 친숙모인 펠라게야 일리니치나 유슈코바가 아이들의 후견인이 되었다. 그녀는 아이들을 자신의 집으로 데려가기로 결정하였다. 그래서 아이들은 타치야나 알렉산드라 에르골스카야를 남겨둔 채 11월 펠라게야 일리니치나 유슈코바의 집이 있는 카잔으로 떠났다. 타치야나 알렉산드라 에르골스카야는 아이들과 헤어지는 것을 몹시 괴로워했다.

카잔은 당시 포볼지예의 문화 중심지였다. 겨울이면 각지의 지주들이 자신의 지인들과 이곳으로 모여들었다. 아이들이 이사한 그해 가을 카잔에는 화재가 났으며, 아이들은 우울하고 텅 빈 카잔의 모습을 보게 되었다. 유슈코프의 집은 모든 게 낯설었다. 펠라게야 일리니치나 유슈코바와 그의 남편은 카잔사회의 상류계급에 속했으며, 사교계 생활을 하였다. 아이들은 숙모의 신앙심과 다른 이들에게 대한 동정심을 존경하였다. 또한 자신들을 받아 주고, 키워 주며 모든 일을 격려해 주는 데 대해 감사했다. 그녀의 남편 블라디미르 이바노비치는 사람들의 우아함과 예의를 높이 평가했으며, 음악을 좋아하고 직접 작곡을 하기도 했다. 그는 유쾌하고 재치 있는 사람이었다. 펠라게야 일리니치나 유슈코바와 그의 남편은 사교계에서 존경받는 사람들이 되도록 애썼다.

모스크바대학에서 카잔대학으로 옮겨 온 니콜라이 톨스토이는 학업에 몰두하였다. 그는 사교계 생활을 좋아하지 않았다. 저녁이면 형제들과 모여 앉아 이야기하며 새로운 사람들과 적응해 나가는 것이 얼마나 힘든 일인지 절실히 느끼곤 했다. 그는 타치야나 알렉산드라 에르골스카야에게 보낸 편지에 이렇게 썼다.

저는 형제들에게 이야기를 들려주고 있습니다. 내가 아이들에게 가르치는 것은 복잡한 것이 아닙니다. 저는 제 이야기가 효과가 있는걸 볼 때면 뿌듯함을 느낍니다.

드미트리 톨스토이는 신앙의 길을 택하였다. 세르게이 톨스토이는 대학생이 된 후부터 사교계에 쉽게 섞일 수 있었다. 그는 무도회에서 멋진 파트너의 역할을 했으며, 아마추어 연극에서 공연을 하기도 했다. 그의 나이와 성격에 맞지 않는 역할도 해내곤 했다.

당시 레프 톨스토이는 아직 어렸기 때문에 선생님과 공부를 했다. 1844년 5월 그는 외교관이 되기로 결심하고 카잔대학 동양어학부에 입학시험 신청서를 제출하였다. 그는 한 번도 배운 적이 없는 동양어 시험에서 좋은 성적을 거두었다. 그의 언어적 능력을 높이 평가했던 것이다. 하지만 역사, 지리학, 통계학 시험에서는 시간이 모자랐다. 그래서 그는 여름 동안 재시험 준비를 해야 했다.

카잔대학. 1890년대 말에서 1900년대 초의 사진.

카잔대학의 강당. 1890년대 말~1900년대 초의 사진.

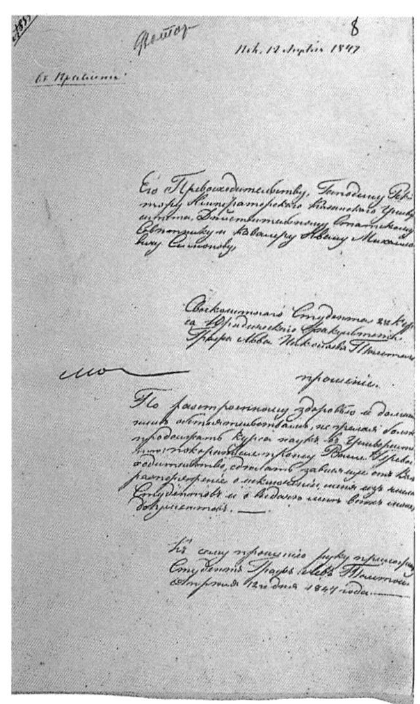

톨스토이의 대학 자퇴 요청서.
1847년 4월 12일. 자필.

〈삶의 규칙〉.
1847년 2월 16일 카잔에서 레프 니콜라예비치 톨스토이 씀.

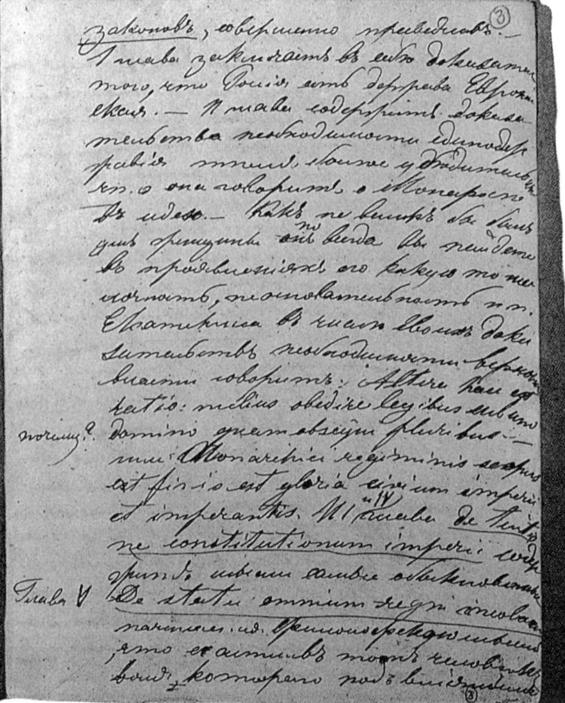

레프 니콜라예비치 톨스토이의 일기(1847년 3월 17~26일).
예카테리나 2세의 『명령』과 몽테스키외의 『법의 정신』을 비교함.

레프 니콜라예비치 톨스토이.
페테르부르크. 은판사진. V. 센펠드트. 1849년.

톨스토이가 대학 시절 사용한 검

열심히 공부하고 시험을 치른 레프 톨스토이는 유슈코프의 영지인 파노보에 쉬러 갔다. 여기서 그는 1812년 조국전쟁에 참전했던 삼촌과 친해졌고, 삼촌은 조국전쟁에 대한 이야기를 들려주었다.

그해 가을 톨스토이는 교복을 입고 장검을 차게 되었다. 그때 그의 모습을 여동생 마샤는 이렇게 표현했다.

그는 항상 자신이 못생겼다고 생각했지만, 그는 아주 귀엽고 매력 있는 사람이었다. 그가 생기를 띠고 말할 때면 우리 모두 놀랄 정도였다. 그가 교복을 입었을 때 도전적인 미소를 띤 그의 얼굴은 밝아졌으며, 그의 두 눈은 기지로 반짝이며 빨려 들어갈 것 같았고, 어느 한 구석 멋지지 않은 점이 없었다.

카잔대학에서 교수진과 교육 수준에 있어 가장 훌륭한 학부에 입학한 레프 톨스토이는 처음에 아주 즐겁게 학교를 다녔다. 그러나 곧 수업에 자주 결석하였다. 사교계의 사람이 되고자 했던 그는 무도회나 연회에 참석해야 했고, 프랑스어도 자유롭게 구사해야 했으며, 손톱을 다듬고 춤을 배웠으며, 무표정한 얼굴로 지루하다는 듯한 표정을 한 채 대화를 할 줄 알아야 했다. 이런 그의 노력에도 불구하고 그는 여전히 사교계에서 당황하고 어색해했던 내성적인 사람이었다. 그래서 카잔 사교계에서는 그를 무뚝뚝한 철학자라고 불렀다.

사교계는 레프 톨스토이에게 맞지 않는 세계였다. 그는 이미 그때 사람은 반드시 성장해 나가야 한다는 확신을 갖게 되었다. 하지만 그의 이런 바람을 사람들은 이해하지 못하고 조소할 뿐이었으며, 오히려 그의 타락을 칭찬해 주었다.

그의 마음속에는 정의에 대한 열망과 거짓과 위선에 대한 혐오감이 살아 있었다. 그래서 그는 산상수훈과 복음서 읽기에 열중하였다. 그는 독서를 통해 마음의 양식을 얻었다. 그는 푸슈킨의 『예브게니 오네긴』, 레르몬토프의 『우리 시대의 영웅』, 쉴러의 『도적들』, 스테른의 『센티멘탈한 여행』을 읽었으며, 후에는 루소의 『고백록』과 『에밀』을 읽었다. 그는 이 책들에서 많은 것을 얻었으며, 이에 대해 많은 생각을 하였다. 루소는 레프 톨스토이가 가장 좋아한 철학자였다. 후에 레프 톨스토이는 이렇게 기술하였다.

그가 쓴 글들은 마치 내가 쓴 듯 나의 생각과 일치한다.

그는 젊은 시절 루소의 초상화가 있는 메달을 걸고 다녔던 것을 회상하였다.

레프 톨스토이는 대학생 시절 강렬한 인상을 받은 적이 있었다. 1845년 봄 페테르부르크의 유명한 배우 A. E. 마르트이노프가 카잔으로 순회공연을 왔었다. 레프 톨스토이는 A. E. 마르트이노프가 홀레스타코프의 역할을 한 연극 〈검찰관〉을 보았다. 몇 년 후 〈어둠의 힘〉이 극장에서 상연될 때, 톨스토이는 아킴 역할을 소화해 낼 사람은 A. E. 마르트이노프밖에 없다고 생각했다. 그는 A. E. 마르트이노프보다 훌륭한 배우를 평생 본 적이 없다고 말했다.

레프 니콜라예비치 톨스토이의 학생시절, 침목.

어느 날 톨스토이는 여동생의 학교 친구인 귀엽고 우아한 지나이다 몰로스트보바를 알게 되었다. 그들은 자고스키나의 집에서 만났다. 지나이다 몰로스트보바는 착하고 상냥하며, 소극적이지만 현명했으며, 농담도 잘 받아 주었다. 레프 톨스토이는 카프카스에서 자신의 친구 A. S. 오골린에게 보낸 편지에 사랑스러운 몰로스트보바에게 그의 안부를 전해 달라고 부탁하였다. 레프 니콜라예비치 톨스토이에게 있어 몰로스트보바를 사랑했던 기억은 좋은 추억으로 남았다.

미래를 향해 최선을 다하는 젊은 시절에 혼자서 진리를 찾기란 어려운 일이다. 바로 그때 레프 니콜라예비치 톨스토이는 운명의 선물 같은 친구를 만나게 되었다. 바로 드미트리 디야코프였다. 그들은 이 세상의 모든 것들에 대해 이야기하였다. "우리는 정말 마음이 잘 통하였다. 둘 중 한 사람이 조금만 얘기를 시작해도 다른 한 사람이 같이 동조하여 대화를 나눌 수 있었다. 우리는 이렇게 다양한 주제 속에서도 같은 의견을 갖고 있다는 게 좋았다. 우리가 서로에게 말하고 싶은 생각들은 말로 표현할 수 없을 정도였으며, 우리에겐 항상 시간이 모자라게 느껴졌다."

그들은 오랜 시간 동안 우정을 쌓았다. 디야코프는 후에 레프 니콜라예비치 톨스토이의 아들 일리야의 교부가 되었다.

레프 톨스토이는 대학 진급시험 중 역사와 독일어 시험을 통과하지 못하였다. 하지만 이 결과는 공정하지 못한 것이었다. 레프 톨스토이는 두 과목 모두 잘 알고 있었다. 하지만 톨스토이 가족과 사이가 나쁘던 교수는 레프 톨스토이의 잦은 결석을 트집잡았던 것이다. 모욕감과 동시에 그는 실망을 하였다. 게다가 당시 동양어는 실질적인 생활과 너무나 무관한 것이었다.

"동양어가 실질적인 생활에 더욱 쉽고 알맞게 적용될 수 있는 방법을 찾을 겁니다"라고 그는 1845년 8월 말 타치야나 알렉산드라 에르골스카야에게 편지를 보냈다.

레프 니콜라예비치 톨스토이는 법학부에서 법의 역사에 관심을 쏟았다. 그는 사회구조에서 무언가를 이해할 수 있길 바랐다. 하지만 그의 노력은 헛된 것이었으며, 결국 그는 이 학문이 이상하거나 혹은 그가 이를 이해할 능력이 없는 것이라고 결론지었다.

그는 학부에서 가르쳐 주는 단순한 역사공부를 좋아하지 않았다. 학부의 역사수업은 이야기, 숫자, 이름들만 잔뜩 나열한 것일 뿐, 역사적 사건을 규명하려는 시도는 전혀 하지 않는다고 생각했다. 이런 그의 생각은 그가 『전쟁과 평화』를 쓰던 60년대에도 변함이 없었다.

시민법의 역사를 강의했던 D. I. 메이어 교수는 똑똑한 학생인 레프 니콜라예비치 톨스토이에게 관심을 가졌다. 그는 레프 톨스토이에게 예카테리나 2세의 『명령』과 몽테스키외의 『법의 정신』을 비교해 오라는 숙제를 내주었다.

톨스토이는 이 숙제를 열심히 한 결과, 이런 결론을 내렸다.

B. I. ,P. I. 유슈코프의 파노보 영지에 있는 집(카잔에서 29베르스타 떨어진 지역).1890년대 사진.

예카테리나 드미트리예브나 자고스키나(1807~1885).
스위스 베베. F. de. JONGH가 찍은 사진. 1870년. 카잔 로디온 귀족 여대의 설립자로서 P. I. 유슈코바의 친구. 레프 니콜라예비치 톨스토이가 자주 찾아가곤 하였다.

알렉산드르 스테파노비치 오골린(1821~1911).
페테르부르크. 슈테인버그가 찍은 사진. 1860년대 말, 카잔의 검사. 레프 니콜라예비치 톨스토이의 지인, 1851년 엘리자베타 모데스토브나 몰로스토바의 약혼자이던 그는 약혼녀의 누이인 지나이다 모데스토브나를 사랑하게 된 톨스토이와 친분관계를 쌓음.

펠라게야 일리니치나 유슈코바.
톨스토이 가문 출신 (1797~1875). 톨스토이의 숙모. 툴라. F. I. 호다세비치가 찍은 사진. 1870년대. 1841년부터 카잔에 온 톨스토이가 아이들의 후견인이 되어 주었다.

블라디미르 이바노비치 유슈코프(1789~1869).
P. I. 유슈코바의 남편. 1812년 참전. 퇴역 경기병, 카잔 지주. 야코프가 찍은 사진. 카잔, 1860년대.

지나이다 모데스토브나 몰로스트보바(1828~1897).
레프 니콜라예비치 톨스토이 누이의 친구. 볼코프의 은판사진. 1852년. 1851년 카프카스로 가던 중 머물렀던 카잔에서 레프 니콜라예비치 톨스토이는 J. 몰로스트보바를 사랑하게 되었다.

드미트리 알렉세예비치 디야코프(1823~1891).
톨스토이의 친구. E. D. 자고스키나의 사촌 조카. 무명화가의 수채화. 1840년대. 디야코프와의 우정은 『청년시절』과 『소년시절』에서 N.이르체니예프와 D. 네흘류도프와의 관계에서 잘 묘사되었다.

"예카테리나 2세는 자신의 전제정치를 합리화하기 위해 몽테스키외의 사상을 상당 부분 이용하였다.

예카테리나 2세의 『명령』은 러시아에 이익을 주기보다는 예카테리나에게 명성을 안겨 주었을 뿐이다. 우리나라에 노예제도가 있는 한 우리의 농업과 무역은 발전할 수 없다." 그리고 이렇게 덧붙였다. "만일 군주가 모든 법을 무시한 채 자신이 전제권을 가졌다고 생각한다면, 그 군주는 이미 양심을 잃은 것이다."

그는 이렇게 자신의 일기장에 기록하였다. 이 일기장은 자신의 결점을 보완하고 능력을 개발하기 위해 1847년 3월 17일 만든 것이었다. 그는 자신이 읽은 책에 대한 평가와 일상생활에서 관찰한 것들, 그리고 자신이 고치고자 하는 결점에 대해 매일 일기장에 기록하였다. 한 달 후 레프 톨스토이는 일기장에 이렇게 썼다.

내가 만일 내 인생의 유익한 목적을 찾지 못했더라면 나는 그 누구보다도 불행했을 것이다.

하지만 그는 얼마 지나지 않아 이 일기장 쓰기를 그만 두었다. 대신 〈삶의 규칙〉이라는 공책을 만들어서 자신의 의지, 기억, 일, 지적 능력, 감정에 대해 기록하였다. 레프 톨스토이는 후에 다양한 규칙을 만들어서 그것들을 지키려고 노력하였다. 그리고 이를 어길 경우, 스스로를 매우 비난하였다.

이후에도 그는 자신의 문학작품 계획과 작품에 도움이 될 만한 관찰과 사고 등을 일기장에 써넣었다. 그는 거의 지속적으로 이 일기장을 써 나갔다.

또한 이 일기장에는 18살 소년의 학문에 대한 열정, 자유에 대한 열망, 인내, 노력이 잘 나타나 있으며, 이 모든 것은 그의 작품 활동의 성공을 거두는 데 많은 도움이 되었다. 모순적인 것은 메이어 교수가 톨스토이에게 내준 숙제가 톨스토이가 자퇴하게 된 계기가 되었다는 것이다. 그는 철학, 논리학 및 여타 학문을 스스로 공부하기로 결심하였다. 그것이 더 큰 성과를 얻을 수 있는 길이라고 판단했던 것이다. 그때부터 톨스토이는 평생 독학에 매진하였다.

이후 톨스토이는 농민들의 지배자들로부터 박해를 당하지 않도록 돕기 위해 카잔에서 야스나야 폴랴나로 거처를 옮겼다. 그리고 그곳에서 농민들의 가난과 굶주림을 목격하게 되었다.

알렉산드르 예브스타피예비치 마르트이노프(1816~1860).
페테르부르크 알렉산드르 극장의 유명한 배우. 1850년대 사진.

젊은 귀족이던 레프 톨스토이는 많은 이들을 부역노동에서 해방시키고자 했고, 가난한 이들을 땅과 돈으로 돕고, 야스나야 폴랴나에 농민들을 위한 학교를 지으려고 결심하였다. 하지만 그는 농민들이 자신을 믿어주지 않는다는 것을 알고 큰 충격에 휩싸였다. 농민들은 그를 이상한 사람이라고 생각하거나 혹은 그가 거짓말을 하고 있다고 생각하였다.

그리고리예비치와 투르게네프의 작품을 통해 혹은 자신의 유년기 기억을 통해 농민에 대해 알고 있던 것들은 현실과는 먼 것들이었다. 레프 톨스토이는 하루하루 지남에 따라 농민들의 실상을 알게 되었다. 레프 톨스토이는 농민들이 무관심하고, 천하며, 고집 센 사람들이라고 생각했다. 사실 그들이 레프 톨스토이보다 훨씬 경륜이 있는 사람들이란 걸 알지 못했다.

레프 톨스토이는 농민들에 대해 화가 났으며, 이로 인해 슬픔과 절망에 빠졌다. 그리고 자신이 세운 계획들은 말도 안 되는 것처럼 여겨졌다. 민중들의 지위를 바꿔 줄 수 있는 길은 오직 농노제로부터의 해방이라는 걸 그때는 생각하지 못하였던 것이다. 레프 톨스토이는 지주로서의 의무를 다하고, 논문을 준비하며, 지위를 얻고 성공을 거두려고 애썼지만, 그 어떤 만족감도 얻을 수가 없었다. 오히려 깊은 환멸을 느꼈을 뿐이다.

1848년 가을 그는 모스크바로 떠나 경박한 도시 생활을 하였으며, 다음 해 겨울에는 페테르부르크로 거처를 옮겼다. 그는 페테르부르크에서 실질적인 일을 하는 사람이 되고자 결심했으며, 그곳에서 일을 배울 수 있을 거라 생각했다. 그리고 관직을 얻지 못할 경우, 페테르부르크대학에서 박사학위 후보 자격시험을 보기로 결심하였다. 그는 기마부대 사관생도가 되어야만 참여할 수 있는 헝가리 캠페인에도 참여하고 싶다는 생각을 하였다.

레프 톨스토이는 두 과목의 시험에서 좋은 성적을 받았지만, 다음 시험에는 응시하지 않았다. 학자로서의 성공은 그의 길이 아니라는 판단에서였다. 뿐만 아니라 그는 자신의 다른 계획들도 이행하지 않았다. 그는 관리가 되지도, 입대를 하지도 않았다. 안타깝게도 형 세르게이가 우려한 대로 된 것이다. 당시 레프 톨스토이의 삶은 아무런 목적도 의미도 없이 흘러갔으며, 그 자신도 스스로에 대해 불만을 갖고 있었다.

그에게는 그 어떤 결정적이고, 확실한 변화가 필요했다. 때마침 이런 시기에 형 니콜라이는 레프 톨스토이에게 카프카스로 함께 떠날 것을 제안했으며, 레프 톨스토이는 흔쾌히 동의하였다.

레프 니콜라예비치 톨스토이는 1841년 가을 형제자매와 카잔의 P. I. 유슈코바 숙모에게 갔다. 숙모는 고아가 된 아이들의 후견인이 되어 주었다. 레프 니콜라예비치 톨스토이는 카잔에서 6년 가까이 살았으며, 지금도 그의 생전 발자취가 잘 보존되고 있다. 지금의 카잔 크레믈린은 당시 모습과 거의 다를 바가 없다.

귀족회의 건물. 이 건물의 홀에서 열리는 댄스파티, 가장무도회에서 당시 대학생이던 톨스토이가 춤을 추었다.

카잔 로디온 귀족 여대에서 톨스토이의 누이가 공부를 했다. 톨스토이는 이곳의 무도회나 파티에도 갔었다.

키셀레프스키의 예전 집. 이곳에서 톨스토이가 아이들과 숙모가 살았다. 지금도 볼샤야 크라스나야 거리 68호에 있다.

톨스토이가 아이들이 유슈코바에게 왔던 당시 유슈코바는 고르탈로프의 집(현. 크라신 거리 15)에서 살고 있었다.

1847년 대학병원에서 톨스토이는 치료를 받았다.

톨스토이의 형들은 카잔대학을 졸업하였다. 톨스토이는 1844~ 1847년까지만 대학을 다녔으며, 전 과정을 마치지 않은 채 대학을 떠났다.

1855년 발행된 잡지 《동시대인》 9호.
톨스토이의 단편 〈삼림벌채〉와 〈1855년 세바스토폴리에서 보낸 봄날의 밤(5월의 세바스토폴리)〉이 실렸다.

1851~1855

작품활동 시작

레프 톨스토이는 시간이 지나 카프카스로 떠나던 당시의 심정을 자신의 단편소설 『카자크 사람들』에 이렇게 썼다.

과거의 삶을 벗어나 새로운 인생을 시작하고, 행복을 찾기 위해 길을 떠났다. 전쟁과 전쟁의 영광 그리고 내 안에 살아 있는 힘과 용감함! 천연 그대로의 자연! 바로 이곳에 행복이 있다!

니콜라이 니콜라예비치는 우회하여 가는 길을 택하였다. 두 형제는 마차를 타고 야스나야 폴랴나에서 모스크바로 출발하였다. 그리고 다시 모스크바에서 카잔을 지나 사라토프로 갔으며, 다시 마차를 배 위에 싣고 볼가 강을 따라 돛을 달고 노를 저으며 아스트라한까지 갔다.

키즐랴르에서 카자크마을로 가던 중 레프 톨스토이는 난생처음 새하얀 대리석을 보았다. 그는 장엄하고 아름다운 산들을 보고 깊은 감명을 받았다. 레프 톨스토이는 이것이 더 이상의 실수는 없는 행복하고 새로운 인생의 시작을 의미한다고 여겼다. "이제 시작이다"라는 그 어떤 장엄한 목소리가 들려오는 듯했다.

1851년 두 형제는 북 카프카스의 테레크 강의 왼편에 자리한 카자크 마을 스타로글라드코프스카야에 도착하였다. 이 마을도 노보믈린스카야와 함께 〈카자크 사람들〉에 묘사되었다. 스타로글라드코프스카야에는 제20여단 제4포병중대가 있었으며, 바로 이곳에서 니콜라이 니콜라예비치가 복무하였다.

레프 톨스토이는 2년 7개월 동안 카프카스에서 지냈으며, 이 시기는 그의 인생에 있어 '가장 좋은 추억'으로 남았다. 처음 1년 7개월 동안 그는 스타로글라드코프스카야에서 지냈으며, 이후 1년 동안은 여러 곳으로 원정을 다녔다. 트빌리시, 피티고르스크, 그로즈니 요새, 모즈도크, 키슬로보드스크, 블라디카프카스, 레즈노보드스크, 키즐랴르 그리고 근방의 두메마을과 카자크 마을

카자크 마을인 스타로글라드코프스카야.
화가 E. E. 란세레의 작품. 〈카자크 사람들〉이란 작품의 삽화로 쓰임. 먹 수채화. 1928년.

카자크인들의 집 내부.
K. 필립포프의 그림. 1850년대. E. E. 란세레의 복사본. 수채화. 마분지. 1917년.

N. N. 톨스토이와 레프 니콜라예비치 톨스토이(1823~1860)
모스크바. 은판사진. K. P. 마제르. 1851년.

전형적인 카프카스인. 톨스토이가 수첩에 그린 그림 중.

사냥터에서 레프 니콜라예비치 톨스토이와 에피슈카.
M. V. 네스테로프의 그림. 수채화. 백색안료. 마분지. 1925년.

그루지야의 군사용 도로. 카즈벡의 산들.
콘드라첸코 형제들이 찍은 사진. 19세기 후반의 카자크 군대 총사령부. 최초 공개.

을 돌아다녔다.

레프 톨스토이는 형 니콜라이와 함께 근무하던 장교들과는 친해질 수 없었다. 그들은 교육, 감정, 견해 등에 있어 레프 톨스토이와 큰 차이를 보였다. 레프 톨스토이는 당시 에르골스카야 숙모에게 이런 편지를 쓰기도 했다.

니콜라이 형은 이런 큰 차이에도 불구하고 그들과 쉽게 친해지며, 모두들 형을 좋아합니다. 형이 부럽지만, 저는 그럴 수가 없습니다.

하지만 시간이 지나 레프 톨스토이도 동료들과 융화하고, 거만함도 허물도 없는 태도를 갖게 되었다.

하지만 진부한 장교사회, 때때로 기습을 받기도 하고, 원정을 다니기도 하는 틀에 박힌 경비대의 생활, 화려하지 않은 카자크 마을의 풍경은 레프 톨스토이가 카프카스에 대해 그려 온 낭만적인 모습과는 거리가 멀었다. 이에 실망한 레프 톨스토이는 카프카스에 도착한 후 며칠이 지나 일기장에 이렇게 기록하였다.

아직 나는 카프카스로 떠나올 때 그렸던 매력적인 자연의 모습을 찾지 못했다. 내가 상상했던

북 다게스탄의 러시아 군대.
G. G. 가가린의 원작을 바탕으로 E. 치체리와 베이오가 석판으로 제작.

치플리스(티빌리시의 예전 명칭). 곤드라첸코 형제가 찍은 사진. 19세기 후반. 최초 공개.

웅장한 자연의 모습이 아니다.

하지만 점차 시간이 지날수록 그는 이곳의 자연에 매료되었으며, 매우 좋아하게 되었다. 카프카스를 떠나오며 레프 톨스토이는 일기장에 이렇게 썼다.

이곳의 천연 그대로의 자연은 정말 훌륭하다. 이곳에는 전쟁과 자유라는 상반된 두 가지가 시적이면서도 이상하게 조화를 이루고 있다.

레프 톨스토이는 카자크인의 생활과 풍습에 관심을 갖게 되었다. 그곳에는 농노제를 모르며 자유를 사랑하는 카자크 마을의 주민들, 러시아의 남쪽 국경지역을 수비하는 용감무쌍한 병사들, 자립적이고 용감한 여자들이 있었다. 진실하고 순수한 사람들은 그곳의 자연처럼 있는 그대로의 모습으로 진실하게 살고 있었다.

그는 모든 것을 버리고 카자크인으로서 오두막과 가축을 사고 카자크 여자와 결혼해 살고 싶다는 생각을 자주 하였다.

작품 〈카자크 사람들〉에 등장하는 인물 올레닌의 이러한 생각은 작가인 레프 톨스토이의 바람을 말해 주는 것이었다. 레프 톨스토이는 장교사회의 필요성을 느끼는 동시에, 장교들 사이에서 이상한 사람 혹은 카자크인이라고 불리면서도 카자크 병사와 평범한 주민들과 친하게 지냈다. 스타로글라드코프스카야의 오랜 주민들은 당시 체르케스인들의 검정 외투를 걸치고 안장에 올라타 능숙하게 말을 타며 활을 쏘던 레프 톨스토이의 모습을 회상하곤 하였다. 카자크 마을의 주민들은 그를 이렇게 기억하고 있었다.

그가 그렇게 노련하게 말을 타지 못했더라면, 우리 중 누가 그를 기억할 수 있었겠는가?

그곳에 혼자 떨어져 살던 카자크의 늙은 사냥꾼이던 에피판 세힌도 레프 톨스토이에게만은 애정을 보였다. 젊은 시절의 레프 톨스토이를 잘 알던 나이 든 한 카자크인은 이렇게 말하였다.

"에피판 세힌은 특별히 레프 톨스토이만을 좋아하였다. 그 둘은 매우 절친한 사이였다." 카자크인, 체첸인, 타타르인 할 것 없이 모두들 에피판 세힌을 존경했다. 그의 삶의 철학은 단순했다.

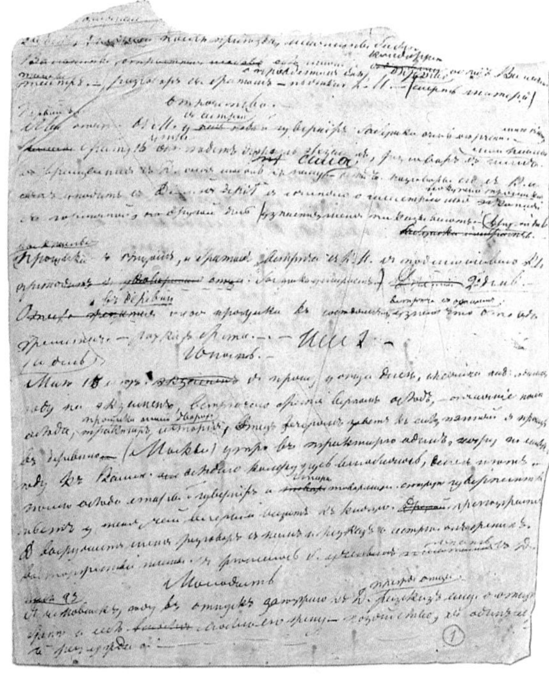

소설 〈4번의 발전 시대〉의 계획.
레프 니콜라예비치 톨스토이의 자필본. 1851년.

"모든 사람들의 신은 하나이다. 사람이란 짐승과 다른 존재이다. 고로 우리는 싸워서는 안 된다." 레프 톨스토이는 에피판 세힌과 많은 시간을 함께 보냈다. 두 사람은 생명의 위험에도 불구하고 전쟁이 일어나는 곳이든, 그렇지 않은 곳이든 상관없이 자신들의 친구들을 찾아다녔다. 레프 톨스토이는 에피판 세힌의 노래와 지나간 이야기, 카자크인들의 과거 삶과 사냥 그리고 산 여행 이야기를 들을 수 있었다. 당시 레프 톨스토이가 들은 이야기는 〈카자크 사람들〉에 잘 나타나 있으며, 그가 관찰한 것과 새로이 알게 된 것을 기록하던 공책에도 기록되어 있다.

에피판 세힌은 글로 쓰인 것을 신뢰하지 못했다. 그는 글을 쓰는 것은 그 어떤 흉계를 꾸미거나 법에 호소하기 위함이라고 생각하였다. 그래서 레프 톨스토이가 무언가를 열심히 쓰는 걸 보고, 법에 호소하고자 글을 쓴다고 생각했다. 그리고 그를 모욕한 사람들을 용서하라고 설득하기도 했다.

"잊어버리게, 친구! 자네를 모욕한 사람들에게 침이나 뱉고 잊어버리게! 뭘 그리 적고 있나? 그게 다 무슨 소용인가?" 밀고라도 하는 건가? 차라리 다 잊어버리고 산책이나 하는 게 더 나을 걸세!"

레프 톨스토이는 자신의 작품 〈카자크 사람들〉에 '에로쉬카'라는 이름의 인물로서 에피판 세힌을 묘사하였다. 그리고 1908년 그는 자신의 비서인 N. N. 구세프에게 말하길, '에로쉬카'의 모습은 에피판 세힌을 있는 그대로 묘사한 것이라고 했다.

레프 톨스토이는 스타르이 유르트 두메마을의 평범한 체첸인인 동갑내기 사도 미세르예프와도 절친한 친구처럼 지냈다. 그는 군 야영지에 자주 들러 카드놀이에 동참하곤 했다. 처음에는 아무것도 모르는 그를 장교들이 기만하기도 하였다. 그럴 때면 레프 톨스토이는 화가 나서, 사도 미세르예프가 카드를 그만두지 않을 거면, 그가 대신 카드를 쳐 주겠다고 나섰다. 이에 감동한 사도 미세르예프는 레프 톨스토이에게 맹우, 즉 생사를 함께 하는 친구가 되자고 말하였다. 사도 미세르예프는 레프 톨스토이를 몹시 좋아하여, 그가 바라는 걸 미리 알고 들어주곤 하였다. 한번은 톨스토이가 엄청난 금액의 빚을 갚지 못해 실의에 빠져 있을 때, 대신 그의 어음을 되찾아 주기도 하였다. 당시 레프 톨스토이는 야스나야 폴랴나의 숙모에게 편지에 사도 미세르예프는 위험에

다게스탄 겨울 행군 중 카프카스의 개별 사단의 군인.
V. 팀이 자신이 그린 그림을 토대로 석판으로 제작. 1849년.

카자크 포병들.
T. 고르셀트 그림을 사진철판으로 제작. 1860년. 다게스탄의 초흐 근처에서의 휴식. V. 팀이 자신이 그린 그림을 토대로 석판으로 제작. 1849년.

카프카스부대의 하산 모습. G. G. 가가린의 원작을 토대로 E. 치체리와 베이오(인물그림)가 석판으로 제작. 1840년대.

처하면서까지 자신을 위해 우정을 보여 주는 친구라고 썼다.

레프 톨스토이는 카프카스에 머무르는 동안 터키어를 배우고, 이 지역의 인종지학, 민속학, 역사에 관심을 쏟았다. 카프카스 자연의 아름다움과 그 자연과 어우러져 사는 사람들의 독특한 생활양식은 레프 톨스토이의 〈카자크 사람들〉에 잘 묘사되어 있다. 원래 〈카자크 사람들〉은 시로 쓰려던 것이었다. 당시 레프 톨스토이가 자필로 쓴 시의 첫 구절이 남아 있다. "어이, 마리야나, 일을 그만 두어라!" 레프 톨스토이는 십 년에 걸친 여러 번의 수정작업 끝에 1862년 〈카자크 사람들〉을 완성하였다.

군인이 되기 전 레프 톨스토이는 위험의 순간을 직접 체험하고자 당시 카프카스 군대의 좌익을 지휘하던 알렉산드르 이바노비치 바랴틴스키 장군의 부대와 함께 산골 두메마을 기습에 나섰다. 이후 얼마 지나지 않아 레프 톨스토이는 티빌리시에서 시험에 통과하여 4급 포병 하사관이 되었다. 자신이 저지르는 실수의 대부분은 지나친 자유로움에서 비롯된 것이라고 생각했던 그는 군인이 되어 자유를 잃는 것이 오히려 기뻤다. 하지만 그의 예상과는 달리 그의 지휘관이 명령하는 교육과 숙직은 그리 많은 시간을 요하지 않는 것이었으며, 원정을 나가는 일도 드물었다. 그 때문에 톨스토이의 생활은 예전과 다를 게 없었다. 그는 예전처럼 사냥, 펜싱, 승마, 체스를 즐기며, 니콜라이 형, 카자크인, 평범한 주민들과 대화를 나누고 독서와 문학작품 집필을 계속하였다. 하지만 레프 톨스토이는 그저 단순한 생활만이 있을 뿐, 자신이 꿈꿔 온 대로 사람들에게 선(善)을 베풀 수 있는 구체적인 일이 없다는 사실에 괴로워했다. 당시 그는 일기장에 이렇게 썼다.

대체 얼마나 오래도록 나는 자신을 가르치고자 애썼는가! 하지만 무엇이 나아졌는가? 이제는 단념해야 할 때인가? 하지만 나는 그 무언가가 다시 활력을 불어넣어 주리라 기대한다. 이대로 무의미하고, 목적이 없는 삶 속에서 명예와 이익을 바라며 살지는 않을 것이다.

그가 진정 바라는 일에 부합하는 것은 오직 『유년시절』을 집필하는 것이었다. 이에 대해 그는 숙모에게 이렇게 편지를 썼다.

지금 제가 쓰고 있는 글이 세상에 알려질지는 모르나, 어쨌든 지금 이 글을 쓴다는 것이 즐겁습니다. 이미 오래 전부터 꾸준히 쓰고 있는 것을 그만두고 싶지 않습니다.

니키타 피트로비치 알렉세예프(?~?)
육군중령, 제20여단 제4포병중대 지휘관. 이 부대에서 N. N. 톨스토이와 레프 니콜라예비치 톨스토이가 카프카스에서 군 복무하였다. 1860년대 말~1870년대 초 사진.

『유년시절』은 그가 모스크바에서부터 구상한 작품 〈4번의 성장기〉 제1부였다. 그는 이미 모스크바에서 4부작인 『유년시절』, 『소년시절』, 『청년시절』 그리고 『청춘시대』를 구상하였던 것이다.

톨스토이는 단순히 자신의 견식을 넓히거나, 만족을 얻기 위해서가 아니라 다양한 작가들의 문체와 작품 구성을 이해하기 위해 독서를 하기 시작하였다. 그리고 루소, 디킨스, 투르게네프와 같은 작가들과 그들의 작품 그리고 《조국의 기록》, 《동시대인》, 《독서를 위한 도서목록》 등에 대한 자신의 견해를 일기장에 써 넣었다. 1852년 초 4부작의 제1부인 『유년시절』이 완성되었다. 당시 톨스토이는 문학가로서의 인생을 꿈꾸진 않았지만, 이미 경륜 있는 작가처럼 집필에 매달렸다. 당시 그는 에르골스카야에게 쓴 편지에 이렇게 썼다.

저는 한 작품을 이미 오래 전부터 써 왔습니다. 이미 세 번이나 교정을 하였지만, 또 교정을 할 생각입니다. 스스로의 작품에 만족할 수 있도록 말입니다.

레프 톨스토이가 『유년시절』을 집필할 때 쓴 4개의 교정본이 지금도 남아 있다.

매번 교정을 할 때마다, 그는 불명확하고 장황하거나 부적절한 표현은 아무리 좋은 표현이라 해도 가차없이 수정하였다. 그는 이후에도 교정에 있어 이런 마음가짐을 잃지 않았다. 자신의 작품을 잡지 《동시대인》에 보내면서 그는 작품의 성공을 크게 기대하지 않고 자신의 이름이 아닌 이니셜 'L. N.' 만 적어 보냈다. 더불어 작품이 출판할 만한 것이 못 된다면, 작품에 무언가를 보태거나 수정하지 말고 그대로 돌려보내 달라고 당시 편집장이던

알렉산드르 이바노비치 바랴친스키 공작(1814~1879).
장군이자 원수. G. 데니에르가 찍은 사진. 1860년대. 톨스토이가 카프카스에서 군 복무하던 당시 카프카스 군대의 좌익을 지휘하였다.

N. A. 네크라소프에게 부탁하였다. 얼마 지나지 않아 잡지사로부터 편지가 날아왔다. 네크라소프가 보낸 편지에는 이렇게 적혀 있었다.

이 작품의 가치는 내용의 진실함과 현실성입니다. 당신의 소설과 재능에 관심을 기울이게 되었습니다. 그리고 당신이 문학계를 스쳐 지나가는 사람이 아니라면 이니셜이 아닌 당신의 이름을 걸고 출판해 볼 것을 권합니다.

레프 톨스토이의 작품은 1852년 출판된 《동시대인》에 실렸다. 하지만 검열을 통해 수정된 작품은 〈나의 어린 시절 이야기〉라는 제목하에 출판되었다. 레프 톨스토이는 망가지고, 제목까지 바뀐 자신의 작품을 보고 실망하였다. 화가 난 레프 톨스토이는 일반적인 유년기의 심리를 묘사한 작품이라는 점을 강조하며 "대체 내 어린 시절 이야기가 무슨 관계가 있소?"라고 네크라소프에게 편지까지 썼으나 보내지는 않았다.

이렇게 실망을 했음에도 불구하고 레프 톨스토이는 작품을 계속 연재하는 데 동의하였다. 그때까지만 해도 무명이던 레프 톨스토이의 작품은 대중과 문학인들 그리고 비평가들의 큰 호응을 얻었다. 에르골스카야는 자신의 조카 레프 톨스토이에게 그의 문학계 데뷔가 큰 호응을 얻었으며, 강한 인상을 남겼다고 전하였다. 더불어 누구보다도 투르게네프가 큰 관심을 보였다고 전하였다. 『사냥꾼의 앨범』의 저자 투르게네프는 레프 톨스토이의 『유년시절』을 읽고 난 후 네크라소프에게 이런 편지를 보냈다.

당신이 옳소. 재능 있는 작가요. 그에게 편지를 써서 계속 글을 쓰라고 하시오. 그가 만일 계속 글을 쓴다면, 나는 그를 매우 환영하며, 두 손 들어 반길 것이라고 전해 주시오.

잡지 《조국의 기록》은 뛰어난 작가가 등장한 것에 대해 러시아 문학계를 축하하였다. 무엇보다도 톨스토이를 기쁘게 했던 것은 가족들의 편지였다. 형 세르게이 니콜라예비치는 레프 톨스토이가 자만에 빠져 다음 작품을 소홀히 할 것을 염려하기도 하였다.

첫 작품을 성공적으로 발표한 레프 톨스토이는 당분간 다른 작품 집필을 접고, 자신의 문체를 다듬고 돈을 벌기 위해 《동시대인》에 카프카스에 대한 이야기를 출판하기로 결심하였다. 하지만 1852년~1853년의 겨울 원정으로 작품활동은 중단되었다. 레프 톨스토이는 군대에서 실패를 맛보았다. 처음에는 그의 문관직 퇴직에 대한 문서가, 그 다음에는 출신에 대한 문서가 페테르부르크 관청의 실수로 사라진 것이었다. 이 때문에 레프 톨스토이는 오랫동안 장교계급을 얻을 수가 없었다. 두 번의 원정, 20번의 전투를 겪으며 2년 동안 군 복무를 한 후에야 그는 하사관이 되었다. 만일 앞서 말한 문서들이 있었더라면 그는 반년 후에 진급을 할 수 있었을 것이다. 하지만 같은 이유로 1852년 겨울 원정에서 공을 세웠음에도 불구하고 그는 '용감함'에 대해 수여하는 게오르기예프스키 십자가도 받지 못하였다. 뿐만 아니라 두 번의 기회가 있었음에도 불구하고 1853년 원정에 대한 훈장도 받지 못하였다. 처음에는 안드레예프라는 병사가 훈장을 받고 평생연금을 받을 수 있도록 훈장을 포기하였다. 그리고 그 다음 번에는 부대의 지휘관이 훈장이 아닌 특별진급을 시켜 주었던 것이다.

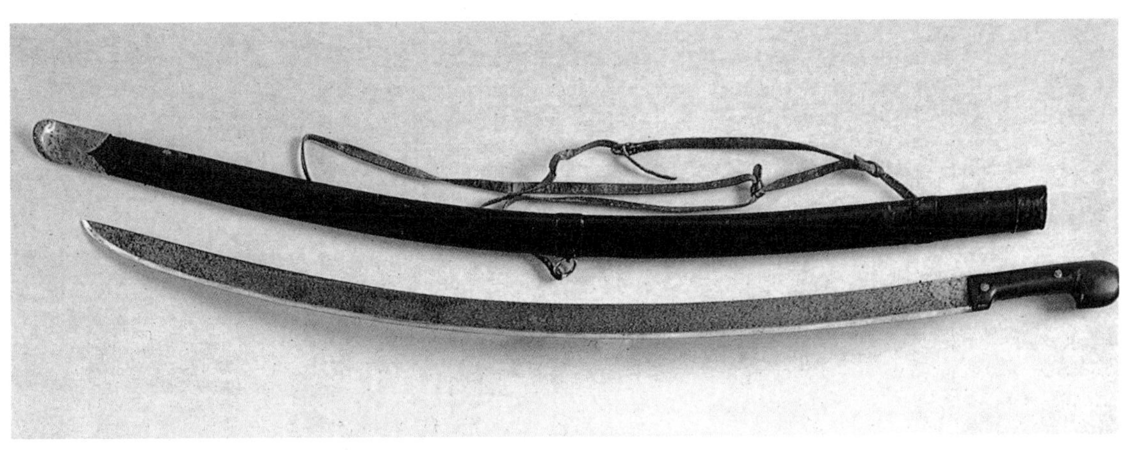

선한 체첸인 사도 미세르예프가 레프 니콜라예비치 톨스토이에게 선물한 검.

티빌리시의 시장.
1851년~1852년 G. G. 가가린이 그린 그림을 토대로 1853년 V. 팀이 석판으로 제작.

M. N. 톨스타야.
레프 니콜라예비치 톨스토이의 누이. 1850년대 초의 사진.

게르만 블라디미로비치 몰로스트보프(1827~1894).
A. I. 바랴친스키의 부관. 1860년대 사진. 티빌리시에서 톨스토이의 군입대 시험에 출석하였다.

하지만 레프 톨스토이는 장교계급보다 진정한 용기를 증명해 주는 게오르기예프스키 십자가를 수여받기를 원했다. 레프 톨스토이는 그때의 심정을 일기장에 남겼다.

십자가를 수여받지 못한 것이 정말 애석하다. 나는 불행하다. 훈장을 받았더라면 정말 기뻤을 것이다. 장교계급을 거절하지 않은 것을 후회할 지경이다.

이런 실패로 인해 그는 퇴역을 결심하기도 했지만, 사관생도로서 조국으로 돌아가는 것 또한 치욕이라고 생각하여 군대에 남았다.

이후 레프 톨스토이는 다시 한 번 자신이 일을 선택해야 하는 기로에 서게 되었을 때, 자신이 진정 해야 할 일은 바로 정신적 노동이라는 것을 깨달았다. 그의 일기장에는 이렇게 기록되어 있다.

정신적인 노동을 해야 한다. 물론 정신적인 노동을 하지 않으면 더욱 행복해질 수 있다는 것을 알고 있다. 하지만 신께서 정해 주신 나의 길이기에 나는 나의 길을 가야만 한다.

이제 레프 톨스토이에게 있어 집필은 반드시 해야만 하는 정신적인, 지적인 활동의 중심점 역할을 하게 되었다. 작품을 씀으로써 그는 선함과 관대함이 살아나는 것을 느끼며 만족해 했다. 태만은 레프 톨스토이를 괴롭게 했다. 레프 톨스토이는 태만함이란 정신적인 나태함이며, 삶의 최종목표인 도덕적 성장을 중단하는 것이라고 여겼다. 이 시기에 그가 쓴 일기에는 자신을 질책하는 글이 적혀 있다. "끊임없이 글을 써야 한다. 글을 쓰지 않으면 어리석은 행동을 범하게 된다." 그가 말한 어리석은 행동이란 생활의 질서를 무너뜨리는 것이었다. 책을 읽거나 글을 쓰면서 사고하지 않은 채, 연회나 카드놀이를 즐기고, 빚을 지게 되고, 동료들과 공허한 대화를 나누며 헛되이 시간을 보내는 동안 지적 능력을 무디게 하는 것이 바로 그가 생각한 어리석은 행동이었다. 그는 글을 쓸 때에야 비로소 정신적 평온을 느꼈다.

그는 자신이 관찰한 것과 경험한 것들을 바탕으로 작품을 썼다. 그는 이미 『유년시절』에 자신의 추억으로 남은 지난 이야기들을 묘사하였다. 그리고 카프카스에서 군 복무하던 때의 이야기도 집필하기로 결심하였다. 카자크인에 맞선 원정과 평범한 병사

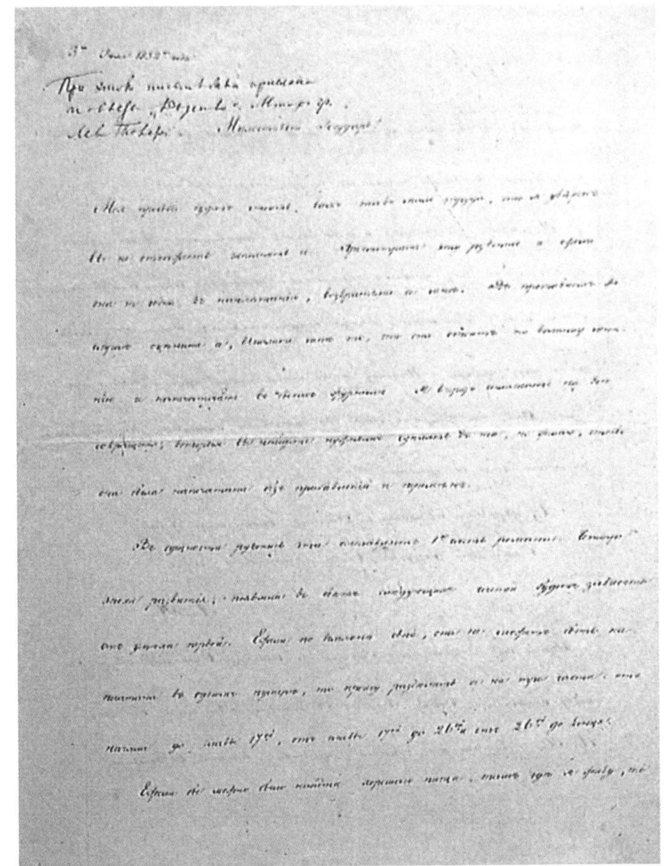

1852년 7월 3일 잡지 《동시대인》의 편집장 N. A. 네크라소프에게 레프 니콜라예비치 톨스토이가 보낸 편지.
소위보인 N. I. 부엠스키가 다시 썼다.

오세틴스카야 탑에서 내려다본 블라디카프카스의 전경.
곤드라첸코 형제가 찍은 사진. 19세기 후반. 최초 공개.

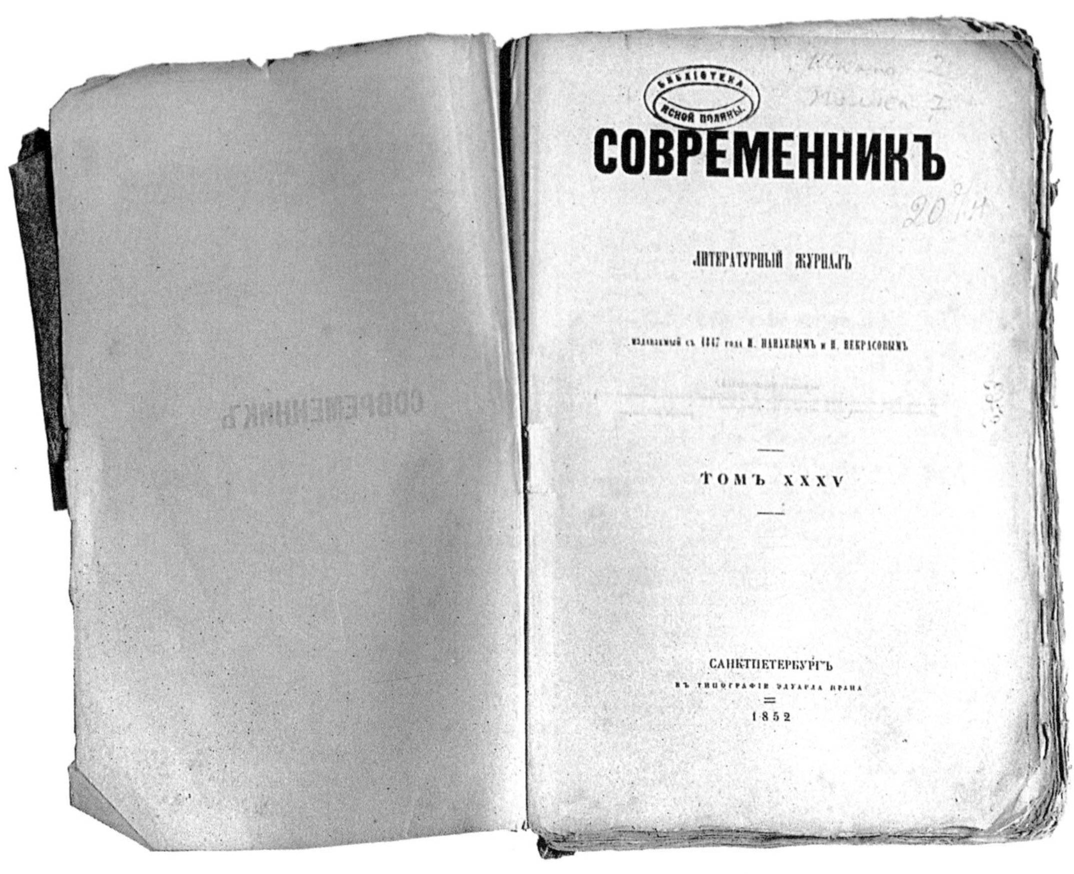

1852년 발행된 잡지 《동시대인》 9호.
톨스토이의 『유년시절』이 '나의 어린 시절'이라는 제목으로 처음 실렸다.

들과 장교들 사이에서 보낸 시간들은 그의 작품 〈습격〉과 〈삼림벌채〉의 좋은 자료가 되어 주었다.

레프 톨스토이에게 있어 그가 참전한 전쟁은 여러 가지 의미를 띠는 것이었다. 한편으로는 러시아의 영토를 지키기 위해 어쩔 수 없다고 생각하면서도, 다른 한편으로는 자신의 영토를 지키고자 했던 카자크인을 동정하였다. 이렇게 내면에는 상반된 감정이 공존하였지만 레프 톨스토이는 도덕적인 관점에서 사건을 바라보려고 노력하였다. 그는 전쟁이란 '병사들로 하여금 양심의 목소리를 듣지 못하게 하는' 부당하고 어리석은 것이라고 생각하였다. 그는 아름다움과 힘으로 살아 숨쉬는 자연과 오히려 그러한 것들을 없애려는 인간을 대조하였다.

이 아름다운 세상에서, 수많은 별들 아래에서 사람들은 자유롭지 못하게 살아야 하는가? 이 매력적인 자연 속에 살면서 사람들은 증오와 복수를 품고 살아갈 수 있단 말인가?

젊은 레프 톨스토이는 전쟁을 하는 인간에 대해 관심을 기울였다. 그는 병사들과 장교들의 심리를 파헤치고자 애썼다. 사람들의 성격을 연구하면서 병사들의 용기와 군인으로서의 용감함, 인내력, 정신적 끈기가 어디에서 비롯되는지 알아내고자 하였다.

레프 톨스토이의 작품 〈삼림벌채〉를 통해 힘든 병사들의 일상과 농민이던 병사들이 전쟁이라는 낯선 환경 속에서 살아가는 모습을 러시아의 독자들은 처음 알게 되었다. 레프 톨스토이는 당시 카프카스에 대한 낭만적이고 시적인 고정관념을 탈피하고 보다 현실적인 모습을 그리고자 하였다. 그의 작품에는 개성 없는 인물이란 존재하지 않는다. 모든 인물들은 자신의 세계와 특징, 습관 그리고 행동양식을 보여 준다. 그들은 극한 상황에서 인내력과 투혼을 발휘하여 끈기 있고 성실하게 맡은 바 임무를 다 한다.

〈습격〉은 1853년 발행된 《동시대인》 제3호에 실렸으며, 〈삼림벌채〉는 1855년 완성되어 《동시대인》에 실렸다. 『소년시절』 이후 출판된 〈삼림벌채〉는 이미 유명해진 'L. N. T' 라는 이니셜과 함께 실렸으며, 투르게네프에게 바치는 글이라고 적혀 있었다. 투르게네프에 대한 레프 톨스토이의 존경심을 보여 주는 것이었다. 이밖에도 네크라소프와 톨스토이의 가족들, 특히 투르게네프의 이웃 영지에 살던 누이 마리야 니콜라예브나가 레프 톨스토이에게 보낸 편지를 보면 그의 인생에 투르게네프가 얼마나 깊이 관여하였는지 알 수 있다.

〈습격〉의 성공적인 출판과 『유년시절』에 대한 호응으로 레프 톨스토이는 자신감을 갖고 새로운 작품을 쓰게 되었다. 그는 일기장에 이렇게 기록하였다.

> 『유년시절』을 쓰던 때와 마찬가지로 나는 열성을 다해 『소년시절』을 쓰고 있다. 그리고 『청년시절』과 〈러시아인 지주의 소설〉을 구상 중이다. 나는 아무런 목적도, 희망도 없다면 글을 쓰지 못할 것이다.

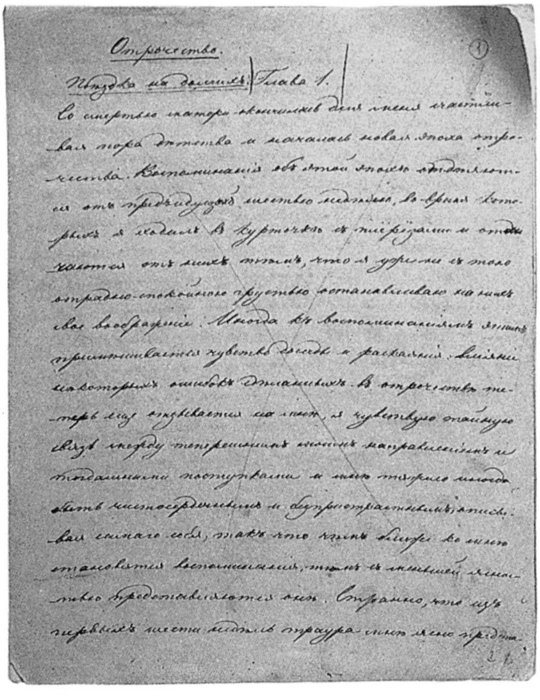

『청년시대』의 제2성고 자필본.
1853년. 레프 니콜라예비치 톨스토이의 자필본.

〈러시아인 지주의 소설〉은 교훈소설이다. 카프카스에서 돌아가 자신의 영지를 경영할 일을 미리 생각하면서, 레프 톨스토이는 1840년대 농민들과 가까워질 수 없었던 일을 되짚어보며 해결방법을 찾고자 노력하였다. 그리고는 농민들의 불신을 없애기 위해서는 그들을 위해 지주로서 선행하는 모습을 보여 줘야 한다고 확신하였다. 지주와 농민들의 관계 그리고 서로를 이해하지 못하는 현실은 언제나 레프 톨스토이를 고민하게 만들었다. 이 시기에 그는 소설 〈러시아인의 지배악〉을 집필하면서 이러한 문제를 해결하는 방법은 바로 지주의 선행이라는 것을 깨달았다. 이후 그는 지주와 농민의 관계가 심각함을 깨닫고 소설의 주제를 바꾸었다. 이렇게 바뀌게 된 주제는 더욱 당면적이고 중요한 것이었다. 당시 세바스토폴에 있던 톨스토이는 자신의 일기장에 이렇게 기록하였다.

> 소설의 주제는 농노제가 있는 한 지주의 올바른 삶이란 있을 수 없다는 것이다. 이 시대의 가난은 없어져야만 한다. 그 방법을 제시해 줄 것이다.

바로 이 시기에 그는 농노제가 바로 지주와 농민 사이의 불화의 씨앗임을 깨닫고, 평생 농노제에 반대하게 되었다.

레프 톨스토이는 군 복무로 인해 집필에 전념할 수 없어 괴로웠다. 1853년 2월 형 니콜라이가 퇴역한 후 혼자 남겨진 레프 톨스토이는 더욱 힘들어했다. 1853년 봄 레프 톨스토이는 야스나야 폴랴나로 돌아가 영지 경영과 작품활동에 매진하고자 퇴역 신청서를 제출하였다. 그는 우선 러시아의 집에서 퇴역 승인을 기다리기 위해 장기휴가를 받기로 결심하였다. 휴가를 기다리며 레프 톨스토이는 여동생 마리야 니콜라예브나 부부와 형 니콜라이가 휴양을 하러 와 있던 피티고르스크로 떠났다. 하지만 러시아와 터키 간에 전쟁이 일어났으며, 이로 인해 휴가도, 퇴역도 불가능해졌다는 걸 안 레프 톨스토이는 형 세르게이 니콜라예비치에게 편지를 썼다.

> 내가 언제 돌아갈 수 있을까? 그건 아무도 모르는 일이다. 어떻게 칼을 칼집에 넣을 것인지 생각만 하면서 지낸 지 벌써 일 년이 다 되어 가는데, 아직도 나는 그렇게 하지 못하고 있다. 하지만 반드시 참전해야만 한다면, 이곳이 아닌 터키에서 싸우고 싶다.

톨스토이는 두나이스카야 군대를 성공적으로 이동시키고, 장

교로서의 첫 진급인 소위보 진급장을 받게 되었다. 1854년 1월 19일 레프 톨스토이는 전우들과 헤어져 스타로글라드코프스카야를 떠났다. 이로써 그는 영원히 카프카스를 떠나오게 되었다. 하지만 이후에도 수십 년 동안 그는 그곳을 회상하며, 일기와 작품을 쓰면서 카프카스를 잊지 않았다.

레프 톨스토이는 카프카스에서 글을 쓰는 것이야말로 자신의 천직임을 깨달았다. 그가 자신의 타고난 재능을 발휘할 수 있었던 것은 정신적인 생활 덕분이었다. 그는 자신의 결점을 완벽하게 고칠 수는 없으며, 스스로에게 완전히 만족할 수는 없다는 걸 알았다. 하지만 동시에 그는 성장해 있었다. 예전에는 부와 영지를 얻고자 했으나, 이제는 선과 소박함을 추구하게 되었던 것이다.

레프 톨스토이는 카프카스에서의 시간을 통해 많은 것을 배웠으며, 여러 가지 사건을 목격하고 직접 겪는 과정에서 강인한 성격을 갖게 되었다. 그리고 그는 확신하게 되었다.

나는 카프카스에 사는 동안 외롭고 불행했다. 나는 모든 사람은 살면서 한 번은 생각할 수 있는 힘을 얻게 된다고 생각하게 되었다. 이 시간은 나에게 힘든 시간이기도 했지만 많은 도움이 된 시간이기도 했다. 그때처럼 깊은 사고를 했던 적은 그전에도, 그후에도

단편 〈카자크 사람들〉 도입부의 시.
1852년. 레프 니콜라예비치 톨스토이의 자필본.

피치고르스카야의 전경.
N. 메드베제프의 그림을 색이 있는 석판화로 제작. 19세기 전반. 최초 공개.

레프 니콜라예비치 톨스토이의 누이인 M. N. 톨스타야와 그녀의 남편 발레리안 피트로비치 톨스토이(1813~1865).
은판사진. 1847년(?). 최초 공개.

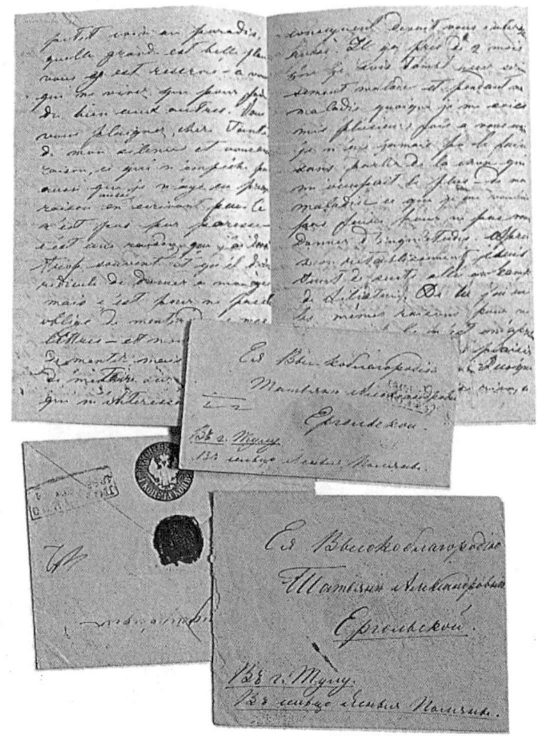

S. N. 톨스토이.
레프 니콜라예비치 톨스토이의 형제.
1850년대 말의 은판사진. 최초 공개.

1854~1855년 참전 당시 레프 니콜라예비치 톨스토이가 T. A. 예르골스카야에게 보낸 편지.

없었다. 내가 그때 깨달은 것에 대해 나는 언제나 확신할 수 있을 것이다. 나는 영원과 사랑을 믿게 되었으며, 다른 이를 위해 그리고 행복해지기 위해 살아야 한다는 걸 깨달았다. 나는 이러한 깨달음이 기독교의 진리와 같다는 것에 놀랐다. 나는 복음서를 뒤지기 시작했지만 찾아낸 것은 별로 없었다. 나는 신도, 속죄자도 그 어떤 비밀도 찾지 못했다. 나는 단지 진리만을 원했을 뿐이다…….

그는 현역군으로 떠나기 전 타치야나 알렉산드로브나 숙모, 형제들, 친구들을 만나러 야스나야 폴랴나에 들렀다. 그때 톨스토이가의 네 형제는 기념사진을 찍기 위해 은판사진 제작소를 찾았다. 휴가 이후 레프 톨스토이는 두나이스카야 부대의 지휘관인 고르차코프 공작의 사령부가 있는 부하레스트에 머물게 되었다. 젊은 소위보였던 레프 톨스토이는 매우 만족해했다. 사령부 소속 장교로서 레프 톨스토이는 세르쥐푸토프스키 장군이 이끄는 포병부대의 특수임무를 수행하였다. 그는 발라히야, 몰다비아, 베싸라비아 등지를 다니며 보고를 하였다. 터키의 시빌트리야 요새를 러시아군이 포위하고 있던 때에는 수차례 적군의 불길에 휩싸이기도 하였다. 당시만 해도 그의 임무는 이것으로 그쳤다.

L. N. 톨스토이.
모스크바, 은판사진 1854년.

실리스트리아의 전경.
1854년 V. 팀이 자신의 그림을 토대로 석판으로 제작.

이때 톨스토이는 책을 많이 읽고, 관찰을 하였으며, 자신 내면의 세계를 둘러보았다. 그는 스스로를 고쳐 나가는 일에 열중하면서 한 가지 깨달은 바가 있었다. 무엇보다도 먼저 해야 할 일은 자신과 자신의 결점을 제대로 이해하고, 고치려고 노력하는 것이다. 스스로를 완전한 사람으로 만들려고 해서는 안 된다는 것이었다.

레프 톨스토이는 미래와 자신의 운명에 대해 끊임없이 생각하였다. 그는 자신을 고쳐 나가지 않는다면 실패할 것이라고 생각했다. 이런 그의 생각은 일기장에 잘 드러나 있다. "나에게 있어 중간에 그치는 성격, 교육, 상황, 능력이란 있을 수 없다. 빛나는 미래와 우울한 미래, 둘 중 하나만이 존재할 뿐이다. 나는 나를 고쳐 나가는 데 온 힘을 쏟을 것이다." 자신의 나태함, 초조함, 경솔함, 허세, 무질서, 의지박약을 고쳐 나가는 데 그는 혼신의 노력을 기울였다. 원정을 다니는 동안 그는 혼자서 집필에 몰두할 수가 없었다. 그는 부하레스트에서 마침내 『소년시절』을 완성하고 《동시대인》에 자필본을 보냈다. 그리고 카프카스에서 쓰기 시작한 〈삼림벌채〉도 틈틈이 써 내렸다. 하지만 그다지 만족스러운 글은 쓸 수 없었다. 『청년시절』과 『청춘시절』의 집필은 기약 없이 미뤄지고 말았다.

레프 니콜라예비치는 에르골스카야에게 두나이스카야 군대에서의 삶은 산만하고 나태한 것이라 마음이 몹시 괴롭다고 전했다. 곧이어 크림지역에 터키군대를 돕기 위한 영국과 프랑스 군대가 입성하고 알민스크 전투에서 러시아군은 패배하게 되었다. 그리고 세바스토폴은 포위되기 시작했다. 당시 26세이던 육군 소위(1854년 9월 6일 진급) 레프 톨스토이는 남부 포병부대 사령부가 자리를 옮긴 키쉬네프에서 이 침통한 소식을 듣게 되었다. 당시 톨스토이는 야스나야 폴랴나에 이런 편지를 썼다.

크림으로부터의 소식을 기다리며 살고 있습니다. 세바스토폴에서 파발꾼이 전해 주는 소식만 기다립니다. 그리고 그곳에서 전해지는 비통한 소식에 모두가 슬퍼합니다.

그는 세바스토폴로의 이동을 요청하였다. 그가 후에 세르게이에게 보낸 편지에서 알 수 있듯이 전쟁을 직접 보고자 했던 마음과 당시 투철했던 애국심으로 내린 결정이었다. 포위된 도시로 떠나기 전 톨스토이는 일기장에 이렇게 적었다.

난 최근 많은 것을 겪었다. 세바스토폴의 상황은 몹시 위태롭다. 교정본은 이미 완성되었지만, 나는 다시 떠날 것이다.

키쉬네프 사령부에서 톨스토이와 몇몇의 애국심에 불타던 장교들은 주간지인 《군사신문》을 발행하기로 결심하였다. 그리고 병사들이 읽을 수 있도록 싼값에 잡지를 만들기로 하였다. 병사들이 이해할 수 있는 문체로 쓰인, 사실적인 그림이 들어간 잡지를 만들고자 했다. 그리고 훌륭한 이들의 용기와 약력, 추도기사, 군대의 이야기, 병사들의 노래, 포병기술에 대한 기사 등을 싣고자 했다. 하지만 톨스토이가 쓴 〈어떻게 러시아 병사들이 죽어가는가?〉, 〈좌노프 아저씨와 무사 체르노프〉가 실린 시범책자는 사령부의 저지를 당했다. 그리고 잡지 발행의 계획 및 시범책자는 고르차코프와 군 당국을 거쳐 황제에게 보고되었다. 이후 잡지 발행은 금지되었다. 톨스토이는 잡지의 견해가 당국의 견해와 많이 달랐기 때문이라고 생각했다. 잡지발행 금지로 몹시 실망한 톨스토이는 모든 계획을 변경하였다. 그리고 잡지에 실을 〈이 시대 군 유지를 위한 수많은 문서〉를 썼다. 그리고는 네크라소프에게 《동시대인》에 글을 싣게 해 달라고 부탁하였다. 니콜라이 알렉세예비치 네크라소프는 톨스토이의 글을 싣게 된 것을 기뻐하였다. 톨스토이의 재능을 믿었기 때문이기도 하지만, 동시에 러시아인들이 전쟁에 대한 글을 얼마나 바라고 있는지 알고 있었기 때문이다.

1854년 11월 7일 레프 톨스토이는 세바스토폴에 도착하였다. 그리고 그곳에서 거의 열 달 동안 국가방어 마지막 날을 며칠 남겨 두기까지 머물렀다. 그는 그곳에서 병사들과 수병들, 전열장교들이 애국심에 불타 어떻게 도시를 방어하는지 두 눈으로 목격하였다. 그는 세르게이 니콜라예비치에게 이렇게 편지를 썼다.

부대의 사기는 말로 표현할 수가 없다. 고대 그리스에서도 이런 영웅심은 볼 수 없었을 것이다. 코르닐로프가 부대를 돌아보며 병사들에게 이렇게 말했다. '병사들이여! 우리는 죽어야만 한다. 죽을 수 있겠는가?' 그러자 병사들은 소리쳤다. '기꺼이 죽을 수 있습니다! 만세!' 그리고 이미 22,000명의 병사들이 이 약속을 지켰다……. 부상당해 거의 죽어가는 한 병사는 그들이 어떻게 프랑스군의 중대를 빼앗았는지 이야기해 주며 통곡하였다. 수병들은 30일 동안 폭탄을 맞으면서도 지킨 이 중대를 내주며 괴로워하였다. 한 여단에는 상처를 입고 전선에서 나오지 못한 병사가 160여 명……. 엄청나지 않은가! 나는 전선에서 단 한 번도 싸워보지 못했으나, 이 사람들은 직접 볼 수 있었다는 것에 대해, 그리고 이런 영광스런 시기에 살고 있다는 것에 대해 신께 감사 드린다…….

톨스토이 형제들.
왼쪽부터 세르게이, 니콜라이, 드미트리, 레프. 모스크바, 은판사진. 1854년.

톨스토이는 도시방어전을 지켜보았다. 톨스토이는 도시방어전을 지휘한 P. V. 나히모프, B. I. 이스토민, E. I. 토틀레벤은 아주 훌륭한 사람들이었다고 전했다.

곧이어 톨스토이의 중대는 심페로폴로에서 벨베크 강으로, 그리고 이제 세바스토폴의 기습에 투입되었다. 러시아 군대가 승리할 거란 확신이 무너지기 시작했다. 이미 다른 부대도 패배할 거란 분위기에 젖어 있었다. 레프 톨스토이는 러시아 군대의 현실을 깨달았다. 낙후된 무기와 훈련을 받지 못한 병사들, 그들의 무차별함, 무식함, 병참관의 절도행각, 이성과 감정 그리고 힘을 잃은 무능한 고위관리들이 바로 러시아 군대의 실상이었다. 그의 기록은 당시 군대와 러시아 국가 전체를 바라보던 그의 시선을 잘 보여 주고 있다.

러시아는 패하거나 혹은 완전히 개혁되어야 한다. 모든 것이 거

도시 퇴각 이후 세바스토폴의 거리.
1855년 촬영한 사진을 토대로 '세레르, 나브골츠 그리고 K' 사가 제작한 사진철판.

블라디미르 알렉세예비치 고르닐로프(1806~1854) 중장.
1854년 V. 팀의 석판. 크림전쟁에 있어 세바스토폴 육지방어전 훈련을 지휘하였다. 말라호보 언덕의 첫 폭파 당시 사망하였다.

꾸로가고있다. 슬픈현실이다…….

전쟁은 레프 톨스토이의 전부가 되어 실패와 성공의 순간마다 그는 마음속으로 말했다. 그는 세르게이 톨스토이에게 이렇게 썼다.

러시아에서는 이 전투를 그렇게 걱정하며 지켜볼 필요가 없다. 러시아 후손들은 분명 그 무엇보다도 이를 높이 평가할 것이다. 우리는 총검만을 가지고, 열세한 군대를 이끌고, 우리보다 훨씬 수가 많은 적군과 싸우고 있다. 그들은 3천 대의 대포가 있는 함대와 엽총 그리고 강력한 군대를 이끌고 있다. 그리고 뛰어난 장군들이 지휘하고 있다. 우리 러시아군은 다만 맞서 싸울 뿐이다. 하지만 우리는 반드시 승리할 것이다. 나는 이런 불리한 조건하에서도 우리가 반드시 승리할 것을 확신한다…….

군 개혁의 필요성을 절감한 톨스토이는 '중대개혁계획' 을 작성하였다. 그는 이 계획에 포병부대의 조직 개선을 제안하였다. 그는 포병들이 적군을 약화시킬 수 있는 중요한 조언을 하려고 애썼다. 세바스토폴 수비대 지휘관의 승인을 얻은 이 계획은 상부의 엄청난 비난을 받았다. 이후 1855년 2월 18일 니콜라이 1세 사망 후, 러시아에 절실했던 급진적인 변화와 내부개혁을 기다리던 톨스토이는 또 다른 계획인 '군 개혁' 안을 작성하였다. 이 계획에서는 군대의 사기약화 문제를 다루었다. 국가의 군 정책에 대한 불만을 담은 이 계획은 실현되지 못하였다. 자신의 계획이 실패로 돌아갔다는 걸 알게 된 톨스토이는 더 이상 이런 보고서가 소용없다는 걸 깨달았다. 이후 톨스토이는 1855년 8월 4일 초르나야 강의 전투에 대한 노래를 만들었는데, 이 노래는 무능한 사령관들을 비웃는 노래였다. 레프 톨스토이 자신도 실패로 돌아간, 끔찍하게도 많은 희생자를 낳은 이 전투에 참전한 사람 중의 하나였다. 이 풍자적인 노래는 수천 명의 입을 통해 세바스토폴 부대 전역으로 퍼졌다. 1855년 4월 초 톨스토이의 중대는 제4능보의 야조노프스키 다면보루로 이동하였다. 이 지역은 프랑스 진지와 가장 가까이 있는 곳으로 총격전이 벌어지는 위험한 곳이었다. 이곳을 방어하던 중대는 엄청난 피해를 입었다.

또다시 열흘에 걸친 도시 폭격이 시작되었다. 한 참전용사는 당시의 폭격을 '지옥의 폭격' 이었다고 말하였다. 그는 화약고에서 폭발이 일어나고, 폭탄 터지는 소리가 들리고, 총성이 울리고, 사람들은 쉴새없이 소리를 지르고, 귀가 찢어질 듯한 굉음이 들

《군사신문》의 겉표지. 1854년.

리고, 심장이 터질 듯 괴로웠다고 묘사하였다. 이 지옥의 능보에서 레프 톨스토이는 한달 반 동안 두 개의 포병부대를 지휘하였다. 그는 당시 직접 보고 겪은 일들을 일기장에 기록하였다.

이곳의 계속되는 위험은 매력적이다. 나와 함께 지내는 병사들과 수병들 그리고 전쟁 자체를 지켜본다는 것이 나는 기쁘다. 여기서 떠나고 싶지 않을 정도이다. 수병들의 명예로운 정신! 나의 병사들도 너무나 훌륭하다. 나는 그들과 함께 있어 즐겁다…….

레프 톨스토이와 함께 근무하던 장교들은 어려운 순간마다 자신의 이야기와 노래로 힘을 북돋아 주었던 그를 선하고 진실한 사람으로 기억하였다. 세바스토폴 전투에 참전한 한 장교는 톨스토이에 대해 이렇게 썼다.

그는 말 그대로 우리 중대의 정신력이었다. 그는 보기 드물게 진실한 사람이었다. 결코 그를 잊지 못할 것이다.

전투에서 그가 보여 준 대담함과 용감함은 다른 병사와 장교들의 존경심을 불러일으켰다. 레프 톨스토이는 '세바스토폴 방어 공로'에 대한 성 안나 4등급훈장, 게오르기리본의 메달을 받았다. 훈장에는 '용감함에 치하하며', '세바스토폴 폭격 시 세운 공로를 치하하며' 라고 쓰여 있다. 뿐만 아니라 '세바스토폴 방어공로', '1853~1856년 참전기념' 메달도 받았다. 제4능보는 레프 톨스토이에게 전쟁에 대한 강한 인상을 남겼다. 그는 바로 이곳에서 세바스토폴 수호자들의 진정한 애국심과 영웅심을 느꼈다. 그때 그가 느낀 진정한 애국심과 영웅심은 그의 작품『전쟁과 평화』에 잘 묘사되어 있다.

이곳에서 톨스토이는 〈삼림벌채〉의 집필을 계속하였으며,『청년시절』을 쓰기 시작했고, 네크라소프에게 집필하기로 약속한 〈12월의 세바스토폴〉을 완성하였다. 이후 그는 전투가 일어나던 도시에서 본 것과 경험한 것들에 대한 두 편의 이야기를 썼다. 이 이야기는 방어전의 참전용사로서 뿐만 아니라 자신이 모든 것을 정리하는 예술가로서 쓰인 것이다. 전장에서 적군에 맞서 싸우는 러시아 병사들을 통해 레프 톨스토이는 진정한 영웅서사시를 본 것이다. 세바스토폴 수호자들은 이 힘든 시기에도 굴하지 않고, 오히려 사기를 높이고 기쁜 마음으로 죽음을 각오했다. 비단 도시만을 위해서가 아닌 조국을 위한 각오였다.

레프 톨스토이는 카프카스에 있을 때도 위험이 아닌 자신의 책임을 다하고자 하는 마음에서 우러나오는 러시아인의 영웅심에 대해 깨달았다. 그리고 이곳 세바스토폴에서 자신의 생각에 확신을 갖게 된 것이다.

한 사람의 얼굴에서 공허함, 초조함, 열광, 죽음에 대한 각오, 결심을 보기란 어려울 것이다. 당신은 자신의 일상생활을 묵묵히 하는 평온한 모습을 볼 수 있을 것이다.

세바스토폴의 남쪽.
1855년 로베르트손이 촬영한 사진을 토대로 D. 로소프가 만든 석판.
세바스토폴 포위의 마지막 몇 달 동안 도시의 남과 북을 잇는 다리를 강 위에 만들었다. 1855년 8월 27일부터 28일 밤 큰 다리를 따라 세바스토폴 군대가 북쪽으로 이동하였으며, 이후 다리는 강변까지 이어졌다.

세바스토폴의 폭파.
1855년 V.팀이 그린 그림을 토대로 색이 있는 석판으로 제작. 최초 공개.

1854년 5월 5일 터키, 영국, 프랑스 군대의 세바스토폴 폭파.
1854년 그린 그림을 토대로 V.팀이 만든 석판.

세르게이 세묘노비치 우루소프 공작 (1827~1897).
성게로르기 훈장 패용자. 퇴역한 육군소장. 세바스토폴 방어전에 참전. 1856년(?) 사진. 제4능보에서 참전하였다. 이 곳에서 레프 니콜라예비치 톨스토이와 만나 친하게 되었다. 그들의 우정은 우루소프가 죽기 전까지 지속되었다.

파벨 스테파노비치 나히모프 (1802~1855) 중장.
1855년 V.팀이 그린 그림을 콘다르가 석판으로 제작. 크림전쟁에 있어 세바스토폴의 남쪽 방어를 지휘하였다. 말라호보 언덕에서의 전투에서 치명상을 입었다.

레프 톨스토이는 휴식시간이나 전투에서 혹은 병상에서 그리고 수술대에서 전쟁에 대한 모든 진실을 들려주려고 애썼다. '고통의 집' 이라고 부르던 병원에서 레프 톨스토이는 놀랍고도 끔찍한 이야기를 들려 주었다. 바로 그의 이야기는 사람들에게 고통과 죽음만을 남기는 전쟁의 본질을 다루고 있다. 전쟁이란 추하고, 그릇된 것이다. 깃발을 휘날리고 말을 타고 다닌다. 하지만 전쟁의 실상은 피와 고통과 죽음이 어우러져 있는 것이다.

《동시대인(1855년 6호)》에 실린 〈12월의 세바스토폴〉은 독자들로부터 큰 호응을 얻었다. 투르게네프는 파나예프에게 이런 편지를 썼다. "세바스토폴에서 톨스토이가 쓴 기사는 그야말로 기적이오! 나는 눈물을 흘리며 그의 글을 읽었다오. 그리고 만세를 외쳤소." 악사코프는 부모님에게 이렇게 썼다. "톨스토이의 글을 읽고 세바스토폴로 달려가고 싶다는 생각이 들 정도로 훌륭한 글이었습니다. 더 이상 겁을 내지도 않고, 허세를 부리지도 않게 만드는 글입니다."

《동시대인》의 출판사에서는 제6호에 이런 글을 실었다.

작가는 우리에게 매달 글을 보내 주기로 하였습니다. 《동시대인》의 출판사는 이렇게 독자들이 알고 싶어하고 공감할 수 있는 이야기를 실을 수 있다는 것을 행복으로 여깁니다.

하지만 레프 톨스토이에게 있어 이 약속을 지킨다는 것은 쉬운 일이 아니었다. "무언가를 생각할 겨를이 없을 만큼 현실은 너무나 수많은 사건들로 가득하다."

레프 톨스토이의 당시 생활은 군대에서 일어나는 사건들이 전부였다. 글을 쓴다는 것은 상상조차 할 수 없을 만큼 많은 일들이 일어났다. 그의 일기장에 적힌 글은 그때의 상황을 잘 말해 준다.

지난 일주일 동안 세바스토폴에서 쓴 두 개의 글을 교정본 것 외에 나는 아무것도 할 수가 없었다. 4일 전에는 제 5능보를 맞서 싸우던 우리의 참호를 치욕스럽게 빼앗겼다. 하루하루 사기가 떨어지고 있다.

레프 톨스토이는 틈틈이 글을 쓰는 것만으로는 만족할 수 없었다. 하지만 그는 당시 상황을 탓하기보다 자신의 성격을 탓했다.

이미 이틀 전부터 집필 계획과 생각들이 머릿 속에 꿈틀대고 있다. 나는 왜 그것들을 글로 옮기고 정리하지 못하고 있을까? 나는 마지막으로 자신을 시험해 본다. 만일 내가 무관심과 무사태평 그리고 나태함에 다시금 빠진다면, 나는 가끔 글을 쓰게 될 뿐, 더 이상 노력하지 않게 될 것이다.

레프 톨스토이는 두 번째 작품인 〈5월의 세바스토폴〉을 벨베크 강변의 진지에서 완성하였다. 이곳은 세바스토폴에서 20 베르스타 떨어진 곳으로서 그가 산악부대를 지휘하던 곳이었다. 그는 두 번째 작품이 자신의 첫 작품보다 훌륭하다고 생각했으나,

검열에서 출판금지를 당하지 않을까 우려했다. 두 번째 이야기는 세바스토폴에 있는 위선적인 장교들에 대한 이야기를 다루었기 때문이었다. 그리고 그는 민중들은 이해할 수 없는 귀족장교들과 전쟁을 비난하는 글을 썼던 것이다. 높은 계급의 장교들은 낮은 계급의 병사와 포병장교를 마치 영웅이 될 수 없는 사람들이라는 듯 비웃었다. 장교 중의 한 명이던 갈친 공작은 이에 대해 이렇게 말했다. "더러운 몸을 하고 더럽혀진 손으로 용감해질 수 있다는 것을 믿을 수가 없소." 레프 톨스토이는 그런 사람들의 정신적인 상처와 두려움을 파헤쳐 보여 주었다. 그들이 전쟁에 참전하는 이유는 훈장을 받고 용감한 장교라는 평판을 얻기 위함이었다. 천 명에 가까운 희생자를 낸 5월 10일의 유혈전투도 진급할 수 있는 기회로 여길 뿐이다. 심지어 부관이던 칼루긴은 이런 생각을 했다. '이렇게 무사히 살아 있다는 게 천만다행이다. 황금 군도를 하사 받을 것이다.' 칼루긴뿐만 아니라 당시 장교들은 이런 생각을 갖고 있었다. 사람들의 죽음에는 무관심한 채, 오직 자신의 신변과 출세만을 생각했던 것이다.

당시 레프 톨스토이는 이렇게 그들을 빈정거리며 말했다.

"소위보인 페트루쇼프와 하사관인 안토노프에게 양심적으로 물어봐도, 그들은 전투를 벌이고, 사람들을 희생시켜 별을 하나 더 따고, 하사품을 받을 생각만을 할 것이다."

하지만 톨스토이는 전쟁에 참전하는 사람이라면 희생자를 내지 않도록 하고, 동료를 사랑하고 그들에게 선행을 베풀 줄 알아야 한다고 생각했다. 정치적인 문제를 사람들의 목숨을 희생시켜 가며 해결한다는 것은 정신 나간 짓이라고 여겼다. 레프 톨스토이는 러시아 군과 프랑스 군이 화해하는 장면을 그리기도 했다. 그리고 전쟁이란 정부의 변덕으로 인해 민중들을 가르는 도덕적 죄악이라고 묘사했다.

능보와 참호에는 백기가 걸리고, 꽃이 핀 계곡에는 시체가 악취를 내며 썩고 있었으며, 태양은 푸른 바다로 내려앉고 있었다. 수천 명의 사람들은 서로 바라보고 이야기하며 미소 지었다. 이들은 사랑과 헌신이라는 위대한 법을 따르는 기독교인들이다. 그들은 후회하며 무릎을 꿇고, 화해의 기쁨과 행복으로 눈물을 흘리며 서로를 얼싸안을 것이다……. 아니다! 하얀 걸레들은 숨겨져 있다. 그리고 다시금 죽음과 고통의 포성이 들리고, 무고한 이들의 피가

제4능보의 멜니코프 대장의 지하 방.
1855년 V. 베르그가 그린 그림을 D. 로소프가 석판으로 제작.

세바스토폴에서의 포병부대 진군.
1855년 V.팀이 그린 그림을 토대로 플로이드가 그린 판화

미하일 드미트리예비치 고르차코프 공작(1793~1861).
포병부대 장군. 1854년 두나이에서 부대 지휘, 1855년 크림부대 지휘. 1850년대 말 사진.

에고르 페트로비치 코발레프스키 (1809/1811~1868). 작가, 여행가, 세바스토폴 방어전에서 만난 톨스토이의 친구. 1856년 사진, 페테르부르크.

적진에 가까운 제4능보의 구석.
1854~1855년 N. V. 베르그가 그린 그림을 D.로소프가 석판으로 제작.

낭자한다. 그리고 사람들의 신음소리와 저주가 들려온다.

레프 톨스토이는 소설의 주제로서 진리와 언제나 올바른 주인공을 선택하였다. 네크라소프는 이런 톨스토이의 글을 환영하였다. 바로 진리야말로 작가 고골리가 죽은 후 러시아 문학에서 사라져 가는, 하지만 이 사회에 반드시 필요한 것이라 여겼기 때문이다.

〈5월의 세바스토폴〉은 사회의 엄청난 반향을 불러일으켰다. 투르게네프는 끔찍한 것이라고 말하였다. A. F. 피셈스키는 A. N. 오스트로프스키에게 읽기 힘들 정도로 솔직한 글이라고 말하였다. 하지만 레프 톨스토이가 작품을 쓰며 우려했던 일이 일어났다. 검열위원회의 의장은 글의 수정을 요구하며 출판을 금지했던 것이다. 이후 이 작품은 1855년 《동시대인》 제 9호에 〈1955년 봄 세바스토폴에서의 밤〉이라는 제목으로 실렸다. 하지만 작품은 알아볼 수 없을 만큼 수정된 상태였으며, 레프 톨스토이의 'L.N.T' 이라는 이니셜도 없었다. 레프 톨스토이의 이니셜은 출판사에서 삭제했던 것이다. 자신의 작품이 엄청난 수정 후 전혀 다른 글로 잡지에 실렸다는 소식을 접한 레프 톨스토이는 일기장에 이렇게 썼다.

나의 작품을 알아볼 수 없을 만큼 수정했다는 소식을 어제 접하였다. 나는 이미 요주의 인물이 된 듯하다. 하지만 러시아에 언제나 나와 같이 도덕적인 작가가 있기를 바랄 뿐이다.

출판에 앞서 자신의 〈5월의 세바스토폴〉을 최대한 검열에서 살아남을 수 있도록 수정하면서 레프 톨스토이는 이렇게 일기를 썼다.

이제 허세의 유혹을 받는 시기가 온 것이다. 내가 나의 확신대로 글을 쓰지 않았더라면 나는 많은 것을 얻었을 것이다.

하지만 그가 선택한 길은 문학이었고, 그의 가장 중요한 목적은 바로 글을 통해 사람들에게 전할 수 있는 선함이었다. 이는 사회가 안고 있는 심각한 문제를 조명하지 않고서는 불가능한 일이었다. 비록 그것이 독자들과 정부에 불쾌한 인상을 준다고 해도 말이다.

1855년 8월 27일 세바스토폴에서 적군의 마지막 습격이 있던 날, 레프 톨스토이는 방어선을 지키며 5개의 중대를 지휘하였다. 말라호프 언덕을 점령당한 후, 남부 요새를 모두 폭파하고 세바스토폴을 떠나기로 결정하였다. 레프 톨스토이는 자신의 소대와 함께 부대의 도하를 엄호하고 가장 마지막으로 도시를 떠났다.

체르나야 강의 전투.
1855년 V. 심프슨이 그린 그림을 데이와 아들이 색이 있는 석판으로 제작.

세바스토폴 퇴각 이후 제3능보의 부대.
1855년 촬영한 로베르트슨이 찍은 사진을 토대로 '세레르, 나브골츠 그리고 K' 사가 제작한 사진철판.

마할로브 언덕의 돌격. 1855년 V.심프슨이 그린 그림을 모리나가 색이 있는 석판으로 제작.

당시 세바스토폴을 떠나는 레프 톨스토이의 심경은 그가 에르골스카야에게 보낸 편지에 잘 나타나 있다. "우리의 능보에 화염이 일고, 프랑스 군의 깃발이 펄럭이는 걸 보며 저는 울었습니다." 포위의 마지막 며칠의 이야기는 후에 〈1855년 8월 세바스토폴〉에 잘 묘사되어 있다. 이 작품을 출판하며 레프 톨스토이는 처음으로 자신의 이름을 밝혔다. 문학이 자신이 길인지 시험했던 레프 톨스토이는 비로소 자신의 길이 문학이라고 확신했던 것이다.

세바스토폴의 패배는 러시아의 군사적인 그리고 경제적인 낙후의 원인이 되었으며 사람들의 생활양식을 바꾸어 놓았다. 레프 톨스토이는 자신이 이미 '군 개혁계획'에서 언급했던 러시아 개혁의 필요성을 절감하고 이에 대한 것을 〈세바스토폴 이야기〉에 썼다.

영웅 서사시가 끝이 나고 러시아 군대는 용감했던 전우들의 시체를 남긴 채 도시를 떠나와야 했다. 당시의 괴로운 심정은 후회와 치욕 그리고 증오로 가득했던 것이다. 그리고 이로써 도시에는 더 이상 전투가 일어나지 않았다.

레프 톨스토이는 러시아 국민이 그토록 정신을 쏟은 이 전쟁은 백해무익한 것이었다고 확신했다. 그는 이미 이런 생각을 자신의 일기장에 쓴 적이 있었다.

많은 정치적 진실이 드러나고, 러시아에게 있어 힘든 시기에 이 모든 것이 산산이 부서지고 있다. 러시아가 불행하던 시기에 살아난 조국에 대한 사랑은 오래도록 그 흔적을 남길 것이다. 지금 목숨을 희생하는 사람들은 영원히 러시아의 국민으로 남을 것이며, 다른 이들은 지금 죽어가는 사람들을 영원히 기억할 것이다. 그들은 자신의 희생정신과 고결함으로 영원히 러시아 사회에 살아 있을 것이다.

세바스토폴의 패배 이후 군대는 거의 활동하지 않았으나, 러시아 군대는 여전히 크림지역에 남아 있었다. 레프 톨스토이는 군대를 완전히 떠나길 바랐다. 세바스토폴 전투에서의 고무된 감정과 집중력은 나태함으로 바뀌어 있었다. 레프 톨스토이는 어렵게 『청년시절』을 다시 집필하기 시작했지만 그가 가장 마지막으로 쓰기 시작한 세바스토폴 이야기는 좀처럼 쓸 수가 없었다. 그

1855년 6월 9일 불타고 있는 강변의 정부건물.
1855년 V.심프슨이 그린 그림을 월커가 색이 있는 석판으로 제작.

세바스토폴의 수호자들.
사진을 토대로 V.F.팀이 만든 석판. 1854년.

레프 니콜라예비치 톨스토이가 전쟁에서 받은 훈장.
성 안나의 4등급 훈장, '세바스토폴 방어공로'에 대한 게오르기리본의 메달, 1853~1856 참전기념 메달.

는 자신의 일기장에 스스로를 설득하고 질책하는 글을 썼다.

문학적으로 성공하기 위해서는 끊임없이 글을 써야 한다. 내일부터 나는 글을 평생 글을 쓰거나, 혹은 영원히 규칙과 종교와 예의범절 등 모든 것을 버려 버릴 것이다.

당시 투르게네프는 레프 톨스토이에게 문학에 전념하라고 조언해 주었다.

당신이 지금 어디에 있는지 생각하는 것이 무섭소. 당신은 이미 당신이 겁쟁이가 아니라는 걸 증명해 보여 주었소. 군인으로서의 성공은 당신이 가야 할 길이 아니오. 당신의 길은 문학이오. 사고하며 글을 쓰는 예술가로서의 성공이오. 당신의 무기는 군도가 아닌 펜이오. 뮤즈신은 인내심이 없을 뿐만 아니라 시기심이 많기까지 한 것 같소.

1855년 11월 초 레프 톨스토이는 파발꾼으로서 페테르부르크로 떠났다. 그는 포병부대 사령관의 지시에 따라 여러 능보 장교들의 보고를 바탕으로 도시 방어와 점령에 대해 자신이 작성한 보고서를 가져갔다. 그것이 포병으로서의 마지막 임무였다. 그는 페테르부르크로 떠나면서 영원히 퇴역할 것을 결심하였다. 그리고 이제 문학에만 전념할 것을 다짐하였다.

1851년 늦은 봄 레프 니콜라예비치 톨스토이는 형 니콜라이와 함께 참전하기 위하여 카프카스로 떠났다. 그들은 5월 30일 카자크 마을인 스타로글라드코프스카야 마을에 도착하였다. 현재 그곳에는 톨스토이박물관이 있으며, 카자크의 집(94~95페이지)을 재건해 놓은 것이다. 이 집에는 농장과 건축물(95페이지 우측 하단), 작은 여자 방(95페이지 좌측 중간), 장교의 방(95페이지 우측 상단)이 있다. 이러한 방에 톨스토이가 살았으며, 주로 평민들과 어울렸다. 톨스토이는 두메마을, 카자크 마을, 카프카스의 도시들로의 원정이나 여행을 마치면 이 집으로 왔다. 여기서 톨스토이는 자신의 첫 작품인 『유년시절』과 군대이야기를 그린 〈습격〉, 〈삼림벌채〉를 집필하였고, 〈카자크 사람들〉을 구상하였다. 〈카자크 사람들〉에는 카자크 마을의 생활방식, 주민들의 성격 그리고 톨스토이가 좋아하던 카프카스의 자연이 잘 묘사되어 있다.

레프 니콜라예비치 톨스토이는 1854년 11월 포위된 세바스토폴에 도착하였다. 여기서 도시방어의 마지막 날까지 있었다. 한달 반 정도 가장 위험한 지역인 제4능보의 야조노프스크 전면보루에 있었으며, 2개의 대포를 맡았다. 도시는 참전용사들의 공헌을 기리고 있으며, 이러한 공적은 톨스토이의 작품에 영원히 남아 있다. 1854년 전사한 대장 V. A. 코르닐로프, P. S. 나히모프, V. I. 이스토민이 묻힌 자리에는 블라디미르 사원이 지어졌고, 제4능보의 수호자들을 기리는 동상(97페이지)이 세워졌으며, 중대(99페이지 하단)를 복구하였다.

치열한 전투가 그 유명한 마할로프 언덕 위에서 펼쳐졌다. 감시소와 응급치료소가 있던 흉장과 탑 그리고 탄약창고가 그 치열한 전투를 말해 주고 있다.

제4능보의 레프 니콜라예비치 톨스토이 기념비(99페이지 상단)가 세바스토폴 수호의 역사 속에 레프 니콜라예비치 톨스토이가 영원히 남아 있음을 보여 준다.

교육잡지인 《야스나야 폴랴나》 1862년 9호.
톨스토이의 〈누가 누구에게서 글 쓰는 것을 배워야 하는가, 농민이 우리에게서 아니면 우리가 농민에게서?〉 라는 논문이 실려 있다.

1855~1862

탐구

러시아의 19세기 50년대는 복잡하고 모순된 시기였다. 니콜라이 1세의 사망, 크림전쟁에서의 패배로 인해 힘든 시기였지만, 사회의 분위기는 점차 생기를 찾고 사람들은 열의를 보이기 시작했다. 사회를 이끌어 가는 이들은 국가의 미래만을 생각했다.

이 시기 젊은 포병장교이던 레프 톨스토이가 페테르부르크에 오게 되었다. 1855년 11월 19일 그는 투르게네프를 찾아갔고, 투르게네프는 톨스토이에게 머물러 달라고 제안하였다. 그래서 레프 톨스토이는 예전에는 몰랐던 문학가들의 세계에 발을 들여놓게 되었다. 《동시대인》 출판사에서는 그를 한 식구처럼 반겨 주었다.

네크라소프는 단번에 레프 톨스토이를 마음에 들어했다.

"사랑스럽고 힘있는 고상한 젊은이다. 마치 매와 같은, 아니 독수리와 같은 젊은이다. 그는 그가 쓴 주옥같은 작품들보다 더 훌륭한 사람이다."

1856년 2월 15일 레프 톨스토이는 작가들과 함께 사진을 찍자고 제안하였다. 그때 찍은 사진에는 유명한 작가들이 함께 서 있다. 안타깝게도 네크라소프는 병이 나서 함께 사진을 찍지 못하였다. 여러 해가 지난 후 톨스토이는 그때 찍은 사진을 바라보며 그들은 자신의 친구들이었다고 회상했다.

그는 오랫동안 떨어져 지낸 대도시의 생활에 매료되었다. 사교계의 유흥, 집시들과의 파티, 깊이 있는 대화들, 운동, 광대놀이를 보러 몰려든 사람들 구경, 화류계 아가씨들의 사회, 그토록 그리워했던 좋은 음악들, 극장 등이 그를 이끌었다. 특히 그가 좋아하는 배우 마르트이노프가 공연을 할 때면 빠짐없이 극장에 들렀다. 레프 톨스토이는 오페라와 〈물의 요정 루살카〉 초연도 보았다. 그는 다르고므이쥐스키와 나란히 앉아 공연을 보았다. 레프

페트로파블로프스크 요새에서 바라본 페테르부르크의 전경.
19세기 전반의 색이 있는 석판.

페테르부르크. 이사키예프 사원. 사진 석판. (엽서) 1880년대

톨스토이는 작가들과 음악가들이 모이는 자리에서 자신의 삼촌인 F. P. 톨스토이도 만날 수 있었다.

레프 톨스토이는 페테르부르크에 있는 자신의 친척들도 방문하였다. 모두들 반가이 그를 맞아 주었다. 말 수는 적지만 모두에게 관심을 기울여 주는 그를 모두들 좋아했다.

톨스토이와 만나고 얼마 지나지 않아 투르게네프는 그에게 '미개인' 이라는 별명을 붙여 주었다. 톨스토이는 권위를 신뢰하지 않고, 이미 보편적인 견해들을 바꾸어 놓으려고 했기 때문이다. 그리고리예비치는 톨스토이가 상대방을 깊은 눈빛으로 바라보며 입술을 꼭 다물고 있던 모습을 떠올렸다. 톨스토이는 특히 문학가들 사이에 잔드, 셰익스피어, 호메르에 대한 이야기가 오갈 때면 그런 표정을 지었다.

레프 톨스토이는 유능한 작가이자 비평가인 A. V. 드루쥐닌과 친하게 지냈다. 드루쥐닌은 보다 경륜 있고 교육을 많이 받은 사람이었다. 드루쥐닌은 톨스토이의 〈세바스토폴리 이야기〉의 사실성과 간결한 문장이 만들어 낸 조화로움 그리고 진실한 예술성을 높이 평가하였다. 레프 톨스토이와 알게 된 후 드루쥐닌은 그를 매우 좋아했다.

"그를 알아갈수록, 그의 재능을 알아갈수록 그를 더욱 좋아하게 된다. 그는 진정한 작가로서의 기질이 있으며, 러시아의 밝고 매력적이면서도 변덕스럽고 장난기 많은 특성을 갖고 있다"라고 투르게네프에게 말했다.

아마도 드루쥐닌이야말로 톨스토이가 정말 친하게 지내고 싶은 사람이었을 것이다. 하지만 드루쥐닌의 절제된 성격 때문에 톨스토이는 그런 마음을 삭이게 되었다. 하지만 여전히 그를 존경하고 좋아하였다. 뿐만 아니라 드루쥐닌의 영향으로 톨스토이는 편협적인 교육과 고집에서 비롯된 자신의 그릇된 생각을 고치기도 하였다.

레프 톨스토이는 내면의 작업을 계속하였다. 이런 톨스토이를 보고 드루쥐닌은 투르게네프에게 톨스토이가 셰익스피어에 빠져 『일리아드』를 읽고, 벨린스키의 작품을 읽으면서 러시아 문학의 흐름을 아주 빠르게 배워 나가고 있다고 말했다.

많은 문학가들 중 P. V. 안넨코프가 톨스토이를 깊이 이해하였다. 그는 이렇게 기록하였다.

페테르부르크. 겨울의 카나프카. 사진 석판. (페테르부르크의 '리샤르' 제작) 엽서. 1880년대

"도덕과 선 그리고 진리에 대해 아주 많은 생각을 하는 사람이다. 게다가 어린 시절부터 일찍이 이런 사고를 해 온 사람이다. 우리 중 레프 톨스토이보다 도덕적인 사람은 없을 것이다. 그는 내면이 진실한 사람이다."

레프 톨스토이는 다방면으로 교육을 받아 재능 있는 V. P. 보트킨과 친하게 지냈다. 보트킨은 음악과 회화 그리고 문학에 대한 글을 썼던 사람이다. 그들은 같은 취향을 갖고 있었으며, 함께 음악회를 준비하면서 베토벤에 빠지기도 하였다. 1856년 봄 드루쥐닌과 보트킨은 쿤체보의 별장에서 함께 지냈으며, 톨스토이도 자주 그들을 방문하였다.

레프 톨스토이는 드루쥐닌, 보트킨, 안넨코프 세 사람에게 많은 도움을 받았다. 그리고 그들과 마찬가지로 톨스토이는 문학에 있어 푸슈킨을 따랐으며, 당시 진정한 예술이라고는 여겨지지 않던 고골리의 부정적인 사고를 이해하였다. 톨스토이는 문학에서 무엇보다도 도덕적 정화와 사람들의 친화를 위한 방법을 찾았다. 레프 톨스토이에게 있어 N. G. 체르느이쉐프스키와의 만남도 아주 중요한 의미를 띠었다. 1857년 1월 11일 톨스토이는 일기장에 이렇게 적었다.

N. G. 체르느이쉐프스키가 왔다. 그는 현명하고 열정적인 사람이다.

드루쥐닌과 N. G. 체르느이쉐프스키는 유능한 젊은 작가 레프 톨스토이의 작품에 매달렸다. 《동시대인》 출판사 내에서는 자유주의와 민주주의 두 부류가 나뉘어 톨스토이를 두고 경쟁을 하기도 했다.

네크라소프나 투르게네프 집에는 작가들이 모여 소리 내어 작품을 읽기도 하고, 글을 쓰기도 하였다. 투르게네프는 〈루지나〉와 〈무무〉를, 튜체프는 자신의 시를 읽었다. 튜체프는 레프 톨스토이가 가장 좋아하는 시인으로 꼽는 사람이 되었다. 레프 톨스토이도 〈8월의 세바스토폴리〉, 『청년시절』의 앞 부분, 〈눈보라〉, 〈두 경기병〉, 〈지주의 아침〉 등 당시 자신이 쓰고 있던 작품들을 읽었다.

작품을 읽고 난 후 그에 대해 토론하는 것은 작가들에게 매우 흥미롭고 유익한 일이었다. 어느 날 작가들과의 토론을 하고 난 후 톨스토이는 일기장에 이렇게 남겼다.

엘리자베타 안드레예브나 톨스타야 백작부인(1815~1867).
전시, 레프 니콜라예비치 톨스토이의 사촌 숙모. 페테르부르크, 스타르크가 찍은 사진. 1860년대 초.

프라스코비야 바실리예브나 톨스타야 백작부인.
바르이코프 가문 출신(1796~1879). A. A. 톨스토이와 E. A. 톨스토이, 레프 니콜라예비치 톨스토이의 숙모들의 어머니. 페테르부르크, 스타르크가 찍은 사진, 1860년대 초.

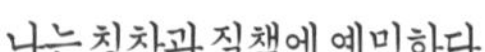

나는 칭찬과 질책에 예민하다.

하지만 그는 칭찬을 들었을 때에도, 좀 더 발전하기 위하여 스스로를 비평하였다.

그는 원했던 것보다 적은 양의 글을 썼다. 그는 그런 자신에 대해 불만족스러워했다. 하지만 이미 작가로서의 일은 반드시 그가 해야 하는 일이 되었고, 작품활동은 계속 이어져 갔다. 크림에서 시작한 〈1855년 8월의 세바스토폴리〉을 완성하면서 그는 다시금 세바스토폴에서 자신의 전우들과 방어전을 펼치던 때를 회상하였다.

작품 〈눈보라〉도 오래 전부터 구상해 온 작품이었다. 카프카스에서 돌아오던 길에 텅 빈 돈스카야 평야를 지나며 그는 눈보라를 만나 밤새 길을 잃고 헤맨 적이 있었다. 그때의 강렬한 인상을 토대로 그는 2년 후인 1856년 2월 페테르부르크에서 〈눈보라〉라는 작품을 완성하게 되었다. 〈눈보라〉는 그해 《동시대인》 제4호에 실렸다. 춥고 어두운 눈밭에서 희미한 불빛만을 보며 길을 찾으며 자연의 힘 아래 있는 사람들에 대해 묘사한 이 이야기는 많은 독자들의 사랑을 받았다. 투르게네프는 이 작품을 높이 평가하였으며, 악사코프는 자신이 경험했던 눈보라 이야기를 여러 번 하였으며, 게르첸은 '기적' 같은 작품이라고 극찬했다.

레프 톨스토이는 이미 심페로폴에서 『청년시절』을 쓰기 시작하여 세바스토폴에서도 집필을 계속하였다. 그리고 마침내 1856년 여름 야스나야 폴랴나에서 작품을 완성하였다. 그러나 스스로 작품이 성공적이지 못하다고 판단한 그는 먼저 드루쥐닌에게 작품을 선보였다. 하지만 드루쥐닌은 무의미하기도 한 갈등을 겪기도 하고 청년시절을 잘 표현했으며, 소설은 마치 시와 같으며, 장래성이 있다고 평가하였다. 동시에 레프 톨스토이의 결점도 지적해 주었다. 무미건조함과 너무 긴 기간, 지나친 분석 등이 그가 지적한 결점이었다. 드루쥐닌은 톨스토이가 자신의 경향을 조금은 자제해야 할 필요가 있다고 생각했다.

"당신의 결점은 모두 나름의 힘과 아름다움을 갖고 있습니다. 그런 결점이 당신의 장점인 것입니다." 그는 톨스토이가 자신만의 언어를 만들어 내는 능력이 있다고 생각하여 긴 시간 동안 글을 쓰지 말고, 언어 사용에 더욱 노력을 기울여 보라고 조언하였다.

드루쥐닌의 조언에 따라 여러 번 수정작업을 마친 레프 톨스토이는 《동시대인》에 자필본을 넘겼다. 그리고 그의 작품은 1857년 제1호에 실렸다. 그의 『청년시절』에 대한 전반적인 비평은 냉담하였다. 오직 악사코프만이 참회하는 성격의 작품이 자기 분석적이라며 관심을 기울였다. 레프 톨스토이가 그토록 많은 것을 깨닫게 된 작품임에도 불구하고, 주변의 반응은 기대와 달랐다. 하지만 드루쥐닌은 이미 이런 반응을 예상하였다.

"아주 단순한 사람은 자신의 어린 시절을 회상하고, 그것을 설명해 주면 기뻐합니다. 하지만 『청년시절』은 보통 마음속에 숨겨져, 광채를 잃고 잊혀져 가는 것입니다."

레프 톨스토이는 소설을 통해 외부의 사건이 아닌 자신의 마음속 변화를 겪는 시기를 표현하였다. 이 주제에 대해 게르첸은 이렇게 비유하였다.

마치 현미경을 사용해 정신적인 세계를 자세히 들여다보며, 일상의 관

계가 얽혀 있는 것을 살펴보는 것 같다.

레프 톨스토이는 대학생이던 시절 '러시아의 복지와 러시아 관습을 정립하기 위해 무엇을 해야 하는가'에 대한 책을 구상하기도 하였다. 그는 카프카스에 있는 동안 농노제를 모르고 살아온 카자크인들의 삶을 관찰하였다. 그리고 그는 '러시아 이주의 소설'을 쓰기로 결심하였다. 정의로움에 불타는 귀족이 농민들과 친해져 가는 과정을 쓰고 싶었던 것이다. 그는 2년 후 장편이 아닌 단편소설 〈지주의 아침〉을 완성하였다. 그는 작품을 통해 농노제가 있는 한 올바른 지주로서의 삶은 불가능하다는 것을 보여주었다. 그것이 그가 생각한 진리였다.

투르게네프는 이 작품을 아주 맘에 들어했다. 곧이어 체르느이쉐프스키도 〈잡지에 대한 평가〉에서 이 작품을 극찬하였다.

공작인 레프 톨스토이는 농민들의 생활상뿐만 아니라 그들의 시각에 대해서도 잘 묘사하고 있다. 그가 그린 농민은 진실한 사람이다.

알렉산드르 안드레예브나 톨스타야 백작부인(1817~1904).
전시, 레프 니콜라예비치 톨스토이의 사촌 숙모. 톨스토이와 오랜 기간 우정을 쌓았다. 페테르부르크. 로빌라르가 찍은 사진. 1850년대 말.

레프 톨스토이는 다른 작품들과는 달리 〈두 경기병〉이라는 작품은 1856년 봄 단숨에 써 내렸다. 투르빈의 인물모델은 톨스토이의 삼촌인 유명한 표도르 톨스토이였다. 레프 톨스토이는 어린 시절부터 그의 수염이 많은 얼굴을 잘 기억하고 있었다. 그리고 톨스토이가 지나간 과거를 회상하며 글을 쓰는 동안 삼촌의 매력적인 얼굴이 그에게 영감을 주었다. 이 작품은 많은 사람들의 사랑을 받았다. 특히 문학을 진정으로 사랑하는 이들의 호응을 얻었다. 드루쥐닌은 〈눈보라〉와 〈두 경기병〉에 대한 비평에 "톨스토이는 시를 통해 분석을 해내는 놀라운 재능이 있으며, 이것이 그를 일류작가로 만들었다"고 썼다.

단편소설 〈두 경기병〉도 《동시대인》에 실렸다. 1856년 4월 네

육군중위인 레프 니콜라예비치 톨스토이.
페테르부르크. S. L. 레비츠키의 사진. 1856년 2월 15일.

이반 세르게예비치 투르게네프(1818~1883)
1850년대 그림을 토대로 만든 석판.

니콜라이 알렉세예비치 네크라소프(1821~1877).
파리. S. L. 레비츠키가 찍은 사진. 1864년.

크라소프, 파나예프, 톨스토이, 투르게네프, 그리고리예비치, 오스트로프스키는 '의무계약'을 체결하였다. 그들은 의무계약에 따라 1857년부터 4년간 자신들의 작품을《동시대인》에 발표하기로 하였다.

레프 톨스토이는 누구보다도 계약을 잘 이행하였으며, 여러 번《동시대인》을 곤경에서 구해 주었다. 그는 자신의 단편소설이나 이야기를 실었을 뿐만 아니라, 다른 작가들도 영입하였다. 어느 날 그는 자신의 형 니콜라이의〈카프카스에서의 사냥〉이라는 주옥같은 작품을 출판사로 보냈다. 때로 레프 톨스토이는 자신의 작품을《동시대인》에만 발표하기로 하여 다른 이들과 난처한 관계에 놓일 때면 의무계약을 체결한 것을 후회하기도 하였다.

얼마 후 출판사에는 분열이 일어났다. 톨스토이가 좋아하던 드루쥐닌 대신 체르느이쉐프스키가 출판사의 주요 비평가 일을 맡은 후부터, 두 사람의 의견대립이 잦았기 때문이다. 드루쥐닌은 잡지의 성향은 의무계약을 체결한 사람들이 모여 결정하자며, 체르느이쉐프스키에게 토론을 할 것을 제안하였다. 하지만 투르게네프는 체르느이쉐프스키가 비록 시를 잘 모르고, 시를 볼 줄 아는 안목은 없지만 그래도 그 시대 문학이 요구하는 것을 잘 이해하는 사람이라고 말하였다. 네크라소프는 톨스토이를 나무라며 참으라고 말하였다. 니콜라이 알렉세예비치는 레프 톨스토이의 새로운 문학 성향을 걱정하며, 그가 예전처럼 비판적인 글을 쓰도록 권하였다. "나는 네 속에 있는 러시아문학의 큰 희망을 사랑한다. 러시아 문학을 위해 너는 이미 많은 것을 했으며, 앞으로도 그렇게 해 주길 바란다. 러시아에 있어 작가란 무엇보다도 선생님 같은 존재가 되어야 하며, 가능하다면 발언권이 없거나 멸시 당하는 이들을 위한 옹호자가 되어야 한다."

레프 톨스토이가 작품활동에 최선을 다하긴 하였으나, 그는 문학에만 그치고 싶지 않았다. 그는 혈기왕성하였으며, 또 다른 계획들을 많이 세웠다. 그는 농민들의 일에 몰두하기도 하고, 러시아의 산림재배에도 힘쓰고, 군사형법 개정을 위해서도 일하였다.

"그는 올 때마다 자신의 새로운 계획을 말해 주며 진정한 일을 찾은 것을 기뻐했다"라고 레프의 숙모 A. A. 톨스타야는 회상하였다.

많은 사람들의 의견과 성향을 들으면서도, 그것들을 이해하지 못한 적이 많았지만, 레프 톨스토이는 자신의 선입견을 벗어나 견식을 넓혀 나갔다. 특히 야스나야 폴랴나를 방문한 봄에 특히 그러했다. 그곳에서 자신의 문학계 친구들과 떨어져 지내는 동안, 그는 순수하고 변화무쌍한 자연에 심취하였다. 그는 더욱 단순해지고, 그의 내면은 평온해졌다. 많은 양의 책을 읽고, 생각에 잠겼으며, 음악을 듣기도 하고 친구들을 만나기도 하고 편지를 쓰기도 하였다. 그는 푸슈킨의 작품을 많이 읽었으며, 모차르트의 〈돈 주앙〉을 연주하였다. 때로는 이웃에 사는 투르게네프가 그를 찾아오기도 했는데, 투르게네프는 톨스토이가 더욱 명료하고 친근해졌다는 생각을 하였다. 자신이 좋아하는 야스나야 폴랴나에서의 집필을 수월하게 진행되었다. 뿐만 아니라 그곳의 자연은 그의 집필에 큰 도움이 되었다. 마치 그곳의 자연은 그를 기다리고 있었던 것 같았으며, 새들은 그를 위해 노래하는 것 같았다. 산속을 산책하는 것은 매우 즐거웠으며, 그럴 때면 깨끗하고 밝고 행복한 것들을 떠올리게 되었다.

레프 톨스토이는 이웃인 수다코프의 집에 자주 들르면서, 발레리야 아르센예바를 좋아하게 되었다. 그는 자신의 감정을 확신하진 못했지만, 결혼을 하기로 결심하였다. 당시 이 결혼을 반대

잡지 《동시대인》의 동료 작가들.
왼쪽부터 레프 니콜라예비치 톨스토이, D. V. 그리고리예비치가 서 있고, I. A. 곤챠로프, I. S. 투르게네프, A. V. 드루쥐닌, A. N. 오스트로프스키가 앉아 있다. 페테르부르크. S. L. 레비츠키가 찍은 사진. 1856년.

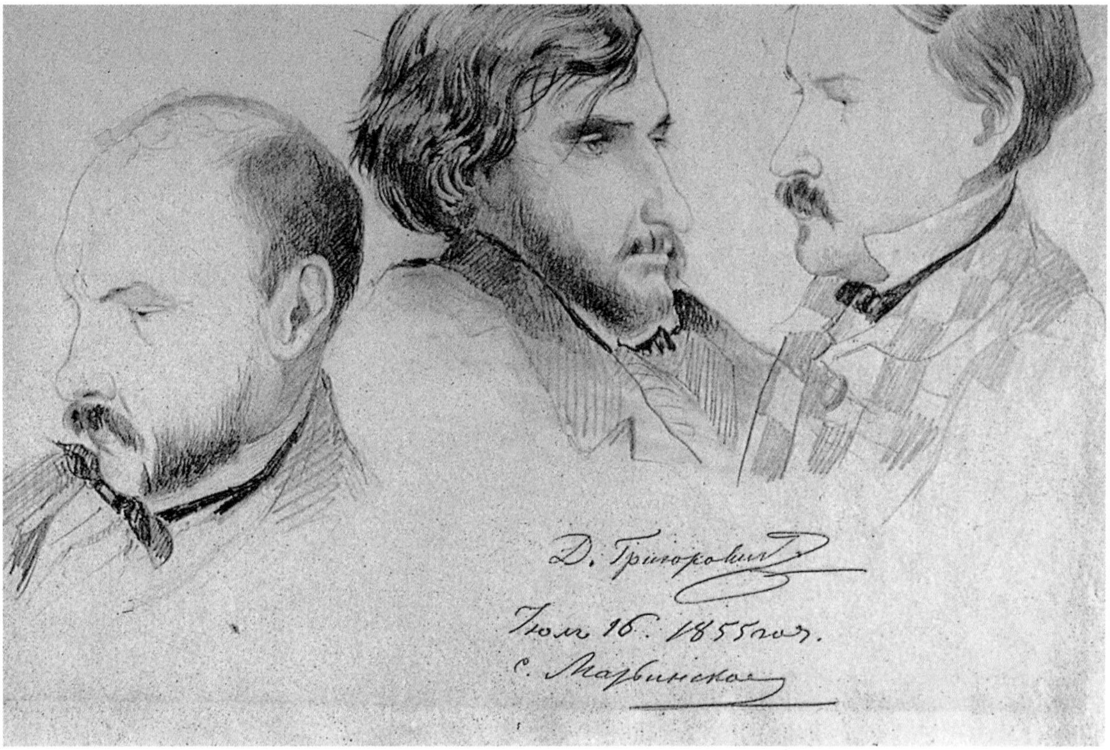

V. P. 보트킨, I. S. 투르게네프, A. V. 드루쥐닌. D. V. 그리고리예비치의 그림. 1855년

잡지 《동시대인》 1856년 12호.
레프 니콜라예비치 톨스토이의 『유년시절』, 『청년시절』, 〈군대 이야기〉에 대해 N. G. 체르느이쉐프스키가 쓴 논문이 실렸다.

하던 형 세르게이에게 레프 톨스토이는 이런 편지를 썼다.

"중요한 것은 가정에 대한 나의 사랑입니다. 그리고 내가 아는 여자 중에 이 여자가 제가 생각한 가정에 가장 어울리는 사람입니다."

레프 톨스토이는 발레리야 아르센예바를 도덕적으로 교육시키고, 평화로운 마을 생활의 계획을 알려주고, 농민을 돕고, 평온한 사랑을 하는 법을 가르쳐 주고자 자주 편지를 주고받았다. 하지만 그의 이런 노력은 효과가 없었다. 결국 그들은 헤어지고 말았다. 그때의 추억은 〈가족의 행복〉이라는 작품에 잘 묘사되어 있다.

더 많은 것을 배우고, 서부유럽에 대해 알고자 레프 톨스토이는 1857년 1월 29일 해외여행을 떠났다. 그는 프랑스, 스위스, 독일을 들러 명승지를 구경하고, 러시아와는 전혀 다른 생활상에 특히 주의를 기울였다. 무엇보다도 그를 놀라게 한 것은 유럽인들의 자유로움이었다. 그들의 자유로움은 파리의 거리에서도, 그들의 일상적인 생활 속에서, 서민들의 클럽에서도 쉽게 느낄 수 있었다. 레프 톨스토이는 파리에서 네크라소프를 만났다. 파리에서 만난 네크라소프는 우울한 모습이었다. 이어 투르게네프도 만날 수 있었다. 투르게네프는 톨스토이에게 파리의 성모사원과 퐁태블로 궁

모스크바. 로지제스트벤니카에서 본 쿠즈네츠 다리의 거리.
'쉐레르, 나브골츠 그리고 K' 사의 사진. 1888년.

전 그리고 그밖의 여러 사원을 보여 주었다. 그들은 함께 음악회인 〈매력적인 트리오와 비아르도〉에도 갔었다. 프랑스 극장에서 레프 톨스토이는 몰리에르의 희곡 〈우스운 새침떼기〉와 〈구두쇠〉를 관람하였다. 네크라소프, 투르게네프, 레프 톨스토이는 함께 오페라 카니발에도 갔었다. 그곳에서 본 프랑스인들의 진정 자유로운 모습에 톨스토이는 놀라지 않을 수 없었다. 루브르 박물관을 세 번 찾은 톨스토이는 레오나르도 다빈치의 '조콘다'와 램브란트의 '자화상'을 주의 깊게 보았다. 레프 톨스토이는 소르본네와 프랑스 대학 강의도 들어볼 수 있었다. 이곳 파리에서 그는 자신의 교육에 한계가 있음을 깨닫고, 그의 결점을 보완하려고 노력하였다. 로마와 프랑스 문학 강의, 철학, 정치경제학, 연극이론 강의도 들었다. 당시 보트킨에게 톨스토이가 보낸 편지이다.

내가 이곳 파리에 온지 두 달이 되어 간다. 이 도시는 한없이 흥미롭고 매력적이다.

하지만 3월 25일 살인과 절도죄로 단두대에서 처형당한 F. 리쉐를 보고 난 후 레프 톨스토이는 이런 기록을 남겼다.

단두대를 본 이후 잠을 잘 수가 없으며, 자꾸 단두대를 떠올리게 된다.

이 날 레프 톨스토이는 국가의 법이란 가장 끔찍한 거짓이라는 결론을 내리게 되었다.

레프 톨스토이는 파리를 떠나 스위스의 도시 클라란을 방문하였다. 그리고 그곳에서 선하고 좋은 사람들을 알게 되었다. 바로 M. I. 푸쉰과 그의 아내이자 카람진의 딸인 E. N. 카람지나를 만나게 된 것이다. 이어 그는 이곳에서 자신의 숙모인 알렉산드라와 엘리자베타를 만났다. 그들은 매일 산을 산책하며, 그곳의 자연에 심취하였다. 레프 톨스토이는 스위스의 자연은 카프카스의 자연과도 비교할 수 없을 만큼 아름답다고 생각하였다. 스위스에서 보낸 시간은 아름다웠으며, 즐거움과 기쁨, 사랑이 충만한 시간이었다. 이때의 추억은 함께한 사람들의 기억 속에 오래 남았다. 알렉산드라 톨스타야

모스크바. 귀족회의 건물.
사진 철판(함부르크에서 제작). 엽서. 1880년대.

모스크바. 시 두마. 사진 철판(엽서).
'세레르, 나브골츠 그리고 K' 사의 사진. 1890년대.

모스크바. 동쪽에서 바라본 키타이 고로드의 전경.
'세레르, 나브골츠 그리고 K' 사가 제작한 판화. 1887년.

마리야 페트로브나 표트.
보트키나 가문 출신 (1828~1894) 1857년 A. A. 표트의 아내. V. P. 보트킨의 누이. 1850년대 말 사진.

아파나시이 아파나시예비치 표트(1820~1892).
P. F. 보렐이 G. 데니에르 사진을 토대로 만든 석판.

니콜라이 바실리예비치 수슈코프(1796~1871).
극작가, 시인, 기자. 1850년대 사진. 그의 문학살롱에 1856~1858년에 레프 니콜라예비치 톨스토이가 자주 다녔다.

발레리야 블라디미로브나 아르세예브나 (1836~1909).
니콜라예비치 톨스토이 영지의 이웃. 1850년대 말의 사진. 톨스토이가 사랑했던 여자로서 1856년 결혼식을 할 수도 있었으나 결국 성공하지 못하였다.

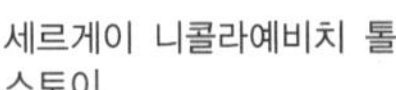

세르게이 니콜라예비치 톨스토이.
레프 니콜라예비치 톨스토이의 형제. 스트렐코프 황제가문 군대의 육군중위. 모스크바. A. 니트람(M. 아바디?)의 은판사진. 1855년

예카테리나 페트로브나 츄체바(1835~1889).
츄체프가 첫 결혼에서 낳은 딸. 모스크바. A. 버그너가 찍은 사진. 1850년대. 1853년부터 아버지의 누이인 다리야 이바노브나와 남편인 N. V. 수슈코프의 집에서 살았다. 이들의 살롱에 톨스토이가 자주 다녔으며, 이때 츄체바를 흠모하였다.

세르게이 티모페예비치 악사코프(1791-1859).
작가. K. S. 악사코프와 I. S. 악사코프의 아버지. 1856년부터 레프 니콜라예비치 톨스토이와 지인으로 지냈다. P. F. 보렐이 1850년대 말에 A. 버그너가 찍은 사진을 토대로 제작한 석판.

콘스탄틴 세르게예비치 악사코프(1817~1860).
문학가, 비평가, 슬라브주의 창시자. S. T. 악사코프의 큰 아들로서 레프 니콜라예비치 톨스토이와 1856년부터 친분을 쌓았다. P. F. 보렐이 1850년대 말에 찍은 A. 버그너가 찍은 사진을 토대로 제작한 석판.

이반 이바노비치 소스니츠키 (1794~1871).
희곡 〈검찰관〉에서 시장역을 맡았을 때의 모습. 페테르부르크의 알렉산드린스크 극장의 유명한 배우. 1850년 그가 공연하는 연극을 보러 레프 니콜라예비치 톨스토이가 왔었다. G. 게니에르가 찍은 사진, 1850년대 말.

이반 표도로비치 고르부노프(1831~1895)
민중의 삶을 그린 연극에서 공연하는 모습. 이야기꾼, 희극배우, 작가로서 1856년부터 레프 니콜라예비치 톨스토이와 친분을 쌓았다. G. 게니에르가 찍은 사진, 1850년대 말(?).

와 레프 톨스토이의 우정은 아주 깊었다. 그들은 자주 보지는 못했지만, 많은 편지를 주고받았다. 그리고 그 편지들은 톨스토이의 편지들 중 가장 흥미로운 것들이다.

레프 톨스토이는 스위스에서 푸쉰과 함께 걸어서 혹은 배를 타고 사보이까지 여행을 하였다. 그들은 자연의 아름다움에 마냥 즐거웠다. 얼마 후 여름 레프 톨스토이는 11살의 사샤 폴리바노프와 함께 다시 왔던 길을 되돌아왔다.

"놀라운 일이다. 클라렌스에 나는 겨우 두 달 동안 있었을 뿐인데…… 아침저녁으로 창문의 덧문을 활짝 열고 호수와 호수에 비친 푸르른 숲을 바라볼 때면, 내 속에 그 어떤 힘이 일어난다. 마치 이 자연의 아름다움이 눈을 통해 내 안으로 들어오는 듯한 느낌을 받는다."

당시 톨스토이가 쓴 여행기는 톨스토이의 관찰과 사고에 대해 잘 말해 준다. 그는 진흙길이 나 있는 울창한 숲(마치 러시아의 숲과 같다)과 행복한 봄 향기가 가득한 수선화 꽃밭(문명의 발달로 자연도 사라져 간다. 이제 가축이 싫어한다는 이유로 수선화 꽃밭이 줄어들고 있다), 그 유명한 좌만의 모습(나는 자연 속에서 멀리 풍경을 바라보는 것을 좋아한다), 술 취한 방탕하고 거친 군인들의 모습을 기록하였다.

군대란 이성적이고 선한 사람도 비이성적이고 악하게 만드는 곳이다. 아침에는 갈색 연미복을 차려 입은 사람, 포도밭에서 밀짚모자를 쓴 사람, 길가에서 짐을 나르거나 호수에서 배를 타고 있는 사람을 보면 그들은 선량하고 정중한 사람들이란 생각을 한다. 하지만 정오

니콜라이 이바노비치 트루베츠코이(1807~1874).
레프 니콜라예비치 톨스토이의 삼촌. 딸인 예카테리나(1840~1885, 결혼 후 오를로바)와 찍은 사진. 1860년대의 사진. 1857년 해외여행을 다니는 동안 레프 니콜라예비치 톨스토이는 파리의 트루베츠코이의 살롱에 자주 다녔다.

미하일 세묘노비치 세프킨(1788~1863)
말르이 극장의 유명한 배우. 1839년 A. 도브로볼스키가 그린 수채화 판화를 찍은 사진. 1858년 극중 시장 역할을 맡았을 때 레프 니콜라예비치 톨스토이를 만났으며, 악사코프의 집에서도 계속 만났다.

에 군 소집에서 돌아오는 이들을 보면, 그들은 이미 술에 취해 거칠게 행동하며, 얼굴은 알 수 없는 거만함과 뻔뻔스러움으로 망가져 있다.

레프 톨스토이는 류체른에서 조각가 토르발드센이 만든 다리에 창이 찔려 죽어가는 사자의 동상을 보고 깊은 인상을 받았다. 또 레프 톨스토이는 거리의 가수가 티롤 노래를 부르는데, 그 노래를 다 듣고 나서도 사람들이 동전 한 닢 주지 않는 것을 보았다. 레프 톨스토이는 거리의 가수를 불쌍히 여겨 식당에서 음식을 같이 먹고 차를 마시게 해 주었다. 하지만 식당 종업원들과 손님들은 그를 몹시 무시하였다. 그는 이런 사람들의 태도에 놀랐으며, 당시 집필을 시작한 작품의 도입부에 이날의 일을 묘사하였다.

류체른의 호텔에서 있었던 일의 기록과 함께 또 하나의 흥미로운 기록이 적혀 있다.

"무얼 그리 원하고 바라는가? 나는 이 세상의 평화만을 바라는 것이 아니다. 가슴속에 위대함을 느낀다. 창문 밖을 바라보았다. 검고, 부서지고, 밝은 창 밖의 풍경…… 만일 죽는다면…… 나는 무엇인가? 나는 어디로 가는가? 나는 어디에 있는가?"

그는 이탈리아의 투리노에서 유명한 갤러리가 있는 아테네움 아카데미를 방문하였으며, 그곳에서 드루쥐닌과 보트킨을 만났다. 톨스토이는 보트킨에게 당시 집필을 하고 있던 카프카스의 이야기를 들려주었다.

레프 톨스토이는 독일에서 좋은 인상을 받았다. 그는 괴테의 시와 〈빌헬름 마이스터〉를 읽고 마음에 들어했으며, 드레스덴에 있는 갤러리도 방문하였다. 그리고는 그에 대한 감

ПО УКАЗУ

ЕГО ВЕЛИЧЕСТВА ГОСУДАРЯ ИМПЕРАТОРА

АЛЕКСАНДРА НИКОЛАЕВИЧА,

САМОДЕРЖЦА ВСЕРОССІЙСКАГО

и прочая, и прочая, и прочая.

Объявляется чрезъ сіе всѣмъ и каждому, кому о томъ вѣдать надлежитъ, что показатель сего, Поручикъ 12-й Артиллерійской бригады Графъ Левъ Николаевичъ Толстой, отправляется за границу къ Маріенбадскимъ минеральнымъ водамъ для излеченія болѣзни.

Того ради всѣ высокія Области приглашаются по состоянію чина и достоинства, кому сіе предъявится, Нашимъ же Воинскимъ и Гражданскимъ Управителямъ поставляется въ обязанность Графа Толстаго — как нынѣ изъ Россіи ѣдущ его такъ и потомъ въ Россію возвращающ егося не токмо свободно и безъ задержанія вездѣ пропускать, но и всякое благоволеніе и вспоможеніе оказывать. Во свидѣтельство того и для свободнаго проѣзда данъ сей паспортъ, отъ С. Петербургскаго Военнаго Генералъ Губернатора съ приложеніемъ ЕГО ИМПЕРАТОРСКАГО ВЕЛИЧЕСТВА печати. Въ С. Петербургѣ Января 9 дня 1857 года.

№ 3728/28

ЕГО ИМПЕРАТОРСКАГО ВЕЛИЧЕСТВА, Всемилостивѣйшаго Государя моего, Генералъ-Адъютантъ, Генералъ-Лейтенантъ, С.-Петербургскій Военный Генералъ-Губернаторъ, Членъ: Государственнаго Совѣта, Совѣта о Военно-Учебныхъ заведеніяхъ и Главнаго Совѣта Женскихъ Учебныхъ заведеній, Почетный Членъ: Императорскаго Московскаго Университета и Императорской Медико-Хирургической Академіи; Членъ Попечительнаго Совѣта заведеній Общественнаго Призрѣнія въ Санктпетербургѣ; Кавалеръ орденовъ: Россійскихъ: Св. Александра Невскаго съ алмазными украшеніями, Бѣлаго Орла, Св. Равноапостольнаго Князя Владиміра 2 ст., Св. Анны 1 ст. съ Императорскою Короною, Св. Станислава 1 ст. и Св. Георгія 4 класса за 25 лѣтъ; Иностранныхъ: Шведскаго Меча и Ольденбургскаго — за заслуги Командоръ и Гессенъ Дармштадскаго — Филиппа Великодушнаго 1 ст.; имѣетъ: Вензелевое изображеніе Имени въ Бозѣ почивающаго Государя Императора Александра I-го, Медали: серебряную за Турецкую войну 1828 и 1829 годовъ, бронзовую въ память 1812 года и знакъ отличія безпорочной службы за XXXV лѣтъ

레프 니콜라예비치 톨스토이의 해외여권.
페테르부르크에서 1857년 1월 9일 발급되었다.

레프 니콜라예비치 톨스토이.
브뤼셀. I. 제류제가 찍은 사진. 1861년.

파리.
구스타브 제 그레이가 찍은 사진.
1850년대 말. 최초 공개.

파리의 불구자 수용소.
E. 발듀가 찍은 사진. 1850년대 말. 최초 공개.

상으로 "마돈나를 보는 순간 나는 감동하였다"라고 일기장에 적었다. 그는 갤러리를 두 번째 찾았을 때, '마돈나'에 빠져 그 그림만 감상하였다. 이후에도 그는 라파엘의 '마돈나'를 평생 좋아하여 그의 야스나야 폴랴나 서재에는 이 그림의 복사본이 걸려 있을 정도였다. 레프 톨스토이는 드레스덴의 서점과 악기상점과 흥미로운 것들을 많이 보았다. 그는 "눈이 부실 정도였다"고 말했다. 그는 그곳에서 악보와 책들을 구입하였다. 그밖에도 그는 베를린과 슈테틴도 방문하였다.

7월 30일 그는 러시아로 돌아왔다. 그리고 8월 2일 해외에서 가져온 이야기 〈류체른〉을 네크라소프와 파나예프에게 읽어 주었다. 파나예프는 레프 톨스토이가 책을 읽어 주던 때를 이렇게 묘사하였다.

레프 톨스토이가 흥분하여 눈물까지 흘리며 읽어 주는 것을 듣고 나는 큰 감동을 받았다. 하지만 후에 직접 그 책을 읽을 때는 전혀 다른 느낌이었다. 그때 같은 느낌을 받을 수 없었다.

이후 레프 톨스토이는 빠르게 그리고 혼신의 힘을 다해 자신이 스웨이체르호프 호텔 앞에서 겪은 일을 바탕으로 글을 써 내렸다. 사회의 불공평과 냉담함 그리고 예술에 대한 무관심을 파헤치는 작품을 쓰면서 레프 톨스토이는 자신의 일기장에서 알맞은 구상을 찾아냈다.

점심 전까지 〈류체른〉을 다 썼다. 열심히 쓰지 않는다면, 고상한 글밖에 쓸 수 없다. 나는 새로이 본 중요한 것들을 글로 써야 한다.

이 이야기는 1857년《동시대인》제9호에 실렸다. 하지만 레프 톨스토이의 '도덕적인 설교'를 투르게네프는 마음에 들어하지 않았다. 레프 톨스토이의 절친한 친구들도 그리고 대중들도 이 작품을 좋아하지 않았다. 그리고리예비치의 말에 따르면, 모스크

V. 팁의 석판. 1859년.

제네바.
L. 데로이의 원작을 오브룬이 색이 있는 석판으로 제작. 19세기 중반.

바 사람들의 반응이 더 좋았다고 한다.

레프 톨스토이는 곧 야스나야 폴랴나로 떠났다. 그는 여전히 야스나야 폴랴나를 사랑했다. 그리고 가족들을 본다는 것이 너무나 기뻤다. 하지만 유럽여행 이후 러시아의 관습에 적응하는 것이 낯설었다.

러시아는 몹시도 추악하다. 페테르부르크나 모스크바에서는 모두들 소리를 지르고, 분노하고, 무언가를 기대한다. 그리고 시골마을에서는 미개한 행동과 도둑질 그리고 무질서가 난무한다.

레프 톨스토이는 A. A. 톨스타야에게 이렇게 편지를 썼다. 그런 그에게 유일한 위안은 예술이었다. 그는 페테르부르크에서 뛰어난 바이올리니스트 키제베테르와 친해진 이후 구상한 단편소설을 써 내리기 시작했다. 그는 이 단편소설 집필을 유럽 여행 때도 계속하였다. 작품은 고국에 돌아온 뒤 완성하였으며, 10월 이 이야기를 네크라소프에게 보냈다. 하지만 네크라소프는 작품을 부정적으로 평가하고 출판하지 말자고 말하였다. 톨스토이는 많은 부분을 수정하였다. 하지만 자신이 그토록 소중히 하는 예술의 자연과 영감에 대한 부분이 너무나 많아서 그것들을 다 버릴 수가 없었다. 단편소설 〈알베르트〉(예전에는 '실종자' 혹은 '죽은 자' 라는 제목이었다)는 1858년 제8호에 실렸다. 하지만 네크라소프가 미리 예상한 바대로 독자들의 호응을 얻지는 못하였다.

이 시기 톨스토이는 자신이 꿈꾸어 온 정직하고 평온하고 행복한 삶은 실현시킬 수 없는 것임을 깨달았다. 그러기엔 그의 성격도, 주변 상황도 맞지 않았다. 레프 톨스토이는 단 하루도 글 쓰는 것을 멈추지 않았다. 그는 허세심을 버리려고 애쓰고, 더 많은 것을 배우며, 더욱 자신감 있고 평온한 사람이 되고자 노력했다. 1857년 10월 그는 A. A. 톨스타야에게 이렇게 편지를 썼다.

류체른. 스위스고프와 필라트 다리의 전경.
R. 디켄만의 그림으로 제작한 판화. 19세기 전반.

정직하게 살기 위해서는 노력하고, 혼란을 겪기도 하고, 싸우기도 하고, 실수도 하면서, 시작했다가 그만두고, 다시 시작했다가 그만두면서 계속해서 싸워 나가야 합니다. 평온함이란 정신적인 비겁함입니다."

그는 이미 해외로 떠나기 전 자신의 절친한 친구 세 명인 드루쥐닌, 보트킨, 안넨코프가 내적으로 성장을 했다고 느꼈다. 그는 자신의 형 세르게이 톨스토이에게 이렇게 편지를 썼다.

나는 드루쥐닌, 보트킨, 안넨코프 세 친구를 모두 좋아하지만, 이들과의 진지한 대화들은 이제 내게 무료하게 느껴집니다. 저에게는 유익한 대화들인데도 불구하고 말입니다… ….

레프 톨스토이는 모스크바에서 더 자유롭고 기뻐했다. 모스크바에서는 레프 톨스토이를 훈시하는 사람도, 가르치려는 사람도 없었다. 모두들 그와 의견을 나누고, 그의 의견에 관심을 보였다.

악사코프의 집에서는 톨스토이를 반가이 맞아 주었다. 그는 콘스탄틴의 아들 세르게이 티모페예비치를 보고 좋은 인상을 받았다. 악사코프의 집에서 톨스토이는 〈지주의 아침〉, 〈죽은 자〉를 읽어 주었고, 두 작품 모두 맘에 들어했다. 악사코프는 톨스토이는 자신의 일상이 평범한 것일지라도, 모든 어려운 생각들을 이해할 줄 아는 사람이라고 평가했다. 그는 레프 톨스토이에게 자신의 책인 『가족의 연대기』를 선물하였다. 그리고 그 책에는 이렇게 써 주었다.

뛰어난 재능에 경의를 표하며 레프 니콜라예비치 톨스토이에게 저자가 선물함.

레프 톨스토이는 악사코프가 자신의 작품 〈바그로프 손자의 어린 시절〉을 읽어 주는 자리에 초대되었다. 톨스토이는 악사코프의 작품이 너무나 명료하고 훌륭하여 감동을 받았다.

레프 톨스토이는 모스크바에서 자신의 먼 친척이자 데카브리스트인 S. G. 볼콘스키를 만났다. 그는 1856년 사면을 받고 딸의 집에서 살고 있었다. 마치 예언자 같은 S. G. 볼콘스키는 레프 톨스토이에게 강렬한 인상을 주었다. 레프 톨스토이는 두 번째 해외여행을 갔을 때, 플로렌스에 머물던 볼콘스키 가족을 방문하였다. 이때부터 그는 데카브리스트에 대해 큰 관심을 갖게 되었다. 이후 그는 '데카브리스트' 를 집필하게 되었고, 주인공은 그리고리예비치를 모델로 하였다. 하지만 이 작품은 3장까지만 쓰였다.

여동생인 마리야 니콜라예브나의 건강 악화와 그녀의 아이들 교육문제로 톨스토이는 모스크바로 돌아왔다. 그들은 거의 반년 동안 함께 살았고, 형 니콜라이도 그들을 방문하곤 하였다. 레프 톨스토이의 조카인 리자는 저녁마다 문학가들이 톨스토이를 찾아오기도 하고, 때로는 음악 소리가 들리기도 했다고 회상하였다.

그들은 자모스크바레치예, 퍄트니츠카야, 바그린의 집 등을 방문하였다. 톨스토이 가족이 모스크바에 있다는 걸 안 투르게네프는 이렇게 편지를 썼다.

당신의 여동생과 당신과 함께 앉아 지칠 때까지 당신과 즐겁게 사이좋게 토론을 할 수 있다면 좋겠습니다. 그리고 당신의 형 니콜라이도 우리의 대화에 동참하여 현명한 이야기를 해 준다면 더없이 좋겠지요!

당시 레프 톨스토이는 그 근처에 아내와 함께 살고 있던 A. A. 표트와 친하게 지냈다. 그들은 자주 만났으며, 레프 톨스토이와 그의 여동생은 수요일마다 표트의 집에서 열리는 음악회에 가곤 하였다. A. A. 표트도 톨스토이의 집을 방문하였으며, 가

마리야 니콜라예브나 톨스타야.
알제이. 1861년 사진(?). 최초 공개.

M. N. 톨스타야의 아이들.
왼쪽부터 바랴, 니콜렌카, 리자. 알제이. 1861년 사진(?).

런던, 웨스트민스터 수도원.
펜톤이 찍은 사진, 1850년대 말, 최초 공개.

끔 자신의 새로운 시를 가져와서 레프 톨스토이를 감동시키곤 하였다. 표트는 셰익스피어의 비극 『안토니와 클레오파트라』를 번역해서 가져오기도 하였다. 두 사람은 좋은 관계를 유지하였다. 레프 톨스토이는 표트를 알아갈수록 더욱 그를 존경하고 좋아하게 되었다.

말르이 극장에서 레프 톨스토이는 〈지혜의 슬픔〉과 〈검찰관〉을 보았다. 그리고 M. 쉐프킨의 훌륭한 연기도 감상할 수 있었다. 레프 톨스토이는 오스트로프스키의 희곡 〈수익 좋은 자리〉를 보았다. 이 연극에서 그는 깊이와 힘을 느낄 수 있었다. 레프 톨스토이는 곤차로프의 〈아블라모프〉를 읽고는 감동하여 드루쥐닌에게 그의 감격을 저자에게 전해 달라고 부탁하곤, 다시 한 번 작품을 읽었다.

레프 톨스토이는 영국 클럽의 '현명한 방'에서 열리는 토론에도 참석하였다. 때로는 사교계와 무도회에도 가고, 수쉬코프의 살롱에서도 많은 시간을 보냈다. 톨스토이는 이곳에서 만난 츄체프의 딸 예카테리나 표도로브나를 마음에 들어했다.

페테르부르크에 며칠 들리러 간 톨스토이는 이제 자신의 명성이 예전같지 않다는 걸 느끼고 처음에는 실망했으나, 중요한 것은 자신의 주제를 고수하고, 강력하게 말하는 것이라고 생각했다. 그는 페테르부르크에서 A. A. 톨스타야를 자주 만났다. 그리고 이 즐거운 만남에 대해 자주 회상하곤 하였다. "알렉산드라의 아름다움과 기쁨과 위안. 나는 그녀보다 나은 여자를 본 적이 없다"라고 그는 일기장에 적었다.

당시 레프 톨스토이는 〈세 번의 죽음〉을 쓰는 중이었으며, 카프카스 이야기 집필도 계속하고 있었다. 이 이야기는 영원한 철학적 문제인 삶과 죽음에 대한 것이다. 《독서를 위한 도서목록》의 1859년 제1호에 실린 이 이야기를 문학가들은 완전히 이해할 수 없었지만 그래도 좋은 평가를 하며 공감하였다. 이때 투르게네프는 레프 톨스토이에게 이런 편지를 썼다.

〈세 번의 죽음〉은 이곳에서 좋은 반응을 얻었다네. 하지만 사람들은 마지막 죽음이 앞선 두 번의 죽음과 어떤 관련이 있는지 이해하지 못하고, 결론이 이상하다고 생각한다네.

작품을 자세히 비평한 피사레프는 이야기의 예술적인 측면을 높이 평가하였다. 그는 체르느이쉐프스키에 이어 톨스토이의 심리분석은 깊이가 있으며 섬세하다고 하였다. 그리고 이것이 톨스토이 작품의 특징이라고 전하였다.

레프 톨스토이의 작품활동을 주의 깊게 살펴본 보트킨은 카프카스 이야기의 운명을 걱정했다. 행여나 그가 카프카스 이야기

런던. 버킹엄 궁.
R. 펜톤이 찍은 사진. 1850년대 말. 최초 공개.

집필을 계속하지 않을까봐 우려했던 것이다. 레프 톨스토이는 이런 보트킨의 걱정을 기쁘게 받아들였다. 단편소설은 그를 내버려두지 않았다. 그는 계속해서 집필해 나갔다. 그는 두 달 후 카프카스 이야기의 시작 부분을 만족스럽게 썼다고 일기에 적었다. 이때 그는 자신의 예전 지휘관이던 알렉세예프에게 스타로글라드코프스카야로 편지를 보내 카자크인들의 전통 노래를 적어 보내달라고 부탁하였다. 그는 곧 열 곡의 노래를 받을 수 있었고, 이는 그가 글을 쓰는 데 매우 유용하게 쓰였다.

그는 새로운 작품을 구상하게 되었고, 많은 것을 생각해서 일기장에 적었으며, 이미 줄거리는 만들어진 상태였다. 이때가 1859년 2월이었다. 개인적인 걱정과 V. V. 아르세니예바와의 관계를 바탕으로 만든 젊은 부부들의 이야기가 이 작품의 내용이었다. 이 소설은 처음에 '아내'라는 제목을 붙였다가 후에는 〈가족의 행복〉으로 제목을 바꾸었다. 그는 1859년 봄 작품을 완성하여 《러시아 통보》에 보냈다. 그는 당시 작품의 성공을 의심하여, 익명으로 출판하길 바랐다. 하지만 수정작업을 거친 자신의 작품을 보고 톨스토이는 몹시 실망하였다. 당시 그는 너무나 치욕스럽고 실망하여, 당분간 소설 출판을 중단할 것을 고려할 정도였다.

보트킨은 레프 톨스토이가 〈가족의 행복〉을 들려주었을 때, 작품이 감동을 주지 못한다고 말하면서 그래도 출판해 볼 것을 권하였다. 그러나 1859년 5월 3일 야스나야 폴랴나로부터 레프 톨스토이의 편지를 받은 보트킨은 너무나 놀랐다.

바실리 바실리예비치, 바실리 페트로비치! 대체 제가 무슨 글을 쓴 걸까요? 나는 이제 한 작가로서도, 한 인간으로서도 끝입니다. 살아 있는 언어라고는 찾아볼 수 없습니다. 무질서한 생각에서 비롯된 무질서한 말들만이 난무할 뿐입니다.

톨스토이는 자신이 큰 망신을 당하지 않도록 《러시아통보》의 편집장 M. N. 카트코프를 설득하여 소설의 2부를 출판하지 못하도록 해 주길 보트킨에게 부탁하였다. 더불어 편집장이 그의 부탁을 거절할 경우, 보트킨이 수정해 주길 부탁하기도 하였다.

레프 톨스토이의 괴로운 심정을 충분히 이해한 보트킨은 소설 2부를 꼼꼼하게 읽어 보았다. 그러던 중 그는 소설의 진가를 알아보았다. 2부에는 내면의 극적 요소, 심리주의, 자연의 시적 묘사가 잘 나타나 있었다. 그는 〈가족의 행복〉이 더 좋은 결론을 얻기

는 힘들다고 판단했지만, 그래도 이 작품은 톨스토이의 재능을 잘 보여 주었다고 생각했다. 보트킨은 1부에 대해서도 좋은 평판만 들었다면서 레프 톨스토이를 진정시켰다.

당시 레프 톨스토이가 겪은 심적 고통은 심각했다. 그는 자신을 엄격히 비판하며 스스로에게 엄한 결정을 내렸다. 후에 레프 톨스토이는 보트킨에게 이런 말을 하였다.

"소설의 내용을 떠올리기만 해도, 혹은 그 소설을 떠오르게 하는 이야기만 들어도 저는 얼굴이 화끈거리고 소리를 지르고 싶어집니다."

당시 그가 야스나야 폴랴나에 살았던 게 다행이었다. 그때는 봄이라 마하레브 벚꽃과 은방울꽃의 향기가 야스나야 폴랴나에 가득했었다. 레프 톨스토이는 일을 하며 모든 것을 잊어버리고 싶었다. 하지만 가을이 되어 그가 내린 결론은 여전히 심각하였다.

"지난 여름에는 영지를 경영하고, 우울증에 빠지고, 무질서한 생활과 신경질적이고 나태한 모습이었다……."

레프 톨스토이는 여전히 문학이 가장 좋았기 때문에, 문학을 포기할 수 없었다. 또 한편으로는 문학에만 매달리며 살지 않은 것이 다행이라고 생각했다. 만일 그랬더라면 자신의 작품에 실망

찰스 디킨스(1812~1870)
D. 멕라이즈의 원작을 토대로 한 E. 핀덴의 판화. 1840년대 (?).

알렉산드르 이바노비치 게르첸(1812~1870)과 니콜라이 플라토노비치 오가레프(1813~1877).
런던. '마이어 형제들' 사가 찍은 사진. 1861년.

런던. 게르첸의 집.
1861년 레프 니콜라예비치 톨스토이가 있던 곳이다. 1960년 사진.

브뤼셀.
사진 철판(엽서). 19세기 말.

한 그가 무슨 일을 할 수 있었겠는가?

모스크바에 사는 지인인 학자이자 기자인 B. N. 치체린의 편지에 레프 톨스토이는 이렇게 답장을 보냈다.

나는 마을에서 경영을 하고 있습니다. 물론 어렵고 지루한 일이지만, 땅에서 내가 하는 일과 사람들과 하는 일은 올해부터 그 결실을 맺고 있는 것 같습니다.

보리스 니콜라예비치 치체린은 톨스토이가 스스로를 속이고 있다고 생각했다. 그는 결코 문학을 버릴 수 없는 사람이라고 여겼기 때문이다. 그래서 그는 다시 이런 답장을 썼다.

당신의 일은 문학입니다. 그리고 글을 쓰기 위한 소재들이 생기고, 글을 쓰기 위한 마음의 준비가 되면, 당신은 분명 다시 글을 쓰게 될 것입니다.

19세기 50년대 러시아가 안고 있던 가장 심각한 문제는 바로 농노해방이었다. 러시아 사회를 이끌어 가는 사람들은 이 문제를 폭넓게 다루었다. 결국 알렉산드르 2세 정부는 농노제 폐지의 필요성을 인식하게 되었다. 1856년 봄 황제는 모스크바의 귀족단장들 앞에서 연설을 하면서, 농노해방은 언젠가는 해결해야 할 문제라고 말하였다. 이어 황제는 하부계층보다 상부계층에서 농노해방을 실현시키는 것이 훨씬 낫다고 지적하였다. 황제의 농노해방에 대한 발언은 공식적으로 발표되지 않았지만, 이에 대한 이야기는 러시아 전역으로 퍼져 나갔다. 톨스토이의 한 친구는 페테르부르크를 달구고 있는 이 일을 전하면서 자신의 인상을 말해 주었다.

"이곳 페테르부르크에는 여론이 점차 확산되고 있습니다. 모두들 농노해방에 대해 간접적으로 이야기하기도 하고, 부정적이거나 어리석은 의견을 내는 사람들도 있지만, 어쨌든 중요한 건 사람들이 이것에 대해 이야기를 하고 있다는 겁니다. 이렇게 이야기를 통해 사람들은 깨닫는 것이 있을 겁니다……. 사람들은 이제 공개적으로 농노해방을 얘기하고, 이곳저곳에서 이것에 대해 논의하고, 의견과 기사를 나누고, 많은 계획들이 구상되었고, 또 구상되어지고 있습니다. 이렇게 사람들의 생각은 점점 발전하고 있습니다……."

레프 톨스토이에게 있어 농노해방은 무엇보다도 가장 도덕적인 문제였다. 그는 이미 세바스토폴에 있을 때부터 농노해방을

레프 니콜라예비치 톨스토이.
브뤼셀. I. 제류제가 찍은 사진. 1861년.

마을에서 바라본 야스나야 폴랴나의 전경.
S. A. 톨스타야의 사진. 1897년.

야스나야 폴랴나 마을.
'셰레르, 나브골츠 그리고 K' 사가 찍은 사진. 1892년.

바라 왔다. 페테르부르크에서 이런 논의가 이루어지고 많은 의견과 안건이 오간다는 것을 알고, 톨스토이는 내무부 장관인 A. I. 레브쉰에게 보고서와 농노문제 해결안을 보냈다. 하지만 A. I. 레브쉰을 직접 만나 본 레프 톨스토이는 이렇게 확신했다.

"이제 러시아에서는 모든 것을 개혁하며 달라지려 한다. 하지만 개혁을 이루기에 주도권을 잡고 있는 사람들은 너무 구시대적이라 개혁을 이룰 능력이 없다."

레프 톨스토이가 작성한 해결안에는 무엇보다도 지주에 대해 농민들이 지고 있는 모든 의무를 면제시켜 주어야 한다고 쓰여 있다. 그 대신에 농민들은 자신이 얻은 토지에 대해 30년 동안 매년 1,092헥타르당 은화 5루블을 지불해야 하며, 국가는 각각의 농민 가정에 4,914헥타르의 토지를 분배해 주어야 한다고 말하고 있다. 그리고 토지를 관리하는 단체는 토지를 분배하고, 이 토지에 대해 농민들이 내는 돈을 받아서 지주에게 전해 주는 것을 제안하고 있다.

레프 톨스토이는 먼저 야스나야 폴랴나에서 자신의 계획을 실현시키기로 결심하였다. 먼저 농군들을 모아서 과연 그들에게 필요한 것이 무엇인지 얘기를 들어 보았다. 농민들은 레프 톨스토이의 의견에 공감하였다. 그러나 바로 그 다음날 농민들은 어제의 모습과는 전혀 다른 의기소침한 반응을 보였다. 톨스토이는 그런 농민들의 태도에 놀랐고, 모욕감을 느꼈다. 톨스토이는 1856년 쓰기 시작한 〈지주의 일기〉에 농민들은 자신들을 속이지 않는지 의심하는 듯하며, 황제의 대관식에 맞추어 자유를 준다고 속인다고 생각하여 어떤 계약을 맺기를 원하는 것 같다고 기록하였다. 대체 왜 그런 것일까? 무슨 일이 일어났던 것인가? 레프 톨스토이는 이미 사람들 사이에서는 오래 전부터 황제가 지주의 땅을 나눠 주고 농노를 해방시켜 줄 것이라는 얘기가 나돌았다고 한다. 하지만 지주들은 어떻게든 다시 농민들을 예속시키려고 애써 온 것이다.

레프 톨스토이는 이런 상황을 분석하여 국가이사회의 법무성 장관 D. N. 블루도프에게 편지를 썼다. 그리고 이 문제를 회피하려는 황제를 비난하며, 정부를 질책하였다. 동시에 그는 이렇게 경고하였다.

이제는 지금까지 적용해 온 공정성이나 계급의 이익 따위를 생각해서는 안 된다. 더이상 화재가 일어나는 것을 두고만 봐서는 안 된다. 만일 6개월 내에 농노들이 해방되지 못한다면, 화재가 일어날 것이다. 미리 각오를 해야 할 것이다.

레프 톨스토이는 이후에도 계속해서 작품과 언론에서 이 문제를 다루었다. 그리고 그는 마을에서 새로운 경영 방법을 연구했으며, 이 일에 전념을 다하였다. 이 시기에 톨스토이를 찾아왔던 투르게네프는 드루쥐닌에게 이렇게 편지를 썼다.

"톨스토이와 나는 아주 가끔씩 서로를 방문합니다. 그런데 톨

농민들이 빵을 까부르고 있다.
19세기 후반의 사진.

야스나야 폴랴나 마을의 농민들.
S. A. 톨스타야의 사진. 1890년대.

육군 유년학교 1학년 강당.
농민의 검열위원회 회의가 열렸다. 1861년 V. 팀의 석판.

알렉산드르 2세(1818~1881).
1855년 러시아 황제로 등극. 니콜라이 1세의 아들. 1879년 사진.

1861년 3월 5일 모스크바의 우스펜스키 사원에서 있었던 1861년 2월 19일 성명서 낭독.
V. 팀의 석판. 1861년.

야스나야 폴랴나. 1859~1862년 레프 니콜라예비치 톨스토이의 학교가 있던 곁채.
S. A. 톨스타야의 사진. 1890년대.

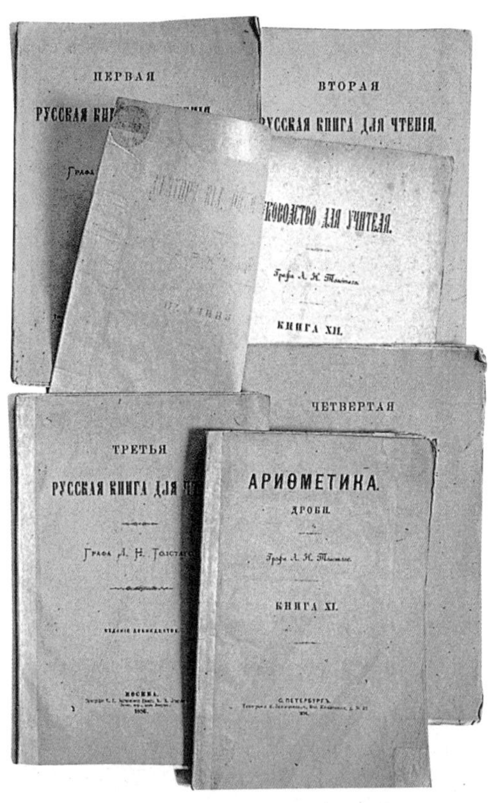

레프 니콜라예비치 톨스토이가 쓴 교과서들(1874년, 1886년 발간).

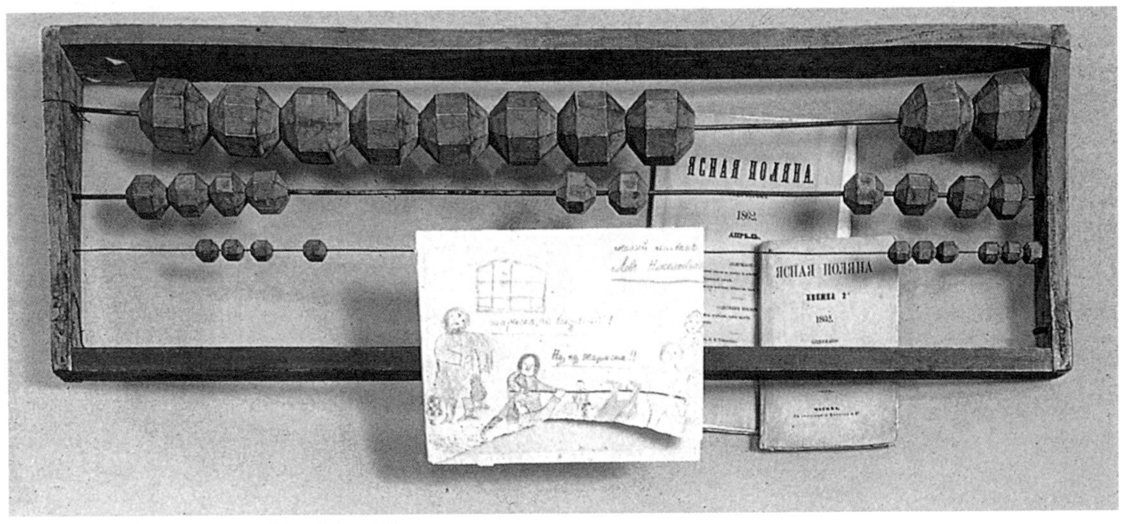

야스나야 폴랴나 학교의 주판. 잡지 《야스나야 폴랴나》.
아이들의 글과 톨스토이 학교 학생들의 그림이 실린 잡지의 부록.

스토이는 이제 아예 농업에 전념하고 있습니다. 직접 곡물을 등에 지기도 하고, 농민여자를 사랑합니다. 문학에 대해서는 듣고 싶어하지도 않습니다."

〈시골에서 보낸 여름〉의 초안을 보면 이 시기에 레프 톨스토이가 어떤 생각을 갖고 있었는지 알 수 있다.

사람들은 농노해방에 대한 많은 얘기를 했다. 나 또한 누구보다도 이 문제에 대해 많은 의견을 냈다. 당연히 이 문제는 모두가 관심을 갖고 있는 것이다. 하지만 누구보다도 나처럼 시골에서 태어났고, 고향인 자신의 마을을 사랑하는 지주들에겐 정말 중요한 문제이다. 야스나야 폴라나가 없는 러시아는 생각조차 할 수 없다. 또 한편으로 야스나야 폴라나가 없었더라면 나는 조국을 위해 반드시 필요한 법들을 좀 더 명확히 이해할 수 있었을 것이다. 하지만 나에겐 야스나야 폴라나가 더욱 중요하다.

1861년 2월 19일 발표된 농노해방 선언문을 본 톨스토이는 이렇게 소리쳤다. "농군들은 이것을 보고 이해하지 못할 것이다. 그리고 우리는 이 선언문을 믿을 수 없다." 해외에서 돌아온 그는 직접 농민들에게 선언문을 읽어 주었다. 그는 그들의 권리를 설명해 주고, 그들이 지금껏 일궈 온 토지를 주었다. 다른 지주들은 농노들에게 가장 나쁜 토지를 골라 나누어 주었지만, 톨스토이는 3,276 헥타르씩 나눈 땅을 농민들에게 그대로 나누어 주었다.

1861년 레프 톨스토이는 또 하나의 고민을 안게 되었다. 지역의 보수주의자들과의 문제를 해결하기 위한 중재자로 임명되었기 때문이다. 이 직위는 농노해방으로 인한 지주와 농민 간의 문제를 해결하기 위해 새로이 생긴 것이었다. 레프 톨스토이는 자신의 양심을 속일 수는 없으며, 만일 그가 중재자로 나서면 가만두지 않겠다고 협박하는 거칠고 잔혹한 귀족들이 있기에 이 일을 해야만 한다고 설명하였다.

한 달 후 그는 도탄에 빠져 이렇게 썼다.

중재자로서 일하면서 나는 모든 지주들과 싸웠다…….

레프 톨스토이는 지주와 농민 간에 일어난 분쟁을 해결할 때

야스나야 폴랴나 마을의 농업학교 계단에서 농민집안의 아이들.
19세기 후반 사진. 최초 공개.

미트로판 표도로비치 부토비치(?~?).
크라피벤스크 군의 야센키 마을과 지토브 마을에 톨스토이가 세운 학교의 교사. 1860년대 말 사진.

니콜라이 파블로비치 페테르슨(1844~1919).
크라피벤스크 군의 그레초프크, 플레하노프크, 골로비나 마을에 톨스토이가 세운 학교의 교사. 1862년 사진.

구스타프 표도로비치 켈레르(1839~1904).
야스나야 폴랴나 학교의 교사. 1860년대 말의 사진.

면, 항상 농민들을 보호하고 그들에게 이익이 되도록 했던 것이다. 이 때문에 지주들은 톨스토이를 밀고하기도 하고, 익명의 협박편지를 보내기도 했다. 곧이어 툴라 현 크라피벤스크 군의 지주들이 톨스토이를 상대로 집단탄원서를 보내왔다. 탄원서에는 톨스토이가 부당하게 처리했다는 문제들이 열거되어 있었다. 1862년 5월 26일 그는 건강 악화를 핑계로 퇴직을 했다. 하지만 중재자로 일했던 시간은 그가 사회구조에 대해 깊이 생각해 볼 수 있었던 좋은 기회였다.

레프 톨스토이는 1861년 2월 19일의 개혁이 사회구조의 모든 모순점을 타파한 것이 아님을 깨달았다. 그는 계급간의 화해를 이끌 수 있는 방법을 찾다가 이런 결론을 내렸다.

"목표는 하나다! 민중을 교육시키는 것이다. 모두가 다 같이 배우는 것이다. 학문을 통해 계급간의 불화도 사라질 것이다."

그리고는 야스나야 폴랴나에 학교를 건립하는 데 열정을 쏟았다. 톨스토이가 세운 학교는 1859년 가을 열렸다. 그는 그 어떤 학술적 이론이나 방법론도 모른 채, 민중교육을 시작하였다. 그는 오로지 민중교육만을 생각하였다. '민중을 위한 학교에서는 그들에게 필요한 것을 가르쳐야 한다'는 것이 그의 생각이었다. 그는 새로운 교육체계를 구성하였다. 그는 체형도 강압도 없는 교육을 구상하였다. 그가 세운 학교에서는 문법, 수학, 역사, 지리학, 물리학, 미술, 제도, 노래를 가르쳤다. 그리고 농민들에게 가장 필요한 측량학을 가르쳤다. 당시 톨스토이의 학생 중 한 명이었던 V. 마로조프는 학교가 설립되던 때를 이렇게 회상하였다.

1859년 이른 가을이었습니다. 레프 니콜라예비치 톨스토이 '백작'이, 그때만 우리는 그를 그렇게 불렀지요, 그가 야스나야 폴랴나에 학교를 열 것이며, 이 학교는 무료이니 배우길 원하는 아이들은 오라고 알렸습니다. 그가 이런 공고를 냈을 때, 마을에는 한바탕 소동이 일었습니다. 사람들은 모여서 그의 제안에 대해 다양한 의견을 냈습니다.

"어떻게? 왜? 우리를 속이는 거 아니야? 무료로 가르쳐 준다고? 50명 정도밖에 학교를 다니지 못하지 않을까?"

게다가 어떤 부모들은 아이들을 학교에 보내면 그 아이들을 가르쳐서 황제의 병사로 만들어 버릴지도 모르며, 그렇다면 이 아이들은 터키와의 전쟁에 파병될 것이라고 생각했다. "우리 아이들을 이용해 황제의 칭찬을 들으려는 걸 것이다."

하지만 어떤 이들은 현명한 생각을 했다. "지금까지 일어난 일을 우리는 보아 왔다. 앞으로 일어나는 일도 우리는 지켜볼 것이다. 어쨌거나 아이들은 교육을 시켜야 한다."

1860년 3월 톨스토이 학교에서는 50여명의 남학생들과 여학생들이 공부했다. 학교는 돌로 지은 2층짜리 별채에 열렸다. '11월과 12월의 야스나야 폴랴나 학교' 라는 기사에서 톨스토이는 이렇게 전하였다.

두 개의 방을 학교로 쓰고 있다. 방 하나는 서재로 쓰고, 나머지 두 개를 교실로 쓰고 있다. 현관에는 차양 아래 작은 종을 새끼 줄로 달아 놓았다.

아침 시골마을에는 불빛들이 켜진다. 학교 창문 밖으로 벌써 불빛들이 보인다. 그리고 종이 울리고 30분이 지나면 안개 속에, 빗속에, 때로는 가을 햇살 속에 둘씩, 셋씩, 혹은 혼자서 작은 언덕을 올라오는 모습들이 보인다. 학교와 마을 사이에는 골짜기가 있어서 아이들은 이렇게 언덕을 넘어온다. 아이들은 손에 아무것도 들고 오지 않는다. 아이들은 손에 들고 올 것도 없으며, 아직 아이들의 머릿속에도 아무것도 들어 있지 않다. 어제 무엇을 배웠든지 오늘이면 다시 잊어버린다. 그리고 오늘 들을 수업에 대해서도 걱정하지 않는다. 단지 오늘도 학교에 가면 어제처럼 즐거울 것이란 생각만으로 학교에 온다. 수업이 시작되기 전에는 수업에 대해서도 생각하지 않는다. 나는 단 한 번도 지각했다고 혼내는 일이 없으며, 아이들도 절대 지각을 하지 않는다.

선생님이 교실에 들어올 때도, 아이들은 아직 바닥에 누워 떠들고 있다. 벌써 자리에 앉아 책을 펴고 있던 학생들은 바닥에 있는 아이들에게 소리친다. "너희들 거기서 뭐해? 아무것도 안 들리잖니!" 그러면 바닥에 있던 아이들은 허겁지겁 자리에 앉아 책을 편다. 금방까지도 바닥에 누워 뒹굴던 아이들의 모습은 찾아볼 수 없다. 이제 아이들은 책을 읽는 데 집중하고, 방안은 조용해진다.

레프 톨스토이는 특히 아이들의 창의력을 키워 주려고 노력하였다.

"만일 스스로 무언가를 창조해 낼 수 없으면, 그는 평생 다른 사람을 모방하고, 따라서 행동할 뿐이다."

학교에서 아이들을 가르치는 동안 레프 톨스토이는 민중교육을 위한 많은 자료를 얻게 되었다. 그는 민중들은 진리와 도덕과 아름다움을 그대로 간직하고 사는 사람들이라고 생각했다. 민중의 교육과 계몽을 통해 러시아의 사회구조를

누이들인 소피야(1844-1919)와 타치야나(1846-1925). 베르스.
1861년 사진.

안드레이 예프스타피예비치 베르스(1808~1868).
S. A. 베르스의 아버지. 모스크바. M. B. 툴리노브가 찍은 사진. 1862년

류보피 알렉산드로브나 베르스. 이슬라비나 가문 출신. (1826~1886)
S. A. 베르스의 어머니(톨스토이가에 시집감). 모스크바. M. B. 툴리노브가 찍은 사진. 1862년.

강압적인 방법이 아닌 평화적인 방법으로 바꿀 수 있다고 생각했다. 톨스토이는 러시아에 교육평등이 이루어지지 않는 한, 국가 구조를 개선할 수 없다고 결론을 내렸다.

그는 선생님으로서의 경험과 민중교육의 경험을 러시아 전역으로 전파해야 한다는 확신을 갖게 되었다. 그는 자신의 친구이자 교육부 장관의 형제인 E. P. 코발레프스키에게 민중교육을 담당하는 기관을 설립하는 것을 도와 달라고 부탁하였다.

전혀 교육이 이루어지지 않고 있습니다. 정부가 교육을 관리하는 한 교육은 이루어지지 않을 것입니다.

그리고 이 기관은 책을 출판하고, 학교를 설립하며 교사와 학교 관리자를 양성하는 기관을 설립해야 한다고 말하였다.

톨스토이는 자신이 너무나 급진적인 교육체계를 제안하고 있다는 걸 스스로 알고 있었기에, 편지의 마지막을 슬픈 어조로 썼다.

아마도 이 계획을 실현시키기 어려울 수도 있겠지요. 정부는 무엇을 걱정하는 걸까요? 아마도 자유로운 학교에서는 그들이 몰라야 할 것을 배울 수 있기 때문이겠지요. 제가 만일 힘이란 신성한 것이 아니라고 가르쳤다면, 학교에는 단 한 명도 남지 않았을 것입니다. 하지만 지구가 둥글고 2×2=4라는 것을 아는 데는 아무런 지장이 없습니다. 반드시 일어나야 하는 일은 어떻게든 일어나게 되는 법입니다.

레프 톨스토이는 민중교육과 새로운 교육계획에 전념하는 동안 문학은 완전히 잊고 지내는 것 같았다. 그는 보리소프에게 쓴 편지에 자신은 겨울을 잘 보내고 있으며, 좋은 수업이 너무나 많아서 바쁜 관계로 글을 쓸 수가 없다고 전하였다. 그는 중재자로 일할 때 크라피벤스크 군에 학교를 열었다. 톨스토이 덕분에 21개의 학교가 열렸으며, 이 학교들에서는 톨스토이가 직접 선발한 대학생들이 아이들을 가르쳤다. 그중에는 N. V. 우스펜스키, P. V. 쉐인, N. P. 페테르손, M. F. 부포비치 등이 있었다. 그들은 토요일이나 축제 때면 야스나야 폴랴나에 모여서 며칠씩 톨스토이와 대화를 나누고, 톨스토이의 이야기를 들었다. 그들에게 있어 톨스토이와 이렇게 만난다는 것은 커다란 기쁨이었다. 이렇게 톨스토이가 선발한 선생님들이 가르치는 교실 안에는 서로 이해하

베르스의 오빠들과 V. I. 보그다노프 교사.
왼쪽부터 표트르(1849~1910), 알렉산드르(1845~1918), 블라디미르(1853~1874). 모스크바. 1858년 사진 (?).

는 마음과 사랑, 그리고 존경심이 가득했다. 아이들은 언제나 톨스토이의 학교를 고향집처럼 생각하고 잊지 않았다. 봄축제인 '마슬레니차'가 되면, 톨스토이는 러시아식 팬케이크인 블린축제를 열었다. 선생님과 학생들 그리고 학부모들이 모였다. 사람들은 이 축제 때 이야기를 일년 내내 할 정도로 즐거워했다.

1860년 여름 톨스토이와 그의 여동생 마리야의 가족은 당시 중병을 앓던 니콜라이 톨스토이를 만나러 해외로 가게 되었다. 니콜라이는 그해 9월 20일 프랑스 남부의 히에르에서 사망하였다. 레프 톨스토이는 사랑하는 형의 죽음을 슬퍼했다. 야스나야 폴랴나의 집에는 항상 니콜라이 니콜라예비치의 반신상이 놓여 있었다.

레프 톨스토이는 자신의 아이들에게 니콜라이에 대해 이렇게 말해 주었다.

"그는 나보다도 훨씬 현명하고 재능이 있는 사람이었다. 하지만 그는 겸손하고 온화한 사람이라 한 번도 그것을 드러내지 않았다."

레프 톨스토이는 두 번째 해외여행을 하면서, 유럽의 교육을 좀 더 자세히 알아보았다. 영국, 프랑스, 독일, 스위스, 이탈리아, 벨기에 등의 민중교육의 경험을 연구하면서 학교와 다른 교육기관, 대학 등도 방문해 보았다. 한 학교에서는 자신의 아이들의 것과 비교해 보기 위해서 그 학교 학생들이 작문한 것을 가져오기도 하였다. 그는 유럽에서 여러 학자, 정치인, 교사를 만났으며, 그들과 만나 들은 이야기나 인상에 대해 간단한 기록을 남겼다. 독일의 한 학교를 방문했던 레프 톨스토이는 이렇게 적었다.

끔찍한 일이다. 아이들이 황제를 위해 기도하고, 선생들은 아이들을 때리기까지 한다. 아이들은 겁에 질려 있으며, 엉망이다.

결국 톨스토이는 러시아의 교육은 러시아의 방식으로 해 나가야 한다고 생각하였다.

그는 런던에서 A. I. 게르첸을 만났다. 두 작가는 러시아의 미래와 농노해방에 대해 많은 대화를 나눴다. 하지만 두 사람의 견해는 많이 달랐다.

이 여행에서 그는 자신의 형 세르게이에게 말한 바대로, 그때까지 해 온 러시아의 민중교육을 지속해 나가기 위해 노력하였다.

그는 여행을 통해 보고 들은 것을 통해 이렇게 결론 지었다.

"나는 내가 본 것들을 통해 확신을 할 수가 없다." 유럽의 학교들에서 그는 얻은 것이 없었지만, 좋은 교육 방법을 찾는 동안 러시아의 학교를 개선시켜 나가야겠다는 결심을 더욱 굳히게 되었다. "러시아로 빨리 돌아가야겠다는 생각뿐입니다"라고 그는 숙모 에르골스카야에게 편지를 썼다.

저는 유럽에서 많은 인상을 받았고, 많은 것을 배웠습니다. 이 모든 것을 머릿속에 정리하려면 오랜 시간이 걸릴 것 같습니다.

그는 러시아로 돌아와 교육잡지인 《야스나야 폴랴나》를 발행하기 시작했다. 《야스나야 폴랴나》 제1호는 1862년 2월 5일 출판하였다. 잡지는 총 12호까지 발행되었다. 레프 톨스토이는 잡지에 프로그램 형식의 논문을 실었다. 그런 논문들로는 〈민중교육에 대하여〉, 〈읽기와 쓰기 교육의 방법〉, 〈누가 누구에게서 글 쓰는 것을 배워야 하는가, 농민이 우리에게서 아니면 우리가 농민에게서?〉 등이 있었다. 그가 쓴 많은 논문들은 교육자, 문학가, 학자들의 비평을 받았다. 그는 몇몇 사람들과 논쟁을 벌이는 동안 깨달았다. 그들이 민중을 가르칠 것이 아니라, 바로 그들이 민

베르스의 언니들. 소피야(왼쪽), 타치야나, 엘리자베타(1843-1919).
모스크바. 1858-1859년 사진.

S. A. 베르스에게 레프 니콜라예비치 톨스토이가 청혼하는 편지.
1862년 4월 14일 쓰였고, 1862년 4월 16일 베르스에게 전달하였다. 봉투에 S. A. 베르스의 자필이 쓰여 있다.

톨스토이 부부가 결혼할 때 사용한 양초와화관과 장갑

S. A. 베르스. 약혼녀.
모스크바. M. B. 툴리노프가 찍은 사진. 1862년

레프 니콜라예비치 톨스토이.
모스크바. M. B. 툴리노프가 찍은 사진. 1862년

중에게서 자연의 아름다움과 노동을 통해 삶의 의미를 찾고 도덕적으로 발전해 나가는 법을 배워야 한다고 생각했다. 톨스토이는 반대자들과 논쟁하였다. "우리는 천 명이지만, 그들은 백만 명입니다!" 그리고 이백만 명의 사람들이 천 명의 귀족들에게 무엇을 해 주었는지 생각했다. 물론 당시 교육을 담당하던 권력자들은 이설을 풀어 놓는 톨스토이를 이해할 수가 없었다. 하지만 레프 톨스토이는 이상적인 교육을 연구하면서 민중의 관점에서 생각하고, 그들의 입장이 되어 보았다. 그것이 자신의 발전을 저해할 수도 있다는 것에는 신경을 쓰지 않았다.

《야스나야 폴랴나》에는 학생들이 쓴 글도 실렸다. 잡지를 발행하면서 그는 항상 살아 있는 언어, 모두가 이해할 수 있는 말들을 쓰려고 노력하였다. 당대 사람들은 그의 잡지가 러시아 아이들의 살아 있는 모든 감각을 보여 주는 것이라고 말했다. 보리소프는 네크라소프에게 보내는 편지에서 톨스토이는 야스나야 폴랴나에서만 가능한 이상적인 학교를 생각하고 있다고 지적하기도 하였다.

레프 톨스토이는 자신의 논문을 통해 자신과 사회에 예술, 문학, 교육, 정치 분야의 철학적, 도덕적, 사회적인 문제들을 제기하였다. 이후 20년이 지나서야 그는 이때 자신이 제시한 문제의 답을 종교적이고 철학적인 것에서 찾을 수 있었다. 톨스토이는 교육을 연구하면서, 사회현상과 삶의 현상들을 함께 연구하였다. 그래서 그는 교육에 더욱 몰두하게 되었다. 하지만 톨스토이의 학교는 그리 오래 가지 못했다. 사회 주요 계층의 지지를 얻지 못했기 때문이다. 그러나 분명한 것은, 그의 교육을 위한 연구와 활동은 러시아 교육에 있어 중요한 의미를 띤다는 것이다. 게다가 톨스토이는 이 시기에 자신에 대한 의구심과 실망을 떨쳐 버릴 수 있었다. 그는 이렇게 고백했다.

"내가 학교를 열었던 그때부터 지금까지 학교는 나에게 어떤 의미였는가? 학교는 나의 인생이자, 나의 수도원이자 교회였다. 나는 그곳에서 걱정과 의구심과 유혹으로부터 구원받을 수 있었다."

레프 톨스토이는 어느덧 34살이 되었다. 그는 여전히 미혼이었다. 그는 많은 시간을 영지경영과 학교운영을 위해 보냈지만 늘 외로웠다. 그는 이미 오래 전부터 자신의 결혼과 미래의 가정에 대해 걱정해 왔다. 하지만 사교계의 몇몇 여자들을 만나 봤어도 자신이 꿈꾸던 사람은 찾을 수가 없었다. 그는 결혼이란 중대사라고 생각했다. 그의 중요한 작품 중의 하나도 바로 부부애와

1862년 4월 22일 S. A. 베르스와 레프 니콜라예비치 톨스토이가 결혼식을 올린 성모 강탄제 교회.
모스크바. 1880~1890년대 사진.

야스나야 폴랴나 저택의 입구 탑에서 내려다본 전경과 마을에서 바라본 '자세카' 역으로 가는 길.
1900년대 초의 사진.

가족의 행복을 주제로 하고 있다.

톨스토이의 인생을 바꾸어 놓는 사랑은 예기치 않게 찾아왔다. 그는 이미 오래 전부터 알고 지내며, 좋아하던 한 집안에서 미래의 신부를 만났다. 그는 모스크바에 자주 들르면서 베르소프 집에 자주 들렀다. 가장인 안드레이 예프스타피예비치 베르스는 궁중 의사였으며, 그의 아내는 이슬렌예프 가문 출신의 류보피 알렉산드로브나로 톨스토이 형제들의 소꿉친구이자 마리야 니콜라예브나의 친한 친구였다. 레프 톨스토이의 아버지 니콜라이 일리치는 류보피 알렉산드로브나의 아버지인 이슬렌예프와 잘 아는 사이였고, 영지의 이웃이었기 때문에 함께 사냥도 자주 다녔다. 안드레이 예프스타피예비치 베르스는 궁중 의사로서 크레믈린 안에 살았다. 그에게는 세 명의 딸과 다섯 명의 아들이 있었다. 소피야 안드레예브나는 이렇게 회상하였다.

나의 아버지는 의사로서 항상 열심히 노력하시는 분이셨다. 아버지는 우리의 교육을 위해 최선을 다하셨고, 우리가 편하고, 풍요로운 삶을 누릴 수 있도록 노력하셨다. 나의 어머니도 아버지를 도와 우리를 위해 최선을 다하셨다. 어머니는 아이들은 많은데, 가진 것이 별로 없던 그때, 우리 스스로 일해서 먹고 사는 법을 깨우쳐 주셨다. 우리는 어린 형제들을 돌보고, 바느질하고, 집안일을 했으며, 후에는 가정교사 시험도 준비해야 했다.

베르스의 딸들은 모두 교육을 잘 받은 아름답고 아주 개성 있는 사람들이었다. 큰딸인 리자는 똑똑하고, 박식했으며, 소냐는 낭만적이고 생각이 많았으며, 타치야나는 생기 있고 활발하여 모두가 좋아했다.

1862년 류보피 알렉산드로브나는 아이들과 함께 야스나야 폴랴나를 방문하였다. 모두 즐겁게 지냈고, 함께 산으로 산책을 자주 나갔다.

어느 날 저녁, 이슬렌예프의 영지 이비치에서 소피야 안드레예브나와 레프 니콜라예비치는 사랑을 고백하였다. 두 사람은 이미 서로를 사랑하고 있었기 때문에, 톨스토이가 분필로 탁자 위에 몇 마디를 적기 시작했을 때 이미 모든 것이 분명해졌다. 이 장면은 『안나 카레니나』에서 레빈이 키티에게 사랑을 고백할 때 글로 묘사되었다. 17살 소녀와 사랑에 빠진 톨스토이는 혼란스러웠다. 당시 톨스토이가 쓴 일기와 편지는 걱정으로 가득했다.

나는 사랑에 빠졌다. 나도 이렇게 사랑에 빠질 수 있다고는 믿지 않았다. 나는 정신이 나간 것 같다. 지금 이 상태가 지속된다면 나는 죽어 버릴 것이다.

더 이상은 이렇게 고통과 행복을 동시에 느껴서는 안 된다고 매일 생각한다. 하루하루 나는 이성을 잃어 간다.

설상가상으로 베르소프 집안에서 톨스토이가 큰딸 리자를 좋아한다는 분위기가 형성되면서 상황은 더욱 심각해졌다. 하지만 톨스토이는 오직 소피야 안드

소피야 안드레예브나 톨스타야.
1863년의 사진.

드미트리 알렉세예비치 디야코프(1823~1891).
톨스토이 형제들의 친구. 툴루비예프 가문 출신의 아내 다리야 알렉산드로브나(1830~1867)와 찍은 사진. 모스크바. 은판 사진. M. 아바디(?) 1850년대 초. 최초 공개. 디야코프는 체레모슈냐 영지의 지주였다.(야스나야 폴랴나에서 15베르스타 떨어진 지역).

'프레슈펙트'.
야스나야 폴랴나 저택의 입구 가로수길. S. A. 톨스타야의 사진. 1897년.

이반 페트로비치 보리소프 (1832~1871)
아룔지역의 지주. 투르게네프, 표트, 톨스토이 형제들의 이웃이자 친구. 1860년대 사진.

레예브나만을 좋아했다. 당시 그는 이렇게 일기를 썼다.

9월 14일. 새벽 4시. 나는 그녀에게 편지를 썼다. 이 편지를 내일, 아니 오늘 날이 밝으면 그녀에게 줄 것이다. 나는 죽어 버릴 것 같다. 내가 꿈꾸는 행복이란 불가능할 것 같다. 신이시여! 나를 도와주소서!

레프 톨스토이는 이날 쓴 편지를 이틀 후에야 소피아에게 주었다.

소피야 안드레예브나! 저는 이제 더이상 참을 수 없습니다. 저는 이미 삼 주째 당신께 모든 것을 말하고, 이 슬픔과 절망 그리고 마음 속의 두려움과 행복으로부터 벗어나야겠다고 생각해 왔습니다.

그리고는 편지 끝에 이렇게 썼다.

한 달 전만 해도 지금처럼 제가 괴로워하리라고는 상상조차 못 했습니다. 제발 솔직히 대답해 주세요. 저의 아내가 되어 주시겠습니까? 만일 조금이라도 의구심이 든다면 거절하세요. 스스로 잘 생각해 보세요. 당신이 제 청혼을 거절하는 것은 두렵지만, 저는 이미 각오를 하고 있으니, 당신께서 거절한다 해도 견뎌 낼 수 있을 겁니다. 하지만 지금처럼 사랑을 받을 수 있는 남편이 될 수 없다면 그것은 더욱 끔찍한 일입니다.

바로 이 구절을 읽고 소피야는 청혼을 받아들였다.

결혼식은 일주일 뒤 있었다. 그때까지도 톨스토이는 소피야가 정말 자신을 사랑하는지 믿을 수 없었다. 그래서 결혼식 날에 다시 한 번 물어보기도 하였다.

결혼식 날 베르소프의 집안 분위기는 세 명의 자매 중 가장 막내인 T. A. 쿠즈민스카야 베르스가 잘 표현해 주었다.

결혼식은 1862년 9월 23일 저녁 8시 성모강탄제 교회에서 하기로 했습니다. 레프 톨스토이 측에는 그의 숙모들, 펠라게야 일리니치나 유슈코바, 부모들과 함께 온 페르필리예프가의 아이들, 운전사 티미랴제프가 있었습니다. 교회는 사람들로 가득했습니다. 예복을 차려 입은 레프 톨스토이는 우아한 모습이었습니다. 궁중의 가수들이 신부가 입장할 때 〈사랑하는 사람아, 여기를 보아라!〉라는 노래를 웅장하게 불러 주었습니다. 소피야는 긴장하여 얼굴이 창백했지만, 그래도 너무나 아름다웠습니다. 그녀의 얼굴에는 얇은 면사포가 드리워져 있었습니다.

결혼식을 올린 두 사람은 바로 6마리의 말이 끄는 마차를 타고 야스나야 폴랴나로 왔다. 야스나야 폴랴나에서는 젊은 안주인을 맞았다. 일주일 뒤 톨스토이는 이렇게 썼다.

내가 내 자신을 몰라볼 정도이다. 나의 모든 실수들이 분명히 보

1863년 10월 17일 A. A. 톨스타야에게 레프 니콜라예비치 톨스토이가 쓴 편지.
편지에는 이렇게 적혀 있다. "난 나의 지적인, 모든 정신적인 힘이 일을 함에 있어 그토록 자유롭다거나 능력 있다고 느껴 본 적이 없다. 그런데 지금 나에게 그런 일이 있다. 바로 1810년과 20년대의 소설이다. 이 일은 내가 가을부터 해 오고 있는 일이다…… 이제 나는 혼신의 힘을 다하는 작가이다. 난 지금 이제껏 내가 쓰지 않았던 것을 쓰고, 구상하지 못했던 것을 구상하고 있다. 지금 나는 행복하고 평온한 남편이자 아버지이다……".

S. A. 톨스타야와 아이들인 세료쟈(우측)와 타냐.
툴라. 1866년 사진.

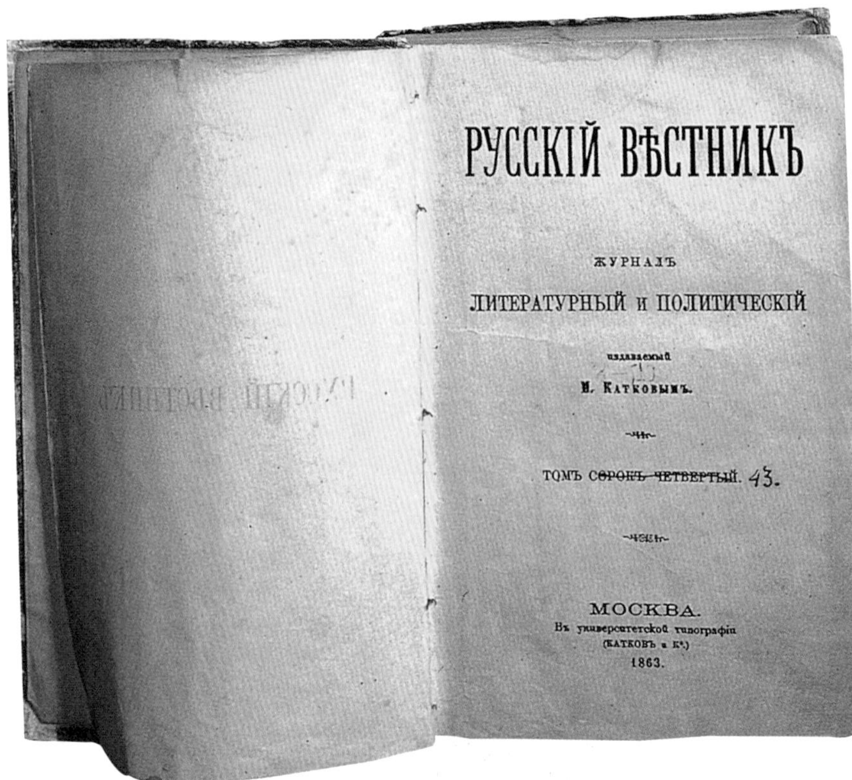
РУССКІЙ ВѢСТНИКЪ

ЖУРНАЛЪ

ЛИТЕРАТУРНЫЙ И ПОЛИТИЧЕСКІЙ

издаваемый

М. КАТКОВЫМЪ.

ТОМЪ ~~СОРОКЪ ЧЕТВЕРТЫЙ~~. 43.

МОСКВА.

Въ университетской типографіи

(КАТКОВЪ и К°.)

1863.

잡지 《러시아통보》.
1863년 1호. 레프 니콜라예비치 톨스토이의 〈카자크 사람들〉이란 단편이 실렸다.

인다. 모두가 그녀를 너무나 좋아한다. 그녀는 정말 매력적이다.

소피야 안드레예브나는 오히려 자신이 남편을 행복하게 해 주지 못하는 게 아닌가 걱정하였다. 이 신혼기에 톨스토이를 본 사람들은 모두들 그가 달라졌다고 말하였다. 보리소프는 투르게네프에게 이렇게 편지를 썼다.

제가 누굴 봤는지 아십니까? '새로운' 레프 톨스토이를 보았습니다. 그의 아내는 너무나 매력적인 사람입니다. 현명하고, 소박하며, 교활함이라곤 찾아볼 수 없습니다. 그녀는 개성도 있는 사람인 것 같습니다. 레프 톨스토이는 죽도록 그녀를 사랑하고 있습니다.

톨스토이가 말했듯이, 그는 결혼과 함께 진정으로 행복한 인생의 나날을 시작하였다. 새롭고, 유익한 새로운 시기를 맞았던 것이다. 바로 이때 그는 다시 글을 쓰고 싶다는 생각을 하게 되었다. 1862년 말 그는 이렇게 썼다.

수많은 생각들이 떠오르며, 이제는 너무나 글을 쓰고 싶다. 나는 엄청난 내적 성장을 한 것 같다.

그때부터 평생 그의 곁에는 진실한 친구이자 아내인 소피야 안드레예브나가 있었다. 그녀는 남편이 헌신적인 일을 하는 것을 돕고, 창작에 몰입할 수 있는 분위기를 만들어 주었다. 톨스토이의 친구들과 동료들은 소피야 안드레예브나만이 이렇게 할 수 있는 사람이었다고 말하였다.

러시아의 공식적인 수도였던 페테르부르크가 톨스토이에게 처음부터 마음을 열어 준 것은 아니다. 레프 니콜라예비치 톨스토이에게 페테르부르크는 냉정한 관리들과 죽은 명령서, 잔혹한 명령의 세계처럼 여겨졌다. 하지만 페테르부르그는 젊은 시절의 레프 니콜라예비치 톨스토이에게 많은 영향을 미쳤다. 이 곳은 톨스토이가 세바스토폴로부터 온 곳이었다. 바로 이 곳에서 N. A. 네크라소프가 톨스토이의 첫 작품인 『유년시절』를 출간하였던 것이다. 《동시대인》의 편집국과 (161페이지) 네크라소프, 투르게네프, 살트이코프-세드린의 집에서 레프 니콜라예비치 톨스토이는 러시아의 유명한 작가들을 만날 수 있었다. 페테르부르크에 있는 동안 레프 니콜라예비치 톨스토이는 친한 친구이자 친척인 A. A. 톨스타야를 자주 만났다. A. A. 톨스타야는 마린스키 궁과 겨울궁전의 여관이었다. (160페이지 하단) 1901년 성 종무원 건물에서 (160페이지 상단) 레프 니콜라예비치 톨스토이 백작의 교회 파문에 대한 '성 종무원의 결정' 이 있었다.

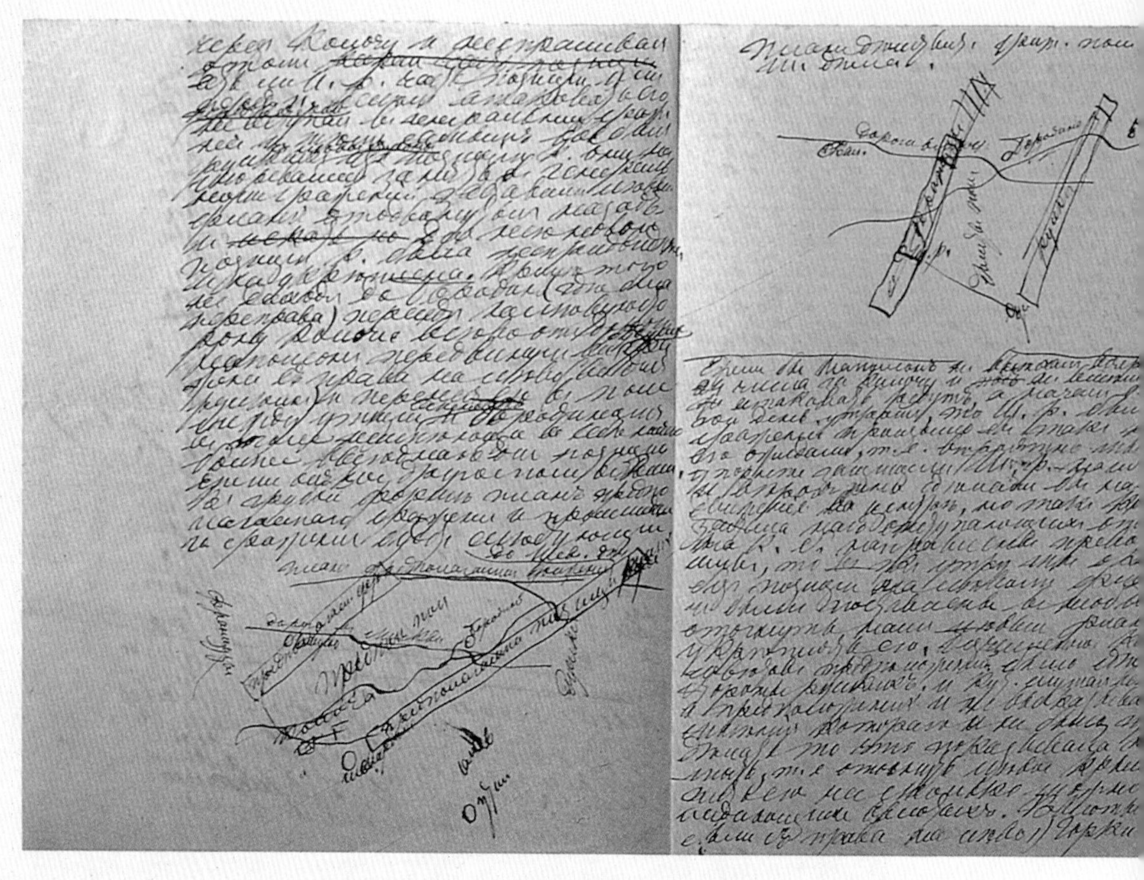

『전쟁과 평화』 중 보로딘스크 전투를 기술한 레프 니콜라예비치 톨스토이의 자필본.
1867년.

1862~1879

창작의 절정

두 번 다시는 반복되지 않을 격동의 시기인 1860년대가 도래했다. 1860년대는 정치경제적으로 큰 변화를 겪으며 사람들에게 새 희망을 불어넣어 준 시기였다. 이 시대를 살았던 어떤 이는 다음과 같이 회상한다.

당시 사회와 민중들 사이에서 일었던 변화의 물결이 얼마나 거대했는지, 그리고 얼마나 많은 새로운 경험을 했는지 지금은 상상조차 하기 힘들다. 농노제가 서서히 무너지기 시작했고, 굽기야는 역사의 뒤안으로 사라졌으며, 이로 인해 형성된 새로운 삶의 조건에 적응하려는 움직임이 전체의 삶 곳곳에 스며들었다. 동시에 개개인들의 이해관계가 상충하였으며, 다양한 원칙과 사상이 봇물 터지듯 넘쳤던 시기가 바로 1860년대였다. 민중과 사회계급, 민중의 안녕, 조국, 권력, 인간, 가족, 자연, 신념, 신 등 사회를 구성하는 모든 것들에 관한 개념이 재평가되기도 했다. 삶의 곳곳에 신선한 새 바람이 흘러들었으며, 나라 전체가 젊고 혈기 왕성한 기운으로 새 봄을 맞았던 시기이다.

바로 이러한 시기에 톨스토이는 내면적 완성의 정점에 이르며 집필한 대표작 『전쟁과 평화』를 완성했다. 톨스토이는 당시 사회를 지배했던 민족적 부흥과 개인의 삶과 국가의 중대한 문제들을 소설에 표현해 내는 것을 자신의 숙명으로 여겼던 것이다.

이 시기 민중의 삶에 대한 톨스토이의 관심은 고조되었다.

나는 이제 삶과 민중, 그리고 사회를 완전히 다른 눈으로 바라보고 있다.

톨스토이는 1863년 쓴 한 편지에 이와 같이 적고 있다. 과거와 미래의 관계에 관한 톨스토이의 사상은 '세 시기' 시리즈 중 한 작품의 초고에 반영되어 나타난다. 여기서 톨스토이는 민족을 단결시키는 러시아 역사의 극적인 부분에 주목한다. 즉, 인간, 나

레프 니콜라예비치 톨스토이.
모스크바. 1868년 사진.

야스나야 폴랴나의 레프 니콜라예비치 톨스토이의 집 (공원에서 바라본 모습).
'세레르, 나브골츠 그리고 K' 사가 찍은 사진. 1892년.

야스나야 폴랴나의 '다락방'.
이곳에서 『전쟁과 평화』의 첫 장을 집필하였다. '세레르, 나브골츠 그리고 K' 사가 찍은 사진. 1892년.

아가 인류 전체의 발전과정을 연구 가능케 한 사건들에 주목한 것이다.

잘 알려진 바와 같이, 처음에 톨스토이는 데카브리스트(Dekabrist)에 관한 소설을 쓸 생각이었다. 1861년 3월 26일 톨스토이는 A. I. 게르첸(Gertsen)에게 다음과 같은 내용의 편지를 써 보낸다.

나는 한 4개월 전부터 장편을 하나 생각하고 있습니다. 그 주인공으로는 귀환한 데카브리스트를 생각하고 있답니다. …… 여기 나오는 데카브리스트는 열정적인 신비주의자이며 독실한 기독교 신자로서, 1856년 아내와 아들, 딸과 함께 러시아로 돌아오게 되는 사람입니다. 이 사람은 엄격하기는 하나, 다소 이상적인 시각으로 '새로운' 러시아를 바라보는 사람이어야 할 것입니다.

게르첸은 이와 같은 톨스토이의 생각에 수긍의 뜻을 밝혔을 뿐 아니라, 데카브리스트들에 관한 자료가 담긴 잡지 《콜로콜(Kolokol; 러시아어로 '종' 이라는 뜻)》를 톨스토이에게 보내는 등 아예 톨스토이가 보다 원활하게 집필을 구상할 수 있도록 적극적인 도움을 주었다. 톨스토이는 철저한 역사적 고증작업을 시작으로 새 작품에 대한 본격적인 작업에 착수하였다. 여기에 사용한 자료들은 〈데카브리스트들의 수기〉, 〈북극성(Polyarnaya zvezda)〉의 출판물, 〈1825년 12월 14일과 니콜라이(Nikolay) 황제〉, 〈1826년 6월 1일자 칙령에 의해 반포된 '반역자' 들에 대한 고등형사법정〉 등이었으며, 이와 함께 투르게네프(N. I. Turgenev)의 저서 〈러시아와 러시아인들〉의 프랑스어판, 그리고 〈데카브리스트 세르게이 그리고리예비치 볼콘스키(Sergey Grigor yevich Volkonskiy)의 수기〉 등도 깊이 연구하였다.

하지만 이처럼 큰 열정을 가지고 시작한 장편소설은 결국 완성되지 못하였다. 톨스토이가 애초에 구상한 이 장편 중 고작 3부까지만 출판이 되었으며, 그것도 1884년 페테르부르크에서 출판된 톨스토이 전집에 삽입되는 형식으로 세상의 빛을 보게 되었다. 이 장편소설의 주인공인 표트르 라바조프(Petr Labazov)는 유형에서 돌아와 러시아에서 일었던 큰 변화에 대해 다음과 같이 나름의 평가를 내리려 하고 있다.

민중, 즉 농민들의 지위는 보다 향상되었으며, 스스로가 가진 가치를 보다 더 높이 인식하여 평가하게 되었다. …… 러시아의 힘은 우리 데카브리스트들에게 있는 것이 아니라, 민중에게 있다고 생각한다.

이 마지막 구절, 그러니까 이 미완성 장편소설의 이 마지막 구절이 바로 톨스토이가 이내 끝을 보지 못하고 펜을 놓았던 새 작품을 집필할 당시 가지고 있었던 남다른 철학적 관점이었다. 톨스토이는 현상의 본질에 가까이 가려는 삶의 자세를 지향함으로써, 자신의 작품 주인공들과 함께 역사의 저 깊은 곳으로 '물러서' 있어야만 했다. 톨스토이 스스로도 이에 대해 책의 서두 초고에서 다음과 같이 쓰고 있다.

1856년에 나는 이 소설을 쓰기 시작했다. 이 소설이 나아갈 방향은 이미 결정되어 있었다. 소설의 주인공으로 이미 처자식과 함께 러시아로 다시 귀환하게 되는 데카브리스트를 염두에 두고 있

세르게이 그리고리예비치 볼콘스키 공작(1788~1865).
S. L. 레비츠키가 1861년 촬영한 사진을 판화로 만듦. 데카브리스트, 레프 니콜라예비치 톨스토이의 6촌 삼촌. 미완성 소설인 〈데카브리스트〉의 피에르 라바조프라는 인물의 모델. 1860년 12월 플로렌스에서 레프 니콜라예비치 톨스토이와 만났다.

었다. 나는 내 의지와는 상관없이 '내 주인공'이 혼란과 불행에 휩싸였던 시기였던 1825년 당시로 갔다. 그리고 바로 이 시점에서 이야기를 풀기 시작했다. …… 데카브리스트였던 '나의 주인공'을 이해하기 위해서, 나는 그의 젊은 시절을 알아내야 했다. 그가 혈기왕성한 젊은이였던 당시는 1812년의 러시아, 즉 러시아가 나폴레옹과의 조국 전쟁에서 승리를 거두었던 바로 그 시점과 맞물린다. 그래서 나는 1825년을 남겨두고, 소설의 시작 무대를 1812년으로 옮겼다. 아직까지도 1812년 당시의 그 충만한 기운과 그 생생한 소리들이 분명하게 느껴진다. …… 나는 뭐라고 한마디로 설명할 수 없는, 그러면서도 어떤 수줍음과도 비슷한 그런 기분을 느끼며 집필에 착수했다. 나폴레옹 보나파르트가 이끄는 프랑스와의 전투에서 러시아가 겪었던 실패와 치욕을 묘사해 내는 것보다는, 승리에 대해 글을 쓰는 것이 나에게 있어서는 훨씬 양심적인 일이라고 생각되었다. …… 러시아의 승리가 우연이 아니라, 러시아 민중과 러시아 군대의 힘에 의한 것이었다고 한다면, 현재의 이 실패와 패배의 시기에 그러한 러시아의 '힘'을 보다 선명하게 표출해 내는 것이 더더욱 필요하다는 생각이 들었다.

하지만 이와 같은 그의 생각에 또 다른 변화가 일었다. 1805년이라는 또 다른 시기가 톨스토이의 눈길을 끌었던 것이었다. 톨스토이는 1805년이라는 더 이전의 시대를 실감하기 위해, '열어야 할' 두 개의 커다란 문을 앞두고 있었다. 그것은 바로 '역사'의 문과 '마음'의 문이었다. 여기에 큰 도움이 되었던 것은 가족들이 들려주었던 갖가지 이야기들이었다. 즉, 1812년 조국전쟁에 참전하여 라이프치히 전투에서 승리를 경험했던 아버지와 아버지의 동료들, 그 시대를 경험했던 가까운 일가친척들과 지인들, 유모, 소유지 내의 농노 그리고 순례자들이 들려주었던 이야기들이 그것이다. 이런저런 무용담과 당시의 경험담 등을 통해 톨스토이는 그 시대의 '기운과 소리'를 '생생하게' 체험할 수 있었던 것이다.

톨스토이가 묘사한 당시의 수많은 시대적 특징과 소품들은 그가 어린 시절부터 친근하게 여겨 왔던 것들이었으며, 동시에 가족으로부터 받은 귀중한 보물이었다. 톨스토이 가문은 톨스토이의 조부인 일리야 안드레예비치(Ilya Andreevich)가 가지고 있었던 목이 긴 유리병, 샴페인 잔, 이름의 이니셜이 새겨진 보드카 잔 등의 오래된 크리스털 용품을 여러 대에 걸쳐 애지중지해 왔다. 지난날의 조그마한 기억까지도 하나하나 간직하고 있는 골동품들과 그 안에 살아 숨쉬는 고인들의 따뜻한 온기가 톨스토이의 장편에서 생생하게 재현되었다. 소설 속에서 나타쉬아 로스토바의 집에서 온 피에르 베주호프 앞에 있었던 것이 바로 톨스토이 집안에 있던 '공작의 이니셜이 새겨진 크리스털 보드카 잔 4개'가 되었던 것이다.

집안에 보관되어 있는 프리메이슨(Freemason) 반지가 톨스토이 가문의 것인지, 볼콘스키 가문의 것인지는 아직까지도 베일에 싸여 있으며, 그 비밀은 아직 풀리지 않고 있다. 우리는 이 반지의 모습을 소설 속에서 피에르와 바즈데예프 프리메이슨 비밀조합원이 만나는 장면을 통해 확인할 수 있다. 바즈데예프의 손가락에는 '해골이 새겨진 주철 반지가 끼워져 있다'.

톨스토이는 또한 7년 전쟁(Seven Years War: 1756~1763)에 육군소장으로 참전했던 증조부 볼콘스키(S. F. Volkonskiy)가 전쟁 중 경험한 한 에피소드도 기억하고 있었다. 즉, 볼콘스키는 아내가 준 성상을 몸에 지니고 다녔는데, 어느 날 볼콘스키의 가슴을 향해 날아든 총알이 바로 이 성상에 맞아 기적적으로 목

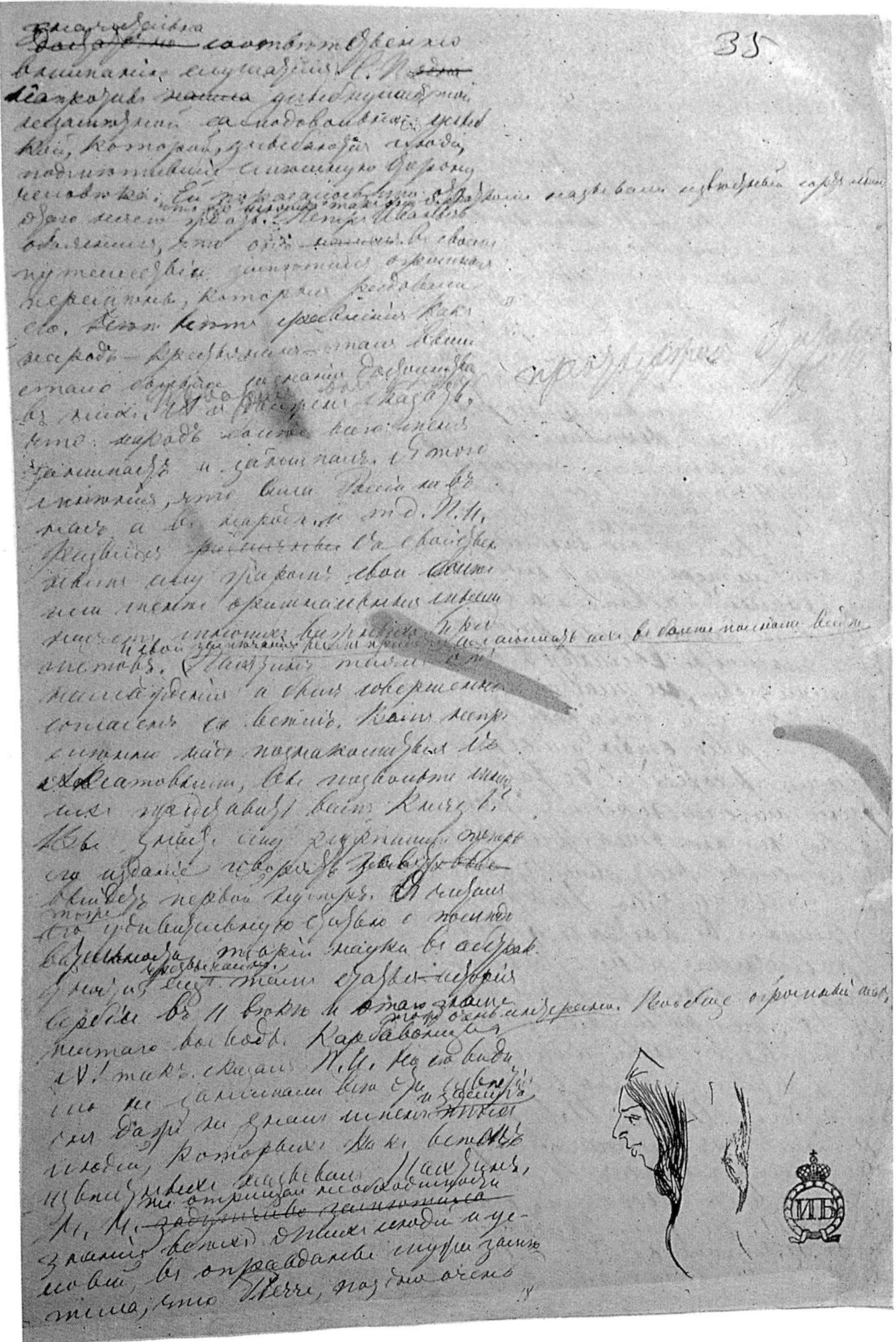

소설 〈데카브리스트〉 도입부의 초본.
레프 니콜라예비치 톨스토이의 자필. 1860년.

모호바야에 있는 루체프 박물관.
'세레르, 나브골츠 그리고 K' 사가 찍은 사진첩판. 1883년.

숨을 구했다는 이야기이다. 바로 이 에피소드가 작품 속에서 마리야 공후가 안드레이와 이별하는 장면의 모티브가 되어 빛을 발하게 된다.

"뜻대로 생각하거라. 하지만 나를 위해 이것만은 해 다오. 제발, 부탁이다. 아버지의 아버지께서도 전쟁에 나가실 때, 이걸 몸에 지니고 다니셨단다. ……네 의지와 상관없이 어쨌든 이것이 너를 지켜 주고 보호해 줄 거다. ……여기에는 진실과 안녕만이 깃들여 있다."

마리야는 안드레이 앞에서 성스러운 몸짓으로 성상을 두 손에 꼭 쥔 채, 흥분으로 떨리는 목소리로 말했다. 검은 용안이 그려진 타원형 성상은 은 테두리로 장식되어 있었으며, 섬세하게 가공한 은 줄도 달려 있었다. 마리야는 성호를 그은 뒤, 성상에 키스를 하고, 이것을 안드레이에게 건네주었다.

톨스토이의 아버지 니콜라이 일리치는, 이후에 톨스토이의 아들들처럼, 대단한 사냥 애호가였다. 사냥은 단순히 귀족들이 즐기는 오락의 차원을 넘어서, 자기 자신을 시험할 수 있는 가능성을 제시해 주는 것이었다. 톨스토이는 사냥이라는 행위에 의미를 부여하여, 이를 예민하게 받아들였으며, 이후 소설에 훌륭하게 반영시킨다. 사냥하는 장면 자체도 소설을 위해 필요하기도 했지만, 이는 지주 계층의 삶을 형상화하기 위해서만은 아니었다. 사냥이라는 것은 삶의 현상과 사람들, 그리고 사람들의 감정과 관계를 다시 한 번 생각할 수 있게 해 주는 것이기 때문이다.

사냥 행위가 일어나는 곳에서는 계층간의 장벽도 무너져 버린다. 사냥을 주도하는 인물은 로스토프 가문의 농노 사냥꾼 다닐라이다. 다닐라는 소설에서 가장 필요한 인물이다. 그는 주인이 사냥을 제대로 못해 늑대를 놓쳐 버린 것에 대해 주인을 서슴없이 책망하고 나무랄 수 있는 유일한 사람이다. 하지만 사냥이 끝나면, 주인을 험담할 수 있는 다닐라의 입장은 180도 달라진다. 다닐라는 모자를 벗어 들고는 공작이 "거참, 자네 화가 났구먼"이라는 말을 가만히 듣고만 있는다. 마치 조금 전 사냥 때 주인을 대하던 자신의 태도에 스스로 송구스러워하면서 말이다.

톨스토이가 애당초 스스로에게 내던진 과제는 단순히 생활상을 세세하게 묘사하는 것이 아니었다. 이 세부묘사를 통해 톨스토이는 러시아 민족이 형성되는 데 매우 중요한 의미를 띠는 역사적인 시대를 가능한 한 폭넓게 보여주려 했다.

이를 위해 톨스토이는 역사학자들의 논문과 소설의 시대적 배경이 되는 당시의 문헌, 나폴레옹 전쟁을 겪은 사람들의 회상이나 기록 등을 파고들었다. 또한 당시의 여러 칙서나 명령 등을 세밀하게 분석했으며, 전쟁상을 담은 그림들도 참고하였다. 그야말로 이 시대를 연구하는 데 온 정신을 쏟아 부었던 것이다. 자고스킨(Zagoskin)의 장편 〈로슬라블레프(Roslablev)〉, 조토프(Zotov)의 장편 〈레오니드(Leonid)〉, 미하일로프스키-다닐레프스키(A. I. Mikhaylovskiy-Danilevskiy)의 글, 글린카(S. Glinka)의 〈1812년에 관한 메모〉, 티예르의 〈영사와 황제의 역사〉, 조국전쟁을 배경으로 한 크릴로프의 우화 등을 열심히 읽어치웠다. 장편 『전쟁과 평화』에서 쿠투조프 장군을 능숙한 사냥꾼으로, 그리고 나폴레옹을 쫓기는 늑대로 비유한 것은 바로 이와 같은 창작적 배경에서 비롯된 것이다. 톨스토이는 또한 조국전쟁 중 타루틴 전투를 배경으로 한 주콥스키(Zhukovskiy)의 시 〈러시아군 숙영지의 찬미자〉에도 주목했다. 이와 함께 다비도프(O. Davydov)의 작품도 톨스토이의 이목을 끌었다. 특히 다비도프의 작품에 대해 톨스토이는 "다비도프는 최초로 수많은 진실을 나에게 알려주었다"라고 말했다. 또한 역사학자인 포고딘(M. P. Pogodin), 페르필리예프(S. V. Perfilyev), 특히 작가의 장인 베르스(A. E. Bers) 등이 남긴 자료도 참고하였다.

당시 출간된 일련의 잡지에서도 톨스토이는 많은 자료들을 얻을 수 있었다. 톨스토이는 잡지 자료를 활용하여 당시 사람들의 사상이나 감정뿐만 아니라, 이들의 행동방식이나 유행, 의상, 생활상 등을 전달하는 데 도움이 될 만한 모든 것들을 닥치는 대로 선별하여 재워 두었다.

특히 〈파리 유행〉이라는 한 잡지의 섹션은 톨스토이가 몇몇 등장인물들의 의상을 묘사하는 데 결정적인 역할을 했다. 특히 이폴리트 쿠라긴을 묘사하는 데 아주 큰 도움이 되었다. 톨스토이는 당시 최고로 유행을 했던 것이 〈짙은 녹색의 연미복과 알랴 티투스(Alya Titus)라는 이름의 헤어스타일〉이라는 잡지 기사를 활용하여, 안나 파블로브나 쉐레르의 거실에 나타난 이폴리트의 모습을 묘사하였다. 이와 같은 세부적인 성격 묘사 덕분에, '백치미로 가득한(톨스토이의 생각을 빌자면)' 얼굴의 이폴리트에게 부여된 모습은 '완벽한 완성도'를 얻을 수 있었다. 톨스토이는 또한 외국에서 돌아온 피에르에게도 유럽의 유행에 따른 옷을 입혀야 했다. 하지만 피에르가 입은 당시 유행했던 의상은 이폴리트의 의상과는 대조적으로 묘사되었으며, 이는 등장인물간의 극명한 성격 대조로 이어진다.

문예작품집 '북극성'.
A. I. 게르첸과 N. P. 오가레프가 런던에서 발행.

뚱뚱한 젊은이는 최고로 유행하는 옷을 입고 있음에도 불구하고, 마치 건장한 농부가 어울리지 않는 옷을 입고 거북해하는 것처럼, 둔하고 어색해 보였다.

이처럼 피에르는 상류사회와는 어울리지 않는 인물이다.

톨스토이는 작품을 쓰면서 상당부분을 실제 자료들에 의존했다. 즉, 실존했던 인물들이 경험한 하나하나의 사건이 톨스토이의 등장인물이 살아 숨쉬는 세상이 되었던 것이다. 1812년 6월 24일 마리야 페도로브나 여제의 시녀 아폴로노바 볼코나는 란스카야에게 쓴 편지에서 『전쟁과 평화』를 비극적이지만 단순히 연결시키는 한 에피소드에 관해 쓰고 있다.

가가린 가문 또한 동정을 받아 마땅하다. 안드레이 공작을 출정에 보내기로 결정되었으며, 그의 아내에게 가문의 일이 일임되었다.

톨스토이는 로스토프 가문이 모스크바를 떠나는 드라마틱한 장면에도 실제 사실을 염두에 두고 묘사했다. 다친 이들에게 마차들을 내어주는 장면은 예술적으로 중요한 세부묘사일 뿐만 아니라, 삶의 진실로서 받아들여진다. 군대장 보론초프(M. S. Borontsov)에 관한 일화도 있다.

그가 모스크바의 외국인 거주지역(Nemetskaya sloboda)에 있는 집에 도착했을 때, 조상 대대로 간직했던 수많은 그림과 책, 보석을 블라디미르 현에 있는 그의 고향에서 모스크바로 싣고 오

소피야 안드레예브나 톨스타야.
툴라. F. I. 호다세비치가 찍은 사진. 1866년(?).

S. A. 톨스토이와 레프 니콜라예비치 톨스토이의 아이들.
모스크바. I. 쿠르바토프가 찍은 사진. 1867년. 왼쪽부터 타냐, 일류샤, 세료자.

스테판 바실리예비치 페르빌리예프(1796~1878)와 아내 란스키 가문 출신의 아나스타샤 세르게예브나(1812~1891).
F. 비슈네프스키가 찍은 사진. 모스크바. 1870년대 초. 톨스토이가 모스크바에서 알고 지낸 사람들이다. 스테판 바실리예비치 페르빌리예프는 기병대 대장으로서 1812년 참전하였으며, 아나스타샤 세르게예브나는 레프 니콜라예비치 톨스토이 할머니인 E. D. 볼콘스카야의 사촌이다. 1812년의 그들이 한 이야기나 문서는 후에 톨스토이가 『전쟁과 평화』를 집필하는 데 이용되었다.

바르바라 알렉산드로브나 볼콘스카야 공작부인(1785~1878).
모스크바. 슈토프가 찍은 사진. 1870년대 초. 레프 니콜라예비치 톨스토이의 사촌. 바르바라 알렉산드로브나 볼콘스카야가 자신의 삼촌이자 레프 니콜라예비치 톨스토이의 할아버지인 N. S. 볼콘스키의 야스나야 폴랴나에 머물던 유년시절에 대해 이야기해 준 것을 후에 톨스토이가 『전쟁과 평화』의 볼콘스키 가족이야기를 구성하는 데 이용하였다.

바실리 알렉세예비치 페트로프스키(1795~1857).
1850년대 은판사진을 찍은 것. 시종무관장으로서 1812년 참전하였다. 페트로프스키 가문의 이야기는 후에 톨스토이가 『전쟁과 평화』의 P. 베주호프 가문의 이야기를 쓰는 데 이용되었다.

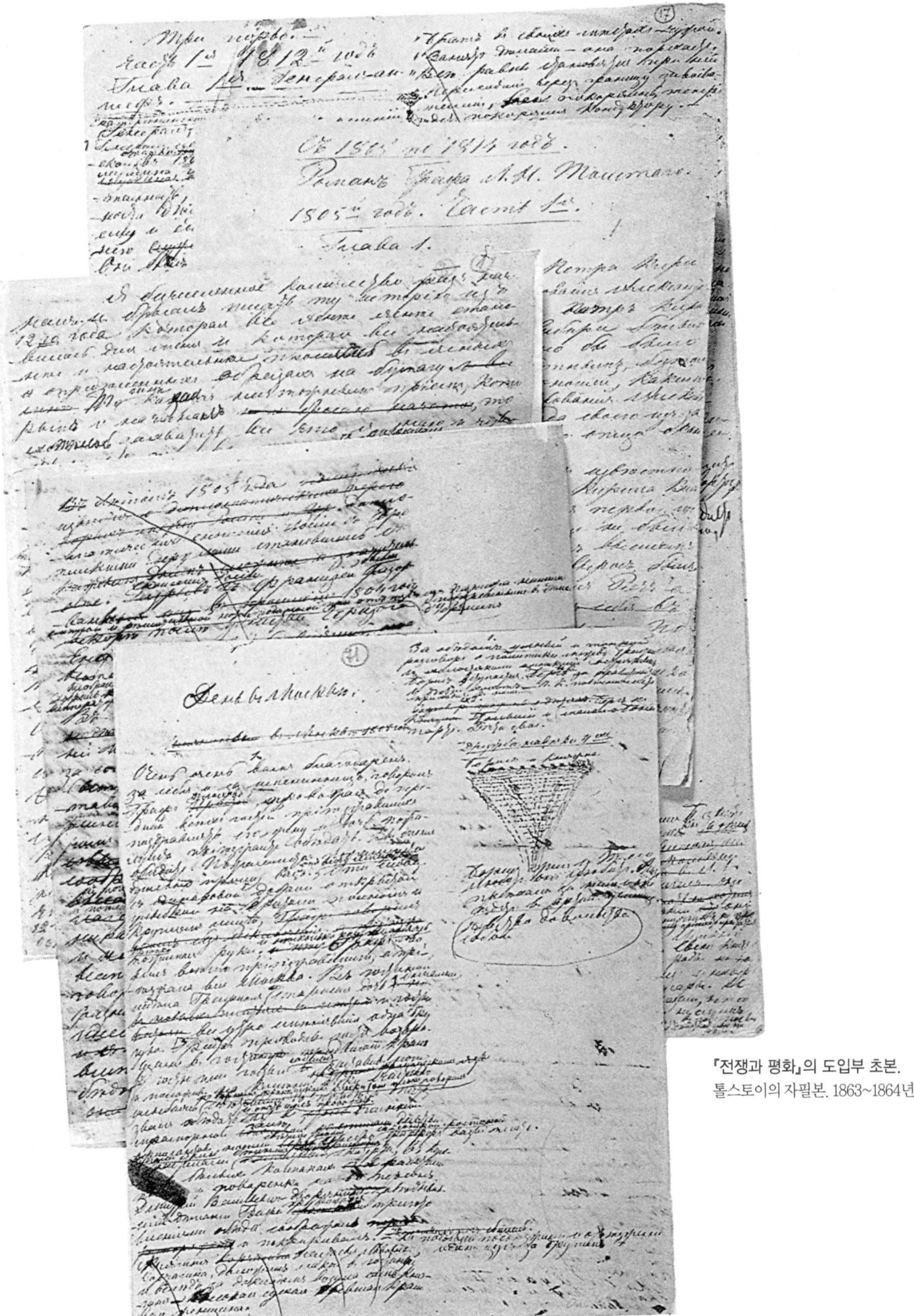

『전쟁과 평화』의 도입부 초본.
톨스토이의 자필본. 1863~1864년

타치야나 안드레예브나 쿠즈민스카야.
S. A. 톨스타야의 자매. 파리. '메이어와 퍼슨' 사가 찍은 사진. 1867년.

루이자 이바노브나 볼콘스카야 공작부인.
트루즈슨 가문 출신(1825~1890). 1850년대 은판사진을 찍은 사진. 『전쟁과 평화』 중 볼콘스카야의 '어린 공작부인'의 인물모델이 되었다. 1857~1859년 톨스토이는 볼콘스카야와 그녀의 남편이자 톨스토이의 6촌 형제인 알렉산드르 알레산드레예비치 볼콘스키와 가깝게 지냈다.

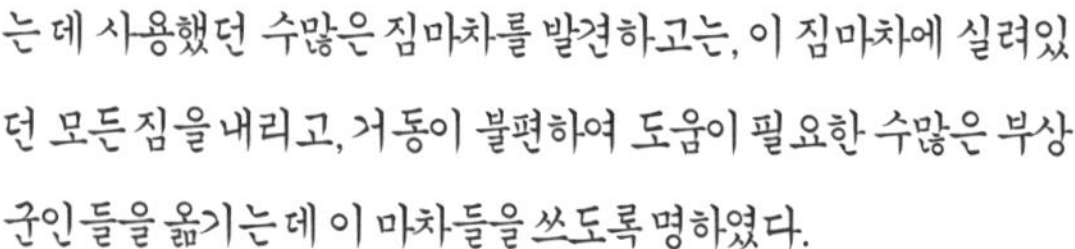

는 데 사용했던 수많은 짐마차를 발견하고는, 이 짐마차에 실려있던 모든 짐을 내리고, 거동이 불편하여 도움이 필요한 수많은 부상군인들을 옮기는 데 이 마차들을 쓰도록 명하였다.

톨스토이는 볼코바야의 편지에서 재미있는 사실을 한 가지 더 찾아내고 있다. 그것은 바로 보로디노의 영지에 평민의 복장을 한 바젬스키 공작이 등장하는 것이다. 톨스토이는 이 장면을 머리에 그리며, 피에르 베주호프에 관한 에피소드를 하나 만들어 냈다. 바로 피에르가 바예프스키의 중대에 모습을 드러내는 장면이다. 또한 피에르가 포로 생활을 하며 처했던 시련을 묘사할 때에는 〈페트로프스키(V. A. Petrovskiy)의 수기〉를 참고했다. 여기에 나오는 많은 에피소드들은 이 책이 출판되기 전부터 이미 이 책의 저자인 알렉산드르 안드레예비치 톨스토이(Alexandr Andreevich Tolstoy)로부터 직접 전해들은 것들이었다. 물론 톨스토이는 각각의 실제 에피소드를 참고로만 사용했을 뿐, 그대로 작품 속에 옮겨 놓지는 않았다. 각 에피소드에 동기부여를 새롭게 하기도 하였고, 실제 사건을 재구성하고 변형시켜 작품에 반영했다. 예를 들어, 톨스토이는 페드로프스키로부터 다음과 같은 이야기를 들었다. 페트로프스키는 언젠가 포로로 잡혀 있던 시절, 스몰렌스키 장교로 오인받아 프랑스인의 저격을 받을 뻔했지만, 운 좋게 살아났고, 나중에는 포로에서 풀려났다는 일화를 톨스토이에게 얘기해 주었다. 톨스토이는 이 에피소드를 소설에 차용하였다. 피에르를 구한 것은 다부에게 잡혀 있던 피에르의 시야를 트이게 해 준, 인위적인 모든 것을 내던져 버릴 수 있게 해 준 어떤 진실함이었다. '바로 이러한 관점에서 봤을 때, 전쟁과 재판의 모든 조건들을 뒤로하고, 이 두 사람 사이에는 인간적인 관계가 형성되었다.'

톨스토이 작품 속의 등장인물들은 모두 실존인물을 바탕으로 만들어진 인물이다. 그리고 가끔은 이 등장인물 속에 가족들의 모습을 반영하기도 하였다. 볼콘스키(Bolkonskiy)는 볼콘스키(Volkonskiy)로, 돌로호프(Dolokhov)는 도로호프(Dorokhov)로, 아흐로시모바(Akhrosimova)는 오프로시모바(Ofrosimova)로 형상화되어 소설 속에 등장한다. 한편, 데니소프의 행동거지에 관한 소재도 다비도프의 〈빨치산의 일기〉에서 찾은 것이다. 예를 들어, 〈빨치산의 일기〉에는 포로로 잡힌 15세 프랑스인 소녀 비켄티 보데에 관해 언급이 되어 있으며, 『전쟁과 평화』의 티혼 쉐르바티를 연상케 하는 표도르라는 농노에 관한 이야기도 서

프레스나의 페르비리예프의 곁채 거실.
1864년 이곳에서 톨스토이는 자신의『전쟁과 평화』중 몇 장을 자신의 가족과 지인들에게 낭독해 주었다. 모스크바. 1896년 사진.

술되어 있다. 이렇듯 톨스토이는 실제 일어났던 사건들을 바탕으로 소설의 각 장면을 묘사했으며, 필요한 경우에는 실제 그림에 자신의 생각을 덧붙여 '그림을 채워 갔다'.

특히 톨스토이가 채택하여 소설에 사용한 것들은 독자들이 19세기 초 러시아의 모습을 그릴 수 있도록 해 주는 사건들이었다.

이와 함께 톨스토이는 전쟁 당시의 각 전투계획을 면밀히 분석했으며, 역사적 인물들의 초상화도 세심하게 관찰하였다. 톨스토이는 나폴레옹 전쟁을 묘사하기 위해 1812년의 조국전쟁과 관련된 모든 판화, 석판 인쇄물, 민간 목판화, 회화 자료 등 다양한 미술 자료에 상당부문 의존하였다고 안드론니코프(I. Andronnikov)는 확신하고 있다. 당시 이와 같은 미술품들은 대부분 모스크바의 체르트코프 도서관에 소장되어 있었으며, 톨스토이는 소설을 집필하면서 이곳을 자주 방문했다. 어떤 경우에는 톨스토이의 텍스트에서 이상적이다 싶을 정도로 실제 상황을 묘사한 미술 작품을 그대로 옮겨 놓은 듯한 부분도 발견할 수 있다. 〈틸지트에서의 만남〉, 〈엔스강을 건너며〉, 〈모스크바의 화재〉, 〈네만강을 건너는 프랑스 군대〉 등이 바로 그런 부분들이다. 틸지트에서 두 황제가 만나는 장면에 한번 주목해 보자. 보리스 드루베츠키를 통해 보여지는 장면은 다음과 같다.

6월 13일 프랑스 황제와 러시아 황제가 틸지트에 모였다. …… 보리스는 이날 몇 안 되는 사람들과 함께 네만 강가에 있었다. 황제의 이름이 새겨진 배가 눈에 들어왔고, 나폴레옹이 프랑스 친위대를 지나 강가를 따라오는 모습이 보였다. 동시에 나폴레옹을 기다리며 네만 강 근처의 선술집에 앉아 있는 알렉산드르 황제의 깊은 생각에 잠긴 얼굴도 보였다. 이렇듯 두 황제가 뱃전에 앉아 있는 모습이 보였으며, 먼저 도착한 나폴레옹이 빠른 걸음으로 앞질러 나가 알렉산드르 황제에게 악수를 청하는 모습도 보였다. 그러고 나서는 두 황제가 막사 안으로 사라지는 모습도 보였다.

이 장면의 묘사는 매우 구체적이며, 이 장면을 그린 석판화에서 묘사된 모습과 상당부문 일치한다.

한편 1812년의 조국전쟁을 바라보는 민중들의 시선은 전쟁 당시 테레베네프(I. I. Terebenev)가 그린 수많은 풍속화에 반영되어 나타난다. 여기에서는 나폴레옹과 프랑스군이 희화화되어 나타나고 있으며, 러시아 민중을 영웅적으로 묘사하고 있다. 이 풍속화들 또한 체르트코프 도서관에 있던 것들로, 톨스토이는 아마도 이 그림들도 면밀하게 연구했을 것이라고 생각된다.

톨스토이의 먼 친척인 톨스토이(F. I. Tolstoy)가 이 영웅의 시대를 묘사한 일련의 조각품들 또한 작가의 관심을 끌기에 충분한

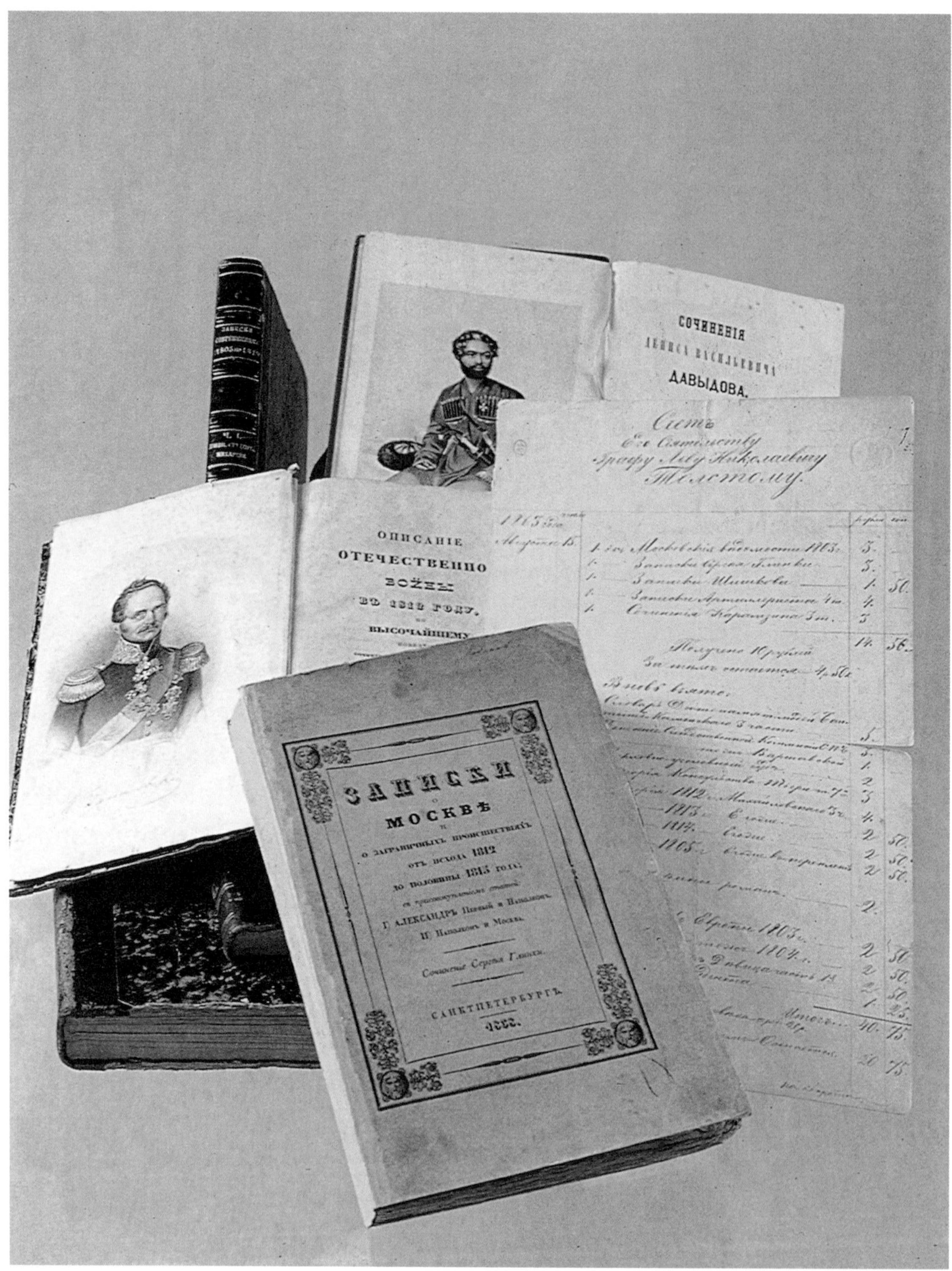

「전쟁과 평화」 집필 때 레프 니콜라예비치 톨스토이가 사용한 책들과 서점에서 책을 사고 받은 영수증.

것들이었다. 다양한 형식의 생생하고 선명한 조각품들 또한 조국전쟁에 대한 작가 톨스토이의 인식의 폭을 넓혀 주었으며, 톨스토이의 상상력에 날개를 달아 주었다.

이처럼 톨스토이는 다양한 역사적인 문헌과 자료들을 활용하여 역사적 사실에 대한 신빙성을 잃지 않으면서도, 조국전쟁을 예술작품으로 승화시키려고 노력했다. 톨스토이는 다음과 같이 말한다.

내 소설 곳곳에서는 실제 인물들이 말을 하고 행동을 하고 있다. 이것은 내가 지어낸 것들이 아니다. 그저 사료를 활용했을 뿐이다. 소설을 쓰며 긁어 모은 이 사료들이 이제는 도서관이라도 만들 수 있을 만큼 거대해졌다.

이 '도서관'은 아직까지도 야스나야 폴랴나에 보관되어 있다.

톨스토이에게 있어서도 '위인들, 즉 쿠투조프, 나폴레옹, 알렉산드르 황제의 12년 간의 삶을 묘사하는 일'이란 쉬운 일이 아니었다. 이들에 관한 사료들 중에는 서로 상충되는 내용의 것들도 많았기 때문에 그 어려움은 더했다. 여기서 톨스토이는 역사적으로 뛰어난 위인의 이야기가 아닌, 그저 역사의 장에 남을 정도의 큰 결점이 없는 사람들의 이야기를 쓰고자 했다. 톨스토이는 『전쟁과 평화』를 집필하면서도 '모든 현상을 직접 연구하고 말로만 된 것들을 받아들이지 않는' 자신의 신념을 지켰다. 톨스토이는 문헌으로 된 사실 하나하나에 흥미를 가지고 있었지만, 정작 톨스토이가 스스로 행한 나름의 해석은 소위 '역사적 사실'을 서술해 놓은 문헌들과 딱 들어맞지 않는 경우도 허다했다. 예를 들어, 수많은 역사학자들이 높이 평가했던 나폴레옹 보나파르트와 미하일로프스키-다닐레프스키의 표현을 빌자면 애국심이 투철한 라스토프친을 묘사하는 데 있어 톨스토이는 평범하지만 다소 강한 스타일의 문체로 표현해 냈고, 정작 이들에 관한 사료들은 하나의 정보로서만 받아들였으며, 급기야는 이 위인들의 영웅적 성격을 거부해 버리기까지 했다.

톨스토이는 1867년 파리에서 출판된 랑프레(P. Lanfrey)의 〈나폴레옹 1세의 역사〉를 읽으며 다음과 같이 기록하였다.

랑프레는 사건을 일으킨 영웅 나폴레옹의 활약상을 묘사해 주고 있으며, 어디에서 비롯된 힘으로 이 사건을 일으켰는지 감히 그 누구도 의심을 가질 수 없도록 나폴레옹을 소개해 주고 있다.

톨스토이에 의하면, 라스토프친 또한 "그가 통치해야 할 민중에 대해 손톱만큼의 이해도 하고 있지 못하고 있다". 라스토프친은 그저 '방탕한 언어로 쓰인, 민중을 멸시하고, 민중을 제대로 이해하지 못하고 있는' 격앙된 호

레프 니콜라예비치 톨스토이의 아버지 니콜라이 일리치의 프리메이슨 반지.

레프 니콜라예비치 톨스토이의 할아버지인 I. A. 톨스토이가 소유하고 있던 문자가 새겨진 목이 긴 유리병, 포도주잔, 샴페인 잔, 보드카 잔.

사냥에 앞서 찍은 사진. 19세기 후반의 사진.

소문 등으로 대중의 분위기를 통치하고 있을 뿐이다. 톨스토이는 실제로 나폴레옹을 과대포장하고 쿠투조프 장군을 비하하는 러시아는 물론 프랑스의 유명한 역사학자들과 여러 번에 걸쳐 논쟁을 벌이기도 했다.

톨스토이는 종종 공식 문헌들을 토씨 하나 바꾸지 않고 그대로 사용하기도 했다. 그리고 그 자리에서 바로 이 공식 문헌들과 실제 일어났던 사실을 대조하곤 했다. 그때서야 공식 문헌의 내용들이 정정되었다. 그것도 톨스토이의 관점을 반영하여 역사적 인물에 대한 재평가를 내리곤 했다. 나폴레옹이라는 이름 앞에 역사가들이 붙여 준 '위대한', '관대한', '영웅적인' 등과 같은 형용어구는 톨스토이 작품에서 역설적인 의미를 가진 수식어로 사용된다. 톨스토이의 이와 같은 묘사는 '예술 작품'이라는 전제 조건이 있었기에 가능한 것이었으며, 예술 속 허구라는 특권을 가진 톨스토이는 그만큼 인물들을 자유롭게 묘사해 냈다.

장편소설의 성경이라고 불릴 만큼 유명한 『전쟁과 평화』는 하루아침에 완성된 작품이 아니다. 그 구성이나 등장인물, 등장인물들의 성격이 여러 차례 바뀌었으며, 새 장면이 나타나거나, 이미 완성된 장면이 사라지는 경우도 허다했다. 톨스토이는 소설의 처음을 어디서부터 시작할까 하는 고민을 하는 데에만 거의 꼬박 1년을 보냈다. 첫 장면을 택하기까지 1년여 기간 동안 여러 버전을 내던져 버려야 했다. 『전쟁과 평화』의 친필 원본은 5천 페이지가 넘는다. 소설의 친필 원본 다음과 같이 시작된다.

1811년 이미 쇠한 볼콘스키 공작 집에 주브초프라는 젊은이가 묶게 되었다.……

이후 주브초프는 노인 볼콘스키의 아들인 안드레이 공작이 되는 인물이다. 톨스토이는 처음에는 이 인물을 아우스테를리츠(Austerlits) 근교에서 죽을 운명으로 설정했었다.

소설 첫 장면의 또 다른 버전 중 하나는 〈모스크바에서의 하루〉라는 표제가 붙어 있는 부분이다. 여기서 톨스토이는 1808년 프로스토이 공작의 집으로 독자들을 초대하고 있다. 이곳에서는 공작의 아내와 딸의 명명일을 축하하고 있다. 바로 이 가족이 이후 로스토프 집안이 된다. 또 다른 버전은 치열한 전투가 벌어지고 있는 전장의 한복판에서 시작된다. 이 장면에서는 쿠투조프 장군, 나폴레옹, 바그라티온, 알렉산드르 1세, 뮤라트 등의 인물이 등장한다. 이 장면에서 중심이 되는 에피소드는 바로 아우스테를리츠 전투 장면이다. 이 장면의 주요인물로는 표도르 프로스토이(니콜라이 로스토프), 보리스 고르차코프(드루베츠코이), 베르그, 안드레이 볼콘스키 등을 꼽을 수 있다. 여기서 톨스토이는 역사 속에서 개인의 역할에 대한 나름의 관점을 서술하고 있다. 짤막한 해설을 통해 톨스토이는 이후에 자세히 묘사될 인물의 성격을 간략히 소개하고 있다.

이후 톨스토이는 안드레이 공작의 운명을 살짝 바꾼다. 안드레이 공후에 매력을 느끼게 된 톨스토이는 애당초 아우스테를리츠에서 이 인물을 죽이기로 한 계획을 바꾸어, '심하게 부상을 당하는' 정도의 관용을 베푼 것이다.

피에르 베주호프의 성격을 세밀하게 묘사하는 것으로부터 시작되는 또 다른 버전도 특별한 재미를 선사해 주고 있다.

알렉산드르 2세 치세 초기인 1850년대에 시베리아에서 머리가 허옇게 센 노인이 되어 돌아온 표트르 키릴로비치를 본 사람들은 아마도 그가 젊은 시절 세상에 얼마나 무관심했으며, 태평한 사람이었는지, 마치 미치광이와도 같은 젊은이였는지, 알렉산드르 1세 초기에 그가 어떤 사람이었는지, 또 젊은 시절 아버지의 뜻을 따라 유학을 하고 외국에서 돌아온 그가 어떤 모습이었는지 아마 상상조차 하기 힘들 것이다.

톨스토이는 처음에 피에르의 성으로 메딘스키를 붙여 주었다. 바로 이 버전은 피에르가 장차 데카브리스트가 될 것이라는 복선을 깔아 줌과 동시에, 장편 『전쟁과 평화』가 '데카브리스트들' 과 밀접한 관계가 있음을 다시 한 번 보여 주고 있다.

이 끝없는 과정 끝에 드디어 소설의 시작 부분을 찾아냈다. 첫 장면은 안나 파블로브나 쉐레르의 궁정 시녀의 응접실에서 시작된다. 여기서 나폴레옹의 소유지가 된 이탈리아의 루카(Lucca)와 게누아(Genua)를 프랑스식으로 발음하는 러시아어 구절로 소설은 시작된다. 바로 이 장면으로부터 우리는 평화와 전쟁으로 나뉘어진 우리의 삶을 실감하게 된다.

톨스토이는 삶에 내재된 전쟁과 평화를 우리에게 보여 주기 위해 과연 얼마나 더 긴 여정을 남겨 두고 있었을까! 새로운 인물들을 등장시키고, 이들의 성격과 운명을 결정지어 주어야 했을 것이다. '자신감 넘치며, 유능하고 이성적인 사고를 가진 부자 볼콘스키. 그리고 자기희생적이며 음악적 재능이 뛰어나고, 서정적이며, 똑똑한 그리고 저속한 속세를 용납하지 않는 노처녀인 볼콘스키의 딸' 등도 등장시킨다.

이 첫 장면의 인물묘사에서는 전형성이 두드러지게 나타난다. 즉, '똑똑하며 자신감 넘치는 재능이 많은' 톨스토이의 조부가 볼콘스키의 모습으로 다시 태어났으며, 볼콘스키의 딸 마리야 니콜라예브나는 톨스토이가 평생에 걸쳐 항상 마음속에 간직하고 있던 톨스토이 자신의 어머니의 모습을 본따 만들어 낸 인물이었다. 특히 볼콘스키는 야스나야 폴랴나에 있는 초상화에서 비쳐지는 조부의 외모까지도 그대로 쏙 빼닮아 있다.

볼콘스키 백작은 나이에 비해 상당히 젊어 보였다. 그의 머리는 마치 하얀 화장분을 바른 듯 하얗게 새어 있었으며, 매끄럽게 면도를 한 턱은 수염이 많이 나는 탓에 퍼런 빛을 내고 있었다. 그는 머리를 곧게 높이 쳐들고 다녔으며, 숱이 많은 넓고 검은 눈썹 밑에 빛나는 까만 눈동자는 길지만 약간 굽어진 코 위에서 자신감과 평안함을 담고 있었으며, 얇은 입술은 굳게 다물어져 있었다.

로스토프에 반영되어 있는 '순진하고 선한 톨스토이 백작' 의 성격은 어떤 면에서는 톨스토이의 또 다른 조부인 일리야 안드레예비치를 상기시킨다. 톨스토이 백작(즉, 소설 초고에서의 프로스토이', 그리고 이후 로스토프)에게는 "유능하고 절제된 성격의 아들 니콜라이와 세 딸이 있다. 첫째딸 리자는 금발의 똑똑하고 진지한 마음씨 좋은 여자이며, 둘째딸 알렉산드라는 명랑하고 쾌활하며 사랑스럽다. 그리고 막내딸인 나탈리야는 우아하면서도 마음이 여리지만 장난꾸러기 같은 면이 있다."

이렇게 상상 속의 인물들이 서서히 '살아나기' 시작한다. 일리야(미래의 피에르)의 불행한 결혼이 예견되었으며, '톨스타야 백작부인의 조카인 아나톨리는 젊은 사기꾼' 으로 등장했다. 이렇듯 톨스토이는 모든 등장인물들에게 각 개인의 지위와 상황에 걸맞은 세부적인 성격을 부여했다.

톨스토이는 소설의 초고에서 그 어떤 인물보다 안드레이 공작과 피에르에 관한 묘사에 중점을 두고 있다. 이 두 인물이 앞으로 걸어가야 할 길은 매우 길고 험난하다. 그렇기 때문에 이 두 인물을 외형적으로 묘사하는 데에도 적지 않은 시간이 걸렸고, 집필 중간중간에 인물의 성격과 운명이 수시로 바뀌기도 했다. 하지만 안드레이 공작과 피에르는 톨스토이가 가장 애착을 가졌던 인물들이며, 두 인물 모두에 톨스토이가 지닌 성격이 투영되어 있다. 따라서 톨스토이는 이 두 사람과 함께 전쟁과 평화의 긴 여정을 함께해야만 하는 일종의 사명감을 가지고 집필에 임하였다. 볼콘스키와 피에르 베주호프의 인생에는 톨스토이 자신의 내적 경험과 전쟁에서의 경험이 반영되어 있다. 다시 말해 톨스토이가 느

레프 니콜라예비치 톨스토이의 야스나야 폴랴나 집에 있던 장총과 소총

아우스테를리츠의 전투.
아크와포트. J. 쥬플레시 베르토와 S. H. 레바세의 작품. 19세기 초.

낀 생생함이 이 두 인물의 운명에 반영되어 나타나고 있는 것이다. 예를 들어, 행동하는 삶에의 추구, 진실에의 갈망, 존재라는 영원한 문제에 대한 답을 찾으려는 시도 등이 그것이다. 하지만 톨스토이가 항상 강조해 왔듯, 설사 톨스토이가 등장인물들에게 주위 사람들의 성격을 부여했다 하더라도, 굳이 각 인물들의 원형을 따져 볼 필요는 없다. 문학 작품에 등장하는 인물들은 모두 작가의 개인적 성격에 의해 확인되고 창조되는 것이며, '원형'이라 함은 하나의 '이미지'를 빚는 데 재료가 되는 '점토'에 불과할 뿐, 가장 중요한 것은 창조자, 즉 글을 쓰는 작가인 것이다. 당시 톨스토이의 먼 친척인 볼콘스카야(L. I. Volkonskaya)가 "안드레이 볼콘스키의 모델이 된 사람은 누구입니까?"라고 물어왔을 때, 톨스토이는 다음과 같은 답변을 했다. "그 질문에 답을 하는 것은 불가능합니다. 안드레이 볼콘스키는 그 누구도 아닙니다. 다른 작가들이 그렇게 하는 것처럼, 저 개인의 생각과 상상과 숨겨져 있던 기억으로부터 만들어진 허구의 인물입니다. 만약 제가 만들어 낸 모든 인물들을 모든 사람들이 '아 이건 누구다'라고 알아차린다면, 저는 아마 부끄러워서 얼굴을 들고 다닐 수 없을 겁니다."

톨스토이의 등장인물들은 모두 자기 나름의 탐구의 길과 깨달음, 혼란, 실수, 염원 등을 가지고 있다. 실제 우리네 삶이 그렇듯 말이다. 안드레이 공작은 자기 자신의 높은 사명감, 즉, 자신만의 꿈을 믿는 사람이다. 삶에 있어 가장 중요한 것은 위대한 공훈을 이루고 명예롭게 사는 것이다. 안드레이 공작의 이와 같은 신념은 예카테리나 치세에 궁정에 몸 담았던 아버지 볼콘스키로부터 물려받은 볼콘스키 가문의 자긍심으로부터 비롯된 것이다. 안드레이 공작에게 있어 진정한 삶이란, 조국의 영광을 위한 삶이며, 동시에 개인의 명예를 위한 삶이다. 바로 이와 같은 삶을 바라보는 시각은 그의 아버지 볼콘스키의 생각과 밀접하게 연관되어 있는 것이다. 자신의 꿈을 실현한 사람으로 등장하는 인물은 나폴레옹이다. 나폴레옹에게 있어 전쟁이란, 창조의 작업이며 그 자체가 행복이다. 안드레이는 프랑스의 툴롱(Toulon)을 차지하려는 꿈을 꾼다. 그는 스스로 러시아 군대의 구원자를 자청한다.

"진정 명예로운 것이 뭔지 아는가", 시간이 흐른 뒤 그는 피에르 베주호프에게 말할 것이다. "그것은 바로 타인을 사랑하고, 타인을 위해 무언가를 해야겠다는 희망을 가지고 타인의 찬미를 받고자 하는 희망일세. 나는 그렇게 다른 이들을 위해 살아왔네."

안드레이에게 있어 공훈을 이루지 않은 영광이란 있을 수 없는 것이었다. 톨스토이는 명예로움을 수반하지 않는 공훈을 예로 들며 이 논리를 밝히고 있다. 소설에서 공훈을 이룬 사람은 바로 평범해 보이는 투신 장군이다. 그의 몸짓은 하나하나가 유약해 보이고 시원찮아 보인다. 게다가 명예라든지 공훈에 대해 전혀 생각을 하지 않는 사람이다. 그는 주어진 임무가 무엇을 위한 것인지도 모르는 채, 그저 명령 받은 임무를 능숙하게 수행해 냈으며, 결국 전쟁이 완전히 끝나게 되는 데 공훈을 세운 사람이다.

투신은 쉔그라벤에 불을 지르는 데 성공했다.

명예라는 것은 그 경계가 모호하여 다분히 위선적일 수 있는 개념이다. 소설 속에서 공훈은 명예를 안겨 주는 대신, 오히려 가혹한 형벌을 내리는 기재가 된다. 안드레이는 명예를 수반하지 않은 공훈을 의혹의 눈빛으로 바라본다. 그는 결과적으로 눈앞에 발생한 일을 보며 몹시 놀라며, 믿을 수 없다는 태도를 취한다. 안드레이의 입장에서는 모든 것이 반대로 일어나야 마땅한 것이었다. 그런데 이제 안드레이 공후에게 가문의 논리를 증명할 만한 절호의 기회가 왔다. 그는 두 손에 커다란 깃발을 쥐고 파괴된 적군의 진영을 향해 앞으로 달려 나간다. 안드레이는 휘파람소리를 내며 날아드는 총탄 소리를 음미하듯 듣고 있다가, 이내 바닥으로 쓰러진다. 깃발은 여전히 안드레이의 두 손에 꼭 쥐어져 있다. 나폴레옹도 역시 공훈에 대한 언급을 한다. 나폴레옹은 "이것이 바로 아름다운 죽음이다"라고 말한다. 하지만 톨스토이는 '진정한 공훈' 이란 안드레이가 아닌 투신의 행위에서 찾을 수 있다고 생각하고 있다. 투신의 행위는 자기희생인 반면, 안드레이의 행위는 자기합리화라고 보고 있는 것이다. 안드레이는 단 한 순간도 자기자신에 대한 생각의 끈을 놓지 않는다. 이미 자신의 자아를 통해 이미 공훈을 '이루어 놓은' 것이다. 반면 투신은 자신이 있어야 할 자리에서 그저 묵묵히 자연스럽게 받아들이며, 심지어 즐거운 마음으로 기꺼이 주어진 임무를 수행하는 것이다.

아우스테를리츠 벌판에서 나폴레옹은 새 영웅을 '발견해' 냈고, 안드레이는 같은 자리에서 옛 영웅을 '잃게' 되었다. 나폴레옹은 명예와 권력에 대한 무한한 갈망을 가지며 점점 위축되어 가며, 급기야는 이 안드레이 공작이 파헤쳐 낸 무한함 속에 자기 자신을 잃어버린다. 아우스테를리츠의 하늘은 마치 안드레이 공후에 의해 열린 듯 새로운 가치 척도를 비춰 준다. 하늘은 영원과 세상의 아름다움, 위대함과 완전함을 상징하는 것이다. 그러나 동시에 지상의 모든 것들로부터 한없이 자유로울 수 있는 여유를 가지고 있는 것이기도 하다. 세상의 조화를 염원하던 안드레이는 존재의 불협화음을 너무나도 병적으로 절감한다. '이상적' 인 천상의 것과 천한 지상의 것 사이의 간극, 모든 사물 간의 불일치에 대한 예민함? 바로 이것이 안드레이 공작의 비극적인 삶의 주제인 것이다.

1807년 7월 13일 틸짐에서 알렉산드르 1세와 나폴레옹이 만나는 모습. 색이 있는 석판. (A.루드네프. 모스크바. 1866년)

안드레이 공작은 앞으로 살아가면서 많고 많은 일들을 겪을 수 있었을 것이다. 아내의 죽음, 아름다운 여인에 대한 사랑, 국가의 정사를 돌보려는 시도, 조국을 지킨다는 명예로운 사명감의 인식, 그리고 마침내 행복이라는 것이 불가능하다는 사실까지도 깨닫게 될 것이다. 오스테를리치의 한 벌판에서 안드레이는 자기 자신을 위해 천상의 조화를 알게 해 주었지만, 존재하는 모든 실체를 하나로 묶고, 완벽한 조화를 이루게 하리라는 바람은 사라져 버린다. 안드레이는 보로디노 벌판에서 스스로 그 조화에 동참한다. 러시아 무기와 러시아 영혼으로 명예를 얻은 이 벌판에서 안드레이는 천상과 신의의 이름으로 자신의 친지와 조국을 보호해 줄 것이다. 나아가 안드레이는 치명적인 상처를 입게 될 것이며, 죽음이라는 비밀에 스스로 동참하여 지상의 척도였던 절대적인 그 무엇과 재결합을 이룰 것이다. 결국 천상의 조국으로 되돌아가게 될 것이다. 나타쉬아, 피에르, 마리야 공작부인, 아들 니콜렌카 볼콘스키 등은 이제 안드레이 공작의 영혼의 비밀과 그의 삶과 죽음에 대해 알아차리게 될 것이다. 그리고 종국에는 소설을 읽은 독자들도 그 비밀을 알아차리게 될 것이다. 진실이란 이미 소설 밖에 있는 것이기 때문이다.

인생과 진실의 의미를 찾는 고난의 과정은 안드레이 공후와 피에르 베주호프의 관계를 가깝게 이어 주는 역할을 한다. 피에르는 세계를 통찰하는 나름의 방법을 가지고 있다. 피에르는 굉장히 긴장된 자세로 정신적인 그 무엇을 갈구하고 있기 때문에 이는 톨스토이의 정신적 내면을 이해하는 데도 매우 중요한 일부분이 된다. 프랑스 혁명과 나폴레옹 보나파르트 개인에 대한 과장된 평가와 이를 순진하게 믿고 있는 피에르는 '죄가 많은 인간들을 개조시킬 수 있으며, 자아를 완성할 수 있다' 고 생각했다. 그리고 공허한 삶과 아리석은 결투 행위, 무의미한 결혼 등 피에르

알렉산드르 1세 (1777~1825)
1801년 〈러시아 황제로 등극. 1837년 F.그류게르의 원작을 규와 V. 돌레가 석판으로 제작.

나폴레옹 1세
(1769~1821)
1804년 프랑스 황제로 등극. 1838년 P. 델라로슈의 원작을 1841년 A. 리유이사가 판화로 제작.

가 거북하게 느끼던 모든 것들이 인간을 개조시킴으로써 가능하다고 믿었으며, 프리메이슨 활동에 대한 큰 기대와 자선활동, 존재의 비밀을 파악하고자 하는 노력 등이 피에르의 삶의 길을 결정지어 주는 중요한 삶의 이정표였다. 안드레이와 피에르의 운명은 예기치 않게 교차되는 지점을 공유하게 된다. 결정적으로 이 두 인물은 논쟁을 벌이며 충돌하게 된다. 피에르는 세계의 조화를 강조하며, 가까운 사람들에 대한 사랑, 자기 희생, 선 그리고 평화에 대해 늘어놓는다. 반면 회의론자인 안드레이 공작은 피에르의 생각을 논리적으로 파헤쳐 무너뜨린다. 바로 이 순간 안드레이는 스스로 인생의 모순됨을 보다 예민하게 느끼게 된다. 이들의 언쟁은 소설 『전쟁과 평화』의 축소판이 된다. 톨스토이는 이렇듯 복잡하지만, 다각적으로 등장인물간의, 그리고 그들이 가진 개념간의 상호관계를 발전시킨다. 피에르는 안드레이와 논쟁을 벌이기 전까지는 안드레이의 마음속에 있는 보다 더 깊은 그 무엇인가를 간과한 채 살아왔다는 생각을 가지게 된다. 다시 말해 피에르는 안드레이를 통해 새로운 사상을 깨우치게 되는 것이다. 이제 피에르가 만들어 놓은 세계는 급속도로 무너지기 시작한다. 프리메이슨의 활동에 실망을 하게 되고, 이전의 삶의 방식을 혐오하게 되며, 나타쉬아에 대한 비밀스런 사랑이 싹트게 된다. 이제 피에르의 사상은 존재의 불공정함과 무의미로 가득차게 되어, 외부 세계는 물론, 자기 자신과의 불화를 낳게 된다. 이와 같은 내면의 과정을 거쳐 피에르의 정신세계는 보다 높은 곳으로 도약하게 된다. 즉, 사랑하는 나타쉬아의 괴로움에 동참하게 되며, 내면의 새로운 발전단계로 나아가게 되고, 속세의 삶을 초월하여 인류애를 갖춘 인간으로 변모한 것이다.

상실감과 배고픔을 경험하고, 죽음과 조우한 피에르는 많은 것들을 이해하기 시작한다. 포로시절 '일반적인 삶'에 대해 자연스럽고 소박하게 표현하는 플라톤 카라타예프와 만난 후, 피에르는 삶에 대한 통찰력을 가지게 된다. 카라타예프에게 있어 삶의 본질은 세계의 시작과 자연스레 하나가 되는 것이며, 모든 인간과 결합을 이루는 데 있다. 플라톤이라는 인물은 세상의 태초를 이루는 거대한, 유동적이지만 변하지 않는 절대적인 부분이다. 그는 또한 나폴레옹과 함께 『전쟁과 평화』에서 없어서는 안될 중요한 인물이다. 장편 『전쟁과 평화』에서는 모든 인물들이 그야말로 서로 얽히고설켜 있다. 나폴레옹은 그 무엇으로도 제어할 수 없는 개인주의적 성향이 집약되어 있는 인물이며, 플라톤 카라타예프는 무한한 인간의 심연을 활짝 열어 주는 인간의 '보편성'을 인격화한 인물이다. 다시 말해, 나폴레옹과 카라타예프는 서로 조화를 이루고 있는 세계의 양극을 이루는 중심인물이다. 바로 이 극단적인 성격을 가진 두 개의 시작점이 톨스토이가 창조해 낸 두 인물에 살아 숨쉬게 된 것이다. 결국 카라타예프가 가진 민중적인 것과 나폴레옹의 이기주의적인 것이 서로 대립을 이루는 구도를 갖게 된다.

피에르는 플라톤과 같은 사람들의 삶에 발을 내디디면서, 정신적인 안정감을 얻게 된다. 그는 날카로워진 정신과 자기반성이 필요함을 깨달으면서, 잠깐이나마 마음을 어지럽히는 의심으로부터 벗어나야만 했다. 그렇다면 피에르의 '정신적 죽음'이란 과연 무엇일까? 복음서에서는 죽음의 의미에 대해 다음과 같이 얘기해 주고 있다.

당신들에게 진실로 말하고 싶은 것이 있다. 만약 땅에 떨어진 곡식 한 톨이 죽지 않는다면, 그 곡물 한 톨은 혼자서만 살아남게 될 것이나, 만약 죽는다면, 더 많은 열매를 가져다줄 것이다.

자신이 세상의 여느 존재와는 남다른 존재라는 것은 절감한 피에르는 '죽어'서 인간 세상에 녹아 들어야만 했다. 이는 새로운 기반 위에서 다시 태어나기 위함이며, '다른 모든 이들과 같은 고귀함'을 가지고 있음을 스스로 느끼기 위해서이며, 동시에 진리를 알아내기 위해서이다. 그리하여 피에르 베주호프는 제한할 수

1812년 8월 26일 보로디노 전투. P. I. 바그라티온의 부상.
1814년 D. 스코티의 원작을 S. 표도로프와 S. 카르델리가 판화로 만듦.

미하일 일라리오노비치 쿠투조프 공작(1745~1813).
원수. 1812년부터 총 지휘관으로 활동. 1813년 R. M. 볼코프의 원작을 D. 고드비가 색 판화로 제작.

'크라스노예로 전진! 1812년 8월 14일'
X. V. 파베르 듀 포라의 원작을 E. 에민게르가 석판으로 제작. 19세기 초반.

없으며, 없앨 수도 없는 불멸의 영혼을 가지게 되며, 인간으로 이루어진 넓디 넓은 바다에 있는 물 한 방울이 되는 것이다. 피에르의 정신적 추구는 멈추지 않고 계속된다. 소설의 끝부분에서 피에르는 다시 한 번 자신이 이미 만든 옛 세계를 부수고, 새 세계를 창조한다. 하지만 무한한 민중의 일치라는 이상과는 끊을 수 없는 '혈연' 관계를 여전히 유지한다.

소설의 여주인공 나타쉬아 로스토바는 삶의 아름다움을 비유적으로 보여 주는 인물로, 세상에 빛을 비추며, 기쁨과 사랑으로 가득한 세상을 창조할 수 있는 천부적 재능을 타고난 여인이다. 나타쉬아는 자연의 삶, 지칠 줄 모르는 힘, 충만한 존재 등이 인격화된 인물이다. 그녀는 자기의 영역 안에 들어온 사람들, 즉 안드레이 공작, 피에르, 니콜라이, 심지어는 보리스 드루베츠키에게까지 지대한 영향력을 행사하는 인물이다. 피에르의 표현을 빌자면 나타래아는 '영리해지는 것의 가치를 인정하지 않는' 그런 여인이다. 나타쉬아에게 있어 중요한 것은 마음의 삶, 즉 '마음' 이며, 이는 특히 톨스토이 또한 높이 평가하는 사람의 인성이다. 나타샤는 어떤 면에서 보면 음악과 매우 닮아있다. 실제로 소설 속의 나타쉬아는 재능 있는 음악가는 절대 아니지만, 마치 음악과도 같은 존재이다. 즉, 굳이 말을 하지 않고도 많은 것들에 대해 이야기를 해 줄 수 있는 재능을 가진 인물인 것이다. '음악은 마음으로부터 우러나는 목소리이며, 동시에 무언의 노래이다.' 나타쉬아는 바로 이와 같은 목소리를 낼 수 있는 재능을 타고난 여인이다. 그녀는 자신에게 일어난 모든 현상들을 자연스럽게 수긍하며, 그녀에게 주어진 매 순간순간에 대해 판단을 하거나, 그 결과를 염두에 두지 않고 항상 전체적인 흐름과 연결시킬 수 있는 뛰어난 감각을 타고났다.

나타쉬아는 전쟁이 자신의 집안에까지 들어와 눈앞에서 벌어졌던 그 순간에도 주위 세계와의 완벽한 조화 속에 서 있었다. 그녀는 그 순간이 요구하는 '마음' 의 소리를 듣고 이를 실행에 옮겼다. 로스토프의 명령으로 마차를 부상당한 자들에게 내주었을 때, 나타쉬아가 보여 주었던 행위는 전쟁에서 러시아를 승리로 이끈 전체의 연결된 사건 중 하나의 에피소드에 불과한 것이었다. 복음서 성서의 표현을 빌자면, 나타쉬아 는 '하늘이 내려준 가진 자' 인 것이다.

나타쉬아는 소설의 끝 부분에서도, 즉 자신의 위치가 완전히 바뀐 상황에서도 여전히 일관된 모습을 우리에게 보여 준다. 여전히 '마음' 의 소리에 귀를 기울이고 있는 것이다. 그녀는 창조적 힘을 지니는 존재이며, 삶을 부활시키는 그 자체임과 동시에, 마음의 상처를 치유하는 모성을 가진 존재로 부각된다.

그녀에게 있어 삶의 본질은 '사랑' 에 있다. 사랑이 그 눈을 뜨면, 삶도 눈을 뜨게 된다.

나타쉬아는 그야말로 『전쟁과 평화』의 정신이라고 할 수 있다. 나타쉬아가 머금은 '삶의 기쁨이 가득 담긴 은은한 미소' 는 아직까지도 우리의 삶을 밝게 비춰 주고 있다.

톨스토이가 창조해 낸 『전쟁과 평화』의 이미지는 화가 바쉴로프(M. S. Bashilov)에 의해 흥미롭게 시각화된다. 톨스토이는 『전쟁과 평화』의 첫 단행본을 출판하기 위해 소설의 삽화작업을 바쉴로프에게 부탁했으며, 바쉴로프는 1866~1867년간 『전쟁과 평화』의 삽화작업에 몰두한다. 당시 주위 사람들의 말을 빌자면, 바쉴로프는 교육 수준이 높은 사람이었다. 그는 약 30여 점의

미하일 보그다노비치 베르클라이 데 톨리 공작(1761~1818).
K. A. 젠프가 자신의 그림을 토대로 만든 판화. 1816년. 19세기. 1812년 제1 서부부대를 지휘하였다. 1814년 시종무관장이 되었다.

표트르 이바노비치 바그라티온(1765~1812).
S. 톤치의 원작을 S. 카르델리가 만든 판화. 19세기 초. 1812년 전쟁의 영웅. 보로디노 전투에서 치명상을 입었다.

삽화를 그렸으며, 현재 남아 있는 작품은 23점이다. 하지만 삽화를 완성했을 당시, 이 그림들은 출판되지 못했다. 그라베르 리하우(Graver Rikhau)는 바쉴로프의 삽화 20점을 판화로 제작하여, 판화 원본을 『전쟁과 평화』를 인쇄한 인쇄소 '리사'에 전해 주었다. 하지만 인쇄소에 화재가 나 버리는 바람에, 거의 모든 판화가 불에 타 없어졌다. 현재 남아 있는 바쉴로프의 삽화는 이미 낡고 훼손된 것이 대부분이지만, 톨스토이가 직접 삽화를 보고, 삽화 하나하나에 주해를 달았다는 점에서 그 가치를 인정받고 있다. 톨스토이가 바쉴로프의 삽화를 보고 난 후에야 소설의 다음 부분을 쓸 수 있었던 일도 비일비재했다. 톨스토이가 바쉴로프에게 보낸 한 편지에는 다음과 같은 내용이 쓰여 있다.

제 안의 느낌을 일깨워 주는 당신의 삽화를 기대하고 있습니다. 당신의 그림을 봐야 여름부터 다음 장면을 쓸 수 있을 것 같습니다.

톨스토이는 또한 바쉴로프에게 보내는 편지를 통해 소설의 주인공은 물론, 삽화에 관한 자신의 의견을 제시하기도 했다. 톨스토이는 무엇보다도 바쉴로프의 풍자성 짙은 삽화를 보며 다음 장면에 대한 영감을 얻을 수 있었다. 당시 바쉴로프는 〈지식의 비애〉의 풍자적 삽화로 이름을 날리던 화가였다. 톨스토이는 쿠라긴 공작의 풍자적 초상화를 보고 "바실리 공작의 초상화는 매력이 넘친다"라고 말하며 매우 마음에 들어했다. 한편 『전쟁과 평화』의 다른 장면을 그린 삽화를 보고 난 후, 톨스토이는 다음과 같은 편지를 보내기도 하였다.

이폴리트의 초상화는…… 음…… 훌륭하긴 하지만, 윗입술을 더 두툼하게 하고, 꼬고 있는 다리를 좀 더 치켜 올려서 더 바보스럽고, 우스꽝스럽게 하면 안 될까요?

하지만 바쉴로프는 같은 장면에서 여전히 자신의 마음에 드는 매력적인 모습을 한 등장인물들을 그려 보냈고, 이는 톨스토이의 기분을 언짢게 했다. 〈로스토프가(家) 에서의 무도회〉 장면을 그린 삽화를 본 톨스토이는 바쉴로프에게 다음과 같은 평을 한다.

다닐로 쿠포르 춤(영국식 춤)을 추고 있는 로스토프 백작과 마리야 드미트리예브나를 좀 더 부드럽게 표현할 수 없을까요? 희화화시킨 면을 죽이고, 좀 더 유하고 인자하게 묘사했으면 좋겠군요.

바쉴로프는 피에르의 초상화를 몇 차례에 걸쳐 다시 그려야만 했다. 처음에 피에르는 우스꽝스럽고 멍청해 보이는 괴짜스러운 이미지로 그려졌다. 하지만 피에르의 긴장된 내적 삶이 제대로 표현되지 못한 점을 발견한 톨스토이는 바쉴로프에게 다음과 같은 부탁의 글을 쓴다.

니콜라이 니콜라예비치 라예프스키(1771~1839).
1820년 D. 도우 원작의 복사본. 1812년 전쟁과 해외원정의 영웅. 1812년 보병사단을 지휘하였다.

마트베이 이바노비치 플라토프(1751~1818).
무명화가가 그린 그림을 토대로 D. 도우가 그린 그림을 다시 P. F. 보렐이 석판으로 만듦. 1814년. 1812년 전쟁과 해외원정의 영웅. 기병대 대장이자 돈 지방의 카자크 전투의 대장이었다.

피에르의 눈썹 위에 주름이나 사마귀 같은 것을 그려 넣어 철학적인 분위기를 좀 더 많이 풍기게 해 주십시오.

반면 '나타쉬아와 보리스 드루베츠키의 첫 키스' 장면을 그린 삽화는 톨스토이의 마음에 들었다. 그래도 여전히 다음과 같은 내용의 편지를 보낸다.

나타쉬아에게 타냐 베르스의 이미지를 좀 더 부여하면 안 될까요? 타냐의 12살 적 사진과 16살 적 초상화를 보십시오. 바로 이 타냐의 모습이 제가 생각한 나타쉬아의 이미지에 가장 가깝습니다.

톨스토이의 아내 소피야 안드레예브나의 여동생인 타냐 베르스는 외모로 보나, 성격으로 보나 톨스토이가 머릿속으로 그린 나타샤 그 자체였던 것이다. 톨스토이가 나타샤의 원형이 되는 인물에 관해 언급한 다음과 같은 말은 매우 유명하다.

나는 타냐와 아내 소피야의 이미지를 결합하여 나타쉬아를 탄생시켰다.

하지만 나타쉬아의 이미지를 어떻게 만들어 냈는지에 대해 많은 것을 말해 주고 있는 톨스토이의 이 말만 가지고는 톨스토이의 비밀을 끝까지 밝혀낼 수는 없다. 책을 읽는 독자들은 그저 아내 소피야와 처제 타냐의 사진, 그리고 삽화로 표현된 나타쉬아의 모습을 보고 '나름의' 나타쉬아를 그려 볼 수 있을 뿐이다.

톨스토이의 마음에 들었던 바쉴로프의 삽화로 '어린 공작부인 볼콘스카야', '쿠라긴 공작', '아들을 위해 부탁을 하는 안나 미하일로브나', '쉐레르 집에서의 파티' 등을 꼽을 수 있다.

소설『전쟁과 평화』에서 중심축을 이루는 사건은 1812년의 조국전쟁이다. 이 조국전쟁 중 일어난 가장 중요한 사건은 보로디노 전투라고 할 수 있다. 바로 이 보로디노 전투에『전쟁과 평화』의 주제가 놓여 있으며, 톨스토이는 이 사건으로부터 비롯된 하나의 중심축을 끌어오고 있다. 이 역사적인 사건을 다룬 소설은 총 22부로 구성되어 있다. 톨스토이가 본 수많은 역사 사료에서 보로디노 전투는 패배한 전투로 평가되고 있었다. 왜냐하면 당시 전쟁 전문가들은 전투 현장에 남아 있던 자들을 모두 패배자로 여겼기 때문이다. 만약 톨스토이도 이와 같은 생각을 가졌었다면, 그는 이미 톨스토이가 아닐 것이다. 톨스토이는 항상 현상의 본질을 가장 중요하게 생각했던 사람이다. 그는 나폴레옹의 군대가 도덕적인 패배를 했으며, 이에 러시아 군대가 도덕적인 승리를 거두었다고 간주하였다. 소설 속에서 톨스토이의 이와 같은 생각을 처음으로 이해한 사람은 쿠투조프 장군이다. 톨스토이는 전투 마지막 장면에 다음과 같은 역사철학적이며 예술적인 의의를 부여했다.

보로디노 전투의 직접적인 결과로 나타난 것은 나폴레옹이 근거 없이 모스크바를 떠난 것이다. 50만 군의 파멸과 나폴레옹의 프랑스의 파멸을 가져온 것은 보로디노 근교에서 강한 정신력으

데니스 바실리예비치 다비도프(1784-1839).
V. P. 란게르의 원작을 1860년대 P. F. 보렐이 석판으로 만듦. 1812년 전쟁의 영웅. 전열 빨치산지대의 지휘관. 경기병을 이끌고 파리에 입성하였다.

드미트리 세르게예비치 도흐투로프(1756-1816).
자신의 그림을 토대로 A. 오시포프가 만든 판화. 1812년 전쟁과 해외원정의 영웅. 보병대장.

로 무장한 러시아인들의 손이었다.

러시아인들은 자신의 땅과 집, 가족, 조상의 묘, 신념, 민족 그리고 자신만의 독특한 러시아 세계를 적군으로부터 지켜 냈다. 톨스토이는 애국심에 관한 언급을 자주하지 않는다. 다만 '애국심이 내포하고 있는 따뜻함' 에 대한 언급만 할 뿐이다. 톨스토이는 항상 '애국심' 이라는 단어가 그것이 내포하고 있는 폭넓은 미학적 개념을 제한시키지 않을까 하는 우려를 했다. 러시아인들에게는 '특별한 감정', 즉 '정신' 이라는 느낌을 받게 된다. 이것은 바로 쿠투조프 장군이 강조했던 '군대 정신', 즉 '전쟁의 신경' 이며, 모든 러시아인들이 이해할 수 있는 그런 기분이다. 모든 것을 머릿속에 넣고 있었지만, 결국에는 패배를 맛본 뛰어난 전술가 나폴레옹으로서는 절대로 이해할 수 없는 것이기도 하다.

군인들도, 군대를 이끌던 장군들도, 전투준비와 명령도 모두 그대로였다. 그리고 그 자신도 변한 것이 없었다. 심지어 그는 스스로가 지난번 전투 때보다 훨씬 더 능숙한 전술을 가지게 되었다고 생각했다. 게다가 그와 맞서는 적군들도 그대로였다. 아우스테를리츠 전투와 프리들란드 전투에서 맞섰던 똑같은 적군들이었다. 하지만 이상하게도 마치 마법에 걸린 듯 손에 힘이 빠지는 느낌이었다.

톨스토이가 그린 나폴레옹의 모습에 동의하는 사람은 거의 없다. 나폴레옹에 대한 톨스토이의 예술적 재해석을 받아들이지 않는 사람들이 대부분이었다. 『전쟁과 평화』 속에 등장하는 나폴레옹의 이미지를 놓고 논쟁이 첨예해졌다. 하지만 톨스토이는 여전히 자신이 생각하는 진실을 왜곡하지 않았으며, 한쪽에 치우치지 않고 나폴레옹의 천재성만은 인정했다. 톨스토이에게 있어 나폴레옹은 보통 사람보다는 뛰어난 면이 자주 눈에 띄는 그런 평범한 사람이었으며, 역사적인 의미를 지닌 사건에 휘말려 든 단순한 참여자였다. 나폴레옹에 관한 논쟁은 소설의 처음부터 끝까지 이어지고 있다. 나폴레옹은 자신이 가진 절대적인 힘으로 모든 사람들과 모든 국가를 통치하는 것을 자신의 사명으로 여기고 있었다. 그리고 이와 같은 절대적 힘은 하늘로부터 주어진 권리라는 신념을 가지고 살아간다.

그는 신이 부여한 비참하고 자유롭지 못한 사형 집행인의 역할을 가진 사람으로, 그가 하는 모든 행위의 목적은 사람들의 안녕을

1812년 9월 14일 프랑스군의 모스크바 입성.
J. F. J. 스베바흐의 원작을 E. 보비네가 만든 판화. 19세기 초반.

표도르 바실리예비치 로스토프친(1763~1826).
1810년대(?) 판화. 총독이자 1812년 모스크바 총 지휘관이었다.

위한 것이라고 굳게 믿고 있었으며, 따라서 수백만 명의 운명을 지배할 수 있으며, 자신이 가진 힘을 사용하여 선행을 이룰 수 있다고 확신했다.

프랑스의 화가 메이손예 역시 톨스토이의 관점에서 나폴레옹을 바라보았다. 메이손예는 나폴레옹의 외모와 성격이 볼품없다는 것을 강조하였으며, 이 '유럽의 영웅'을 낭만적인 후광을 잃어버린 사람으로 그림 속에 형상화했다. 우리 앞에 있는 사람은 거대한 이 세계의 정복을 꾀한, 작고 볼품없는 허영심 많은 사내이다.

전 세계의 군주가 되고자 했던 이 '위대한' 나폴레옹 역시 이 세계를 원했다. 다만 이 세계는 나폴레옹의 의지로 정복한 세계이며, 나폴레옹의 의지는 영원한 전쟁과 파괴를 향해 있었다. 나폴레옹은 전 국민의 안녕에 관한 자신의 염원이 이미 피바다에 잠식했다는 사실을 알지 못하고 있다. 나폴레옹의 세계는 곧 전쟁이며, 톨스토이가 내린 결론은 나폴레옹이라는 인물을 받아들일 수 없다는 것으로 귀결된다. 톨스토이에게 있어, 전쟁이란, 소설 속의 안드레이 공작이 생각하는 바와 같이 '세상에서 가장 추악한 삶의 일부'이기 때문이다.

'로스토프친의 포스터'. 판화.

톨스토이는 천재성, 즉 어떤 이의 위대함을 가늠하는 남다른 척도를 가지고 있었다. 쿠투조프 장군은 바로 이러한 톨스토이의 기준에 비추어 위대한 사람으로 인정받을 수 있는 인물이다. 쿠투조프 장군은 단 한 번도 '그 어떠한 역할도 하지 않았던, 말하자면 항상 가장 평범하고 일상적인 사람이다'. 동시에 쿠투조프는 위대함을 표방한 적도 없으며, 스스로를 통찰력 있는 예언자라고 자칭한 적도 없다. 하지만 그는 매 순간순간 일어나는 사건들이 민중들에게 어떤 의미를 갖는 것들인지를 느끼고 이해할 줄 아는 인물이다.

그는 자신의 의지보다 더 강한 그 무언가가 있다는 것을 잘 알고 있었다. 무언가 불가피한 상황의 전개될 경우, 그것을 기꺼이 받아들이고, 그 의미를 이해할 수도 있었으며, 자신의 개인적인 의지를 져버릴 수도 있었다. 그는 어떤 사건의 발단이 수많은 사람들의 행동거지와 그들 각각의 의지에 달려 있다는 것도 이해하고 있다.

쿠투조프 장군은 전투를 훌륭히 지휘하고 있지만, 그것은 자신의 의지에 의해서가 아니며, 일단 전투가 시작되면 사람들은 어떤 식으로든 대처를 해 나갈 것이라는 전제하에 그 전투를 지휘하고 있는 것이다.

그러나 쿠투조프 장군은 필리 위원회에서 자신의 의지를 강조했다. 이 순간은 장군의 생애에서 위대하면서도 비극적인 순간이었다. 모스크바를 프랑스의 손에 넘겨주어야 할지, 말아야 할지에 관한 논쟁이 한창 진행 중이었을 당시, 쿠투조프는 모스크바가 이미 방치되어 있는 상태라는 것을 알고 있었다. 이러한 상황에 이르기까지 모든 책임을 스스로에게만 묻고 있었다.

"나폴레옹을 모스크바에까지 오게 한 장본인이 과연 나란 말인가? 과연 언제 내가 이렇게까지 큰 실수를 범한 것일까?"

쿠투조프는 혼자서 모든 문제를 해결하고 모든 것에 대해 책임을 져야만 했다. 이에 장군은 일어나서 말을 해야겠다는 도덕적 사명감을 갖게 된다.

"여러분, 여러분들의 의견을 잘 들었습니다. 몇몇 의견들에는 찬성할 수 없을 것 같습니다. 하지만 저는 (장군은 잠시 말을 멈추었다) 황제 폐하와 나의 조국 러시아가 부여한 권한으로, 후퇴를 명하는 바입니다."

쿠투조프는 이와 같은 자신의 결정에 괴로워했다. 러시아 군대와 러시아 민중, 그리고 러시아를 구해 내기 위해, 이제 모스크바를 넘겨주어야 했기 때문이다. 이를 두고 톨스토이는 소설 『전쟁과 평화』의 다른 버전에 "필리 위원회에서 쿠투조프 장군은 위대했다"라고 썼다.

쿠투조프의 마음은 거대한 도덕적인 힘으로 넘쳐 흘렀다. 이제 장군은 나폴레옹의 침략을 소탕하기 위해 가능한 모든 것을 했던 러시아 군대와 함께 살아남아 도망친 프랑스 군인들을 가엾게 여길 수 있는 여유를 가질 수 있었던 것이다.

그들의 힘이 강력했을 때, 우리는 스스로를 가엾게 여길 여유도 없이 우리 자신의 몸을 아끼지 않고 열심히 싸울 수밖에 없었다. 하지만 이제 그들을 가엾이 여길 수 있을 것 같다. 그들도 역시 사람이지 않은가?

톨스토이는 이와 같이 쿠투조프의 성격을 규명하고 있는 것이다. 즉, 쿠투조프 장군의 선하고, 소박하며, 진실된 모습을 여실히 보여 주고 있으며, 이러한 것들 없이는 위대함도 있을 수 없다는 것 또한 우리에게 말해 주고 있는 것이다.

톨스토이는 보로디노 전투를 묘사하기 위해 꽤 오랜 시간을 투자했다. 톨스토이는 러시아 군대와 프랑스 군대의 배치도를 보다 명확하게 제시하기 위해 직접 보로디노 벌판을 방문하였다.

1812년 9월 15일
모스크바 화재.
I. L. 류겐다스의 색 판화.
1813년.

야영에서 후퇴하는 프랑스 군. I. L. 류겐다스의 색 판화. 1813년.

1812년 전쟁을 주제로 한 풍자화. I. I. 테레베네프의 색 동판화와 글.

1867년 9월 톨스토이는 처남 스테판 베르스(Stepan Bers)와 함께 보로디노로 향했다. 스테판 베르스는 훗날 다음과 같은 기록을 남겼다.

나는 보로디노로 가는 도중 곳곳에서 조국전쟁을 경험했던, 당시 보로디노 전투를 목격했던 생존자들을 찾아 헤매고 다녔던 것을 기억한다.

톨스토이는 모스크바에서 출발하여 보로디노로 가는 도중에 거친 모든 마을과 지방을 목록으로 작성하였다. 목록에 작성된 이 길은 소설 속에서 피에르 베주호프가 거쳐간 바로 그 여정이 되었다. 한편 보로디노에 도착한 톨스토이는 직접 전투지도를 그렸으며, 밑에는 '프랑스인들의 눈을 비추는 태양'이라고 간략하게 적었다. 이것은 시적 은유일 뿐만 아니라, 역사적 사실을 상세하게 묘사한 것이다. 톨스토이가 그린 전투지도로 역사를 연구할 수도 있다고 말했던 사람은 한둘이 아니었다. 우리는 톨스토이가 직접 눈으로 확인한 보로디노 벌판을 1867년판 석판화를 통해 만나 볼 수 있다.

장편『전쟁과 평화』에는 게릴라전을 묘사한 부분이 적지 않다. 톨스토이가 말하듯, 게릴라전은 러시아 정부가 공식적으로 전투를 하기 전에, 이미 민중들에 의해 시작된 전투이다. 톨스토이는 역사에서의 민중의 역할에 대한 문제를 제기하며 다음과 같은 결론에 도달한다.

민중의 무시무시하고 위대한 힘과 함께 민중들은 몽둥이를 높이 쳐들고 전쟁을 시작했다. 민중들은 이유 여하를 막론하고 단순 무식하지만, 나름의 목적성을 가지고 두 손에 무기를 쥐어 들었다. 아무것도 이해하려 들지 않은 채, 침략군을 모두 박멸할 때까지 적군 프랑스군을 향해 몽둥이를 휘둘렀다. 시련의 순간에, 다른 사람들이라면 이런 경우 어떻게 대처했을까에 대한 그 어떠한 의문도 제기하지 않고, 그저 순진하게 손에 잡히는 것이면 무엇이든지 높이 쳐들어, 마음속의 치욕감과 복수심이 경멸과 동정으로 바뀔 때까지 휘둘렀던 그런 민중이 있다는 것 자체가 러시아가 가진 복(福)중의 복일 것이다.

톨스토이가 소설『전쟁과 평화』에 남긴 유명한 글귀 "민중적인 생각을 사랑한다"는 매우 훌륭한 결론이 아닐 수 없다.

톨스토이는『전쟁과 평화』를 집필하는 동안 굉장히 큰 수고스러움을 감내해야 했다. 그는 항상 창조력을 집약하여 작품에 임해야 했으며, '모든 정신력'을 이 소설에 쏟아 부었다. 톨스토이는 소설이 인쇄에 들어갔을 때에도 계속해서 작품을 수정했으며, 이미 인쇄 준비를 마친 교정본에도 계속해서 손을 댔다. 톨스토이의 빈번한 수정작업으로 애를 먹고 있던 바르테네프(P. I. Bartenev)에게 톨스토이는 다음과 같은 글을 써 보낸다.

자네에겐 괴롭겠지만, 원고를 더럽히지 않을 수 없는 나를 이해해 주게. 확신하건대, 지금은 괴롭겠지만 더 좋은 결과를 얻기 위해 그러는 걸세.

1865~1866년 잡지《러시아 통보》는 '1805년'이라는 제목이 붙여진『전쟁과 평화』의 제1부와 제2부를 게재한다.《러시아 통보》는 같은 호에 톨스토이의 작품과 함께 또 다른 장편도 게재했다. 바로 인간의 심연을 이해하기 위해 적잖게 중요한 의미를 지니는 도스도예프스키의 대작『죄와 벌』이 그것이다. 생전에 단 한 번도 대면한 적이 없는 러시아의 위대한 두 작가는 이렇게 같은 출판물을 통해 정신적 대화를 나누게 된다. 이로서 러시아의

대중 독자들은 두 편의 위대한 작품을 동시에 만나 볼 수 있었다.

소설의 제목『전쟁과 평화』는 처음부터 붙여진 제목이 아니다. 톨스토이는 필사원본에서 〈세 개의 시기〉, 〈끝이 좋으면 모든 게 좋다〉, 〈1805년에서 1814년까지〉 등 세 가지 제목을 사용하였다.『전쟁과 평화』라는 제목을 처음으로 사용한 것은 1867년 출판업자 카트코프(M. N. Katkov)와 소설 단행본 출판과 관련한 계약을 체결하고 나서부터이다. 여기서 평화, 즉 러시아어로 미르(mir)라고 하는 이 단어는 기존에 사용했던 표기법에서 철자 ї 대신 'и'를 사용하여 현재 우리에게 익숙해 있는 'мир'의 형태로 표기되어 출판되기 시작했으며, 톨스토이도 이에 큰 이의를 제기하지 않았다. (단어 '미르'는 '평화'라는 의미 이외에도 '모든 인간', '모든 세상', '모든 민중'이라는 의미도 가지고 있다.) 여러 연구가들은 소설에서 보여 주고 있는 '전쟁'과 '평화'를 우리네 인간 존재의 커다란 두 개념으로 보고 있다. 이 두 개념은 삶을 이해하는 두 가지 관점을 제시해 주고 있으며, 역사의 철학은 물론, 삶의 철학과도 밀접한 연관성을 지니고 있다.

톨스토이는 수년 후, 자신이 쓴『전쟁과 평화』를 평가하면서 고리키에게 다음과 같이 말했다.

굳이 겸손한 척하지는 않겠네만, 솔직히 말해『전쟁과 평화』는 마치 호머가 쓴〈일리아드〉와 같은 작품일세.

톨스토이는『전쟁과 평화』를 장편소설이라고 칭하지 않았다. 예술가적 감각으로 이해했을 때, 그 어떠한 장르에도 속하지 않은 책일 뿐이라고 말했다.

과연『전쟁과 평화』는 무엇인가? 장편소설도 아니며, 서사시라고 하기에도, 그렇다고 역사 연대기라고 하기에도 부족하다.『전쟁

보로디노의 전경. 벤틀레이의 원작을 토대로 만든 빌모르의 판화. 1840~1850년대(?).

과 평화』는 톨스토이가 표현한 그 형식으로 표현하고자 했고, 표현할 수 있었던 바로 그것에 다름 아니다.

이 소설은 드라마인 동시에 장편 서사시이며, 우리는 이 소설에서 회화적인 그 무엇과 시적인 그 무엇을 모두 만나 볼 수 있다. 또한 이 소설은 사실주의적 표현으로 가득 차 있음과 동시에, 이상주의적이긴 하나, 사실적인, 그러면서도 고양된 어조를 모두 내포하고 있다.

장편소설 『전쟁과 평화』는 19세기로는 전혀 기대할 수 없었던 가장 놀라운 작품이다.

『전쟁과 평화』에 대한 동시대인들의 평가는 호평에서 혹평에 이르기까지 그 의견이 분분하다. 예를 들어, 노로프(Norov)나 뱌젬스키(Vyazemskiy)와 같은 이들은 역사적 사실을 왜곡했다는 이유로 톨스토이를 비난했다. 반면 스트라호프(Strakhov)와 같은 비평가는 『전쟁과 평화』에 대해 다음과 같은 평가를 내리고 있다.

소설 『전쟁과 평화』가 천재성을 지닌 작품이며, 러시아가 낳은 세계 수준의 걸작이라는 것은 명백한 사실이다.

이 소설에 대해 많은 논쟁이 일고 있긴 하지만, 중요한 것은, 정작 이 작품을 읽는 독자들은 소설에 감동을 받고 있으며, 일부 비평가들의 혹평에 동의하지 않는다는 사실이다.

톨스토이 작품의 첫 독자는 그의 아내를 비롯한 측근들이었다. 1864년 톨스토이는 아직 완성되지 않은 『전쟁과 평화』의 일부를 아내 소피야 집안의 오랜 친구인 페르필리예프(Perfil ev) 가족들에게 읽어 주기도 했다. 이 독회에 대해 쿠즈민스카야(T. A. Kuzminskaya)는 다음과 같이 회상한다.

페르필리예프씨 집에 몇 사람이 모여들었다. 독회를 준비하는 모습은 무언가 성스러운 것을 준비하는 듯 보였다. 마치 세례식이라도 준비하는 분위기였다. 응접실에는 은은한 조명이 비추고 있었고, 작은 탁자 위에는 양초 몇 개와 물이 한 잔 놓여있었다. 머리에 두건을 두른 나스타샤 세르게예브나(Nastacya Sergeevna)는 높은 소파에 앉아 있었다. 그리고 아빠는 매우 만족스러운 표정으로 그 옆에 앉아 계셨다. 모두가 자리를 잡고 앉자, 톨스토이는 『전쟁과 평화』를 읽기 시작했다. 그런데 톨스토이는 왠지 모르게 수줍은 듯 작은 목소리로 읽기 시작했다. 나는 마음이 불안해졌다. 내심 '이런, 독회가 엉망이 되었군' 이라는 생각을 했다. 하지만 톨스토이는 이윽고 안정을 찾은 듯 보였다. 책을 읽는 그 목소리는 너무도 명확하고 너무도 매력적이어서, 나는 마치 하늘에 붕 뜬 듯한 느낌마저 들었다. '와! 날아간다!' 라고 외치고 싶은 충동까지 일었다. 내 생각에는 그 자리에 있던 다른 모든 사람들도 이 독회에 매우 깊은 인상을 받은 것 같았다.

『전쟁과 평화』의 단행본이 출판되자 당시 언론에서는 다음과 같은 기사들이 쏟아져 나오기 시작했다. '사람들이 가장 많이 읽는 책', '톨스토이 백작의 새 작품 · 세간의 화젯거리', '날개 돋친 듯 팔리고 있는 『전쟁과 평화』'. 이와 함께 이런 기사도 눈에 띈다.

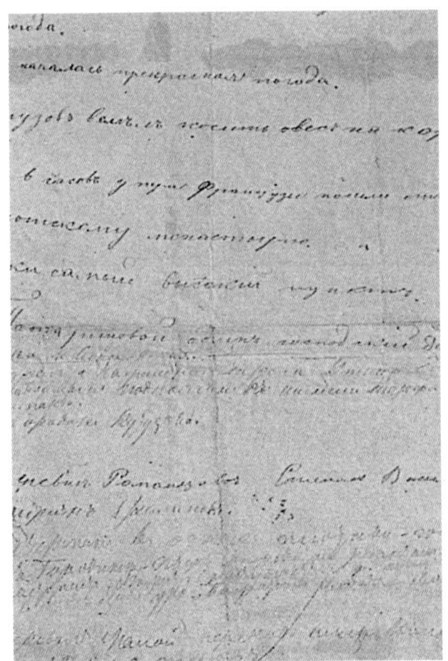

스테판 안드리예비치 베르스(1855~1910).
1870년(?)의 사진. 레프 니콜라예비치 톨스토이 아내의 친형제. 1867년 레프 니콜라예비치 톨스토이와 보로디노 전투에 참전하였다.

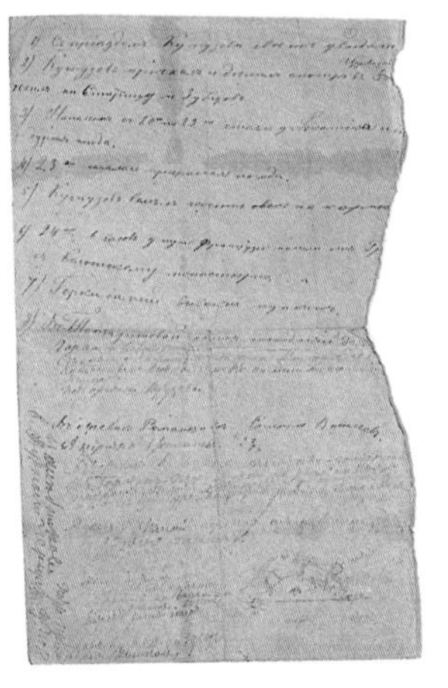

1867년 9월 26~27일 보로디노 전투 중 부대 상황에 대해 톨스토이가 쓴 자필본.

페테르부르크 구석구석과 각종 사회 분야를 『전쟁과 평화』가 장악하고 있다. 심지어는 아무것도 읽지 않았던 사람들의 손에도 『전쟁과 평화』가 한 권씩 들려져 있는 모습을 볼 수 있다. 너도나도 앞을 다투어 이 소설을 읽고 있다.

곤차로프, 투르게네프, 도스토예프스키, 레스코프, 페트 등은 『전쟁과 평화』에 대한 보다 심오하고 흥미로운 평가를 내리고 있다. 특히 투르게네프는 『전쟁과 평화』를 읽고 다음과 같은 극찬의 말을 한다.

이 소설은 위대한 작가가 쓴 위대한 작품이다. 이것이야말로 진정한 러시아다.

소설에 큰 감명을 받은 투르게네프는 이 소설을 프랑스 독자들에게 알리는 데 결정적인 역할을 하게 된다. 결국 1878년 『전쟁과 평화』는 프랑스에서 출판되었다. 이후 이 작품은 세계 곳곳에서 출판되기 시작했고, 출판된 곳에서마다 승승장구를 거두게 된다. 최근 유네스코(UNESCO)가 발표한 자료에 의하면, 『전쟁과 평화』는 오늘날까지도 지구촌에서 가장 많이 읽힌 책 중 하나로 손꼽히고 있다.

우리는 1868년에 찍은 톨스토이의 사진을 통해 『전쟁과 평화』의 집필을 거의 마쳐 가고 있었을 당시, 즉 예술적 천재성이 절정에 이르렀을 당시의 톨스토이 모습을 만나 볼 수 있다. 톨스토이의 모습은 완전한 자유분방함과 깊이 있는 중후함이 절묘하게 조화를 이루고 있어 우리에게 깊은 인상을 남긴다. 우리는 이 사진을 통해 세계와 절묘한 조화를 이루고 있는 러시아 문학계의 '사자' 이자 거대한 정신력을 발휘한 한 사람을 바로 코앞에서 만나 볼 수 있게 된다.

톨스토이가 장편 『전쟁과 평화』를 집필한 곳이 그의 영지인 야스나야 폴랴나였다는 것은 너무도 유명하다. 바로 이곳에서 톨스토이는 영원불멸의 작품을 창조해 낸 것이다. 이 작품은 한 민족, 나아가서는 전 인류의 과거와 현재의 운명을 하나로 묶어 주고 있으며, 그야말로 러시아적이라고 할 수 있다. 이와 동시에 전 세계의 모든 국민들을 아우르는 전 세계적이며, 전 인류적인 작품이며, 이 책을 잡은 사람이라면, 그 누구에게나 유현하고 은밀한 그 무언가를 알 수 있도록 특권을 주는 작품이기도 하다. 바로 이 모든 것들이 장편소설 『전쟁과 평화』의 본질이라고 할 수 있다. 독자들은 톨스토이의 아주 특별한 세계로 빠져들면서, 자신만의 완전한 세계를 창조해 낼 수 있을 것이다.

톨스토이는 1860년대에 과거의 조국전쟁 시대를 접하면서, 민중 전체를 하나로 단결시키는 것을 자신의 이상으로 삼게 되었다. 1860년대를 뒤이은 위기의 시대는 모든 것을 새로운 가치관을 통해 이해해야만 했던 모순을 품은 시기였다. 이에 톨스토이는 또다시 먼 과거로 눈을 돌린다. 먼 과거를 보며 격동의 1860년대와 다소 들떠 있는 듯한 1870년대의 비밀을 풀 수 있는 실마리를 찾으려 노력했던 것이다. 특히 톨스토이는 표트르 1세 치세에 관심을 가지게 된다. 톨스토이는 또다시 역사 문헌을 연구하고, 당시의 생활상과 풍속을 익혀, 표트르에 의해 만들어진 '과격한'

미하일 세르게예비치 바슐로프(1821~1870)
1870년 사진. 화가이자 『전쟁과 평화』의 첫 삽화가. S. A. 톨스타야의 삼촌.

러시아에 점점 가까이 다가가게 된다. 바로 이 시점에서 톨스토이는 장편소설을 집필하기 시작하나 끝까지 완성해 내지는 못한다. 그러고 나서는 다시 한 번 '데카브리스트들'에게 눈을 돌린다. 그러나 이 작업 역시 끝을 보지 못하였다. 톨스토이는 〈아즈부카(Azbuka, 철자책)〉를 만드는 데에 1870년대 초를 할애하였다. 그는 〈아즈부카〉를 만듦으로써, 1850년대에 이미 구상했던 것들, 즉, 읽기용 책을 쓰고 '가족과 학교를 위한' 아즈부카, 즉 철자책을 만드는 등의 계획을 실행에 옮겼다. 특히 아즈부카에는 철자법, 산수, 읽기용 책, 교사 지침서 등이 포함되어 있다. 이후에도 톨스토이는 〈아즈부카〉의 개정판 〈새 아즈부카〉를 만드는 데 많은 노력과 시간을 투자했다. 러시아 어린이들은 대대로 이 책을 통해 지식을 얻을 수 있었으며, 톨스토이가 쓴 흥미로운 단편들도 접할 수 있었다. 1875년에는 〈읽기용 러시아 도서목록〉을 발표하였다. 여기에는 〈카프카스의 포로〉, 〈평양감사도 저 싫다고 하면 그만이다〉 등의 단편과 단편 시리즈 〈불카와 밀톤〉 등 러시아 문학의 명작들이 포함되어 있다. 특히 이 책 〈읽기용 러시아 도서목록〉에서 주목할 만한 부분은 톨스토이가 직접 선별하여 재구성을 한 러시아의 역사가, 우화, 민화 등이다. 톨스토이는 민중 서사시와 그 기원이 되었던 설화, 그리고 그 안에 담긴 선명하고 명확한 언어에 매료되어 있었다.

톨스토이는 그의 성격상 다양한 분야에서 두루두루 활발한 활동을 했다. 그는 어떤 사건의 방관자이기보다는, 반드시 그 사건의 참여자가 되어야 직성이 풀렸다. 이에 톨스토이는 1869년 10월 크라피벤스키 군의 조정 재판관을, 1870년 5월에는 툴라지방 재판소의 출장 재판 배심원을 맡았으며, 툴라 현 일부에 기근이 닥쳤을 당시인 1873년 여름에는 기근 농민 지원 단체의 봉사활동에 참여하기도 했다.

톨스토이는 이 시기를 즈음해서 그의 또 다른 대표작 『안나 카레니나(Anna Karenina)〉의 집필에 착수하였다. 잘 알려져 있다시피, 이 작품의 중심 내용을 규정해 주는 "오블론스키 가문에는 인간의 모든 군상이 혼재되어 있다"라는 문구는 표트르 1세에 관한 톨스토이의 다른 장편소설에서 쓰였던 "차르의 가족 중에는

표트르 이바노비치 바르테네프(1829~1912).
역사학자, 전기작가, 잡지 《러시아고문서》의 편집장. 바르샤바. Y. A. 메슈코프스키가 찍은 사진. 1870년대. 모스크바의 체르트코프스키 도서관의 관장이던 표트르 이바노비치 바르테네프는 1812년 문학을 레프 니콜라예비치 톨스토이에게 주었다.

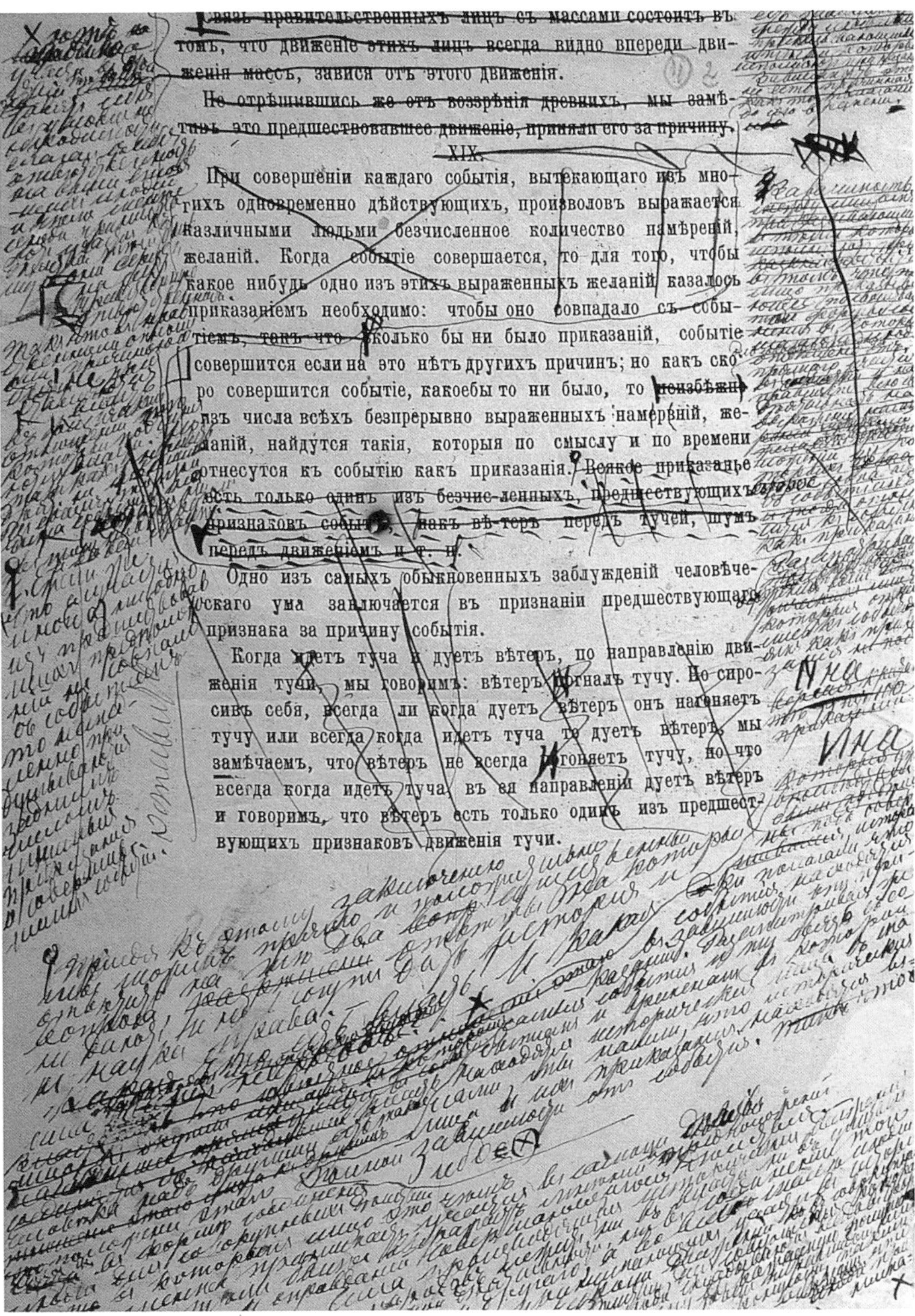

Связь правительственныхъ лицъ съ массами состоитъ въ томъ, что движеніе этихъ лицъ всегда видно впереди движенія массъ, завися отъ этого движенія.

Не отрѣшившись же отъ воззрѣнія древнихъ, мы замѣтивъ это предшествовавшее движеніе, приняли его за причину.

XIX.

При совершеніи каждаго событія, вытекающаго изъ многихъ одновременно дѣйствующихъ произволовъ выражается различными людьми безчисленное количество намѣреній, желаній. Когда событіе совершается, то для того, чтобы какое нибудь одно изъ этихъ выраженныхъ желаній казалось приказаніемъ необходимо: чтобы оно совпадало съ событіемъ, такъ что сколько бы ни было приказаній, событіе совершится если на это нѣтъ другихъ причинъ; но какъ скоро совершится событіе, какоебы то ни было, то неизбѣжно изъ числа всѣхъ безпрерывно выраженныхъ намѣреній, желаній, найдутся такія, которыя по смыслу и по времени отнесутся къ событію какъ приказанія. Всякое приказаніе есть только одинъ изъ безчисленныхъ, предшествующихъ признаковъ событія, какъ вѣтеръ передъ тучей, шумъ передъ движеніемъ и т. п.

Одно изъ самыхъ обыкновенныхъ заблужденій человѣческаго ума заключается въ признаніи предшествующаго признака за причину событія.

Когда идетъ туча и дуетъ вѣтеръ, по направленію движенія тучи, мы говоримъ: вѣтеръ пригналъ тучу. Но спросивъ себя, всегда ли когда дуетъ вѣтеръ онъ нагоняетъ тучу или всегда когда идетъ туча то дуетъ вѣтеръ, мы замѣчаемъ, что вѣтеръ не всегда пригоняетъ тучу, но что всегда когда идетъ туча, въ ея направленіи дуетъ вѣтеръ и говоримъ, что вѣтеръ есть только одинъ изъ предшествующихъ признаковъ движенія тучи.

레프 니콜라예비치 톨스토이가 교정한 『전쟁과 평화』의 교정본. 1867~1869년.

「전쟁과 평화」의 삽화.
화가 M. S. 바슐로프. 1866년. '화원의 나타샤와 보리스 드루베츠코이', '이폴리트 쿠라긴', '다닐로 쿠포라의 춤', '피에르 베주호프'.

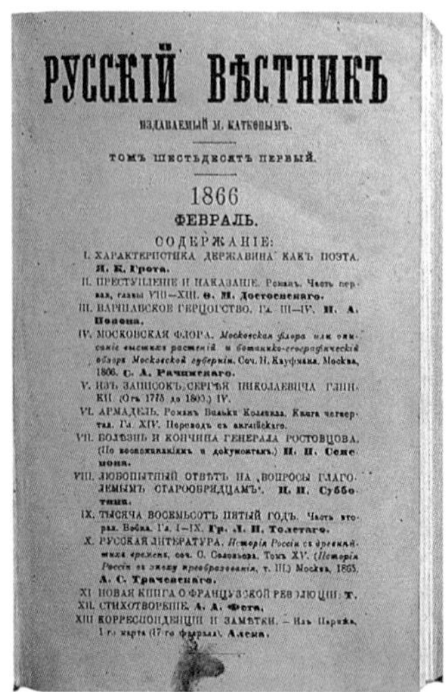
РУССКІЙ ВѢСТНИКЪ

ИЗДАВАЕМЫЙ М. КАТКОВЫМЪ.

ТОМЪ ШЕСТЬДЕСЯТЪ ПЕРВЫЙ.

1866

ФЕВРАЛЬ.

СОДЕРЖАНІЕ:

I. ХАРАКТЕРИСТИКА ДЕРЖАВИНА КАКЪ ПОЭТА. **Я. К. Грота.**

II. ПРЕСТУПЛЕНІЕ И НАКАЗАНІЕ. Романъ. Часть первая, главы VIII—XIII. **Ѳ. М. Достоевскаго.**

III. ВАРШАВСКОЕ ГЕРЦОГСТВО. Гл. III—IV. **Н. А. Попова.**

IV. МОСКОВСКАЯ ФЛОРА. *Московская флора или описаніе высшихъ растеній и ботанико-географическій обзоръ Московской губерніи.* Соч. Н. Кауфмана. Москва, 1866. **С. А. Рачинскаго.**

V. ИЗЪ ЗАПИСОКЪ СЕРГѢЯ НИКОЛАЕВИЧА ГЛИНКИ. (Отъ 1775 до 1800.) IV.

VI. АРМАДЕЛЬ. Романъ Вильки Коллинза. Книга четвертая. Гл. XIV. Переводъ съ англійскаго.

VII. БОЛѢЗНЬ И КОНЧИНА ГЕНЕРАЛА РОСТОВЦОВА. (По воспоминаніямъ и документамъ.) **П. П. Семенова.**

VIII. ЛЮБОПЫТНЫЙ ОТВѢТЪ НА „ВОПРОСЫ ГЛАГОЛЕМЫМЪ СТАРООБРЯДЦАМЪ". **Н. И. Субботина.**

IX. ТЫСЯЧА ВОСЕМЬСОТЪ ПЯТЫЙ ГОДЪ. Часть вторая. Война. Гл. I—IX. **Гр. Л. Н. Толстаго.**

X. РУССКАЯ ЛИТЕРАТУРА. *Исторія Россіи съ древнѣйшихъ временъ*, соч. С. Соловьева. Томъ XV. (*Исторія Россіи въ эпоху преобразованія*, т. III.) Москва, 1865. **А. С. Трачевскаго.**

XI. НОВАЯ КНИГА О ФРАНЦУЗСКОЙ РЕВОЛЮЦІИ. **Т.**

XII. СТИХОТВОРЕНІЕ. **А. А. Фета.**

XIII. КОРРЕСПОНДЕНЦІИ И ЗАМѢТКИ. — Изъ Парижа, 1-го марта (17-го февраля). **Алеша.**

잡지 《러시아소식지》의 한 장.
1866년 2호. 『전쟁과 평화』 중 2부 9장 '1805년' 이 실렸다.

인간의 모든 군상이 혼재되어 있다"라는 문구에서 따온 말이다.

장편 『안나 카레니나』는 톨스토이의 작품 중 유일한 정통 고전 소설이다. (이 의견에 대해서 의구심을 갖는 사람들도 적지 않지만 말이다.) 동시에 이 작품은 비극적으로 끝을 맺는 사랑에 관한 소설이며, 당시의 시대상을 가장 잘 반영한, 그러면서도 역사철학적인 성격을 지닌 소설이다. 『안나 카레니나』는 또한 존재의 가장 중요한 문제를 제기하고 있는, 우리가 단 한마디로 단정지어 해답을 찾을 수 없는 거대한 문제들을 담고 있는 소설이기도 하다.

『안나 카레니나』 역시 나름의 창작의 역사와 배경, 그리고 그 원형을 가지고 있는 작품이다. 톨스토이의 아내 소피야는 1870년 2월 24일 일기에 다음과 같이 적는다.

어제 남편이 나에게 말하길, 순결하지 못한 상류사회의 기혼 여성상이 떠올랐다고 했다. 남편은 또 자신의 임무는 이 여인을 애처롭고 비난 받지 않도록 만드는 것이라고 말했다. 그리고 이 여인의 주위를 맴도는 일련의 남성상도 떠올랐다고 말했다.

바로 이러한 톨스토이의 생각을 시작으로 소설 『안나 카레니나』는 세상의 빛을 보게 되었다.

하지만 톨스토이는 정작 자신이 고안하기 시작한 작품의 줄거리보다는, 이와 같은 매우 드라마틱한 상황에서 '고등 윤리법' 이 어떤 식의 대처를 하고 있는지에 관한 분석에 더 큰 흥미를 가지고 있었다.

톨스토이는 3년이 지나고 나서야 새 작품 『안나 카레니나』의 집필에 착수하였다. 3년간의 공백기 동안 톨스토이를 그린 최초의 초상화가 나오게 된다. 이 초상화는 화가 크람스코이(I. K. Kramskoy)가 그린 것으로, 많은 이들이 톨스토이를 그린 작품 중 가장 훌륭한 그림으로 평가하고 있다. 톨스토이의 초상화를 크람스코이에게 의뢰한 장본인은 트레치야코프(P. M. Tretyakov)였다. 트레치야코프는 애당초 트레치야코프 미술관에 톨스토이를 전시할 요량으로 그림을 의뢰한 것이다. 하지만 톨스토이는 오랫동안 초상화를 그리자는 제의에 동의하지 않았다. 하지만 트레치야코프는 5년이 지난 후에라도 반드시 톨스토이의 초상화를 그리겠다는 강력한 의지를 톨스토이에게 밝혔고, "이 다음에 초상화를 제때에 그리지 못했다는 사실에 안타까워만 할 날이 올 겁니다"라는 말로 끈질기게 톨스토이를 설득했다. 결국 톨스토이는 승낙을 했고, 급기야는 가족들을 위해 초상화를 한 장 더 그려 달라는 부탁까지 했다. 이리하여 크람스코이는 두 점의 초상화 작업을 동시에 하게 된다. 이 두 점 중 하나는 현재 트레치야코프 미술관에 전시되어 있으며, 다른 하나는 야스나야 폴랴나의 박물관이 소장하고 있다. 톨스토이의 초상화를 본 비평가 스타소프(Stasov)는 다음과 같은 극찬을 아끼지 않았다.

크람스코이가 그린 이 두 점의 초상화는 그야말로 걸작 중의 걸작이다. 두 그림에는 위대한 작가의 중년의 모습이 완벽하게 표현되어 있다. 이 훌륭한 초상화에 나타난 톨스토이의 얼굴과 몸짓에는 작가의 재능과 지혜, 독창적인 기질, 불굴의 의지력이 선명하게 표현되어 있다.

이 초상화들은 톨스토이의 가족들에게도 강한 인상을 남겨 주었다. 위대한 작가의 아내 소피야는 쿠즈민스카야에게 "실제 모습과 너무 똑같아서, 이 그림을 쳐다보는 것조차 두려울 지경이에요."라는 편지를 써 보내기도 했다.

야스나야 폴랴나에서 초상화 작업이 진행되는 동안, 톨스토이와 크람스코이는 점점 가까운 사이가 되어 갔다. 이들은 시간이 가는 줄도 모르고 몇 시간이고 앉아서 예술을 주제로 한 대화를 나누었다. 크람스코이는 톨스토이가 지닌 비범함을 순식간에 포착하였다. 크람스코이는 한 편지에서 "그는 천재를 닮은 사람이

레프 니콜라예비치 톨스토이 아버지의 잉크 세트. 톨스토이가 『전쟁과 평화』를 집필할 때 사용하였다.

다"라고 썼다.

톨스토이 또한 크람스코이를 높이 평가하고 있었다. 톨스토이는 대화를 통해 받은 크람스코이에 대한 인상을 토대로 미하일로프라는 화가의 이미지를 창조해 냈다.

톨스토이가 소설 『안나 카레니나』를 집필한 시기는 1873년부터 1877년까지이다. 톨스토이는 푸슈킨의 작품 몇 편을 읽은 뒤, 이에 감명을 받아 펜을 들기 시작했다. 그는 절친한 친구인 당대의 유명한 비평가 스트라호프에게 쓴 편지에 다음과 같은 내용을 담아 보냈다.

나는 어느 날인가 작업을 마친 후, 푸슈킨의 책 한 권을 집어 들었네. 그리고 여느 때처럼 책을 펴고 다시 읽어 내려가기 시작했지. 아마 일곱 번째 읽는 게 아닌가 싶네만, 어쨌든 그렇게 푸슈킨을 읽고 있었는데, 이게 웬일인가? 차마 책을 덮을 수가 없어, 끝까지 읽어 내려갔다네. 푸슈킨이 나의 모든 의구심을 이렇게 깨끗하게 해결해 준 적은 거의 없었다네. 이전까지 푸슈킨은 물론이거니와 그 어떤 것도 나를 이렇게 감동시킨 적은 없었단 말일세. 〈사격〉, 〈이집트의 밤〉, 〈대위의 딸〉 등의 작품이 있었고, 〈손님들이 다차에 모

레프 니콜라예비치 톨스토이의 여행용 잉크병과 촛대.

레프 니콜라예비치 톨스토이.
아마추어가 찍은 사진. 1874년.

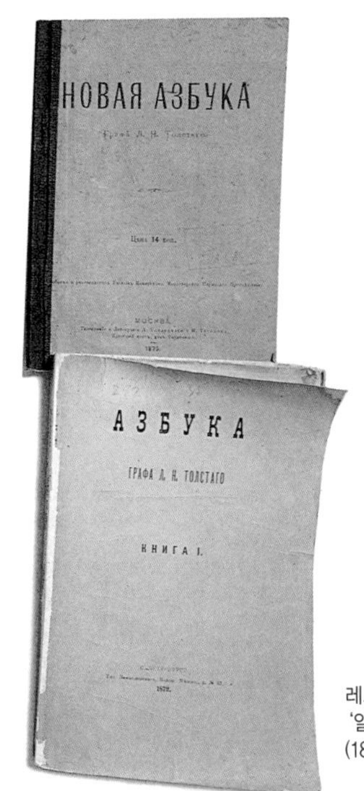

레프 니콜라예비치 톨스토이의 '알파벳(1872년)'과 '새 알파벳(1875년)'

였다> 중 일부분도 있었네. 이 작품들을 읽고 나니, 나도 모르게, 왜 그런지도 모르겠고, 무엇을 해야 할지도 모른 채, 우연히 인물들과 사건이 떠올랐다네. 그래서 다시 펜을 들고 글을 써 내려갔지. 그런데 얼마 못 가 다시 펜을 놓았다가, 이내 다시 시작해야겠다는 생각이 들었지. 그래서 다시 거침없이 단숨에 글을 써 내려가 오늘 이 소설의 초고를 탈고했다네. 이 소설은 금방 끝낸 매우 '뜨끈뜨끈한' 것일세. 나는 개인적으로 이 글에 만족해하고 있으며, 건강이 허락하는 한 계속해서 소설을 고쳐 나갈 생각이네. 내가 일년을 꼬박 고군분투하며 매달려 온 그 모든 것들과는 공통점이 하나도 없는 소설이지 나는 이 소설작업을 마치면 단행본으로 출판할 생각이네.

푸슈킨의 작품에서 톨스토이에게 큰 인상을 주었던 것은 간결한 산문체 스타일의 표현과 독자들로 하여금 구체적인 행위를 하도록 유도하는 능력, 그리고 주제를 지속적으로 발전시켜 나가는 힘이었다. 실제로 푸슈킨 작품에서의 발단은 직 · 간접적 의미에서 톨스토이 장편의 분위기 속에 녹아내려 있다. 톨스토이는 작품을 집필하기 시작한 첫 해에 장편『안나 카레니나』의 기본적인 줄거리를 이미 결정해 놓고 있었다. 이와 함께 소설 전체의 부분으로 삽입될 짤막한 에피소드도 등장했으며, 몇몇을 제외한 각 등장인물에게는 이름도 지어 주었다.

톨스토이는 소설의 여주인공에 대해 가장 큰 태도의 변화를 보였다. 톨스토이는 소설의 초안에서 여주인공의 이름으로 타치야나 세르게예브나 스타브로비치, 나나, 아나스타샤 아르카지예브나 푸쉬키나 등을 물망에 올렸다. 게다가 현재 우리가 알고 있는 '안나'의 이미지와는 거리가 먼 인물이었다. 애당초 여주인공의 외모와 행동에는 무언가 육감적인 면이 두드러지게 나타났다. 그녀는 냉담한 성격의 소유자였으며, 교태스러움과 자신의 저열한 본능을 종교로 위장한 여인의 모습이었다. 또한 지적인 수준도 그리 높지 않은 인물로 묘사되었다. 반면 그녀의 남편은 매우 고상한 인물로 그려졌다.

이후에 톨스토이는 소설의 많은 부분을 고쳐 쓰게 된다. 주인공 안나의 내면적, 외면적 형상에는 정신적인 측면의 가치가 보다 더 가미되었다. 매력적이고 고상하며, 헌신적인 성격이 예리한 지적 능력과 결합하여 안나를 최고의 가치를 지닌 사람으로 끌어올린다. 반면 카레닌과 브론스키는 이와 같은 안나의 비범함에 눌려 빛을 받지 못하게 된다. 카레닌은 이제 독단으로 똘똘 뭉친 무미건조하고 냉정한 관리의 모습으로 우리 앞에 등장하게 되며, 브론스키 역시 촉망받는 젊은 장교이긴 하지만, 정신적으로나 지적으로 안나에게 뒤처지는 인물로 묘사된다. 톨스토이는 이 작품을 집필하는 과정에서 레빈이라는 인물이 갖는 역할과 의미를 점점 키워 나갔다. 톨스토이는 레빈을 등장시킴으로써, 자신의 중요한 사상철학적 문제를 소설 속에서 거론하였다.

현재 많은 연구자들은 장편소설『안나 카레니나』를 가리켜, 한결같은 목소리로 '1870년대 러시아에 관한 백과사전'이라고 말하고 있다. 실제로 톨스토이는 작품 속에서 대위법을 사용하여 우리에게 많은 감동을 안겨 주고 있으며,『안나 카레니나』도 여기에 예외가 되지 않는 작품이다. 경제적 문제는 국가의 경영 방침에 대한 고민을 통해 문제를 제시하고 있으며, 정치 문제는 러시아와 서구 유럽의 국가체제 형성에 관한 다소 대립되고 모순되는 사상을 통해 독자들로 하여금 고민을 하게 한다. 이외에도 아이의 양육 문제, 교육의 목적, 예술에서의 미학적 방향의 발전 등에 관한 문제와 종교와 신앙, 무신앙, 도덕 등의 문제, 그리고 결혼과 가족이라는 문제 등도 소설 속에서 서로 밀접하게 뒤엉켜 있다.

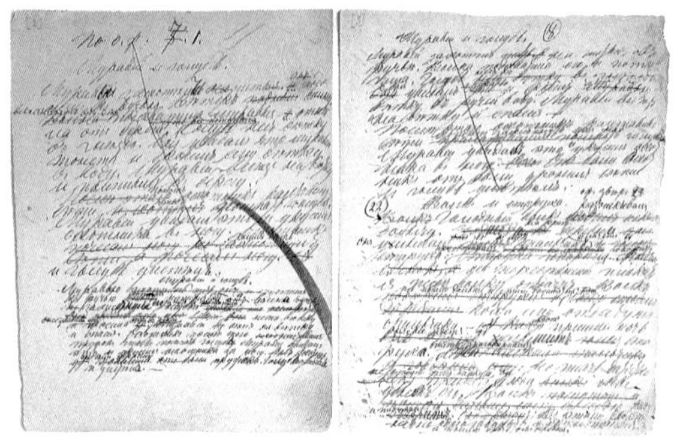

'알파벳'을 위해 쓴 〈개미와 암비둘기〉의 제2, 제3 성고.
레프 니콜라예비치 톨스토이의 자필본. 1871~1872년.

소설 속에서 이 모든 문제들은 혁명 직전의 러시아를 배경으로 거론되고 있는 것이다.

톨스토이가 『안나 카레니나』에서 애착을 가졌던 부분은 바로 '가족의 생각'이었다는 말은 매우 잘 알려져 있다. 소설 『안나 카레니나』는 다음과 같은 구절로 대단원의 막을 연다

행복한 가정은 살아가는 모습이 서로 엇비슷하지만, 불행한 가정은 저마다 다른 나름의 이유로 괴로워하는 법이다.

이 유명한 구절은 이제 마치 격언과도 같은 말이 되었다. 물론 소설 속에는 조화로운 삶을 영위하며 살아가는 행복한 가정도 등장한다. 르보프 가족과 농부 파르메노프 가족이 바로 그런 행복한 가정이다. 사실 우리는 이 가족들의 일부분만을 보고 있는 것인지도 모르겠지만, 톨스토이가 초점을 맞춘 곳은 이 행복한 가정의 모습이 아니다. 여기서 톨스토이가 강조하고 있는 것은, 서로 조화를 이루고, 평화롭게 사는 행복이라는 그 상태 자체가 무언가 말로는 설명할 수 없는 드문 현상이라는 사실이다. '행복한 가정'이라는 개념은 '행복한 삶'이라는 개념과 마찬가지로 더 이상 움직이지 않고 발전 가능성도 상실한 개념이다. 즉, 그저 고정되어 있기만 한 개념이라는 말이다. 그리고 결혼과 가족이라는 것은 '우리의 삶에 있어 가장 어려우면서도, 가장 중요한 일'이다. 동시에 그 안에는 상승과 하락, 행복과 슬픔이 혼재되어 있다. 이후 톨스토이는 일기장에 다음과 같이 기록한다.

도덕적인 인간에게 가족 관계는 매우 복잡하고 여려운 것으로 다가오지만, 비도덕적인 인간에게 가족 관계는 매우 간단하고 쉬운 일이다.

톨스토이는 『안나 카레니나』를 통해 불행의 역사를 재조명하고 있다. 1870년대는 그야말로 드라마틱한 사건으로 넘쳐 흐르던 시대였다. 시간에 대해 이야기를 할 때, '모든 것이 혼재된다'라고 하는 공식은 여러 가지 면에 있어서 오블론스키 가족에도 대입할 수 있다. 소설 『안나 카레니나』가 오블론스키 집안의 가정불화의 모습을 보여 주며 시작되는 것만 봐도 알 수 있지 않은가?

모든 식구들과 하인들은 이제 자기들이 같이 살 의미가 없어졌으며, 아무리 싸구려 하숙집에서 우연히 만난 사람들이라 할 지라도, 이 집안에 있는 오블론스키 식구들이나 하인들보다는 더 많은 친밀감을 느낄 것이라고 생각하였다.

이와 같은 가정 내의 불화와 반목의 모티브는 사회 · 역사적인 의미를 가지는 것이며, 이것은 어떤 특정한 가정은 물론, 러시아 전체의 인생을 결정지어 주는 역할을 한다. 세상과 조화를 이루지 못하고 있는 이 긴장된 분위기는 소설 속에 등장하는 오블론스키 가정, 카레닌 가정, 쉐르바츠키 가정 그리고 레빈, 브론스키 등의 운명에 녹아든다. 이 각각의 등장인물은 나름대로의 운명과 사연이 있으며, 동시에 이들의 삶에는 현실의 모습을 결합시켜 주는 내적 연결 고리를 가지고 있다.

톨스토이는 '모든 것이 거꾸로 뒤집힌' 시대에 예술적인 의의를 부여하고 있다. 등장인물들의 운명을 예술적 측면에서 '관리'하는 임무를 가지고 있던 톨스토이 자신도 스스로의 사상과 정신력의 발전에 부합할 만한 나름의 삶의 이상을 가지고 있어야 했다. 톨스토이가 『안나 카레니나』의 집필작업을 하는 과정에서 일기를 거의 쓰지 않았던 데에는 그 나름의 이유가 있다. 이 소설 자체가 바로 일기장의 역할을 대신 해 주었기 때문이다. 다시 말해, 톨스토이에게 있어 『안나 카레니나』는 사회적인 것과 개인적인 것을 모두 흡수하고 있는 독특한 형식의 연대기였기 때문이다. 실제로 소설 속에는 개인적인 경험들과 역사적인 사건들이 한데 섞여 있다. 소설 속의 거의 모든 에피소드들은 동시대인들로 하여금 거대한 연상작용을 불러일으켰다. 톨스토이가 창조해 낸 소설 속 등장인물의 운명은 바로 실제 현실 속의 수십 명의 운명과도 너무나 닮아 있었다. 톨스토이는 또한 이 작품을 쓰는 내내, 자기 스스로를 새롭게 창조하기도 하였다.

소설의 주인공 안나는 강하고 복잡한 성격의 소유자이며, 열

려 있는 마음으로 주위의 모든 것을 대하는 생기 넘치는 여인이다. 키치가 안나를 처음으로 알게 되었을 때, 젊은 키치의 눈에 비친 안나는 소설 속에서 다음과 같이 표현되고 있다.

사교계 부인이나 8살짜리 아들을 둔 아이 엄마처럼 보이지 않았다. 오히려 몸의 유연성과 신선함, 얼굴에 넘치는 생기발랄함과 미소를 보면 20살짜리 숙녀처럼 보였다.

한편 브론스키가 기억하고 있는 안나는 '은밀하고, 화려하며, 사랑스러우며, 행복을 갈망함과 동시에 행복을 주는 여인' 이었다. 브론스키는 또한 '단아하면서도, 정신적인 미가 넘쳐 흐르는 안나의 얼굴' 에 깊은 인상을 받게 된다. 톨스토이가 강조하듯, 안나는 도덕적으로 민감하며 타인을 이해할 수 있는 천부적 재능을 가진 여인이다. 레빈은 안나가 있는 자리에서 '마치 그녀를 어렸을 적부터 알았던 것처럼 마음이 가벼워지고, 순수해지며, 기분이 좋아' 지게 된다. 레빈은 안나에 대해 '놀라울 정도로 친밀한' 여자라고 말한다. 안나는 또한 콘스탄틴 레빈이 그러하듯 깊은 자기반성을 하기도 하며, 때에 따라서는 스스로를 모질게 대하기도 한다. 안나는 '살아 있는' 삶으로 넘쳐흐르는 인물이다. 이는 소설 속의 한 장면을 통해 이해할 수 있을 것이다. 안나가 기차에서 영국 소설을 읽고 있는 장면을 기억할 것이다. 여기서 안나가 읽고 있었던 소설은 '낯선 삶' 에 대해 이야기를 하던 책이었다. 소설 속에는 다음과 같은 구절이 있다.

그녀는 다른 사람의 삶의 반영을 따라야 한다는 것에 불쾌해했다. 그녀는 스스로 살고자 하는 바람이 너무 강했다.

여기서 '너무' 라는 표현을 통해 우리는 그녀의 삶이 비극적인

레프 니콜라예비치 톨스토이가 자신의 수첩에 그림 '알파벳' 에 넣을 잉크로 그린 스케치와 그림. 1871~1872년.

결말을 맺을 것이라는 것을 조금이나마 짐작할 수 있다. 이 표현은 안나와 관련한 소설 도처에서 사용되고 있다. 원칙대로 사는 삶은 안나를 위한 삶이 아니다. '영국식의 행복' 은 드라마적인 요소가 결여되어 있으며, 그저 소설 속에서만 가능한 얘기일 뿐, 안나에게는 해당사항이 없는 말뿐인 행복이다. 앞으로의 격동적인 삶을 예언해 주는 것, 내지는 안나의 삶에 있어 상징적인 어떤 이상이 되는 것은 바로 창 밖으로 심하게 몰아치는 눈보라이다. 안나는 이 '눈보라의 공포' 를 너무나도 선명하게 직면했다. '악마적인' 자연의 힘은 음모를 자아내는 듯했다.

바람과 눈은 제 각각 문을 세차게 두들겼다. 그러고 나서 이 둘은 이내 한 몸이 되어 버렸다.

민중들 사이에서는 다음과 같은 미신이 널리 퍼져 있었다.

눈보라는 불순한 기운을 가진 사악한 그 무엇인가가 장난을 치는 것이다. 눈보라가 치는 한복판으로 칼을 내던지고, 눈보라가 수그러들 때쯤, 그 칼은 온통 피범벅이 되어 있을 것이라고 사람들은 말했다.

이것은 미래의 비극을 예언하는 비유적인 전조이다.

『안나 카레니나』는 사랑에 대한 장편소설이며, 동시에 이성과 판단에 얽매이지 않는 인간의 열정에 관한 장편소설이다. 하지만 바로 그 안에서 인간은 행복과 불행을 경험하게 되는 것이다.

안나는 행복을 얻으려는 욕망을 가지고 있다. 하지만 항상 환영에 사로잡힌 채로 행복을 추구한다. 카레닌과의 결혼생활은 공허했으며, 결혼생활에서 유일하게 '살아 숨쉬는' 것은 그녀의 아들 세료자였다. 브론스키에게로 돌아선 안나가 사교생활을 한다는 것은 불가능했다. 그래서, 결국에는 브론스키와의 행복은 물거품이 된다. 안나는 행복한 가정을 꾸리지 못했다. 안나에게 있어 행복한 삶을 표방하는 것은 용인될 수 없는 일이었다. 바로 여기서부터 삶에 대한 불신과 비극적인 결말이 비롯되는 것이다. 안나는 이미 죽음에 다다르기 전부터 죽은 채 살아왔다.

안나가 선택한 브론스키 역시 그 나름의 삶의 기반을 잃어버렸다. 안나를 사랑하게 됨으로써, 브론스키는 변하였으며, 브론스키의 사랑은 정신적으로 고양되었다. 하지만 브론스키의 이와 같은 사랑은 브론스키 자신을 합리화하여 밖으로 표출해 내는 데에 장애가 되었다. 조건부적인 존재의 위선은 브론스키에게 있어 불

S. A. 톨스토이와 레프 니콜라예비치 톨스토이의 아이들.
왼쪽부터 이류샤, 레바, 타냐, 세료자. F. I. 호다세비치가 찍은 사진. 1870년.

행임과 동시에, 안나의 죽음을 불러일으키는 결정적 요인이 된다.

스스로를 억압하는 사랑이 운명 지워져 있다.

그들 사이를 멀게 만드는 노여움은 그 어떠한 외부적 요인을 가지고 있지 않다. 게다가 어떤 이유에 대해 설명을 하려 하면 할수록, 오히려 둘 사이는 더 멀어졌을 뿐 만 아니라, 노여움이 더더욱 증폭되기까지 했다.

말하자면, 이것은 무언가 내부적인 그런 종류의 노여움이었던 것이다. 안나의 죽음으로 인해 브론스키는 크게 망가지게 된다. 그는 안나의 남편인 알렉세이 알렉세예비치 카레닌이 그랬던 것처럼, 나름의 '가상의 구원'을 구한다. 그리하여 군에 입대하는 것으로서 그 구원을 구하려 한다. 이와 같은 군대로의 도피는, 브론스키 스스로가 이제는 더 이상 본인을 위한 자리가 없다고 느낀 그런 삶으로부터 도피하는 것에 다름 아니다. 마치 브론스키가 단 한 번의 옳지 못한 움직임으로 그를 믿고 있는 살아 있는 존재를 파멸로 몰고 갔던 것과 같은 실제의 도약과 마찬가지로, '인생의 도약' 역시 완전한 파멸로 끝을 맺었다.

하지만 소설 속 등장인물들의 비극적인 운명 자체만으로는 톨스토이가 삶에 대해 생각하는 문제들이 해결되지 않는다. 이에 삶에 대한 깨달음과 그것을 통찰하는 나름의 방법을 가지고 있는 콘스탄틴 레빈의 드넓고 밝은 세계가 펼쳐진다.

레빈의 정신적 탐구 역시, 안나의 도덕적 고뇌와 마찬가지로 인간이 가지고 있는 마음에 속해 있다. 도스토예프스키의 말을 빌자면, 이러한 인간의 마음은 '무시무시한 심연과 힘을 가진, 그러면서도 아직까지도 우리에게 위대한 사실주의 작가로 남아있는' 톨스토이에 의해 만들어진 것이다.

여기서 우리는 푸슈킨이 행복과 불행에 대해 했던 말을 떠올려 볼 수 있다. 푸슈킨은 다음과 같이 말했다.

불행은 우리에게 많은 것을 가르쳐 주는 '학교'와도 같은 것이지만, 행복은 우리에게 그보다 더 많은 것을 일깨우게 해 주는 '대학교'와도 같은 것이라고들 한다.

레빈의 행복은 안나의 불행보다 오히려 더 드라마틱하다.

안나와 레빈은 작품 속에서 같은 비중을 가진 인물이다. 이 둘은 모두 자신과 세계에 깊은 주의를 기울이며 살아가는 사람들이며, 개인의 행복을 토대로 삶을 가꾸어 감과 동시에 그러한 삶의

J. 베른의 『80일간의 세계일주』에 레프 니콜라예비치 톨스토이가 그려 넣은 그림들. 1874년(?)

토대가 되는 행복이라는 것이 삶에 있어서 얼마나 약한 기반인지를 정확하게 꿰뚫고 있는 인물이다.

우리는 톨스토이가 묘사한 레빈의 주변 환경을 통해 톨스토이 자신이 어떠한 것들에 애착을 가지고 있었는지를 쉽게 알아볼 수 있다. 레빈의 영지인 포크로프스코를 통해 우리는 톨스토이가 태어나 삶을 영위하고, 작품 활동을 벌였던 야스나야 폴랴나를 쉽게 떠올릴 수 있다. 농민들과의 벌초 작업, 사상의 증폭, 농사일 등 레빈이 경험하는 이 모든 것들은 톨스토이 자신의 삶의 부분인 것이다. 톨스타야는 톨스토이에게 다음과 같은 편지를 써 보냈다.

저는 『안나 카레니나』를 읽으면서 당신의 지나간 삶에 대해 알 수 있었습니다. 소설 속에서 당신이 경험한 것을 소설에 그대로 옮겨 놓았다는 것 때문에 당신을 비난하는 목소리도 많습니다만, 저는 개인적으로 그런 점이 마음에 들었습니다. 우선, 저는 개인적으로 당신을 좋아하는 사람으로서, 그동안 제가 궁금해 왔던 가족 안에서의 당신의 모습을 이 작품을 읽음으로써 해소할 수 있게 되었

기 때문입니다. 그리고 제가 『안나 카레니나』를 마음에 들어하는 또 다른 이유는, 저의 절친한 친구인 당신의 손에 의해 전달되고 있는 진실이 허구로 만들어진 것보다 더 훌륭한 것이라고 생각하기 때문입니다. 당신이 전달한 진실로 인해, 저는 당신 마음의 저 깊은 곳에까지 들어가 볼 수 있었습니다.

콘스탄틴 레빈은 소설 『안나 카레니나』에서 가장 복잡한 성격을 지닌 인물이며, 동시에 정신적으로나 탐구의 본질에 있어서 톨스토이와 가장 많이 닮아 있는 인물이다. 레빈은 여러모로 볼 때, 작품 속에서 톨스토이의 시각을 전달해 내는 역할을 하고 있다. 다시 말해, 작품 속에서 레빈의 삶에 관한 이야기는 톨스토이 자신의 정신적 여정을 보여 주는 일기와도 같은 것이다.

금방 가져온 촛불 빛으로 서재는 서서히 밝아지고 눈에 익은 가구들이 어둠 속에서 그 모습을 드러냈다. 사슴의 뿔, 책이 가득한 선반, 거울, 난로(이 난로의 통풍구는 이미 오래전에 수리하지 않으면 안 되었다), 아버지가 쓰시던 소파, 커다란 테이블, 그 테이블 위에 펼쳐져 있는 책들, 깨진 재떨이, 그의 필체로 가득한 장부, 이런 물건들을 보았을 때, 그의 마음속엔 집으로 오는 도중 상상해 보았던 새 생활이 과연 가능할까 하는 의구심이 순간적으로 일었다. 이런 과거의 흔적이 마치 그를 사로잡아 이렇게 말하는 듯했다. "안 돼, 너는 우리에게서 떠날 수 없어. 또 다른 사람이 될 수도 없어. 너는 여전히 전과 마찬가지의 너일 뿐이야. 가지가지의 회의도, 자기를 바로잡으려는 영원한 헛된 시도도, 타락도, 예전에 주어진 일도 없고 또한 주어질 리도 없는 행복에 대한 기대도."

이와 같은 레빈의 서재에 대한 상세한 묘사는 당시 톨스토이 자신의 서재의 분위기를 그대로 옮겨 온 것에서 비롯된다. 톨스토이는 바로 자신이 가진 모든 것에 빗대어 작품을 썼던 것이다.

레빈은 크고 낡은 저택에서 혼자 살고 있었지만, 집 전체에 난방을 하고 있었다. …… 이 집은 레빈에게는 전 세계나 다름없었다. 그의 부모가 생을 보내고, 죽어간 그런 세계였던 것이다. 그들이 살다 간 세계는 레빈에게 있어 완전무결한 '이상(理想)'이었으며, 그는 그러한 이상적인 삶을 아내와 가족과 더불어 부활시키고자 꿈꿔 왔다.

작품 속에 나오는 이 구절 또한 톨스토이의 사상을 반영해 주고 있다.

톨스토이가 무엇보다 관심을 가지고 지켜본 것은, 끊임없이 변화하는 현실에서 자기 자리를 찾고 있는 사람들 심연의 인식 과정이다. 콘스탄틴 레빈이 유일하게 가치 있는 삶의 무대로 생각했던 곳은 공동의 행복을 위해 가치 있는 노동이 이루어지는 농촌에서의 삶이었다. 레빈은 농부의 노동에서 얻을 수 있는 기쁨을 단순히 머리로 생각했을 뿐만 아니라, 직접 느끼고 체험하였다. 레빈은 노동을 통해서 비로소 이상과 현실이 결합될 수 있다는 사실을 깨달았다. 레빈은 농업 시스템과 민중들의 삶을 근본적으로 변화시키는 것이 가능하다는 굳은 신념을 가지고 있다.

빈곤 대신에 만인의 부와 만족이 있어야 하고, 적의 대신에 이해의 조화와 일치가 이루어져야 한다. 한마디로 말해서 피를 흘리지 않는 혁명인 것이다. 그리고 이것은 처음에는 우리 지방의 한 작은 구역에서 비롯된 일이지만, 결국에는 현과 러시아 전체에 퍼지고 나아가서는 전 세계에 미칠 대혁명인 것이다. 그렇다, 이것이야말로 노력할 만한 가치가 있는 목적인 것이다.

레빈은 세계에 대한 이와 같은 시각이 '어떻게 살것인가?' 라는 문제를 해결할 것이라고 확신한다. 하지만 현실은 다르다. 가장 중요한 문제들에 대한 답은 없다.

야스나야 폴랴나 집의 아래층 서재.
M. A. 스타호비치가 찍은 사진. 1887년. 1871~1880년대까지 이곳은 톨스토이의 서재였으며, 『안나 카레니나』를 집필한 곳이다.

야스나야 폴랴나 근교의 '체프이슈' 숲.
S. S. 아바멜레크 라자레프가 찍은 사진. 1884년.

'나는 도대체 무엇인가? 나는 무엇 때문에 이 세상에 존재하는가? 이것을 잘 알지 못하고서는 도저히 살아갈 수가 없다. 그럼에도 불구하고 나는 그것을 알 수가 없는 것이다. 따라서 살아갈 수가 없는 것이다.' 레빈은 이렇게 마음속으로 중얼거렸다.

그리하여

행복한 가정의 주인이요 건강한 인간인 레빈도 몇 번인가 자살의 문턱으로 다가갔지만, 목을 매다는 것이 두려워 끈 나부랭이를 숨기기도 하고, 총포자살을 두려워하여 총을 가지고 다니는 것을 무서워하게까지 되었다.

건강, 노동, 가족, 자연친화? 이와 같이 행복을 만들어 주는 것들이 존재하는 곳이 바로 레빈의 삶이었지만, 행복감 그 자체는 모습을 감추었다. 레빈은 삶을 의미 있게 만들어 줄 존재의 개념 안에서 손에 닿지 않는 이상, 즉 그 자신을 이 세계와 연결시켜 줄 눈에 보이는 다리를 열렬히 찾고 있다.

레빈은 자신이 행동하는 데 있어서의 주목적을 다음과 같이 설명한다.

나에게 있어 중요한 것은 나에게는 죄가 없다고 느끼는 것이다.

이것은 모든 것에 대해 죄의식을 느끼는 러시아식 죄책감이다. 그것은 '그가 여태까지 해 왔던 농업에 관한 일들이 그저 그 자신과 농민들 간의 가혹하고 끈질긴 투쟁이었으며', '레빈이 관심을 가지고 있었던 것들은 농민들에게 있어 낯선 것들이고, 그들이 이해할 수 없는 것들이었을 뿐 아니라, 오히려 농민들이 가지고 있던 그들이 옳다고 생각하는 것들과 완전히 정반대의 것이었다'는 것에 대한 죄책감이며, 동시에 '자기 자신의 외로움과 육체적 안위, 그리고 이 세상에 대한 적대감'에 대한 죄책감이다. 또한 그가 농민들과 농업활동에 참여했던 것이 농민들로 하여금 '주인님은 주인님 스스로를 위해 이 모든 것을 하고 있다'라는 비난을 불러일으킨 것에 대한 죄책감이다. 레빈은 삶에 있어 '진실의 순간'을 맞이한다. 어느 날 레빈은 탈곡기 옆에서 농부 표도르와 임대한 토지에 관해 이야기를 나누게 된다. 여기서 표도르는 어찌하여 잃는 사람과 '얻는' 사람이 따로따로인지를 레빈에게 설명해 준다.

"……자기 이익만 차리고 살면서 미츄하처럼 자기의 뱃속을 살찌게 하는 것만을 생각하는 놈도 있고, 포카니치처럼 정직한 아저씨도 있지요. 아저씨는 영혼을 위해서 살고 있기 때문에 하느님에 대해서 알고 있거든요."

이에 레빈은 거의 외치다시피 말한다.

"어떻게 하면 영혼을 위해서 사는 거지?"

그러자 표도르는 다음과 같이 말한다.

"어떻게라니요? 뻔한 일 아닙니까? 정직하게 하느님의 율법대로 살아가는 겁니다요."

레빈은 이 단순한 진리에 깊은 감명을 받는다. 그는 선의 잣대를 발견하게 된다. 그가 복음서와 같은 고대의 책에서 얻었던 진리가 바로 농민의 입을 통해 울려 퍼지게 된 것이다. 그러한 기독교적 진리도, 그 진리를 밝혀낸 인간, 즉 평범한 농민도 모두 톨스토이 세계관의 원칙을 말해 주는 것이다.

"복수는 나에게 있으니, 내가 이를 갚으리라" - 이것은 톨스토이가 고른 장편소설 『안나 카레니나』의 서언이다. 이 작품 전체에는 이 서언이 짙게 깔려 있다. 이 말은 성경에서 인간에게 분노한 여호와의 입에서 나온 말이기도 하다. 파벨 사도행전의 〈로마인들에게 보내는 서한〉에서 이 서언은 다른 식으로 표현된다.

만약 가능하다면, 모든 사람들과 평화를 유지하라. 복수하지 말지어라, 친애하는 로마인들이여. 신의 분노에 자리를 내주라.

그렇기 때문에 "복수는 나에게 있으니, 내가 이를 갚으리라"라고 쓰여 있는 것이다.

톨스토이와 가까이 지냈던, 진지한 독자였던 페트(A. A. Fet)는 『안나 카레니나』의 서문에 대해 다음과 같이 얘기한다.

톨스토이가 "'내가 이를 갚으리라"라고 한 것은, 잔소리가 많은 스승의 매리기 보다는, 형벌의 힘을 지는 그 무엇을 염두에 둔 것이라고 본다. 그 결과 집에 불을 지른 바로 그 사람이 그 누구보다도 가장 큰 괴로움을 느끼는 것이다.

한편, 『안나 카레니나』를 높이 평가했던 도스토예프스키는 다음과 같은 의견을 제시한다.

몇 가지 명백한 사실들이 있다: 사악함은 사회주의자 의사들이 생각했던 것보다 인간의 훨씬 더 깊은 곳에 자리잡고 있으며, 따라서 인간이 만든 모든 사회 구조 안에서 우리는 사악함으로부터 벗어날 수 없다. 그리하여 인간의 마음은 여전히 사악한 채 남아 있게 될 것이며, 모든 비정상적인 것들과 원죄는 바로 이 사악함에서 나오고 있다. 그런데 인간의 마음은 아직 과학의 힘을 빌어 설명될 수 없다. 즉, 인간의 마음이란 어디로 튈지 가늠을 할 수 없는 것이며, 두꺼운 비밀의 베일에 둘러싸여 있다. 따라서 그 어떠한 사람도, 설사 최종 심판관마저 인간의 잘잘못을 판단할 수 없는 것이다. 다만, "복수는 나에게 있으니, 내가 이를 갚으리라"라고 말하는 자가 있으니, 그가 바로 이 세계의 모든 비밀과 인간의 운명을 꿰뚫어 볼 수 있는 자이다.

톨스토이는 스스로 다음과 같은 평가를 내리고 있다.

다시 한 번 반복해서 말하지만, 내가 이 문구를 서언으로 선택한 이유는, 전에도 설명했다시피, 인간의 사악한 행위는 인간으로부터 오는 것이 아닌, 신으로부터 오는 고통으로 인한 결과이며, 동시에 안나 카레니나도 경험한 그 고통으로 인한 결과라는 사실을 표현하기 위함이다.

책의 서언은 비단 안나를 향한 것만이 아니다. 이 말은 소설의 모든 등장인물과, 나아가서는 모든 사람들을 향한 것이기도 하다. 세상의 모든 사람들은 각자 나름대로 죄를 벌하는 방법이 있다. 보다 심오하고 도덕적인 사람일수록, 스스로를 용서할 수 있는 내면의 벽이 보다 더 높을 것이다. 톨스토이는 이에 죄를 심판할 수 있는 권리를 인간에게서 빼앗아 신에게 위임한 것이다. 소설의 서언은 이 작품의 정신적인 표준이자, 내적인 방향성을 제시해 주고 있는 나침반과도 같은 역할을 하고 있는 것이다. 성경에서 인용한 글귀로 작품의 문을 연 톨스토이는 이제 '하느님을

풀베기에 나선 야스나야 폴랴나의 농민들.
P. A. 세르게옌코가 찍은 사진. 1903년.

야스나야 폴랴나 마을.
S. A. 톨스타야의 사진. 1896년.

야스나야 폴랴나의 입구 '프레슈펙트'.
'세레르, 나브골츠 그리고 K' 사의 사진. 1892년.

레프 니콜라예비치 톨스토이.
모스크바. G. I. 디아고프첸코가 찍은 사진. 1876년.

위해, 그리고 영혼을 위해 살기'라는 말로 소설의 끝을 맺는다.

나도 그렇고, 수세기 전에 살았던 그리고 현재를 살고 있는 수백만의 사람들도, 마음이 가난한 농부들도, 이것에 대해 생각을 하고, 글을 쓰고, 불분명한 어조로 말을 했던 현자들도 모두가 동의하는 것이 한 가지 있다. 그것은 우리가 살아야 하는 이유와 무엇이 훌륭한 것인가에 대한 답이다.

톨스토이는 다음과 같이 쓴다.

나는 과거의 어느 한순간에 나에게 생명을 주었던 힘뿐만 아니라, 지금까지도 나에게 생명을 주고 있는 그 힘을 이해했다. 나는 기만으로부터 벗어났으며, 주인이 누구인지를 똑똑히 알아봤다.

그러나 삶에 있어서 절대적인 처방전이란 존재하지 않는다. 소설 『안나 카레니나』의 마지막 장면은 인생과 그 깨달음의 발전 전망을 제시해 주고 있다. 작품의 대단원의 막은 독일의 철학자 칸트의 말을 빌어 설명할 수 있다.

영혼을 채워 주는 것은 영원히 새롭고, 지속적으로 증대되는 놀라움과 경건함을 가진 두 가지이다. 그것은 사고가 영혼을 채워 주는 것보다 더 자주, 그리고 더 지속적으로 일어난다. 그 두 가지는 바로 내 앞에 펼쳐진 별이 가득한 하늘과 내 안에 있는 도덕성의 법칙이다.

전작 『전쟁과 평화』에서 피에르와 안드레이 공작에게 열려 있던 톨스토이의 '하늘'은 이제 콘스탄틴 레빈의 영혼을 불안케 하기도 하고, 위안하기도 한다. 레빈은 이미 알고 있는 삼각형을 이루고 있는 별과 그 삼각형의 중심을 통과하는 은하수를 본다. 번개가 칠 때마다, 은하수는 물론 밝게 빛나던 별들까지 시야에서 사라졌다. 하지만, 번개가 멈추자마자 마치 누군가의 정확한 손놀림에 의한 것처럼, 별들은 다시 이전에 있던 자리에 정확히 그 모습을 드러냈다. '과연 나를 괴롭게 하는 것은 무엇인가?' 레빈은 아직 정확히는 알지 못하지만, 마음속의 의구심이 풀릴 것만 같은 기분에 사로잡혀 혼잣말을 했다.

영원히 움직임을 멈추지 않는 머나먼 세계와 이해할 수 없는 법칙으로 가득한 별이 빛나는 하늘은 인생의 복잡함과 다양함, 나아가서는 모든 본질적인 것의 우주적 합일을 증명해 주는 것이다.

톨스토이는 현대문학 비평가 바바예프(E. G. Babaev)가 언급했듯이, 이른바 '폭넓고 자유로운 장편소설'을 완성해 냈으며,

야스나야 폴랴나 집의 '손님방'.
『안나 카레니나』 집필시 톨스토이가 서재로 사용하였다. M. A. 스타호비치가 찍은 사진. 1887년.

『안나 카레니나』를 주의 깊게 읽은 독자들은 작품의 결말을 '철도에서 일어난 사고'가 아닌, 개인과 공동의 삶을 새롭게 하기 위한 '긍정적인 그 무언가'를 창조해 내려는 레빈의 정신적인 탐구와 시도로 보고 있다. 따라서 『안나 카레니나』에서 묘사된 세계는 두 개의 원으로 그려지고 있다. 즉, 수축되어 있으며, 절망으로 이끄는 '예외'적인 삶의 원과 존재와 '실제 삶'으로 가득한 팽창되어 있는 원이 그것이다. 또한 소설 속에는 역사 발전의 불가피한 논리가 제시되어 있다. 그 논리는 마치 불화의 종말과 해결을 미리 결정짓고, 하나도 불필요한 것이 없는 세상의 모든 일부들의 상호관계를 미리 결정짓는 것처럼 보이는 예술에 있어서의 고전적인 명료함과 단순함의 특징을 나타낸다.

톨스토이는 매우 어려운 과정을 거쳐 『안나 카레니나』를 완성했다. 중간중간 집필을 중단했던 공백기도 많았으며, 따라서 매우 오랜 기간에 걸쳐 괴로워하면서 작품을 완성했다. 톨스토이는 1875년 8월 스트라호프에게 보내는 편지에 다음과 같이 쓴다.

이제 지루하고 저속한 『안나 카레니나』를 다시 붙잡았습니다. 신께 바라건대, 가능하면 빠른 시일 내에 이 작품에서 손을 털었으면 하는 바람입니다. 어서 빨리 주변을 정리하고 싶습니다. 교육과 관련 된 일뿐만 아니라, 제가 흥미를 느낄 수 있는 다른 일들을 하기 위한 시간이 너무나 절실합니다.

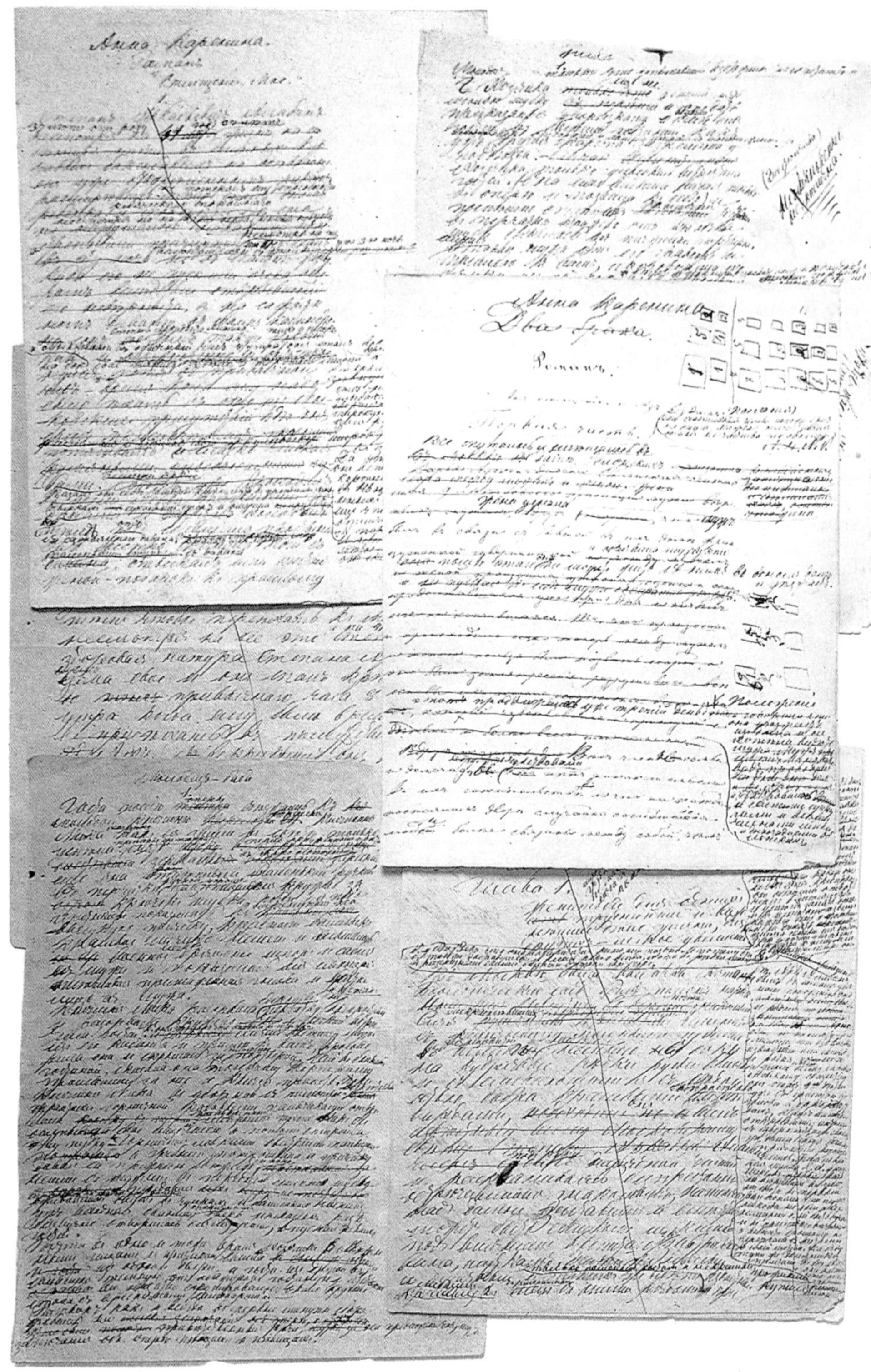

『안나 카레니나』 도입부의 초본.
레프 니콜라예비치 톨스토이의 자필본. 1873~1874년.

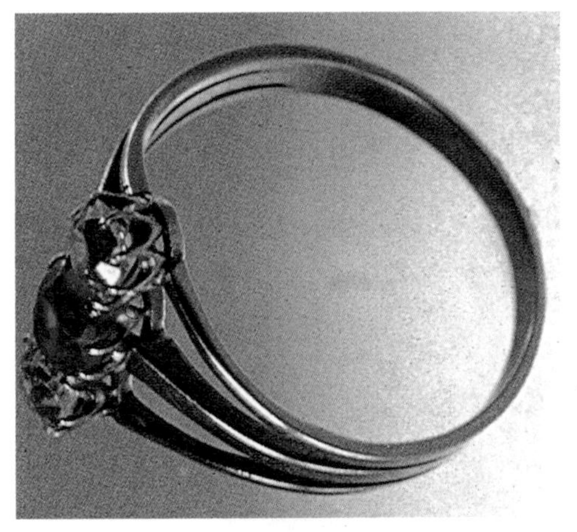

다이아몬드와 루비가 박힌 금반지.
톨스토이가 『안나 카레니나』의 정서를 해 준 아내에게 감사의 표시로 선물한 것이다. 톨스토이의 집에서는 이 반지를 '안나 카레니나' 반지라고 불렀다. 최초 공개.

소피야 안드레예브나 톨스타야와 자매인 타치야나 안드레예브나 쿠즈민스카야.
툴라. F. I. 호다세예비치가 찍은 사진. 1871년.

1876년 3월 8일에는 톨스타야에게 다음과 같이 써 보낸다.

저는 안나가 너무 지겹습니다. 마치 떫은 무를 계속해서 먹는 듯한 기분입니다. 안나라는 성격이 나쁜 가정교사와 교제를 하고 있는 듯한 기분이 듭니다. 그렇다고 해서 저에게 안나에 대해 나쁘게 말하지는 말아 주십시오. 만약에 나쁜 말이 하고 싶거든 조심스럽게 해 주시길 바랍니다. 어쨌든 안나는 제 수양딸과도 같은 존재입니다.

이 편지는《러시아 통보》1875년 1월호에 『안나 카레니나』 제1부가 처음으로 연재되어, 독자들로부터 큰 반향을 불러일으킨 직후에 쓴 것이다.

장편 『안나 카레니나』는 첫 번째 출판이 성공을 거둔 이후, 1876년 1월까지 출판되지 않았다. 톨스토이의 아내 소피야는 쿠즈민스카야에게 다음과 같이 전했다.

남편은 지금도 활발하게, 그리고 정신을 집중하여 매일매일 작품 전체에 무언가를 덧붙이는 작업을 하고 있습니다.

톨스토이는 1876~1877년간 집중적으로 『안나 카레니나』의 집필작업을 했다. 이 시기 동안 등장한 독자들은 『안나 카레니나』의 '연애' 담뿐 아니라, 레빈의 이미지에도 그만큼 관심을 가지고 있었다. 사하로프는 이와 같은 소식을 톨스토이에게 전하였으며, 이에 톨스토이는 감사의 뜻을 담아 다음과 같은 답장을 보냈다.

제가 당신이 전해 준 소식을 듣고 얼마나 기뻐했는지 당신은 아마 상상도 못하실 겁니다.

『안나 카레니나』는《러시아 통보》1877년 4월호에 실린 제7부를 끝으로 잡지 연재를 중단해야 했다. 톨스토이는 이 잡지사의 발행인 카트코프와의 의견 충돌로 인해 소설의 마지막 부분인 제8부를 게재할 수 없는 상황에 직면했다. 이에 톨스토이는 격분하여 스트라호프에게 편지를 쓴다.

카트코프 씨는 내 관점과 의견을 같이하지 않은 것 같습니다. 다른 식으로는 불가능합니다. 나는 카트코프 씨와 같은 사람을 너무나 싫어합니다. 제가 얼마나 예의바르게 부탁을 했는지 모르실 겁니다. 이제는 완전히 질렸습니다. 그래서 저는 카트코프 씨에게 제가 원하는 방식대로가 아니라면 그 잡지에 게재하지 않을 것이라고 이미 통보했습니다. 계속해서 그쪽이 고집을 부린다면, 저는 절대로 글을 넘겨주지 않을 겁니다.

결국 소설의 마지막 8부는 잡지를 통해 발표되지 않았으며, 1878년 '리사' 출판사를 통해 톨스토이가 새로 수정작업을 한 『안나 카레니나』 전체를 단행본으로 출판하게 되었다.

1870년대 당시 소설 『안나 카레니나』는 '제1면 헤드라인 기사'와 같

마리야 알렉산드로브나 가르툰. (1832~1919)
A. S. 푸슈킨의 딸. 화가 I. K. 마카로프의 작품. 1860년대 초. 톨스토이는 안나 카레니나의 외모 묘사에 있어 마리야 알렉산드로브나 가르툰의 외모를 묘사하였다.

마리야 알렉세예브나 디야코바.
수호틴 가문으로 시집 감.(1830~1889) 화가 K. I. 라슈의 작품. 1856년. 마리야 알렉세예브나 디야코바가 결혼하고 이혼한 이야기는 『안나 카레니나』의 한 주제로 사용되었다.

바실리 스테파노비치 페르필리예프(1826~1890)
1860년대 초에 찍은 사진. 1850년대 톨스토이가 형제들과 가깝게 지냈다. 『안나 카레니나』의 스피브 오블론스키의 인물모델이 되었다.

알렉산드라 안드레예브나 톨스타야.
페테르부르크. 스타르크가 찍은 사진. 1860년대 초.

스몰렌스크 현의 본랴르랴르스크 영지에서 그린 그림.
화가 M. O. 미케신의 작품. 1870년대. 최초 공개.

은 존재였다. 『안나 카레니나』는 각 부별로 발표될 때 마다, 톨스토이 사촌의 말을 빌자면,

사회 전체를 들썩거리게 했으며, 작품을 둘러싼 비난과 칭찬과 논쟁의 목소리가 끊이지 않았다. 사람들은 마치 본인에게 가장 시급한 문제를 다루듯 소설 『안나 카레니나』에 대해 얘기했다.

한편 스트라호프는 이에 대해 다음과 같이 쓴다.

이 작품의 다음 부 발표에 관한 소식은 신문을 통해 부지불식간에 퍼져 나갔으며, 이에 대한 기사를 쓰려는 경쟁이라도 붙은 듯한 분위기였다. 그것은 마치 비스마르크의 첫 원정이나 그가 말한 격언에 대한 소식을 앞다투어 전하기 위해 치열한 경쟁을 벌이는 모습과도 같았다.

한편 민주주의 진영에서는 특히 이 작품에 대해 강한 불쾌감을 나타냈다. 특히 표트르 트카체프(Petr Tkachev)는 이 소설을 '귀족의 연애 서사시' 라고까지 불렀다. 또한 작가 톨스토이까지도 '사회의 도덕 수준을 저하시키는 작가들의 반열' 에 오르기도 했다. 살티코프-쉐드린(M. E. Saltykov-Schedrin)은 안넨코프(Annenkov)에게 보내는 편지에서, '보수 정당' 이 『안나 카레니나』를 읽고는 이것으로 '정치 깃발' 을 만들려고 하면서 '위풍당당해' 있다고 써 보냈다. 소설과 관련한 수많은 칼럼과 팸플릿이 쏟아져 나왔으며, 다음과 같은 네크라소프의 풍자시가 널리 퍼져 사람들의 입에 오르내리기도 했다.

톨스토이여, 당신은 당신의 인내와 천재로,
아내이자 어머니인 여자들이
시종보(侍從補)나 시종무관과
'산책하기' 를 하지 말아야 한다고 증명해 보였다오.

소설 『안나 카레니나』는 소설의 주인공 안나만큼이나, 아니 오히려 그보다 더 많은 고충을 겪었다. 톨스토이는 사람들로부터 아예 외면을 당하거나, 비난을 받았다. 심지어 작가 투르게네프마저도 톨스토이가 '결국 자신이 가던 길을 벗어났다' 라고 생각했다. 또한 폴론스키는 다음과 같이 썼다.

나는 『안나 카레니나』가 맘에 들지 않는다. 비록 진실로 훌륭한 몇 페이지(벌초, 경마, 사냥 등과 같은 장면)는 있지만 말이다. 하지만 이 모든 것들이 썩 마음에 들지는 않는다. 무엇인가 모스크바적이고, 알 수 없는 향내음이 가득하며, 왠지 모르게 노처녀에게서 얻을 수 있는 느낌도 갖게 하고, 슬라브적이면서도 귀족적인 분위기가 그득하다.

그러나 톨스토이 자신은 『안나 카레니나』에 대해 자긍심을 가지고 있었다. 특히 소설의 구조에 대한 자부심은 대단했다. 그는 『안나 카레니나』를 감명 깊게는 읽었지만, 작품의 전체성을 보지 못했던 라친스키(Rachinskiy) 교수에게 다음과 같은 편지를 써 보냈다.

소설의 결말은 이 이야기의 시작과 끝이 연결되어 있는 부분이 어디인지 알아볼 수 없을 정도로 모호합니다. 저는 일부러 그렇게 보이도록 더 큰 노력을 기울였습니다. …… 소설을 다 읽으시고 그 내적 내용을 알아차리지 못하셨을까봐 걱정이 됩니다.

이 작품에서 자유롭고, 독특하며, 내부의 모순들을 한데 묶어 주는 삶 그 자체는, 붕괴해 가는 현실과 각자가 직면한 시기에 '선과 악' 이라는 영원한 문제를 해결하는 개개인의 인식을 연결시켜 주는 '시멘트' 가 되는 것이다.

작품 속에서 '일상의 화젯거리' 와 영원한 존재의 문제의 상관관계를 예술적으로 승화시킨 톨스토이의 의도를 꿰뚫고 있던 사람은 다름 아닌 또 다른 러시아의 대문호 도스토예프스키였다. 그는 『안나 카레니나』야말로 예술작품으로서 완벽하며, 현재 발표된 유럽의 여느 문학작품들과 비교도 할 수 없을 만큼 완벽함을 지니고 있다는 의견을 제시했다.

톨스토이는 자신의 실제 삶의 많은 부분을 『안나 카레니나』를 통해 우리에게 보여 주고 있다. 특히 작품 속에 등장하는 키치의 이미지에서(비록 예술적으로 일방화되어 표현되고 있기는 하지

만) 우리는 그의 아내 소피야 안드레예브나의 모습을 쉽게 찾아볼 수 있다. 소설 속에서 레빈이 카드놀이용 작은 탁자에 써 놓은 글씨들을 보고 그 의미를 골똘히 생각하는 모습을 한번 떠올려 보자. 이 장면을 본 소피야 안드레예브나는 이 장면에 대해 남편과 의견을 나누던 때를 회상한다. 소피야는 일기장에 다음과 같이 기록한다.

나의 눈은 남편의 크고 아름다운 손짓을 좇고 있었다. 그리고 나의 모든 정신력과 능력, 내 모든 오감이 백묵을 쥐고 있는 남편의 손에 강하게 집중되어 있었다는 사실을 느꼈다.

우리는 『안나 카레니나』를 읽는 내내 톨스토이 가족 내에 어떤 일이 일어났었는지를 머릿속에 그려 보곤 한다. 그것은 가족이 아니면 절대로 알 수 없는 톨스토이의 모습이다. 예를 들어, 작품에는 이런 내용이 있다.

그(레빈)는 그녀(키치)가 외유(外遊)를 거절하고 시골로 가기를 결심한 결단성에 깊은 감동을 받았다.

다음은 소피야 안드레예브나의 일기 내용이다.

남편과 미래에 대한 이야기를 나누었을 때, 그는 나에게 선택권을 주었다. 즉, 결혼 후에 어디에서 가정을 꾸릴 것인가 하는 것에 대한 선택이었다. 모스크바에 남아 친지들과 살 것인지, 외국에 나가 살 것인지, 아니면 야스나야 폴랴나가 있는 시골에서 살 것인지에 관한 것이었다. 그래서 나는 야스나야 폴랴나를 택했다. 가정생활에 보다 충실하고자 야스나야 폴랴나를 택했던 것이다.

이와 함께, 소설의 마지막 부분 키치가 폭풍우를 만나는 장면도 무언가를 연상케 한다. 작품 속에서 폭풍우를 만난 키치는 유모와 어린 아들과 함께 보리수 숲으로 몸을 숨긴다. 이때 몸을 숨긴 곳에서 멀지 않은 곳에 서 있던 참나무가 벼락에 맞게 된다. (아마도 야스나야 폴랴나에 있던 거대한 참나무를 보지 않은 사람은 아무도 없을 것이다. 야스나야 폴랴나를 찍은 수많은 사진을 통해 우리는 그 참나무의 모습을 많이 봐 왔다.) 톨스토이의 장남 세르게이 르보비치는 이에 대해 다음과 같이 기록하고 있다.

참나무를 번개로 내리치게 만든 폭풍우, 폭풍우 속에서 갓난 아이와 유모와 함께 보리수 숲에 숨어 있던 키치, 이들에 대한 레빈의 걱정과 공포심……. 이 모든 것들은 바로 야스나야 폴랴나에서 일어났던 사건에 다름 아니다. 단지 소설 속의 키치는 나의 어머니 소피야 안드레예브나였으며, 콘스탄틴 레빈은 나의 아버지 레프 니콜라예비치였던 것이다.

이게 바로 작품 속에서 폭풍우 장면을 묘사한 부분이다.

레빈은 머리를 앞으로 숙이고 머릿수건을 빼앗아 가려고 하는 바람과 싸우면서 어느새 콜로크 가까이 달려갔을 때, 커다란 떡갈나무 뒤에 뭔가 허연 것이 있는 것을 본 듯한 느낌이 들었다. 그러나 그 순간 갑자기 주위가 환해지고 흡사 대지가 활활 타올라 높고 드넓은 하늘이 소리를 내어 갈가리 찢어지는 것 같았다.

차르스코예 셀로에서 1852년 8월 24일 열린 장교들의 국가육마상 경마대회. V. 텀이 1852년 자신이 그린 그림을 토대로 만든 석판.

……

그는 아내가 아들을 안고 늘 잘 가던 곳까지 달려가 보았으나, 거기에는 아무도 없었다.

그들은 숲의 반대쪽 끄트머리에 있는 늙은 보리수 밑에서 그를 부르고 있었다.

……

"살아 있구나! 무사하구나! 아아, 하느님 감사합니다." 그는 물이 들어가 벗겨질 것만 같은 구두를 신은 채로 물웅덩이 속을 철벅거리면서 두 사람 곁으로 달려갔다.

물론 레빈이 톨스토이의 모습을 많이 닮아 있긴 하지만, 어쨌든 완전한 톨스토이 자신이라고는 말할 수 없으며, 단지 톨스토이의 일부분일 뿐이다. 아무래도 실제 인물과 소설 속의 인물에는, 아무리 닮았다 해도 한계를 가지고 있다. 페트는 다음과 같이 썼다.

레빈은 바로 레프 니콜라예비치이다. 단지 시인 톨스토이는 아니다.

아내 소피야도 페트의 말에 맞장구를 친다.

"여보, 당신은 정말이지, 레빈 그 자체요. 물론 천재적 재능이 레빈에게는 없긴 하지만 말이에요."

한편 톨스토이의 장남 세르게이는 다음과 같이 회상하고 있다.

콘스탄틴 레빈은 당신 스스로를 모델로 만들어진 인물이긴 하지만, 그저 '당신'의 일부분만을 따왔을 뿐이다. 따라서 레빈이 갖는 성격이나 기질은 결코 실제 나의 아버지가 가진 그것보다 훌륭하지는 않다.

소설 속에는 또 한 명의 레빈이 살며 고뇌하고 있다. 그것은 다름 아닌 불행한 진리 추구자인 니콜라이인 것이다. 이 인물의 성격은 작가의 친형제인 드미트리의 모습을 상기시킨다.

한편 쿠즈민스카야(T. A. Kuzminskaya)는 작품의 여주인공 안나의 외모가 작가 푸슈킨의 장녀 가르퉁을 떠올리게 한다고 생각했다. 톨스토이가 가르퉁을 보게 된 것은 툴라의 툴루비요프 장군의 집에서였다. 이에 대해 쿠즈민스카야는 다음과 같이 얘기한다.

그녀(가르퉁)의 가벼운 발걸음이 뚱뚱하긴 하지만 곧고 우아한 그녀의 몸매를 쉽게 옮겼다. 사람들은 나에게 그녀를 소개시켜 주었고, 그때까지만 해도 톨스토이는 식탁에 앉아 있었다. 나는 톨스토이의 눈이 그녀를 주의 깊게 좇고 있음을 보았다. "저 사람 누구죠?" 이내 톨스토이가 나에게 다가와 물었다. 나는 "가르퉁이라고, 작가 푸슈킨의 따님이라는군요"라고 대답을 했고, 이에 톨스토이는 "아아-"라고 길게 말을 늘이고 나서는 이렇게 말했다. "이제 이해가 가는군요. 저기 저 머리 모양을 보세요. 아랍식 곱슬머리가 그 혈통을 말해 주고 있잖아요?"

바로 이와 같은 세세한 묘사가 없었다면, 안나의 모습을 상상

야스나야 폴랴나에서 A. A. 표트와 보트킨 가문 출신의 아내 M. P. 표트.
M. A. 스타호비치가 찍은 사진, 1887년.

하기 어려웠을 것이다. 작품 속에서 안나의 머리 모양은 '제멋대로 난 고수머리의 조그마한 고리들'로 묘사되어 있다. 가까운 지인들의 증언에 의하면, 주인공의 이름 '안나' 또한 그 원형이 있다. 톨스토이의 아내 소피야는 "왜 '안나'인가? 무엇이 안나를 자살에 이르게 했는가?"라는 짤막한 글에서 이웃 비비코프(A. I. Bibikov) 집안에 살았던 안나 스테파노브나 피로고바야에 대해 언급한다. 애인이 변심하자 절망에 빠진 그녀는 야스나야 폴랴나에서 그리 멀지 않은 야센키 기차역에 몸을 던져 자살을 한 여인이다. 톨스토이는 직접 야센키 역을 찾아가 안나 스테파노브나의 시신을 보고는 '끔찍한 인상을 받고, 깊은 생각에 사로잡혔다.'

한편 주인공의 성(姓) 카레닌의 유래도 흥미롭다. 이에 대해 톨스토이는 장남 세르게이에게 다음과 같이 설명했다.

호메르 작품에서 카레논(Karenon)이라는 말이 나오는데, 이는 '우두머리'를 뜻하는 말이다. 나는 그래서 이 말을 따와 카레닌이라는 성을 만들었다.

이에 대해 세르게이는 다음과 같이 분석한다.

카레닌이라는 사람은 머리가 앞서는 사람이다. 즉, 마음, 다시 말해 감정보다는 이성이 지배하는 부분이 많다는 얘기다. 바로 그렇기 때문에 안나의 남편 성을 '카레닌'으로 붙이게 된 것이 아닐까?

때마침 당시 사람들은 주위에서 카레닌의 원형을 찾아냈다. 다름 아닌 미하일 세르게예비치 수호틴이라는 '이성적이며 사려 깊은' 사람이라고 알려진 이로서, 그는 모스크바 궁의 자문위원으로 있던 사람이다. 당시 톨스토이는 미하일 세르게예비치 수호틴의 가정생활과 아내 마리야 알렉세예브나 수호티나와의 이혼을 둘러싼 일련의 사건에 대해 잘 알고 있었으며, 이것이 바로 소설의 소재가 되었다. 마리야 알렉세예브나 수호티나는 톨스토이의 친구 지야코프의 누이로 톨스토이가 어린 시절부터 알고 지낸 사람이었다.

운명의 장난으로 마리야 알렉세예브나는 톨스토이의 장녀 타치야나 르보비치의 시어머니가 된다. 즉, 마리야가 첫 번째 남편과의 사이에서 낳은 아들과 타치야나가 결혼을 하게 된 것이다. 현재 타치야나 부부의 딸인 타치야나 미하일로브나 수호티나-알베르티니는 로마에 살고 있다. 그녀는 진귀한 자료들을 톨스토이 박물관에 기증했으며, 특히 이중에는 장편소설 『안나 카레니나』와 관련된 자료들도 있다. 현재 톨스토이 박물관에는 톨스토이가 『안나 카레니나』를 깨끗하게 옮겨 적어 준 것에 대한 보답으로 아내 소피야에게 선물해 주었던 두 개의 큰 루비가 박힌 보석반지가 소장되어 있다. 반지에는 소피야를 집에서 부르는 이름인 '안나 카레니나'가 새겨져 있다.

톨스토이의 작품 중에서 『안나 카레니나』와 같이 실제 인물을 모델로 한 인물이 많이 등장하는 작품을 찾아보기 어렵다. 브론스키 백작이라는 인물 역시 모델이 되는 전형을 가지고 있다. 브론스키의 모델이 된 사람 중에는 유명한 시인이자 톨스토이의 친척인 알렉세이 톨스토이를 꼽을 수 있다. 그리고 브론스키의 외모 또한 시인 알렉세이 톨스토이와 황실 가족과 가까이 지냈던 시종무관이었던 또 다른 알렉세이를 섞어 놓은 듯하다. 톨스토이는 소설의 초고에서 브론스키를 시인으로 설정했다.

이제 그를 보게 될 것이다. 우선, 그는 훌륭하다. 두 번째로, 그는 신사다. 이 말이 뜻하는 것 중 가장 높은 의미에서의 신사인 것이다.

미하일 니키포로비치 카트코프(1818~1887)
사회평론가. 《러시아소식지》와 《모스크바 소식지》의 출판인. 1850년대 말~1860년대 초의 사진.

니콜라이 나콜라예비치 스트라호프(1828~1896)
철학자, 문학비평가. 1871년부터 레프 니콜라예비치 톨스토이와 절친한 친구가 되었다. 1880년대 사진.

알렉세이 콘스탄티노비치 톨스토이.
시인, 산문작가, 극작가. 레프 니콜라예비치 톨스토이의 6촌 형제(1817~1875) 1870년대의 사진을 토대로 만든 판화.

표도르 미하일로비치 도스토예프스키(1821~1881)
페테르부르크. K. A. 샤피로가 찍은 사진. 1879년.

그리고 그는 영리하기까지 하며, 명성 높고, 호한(好漢)인 시인이기도 하다.

여기서 우리가 알아 두어야 할 것은, 톨스토이는 알렉세이 톨스토이의 시를 높이 평가하긴 했지만, 그의 작품들을 전문가적이 아닌 애호가적인 것들이라고 생각했으며, 마치 화가 미하일로프가 브론스키 백작이 그린 그림을 대하는 것과 같은 태도를 취했다는 것이다. 게다가 알렉세이 톨스토이 역시 희대의 연애극으로 주위 사람들을 떠들썩하게 만들었던 장본인이기도 했다. 알렉세이 톨스토이와 밀레르-바흐메치예바는 서로 사랑에 빠졌으나, 오랫동안 주변 상황들로 인해 결혼을 못하고 있다가, 모든 시련을 함께 극복해 내고 거의 10년이 흐른 뒤에서야 공식적으로 부부임을 인정받은 커플이다. 이와 같이 톨스토이는 주변에서 일어나는 삶의 다양하고 풍부한 모습을 예술적으로 일반화시켜 자신의 작품에 사용했다.

한편 독자들은 이 화려한 문학적 이미지로부터 얻은 거대한 미학적 관점을 가지고 스티바 오블론스키와 대면하게 된다. 이 인물에 대해 톨스토이는 아이러니한 태도를 취하고 있기는 하지만, 그 어느 곳에서도 빈정거리는 어조로 묘사되어 있지는 않다. 오블론스키의 전형으로서, 사람들은 보통 1870년대 말 모스크바 현지사를 지낸 바실리 스테파노비치 페르필리예프를 떠올린다. 이와 관련해 쿠즈민스카야는 다음과 같이 말한다.

모스크바에는 스테판 아르카지예비치 오블론스키가 페르필리예프를 전형으로 하고 있다는 소문이 퍼지고 있다.

이 소문은 바실리 스테파노프의 귀에까지 들어가게 된다. 톨스토이는 이 소문에 대해 반박하지 않았다. 바실리 스테파노비치는 소설 첫 부분에서 오블론스키가 커피를 마시는 장면을 읽어 보고 나서는 톨스토이에게 다음과 같이 말했다.

이보게, 나는 커피를 마시면서 버터를 바른 흰 빵을 다 먹어 치운 적이 단 한 번도 없다네. 자네는 정말로 나에 대한 중상으로 나를 괴롭힐 셈이구먼?

이 말에 톨스토이는 크게 웃어넘겼다. 실제 시대와 실제 인물들은 이처럼 톨스토이의 창작력에 의해 촉발된 의지로 인해 변형된 형태로 소설 속에서 채화되고 있다. 톨스토이는 이에 대해 다음과 같이 쓰고 있다.

풀을 베는 레프 니콜라예비치 톨스토이.
야스나야 폴랴나. 화가 L. O. 파스테르나크의 그림. 1893년.

하나의 인물을 창조해 내기 위해서는 같은 유의 사람을 여러 명 관찰할 필요가 있다.

인물 이외에도 『안나 카레니나』에는 그때 당시와 그 시절의 특징들이 생생하게 담겨 있다. 그중의 하나가 바로 철도이다. 이 '길' 과 '길의 선택' 이라는 테마는 다분히 러시아적인 것이다. 『안나 카레니나』에서도 철도와 길의 선택이라는 테마를 사용하고 있다. 하지만 여느 작품들에서와는 달리, 이는 작품을 어느 정도 제한적으로 만들고 있음과 동시에 결말을 미리 예견케 해 주는 복선의 역할을 한다. 톨스토이는 작품 속에서 길잡이의 의지에 의해 방향을 마음대로 전환할 수 있는 '삼두마차' 가 아닌 '기차' 를 등장시킴으로써, 모든 것을 엄격하게 규정짓고 있다. 집안에서 빛나는 불빛이 '불변의 삶' 을 상기시켜 주며, 사람의 마음을 끌고, 사람의 발길을 끄는 것이라면, 『안나 카레니나』의 철도 위에서 빛나는 불빛은 '도피' 와 '방황' 을 대변해 주고 있다.

『전쟁과 평화』에서의 '집' 이 만남과 이별의 장소라고 한다면, 『안나 카레니나』에서의 '철도' 는 잠깐 동안의 은신처로서, 안나와 브론스키의 운명이 맞닿아 있는 곳이다. 바로 이 철도를 통해 브론스키는 전쟁터로 떠나게 되며, 안나의 아들 세료자가 노는

야스나야 폴랴나 마을 근처의 밀 수확.
P. E. 쿨라코프가 찍은 사진. 1908년.

야스나야 폴랴나 탈곡장의 농민들.
S. A. 톨스타야의 사진. 1899년.

레프 니콜라예비치 톨스토이.
모스크바. M. M. 파노프가 찍은 사진. 1878~1879년.

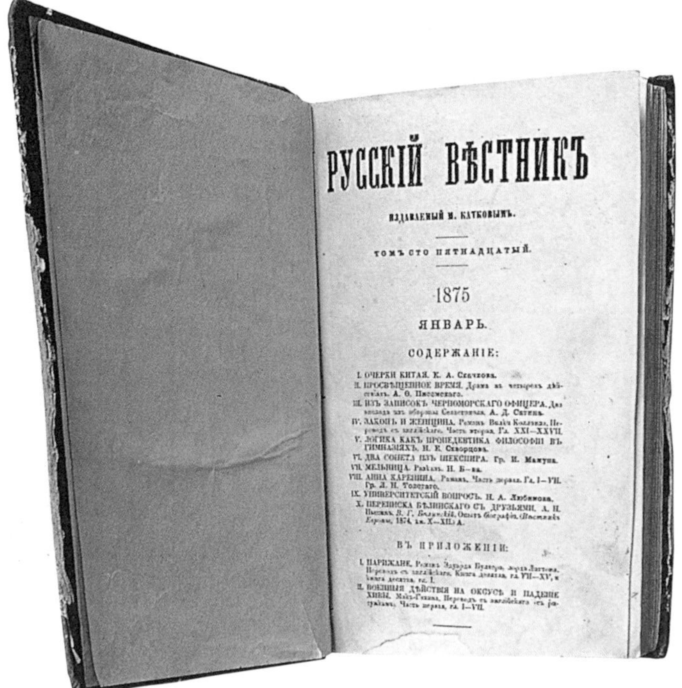

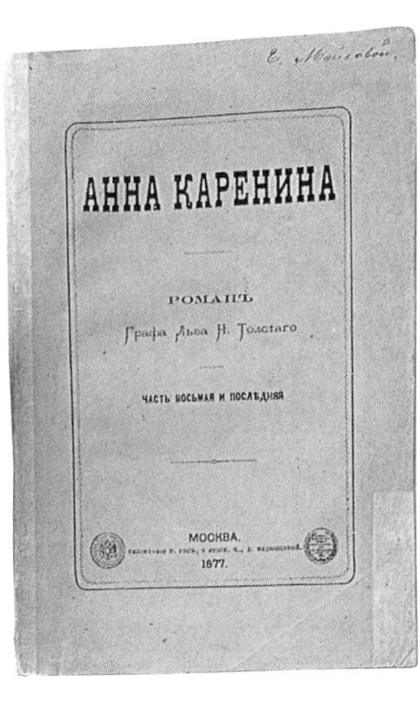

『안나 카레니나』의 첫 부분이 실린 잡지 《러시아소식지》 1875년 1호와 T. 리사 인쇄소에서 마지막 부분을 따로 출판한 책.

곳도 이 철도에서이다. 또한 철도는 앞으로 다가올 안나의 사고를 예언해 주는 불행이 발생하는 곳이며, 안나가 죽음을 맞이했던 곳이기도 하다. 급기야는 콘스탄틴 레빈의 '집' 사람을 빼앗아 간 것도 바로 철도이다. 『안나 카레니나』에 나타난 세계는 파괴되고 있으며, 삶은 그저 통행로와도 같은 것이다. 레빈을 포함한 몇몇 인물들만이 우리를 보호해 주고 구원해 주는 우주의 일부분인 가정을 지켜 냈을 뿐이다.

『안나 카레니나』는 그 선명하고, 회화적이며, 당시의 현실로 가득 차 있는 성격으로 인해 작품을 토대로 삽화를 풍부하게 그려 낼 수 있는 가능성을 제시해 주고 있다. 그럼에도 불구하고 수많은 화가들이 그린 삽화들은 '소설'을 다른 장르 예술의 언어로 옮기는 일이 얼마나 어려운 작업인지 잘 보여 주고 있다. 하지만 화

가 피스카레프(N. I. Piskarev)는 이 어려운 작업을 훌륭히 수행해 냈다. 그의 작품은 세밀한 정밀 묘사와 깊이 있는 내적 관계를 잘 나타내 주고 있는 복잡한 드라마적 구성(언뜻 보면 각기 다른 에피소드인 것처럼 보이기도 한다)으로 인해 다른 화가들이 그린 그림과 차별성을 지닌다. 특히 '기둥 옆의 레빈' 시리즈는 피스카레프의 진가를 보여 주는 작품이다. 이 작품에선 우리는 레빈의 이미지를 통한 톨스토이의 성격을 엿볼 수 있다. 레빈 앞에 펼쳐져 있는 것은 별이 가득한 천궁, 즉 무한한 우주인 것이다. 이와 같은 '순간에서 영원으로' 라는 레빈의 시각이자 톨스토이 자신의 관점을 통해, 현대를 살아가며 톨스토이를 접하는 수많은 사람들은 인간의 삶과 우주의 삶을 결합해 주는 이치를 깨닫게 될 것이며, 개인의 정신적 발전이 무한하다는 사실을 인식할 수 있게 될 것이다.

보로딘의 들판!

바로 이곳에서 조국의 운명을 결정짓는 전투가 일어났다. 우리 역사 속의 성지다. 이곳에는 많은 형제들의 묘와 대리석 오벨리스크, 기념비 그리고 초소가 있다. 이곳의 하얀 성탄 교회와 기념비, 오벨리스크, 부대와 사단들이 그날의 전투를 증명해 주고 있다. 높은 언덕 위에는 M. I. 쿠투조프 장군을 기리는 기념비가 높이 솟아 있다. (229페이지)

1867년 9월『전쟁과 평화』를 완성한 레프 니콜라예비치 톨스토이는 보로딘을 방문하였다. 그는 예전에는 보로딘 수녀원이었던 호텔에 머물렀다. (230~231페이지) 레프 니콜라예비치 톨스토이는 보로딘 전투에 대해 많은 글을 쓴 상태였다. 여러 가지 방법으로 세부적인 사항을 추려내어 글을 쓴 그였지만, 그는 다시 한 번 자신의 눈으로 전투의 현장을 살펴보고 증인들의 이야기를 직접 듣고 싶어했다. 보로딘 들판에서 레프 니콜라예비치 톨스토이는 자신의 수첩에 자신이 본 것을 기록하고, 전투장면을 써 넣었다.

바로 이 모든 것이 1812년 영웅적인 해의 기념으로서 레프 니콜라예비치 톨스토이의 소설 속에 남았다.

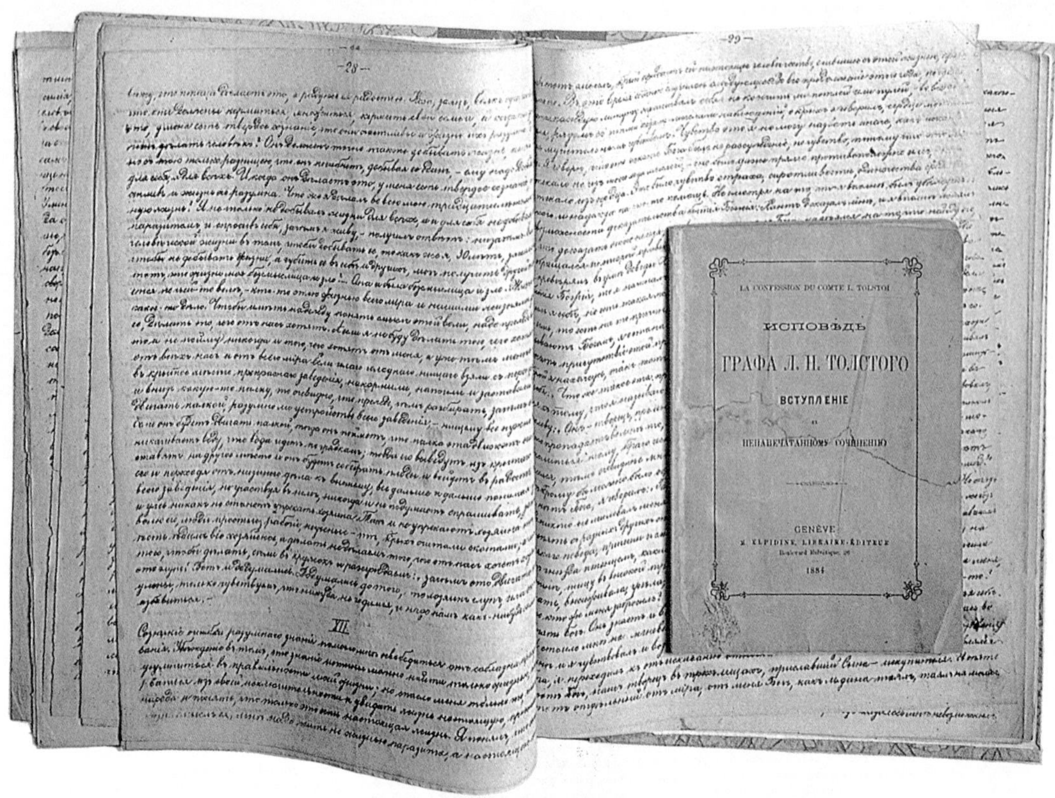

레프 니콜라예비치 톨스토이의 〈참회록〉 1883년과 1884년 출판.

1880~1890

정신적 변화

사회적으로 장편소설 『안나 카레니나』에 대한 격렬한 논쟁이 일고 있는 가운데, 정치적으로는 충격적 사건이 발생하였다. 그것은 바로 베라 자술리치 저격 사건이었다. 이 사건으로 '새로운 사람들'의 존재에 관한 화두가 다시 한 번 뜨거운 감자로 대두되었다. 저격 사건은 그 당시의 시대상을 고려해 볼 때, 우연히 발생한 것이 아니었다. 그리고 톨스토이는 이 사건을 계기로 이후로도 많은 일들이 일어날 것이라는 사실을 감지하고 있었다.

그는 스트라호프에게 다음과 같은 내용의 편지를 썼다.

자술리치 사건은 저 사람들이 그저 재미 삼아 벌인 일이 아닙니다. 저 사람들은 이 사건에 대해 나름의 이유를 가져다 붙이겠지만, 제가 생각할 때 이것은 부조리이며, 부질없는 짓입니다. 이들은 우리가 아직 알지 못하고 있는 수많은 단체들 중 첫 번째로 자신의 정체를 밝힌 사람들일 것입니다. 그렇기 때문에 저는 이 사건이 매우 중요한 의미를 지닌다고 생각하고 있습니다.…… 마치 앞으로 다가올 혁명을 예감하고 있는 듯 느껴집니다.

이제 1880년대가 도래했다. 1880년대는 사회적으로는 상승기에 놓여 있었지만, 민중의 경제적 상황이 악화되었던 시기이다. 러시아 학문 분야에서는 새로운 발견이 끊이지 않았으며, 문학과 예술분야에서도 역시 새로운 창조적 시도가 이루어졌던 시기이다. 반면, 과학과 문화의 발전에 대해서는 회의적인 태도가 대두되기도 하였다. 이와 동시에, 시위의 성격을 띤 무신론, 불신, 무관심의 시기이기도 하였으며, 그 반대편에서는 극도로 열광적인 종교적 탐구를 꾀하려던 사람들도 공존하던 시대였다.

격동의 1880년대는 지난 1870년대 이상의 모순점을 안고 그 첫 걸음을 내디뎠다. 베라 자술리치는 현재를 향해 총부리를 겨누었을 뿐만 아니라, 동시에 미래를 향해 조준하고 있었던 것이다.

레프 니콜라예비치 톨스토이.
모스크바. '세레르, 나브골츠 그리고 K' 사의 사진. 1885년

S. A. 톨스타야.
모스크바. '셰레르, 나브골츠 그리고 K' 사의 사진. 1885년.

알렉산드르 3세(1845~1894)
1881년 러시아 황제로 등극. 아내인 마리야 표도로브나와 아이들. 1880년 사진.

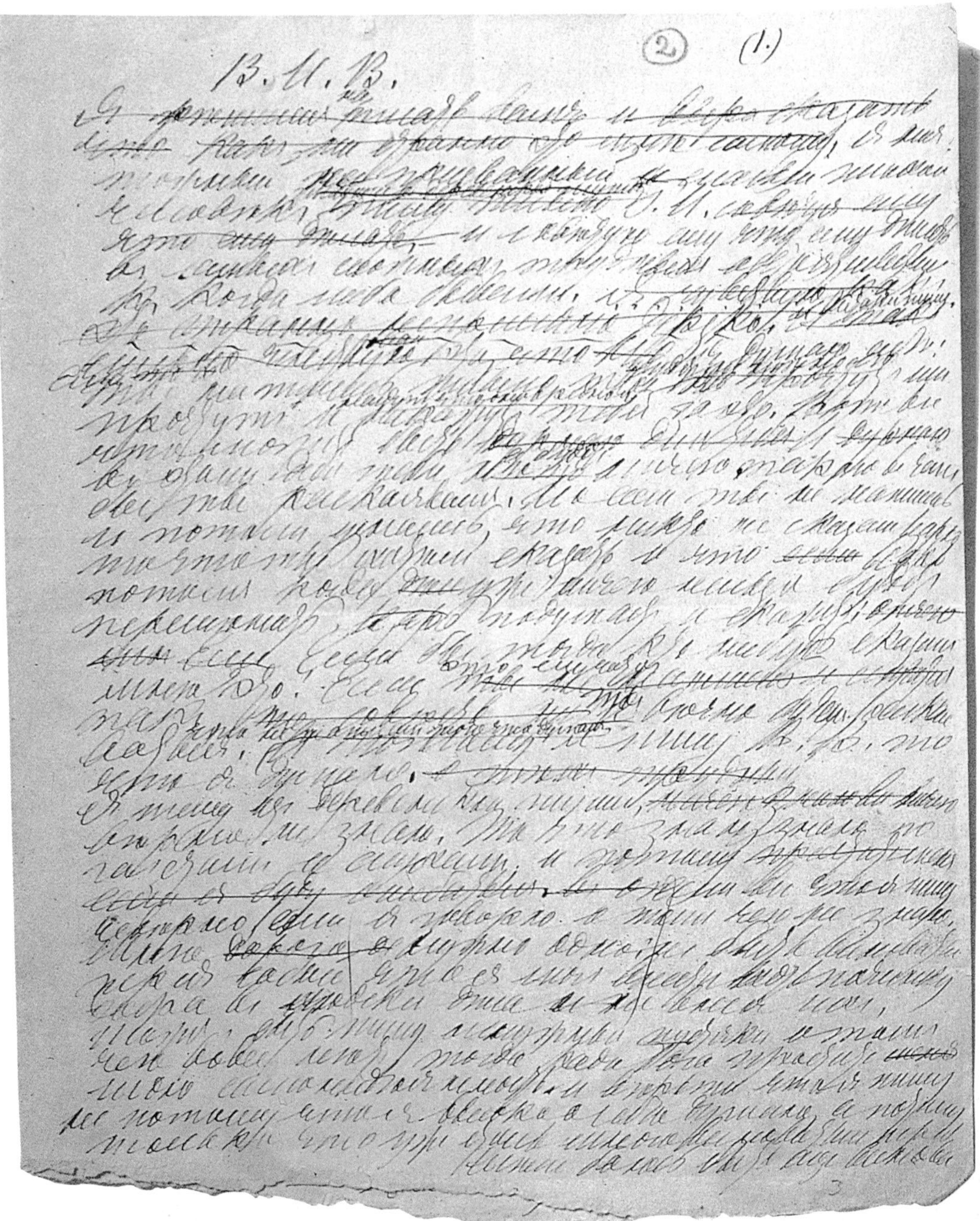

알렉산드르 2세 암살자 및 알렉산드르 3세 암살을 기도한 자들에 대해 레프 니콜라예비치 톨스토이가 알렉산드르 3세에게 보낸 편지.
1881년 3월 8~15일. 자필.

데카브리스트들.
이들의 살아 있는 증언과 회상, 개인적인 문서들은 1878년 레프 니콜라예비치 톨스토이가 〈데카브리스트〉를 집필할 때 이용되었다.

표트르 니콜라예비치 스비스투노프(1803~1889)
1850년대 말의 사진.

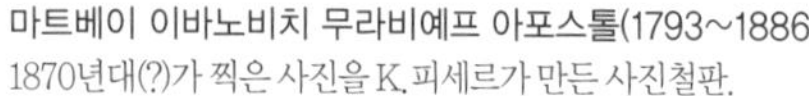

마트베이 이바노비치 무라비예프 아포스톨(1793~1886)
1870년대(?)가 찍은 사진을 K. 피셰르가 만든 사진철판.

미하일 이바노비치 푸신(1800~1869)
1860년대 사진.

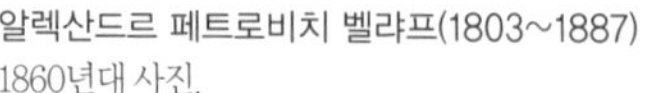

알렉산드르 페트로비치 벨랴프(1803~1887)
1860년대 사진.

소피야 니키티치나 비비코바(1829~1892)
데카브리스트 니키타 미하일로비치 무라비예프와 체르느이셰프 가문 출신의 알렉산드라 그리고리예브나 사이에서 태어난 딸. 1850년대 말 사진.

1881년 알렉산드르 2세가 암살을 당하자, 곧이어 범인의 사형이 집행되었으며, 이 사형에 대한 보복테러가 발생하였다. 이처럼 폭력은 계속해서 또 다른 폭력을 낳았으며, 그 끝이 보이지 않을 만큼 반복되었다. 이와 같은 비도덕적이고 부조리한 사회 분위기를 근절하려는 시도는 톨스토이 혼자만의 힘으로 이루어지지는 않았지만, 그 활동의 중심에는 언제나 톨스토이가 있었다. 톨스토이는 한쪽에만 편향되어 있을 수 없었다. 알렉산드르 3세에게 알렉산드르 2세 암살범에 대한 처형을 사면해 달라는 요청을 했으나, 그 요청에 대한 답을 얻지는 못했다. 톨스토이의 요청에 대한 알렉산드르 3세의 생각은 제3자를 통해 전달되었다. 그 대답은 톨스토이의 요청을 받아들일 수 없으며, 이해할 수도 없다는 것이었다. 유감스럽게도, 주변에 있던 사람들마저 톨스토이를 이해해 주지 못하였다. 모든 사람들이 익숙해하는 것들이 톨스토이에게는 도저히 참을 수 없는 것이 되었다. 그러한 삶의 모순이 작가로서, 그리고 인간으로서의 그의 가슴을 관통하고 있었다. 1881년 6월 28일 톨스토이는 그가 느낀 각기 다른 세 가지의 인상을 다음과 같이 적었다.

콘스탄틴에게 갔다. 그는 일주일째 옆구리 통증과 기침으로 고생하고 있었다. 이제 황달에 걸렸다. 쿠르노센코프도 황달이 있었다. 콘드라티도 황달로 세상을 떠났다.…… (심심풀이로) 죽어 가고 있는 듯하다. 한 여인네는 유방암에 걸렸다. 그런데 그녀의 세 딸은 딸기를 따러 갔다. 그들은 방에 온기를 유지하고, 어머니가 딸꾹질을 하지 않도록 하기 위해 난로를 지피고 나갔다.

그리고 그 옆에는 다음과 같이 기록했다.

우리는 샴페인까지 곁들인 푸짐한 식사를 했다. 타냐는 긴장하고 있었다. 5루블이나 하는 허리띠가 그 자리에 있는 모든 아이들 허리춤에 묶여 있었다. 식사를 마친 후, 마차를 타고는 피크닉으로 향했다. 때마침 이 마차는 고된 일을 마치고 지쳐 있는 사람들을 태운 농부의 마차들 사이로 지나게 되었다.

톨스토이는 이 글을 가까운 사람들에게 보여 주었으나, 톨스토이가 느낀 당혹스러움에 대해 그 의견을 제시하는 사람은 아무도 없었다. 대비를 통해 세계를 인식하는 것은 고통받은 영혼을 위로해 주지 않았다. 여기에는 창작 활동도 도움이 되지 않았다. 톨스토이는『안나 카레니나』를 완성한 후, 전에 작업하다 손을 놓았던 표트르 1세의 이야기를 소재로 글을 다시 쓰려고 시도했다. 여기서 중요한 위치를 차지해야 할 것들은 러시아의 농민들과 이들의 운명이었다. 하지만 이미 톨스토이의 머릿속은 데카브리스트들에 대한 생각으로 가득했다. 그래서 톨스토이는 '12월 14일' 로 눈을 돌려, 니콜라이 페트로비치도, 음모를 꾀한 자들도 그 누구도 비난하지 않고, 이들 모두를 이해하려 하면서, 그저 이들을 묘사하려는' 바람을 가지게 된다. 이에 톨스토이는 다시 역사 사료와 당시의 문헌을 연구하는 데 몰두하였고, 스비스투노프(P. N. Svistunov), 무리비요프-아포스톨(M. I. Muravev-Apostol), 벨랴예프(A. P. Belyaev), 자발리신(D. I. Zavalishin) 등의 데카브리스트들과도 만나게 되었다. 특히 스타소프(V. V. Stasov)를 통해서는 희귀한 문헌들을 많이 구할 수 있었다. 그중에는 데카브리스트 처형식에 관해 황제 니콜라이 1세가 친필로 쓴 칙서도 있었다.

야스나야 폴랴나의 레프 니콜라예비치 톨스토이 집(테라스에서 바라본 모습)
S. A. 톨스타야의 사진. 1896년.

톨스토이가 새로 구상하고 있는 장편소설에서 중심 주제가 되는 것은 다름 아닌 '농민'과 관련한 것들이다.

톨스토이는 유형지로 보내진 데카브리스트 체르니셰프(Chernishev)를 이전에 자신의 가문에서 부리던 농노들이 있는 부락으로 보내야 한다고 생각하고 있습니다. 이렇게 이전에는 '주인'으로 불리던 사람이 우여곡절 끝에 자신이 부리던 농민들과 그 운명을 나누게 될 때, 비로소 톨스토이가 말하는 '귀족의 평민화'가 시작된다고 보는 것 같습니다.

바츄쉬코프(F. D. Batyushkov)는 코롤렌코(V. G. Korolenko)에게 쓴 편지를 통해 이와 같이 톨스토이 사상의 성격을 규명하고 있다. 하지만 지주였던 이가 자신이 부리던 농민들과 함께 농사일에 참여한다는 이 테마는 작품으로 옮겨지지 않았다. 1879년 톨스토이는 페트(A. A. Fet)에게 다음과 같은 편지를 쓴다.

데카브리스트들이 지금 어디에 있는지는 아무도 모릅니다. 저 또한 그들에 대해 생각하고 있지 않습니다. 만약 제가 데카브리스트들에 대해 생각을 해서, 그들에 대한 글을 쓰게 된다면, 하나의 희망을 걸게 될 것입니다. 인류의 행복을 위한다는 명목으로 사람들에게 총을 겨누는 자들에게 있어 나의 조그마한 글 한 구절이 견딜 수 없을 만큼의 존재가 되었으면 하는 바람입니다.

인류의 행복을 위해 총을 겨누는 사람들은 다시 오늘의 현실이 되었으며, 과거의 예술적 재현은 미래의 톨스토이에게 빛을 제시해 주지 않았다. 이제 다시 한 번 자기 자신으로부터 시작해야 할 필요성을 톨스토이는 느끼게 된다.

스스로에게 진실을 말한다는 것은 가장 어려운 일이다. 따라서 톨스토이는 자신의 삶이 지닌 의미를 몇 번이고 되뇌어 보아야만 했다. 인간이 자신이 꿈꿔 왔던 돈, 명예, 독립, 사랑 등 모든 것을 얻고, 장인의 비밀을 터득했을 때, 바로 이 순간 톨스토이는 모든 것을 상실한 듯한 기분에 사로잡혔다. 톨스토이는 전작 『전쟁과 평화』와 『안나 카레니나』를 통해 보여 주었던 자기 자신과 스스로의 사명감에 대한 신념이 갑작스런 위기에 처했음을 뼈저리게 느끼게 되었다. 이제 철학적이고 종교적인 문제들로 고민을 해야 할 때가 된 것이다.

이에 톨스토이에게 있어서 가장 중요한 일이 된 것은 교회나 수도원을 방문하여 그곳에 있는 수도승이나, 은자, 교인들과 오랫동안 얘기를 나누는 것이었다. 그 결과는 톨스토이 자신도 예상하지 못한 방향으로 흘러갔다. 공식 교회와 그 교회의 교리가 톨스토이에게 극렬한 반항심, 즉 이성의 반란을 불러일으켰던 것

레프 니콜라예비치 톨스토이 부부와 자녀들.
왼쪽부터 세르게이, 레프, 딸인 사샤와 레프 니콜라예비치, 소피야 안드레예브나, 일리야, 미샤가 앉아 있고, 마리야, 안드레이, 타치야나가 서 있다. 야스나야 폴랴나. S. A. 톨스타야의 사진. 1887년.

가족과 손님들 사이의 레프 니콜라예비치 톨스토이.
왼쪽부터 사샤, 톨스타야, S. A. 톨스타야, A. M. 쿠즈민스키, N. N. 게, 안드류샤 톨스토이, 레프 니콜라예비치 톨스토이, 미샤 쿠즈민스키, T. A. 쿠즈민스카야, 신원 미상, M. B. 이슬라빈, 베라 쿠즈민스카야, 가정교사 초멜이 앉아 있고, A. M. 마모노프, 미샤 톨스토이, 마리야 톨스타야, M. V. 드미트리예프 마모노프, 함베르트 부인(가정교사)이 서 있다.
첫 줄에는 바샤 쿠즈민스키, 레프 니콜라예비치 톨스토이, 타치야나 톨스타야가 앉아 있다. 야스나야 폴랴나. S. S. 아바멜레크 라자레프가 찍은 사진. 1888년.

타치야나 톨스타야와 남동생들인 안드류샤(왼쪽).
미샤. 모스크바. '털레와 아피츠' 사에서 찍은 사진. 1884년.

야스나야 폴랴나 집의 홀에 있는 A. A. 표트.
S. A. 톨스타야, 타치야나 톨스타야. M. A. 스타호비치가 찍은 사진. 1887년.

이다. 국가에 소속된 교회는, 국가 자체만큼이나 톨스토이에게 거부감을 주었다. 1879년 10월 톨스토이는 다음과 같은 메모를 남겼다.

교회는 3세기 이전까지 거짓과 잔혹함, 그리고 기만으로 가득했다.

같은 해 11월부터 12월까지 톨스토이는 〈교회와 국가〉, 〈그리스도교인이 해야 할 것과 해서는 안 될 것들〉 등의 논문을 쓴다. 이 논문들에서 주로 다루는 내용은 공식 교회 기관과 그리스도교의 가르침 간의 모순이었다. 이제 톨스토이는 교회의 힘을 빌지 않고 나름의 방법으로 진리를 추구하기 시작한다. 1878년 미래에 대한 계획을 세우며, 톨스토이는 다음과 같이 썼다 : "개인적이고, 영혼을 구원할 정신적인 계획들." 처음에는 그저 막연한 느낌이 생겨났으나, 이윽고 이상은 곧 복음서와 민간 신앙이라는 신념이 느낌을 장악하게 되었다. 톨스토이는 자신이 쓴 많은 글을 통해 복음서에 대한 나름의 이해를 전달해 주고 있다. 톨스토이에게 있어 종교란, 단순히 말이나 이론뿐인 것이 아니었다. 종교란 모든 사람들에게 반드시 필요한 정신적인 길이었다. 그는 다음과 같이 쓴다.

삶에 있어서 인간의 최대 과제는 자신의 영혼을 구원하는 것이다. 자신의 영혼을 구원하기 위해서는 신의 뜻대로 살아야 하며, 신의 뜻대로 살기 위해서는 삶의 모든 쾌락을 거부하고, 열심히 일을 하고, 세상과 화해를 하며, 참고, 관용을 베푸는 사람이 되어야 한다.

톨스토이는 이 이상이 이해하기 매우 쉬운 것이며, 이를 실현하려고 노력하는 것이 인류에게 큰 이익이 된다고 수차례 강조했다. 하지만 이후에 이에 대한 왜곡된 해석이 나오게 되자, 톨스토이는 괴로워했다. 이에 대해 톨스토이는 마음의 큰 상처를 안고 일기장에 다음과 같이 기록한다.

일반적인, 그리고 가끔은 깊은 사고를 하는 사람들이 있는가 하면, 가끔은 나의 신념에 대해 생각 없이 오해를 하는 사람들도 있어 나를 화나게 만든다.

나는 하느님이 6일 동안 아들을 이 땅에 보내시어 세상을 창조하게끔 하셨으며, 이 하느님의 아들이 하느님이 아니라고 말했다. 또한 하느님은 세상에 단 한 분뿐이며, 우리가 규명하기 힘든 모든 것들의 행복과 시작이 바로 하느님이다라고 말했다. 그러나 나를 오해하는 사람들은 내가 하느님의 존재를 부정하고 있다고 말하

가족과 손님들 사이의 레프 니콜라예비치 톨스토이.
왼쪽부터 M. A. 스타호비치, 레프 니콜라예비치 톨스토이, 타치야나 톨스타야, 마리야 쿠즈민스카야, 마리야 톨스타야, S. A. 톨스타야. 나무 칸막이 위에 미샤 톨스토이와 안드류사 톨스토이가 앉아 있다. 야스나야 폴랴나. M. A. 스타호비치가 찍은 사진. 1887년.

고 있다.

나는 폭력을 폭력으로 제압해서는 안 된다고 말했다. 그러나 나를 잘못 이해하는 이들은 내가 악에 맞서 싸울 필요가 없다라고 말했다고 하고 있다.

나는 순결함을 지향해야 한다고 말했다. 그러나 나를 반대하는 사람들은 내가 결혼 자체를 부정하고 있으며, 인류에게 아이를 더 이상 낳지 말라고 선동하고 있다고 말하고 있다.

나는 예술은 전염성을 가지고 있으며, 그 전염성이 강할수록, 보다 훌륭한 예술이라고 말했다. 하지만 이 예술 활동은 그것이 얼마나 예술의 요구에 부흥하느냐, 즉 그것이 가지고 있는 전염성이 얼마만큼 종교적 인식, 즉, 도덕성과 양심에 부합하느냐에 따라 훌륭한 것인지, 쓸모없는 것인지를 가려낼 수 있다고 말했다. 하지만 나를 오해하는 이들은 내가 일시적이며 유행을 타는 경향적 성격이 강한 예술을 선전하고 있다고 말하고 있다.

이제 톨스토이는 자신이 걸어온 길에 대해 다시 한 번 심각하게 고민을 하고, 그것을 스스로에게 보고해야만 한다는 생각에 이르게 된다. 여기서 '사랑하기 위해서, 즉 모든 것들을 사랑하기 위해서 무엇을 해야 하는가' 라는 출발점에서부터 톨스토이는 생각을 시작한다. 이에 1878년 톨스토이는 과거 언제인가 서로에게 꼭 필요한 존재였으나 지금은 한순간의 불화로 인해 사이가 소원해진 사람과 화해를 해야겠다는 생각이 자연스럽게 들기 시작했다. 이에 톨스토이는 사이가 틀어진 지 17년 만에서야 투르게네프에게 화해의 악수를 청하게 된다. 그는 화해를 청하는 편지에 다음과 같은 유명한 말을 써 보낸다.

우리 시대에 있는 단 한 가지 좋은 것이 있다면, 그것은 바로 사람들과 사랑하는 관계를 유지하는 것일 겁니다. 그래서 저는 당신과 저 사이에도 그런 관계가 형성되었으면 하는 바람이 간절합니다.

이와 같은 도덕적인 정화의 절실함에 대한 톨스토이의 사상은 그의 야심작 〈참회록〉에도 그대로 반영되어 있다. 정신적 변화에 대해 서술하고 있는 이 작품에는 애당초 '나는 누구인가?' 라는 제목이 붙여져 있었다. 이 작품은 특히 톨스토이의 진심을 그대로 보여 줌으로써 다른 작품과 차별성을 지니고 있다.

〈참회록〉에서 톨스토이는 냉철하게, 어떤 면에서 보면 지나치다 싶을 정도로 지나간 삶에 대해 분석하고 있다. 교회에 대한 믿음이 어떻게 무너졌는지, 진실한 삶이란 곧 농민의, 즉 일하는 민중의 삶이라는 개념이 어떻게 형성되었는지에 대한 비탄에 잠긴 이야기가 서술되고 있다. 농민들의 세계야말로 선과 단순함, 진실이 있는 곳이라는 톨스토이의 신념은 항상 진실의 잣대가 되어 왔다. 톨스토이에게 있어 농민의 존재는 노동을 통해 빛을 발하고 있으며, 노동은 영혼의 기도이자, 공동의 삶에 참여할 수 있게 해 주는 것이었다.

톨스토이는 다음과 같이 쓰고 있다.

내 안에 큰 변화가 일어났다. 그것은 내 안에서 오랫동안 준비하고 있던 것이며, 항상 수수께끼처럼 풀리지 않는 그런 것이었다. 나는 내가 속한 사람들, 즉 부유한 사람들과 배운 사람들의 삶이 싫어졌으며, 이들의 삶이 그 의미를 모두 잃어 가고 있다는 느낌이 들었다. 우리가 해 왔던 모든 행위와 판단, 학문, 예술 등이 장난처럼 여겨졌다. 나는 이런 활동을 통해서는 삶의 의미를 찾는 것이 불가능하다는 것을 깨달았다. 삶을 창조하는 민중의 노동의 삶이 유일하게 진정한 삶이라고 여겨졌다. 그래서 나는 그러한 삶에 주어진 의미가 진실이라는 것을 알게 되었으며, 그 의미를 받아들이게 되었다.

이 당시 톨스토이의 사진을 한번 들여다보자. 그의 시선에서 우리는 고뇌에 가득 차 있고, 우리를 불안케 하는 무언가를 볼 수 있다. 그것은 이상을 발견하였지만, 그 이상으로 다가가는 길이 쉽지 않다는 것에서 비롯된 것이다.

톨스토이가 자신의 개인적인 삶을 분석한 〈참회록〉은 수많은 관점을 포함하고 있다. 즉, 이 작품은 사회적, 윤리도덕적, 미학적, 선교적, 설교적 성격을 내포하고 있으며, 동시에 이 사회의 암

레프 니콜라예비치 톨스토이.
야스나야 폴랴나. S. S. 아바멜레크 라자레프가 찍은 사진. 1891년.

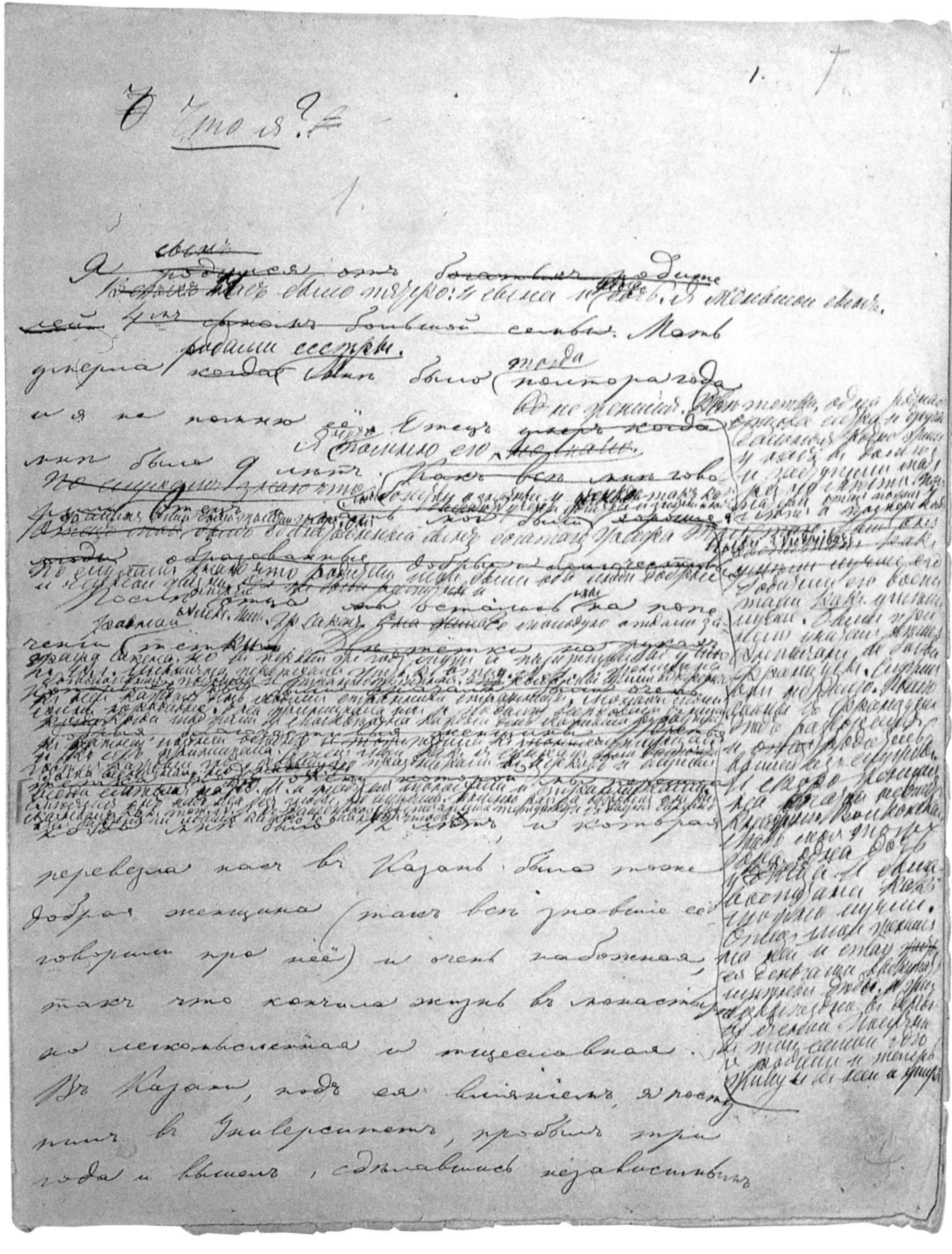

레프 니콜라예비치 톨스토이의 〈참회록〉 잉크로 쓴 자필. 1881년

트로이체
세르게예프 대수도원의 모습(북쪽에서 바라본 모습), 사진철판(컬러 엽서). 1880년대.

적인 존재를 여실히 드러내 보여 주고 있다. 그리고 과연 그러한 사회악이 우리의 사명을 실현시킬 수 있을까 하는 냉혹한 질문을 우리 모두에게 던져 주고 있다. 언뜻 보기에는 다분히 톨스토이 개인적인 것처럼 보이는 이 작품은 사회 전체가 다같이 참회의 길로 들어서기를 호소하는 것처럼 받아들여지고 있으며, 동시에 공식 교회와 지배층으로부터 강력한 항의를 불러일으키기도 하였다.

〈참회록〉이 게재된 잡지《러시아 사상》은 종교 검열을 받아 출판 금지를 당했다. 하지만 사람들은 이 글을 손으로 베껴 쓰거나 곤약판으로 인쇄하여 돌려 읽었다. 1884년에는 제네바에서 먼저 출판되었으며, 러시아에서는 1906년이 되어서야 책으로 발행되었다.

톨스토이를 알고 있으며, 그를 사랑하는 사람들은 톨스토이 스스로가 '변혁'이라고 규정했던 톨스토이의 정신적 상태를 그의 '정신적 위기' 상황으로 받아들였다. 사람들은 이 정신적 상태가 병적인 증세이며, 톨스토이가 가진 강한 구도자적 기질이 그 병을 치유해 줄 것이며, 또한 그렇게 되기를 바라고 있었다. 하지만 몇몇 소수의 사람들은 '새로운' 톨스토이를 이해하고 받아들였다.

도스토예프스키(F. M. Dostoevskiy)는 죽음을 맞이하기 바로 직전에 A. A. 톨스타야(이 여인은 톨스토이와 도스토예프스키 모두와 교류를 하고 있던 사람이다)에게 톨스토이의 편지(이 편지에서 톨스토이는 교회의 신앙에 대한 반대 의사를 밝히고 있으며, 자신의 내부에서 일어난 것들의 의미를 설명하고 있었다)를 읽게 된다. 편지를 읽고 난 도스토예프스키는 머리를 움켜쥐고, 실망스런 목소리로 "이게 아니야, 이게 아니야"라고 말했다.

한편 투르게네프는 톨스토이의 대부분의 관점을 수용하지 못했던 사람이었다. 하지만 유독 〈참회록〉에 대해서만은 '그 진실함과 설득력에 있어 놀라울 만한 작품'이라고 평했다. 톨스토이의 위대한 작가로서의 사명감을 굳게 믿고 있었던 투르게네프는 죽음에 직면하여 톨스토이에게 다음과 같은 내용의 편지를 보냈다.

친애하는 레프 니콜라예비치 씨께!

오랫동안 당신에게 편지를 쓰지 못했군요. 그동안 몸이 많이 안 좋았습니다. 솔직히 이제는 죽을 때가 다 된 것 같군요.

제가 이렇게 펜을 든 이유는 당신과 같은 시대를 살았다는 것이 저에게 얼마나 큰 기쁨이었는지 당신께 말씀 드리고 싶어서입니다.

그리고 한 가지 더, 당신께 하고 싶은 진심에서 우러난 부탁의 말씀을 드리고 싶어서이기도 합니다.

레프 니콜라예비치! 이제는 문학활동으로 돌아오십시오. 당신은 이 러시아 땅의 위대한 작가입니다. 제발 제 부탁에 귀를 기울여 주시길 바랍니다!

톨스토이가 도달하게 된 정신적인 깨달음은 그의 인생과 앞으로의 집필 활동을 결정짓는 것이었다.

1881년 가을 톨스토이는 야스나야 폴랴나를 떠나 가족들과 함께 모스크바로 생활의 근거지를 옮기게 되었다. 머리가 굵어진 아이들의 교육을 위해서는 어쩔 수 없는 일이었다. 게다가 이제는 다 커 버린 아이들에게 세상이 어떤 것인지도 보여 줄 때가 되었기 때문이다. 톨스토이는 모스크바 근교의 돌고하모브니체스키 골목에 '백작이 살 만한' 집이라고 하기에는 거리가 먼 소박한 집을 마련했다. 하지만 톨스토이에게는 한적한 곳에 위치한 이 집이 마음에 들었다. 집 앞의 정원은 '조그마한 야스나야 폴랴나'였으며, 그보다 더 중요한 것은 이 집이 있던 곳이 노동자들이 거주하는 지역이었다는 것이다. 농촌의 가난함을 이미 알고 있던 톨스토이는 이제 이곳에서 도시의 빈곤함을 알게 될 것이다.

모스크바에 와서 톨스토이가 처음으로 쓴 일기에는 불안과 분노로 가득하다.

악취, 보석, 사치, 빈곤 그리고 타락. 민중을 약탈하는 악인들이 모여 있다. 군인들과 재판관들은 먹고 마시고 놀기 위해 민중을 탈취하고 있다. 민중들에게는 더 이상 일거리가 없다. 이 약랄한 사

오프틴 수도원의 수도원 전경.
S. A. 톨스타야의 사진. 1896년.

암브로시(알렉산드르 미하일로비치 고렌코프).
오프틴 수도원의 수도원 수도사. (1812~1891) 1870년대 사진. 도스토예프스키의 『카라마조프의 형제들』에 나오는 수도사 조시마의 인물 모델.

람들은 자신들의 욕심을 채우기에만 급급할 뿐, 민중들로부터 빼앗을 것들을 재차 사취할 뿐이다.

1882년 1월 톨스토이는 인구조사원 자격으로 3일간의 모스크바 인구조사 작업에 참여하게 된다. 그는 평소 '인구 조사 작업에 참여하기'를 간절히 바래 왔다. 당시 톨스토이는 프로토치니 골목을 접하게 된다. 이곳은 모스크바에서 '가장 빈곤하고 가장 타락한 소굴'이었으며, '볼차트닉(볼코프의 집)', '지미노프카(지민의 집)', '르쟈노프스카야 크레포스치', '이바노프카(이바노프의 집)' 등 '노숙자'들을 위한 여인숙들이 몰려 있는 곳이기도 하였다. 톨스토이는 이곳에 대해 다음과 같이 쓰고 있다.

프로토치니 골목에는 두 개의 큰 대문과 몇 개의 작은 문이 있다. 여기에는 허름한 식당과 선술집, 식료품 가게, 기타 상점 등등이 있다. 여기 있는 모든 것들은 지저분하고 악취가 났다. 건물들도 그랬고, 거리 곳곳의 집들과 마당, 사람들이 모두 그랬다. 여기서 마주친 대부분의 사람들은 누더기를 입고 있거나, 거의 반나체로 돌아다녔다.

여인숙에 묵고 있는 사람들은 대부분 농촌에서 삶의 근거지를 잃고 도시로 '떠밀려' 온 사람들이었다. 하지만 도시가 이 사람들에게 선사해 준 것은 불치병과, 배고픔, 추위, 고된 노동, 사람들의 무관심뿐이었다. 하지만 이 동네 바로 옆에는 완전히 다른 곳이 있었다. 그곳은 배부르고 기쁨이 가득하며, 주변에서 일어나는 모든 일에 대해 나름의 이성과 신념에 근거한 확신을 가진 사람들이 사는 곳이었다. 톨스토이는 그 원인은 비록 서로 다르긴 하지만, 빈곤한 자들은 물론, 부유한 자들 역시 도덕적으로 구원하고, 부흥시켜 주어야 할 대상으로 생각했다.

이와 같은 참혹한 현실은 톨스토이로 하여금 사회를 책망하고 꾸짖는 글을 쓰게 만들었다. 인구조사에서의 경험을 바탕으로 톨스토이는 신랄하고 비판적인 성격의 글을 쓰게 되었다. 인구조사를 통해 관찰한 모든 것을 종합하여 〈그렇다면 우리는 무엇을 할 것인가?〉라는 글을 썼으며, 이를 통해 우리에게 정치, 경제라는 한 축과 도덕, 예술, 종교라는 큰 축의 상관관계를 우리에게 보여 주고 있다. '누구의 잘못인가?' 라는 러시아의 영원한 질문에 대해, 톨스토이는 다음과 같이 답한다.

모스크바에서 수십, 수백, 수천 명의 사람들이 추위와 배고픔으로 인해 고통받고, 목숨까지 잃는 상황에서, 우리는 이 고통받고 죽어 가는 사람들을 죄인으로 몰아세울 수는 없다. 상황이 이렇게 된 데 잘못이 있다면 그것은 바로 저기 저 궁에서 살고있는 사람들과 고급마차를 타고 다니는 사람들일 것이다.

이에 톨스토이는 인간은 근면한 노동을 통해서만 삶의 참된 기쁨과 의미를 찾을 수 있다고 주장한다. 톨스토이는 인간을 추악하게 만드는 모든 것들에 대해 신랄한 비판을 하면서, 조화로운 인간과 인간이 가진 모든 능력의 발전을 위해 싸웠

S. A. 톨스타야.
툴라. I. F. 쿠르바토프가 찍은 사진. 1883년.

야스나야 폴랴나 집의 홀에 있는 레프 니콜라예비치 톨스토이.
M. A. 스타호비치가 찍은 사진. 1887년.

야스나야 폴랴나의 '회전목'.
S. S. 아바멜레크 라자레프가 찍은 사진. 1888년.

야스나야 폴랴나의 공원에서 자신의 아이들과 있는 S. A. 톨스타야와 T. A. 쿠즈민스카야.
S. S. 아바멜레크 라자레프가 찍은 사진. 1890년. 테이블에는 왼쪽부터 베라 쿠즈민스카야, 마리야 톨스타야, 마리야 쿠즈민스카야, T. A. 쿠즈민스카야, 사샤, 바샤, 미샤, 타치야나 톨스타야가 앉아 있다. 그 옆에는 미쨔 쿠즈민스키, 바네치카 톨스토이, 미샤 톨스토이가 땅에 앉아 있고, B. N. 나고르노프와 S. A. 톨스타야가 서 있다.

모스크바. 니콜스카야 거리.
'세레르, 나브골츠 그리고 K' 사에서 제작한 사진판. 1886년.

КОНТОРА

돌고하모브니체스키 골목에서 바라본 모스크바에 있던 톨스토이의 집.
1890년대 사진.

정원에서 바라본 모스크바에 있던 톨스토이의 집.
'세레르, 나브골츠 그리고 K' 사에서 제작한 사진판. 1892년.

하모브니키에 있는 집의 창가에 서 있는 레프 니콜라예비치 톨스토이.
I. L. 톨스토이가 찍은 사진. 1899년.

하모브니키 집 정원에서 야생마 위에 탄 레프 니콜라예비치 톨스토이.
S. A. 톨스타야의 사진. 1898년.

으며, 도덕적 자기완성과 그리스도의 이상에 대한 믿음을 통해 세계가 다시 되살아날 수 있다는 결론을 내린다.

톨스토이는 어느새 '금지 작가'가 된다. 그는 그렇게 되리라는 것을 미리 예견하고 있었다(폭로를 한 자와 폭로를 당한 자 사이의 의견 일치란 있을 수 없으며, 폭로를 당한 자들은 검열과 총검, 협박의 힘을 빌어 그 뒤에 숨기 마련이기 때문이다). 소논문 〈그렇다면 우리는 무엇을 할 것인가?〉는 다음과 같은 핑계를 구실로 출판이 금지되는 운명을 맞이하였다.

작가는 이 책을 선한 의도로 썼겠지만, 정작 이 책은 민심에 악영향을 미치게 될 것이다.

한편 〈나의 신앙〉을 판금서로 지정한 검열 위원회는 이 소논문을 가장 해로운 책으로 상정했다. 이유는 다음과 같다.

이 책은 사회기관과 국가기관들의 근간을 송두리째 흔들고 있으며, 급기야는 교회의 가르침을 무너뜨릴 것이다.

이 시기 즈음에 화가 게는 톨스토이의 초상화를 그렸다. 크람스코이(I. Kramskoy) 역시 톨스토이의 초상화를 그릴 수 있는 기회를 얻게 되었으며, 이 외에도 많은 화가들이 자신과 같은 시대에 살고 있는 이 위대한 인물을 화폭에 표현해 내고자 애썼다. 그리고 이들은 대부분 톨스토이와 좋은 친분관계를 유지하고 있었다. 어느 날 화가 게는 톨스토이가 살고 있던 하모프스키 집으로 찾아왔다. 화가는 이날의 톨스토이와의 만남을 다음과 같이 회상한다.

1882년 나는 우연히 모스크바의 '인구조사'에 관한 톨스토이의 글을 접하게 되었다. …… 마치 자그마한 불꽃이 큰 불길로 타오르는 듯, 내 안에서 무언가가 뜨겁게 타올랐다. …… 그래서 나는 이 대단한 사람을 만나 그의 그림을 그리기 위해 모스크바로 왔다.

게는 1884년 1년 동안 하모프스키에 머물며 톨스토이의 초상화를 그렸다. 그 누구도 게에게 초상화를 그려 달라고 주문을 한 적은 없다. 이에 대해 톨스토이의 부인 소피야는 여동생에게 다음과 같은 편지를 썼다.

게라는 화가가 모스크바에 왔는데, 우리가 부탁하지도 않았는데 남편의 초상화를 그리더구나.

게가 그린 초상화 속의 톨스토이는 삶의 스승이자, 예술가이며, 동시에 철학자로 표현되고 있다. 톨스토이의 장남 세르게이 르보비치는 '그림 속에서 아버지의 눈이 낮게 내리깔렸음에도 불구하고, 얼굴에 드러나는 표정이 실제 모습과 가장 닮은' 게의 초상화를 가장 훌륭한 톨스토이의 초상화로 생각하고 있다. 게는 이 놀라운 사람 안에 있는 가장 가치 있는 모든 것을 표현해 내면서 톨스토이의 일대기적 성격의 초상화를 훌륭하게 그려 냈다.

한편 게와는 완전히 다른 방식으로, 즉 〈성격파 초상화〉라고

모스크바 집 정원에서 스케이트를 타고 있는 레프 니콜라예비치 톨스토이.
그와 함께 요리사 S. N. 루체프의 아이들인 그리샤, 콜랴가 서 있다. 모스크바. S. A. 톨스타야의 사진. 1898년.

까지 이름을 붙일 수 있는 톨스토이의 초상화를 그린 사람은 레핀(I. E. Repin)이었다. 레핀은 톨스토이가 가진 다양한 모습이 담긴 수십 편의 초상화를 남겼다. 톨스토이와 레핀은 1880년 모스크바에서 처음으로 인연을 맺는다. 톨스토이가 먼저 이 유명한 화가에게 다가가 인사를 청했다. 레핀은 회상록 〈멀고도 가까운〉에서 톨스토이와의 첫 만남과 이후에 톨스토이와 함께 단둘이 모스크바를 거닐었던 것에 대해 다음과 같이 상세하게 묘사한다.

끝이 보이지 않는 모스크바의 가로수 길을 우리는 아주 오랫동안 거닐었다. 꽤 되는 거리였음에도 우리는 그 거리를 인식하지 못했다. 톨스토이는 매우 심취된 어조로 굉장히 많은 말들을 쏟아 냈다. 그의 말 속에 묻어나는 열정적이고 급진적인 생각들로 인해 나는 그날 잠들기 전까지 몹시 당황해 했었다. 진부한 삶의 형식에 대한 톨스토이의 가차 없는 생각들이 하루 종일 나의 머릿속을 빙빙 맴돌았다.

'톨스토이의 급진적인 사상'에 매료된 레핀은 〈그렇다면 우리는 무엇을 해야 하는가?〉에 나오는 한 장면을 삽화로 그렸다. 매우 구체적으로 세밀하게 표현된 이 삽화의 이름은 바로 〈톨스토이와 여인숙의 걸인들〉이었다. 이어 1893년에는 모스크바의 집 서재에서 집필작업을 하고 있는 톨스토이의 초상화를 그렸다.

톨스토이는 모스크바에서 거주하는 동안 도시의 삶을 배워 나갔으며, 수많은 메모를 남겼고, 모스크바의 다양한 장소 곳곳에 그 모습을 드러냈다. 프레치스틴카와 아르바트의 중간쯤에서 바퀴가 빠져 버린 짐마차의 모서리를 들어 올리고 있는 톨스토이를 만나게 된 길랴로프스키는 당시의 장면을 매우 선명한 색채로 담아내고 있다. 자기를 도와주던 사람이 톨스토이임을 알아본 짐마차의 마부는 길랴로프스키에게 다음과 같이 말해 주었다.

"백작 나으리께서 왜 저렇게 애를 쓰시는건지, 원! …… 도대체 왜 저러신답니까? 지난번 도로고밀로보에서도 우리한테 오셔서 같이 거들어 주시더니. 우리 바보 같은 나으리께서는 5개짜리 장작 두 묶음을 사 놓고는 그냥 거리로 내 팽개쳐 두고는, 우리를 고용해서 마당에 있는 장작더미에 가져다 놓으라고만 하시는데, 저 백작 나으리께서는 이렇게 여기 오셔서는 '자, 이 보게들, 내가 좀 거들어 줌세' 라고 하시고는 저러고 계시지 뭡니까. 우리가 장작을 끌고 오면, 저 나으리께서 그 장작을 장작더미에 쌓아 놓고 계십니다요."

이렇게 톨스토이는 돈도 받지 못하는 일에 서슴없이 팔을 걷어붙였다. 이후에도 이 짐꾼들은 크라스나야 루가에서 톨스토이를 또 한 번 마주친다. 여기서 톨스토이는 '아르자노프카'에 묵고 있

모스크바 먀스니츠카야 거리에 있던 회화, 조각, 건축을 가르치던 학교.
1900년대 초에 찍은 사진.

는 노숙자들을 도와 장작을 쌓는 일을 하고 있었다. 장작을 모으러 다니던 나무꾼들도 참새언덕에서 만난 톨스토이를 기억하고 있었다. 톨스토이는 이렇게 말했다.

"이렇게 같이 일을 하는 것이 나에게 생기를 주며, 힘을 북 돋아 준다. 이게 바로 진정한 삶의 모습이다. 때때로 이들과 같이 땀을 한바탕 흘리고 나면, 기분이 상쾌해진다."

톨스토이는 정신적 노동과 육체적 노동을 결합시키면서 삶의 방식을 바꾸려고 부단히 노력했다. 그는 아침마다 집 주위에서 장작거리를 골라 와 장작을 패고, 모스크바 강에서 물을 떠다 나르고, 난로에 불을 지피기도 했으며, 수공업 작업도 마다 않고 했다. 톨스토이는 야스나야 폴랴나에 있었을 때에도 밭을 갈고, 풀을 베고, 돌을 쌓아 손수 난로를 만들었다. 옷차림이나 생활방식에 있어서 톨스토이는 노동, 특히 농업을 생업으로 하는 사람들을 닮아 가려고 애썼다. 톨스토이에게 있어서는 이들의 삶이야말로 자연에 묻혀 자연과 가까워지는 아름답고도 진실한 삶이라고 유일하게 말할 수 있는 것이었다. 도시는 야스나야 폴랴나의 은자이자 대저택의 농촌 생활에 깊은 뿌리를 박고 있던 톨스토이를 억누르고 있었다. 하지만 어느새 도시의 삶이 톨스토이의 가족과 톨스토이의 삶 안에 깊숙이 파고들어 와 있었다.

톨스토이는 모스크바에 있는 동안 많은 새로운 것들을 보고 들을 수 있었으며, 이에 대해 많은 것들을 생각하고, 정리하여, 새로운 것을 발견할 수도 있었다. 모스크바 생활을 통해 경험한 모든 것들은 이후 창작 활동의 소재가 되었다. 하모프스키에 있었던 톨스토이의 집에는 사람들의 발길이 끊이지 않았다. 작가, 화가, 음악가, 사상가, 학자 등 유명한 많은 사람들이 톨스토이를 방문했으며, 우리가 알지 못하는 그밖의 많은 사람들도 톨스토이를 찾아와 조언을 구하고, 도움을 청했다. 톨스토이의 아내 소피야는 1882년 1월 30일 여동생에게 쓴 편지에 다음과 같은 내용을 적어 보낸다.

얼마나 많은 다양한 사람들이 우리 집을 찾아오고 있는지 모르겠다. 문학하는 사람들, 그림 그리는 사람들, 고위층 사람들, 니힐리스트 그리고 또 누구인지도 모르는 전에는 만나 보지도 못했던 수많은 사람들이 우리 집에 찾아오고 있단다.

도시의 삶은 다양함으로 가득했다. 톨스토이는 특히 문화와 학문 분야에 큰 관심을 보이며 활발한 활동을 한다. 루먀네초프 도서관을 수차례 방문하였고, 대학에서 초청강연을 다니기도 했으며, 자연과학자와 의사들의 모임이나 심리학회 회의, 러시아 문학 야호가 협회 등을 방문하기도 하였다. 또한 연극과 음악회 공연도 자주 다녔으며, 미술 학교에서 수업을 듣기도 하였다. 그리고 레핀, 수리코프, 프랴니쉬니코프 바스네초프, 마코프스키 등

일리야 에피모비치 레핀(1844~1930)
모스크바. '셰레르, 나브골츠 그리고 K' 사에서 찍은 사진. 1892년(?) 레프 니콜라예비치 톨스토이와 오랫동안 친분을 쌓으면서 무려 50여 점의 회화와 판화로 톨스토이의 초상화를 그렸다.

모스크바. 아르바트 거리.
'셰레르, 나브골츠 그리고 K' 사에서 제작한 사진철판. 1888년.

화가를 방문하기도 하였다. 모스크바에서 톨스토이는 많은 사람들과 새롭게 인간관계를 맺으며 인간관계의 폭을 넓힐 수 있었다. 톨스토이가 새로 알게 된 사람들 중에는 표도로프, 솔로비요프 등과 같은 사상가, 교육학자이자 문학가 폴리바노프 그리고 솔로비요프, 포고딘 등과 같은 역사학자이자 고등 교육 기관의 교수들, 부가예프(시인 벨리의 아버지), 친게르 등의 수학자, 동물학자 우소프, 경제학자 이바뉴코프, 추프로프, 얀줄, 물리학자 프레오브라스키 등이 있었으며, 체호프, 고리키, 코롤렌코, 부닌 등 동료 작가들과 그밖에도 공연 예술가, 배우, 작곡가, 연주가 등이 있었다. 톨스토이가 이런 사람들과 친분을 쌓고 지냈다는 사실은, 당시 톨스토이가 그만큼 예술과 과학의 사명감에 대한 문제에 지대한 관심을 가지고 있었다는 사실을 대변해 주는 것이다.

한편 톨스토이는 민중 교육의 토대가 되는 당시의 예술적 수준에 통탄을 금치 못한다. 톨스토이가 모스크바에서 여러 차례에 걸쳐 들락날락했던 곳 중의 하나는 바로 데비치 들판이었다. 이곳에서는 민중들의 광대놀음인 발라간 공연이 선보여졌으며, 회전목마가 설치되어 있었으며, 장난감, 과자, 싸구려 그림, 저속한 책자들이 부지기수로 사고팔렸다. 톨스토이는 이곳에서 발라간 공연을 본 후, 민중 연극 공연을 위한 희곡을 쓰기로 결심했다. 이에 1886년에는 〈최초의 양조자〉를 완성했고, 곧이어 〈어둠의 힘〉의 집필을 시작했다.

1880년대가 되자 톨스토이는 민중을 겨냥하여 수많은 단편과 우화, 설화, 전설 등을 쓴다. 일련의 새 작품을 통해 톨스토이는 복음서적 성격의 주제와 민간 설화, 고대 러시아 문학에 중점을 둔다. 민담가 쉐골레노크(V. P. Schegolenok)를 통해 알게 된 전설들을 토대로 톨스토이는 단편 〈인간은 무엇으로 사는가〉, 〈두 명의 노인〉, 〈세 명의 수도사〉, 〈코르네이 바실리예프〉 등을 완성한다. 톨스토이가 이 작품을 집필하면서 주안점을 둔 곳은 보다 폭넓은 계층의 사람들이 가까이 다가갈 수 있는 단순 명료함과 간결함이었으며, 이와 동시에 비유적 표현이 분명하게 드러나도록 한 점 또한 톨스토이가 신경을 쓴 부분이다. 이에 대해 톨스토이는 딸에게 쓴 편지를 통해 다음과 같이 고백한다.

지체 높으신 분들을 위해 과장된 표현으로 글을 쓸 수는 없다. 그분들은 그래 봤자 눈 하나 꿈쩍할 분들도 아닐 뿐더러, 철학, 신학, 미학으로 철저히 무장하고 있는 사람들이라 진실을 표방하는 모든 것들을 완전히 외면하고 있기 때문이다.

톨스토이의 민담은 시적이고 민속적인 장면과 판타지적인 요소들을 많이 담고 있다. 또한 민중의 생활상을 명료하게 담아내고 있으며, 실제와 흡사한 특징을 훌륭히 묘사해 내고 있다. 인간의 탐욕스러운 모습과 서로에 대한 증오도 적나라하게 폭로하고 있으며, 인간의 사랑과 우애, 화해의 복음서적인 이상으로 이끌고자 하는 톨스토이의 노력이 엿보이기도 한다.

단편 〈양초〉에서 톨스토이는 농부 표트르 미헤예프에 깊은 동정을 표하고 있다. 표트르 미헤예프는 인내를 소리 높여 전도하던 사람이며, 사람을 죽이는 것이 죄가 아니라고 굳게 믿고 있는 '악인' 바실리에게 도덕적인 승리를 거둔 인물이다.

톨스토이는 단편을 통해 '살아 있는' 영혼을 지키고, 탐욕의 유혹에 항복하지 말라는 경고의 메시지를 전하고 있다. 단편 〈인간에게 과연 많은 토지가 필요한가〉의 주인공 파홈은 가능한 한 더 많은 토지를 장악하려 하지만, 결국은 고작 무덤 하나를 만들 수 있을 만한 정도의 땅밖에 얻지 못한다. 이 작품에서 표면으로 드러나는 토지에 관한 문제는 톨스토이를 통해 영혼과 인간의 사명감에 관한 '철학적' 인 문제가 되고 있다.

톨스토이의 가르침을 전도하고, 그의 소논문과 민간 단편은 물론 과거와 현재의 뛰어난 다른 작가와 사상가들의 글을 널리 알리는 데 중심적 역할을 한 것은 출판사 '중개인' 이었다. '중개인' 은 1884년 톨스토이의 친구이자 사상적 동지들인 체르트코프(V. G. Chertkov), 고르부노프-포사도프(I. I. Gorbunov-Posadov), 비류코프(P. I. Biryukov) 등과 그밖의 몇몇 사람들이 모스크바에 설립한 출판사다. 출판사 '중개인' 이 중요한 과제로 생각했던 것은 세계적으로 훌륭하다고 평가받고 있는 문학작품들을 민중에게 쉽게 다가갈 수 있는 형태로 출판하는 것이며, 농사, 최초의 의료지원, 기본적 지식 축적과 관련한 다양한 지식을 유포하는 것이었다. '중개인' 의 출판 작업에는 각계각층의 폭넓은 지식인들, 즉 농학자, 의사, 교육학자, 번역가, 작가, 학술 활동가, 글을 깨친 노동자와 농민들이 대거 참여하였다.

톨스토이는 작가로서, 또 편집자로서 출판사 '중개인' 의 활동에 적극적으로 참여하였으며, 정력적인 에너지를 발휘하여 최고의 작가와 화가들을 출판사 작업에 끌어들였다. 이에 크람스코이, 레핀, 네스테로프, 사비츠키, 야로센코 등의 당대 최고의 화가들이 그린 삽화가 삽입된 체호프, 코롤렌코, 가르신, 레스코프, 에스텔 등의 유명한 작가들의 책이 바로 '중개인' 에서 출판되었다. 높은 발행부수, 저렴한 가격, 아름다운 형식 등으로 인해 민중 독자들은 이 책에 몰려들지 않을 수 없게 되었다. 이 시대를 살았던 한 사람은 다음과 같이 기록하고 있다.

'중개인' 이 발행한 출판물들은 곳곳에서 눈에 띄었다. 대저택의 하인을 비롯한 대중들의 손에서, 그리고 신문 가판대와 가로수 곳곳에서 '중개인' 이 출판한 책을 볼 수 있었다. 어디를 가나 유명한 화가들이 그린 그림을 담은 각양각색의 표지를 한, 몇 코페이카짜리 책이 눈에 들어왔다.

모스크바. 공장들이 있던 모스크바 강변. 1900년대 초의 아마추어 사진작가가 찍은 사진. 최초 공개.

모스크바. 히트로프 시장.
1900년대 초의 아마추어 사진작가가 찍은 사진.

모스크바 강변의 실업자들.
1900년대 초의 아마추어 사진작가가 찍은 사진. 최초 공개.

모스크바. 극장광장.
1900년대 초의 아마추어 사진작가가 찍은 사진.
최초 공개.

러시아의 전형
거지, 문지기, 청소부, 제재공. 노브이 노브고로드에서 M. 드미트리예프가 만든 사진철판(엽서). 1890~1900년.

모스크바 인구조사 때의 레프 니콜라예비치 톨스토이.
화가 레핀의 그림. 1882년.

레프 니콜라예비치 톨스토이와 레핀이 만든 그의 조각상.
야스나야 폴랴나. E. S. 토마세비치. 1891년.

하지만 유감스럽게도 '중개인' 은 검열에 걸려 더 이상 출판물을 발행할 수 없었다. 그래서 톨스토이는 독일의 라이프치히에 '국제 중개인' 을 설립하고자 하는 생각까지 하게 되었다. 톨스토이는 독일에 출판사를 새로 설립하여 검열 위원회의 영향력에서 벗어나, 유럽 각국의 언어로 농민 노동자 대중이 쉽게 이해할 수 있는, 그리고 하느님의 도덕적 가르침에 대항하지 않고 인간의 영혼을 일깨워 주는 책을 전 분야에 걸쳐(즉, 철학, 역사, 시, 예술 등) 출판하자는 생각에 이르게 된다. 하지만 톨스토이의 이와 같은 바람은 끝내 현실로 이루어지지 못했다.

니콜라이 니콜라예비치 게
(1831~1894)
화가. 1890년대 초의 사진. 그는 톨스토이 가족에게 있어 정신적으로 가장 가까운 사람이었다.

니콜라이 세묘노비치 레스코프
(1831~1895)
작가. 페테르부르크. N. A. 체스노코프가 찍은 사진. 1892~1893년. 레프 니콜라예비치 톨스토이와 가깝게 지냈다.

프세볼로드 미하일로비치 가르신(1855~1888)
1880년대 사진. 레프 니콜라예비치 톨스토이가 젊은 작가 중 가장 유능하다고 평가했던 작가. 그는 1880년 야스나야 폴랴나로 톨스토이를 찾아왔었다.

파벨 이바노비치 비류코프(1860~1931)
레프 니콜라예비치 톨스토이의 친구이자 동지. 톨스토이의 첫 전기작가. 1890년대 말의 사진. 1893년부터 1897녀까지 '중개인' 출판사의 편집장을 맡았다.

블라디미르 그리고리예비치 체르트코프(1854~1936)
레프 니콜라예비치 톨스토이의 친구. 후에 톨스토이의 작품을 편집하고 출판하였다. 페테르부르크.
K. A. 샤피르가 찍은 사진. 1886년(?). 1885년 레프 니콜라예비치 톨스토이의 제안으로 서민을 위한 싼 책을 발행하는 '중개인' 이라는 출판사를 열었다.

이반 이바노비치 고르부노프-포사도프(1864~1940)
문학가. 레프 니콜라예비치 톨스토이의 친구이자 동지. 이 사진은 '중개인' 출판사의 도서 배달원의 모습이다. 1887년의 사진. 페테르부르크. 1897년부터 1925년까지 '중개인' 출판사의 편집장을 맡았다.

'중개인' 출판사 책을 파는 행상.
1890년대(?) 초의 사진. 최초 공개.

'중개인' 출판사의 책들과 카탈로그.

트루베츠크 대로(현 홀주노프 대로)의 8호 집 광고 스탠드.
'중개인' 출판사에서 출판한 〈자유교육〉, 〈등대〉 등을 팔았다. 모스크바. 최초 공개. 1890년대 초(?)의 사진.

오래된 정교 수도원 중의 하나인 자고르스크에 있는 트로이체-세르게예프.
레프 니콜라예비치 톨스토이가 여러 번 방문한 곳이다. 1879년 이곳에서 레프 니콜라예비치 톨스토이는 교회의 주요 인사들인 빅카리 알렉세이, 대주교 마카리, 교회 역사학자 카벨린과 논의를 하곤 했다. 수도원과 근방을 둘러본 후 톨스토이는 성기소에 들렀고, 수도원 식당에서 순례자들과 점심 식사를 하였다. 그리고는 수도원의 숙소에 머물렀다.(272페이지) 수도원 식당은 『전쟁과 평화』에 묘사되었으며, 트로이체-세르게예프('트로이차' 라고도 불렸다)도 『전쟁과 평화』를 비롯해 톨스토이의 많은 작품에 등장하였다.

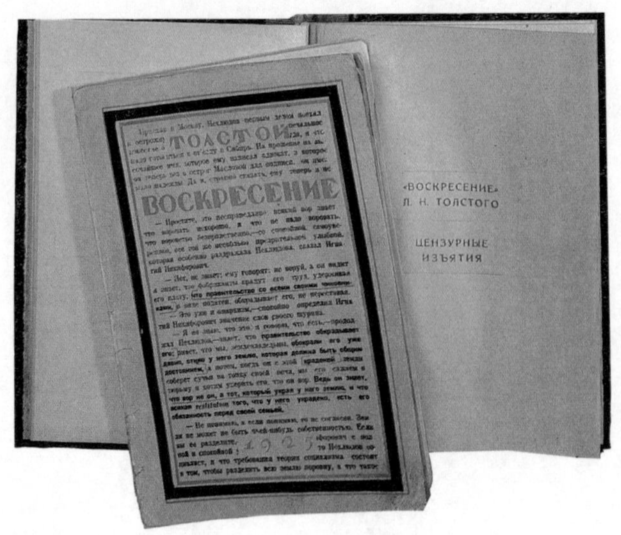

레프 니콜라예비치 톨스토이. 『부활』 검열로 일부 삭제된 개별 발행본. 1925년.

1890~1900

항상 그를 감동시켰던 산 위에서의 설교를 읽는 동안, 그는 오늘에서야 처음으로, 그 설교 속에는 주로 과장되고 실행 불가능한 요구만을 제시하는 사상들, 아름답고 추상적인 사상들만이 담겨 있는 것이 아니라, 지극히 단순하고 명확하게 실제적인 실행으로 옮길 수 있는 계율들 또한 들어 있다는 것을 알게 되었다. 그러한 계율들이 실행되기만 한다면(그것은 충분히 가능한 것이다) 인간의 사회는 이전과는 전혀 다른 새로운 체제를 이루게 될 것이다.

제1의 계율(『마태복음』 제5장 21~26절), 사람은 간음해서는 안 될 뿐만 아니라, 형제에 대하여 성을 내서도 안 된다. 누구든 형제를 하잘것없는 '어리석은 자'라고 생각해서는 안 된다. 만약 누구와 싸우는 일이 있을 때는, 하나님께 예물을 바치기 전에, 즉 기도를 드리기 전에 먼저 그와 화해를 해야 한다.

제2의 계율(『마태복음』 제5장 27~32절), 사람은 간음해서는 안 될 뿐만 아니라, 여자의 아름다움을 향락해서도 안 된다. 일단 한 여자와 맺어졌다면, 절대로 그녀를 배신해서는 안 된다.

제3의 계율(『마태복음』 제5장 33~37절), 사람은 무슨 일에서나 진실되지 못하거나 헛된 맹세나 약속을 해서는 안 된다.

제4의 계율(『마태복음』 제5장 38~42절), 사람은 눈에는 눈이라는 식의 복수를 해서는 안 될 뿐만 아니라 만약 한쪽 뺨을 때리면, 다른 한쪽 뺨도 내밀지 않으면 안 된다. 모욕을 용서하여 겸허한 마음으로 인내하고, 사람들이 자기에게 원하는 것이면 누구에게라도 거절하지 말라.

제5의 계율(『마태복음』 제5장 43~48절), 사람은 원수를 증오하거나 싸워서는 안 되며 그들을 사랑하고, 그들에게 도움을 주며, 봉사하지 않으면 안 된다.

네흘류도프는 타오르는 램프의 불빛에 시선을 고정시킨 채 미동도 하지 않고 있었다. 우리 삶의 온갖 추악상을 떠올리며, 만일 세상 사람들이 이같은 규율을 기반으로 성장한다면, 이 삶이 어떤 모습이 될 수 있는지를 그는 명확히 떠올려 보았다. 그러자 오랫동안 느껴보지 못했던 환희가 그의 마음을 사로잡았다. 오랜 괴로움과 고통 끝에 마침내 그는 갑작스레 평안과 자유를 발견한 것이다.

그는 복음서를 읽은 수많은 사람들이 그러하듯, 밤새도록 잠을 이루지 못하였다. 그리고 지금껏 몇 번이나 읽었지만 이해하지 못했던 말씀들의 의미가 지금에야 비로소 명확히 이해되는 것이었다. 마치 스펀지가 물을 빨아들이듯, 그는 이 책에서 발견한 모든 필요하고, 중요하며 기쁨을 주는 의미를 자신에게로 빨아들였다. 그리고 지금 읽은 것이 모두 오래전부터 알고 있었던 것처럼 여겨졌다. 이미 오래전부터 알기는 했지만, 완전히 인식하지 못하고 또 믿지도 않았던 것을, 지금은 명확히 인식하게 된 것처럼 느껴졌다. 이제야말로 그는 완전히 인식하고 또 믿게 된 것이다.

그는, 이 계율들을 실행함으로써 인류가 최상의 행복에 도달하게 된다는 것뿐만 아니라, 인생의 유일한 합리적인 의의가 담긴 이 계율들을 실행하는 것 이외에 더 의미 있는 일은 없다는 걸 인식하고 믿게 되었다.

만일 우리가 이 세상에 보내진 것이라면, 그것은 어떤 의지에 의해서, 어떤 목적에 의해 보내진 것이 틀림없다. 그러나 우리는 우리 자신의 기쁨만을 위해서 살고 있다. 이렇게 되면 주인의 뜻을 수행하지 않는 농부들이 불행해지는 것과 마찬가지로, 우리 또한 비참한 운명에 처해질 것임이 분명하다. 그리고 주인의 뜻이라 함은 분명 이 계율들 안에 표현되고 있다. 그러므로 사람들이 이 계율들을 실천하기만 한다면, 지상에는 하나님의 왕국이 이루어질 것이고, 사람들은 최상의 행복에 이를 수 있을 것이다.

너희들은 하나님의 왕국과 그 진실을 구하라. 그러면 나머지는 모두 너희들에게 주어질 것이다. 그러나 우리는 그 나머지만을 추구하고 있고, 그것조차 이룰 수 없음은 분명한 일이다.

그러므로 바로 이것이 내 필생의 사업인 것이다. 하나가 끝나자마자 다른 것이 시작되는구나?

이날 밤부터 네흘류도프에게는 완전히 새로운 삶이 시작되었다. 이것은 그가 삶의 새로운 조건들 속으로 들어갔기 때문이 아니라, 이때까지 그의 신상에서 벌어졌던 모든 일들이 그에게 있어 지금까지와는 전혀 다른 의미를 지니게 되었기 때문이다.

레프 니콜라예비치 톨스토이, 『부활』

부활

톨스토이는 도시로부터 지쳐 가고 있었고, 모스크바를 떠나 그의 마음이 좀 더 조화롭고 안정적인 상태가 되는 야스나야 폴랴나에서 살 수 있게 될 만한 모든 가능성을 활용하고자 했다. 그러나 야스나야 폴랴나 또한 그를 기쁘게 하지 못하는 시기가 닥쳐왔다. 야스나야 폴랴나 근처를 지나가는 키예프스코예 쇼세를 따라 식량과 일자리를 찾는 사람들이 줄을 이었다. 그들 중 다수는 더 이상 견딜 수 없게 된 농촌에서의 삶과 영원히 작별을 고하고, 도시에서 행복을 찾을 수 있다고 생각했다. 그러나 그들은 도시에서 그들을 기다리고 있는 것이 무엇인지를 알지 못했다. 톨스토이는 이러한 사람들 가운데 많은 수와 이야기를 나누었고 민중들 삶의 본질적인 문제가 무엇인지를 알게 되었다. 그가 도달한 결론은 참담한 것이었다. 작가의 마음에 그토록 소중했던 농민들의 세계는 붕괴했고 그것을 되살리는 일은 불가능해 보였다. 토지를 잃고 비인간적인 조건하에 놓이게 된 농민들은 굶주리고 있었고, 죽어 가고 있었다. 90년대 들어 농민들의 궁핍은 심해졌고, 톨스토이는 당연히 이 문제를 외면할 수 없었다. 그는 굶주리는 이들을 돕기 시작했고 툴라 현과 랴잔 현에 무료 급식소를 만들 자금을 모금하는 데 동참했다. 그 결과 200개가 넘는 무료 급식소가 문을 열었다. 작가는 굶주림의 현장을 직접 돌아보았다. 이 시기의 독창적인 사진들이 남아 있다. 그 가운데 하나에서 우리는 랴잔 현 단코보 지역의 베기체프카 마을에서 굶주리는 농민들의 목록을, 자신과 뜻을 함께 하는 이들과 함께 작성하고 있는 톨스토이의 모습을 볼 수 있다. 자선의 거짓된 모습을 비판하며 톨스토이는 굶주린 이들을 부양하는 것이 자신의 의무라 여겼다. 그러나 민중들의 노동을 통해 배를 채우는 이들이 그 민중들을 돕는 상황 자체가 톨스토이에게는 부조리하게 느껴졌고, 그의 극심

야스나야 폴랴나의 마을. S.A.톨스타야의 사진. 1890년대.

한 불쾌와 분노를 일으켰다. 그는 냉철한 결론에 도달했다. "민중들은 우리들이 지나치게 배를 채우고 있기 때문에 굶주리고 있다. 그러한 조건들, 즉 그같은 세금과 토지 수탈, 이같은 방치와 고립이라는 조건하에서 살아가면서, 부유한 이들의 삶의 중심지인 수도와 도시들, 온갖 지방 중심지들의 배를 채워 주기 위해 극도의 노동에 시달리고 있는 이들이 과연 굶주리지 않을 수 있는가?" 톨스토이가 〈기아에 관하여〉, 〈끔찍한 질문〉, 〈흉작으로 고통받는 농민들을 지원할 방법에 대하여〉, 〈굶주림과 풍요〉 등을 쓴 것도 바로 이 무렵이었다. 톨스토이는, 농민들이 고통받게 된 가장 주된 원인이 '농사를 짓는 민중들에게서' 토지가 박탈당한 상황이라고 간주했다.

개혁 시기 이후의 모순적이고, 역동성으로 가득했던 현실은 그 안에 많은 사회적, 정신적 분쟁들을 숨기고 있었다. 따라서 톨스토이가 날카로운 주제성과 큰 감성적 풍요로움을 만들어 낼 새로운 예술 장르를 찾고자 하는 과정에서 희곡이라는 장르로 이끌린 것은 당연한 결과였다. 희곡 작가로서의 톨스토이는 민중적이었고, 독창적이었으며 그의 희곡들은 실제로 혁신적이었다. 그 작품들의 언어 표현과 주제, 구성은 다시없는 훌륭한 것이었다. 그 안에서는 러시아 극문학의 위대한 전통, 다시 말해 그리보예도프와 고골 그리고 특히 톨스토이가 좋아했던 오스트로프스키가 남긴 위대한 전통이 엿보인다.

'중개인'을 출간하던 무렵에 이미 톨스토이는 잡지 《현대인》을 통해 이미 오래전부터 알고 지냈던 오스트로프스키에게, 민중을 위한 출판 사업에 동참해 줄 것을 요청했었다. 당시 톨스토이는 오스트로프스키에게 "모든 러시아 작가들 중의 그 누구도 당신만큼 이같은 요구에 크게 부응하는 이가 없습니다. 따라서 우리는 당신의 작품들을 우리의 출판물에 게재할 것을 승낙해 주고, 이러한 출판을 위한 작품을 써 줄 것을 요청합니다. 당신의 마음이 여기에 이끌린다면 말입니다. 나는 나의 경험을 통해, 당신의 작품들이 민중에게 어떻게 읽혀지고 들리며 이야기되는지를 알고 있습니다. 때문에 나는, 당신이 실제로, 넓은 의미의 작가로서 당신이 이룬 의심할 바 없는 그 민중적인 모습이 재현되는 데에 힘을 보탤 수 있기를 희망합니다"라고 했다. 그러나 불행히도 톨스토이에 의해 보내진 편지는 그에게 전달되지 못했다. 이 편지에는 오스트로프스키의 작품과 성품에 대한 높은 평가가 담겨 있었다. 훗날 톨스토이는, 배우 스타호비치가 오스트로프스키의 작품을 멋지게 읽었던 것이 자신을 '자극하여' 희곡 〈어둠의 힘〉을 쓰게 되었음을 고백했다.

야스나야 폴랴나의 근교. V. G. 체르트코프가 찍은 사진. 1905년(?)

집 앞 작은 광장에서 가족과 함께 한 레프 니콜라예비치 톨스토이.
왼쪽부터 레프 니콜라예비치, 미하일, 레프, 안드레이, 타치야나, 소피야 안드레예브나, 마리야. 전면에 바네치카와 알렉산드라가 서 있다. 야스나야 폴랴나. '세레르, 나브골츠 그리고 K' 사에서 찍은 사진. 1892년.

풀을 베고 있는 레프 니콜라예비치 톨스토이와 농민. P. 블라소프. 아담슨이 찍은 사진. 1890년.

마리야 리보브나 톨스타야(1871~1906). 레프 니콜라예비치 톨스토이의 딸. 야스나야 폴랴나. P. I. 비류코프가 찍은 사진. 1895년.

레프 니콜라예비치 톨스토이. 모스크바. '셰레르, 나브골츠 그리고 K' 사에서 찍은 사진. 1898년.

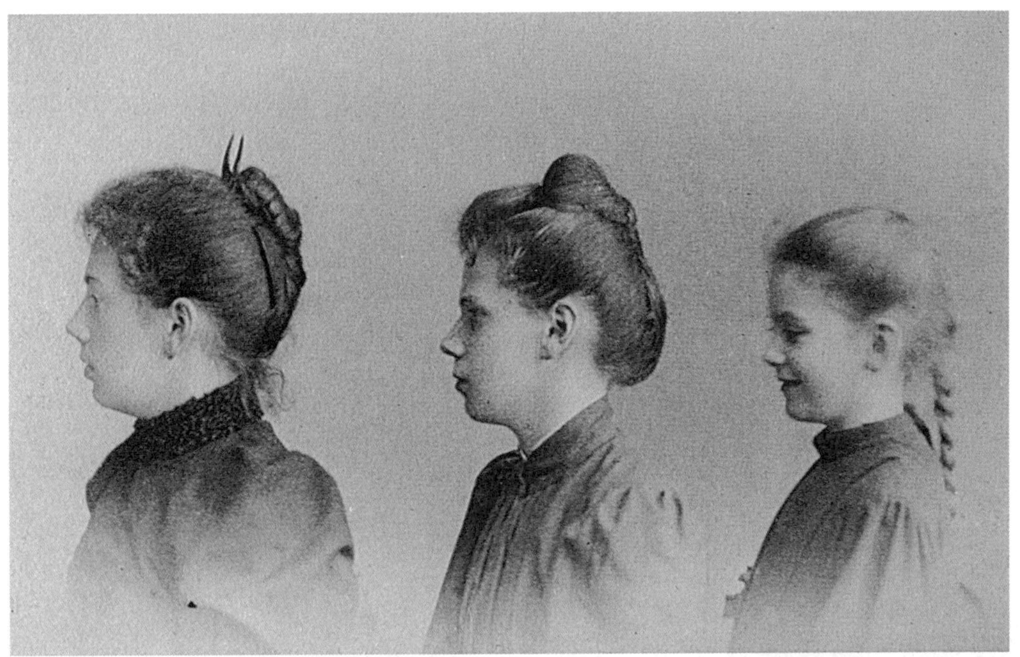

레프 니콜라예비치 톨스토이와 S. A. 톨스타야의 딸들. 타치야나, 마리야, 알렉산드라. (왼쪽에서 오른쪽 순) D. 아시크리토프가 찍은 사진. 1892년.

레프 니콜라예비치 톨스토이와 아들 레프 리보비치 그리고 손자인 레프. 야스나야 폴랴나. S. A. 톨스타야의 사진.1899년.

니제고로드 현 크냐긴스크 군 브이셀키 마을. M. 드미트리예프의 사진을 토대로 만든 사진철판. 1892년.

니제고로드 현 크냐긴스크 군 프로타소프 마을의 한 농민인 투가예프의 오두막. M. 드미트리예프의 사진을 토대로 만든 사진철판. 1892년.

거지인 농민. I. 스타들링이 찍은 사진을 K.콘스가 그린 그림의 복사본. 1892년.

니제고로드 현 루코야노프스크 군 프라레프크 마을의 서민식당. M. 드미트리예프의 사진을 토대로 만든 사진철판. 1892년.

니제고로드 현 크냐기닌 시에서 농민들에게 빵을 배급하고 있는 모습. M. 드미트리예프의 사진을 토대로 만든 사진철판. 1892년.

굶주린 마을 농민들의 부탁을 받아 적고 있는 레프 니콜라예비치 톨스토이. 랴잔스크 현의 베기체프카 마을. I.스타들링이 찍은 사진. 1892년.

사마르스크 현 부줄룩스크 군 파트로프카 마을의 굶주린 농민원조작업을 하던 때의 레프 리보비치 톨스토이와 원조자들.
왼쪽부터 I. A. 베르게르(당시 야스나야 폴랴나 관리인), 마을 반장, P. I. 비류코프, L. N. 톨스토이. I. 스타들링이 찍은 사진. 1892년.

바로 이 무렵, 민중 극장 '스코모로흐'를 창설한 렌토프스키(M. V. Lentovskii)가 편지를 보내 새로운 극장의 공연작품을 만드는 데 도움을 줄 것을 요청했다. 훗날 톨스토이가 말하길 "나는 이 〈어둠의 힘〉을 민중을 위해 썼다"고 했다.

희곡의 주제는 지극히 현실적인 기반을 가지고 있었다. 자신의 아이를 죽였던 툴라 현의 농부였던 예핌 콜로스코프는 그 끔찍한 죄악에 대해 공개적으로 참회했다. 이 사건은 1880년 1월 18일에 일어났다. 톨스토이는 툴라 지방 법원의 검사였던 자신의 친구 다브이도프의 이야기를 통해 이 사건에 대해 알게 되었다. 작가는 감옥을 방문하여 콜로스코프를 직접 만났다. '실제 발생했던 형사 사건'의 줄거리를 이야기하며 톨스토이는, "자신의 양녀로부터 태어난 사생아를 죽이고, 그 양녀의 결혼식에서 공개적으로 그 일을 참회한 살인 사건의 범인과 그 사건이 바로 〈어둠의 힘〉들어간 그 사건이다. 남자를 독살하는 것은 내가 생각해 낸 것이지만 주요 등장인물들조차도 실제로 벌어졌던 사건으로부터 구상된 것이다"고 했다.

희곡은 개혁 이후의 농촌의 삶을 보여 주고 있다. 낡은 가부장적 관습들, 이전에는 내부로부터 세상에 의해 통제되던 깊은 도덕적 관습들이 붕괴되고 있었다. 재물의 권력, 도시의 발달, 윤리적 구심점의 상실 등은 '사람들이, 그들의 행동이 악한 것이었기 때문에 광명보다 암흑을 더 좋아하게 되는' 새로운 시대의 도래를 나타내고 있었다. 가장 우위에 있는 것은 비인간적인 금전적 상호 관계였다. 극의 중심 인물이며 어둠의 왕국의 독특한 제왕인 마트료나는 아들 니키타에게 이렇게 가르친다. "너는 가서 돈을 빼앗아라", "모든 일에 있어 재물이 최고다", 오직 아킴만이 자신의 주위 사람들의 고리대금업에 대해 비판적인 입장을 취하고 있다 : "추악한 일이다. 때문에 불법인 것이다."

그러나 악의 세계에서 모든 악행을 불러일으키는 인물인 마트료나는, 아킴이 말하는 도의적 법을 조금도 두려워하지 않을 뿐더러 그에 대해 전혀 생각하지도 않는다. 그녀는 언제나 '십자가에 입을 맞출' 준비가 되어 있음에도 그러한 도의적 법칙의 존재 자체를 믿지 않는 듯 보인다. 자신의 '아이'를 표트르의 집주인으로 만들기 위해 표트르를 없애고 싶은 바람과 마찬가지로 아들이, 그 남편이 살아 있음에도 불구하고 유부녀와 나누는 관계 또한 그녀에게 있어서는 부자연스러운 일이 아니다. 아이의 죽음은 그녀에게 있어 오직 방해물이 사라졌음을 의미할 뿐이었다. 이러

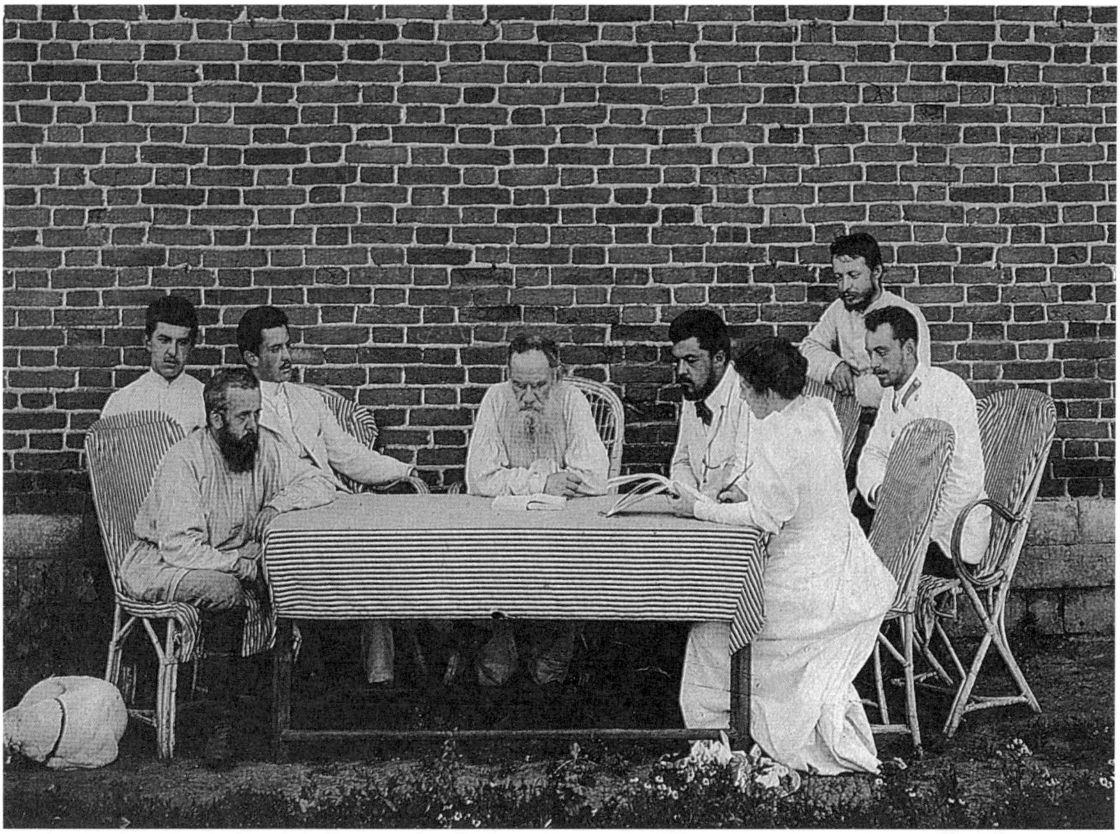

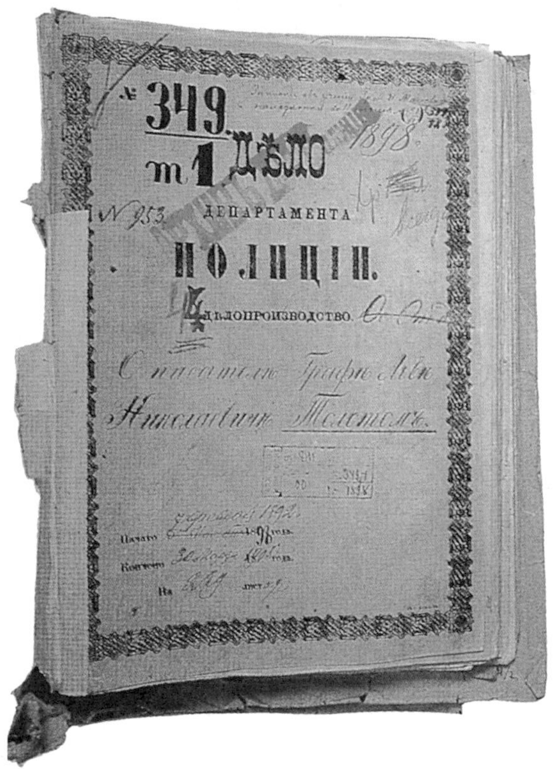

레프 니콜라예비치 톨스토이와 그의 원조자들이 원조를 필요로 하는 농민들의 명단을 작성하고 있다.
왼쪽부터 P. I. 비류코프, G. I. 라예프스키, P. I. 라예프스키, 레프 니콜라예비치 톨스토이,I. I. 라예프스키(아들), A. M. 노비코프, A. V. 친게르, T. L. 톨스타야. 랴잔스크 현의 베기체프카 마을. P. F. 사마린이 찍은 사진. 1892년.

〈작가 레프 니콜라예비치 톨스토이에 대한 경찰서의 업무〉
1892년 2월 7일 시작되었다.

야스나야 폴랴나 집 앞의 공터에서 S. I. 타네예프와 체스를 두고 있는 레프 니콜라예비치 톨스토이.
왼쪽부터 알렉산드라 톨스타야, 가정교사인 A. L. 벨리슈, 마리야 톨스타야, S. A. 톨스타야, 레프 니콜라예비치 톨스토이, 미하일 톨스토이, 타치야나 톨스타야, S. I. 타네예프가 앉아 있고, N. P. 이바노바, A. A. 쿠르신스키, 안드레이 톨스토이, D. D. 디야코프, E. 보렐(프랑스어 교사)가 서 있다. S. A. 톨스타야의 사진. 1895년.

한 왕국에서의 양심은 사산된 아이였다. 여주인공의 성격을 설명하며 톨스토이는 배우들에게 주의를 주었다.

"다른 사람들이 생각하듯 마트레나를 맥베스 부인과 같은 일종의 악녀로 완전히 표현해서는 안 됩니다. 이건 자신의 아들에게 나름대로의 좋은 것을 해 주려는 영리하고 평범한 노파일 뿐입니다. 그녀의 행동들은, 성격의 악한 특징들로부터 특별히 만들어진 결과가 아닙니다. 그녀의 생각으로는 이 모든 악한 행동은 모든 이들이 행하는 것, 즉 이것 없이는 삶 자체가 불가능한 것입니다. 그래서 그녀는 이것들을 두려워하지 않는 것입니다."

매우 두려운 일이지만, 마트레나는 일종의 예외가 아니라, 이성을 잃은 세계의 산물이며 불가분한 그 일부인 것이다.

그러나 이 모든 것에도 불구하고, 톨스토이는 인간 내부에서 태어나는 야수적 모습은 모든 인간의 마음에 들어 있는 선의 영원한 법칙이 뒤틀린 것이며, 니키타가 도달했던 양심과 참회의 고통을 거쳐 이같은 선이 완전히 되살아날 수 있는 것이라는 믿음을 가지고 있었고, 자신의 이러한 믿음을 관객에게 전하고자 했다.

고난, 그리고 죄를 자신의 것으로 받아들이는 것(마트레나와 아니시야의 죄는 이제 니키타에게 있어 '그의' 죄가 된다)을 통해 사람의 내부에서 새롭고 훌륭한 것이 탄생할 수 있는데, 이것이 바로 개인의 도덕적 부활로 가는 길이었다. 어둠의 힘은 현실이지만 그것은 영원할 수도 영원해서도 안 되었다. 진정 빛은 어둠 속에서도 빛나지 않는가?

톨스토이가 '민중을 위해 쓴' 희곡은 그에게 있어 매우 소중한 것이었기 때문에, 훗날 프랑스 교수 폴 부아이에게 그는 이 희곡을 쓰기 위해 "내 일기를 털었다" 고 이야기했다. 실제로 이 희곡을 창작하는 데 있어 톨스토이는, 그가 러시아를 여행할 때 마주쳤던 모든 이들과의 만남으로부터 수집했던 민중들의 속담과 격언, 여러 아름다운 언어적 표현들을 모두 활용했다.

독자들은〈암흑의 힘〉을 열렬히 환영했다. 희곡의 공연은 금지되었다. 1887년 1월 3일 레핀, 가르쉰이 참석한 가운데 톨스토이의 친구이자 견해를 같이 하는 체르트코프의 집에서 희곡이 읽혀졌다. 레핀은, 이 희곡을 '깊은 도덕적 비극적 기분을 남겼다. 이것은 인생의 잊을 수 없는 교훈' 으로 평가했다. 가르쉰은 이 민중적 비극의 셰익스피어적 힘을 느낄 수 있었다. 80년대에 자신의 위대한 논고 〈대지의 힘〉을 썼고, 이 힘이 농민으로부터 떠나고 있다는, 아니 좀 더 정확히는 농민들로부터 박탈되고 있다는 인식으로 괴로워하던 글렙 우스펜스키(Gleb Uspenskii)는 희곡의 중요한 갈등에 대해 이렇게 평했다.

재물에 힘을 넘겨주게 된 농민 경제의 궁핍이 있지 않았더라면 아니시야는 팔려 가지 않았을 것이고 니키타 또한 노동자가 되지 않았을 것이며, 직업을 잃은 표트르가 아쿨리나를 시집 보내지도 않았을 것이다.

그 당시 연구가 로무노프(K. N. Lomunov)의 지적은 정확했다.

대지의 힘이 끝나는 곳에서……바로 암흑의 힘이 도래한다.

네미로비치-단첸코(V. I. Nemirovich-Danchenko)는 〈암흑의 힘〉이 극장 예술가들에게 어떻게 받아들여졌는지를 이야기했다.

"이 작은 책, 민중을 위한 〈암흑의 힘〉은 우리에게 격렬한 인상을 주었다. 조금도 과장하지 않고, 나는 예술적 환희로 인해 인물형들의 경탄스러운 묘사들로 인해, 작품의 풍부한 언어로 인해 몸이 떨릴 정도였다".

그러나 '민중을 위한 작품'의 '거친 현실성'에 놀라고 분노한 포베도노스체프(K. P. Pobedonostsev)와 황제 알렉산드르 3세는 '이 희곡의 공연을 허락해서는 안 된다. 작품은 지나치게 현실적이고 그 주제는 끔찍스러운 것이다'는 확신을 갖게 되었다. 그 결과로 〈암흑의 힘〉은 완전히 금지되었고, 알렉산드르 3세가 죽은 후에야 해금되었다.

〈암흑의 힘〉은 처음에, 황제의 분노와 금지(작품의 초연일에 특별시장이 이에 대해 통보했다)에도 불구하고, 알렉산드린스키 극장의 연출가였던 다브이도프에 의해 1891년 1월에, 프리셀코브이가의 아마추어 극장에서 무대에 올려졌다.

1895년에는 알렉산드린스키 극장과 말르이 극장의 무대에서 이 작품이 공연되었다. 주인공들을 연기했던 배우들 가운데 특히 아쿨리나 역을 맡았던 사비나(M. G. Savina)와 마트레나 역을 맡았던 사도프스카야(O. O. Sadovskaya)가 돋보였고, 톨스토이 또한 이들의 연기를 높이 평가했다. 톨스토이는 공연 전에 말르이 극장의 배우들에게 희곡 텍스트를 읽어 주었고, 총연습에 참석했었다.

〈암흑의 힘〉은 해외에서도 큰 성공을 거두었다. 1888년에 이미 파리에서 무대에 올려지기도 했다.

〈암흑의 힘〉을 쓴 뒤 톨스토이는 근본적인 갈등이 드러나는 〈계몽의 결실〉이라는 희극을 쓰기 시작했다. 자신의 사후 내세의 흥밋거리의 힘 속에 파묻힌 지주들이 한편에 놓였고, 다른 한편에는 '토지를 구걸하기 위해 온' 남자들이 놓여 있다. 처음에 희곡은 '호기를 잡은 듯' 보였다. 창작은 큰 간극을 두고 진행되었다. 이 희극은 큰 극장의 무대를 대상으로 쓰여졌음에도 불구하고, 초연은 야스나야 폴랴나의 가족 극장에서 공연되었다.

이 희곡의 창작은 어느 정도까지는 강신술의 모임으로부터 받은 인상하에 쓰여지기 시작했다. 리보프(N. A. L'vov)의 모스크바 집에서 벌어진 강신술 모임에 톨스토이는 다브이도프의 추천에 의해 참석했다. 다브이도프는 훗날 회상하기를, 레프 니콜라예비치는 어떻게 사람들이 강신술(심령)적인 현상의 존재를 실제로 믿을 수 있는지가 놀라웠다고 이야기했다. 또한 내가 지팡이를 빨면 거기서 우유가 나온다는 것-전혀 그런 일도 없었고 또 있을 수도 없는 일-을 믿는 것과 차이가 없는 것이라고 했다. 강신

S. A. 톨스토이와 레프 니콜라예비치 톨스토이. 야스나야 폴랴나. S. A. 톨스타야의 사진. 1895년.

바네치카 톨스토이(1888~1895) '세레르, 나브골츠 그리고 K' 사에서 찍은 사진.

1893~1894년. 막애이던 바네치카는 남다른 동정심과 모두에 대한 세심함으로 여러 이들의 이목을 끌었다. 레프 니콜라예비치 톨스토이는 정신도, 심성도 남다른 막내아들이 자신의 정신적 계승자가 되어 주길 바랐다. 하지만 1895년 2월 23일 7살이 채 안 된 바네치카는 성홍열로 인해 죽었다. 바네치카의 죽음은 톨스토이 가족에게 큰 슬픔을 남겼다. 특히 소피야 안드레예브나가 아들의 죽음으로 몹시 힘들어하였다. 막내아들이 죽은 후 한 달이 지나 레프 니콜라예비치 톨스토이는 A. A. 톨스타야에게 이런 편지를 썼다.

"그는 자신 내면의 사랑을 키우고, 사랑 속에 자라기 위해 살았다. 이는 그를 우리에게 보내 주신 분이 원했던 것이며, 이는 그의 주위에 있는 우리 모두를 사랑으로 감동시켰다. 그는 떠나며 자신 속에 키워 온 사랑을 우리에게 남겼으며, 그 사랑은 우리를 하나로 만들어 주었다. 우리는 지금처럼 하나로 뭉친 적이 없었으며, 나와 내 아내는 이렇게 절실히 사랑을 필요로 한 적도 없었으며, 이토록 분열과 악을 혐오스러워 한 적이 없었다. 난 지금보다 아내를 사랑한 적이 없는 것 같다. 그래서 지금 나는 행복하다……"

야스나야 폴랴나 근처의 코소야 산에서 벨기에 주식회사가 건설하는 금속공장 건설현장 인부들과 함께 한 레프 니콜라예비치 톨스토이(오른쪽에서 다섯번째)와 딸인 타치야나(오른쪽에서 두 번째). 1896년.

술은 이뤄지지 않았다. 우리는 사람들이 말하는 대로 어두운 방에 원탁 주위에 앉아 있었다. 영매가 졸기 시작하자마자 탁자에서 톡톡거리는 소리가 들리기 시작했으며 인광을 내는 불빛이 보였다. 그러나 곧바로 이 모든 현상들이 멈췄다. 그 모임 다음날에 레프 니콜라예비치는 나에게 전날 있었던 모임에 대한 자신의 생각을 이야기했다. 그에 따르면 강신술은 영매나 그 모임의 참석자들이 처한 자기 기만이거나, 혹은 단순히 전문가들에 의해 만들어지는 속임수에 불과한 것이었다.

이 일이 있는 후 곧바로 레프 니콜라예비치는 몇 가지 우스운 장면들의 초안을 만들었고, 훗날 이 장면들은 발전되고 가다듬어져 희곡의 내용 속에 들어가게 되었다. 가족 극장에서 극이 공연된 것은 1889년이었고, 톨스토이의 자녀들인 세르게이, 타치야나, 마리야와 그외 친척들과 친구들이 연기했다. 손으로 직접 그려진 이 연극의 프로그램이 아직도 남아 있다. 톨스토이는 연습에 참석했고, 공연이 준비되는 동안 무대 지시문을 바꾸거나 몇 가지를 수정하기도 했다.

야스나야 폴랴나에서의 공연 바로 다음날 그는 비류코프(P. I. Biryukov)에게 다음과 같이 썼다. 어제 이곳에서 그 희곡을 공연했다. 군중에게는 공허했다. 다들 제 맘대로 행했다.

이 무렵 야스나야 폴랴나에서 살고 있었고, 톨스토이의 자녀들에게 수학을 가르치던 노비코프(A. M. Novikov)는 이 연극에 참가했고, 자신의 회상록에서 이렇게 이야기했다.

식객(기생충)들의 풍요롭고 부유한 삶과 그들의 이해관계의 한계성, 그들의 인생관의 협소함을 표현한 첫 번째 장면서부터, 톨스

S. A. 톨스토이와 레프 니콜라예비치 톨스토이. 야스나야 폴랴나. S. A. 톨스토이의 사진. 1895년.
레프 니콜라예비치 톨스토이는 66세의 나이에 자전거에 매료되어 자전거 타는 법을 배우기 시작하였다. 아는 이들의 자전거를 빌려서 모스크바 집 정원에서 몇 시간씩 자전거를 탔다. 다음 해인 1895년 톨스토이는 모스크바 승마 연습장에서 열리는 자전거 교실을 다녔다. 얼마 지나지 않아 톨스토이는 자전거를 타고 모스크바 거리를 자유롭게 돌아다녔으며, 야스나야 폴랴나에서 툴라까지 왕복으로 자전거를 타고 다니기도 했다.

모호바야 거리의 모스크바 대학. 1900년대 초의 사진.

모스크바 보스크레센스카야 광장의 관청 건물. '세레르, 나브골츠 그리고 K' 사에서 제작한 사진철판. 1888년.

모스크바 대학에서 E. S. 구토르 대령이 컬러사진에 대해 한 강의에 참석한 S. A. 톨스토이와 레프 니콜라예비치 톨스토이.
P. V. 프레오브라젠스키가 찍은 사진. 1896년.

토이와 라예프스키(Raevskii), 트루베츠키(Trubetskii), 사마린(Samarin), 필로소포프(Filosofov)와 기타 내가 아는 다른 귀족 가문들의 생활 풍속의 많은 단면들이 극 안에 명백히 표현되고 있음을 알게 되었다.

이런 식으로, 실제의, 그러나 '풍자적으로' 날카롭게 다듬어진 귀족 저택의 삶의 모습이 희곡에 담겨 있었다. 그러나 톨스토이의 관심을 끈 것은 단순히 생활상의 특징적인 단면들만이 아니었다. 희곡 창작 작업은 계속되었고, 그 안에는 새로운 등장인물들이 첨가되었다. 작가는 사회적 분쟁의 목소리를 강화하고자 노력했다.

'스스로를 위한' 지주들의 생활, 협소하고 이기주의적인 이득에 좌우되는 귀족적 삶, 넓은 세계 및 현실적인 문제들로부터의 고립은 상식의 상실과 타락으로 귀결되는 것이었다. 이러한 삶은 정신적으로 개인을 말살하고 타락시키는 것이었다. 그러한 삶은 무의미한 것이었고, 우스운 동시에 두려운 것이었다. 희곡 속에서는 순수한 희극적 요소가 드라마적 요소와 연결되어 있었다.

톨스토이는, '혼령'들이 땅을 빼앗긴 농민들의 운명을 결정하는 모습을 통해, 다수의 삶이 소수의 기분에 의해 좌우된다는 것을 보여 주고 있다. 실제로 이 모든 것들은 매우 우스운 것이다. 그것들이 그토록 슬픈 일만 아니라면.

한편 농민들이 처한 진실은 끝이 없었다. '우리의 땅은 너무 작아서, 가축들을-심지어는 닭들을 풀어놓을 곳도 없다.'

제목 자체로 강조되듯, 희곡은 매우 강한 풍자성을 가지고 있었다. 한편 계몽(교화)이라는 것은 도덕적 구심점을 상실한 세계의 학문이나 문화와 마찬가지로 나태한 이들의 이성을 흐리게 하는 암흑의 힘 속에 놓여 있었다. 톨스토이가 자신의 등장인물들에게 부여한 특징은 매우 정확했고, 표현 또한 풍부했다. 즈베즈진체프(Zvezdintsev)는 '퇴역한 육군 중위'였고 페트리셰프(Petrishchev)는 '사업을 찾아다니는 사람'이였으며, 사하토프는 '아무런 할 일도 없는 사람'이었다. 그들의 일이라고는 온통 무도회와 치장, 존재하지도 않는 병을 치료하는 일, 그리고 유용한 활동(사업)을 모방하는 쓸모없는 집단들의 활동에 동참하는

야스나야 폴랴나 저택의 공원에서 한 나무토막 쓰러트리기 놀이.

왼쪽부터 안드레이 리보비치 톨스토이, 그의 아내인 올가 콘스탄티노브나 톨스타야, 알렉산드라 톨스타야, 도라 표도로브나 톨스타야(L. L. 톨스토이의 아내), 레프 리보비치 톨스토이, 드미트리 드미트리예비치 디야코프(레프 니콜라예비치 톨스토이의 어린 시절 친구의 아들), 율리야 이바노브나 이굼노바, 타치야나 안드레예브나 쿠즈민스카야, 레프 니콜라예비치 톨스토이, 신원미상의 여자(뒤쪽). S. A. 톨스타야의 사진. 1898년.

일리야 리보비치 톨스토이(1866~1933)와 아내인 필로소포프 가문 출신의 소피야 니콜라예브나(1867~1934).
모스크바. A. 에이헨발드가 찍은 사진. 1888년. 1888년 2월 28일 결혼하였다.

레프 리보비치 톨스토이(1869~1945)와 베스테르룬드 가문 출신의 아내 도라 표도로브나(1878~1933).
아내는 스웨덴 의사의 딸이었다. 야스나야 폴랴나. S. A. 톨스타야의 사진. 1896년. 1896년 5월 15일 결혼하였다.

마리야 리보브나 톨스타야와 남편인 니콜라이 레오니도비치 오볼렌스키(1872~1934).
레프 니콜라예비치 톨스토이의 사촌인 엘리자베타 발레리아노브나의 아들이었다. 야스나야 폴랴나. S. A. 톨스타야의 사진. 1899년. 1897년 6월 2일 결혼하였다.

세르게이 리보비치 톨스토이와 첫 번째 아내인 라친스키 가문 출신의 마리야 콘스탄티노브나(1865~1900).
야스나야 폴랴나. S. A. 톨스타야의 사진. 1895년. 1895년 7월 10일 결혼하였다.

안드레이 리보비치 톨스토이(1877~1916)와 첫 번째 아내인 디테리흐스 가문 출신의 올가 콘스탄티노브나(1872~1951).
페테르부르크. E. 므로조프스키가 찍은 사진. 1899년 1월 8일 결혼하였다.

것뿐이었다. 톨스토이는 극에서, 지주들의 '교화'는 지성적 도덕적인 퇴보로 귀결될 수밖에 없다는 가차 없는 예견을 이러한 세계에 던져 주고 있었다.

이처럼 강한 폭로성과 풍자성을 띤 희곡이 검열 당국에 의해 금지가 된 것은 지극히 당연한 일이었다. 알렉산드르 3세는 이 희곡을 '공연해서는 안 되는 작품'으로 간주했다. 이 희곡은 아마추어 극장에서의 공연만 겨우 허가되었다. 배우들의 지속적인 노력 덕분에 결국에는 전문 극장에서 공연되는 것이 허락되었으나, 민중 극장에서의 공연은 계속 금지되었다.

혁명 이전에 무대에 올려진 '교화의 결실' 공연 가운데 가장 성공적인 것은 1891년 '예술 및 문학 협회'가 연출했던 것이었다. 이때 즈베즈진체프를 연기한 것이 스타니슬라프스키(Stanislavskii)였는데, 그는 여기서 최초로 연출가로 데뷔했다. 말르이 극장에서 이 희곡의 공연이 결정된 것도 그 무렵이었다.

상당히 많은 시간적 공백이 지나간 뒤 1900년에 톨스토이는, 처음에는 '송장'이라는 명칭('산 송장')을 가진 또 다른 희곡의 창작에 착수했다. 이때는 이미 현대 사회를 비판하는 작품 『부활』이 쓰여진 후였는데, 슬픔과 아픔 그리고 한없음으로 가득 찬 이 희곡은 그러한 폭로성을 여전히 견지하는 것이었고, 드라마 형식으로 쓰여졌다는 것만이 달랐다. 톨스토이가 다브이도프를 통해 알게 된 기메르(Gimer) 부부의 실제 사건이 다시금 주제의 기반이 되었다.

자신의 아내에게 자유를 주려는 고결한 목적을 실현시키기 위해 노력하던 기메르는 결국 자살을 위장할 수밖에 없었다. 불행히도 이 사건의 실제 정황이 모두 밝혀지게 되어 그 결과 이 부부는 재판을 받게 되었다. 재판관 코니(A. F. Koni)의 기록에 따르면 '이것은 실제 인간적인 진실과 형식적이고 추상적인 진실 간의 모순이 극명히 드러난 사건이었다.'

결과는 비참했다. 현존하는 사회에서는 죽은 법력이 살아있는 사람들을 죽이고, 이것이 매우 자연스럽게 여겨지고 있었다. 뜨거운 열정과 여리고 따뜻한 마음, 성공과 실패, 선한 영혼을 가진 표도르 프로타소프(Fyodor Protasov) 같은 비범한 사람은, 도덕적 법칙에 반한 범죄를 그 누구도 두려워하지 않고 오직 특정한 환경(계층, 자신이 속한 집단)에서만 인정되는 형식적인 규칙들만이 지켜지고 있는 세상에서는 살아갈 수가 없었다. 주인공은 이러한 법칙들을 넘어설 뿐 아니라 그것들을 부정하고 그것들과 타협하지 않으며 세상을 살아가고 있으며, 사회는 그러한 사람에게 잔인하게 보복을 가하는 것이다. 표도르는 이러한 죽은 세계에서 행복하고 잘 정돈된 인생의 외면적인 모습만을 모방하는 것을 원하지도 않았고, 그렇게 해야만 한다고 여기지도 않는다. 그는 이렇게 말한다.

내가 태어난 이곳에는 세 개의 선택이 있다. 오직 세 개뿐이다. 일을 하고, 돈을 모으고, 이 불쾌한 것을 늘려가는 것. 이것은 나를 불쾌하게 한다. 두 번째 선택은 이러한 불쾌한 것을 파괴하는 것이다. 그러기 위해서는 영웅이 되어야 하는데, 나는 영웅이 못 된다. 그리고 세 번째 - 잊는 것이다. 이 모든 것을 잊고 그저 술을 마시고 돌아다니며 노래하는 것이다. 그리고 내가 행한 것이 바로 이것이다.

프로타소프를 매혹시킨 것은, 거짓되지 않은 그리고 충실한 감정들을 용인하고 있는 집시들의 자유였다. 그는 자유를 찾아다닌다.그러나 '산 송장'에게조차 사회는 자유를 주지 않는다. 돌파구는 하나뿐이다. 죽음. 죽은 법은 오직 죽은 자들에게만 충성스러운 법이다.

레프 니콜라예비치 톨스토이. 야스나야 폴랴나. P. V. 프레오브라젠스키가 찍은 사진. 1898년.

레프 니콜라예비치 톨스토이가 말 위로 올라타고 있다.
야스나야 폴랴나. 화가 N. A. 카사트킨이 찍은 사진. 1897년.

야스나야 폴랴나의 집 주변에서 말을 타고 있는 레프 니콜라예비치 톨스토이. A. I. 톨스토이가 찍은 사진. 1903년.
N. V. 다비도프는 이렇게 회상한다.
"레프 니콜라예비치 톨스토이는 운동을 매우 좋아했다. 마차를 타고 다니는 것은 좋아하지 않았으며, 승마를 더욱 좋아했다. 그는 평생 승마를 즐겼다. 뿐만 아니라 그의 승마 솜씨는 탁월했으며, 말 위에서 그는 집처럼 편안한 기분이라고 했다. 그의 편안한 기분은 자유로운 승마 모습에서 느낄 수 있었다."

야스나야 폴랴나의 레프 니콜라예비치 톨스토이 가족과 손님들.
왼쪽부터 I. Y. A. 긴츠부르크, S. L. 톨스토이, S. A. 톨스타야, M. 오베르(톨스토이의 어린 아이들을 맡았던 가정교사), A. L. 베리슈(알렉산드라 톨스타야의 가정교사),N. L. 오볼렌스키, M. L. 오볼렌스카야(톨스타야 가문 출신), T. L. 톨스타야, 화가 N. A. 콘스탄틴, 피아니스트 A. B. 골리덴베이제르(S. L. 톨스토이와 체스를 두고 있다). S. A. 톨스타야의 사진. 1897년.

마리야 톨스타야와 알렉산드라 톨스타야(왼쪽), 농민 아브도치야 부그로바, 마트레나 코마로바 그리고 농민 아이들. 야스나야 폴랴나.
S. A. 톨스타야의 사진. 1896년, 레프 니콜라예비치 톨스토이 가족과 손님들. 그중 샤를 살로몬도 있다. (1862~1936)

왼쪽부터 A. L. 톨스토이, N. N. 게(아들), A. D. 아르항겔스키(미하일 톨스토이의 교사), S. L. 톨스토이, T. L. 톨스타야, M. N. 톨스타야(레프 니콜라예비치 톨스토이의 누이), 톨스토이에 대한 논문을 쓴 작가이자 프랑스어로 톨스토이의 작품을 번역한 살로몬과 얘기하는 사람들, L. N. 톨스토이, 농민 소녀들에게서 열매를 사고 있는 S. A. 톨스타야, 알렉산드라 톨스타야. 야스나야 폴랴나. S. A. 톨스타야의 사진. 1899년.

희곡은 톨스토이의 〈유고 문집〉에 포함되었다. 이 작품은 1911년이 되어서야 겨우 모스크바 예술 극장에 의해 무대에 올려졌다. 극은 훌륭한 배우들에 의해 공연되었다. 스타니슬라프스키(K. S. Stanislavskii)가 아브레즈코프(Abrezkov) 공작 역을, 릴리나(M. P. Lilina)가 카레니나(Karenina)의 역을, 그리고 카찰로프(V. I. Kachalov)가 카레닌(Karenin)역을 맡았는데, 표도르 프로타소프 역을 맡은 모스크빈(I. M. Moskvin)이 그중에서도 뛰어난 연기를 보여 주었다.

"〈산 송장〉의 공연은 모스크바 예술 극장의 가장 위대한 작품들 가운데 하나였다"고 네미로비치-단첸코(V. I. Nemirovich-Danchenko)는 기록하고 있다.

80년대, 90년대 톨스토이의 창작은 큰 집약성과 어마어마한 그 넓이로 특징 지워진다. 여기에는 날카로운 시평(時評)문들과 민화, 희곡과 철학적 해설서, 그리고 문학작품 등 매우 다양한 작품들이 포함된다. 그 가운데 특별한 위치를 차지하는 것은 중편 작들, 〈아마포를 재는 사람〉, 〈이반 일리치의 죽음〉, 〈악마〉, 〈크로이체르 소나타〉이다. 이 중편들 안에는 작가의 사상과 견해, 그리고 감성의 '예술적인 섬광'이 담겨 있었다.

소설 〈이반 일리치의 죽음〉의 주제를 결정하며 톨스토이는 한 서신에서 이렇게 알리고 있었다.

평범한 사람의 평범한 죽음에 대한 묘사, 묘사로부터의 묘사.

이전에도 종종 그래왔던 바와 같이 실제 에피소드와 개인적인 경험-톨스토이가 잘 알고 지냈던 이반 일리치 메치니코프(Ivan Il'ich Mechnikov)의 죽음이 이 소설의 창작에 중요한 출발점이 되었다. 톨스토이는, 당시 생리학자로 명성을 날리던 일리야 일리치 메치니코프와 나눴던 1909년 5월의 대화에 대해 훗날 이렇게 이야기했다.

대화를 나누던 중 우리는, 내가 그의 형제인 이반 일리치를 알고 있었고, 나의 소설 〈이반 일리치의 죽음〉이, 툴라 현 지방 법원의 검사였던, 선량한 사람이었던 고인과 어느 정도 관련을 가지고 있다는 것을 회상했다.

이반 일리치의 인물형은 메치니코프에게 있어 상당히 단순화

파벨 페트로비치 트루베츠코이(1866~1938) 레프 니콜라예비치 톨스토이의 반신상을 만들고 있다.
야스나야 폴랴나 1899년 8월 28일. S.A.톨스타야의 사진. I. I. 고르부노프-포사도프(오른쪽)는 톨스토이가 포즈를 취하고 있는 걸 힘들어하지 않도록 소리내어 책을 읽어 주고 있다.

된 것으로 여겨졌는데, 이는 톨스토이가 자신의 주인공에게 부여했던 모습보다 훨씬 더 풍부한 '영역의 감성' 을 그의 형제가 지니고 있었기 때문이었다.

그러나 작가로서의 톨스토이는 어떤 구체적인 인물형을 추구한 것이 아니라, 그가 구현되는 힘이, 자신의 가차없는 성실함(올바른 것, 혹은 진실)으로서, 숙명적인 병죽음에 이르게 하는—을 앓고 있는 환자들이 겪어야 하는 깊은 두려움과 의심들을 보아온 전문적인 의사들을 환호하게도 했고 심지어는 두렵게도 만들었던 그러한 종합적인 형상을 창조해냈다. 작가들은 소설의 예술적 감화력을 높이 평가했고, 톨스토이의 모든 독자들은 어쩔 수 없이, 바로 그들 자신과 똑 같은 평범한 사람의 삶과 죽음을, 그들 모두를 기다리고 있는 죽음에 대한 자신의 생각 그리고 자신의 삶과 비교할 수 밖에 없었다. 톨스토이에 의해 묘사된 것들은 모든 이들의 존재의 일부분이었다.

비록〈이반 일리치의 죽음〉이라는 제목을 가지고 있긴 했으나, 그 작품은 죽음의 비극에 대한 것이 아니라 인생(삶)의 비극에 대한 것이었다. 독자들의 눈 앞에 펼쳐진 것은 어떤 개인의 전기가 아닌, 무수히 많은 사람들을 모두 아우르는 일종의 개괄적인 운명과도 같은 것이었다. 소설의 주인공에게는 다른 모든 이들에게서도 그러하듯 모든 것이 담겨 있었다. 교육, 일자리, 승진, 결혼 그리고 결국에는 완전한 출세와 성공-이는 영원히 변치 않을 고정 관념들이다. 모든 것이 '이러한 사람들의 평범한 여가 보내기와 닮아 있었다'. '이러한 사람들' 이란 다시 말해 이반 일리치의 주위를 둘러싼 사람들을 의미한다. 존재의 방식은 아주 사소한 것에 이르기까지 모두 연습된 것이었다. 심지어는 존재로부터의 탈피-연애, 파티, 카드 놀이까지도 미리 계획에 의해 짜여진 것이었다. 그 안에서 주인공은 그저 '멋지게 즐길' 뿐이다.

지인들과의 교류와 가정에서도 그처럼 '비인간적이고, 충실하지 못하며 이기적인 바람들로 인해 흐려지지 않은 것들이 적은 사무적인 관계' 가 계속된다. 그리고 이러한 사람의 죽음으로 가

볼콘스키 집의 톨스토이 작업실에서 S. A. 톨스타야가 딸인 타치야나 리보브나와 조각가인 I.YA.긴츠부르그(1859~1939) 앞에서 포즈를 취하고 있다.
야스나야 폴랴나, S. A. 톨스타야의 사진, 1897년.

는 첫 걸음은, 영혼과 정신의 파멸이 예정된 불쾌하고, 불필요하며 끔찍한 삶을 인식하는 것이다.

이반 일리치가 살았던 세계는 죽은 세계이다. 그는 죽음에 저항했을 뿐 아니라, 죽음을 단언하며 그에 다가간다. 무관심하고 이기적인 사람들은 이반 일리치의 죽음이 그들에게 얼마나 이득이 될 것인가를 계산하고 있다. 그들은 살아 있는 사람의 상실을 느끼지 못한다. 거짓, 위선, 무관심-바로 이것이, 이제는 자신의 끔찍한 고독과 사람들의 잔인함에 대해 깊이 생각하게 된 죽어 가는 이가 마주 대했던 것이다. 그리고 마침내 이같은 인식이 뒤따르게 된다. 이처럼 쓸모없는 직업과 재물에 대한 집착이 1년, 2년, 10년, 20년. 이렇게 계속되었던 것이다. 이렇게 나아갈수록 점점 더 쓸모없게(활력을 잃게) 되는 것이다. 사회적인 평가 속에서 나는 계속 출세하고 있었다. 그리고 그와 동시에 그만큼씩 나로부터 삶(생명력)이 빠져나가고 있었던 것이다. 그리고 이제 주인공은 두려운 문제를 던지기 시작한다. "어쩌면 나는 잘못 살았던 게 아닐까?" 어디로도 피할 수 없는 죽음이 다가오자 이반 일리치는 기만으로 드러난 삶의 진정한 공포를 자각하기 시작한다. 세상과의 단절된 관계를 되살리는 것은 환자에게 진심으로 동정심을 갖고 인내로서 그를 보살피는 평범한 남자 게라심이었다.

이반 일리치는 이제 회한과 고통, 생생한 참여가 공허한 소리가 아닌, 거의 지각되지 않는 존재의 규준이 있는 삶의 다른 형태들이 있다는 것을 이해한다. 병과 목전에 닥친 죽음, 그리고 단순하지만 자연스러운 인간과의 교류는 인생의 다른 진실을 열어 보이며 그를 바꾸어 간다. 언젠가 먼 어린 시절에 그는 자신의 개성을 느꼈었다. 또한 그때에는 가까운 사람들과 어머니로 구현되었던 넓고 선한 세상의 일부임을 느꼈었다. 그런 뒤에는 그가 '다른 사람들처럼' 살아온 몰개성의 긴 생애가 끝도 없이 이어졌던 것이다. 그리고 이제 죽음이 다시금 그의 개성과 인격을 드러내고 있었다. 이제, "모든 사람은 죽는다"는 사실을 주장하는 무명인이 죽는 것이 아니라, 바로 그, 이반 일리치, 아름다운 자신의 세

보론카강의 작은 욕장 근처의 S. A. 톨스타야가 딸과 지인들과 함께 찍은 사진.
왼쪽부터 A.L.벨리이, M.오베르, N.P.이바노바, S.A.톨스타야, 알렉산드라, 마리야 톨스타야. 야스나야 폴랴나. S.A.톨스타야의 사진. 1896년.

계를 가진, 인생에 대한 새로운 인식을 얻게 된 이반 일리치가 죽는 것이다. 그는 눈을 뜨고 아들을 바라 보았다. 아들이 가여워졌다. 아내가 그에게 다가왔다. 그는 아내가 가여워졌다. 그는 죽음에 대해 가졌던 이전의 익숙한 공포를 찾아보았다. 그러나 그것을 발견할 수 없었다. 두려움은 어디에 있는가? 죽음이란 어떤 것인가. 그 어떠한 두려움도 없었다. 죽음 또한 이미 없었기 때문이다 톨스토이는 언제나, 자신의 주인공들에게 정신적인 갱생의 가능성을 남겨 두었다.

〈이반 일리치의 죽음〉은 톨스토이의 위대한 작품들 가운데 하나다. 소설은 작가와 예술가들, 문학 평론가들과 독자들로부터 대단한 호평을 받았다. 차이코프스키, 크람스키, 스타소프, 레스코프가 남긴 호평은 널리 알려져 있다. 젊은 로맹 롤랑은 이 작품을 읽고 깊은 감동을 받아 1887년 톨스토이에게 흥분으로 가득 찬 편지를 보내왔다. 그 안에서 그는 "지금까지는 예술에 전혀 관심도 가지지 않았고 거의 아무것도 읽은 적이 없었던 니베르네의 부르주아인 나의 고향 친구들이 잔뜩 흥분하여 〈이반 일리치의 죽음〉에 대해 이야기하는 것을 나는 직접 보았습니다"라고 말하고 있다.

무사태평한 이기주의적 삶의 형상에 대한 톨스토이의 분석은 뒤이은 소설 〈크로이체르 소나타〉에서도 계속되었고, 이 작품 역시 사회적으로 큰 반향을 불러일으켰다. 이 작품에는 가족들의 관계에 대한 작가의 관심이 집중되어 있었다. 가족이라는 테마는, 자신의 인생과 예술에 걸쳐 톨스토이가 탐구했던 가장 중요한 테마들 가운데 하나였다. 작가는 일상사에서부터 철학적 관점에 이르기까지 매우 다양한 측면에서 그 테마를 연구했다.

톨스토이는 가족을 인간의 행복을 이루는 조건들 가운데 하나로 보았다. 그러나 가장 근본적인 의미-서로에 대한 애정과 배려, 협력, 존중과 이해가 결여된 가족은 그 개인과 사회에 있어 치명적인 것이었다. '여성에 대한 도의적 책임으로부터'의 회피는 당시 사람들의 일반적인 모습이었다. 그리고 이것이 결혼 생활을 '불쾌하고 싫은 것'으로 바꾸는 원인 가운데 하나였다. 각자가 자신만을 위해 살며, 전통이라는 명분하에 여성에 대한 소유권이 인정되는 가정에서는 모든 행동이 가능했다. 여기서 모든 것이 뒤틀리기 시작한다. 심지어는 사람들을 융합하고 그들의 감성을 풍부하게 하며 선과 미에 대한 관념을 발전시켜야 할 예술(그리고 그중에서도 가장 아름다운 것-음악)이 인생에 부조화를 가져오고, 도의적인 의무들을 가리우며 사람 안에 내재된 동물적 본능들만을 일깨우게 되는 것이다.

소피야 안드레예브나 톨스타야는 자신의 일기에서, 톨스토이에게 〈크로이체르 소나타〉를 쓰게 한 것은 한 유명한 운명에 대해 안드레예프-부를락이 해 준 이야기라고 했다. 이 작품을 쓰는 동안 톨스토이는 삶에서 일어나는 다양한 사건들의 영향을 받았고, 그러한 사건들을 면밀히 검토하고 추려냈다. 어떤 것들은 배제되었고, 어떤 것들은 신중히 되짚어 보았으며, 표현과 감성, 그리고 사상들을 하나씩 검토했다.

세르게이 리보비치 톨스토이는 자신의 회고록에서 70년대에 야스나야 폴랴나에 왔던 아버지의 친척인 이폴리트 미하일로비치 나고르노프를 거론하고 있다. '뛰어난 바이올리니스트' 였던 그는 이탈리아와 프랑스에서 성공을 거두고 있었다. 세르게이 리보비치의 회고에 따르면 "그는 야스나야 폴랴나에서 〈크로이체르 소나타〉를 연주했고, 이것이 당시 레프 니콜라예비치에게 특히 강한 영향을 끼쳤다. 훗날 소설 〈크로이체르 소나타〉에 뚜렷하게 표현된 생각과 형상들은 어쩌면 이때 이미 생겨난 것인지도 모른다. 어쩌면 심지어 나고르노프의 몇몇 단면들이 트루하체프스키를 만들어 내는 데 직접적으로 기여했을지도 모른다"라고 했다.

톨스토이의 전기를 썼던 비류코프는 하모프니체스키의 집에서, 톨스토이의 어린 자녀들 레프와 미하일의 선생이었던 바이올리니스트 랴소타에 의해 연주된 베토벤의 소나타가 톨스토이에게 막대한 영향을 미쳤음을 지적하고 있다. 이 자리에는 안드레예프-부를락과 레핀도 있었다. 소피아 안드레예브나 톨스타야는 자서전 〈나의 인생〉에서 하모프니체스키의 집에서 있었던 이때의 에피소드를 회상하며 이렇게 적었다. "레프 니콜라예비치는 안드레예프-부를락을 위해 일인칭 소설을 써야겠다고 하며 누군가가 〈크로이체르 소나타〉를 연주해 주길 바랐다. 그리고 그 이야기에 부합되는 내용으로 레핀이 삽화를 그려 주길 원했다." 레프 니콜라예비치는 "그날 받은 인상은 매우 강렬했다"고 기록했다.

S.A.톨스타야와 자신의 손자들인 일리치 리보비치의 아이들. 일류샤, 안드류샤, 미샤. 야스나야 폴랴나. S.A.톨스타야의 사진. 1899년.

야스나야 폴랴나의 마을. B. G. 체르트코프의 사진. 1908~1909년. 최초 공개.

〈크로이체르 소나타〉에 대해 전 러시아에서 일어난 지대한 관심은 그 무엇과도 견줄 바 없었다. 출판도 되기 전부터 〈크로이체르 소나타〉는 필사본으로 읽히기 시작했고, 도처에서 그에 대해 논의했고, 환호를 보내기도 했으며, 열광하기도 하고, 또 열띤 토론을 벌이기도 했다. 더러는 비록 모든 것에 대해서는 아닐지라도 작가와 견해를 함께 하기도 했고 더러는 냉혹하게 작품을 비난하기도 했다. 폭풍과도 같았던 열광과 분노는 새 작품을 둘러싸고 더해 갔다. 먀소예도프(G. G. Myasoedov)의 그림(1893)은, 톨스토이의 작품을 두고 발생한 이같은 격정적인 반응들을 재현하고 있었다. 먀소예도프의 작품 '크로이체르 소나타', '독서'는 상트 페테르부르크의 푸슈킨스키 돔에 걸려 있다.

그토록 작가의 심적 고통을 가져왔던 톨스토이의 작품들에 대해 객관적인 평가를 내린 것은 안톤 파블로비치 체호프였다. 그는 자신의 편지에서 "부분에서 인상적으로 나타나는 예술성을 거론하지 않더라도, 인간의 사유를 극한까지 불러일으키고 있다는 점만으로도 나는 이 작품에 감사하고 싶습니다"라고 적고 있다.

"자신의 이득만을 보호하는 데에만 관심이 집중된 탐욕스런 인간의 삶은 비인간적이고 자연스럽지 못한 것이다." 바로 이것이 톨스토이가 자신의 작품 〈아마포를 재는 사람〉에서 탐구했던 생각이었다. 이 작품 속에는 두 개의 상충되는 운명들-두 개의 삶과 두 개의 죽음-이 예술적으로 형상화되어 있다. 하나는 생각 없이 무분별하며 쓸모없는 지주인 세르푸호프스키이고 다른 하나는 비극적이지만 자연스러우며 동시에 인생의 변함없는 힘에 종속된 의미있는 삶인 아마포를 재는 사람이었다.

이미 1856년 5월 31일에 톨스토이는 자신의 일기에서 "말에 대한 이야기를 쓰고 싶다"고 기록하고 있다. 우연의 일치로, 바로 이 시기에 톨스토이와 투르게네프가 만났는데, 그 만남에 대해서는 다음과 같은 기록(이 기록은 투르게네프의 말을 인용해 크리벤코(S. N. Krivenko)가 작성한 것이다)이 남아 있다.

어느 여름날 우리는 그(톨스토이)와 함께 마을에서 만나, 저녁에는 저택으로부터 멀지 않은 목장을 따라 산책하고 있었다. 목장

레프 니콜라예비치 톨스토이.
1897년, 페테르부르크. B. I.크리보슈의 사진.

모스크바. 일린카 거리.
'세레르, 나브골츠 그리고 K' 사의 사진. 1887년.

МѢХОВОИ
НО
ВОСКРЕС
ИГОЛЬНЫ
I. С. ГИ
РАЗ
МѢХА

레프 니콜라예비치 톨스토이. 모스크바. '세레르, 나브골츠 그리고 K' 사의 사진.

에는 늙은 말이 있었는데, 매우 지쳐 있는 모습이었다. 우리는 그 노쇠한 말에게 다가갔다. 톨스토이는 말을 쓰다듬기 시작했고, 그의 생각으로는 그 말이 느끼고 있고 생각하고 있음에 틀림없다고 여겨지는 이야기들을 하기 시작했다. 나는 열심히 그의 말에 귀를 기울였다. 그는 자기 혼자 들어간 것이 아니라 나까지도 이 불행한 존재의 위치로 끌고 들어갔다. 나는 더 이상 참지 못하고 이렇게 농담을 던졌다. "잠시만요, 레프 니콜라예비치. 아마 당신은 언젠가 말이었던 모양입니다. 자, 말의 내면적 상태를 묘사해 볼까요."

〈아마포를 재는 사람〉의 구상은 80년대 중반에야 재개되었다. 이 무렵 톨스토이는 작품들의 출판에 대한 위임장을 소피야 안드레예브나에게 써 주었고, 그녀는 1860년대 초반에 쓰여진 톨스토이의 메모들을 깨끗이 정서했다. 레프 니콜라예비치는 많은 부분을 고쳐 가면서 이 소설을 최종적으로 완성했다.

90년대로 넘어가던 시기에 톨스토이는, 체르트코프에게 이야기했던 소설 〈세르게이 신부〉에 대한 구상이 떠올랐다. 일기에는 이러한 기록이 남아 있다. "〈세르게이 신부〉를 시작. 거기에 푹 빠져 있다. 그가 지나온 정신적 상태가 매우 흥미롭다."

1891년, 체르트코프에게 보낸 편지에서 톨스토이는 후회가 섞인 이러한 이야기를 하고 있었다. "세르게이에 대해서는 도저히 생각할 수가 없다. 왠지 그러고 싶지가 않다. 그는 내게 있어 너무도 소중하기 때문에 이것을 미루어 두었다." 아마도 주제의 심화에 있어 중요한 방향성은 이미 구상되었던 듯하다. 바로 이 편지 속에서 '색욕과의 갈등이 이 에피소드일 수도 있고, 어쩌면 다른 것—인간의 명예와의 갈등이 하나의 단계일 수도 있다'는 생각이 드러나고 있기 때문이다.

오랫동안 이 작품을 멈춘 뒤에 톨스토이는 90년대 후반에 〈세르게이 신부〉의 창작을 다시 시작했다. 1900년에 그가 고리키에게 이 소설의 줄거리를 이야기했을 때 그는 '표현의 아름다움과 간결함, 그리고 그 사상'에 큰 감동을 받았다. 소설이 완간된 것은 1911년 〈톨스토이 유고 문집〉에서였다.

〈세르게이 신부〉에서 톨스토이는 깊은 지성과 큰 열정, 높은 자긍심, 억제할 수 없는 야심 그리고 모든 것에서 완벽에 도달하고자 하는 지칠 줄 모르는 욕구를 지닌 비범한 인물의 인생을 추적한다. 세간의 사고방식에 의하면 그는 많은 것들을 성취하는

연극 〈어둠의 힘〉의 한 장면.
페테르부르크 프리숄코프의 집에서 알렉산드르 극장의 배우 B. N. 다비도프가 처음으로 공연하였다. K. A. 샤피로의 사진. 1890년.

데 성공한 인물이었다. 한때 뛰어난 장교였던 그가 존경받는 '성자'가 되었다. 신문 지상에서는 그에 대한 기사가 실리고, 그에게는 '천 베르스타도 마다하지 않고 사람들이 찾아온다'. 그러나 주인공은 변함없이 자기 기만 상태에서 살아간다. 그는 자기 자신으로부터 고결한 이상과 믿음, 마음속 깊은 곳에서의 완결무결함에의 추구가, 그 기저에서는 명예와 자만, 거짓된 위엄에의 추구로 슬쩍 바뀌고 있다.

작가 톨스토이는 존재의 모든 비밀을 인지하고 있는 듯 보인다. 이 아마포를 재는 사람의 가여운 나이듦과 참담한 죽음 속에서 그는 아름다움과 장엄함을 발견했다. 세르게이 신부의 고결하고 아름다운 운명 속에는 영혼의 파괴, 허영으로 가득한 마음의 고통, 그리고 쓸모없는 겸손이 담겨 있다. 그러나 진리는 사람들로부터 감추어져 있지 않다. 필요한 것은 오직 그 진리를 이해하

마리야 가브릴로브나 사비나(1854~1915). 알렉산드르 극장의 배우.
알렉산드르 극장이 페테르부르크에서 공연한 〈어둠의 힘〉에서 아쿨리나 배역을 맡았다. A. 렌츠와 F. 사진. 1895년.

모스크바 예술극장에서 공연한 〈어둠의 힘〉. 1902년.

콘스탄틴 세르게예비치 스타니슬라프스키(알렉세예프, 1863-1938).
모스크바 예술문학단체의 회원들이자 그의 〈계몽의 성과〉를 처음 상연한 사람들. 왼쪽부터 첫 줄에 A. A. 표도토프, K. S. 스타니슬라프스키, N. V. 다비도프, 보리소바, T. V. 마튜신, 뒷 줄에 보리소프, M. P. 세레메티예프, M. F. 우스트롬스카야, 나겔. 툴라. 1891년.

고 고난을 통해 발견해 내는 것이다. 도덕적인 가치와 이상형들은 삶을 통해 '이루어지는 것이다'. 신부 세르게이는, 언뜻 보아서는 평범한 여자로 보이는 소박하고 눈에 잘 띄지도 않는 불쌍한 파센카의 삶을 관찰하는 것을 통해, 선에 대한 포상-바로 그 안에 있는-, 혐오감을 불러일으키는 것, 그리고 사소한 진리를 이해하게 된다. 그녀는 '수천의 잘 알려지지 않은, 동시에 다른 그 누구보다도 사랑의 위안을 필요로 하는 취객들, 연약한 자들 그리고 방탕한 자들을 위안하는 위로자들, 훌륭한 여성들 중의' 한 사람이다. 사람들에 대한 그녀의 봉사는 단순하고도 자연스러운 방식으로 이루어진다. '타락한 그러나 당당한 파계승' —세르게이 신부는 바로 이러한 삶 속에 그의 구원이 있음을 깨닫게 된다: "파센카는 바로, 내가 되었어야 했으나 되지 못했던 사람이다……. 보상에 대한 생각 없이 전해지는 물 한 잔, 선행 하나가 내가 행한 모든 것보다도 더 값진 것이다."

1898년 8월 28일, 톨스토이는 70세의 생일을 맞이했다. 그는 자신의 생일을, 『부활』의 창작에 전념한 채 보냈다. 거의 11년 동안 레프 니콜라예비치는 자신의 이 마지막 장편소설을 발전시켜 갔다. 이 작품을 구상하게 된 원동력은 코니(A. F. Koni)가 들려준 이야기였다. 훗날 톨스토이 자신이 이 착상을 '코니의 소설' 이라고 일컬었다. 1887년, 톨스토이의 손님으로 머물면서 코니는 그에게 70년대에 페테르부르크의 법원에서 발생했던 놀라운 이야기를 들려주었다.

어느 날, 창백하지만 어떤 감정에 가득 사로잡힌 얼굴에, 내면의 불안정한 상태를 보여 주는 듯 불안하면서도 타오르는 듯한 눈빛을 가진 한 젊은이가 나를 찾아왔다. 그의 복장과 태도는, 그가 고위 계층 사람들을 대하는 데 익숙한 사람임을 보여 주고 있었

모스크바 말르이 극장에서 공연된 〈계몽의 성과〉. 1891년.

모스크바 예술문학단체가 상연한 〈계몽의 성과〉.
K. S. 스타니슬라프스키가 처음 감독한 작품. 1891년. 세 명의 남자는 A. A. 표도토프, V. V. 루슈키, V. M. 블라디미로프(로파틴)이다.

희곡 〈계몽의 성과〉의 포스터.

1889년 야스나야 폴랴나 톨스토이의 집에 처음으로 붙여졌다. 레프 니콜라예비치 톨스토이의 가족들과 지인들이 배역을 맡았다. T. L. 톨스타야가 포스터를 제작하였다.

모스크바 예술극장에서 공연한 드라마 〈살아있는 시체〉. 1911년.

다. 하지만 그는, 겨우 정신을 차리고 있었고, 열정적으로 나에게 검사에 대한 불평을 이야기했다. 감옥을 관리하고 있는 그 검사가, 사전 검열을 거치지 않고는 로잘리야 온니라는 이름의 수감자에게 보내는 그의 편지를 전해 줄 수 없다고 거절했다는 것이다…… ..이 여자는 핀란드인 창녀였는데, 만취한 '손님' 으로부터 100루블을 훔친 뒤 센나야 광장 근처의 골목에 있는 가장 낡아빠진 집을 가지고 있는 소령의 미망인인 자신의 주인에게 감춘 혐의로 수감된 여자였다…….

사건의 전말에 흥미가 생긴 코니는 이 젊은이와 불운한 여자의 자세한 이야기를 알아냈다. 온니는 부유한 여지주로부터 별장을 임대하고 있었던 홀아비의 딸이었다. 자신의 치명적인 병에 대해 알게 되자, 그 아버지는 여지주에게 자신의 하나뿐인 딸을 보살펴 줄 것을 부탁했다. 아버지가 죽은 뒤 로잘리야는 페테르부르크에 있는 이 부인의 부유한 가정에서 양육되었다. 그러다가 16세가 되었을 때 부인의 친척인 한 청년이 그녀를 유혹한 뒤 버렸다. 임신한 그녀는 거리로 쫓겨났고, 그녀는 곧 '나락' 으로 떨어지게 되었다. 이 '사소한 사건' 을 그 청년의 미래의 출세와 성공에 아무런 영향도 미치지 못했다. 그러나 어느 날 '운명이 그를 절도 혐의로 기소된 한 창녀에 대한 지방 법원의 재판으로 이끌었고, 그는 자신의 젊은 그리고 이기적인 열정의 희생물을 곧바로 알아보았다' . 자신의 '죄' 를 참회하는 마음으로 그는 로잘리야와 결혼을 하기로 결심했다. 그녀는 그의 제안을 받아들였지만, 감옥에서 발진 티푸스에 걸려 앓다가 숨을 거뒀다. 큰 관심을 가지고 이 이야기를 들은 톨스토이는 코니에게, 즉시 이 이야기를 기록해줄 것을 부탁했다. 얼마간의 시간이 흐른 뒤 그는 비류코프(P. Biryukov)에게 편지를 썼다.

코니에게 '중개인' 지를 위해 약속했던 이야기를 완성했는지 물어봐 주십시오. 만일 아니라면 이 이야기의 테마를 나에게 넘겨줄 것인지를 물어봐 주십시오. 이것은 매우 훌륭하고 또 필요한 것입니다.

코니는 톨스토이에게 매우 열정적으로, 이 소재를 활용하여 깊은 도덕적 의미를 지닐 작품을 설득하였다.

90년대 초반 톨스토이의 일기에는 이 소재에 대한 생각과 고안의 기록들이 남아 있다.

갑작스레 〈코니의 이야기〉를 쓰기 시작했다. 나쁘진 않아 보인다.

민중들의 삶을 폭넓게 그려 보일 수 있고, 또 '사물에 대한 요즘의 사유' 들을 반영할 수 있는 문학작품의 창작에 대한 생각은

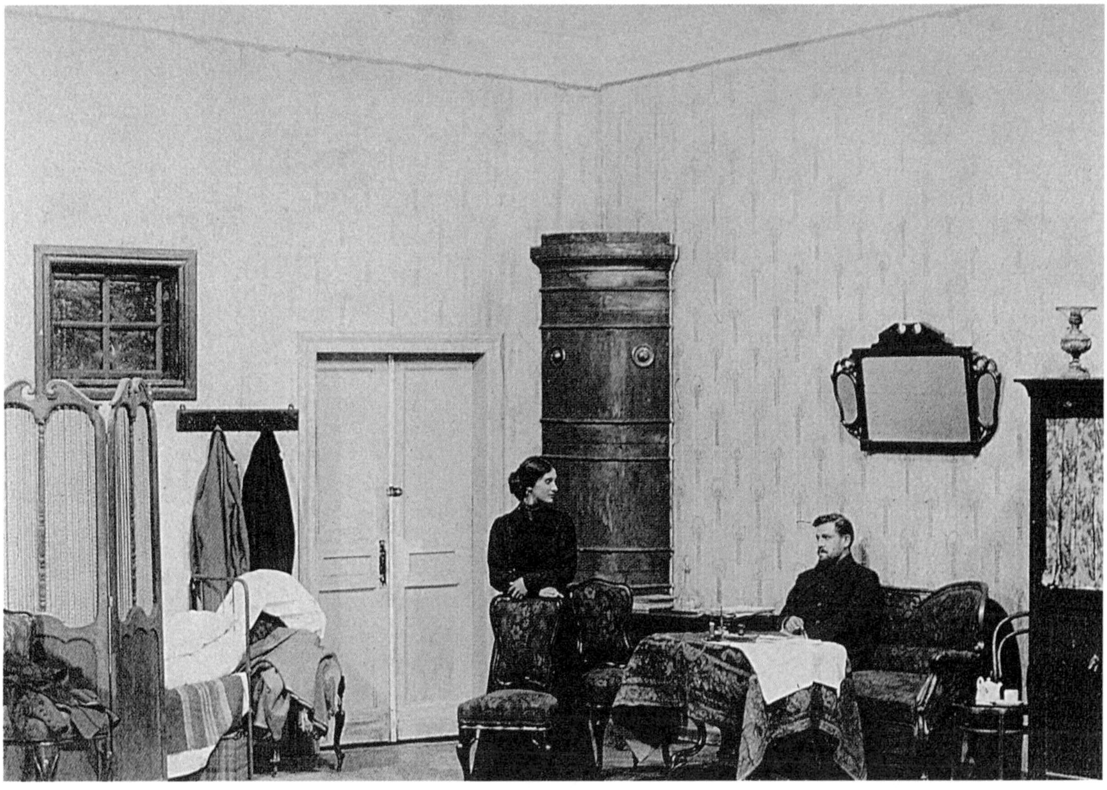

모스크바 예술극장에서 공연한 드라마 〈살아있는 시체〉. 3막 2장 1. 페쟈 프로타소프 역할은 I. M. 모스크빈이, 마샤 역할은 알리사 코넨이 맡았다.

소콜니키의 서민 축제. 1890년대 아마추어의 사진.

모스크바의 돌고하모브니키 골목. 1890년대 사진.

데비치예 평야의 노점상 앞에 선 레프 니콜라예비치 톨스토이. I.L.톨스토이가 찍은 사진. 1892년.

점차 〈코니에 이야기〉에 대한 구상 속에서 구체화되었다. 내가 시작한 이 막대한 작업을 내일 쓸 수 있다면 얼마나 행복했을까. 지금 시작해서 장편을 쓴다는 것은 그러한 의미를 가졌을 수 있다. 이전에 쓴 나의 장편들은 모두 자각이 결여된 작품들이다. 『안나 카레니나』 이후로 10년이 넘는 시간 동안 나는 분리하고 나누고 분석해 왔다. 이제 나는 모든 것들을 뒤섞을 수 있고, 또 이 뒤섞인 것들을 다시금 분해할 수 있다는 걸 알고 있다…….

그리고 다시 몇 개월이 지난 일기에는 이런 구절이 있었다.

코니의 이야기를 쓰고 싶어졌다. 머리 속에 모든 것이 정리되어 있다.

톨스토이가 이 창작으로 되돌아간 것은 1895년의 일이었다. 그러나 그는 만족하지 못했다.

지금 막 산책을 다녀왔고 왜 『부활』이 제대로 쓰이지 않는지를 깨달았다. 거짓된 시작이었던 것이다…… .. 농민들의 삶으로부터 작품을 시작해야 한다는 것을 깨달았다. 그들이 목표이면서, 동시에 긍정적인 것이라면, 이 속임수는 옳지 못한 것이다. 『부활』도 그러한 것이다. 그녀(카튜샤—저자 주)로부터 시작해야 한다. 이제는 시작하고 싶다.

『부활』을 구상하며, 톨스토이는 오랫동안 네흘류도프를 어떻게 만들어 가야 할지, 사회적 · 정신적 이야기 구조 속에서 어떤 위치를 그에게 부여해야 좋을지를 알 수 없었다. 작품 속에서 점점 더 중요하게 다루어진 것이 카튜샤의 운명이었기 때문에, 심지어는 줄거리를 발전시켜 가는 과정에서 네흘류도프를 완전히 뒷전으로 밀어내 버리기도 했다. 그러나 삶과 주제의 논리에 힘입어 네흘류도프 공작은 주인공으로 남았고, 덕분에 그를 통해, 작가는 지배 계층의 삶과 관습의 단면들, 그리고 작품 속에서 부정적인 배경으로 깔리는 정부 기관들의 관료주의적인 행태들을 묘사할 수 있었다. 『부활』에서 카튜샤는 자신만의 독립적인 길을

니콜라이 세르게예비치 보예이코프(1803~?)
1860년대 사진(?). 툴라의 지주, 퇴역 경기병, 수도사. 음주로 인해 수도원에서 파문되었으며, 야스나야 폴랴나에 자주 들러 N. N. 톨스토이의 집에 머물렀다. 〈세르게이의 아버지〉라는 작품에서 S. 카사트스키의 인물모델이 되었다.

이폴리트 미하일로비치 나고르노프(?~?)
1860년대 말~1870년대 초의 사진. 카를스루에(독일). 바이올리니스트. L. N. 톨스토이의 조카인 바르바라 발레리야노브나 나고르노바의 남편. 1876년 야스나야 폴랴나를 방문하였다. 〈크로이체르 소나타〉에 나오는 트루하체프스키의 성격과 비슷하다.

찾아가며, 선택을 하는 반면에 네흘류도프는 '민중들 가운데 한 사람'에 의해 좌우되는 흥미를 잃는 듯 보이기도 한다. 주인공들의 뒤바뀌는 관계들은, 그것들을 통해 진리를 찾으려는 작가 자신과 함께, 『부활의』 구성뿐 아니라 작품의 사상적 · 철학적 논조에까지 변화를 가져왔다.

이 작품을 통해 톨스토이는 폭넓은 사회적 · 도덕적 보편화에 이르게 되었다. 시평(時評)들에서와 마찬가지로 그는 정부의 강압, 법원 및 국가 기관의 불합리성 그리고 공식 교회들의 위선에 맞섰다. 자료를 수집하기 위해 톨스토이는 법정을 방문하여 수감자들의 삶을 연구하고 오룔, 툴라, 모스크바, 크라비브네 현의 모든 종류의 범죄자들과 이야기를 나누었다. 작가의 이같은 감옥 방문은 기자들의 눈에도 띄게 되어, 신문들은 모스크바 지방 법원의 회의에 참석한 그에 대해 이렇게 기록했다.

백작은 법정의 모든 심리와 변론 과정뿐 아니라 심지어는 그 형식에까지 지대한 관심을 나타냈다…… .. 그의 손에는 항상 수첩이 있었고 그는 계속 뭔가를 거기에 적었다.

그는 사소한 세부사항들에까지 관심을 가지고, 다브이도프(N. V. Davydov)에게 소송 과정에 대해 많은 것을 물어보았다. 그러나 『부활』의 창작은 1896년에 중단되었다. 이 시기에 톨스토이는 〈크리스트교의 가르침〉과 자서전적인 드라마 〈그리고 빛은 어둠 속에서도 빛난다〉를 썼다. 그리고 곧 그는 기아로 고통받는 농민들을 돕기 위해 활발한 활동을 벌였다. 그 결과로 레프 니콜라예비치는 〈코니의 이야기〉에 근본적인 수정을 가하게 되었다. 그는 죄와 참회를 도덕적인 주제로 한정해서는 안 된다는 확

레프 니콜라예비치 톨스토이가 1880년~1890년에 쓴 작품들.

모스크바 집의 서재에서 일하고 있는 레프 니콜라예비치 톨스토이.

P. V. 프레오브라젠스키의 사진. 1898년. 하모브니키에서 일하는 모습을 찍은 사진은 이 사진 한 장뿐이다. 바로 이 곳에서 19해 동안 무려 100여 편에 이르는 다양한 장르의 작품을 썼다. 소설 『부활』, 〈크로이체르 소나타〉, 〈이반 일리치의 죽음〉, 〈홀스토메르〉, 〈하지 무라트〉, 드라마 〈살아있는 시체〉, 〈어둠의 힘〉, 〈계몽의 성과〉, 민중이야기 〈주인과 일꾼〉, 〈인간에겐 많은 땅이 필요한가〉, 〈초〉, 〈두 명의 노인〉, 논문과 논설인 〈어디에 나의 믿음이?〉, 〈모스크바 인구조사에 대하여〉, 〈무엇을 할 것인가?〉, 〈예술이란 무엇인가?〉〈인생에 대하여〉, 〈우리 시대의 노예제도〉 등을 집필하였다.

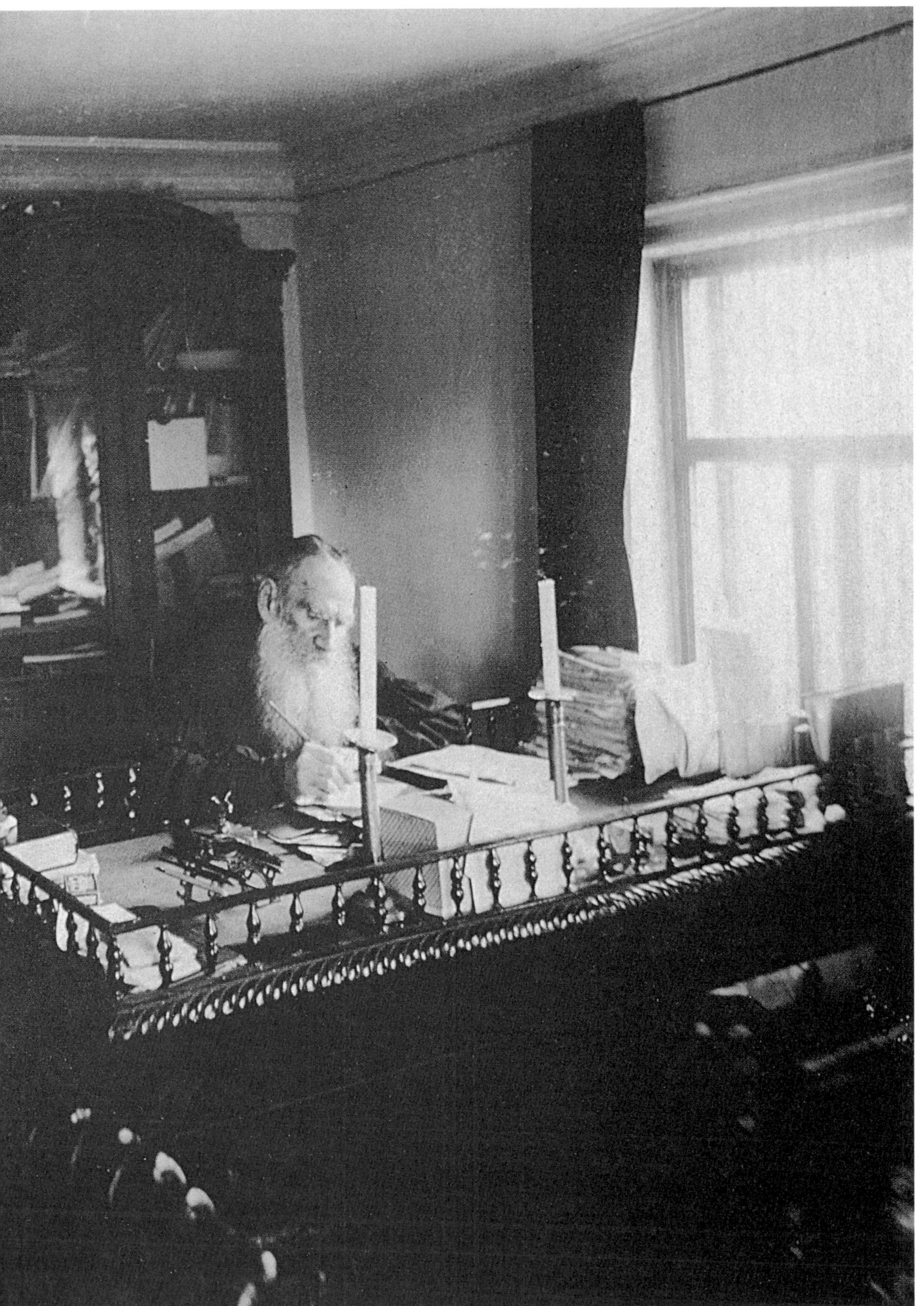

레프 니콜라예비치 톨스토이와 아나톨리 표도로비치 코니(1844–1927). 법률가이자 법관이었다. 야스나야 폴랴나. S.A.톨스타야의 사진. 1904년.

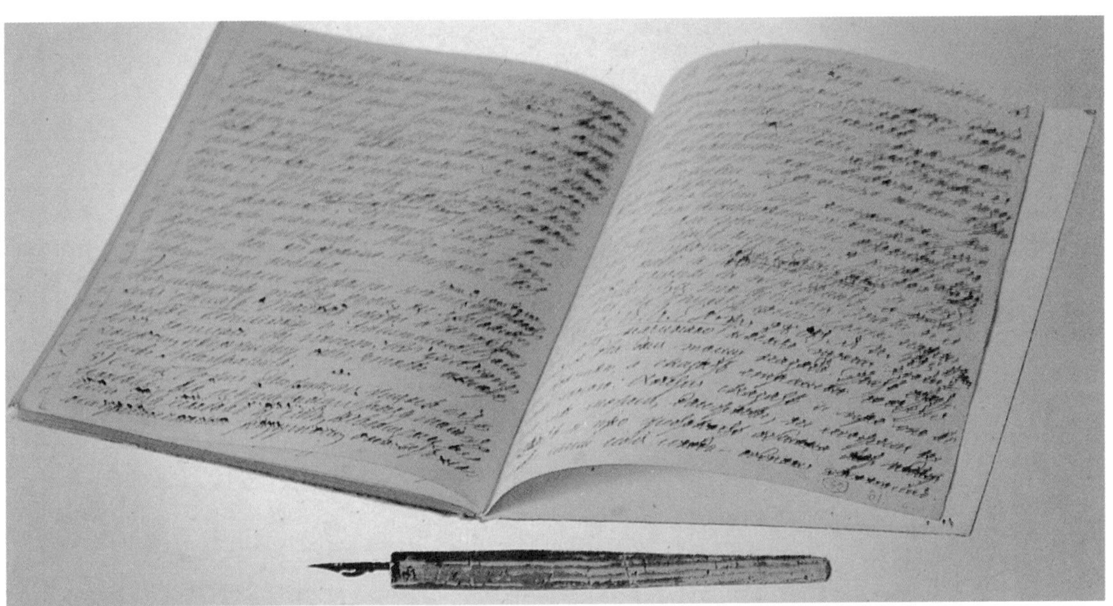

「부활」을 집필하던 당시 레프 니콜라예비치 톨스토이가 쓴 일기(1895년)와 그가 쓰던 펜.

모스크바 하모브니키 집의 '출판소'가 있던 곁채 근처에 서 있는 마차. 1890년대 사진(?)

모스크바. 아호트느이 랴드. '세레르, 나브골츠 그리고 K' 사의 사진. 1888년.

러시아의 전형적인 모습들. 마부 1890년대 말부터 1900년대 초. 사진철판(엽서).

크바스 판매인. 아마추어의 사진.

순경. 아마추어의 사진.

우편배달원. 사진철판(엽서).

연마공. 사진철판(엽서).

모스크바. 크레믈린. 지방 법원 건물.
'셰레르, 나브골츠 그리고 K' 사의 사진첩판. 1880년대.

신을 갖게 되었다. 이것이 바로 톨스토이가 『부활』의 창작에 불만을 느끼고 멈추게 된 원인이었다. 톨스토이는 러시아적 삶의 근본적인 질문들에 대해 깊이 숙고했다.

1898년 후반기에 톨스토이는 다시 『부활』을 시작했다. 제정 정부와 공식 교회에 의해 잔혹한 탄압을 받은 분파인 성령 부정파 신도들을 물질적으로 돕고자 했던 것이 그 동기로 작용했다. 성령 부정파 신자들은 교회 의식에 불참하고, 군역을 다하지 않았다는 죄목으로 시베리아로 유형 혹은 추방되거나 투옥되었다. 톨스토이와 같은 생각을 가진 비류코프, 트레구보프, 체르트코프와 그 외 다수가 성령 부정파 신자들을 돕고자 발벗고 나섰다. 그들은 1897년, 런던에서 톨스토이의 맺음말이 실린 소책자 〈도와주십시오!〉를 출판했다. 거기에는 죄없이 추방당한 사람들에 대한 지원과 원조를 요청하는 내용이 실려 있었다.

여론의 압력에 의해 정부는 성령 부정파 신도들에게 해외 이주를 허락하였다. 그러나 모든 것을 박탈당한 신도들의 이주를 위한 자금은 어디서 마련해야 하는가? 톨스토이는 부유한 이들에게 자금을 요청하는 일을 매우 불쾌하게 여겼으나, 이 신도들을 위해 하는 수 없이 지원을 요청했다. 뿐만 아니라 그들을 돕기 위해, 러시아와 해외의 신문들에 그의 작품을 실어 줄 것을 청하기도 했다. 그럼에도 불구하고 모여진 기부금이 충분치 않자, 톨스토이는 1891년에, 고료를 받지 않겠다고 했던 자신의 결심에서 한걸음 물러서 자신의 새로운 문학 작품들을 출판사에 팔기로 결정했다.

1898년 7월 14일 그는 체르트코프에게 서신을 보냈다.

성령 부정파 신도들의 이주를 위한 자금이 얼마나 많이 부족한지를 이제 알게 되었기 때문에 나는 이렇게 하려고 합니다: 내게는 〈이르체니예프〉와, 〈부활〉, 그리고 〈세르게이 신부〉, 이렇게 세 개의 중편소설이 있습니다……. 나는 가장 좋은 조건을 제시하는 영국이나 미국의 언론에 이것들을 팔고자 합니다……..

〈코니의 이야기〉에 착안한 톨스토이는 처음에는 이것을 장편의 문학작품으로 쓸 계획이 전혀 없었다. 그러나 작업이 진행되면 될수록, 파멸적인 숙명과 삶의 현실들을 접하게 된 톨스토이는 점점 더 강하면서도 날카롭게 작품의 사상과 해석에 변화를 가하기 시작했다. 날카로운 심리적, 사회적 분석과 더불어 작품에는 사회의 모든 구조와 조직에 대한 폭로의 목소리가 점점 더 선명하게 담기기 시작했다.

중편은 점진적으로 장편으로 발전했다. 톨스토이는 열성적으로 사소한 자료들까지 모두 수집하여 그에게 필요한 것들을 추려

모스크바 하프스카야 거리에 있던 구치소. '세레르, 나브골츠 그리고 K' 사의 사진철판. 1880년대.

알렉산드로프스크 중앙감옥. 1890년대 말의 사진.

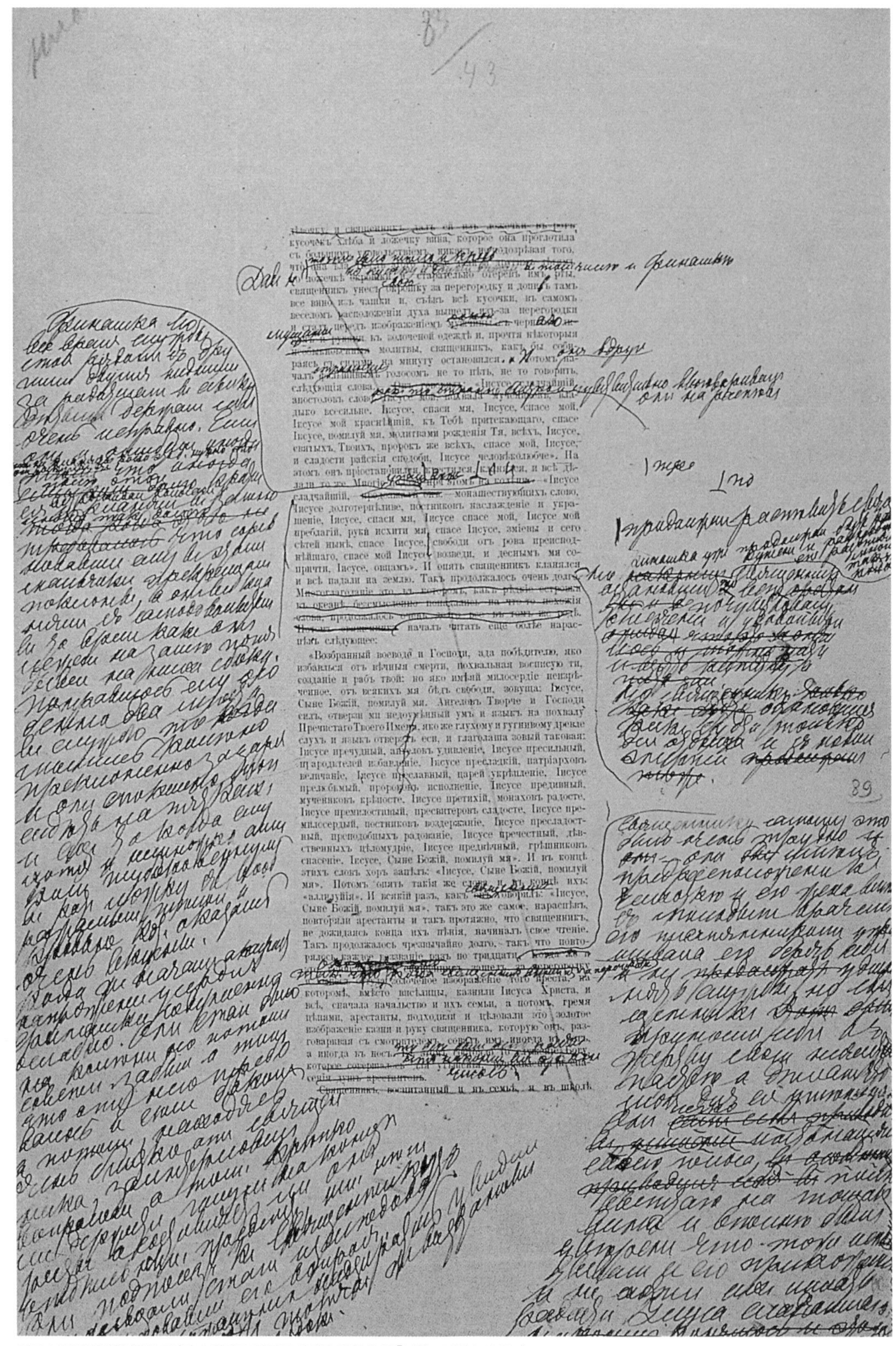

Іисусе, спаси мя, Іисусе, спасе мой, Іисусе мой краснѣйшій, къ Тебѣ притекающаго, спасе Іисусе, помилуй мя, молитвами рожденія Тя, всѣхъ, Іисусе, святыхъ Твоихъ, пророкъ же всѣхъ, спасе мой, Іисусе, и сладости райскія сподоби, Іисусе человѣколюбче». На этомъ онъ пріостановился, перекрестился, поклонился, и всѣ дѣлали то же. [illegible] «Іисусе сладчайшій, [illegible] монашествующихъ слово, Іисусе долготерпѣливе, постниковъ наслажденіе и украшеніе, Іисусе, спаси мя, Іисусе спасе мой, Іисусе мой преблагій, рукѣ исхити мя, спасе Іисусе, змѣевы и сего сѣтей нынѣ, спасе Іисусе, свободи отъ рова преисподнѣйшаго, спасе мой Іисусе возведи, и деснымъ мя сопричти, Іисусе, овцамъ». И опять священникъ кланялся и всѣ падали на землю. Такъ продолжалось очень долго. [illegible] началъ читать еще болѣе нараспѣвъ слѣдующее:

«Возбранный воеводе и Господи, ада побѣдителю, яко избавлься отъ вѣчныя смерти, похвальная восписую ти, созданіе и рабъ твой: но яко имѣяй милосердіе неизрѣченное, отъ всякихъ мя бѣдъ свободи, зовуща: Іисусе, Сыне Божій, помилуй мя. Ангеловъ Творче и Господи силъ, отверзи ми недоумѣнный умъ и языкъ на похвалу Пречистаго Твоего Имени, яко же глухому и гугнивому древле слухъ и языкъ отверзъ еси, и глаголаша зовый таковая: Іисусе пречудный, ангеловъ удивленіе, Іисусе пресильный, прародителей избавленіе, Іисусе пресладкій, патріарховъ величаніе, Іисусе преславный, царей укрѣпленіе, Іисусе прелюбимый, пророковъ исполненіе, Іисусе предивный, мучениковъ крѣпосте, Іисусе претихій, монаховъ радосте, Іисусе премилостивый, пресвитеровъ сладосте, Іисусе премилосердый, постниковъ воздержаніе, Іисусе пресладостный, преподобныхъ радованіе, Іисусе пречестный, дѣвственныхъ цѣломудріе, Іисусе предвѣчный, грѣшниковъ спасеніе, Іисусе, Сыне Божій, помилуй мя». И въ концѣ этихъ словъ хоръ запѣлъ: «Іисусе, Сыне Божій, помилуй мя». Потомъ опять такія же слова, и въ концѣ ихъ: «аллилуйія». И всякій разъ, какъ [illegible] говорилъ: «Іисусе, Сыне Божій, помилуй мя», такъ это же самое, нараспѣвъ, повторяли арестанты и такъ протяжно, что священникъ, не дожидаясь конца ихъ пѣнія, начиналъ свое чтеніе. Такъ продолжалось чрезвычайно долго, такъ что повторялось каждое названіе разъ по тридцати [illegible]

[illegible] которомъ, вмѣсто висѣлицы, казнили Іисуса Христа, и всѣ, сначала начальство и ихъ семьи, а потомъ, гремя цѣпями, арестанты, подходили и цѣловали это золотое изображеніе казни и руку священника, которую онъ, разговаривая съ смотрителемъ, совалъ имъ, иногда въ ротъ, а иногда въ носъ [illegible]

레프 니콜라예비치 톨스토이가 수정하고 검열로 삭제를 당한 후의 『부활』 교정본. 1899년.

모스브타의 부트이르스크 감옥. 1890년대 사진(?)

내었다. 소피야 안드레예브나 톨스타야는 이 무렵 자신의 일기에 이러한 기록을 남겼다.

오늘 그는 동맹 파업이라는 죄목으로 4개월간 투옥되었던 어떤 종파의 사람과 이야기를 나눴다. 레프 니콜라예비치는 그의 이야기들에 완전히 빠져들었다.

소설의 네 번째 교정 작업을 하며 톨스토이는 스타호비치(M. A. Stakhovich)와 함께 오룔 현의 감옥을 방문했다. 스타호비치는『부활』의 발간 이후, 작품 속에서 마슬렌니코프라는 이름으로 표현되었던 오룔 현의 현지사와의 약속을 그에게 일깨워 주었다.

자신의 친구이자 법률가인 마클라코프(V. A. Maklakov)에게 그는 페테르부르크로부터 감옥과 유형에 관한 책들을 보내 줄 것을 요청했고, 직접 만나서는 "원로회에서는 회의가 어떻게 진행되는지, 정부에는 어떤 국(局)들이 있는지, 원로회의 원로들은 어떤 의상을 입는지, 어떤 식으로 말하는지……..?" 등에 대해 이야기해 줄 것을 청했다. 톨스토이는 도스토예프스키의 〈죽은 집으로부터의 수기〉를 여러 번 읽었고, '이것은 놀라운 작품'이라고 평했다.

이 모든 활동의 정점에서 마침내 마르크스(A. F. Marks)에 의해,『부활』을 잡지《니바(Niva)》에 출판하는 계약이 맺어졌다. 러시아에서의 최초 출판에 대한 권리로 마르크스는 인쇄지당 1000루블을 지불하기로 계약하고 1만 2 천 루블을 선금으로 지불했다. 동시에 체르트코프는『부활』을 외국에서 영어와 독일어, 프랑스어로 출판하기 위해 준비했다.

톨스토이의 소설 삽화를 위해 화가 파스테르나크가 초청되었고, 그는 1898년 10월 6일에 야스나야 폴랴나에 도착했다. "톨스토이의 특별한 활력과 원기, 그리고 어떠한 열의가 나를 감동시켰다…….. 그는 원고를 넘겨주며 말하길, '내 생각에는 이것이, 내가 그간 썼던 것들 중에 최고의 작품입니다……..'라고 했다"—화가는 이때를 이렇게 회상했다. 삽화 작업은 소설과 함께 진행되었다. 파스테르나크의 그림들은 톨스토이가 검토한 뒤 페테르부르크에 있는 출판사로 보내졌고, 그 복사본은 번역본을 출판 중에 있던 뉴욕, 런던, 파리, 베를린으로 다시 보내졌다.

파스테르나크의 기록에 의하면 "이따금씩 나는 그에게 진실하고 천진한 웃음을 일으켰다…….. 그는 굴을 짜고 있는 '코르차긴 가에서의 간식' 그림을 보고, 혹은 세 명의 재판관 그림, 그중에서도 오른쪽에 앉아 있는 텁석부리의 재판관을 보고 크게 웃었다. "자네가 나보다 더 지독하구먼—"크게 웃으며 그가 말했다.

1898년 11월에 톨스토이는《니바》지로부터 첫 번째 교정쇄를

니콜라이 바실리예비치 다비도프(1848-1920)
법률가. 1878년부터 레프 니콜라예비치 톨스토이와 가깝게 지냈다.

툴라.
S. 칸테르가 찍은 사진. 1880년대 말의 사진.

안톤 파블로비치 체호프(1860-1904).
페테르부르그. K.A.샤피로의 사진. 1895년.

하모브니키 집 홀에서 가족과 손님들 사이의 레프 니콜라예비치 톨스토이.부활절의 티파티.

왼쪽부터 S. A. 톨스타야와 L. N. 톨스타야, P. P. 트루베츠코이, V. A. 마클라코프, M. A. 마클라코바, S. E. 마보노바, M. S. 수호틴, P. I. 라예프스키, 누이들인 E. V. 솔로구바와 V. V. 솔로구바가 테이블에 앉아 있다. 뒷 줄에는 D. A. 올수피예프, P. S. 우소프, P. A. 세르게옌코, V. V. 골리친, L. M. 수호틴, 알렉산드라 톨스타야가 서 있다. S. A. 톨스타야의 사진. 1898년 4월 6일.

성령부정파 신자를 도왔다는 이유로 러시아에서 파문되는 V. G. 체르트코프와 P. I. 비류코프를 배웅하러 나온 레프 니콜라예비치 톨스토이와 지인들. 왼쪽부터 N. N. 로스토프체프, M. V. 샤시코프, N. N. 게(아들), L. N. 톨스토이, V. G. 체르트코프, P. I. 비류코프, I. E. 레핀, V. I. 크리보슈, P. N. 샤라포바가 서 있고, M. N. 로스토프체프, O. K. 클로드트, M. K. 디테리흐스, A. K. 페르트코바, O. K. 디테리흐스, A. A. 슈카르반, I. I. 고르부노프-포사도프가 의자에 앉아 있다. 바닥에는 V. 메탈니코프가 V. G. 체르트코프의 아들 디마 체르트코프와 앉아 있다. 페테르부르크. B. I. 크리보슈의 사진. 1897년 2월.

받았다. 작품의 129개 장과 파스테르나크(L. O. Pasternak)가 그린 서른여섯 개의 삽화가 실려 있었다. 교정이 진행됨에 따라 작품은 톨스토이에 의해 크게 수정되었다. 이 시기에 톨스토이는 소피야 안드레예브나에게, 『전쟁과 평화』를 쓴 이후로 그는 이같은 '예술적 영감' 에 빠져 있었던 적이 없다고 고백했다. 체르트코프에게 보낸 편지에서는 "이 작품 『부활』에는 많은 훌륭한 것들과 필요한 것들이 담겨 있다는 생각이 이따금씩 들곤 합니다……. 아마 심각하리만치 검열에 통과할 수 없는 게 될 겁니다" 라고 했다.

무엇이 그토록 톨스토이를 심려토록 했는가? 인간의 고귀한 사명에 대해 깊이 숙고하며 톨스토이는 19세기 말 러시아 현실을 다방면에서 표현하는 한편 성숙해 가던 사회 관계들의 변혁 필요성에 근거를 부여하고자 노력했다. 민중들 사이에서 성장해 가는 사상의 혁명성과 다가올 격변들이 그를 동요시켰고, 러시아 사회 구조의 개편을 예감한 그는, 삶의 혁신을 위한 좀 더 나은 방안을 모색하고자 했다. 그는 '정부와 부유층을 구성하고 있는 사람들' 에 대한 자신의 견해에 따른 그의 작품이 지닐수 밖에 없는 분쟁의 소지와 개방적인 경향성을 보고 있었던 것이다. 네흘류도프와 마슬로바의 부활에서, 톨스토이는 진리와 정의를 향한 민중들의

바툼에서 캐나다로 떠나는 성령부정파 신자들. S.무로모프의 사진. 1899년 5월 21일. 최초 공개.

움직임에 비견될 만한, 주인공들의 정신적 갱생을 찾고자 했다.

검열에 대한 톨스토이의 예견은 사실로 드러났다. 그의 우려는 현실화되었다. 『부활』의 129개 장 가운데 25개 장만이 검열에 통과했다. 1898년 12월에 출판업자 마르크스는 통보해 왔다.

검열의 요구로 인해 수정되어야 하는 부분들을 청색 연필로 표시한 사본을 보내 드립니다.

그러나 톨스토이는 폭로성을 띤 작품의 목소리를 점점 강화시켰다. 그는 부트이르스카야 감옥인 비노그라도프를 만나 수감자들의 삶과 이송의 자세한 사항들을 알게 되었고, 게 주니어는 정치범 두 명의 사형에 대한 이야기를 담은 친구의 편지를 톨스토이에게 보내 주었다. 톨스토이는 이 증언을 크르일초프의 이야기에 사용하고 있다. 1899년 봄에 작가는 임시 수용 감옥에서부터 니콜라예프키 역까지의 길을 죄수들과 함께 갔고, 알렉산드로프스키 역에서 유형자들이 호송되는 장면을 관찰했다. 소설을 수정하면서 그는 새로운 에피소드들과 생각, 그리고 등장인물들을 삽입했다. 몇몇 장들은 완전히 다시 쓰였고, 70세 고령의 작가는 실로 거대한 작업을 수행하였다. 소설은 검열에 의해 많은 수정이 가해진 채 출판되었다. 더러는 원래 모습을 알아볼 수 없을만큼

표트르 바실리예비치 베리긴. (1862~1924).
성령부정파 신자의 장. 크라이스트처치(영국). V. G. 훈페르의 사진. 1902~1903년. 최초 공개.

각 장들이 심하게 변형되기도 했다. 감옥 내에 있는 교회에서의

세르게이 리보비치 톨스토이.
캐나다로 함께 온 성령부정파 신자들과 함께 있다. 첫 줄에 L. A. 술래르지츠키, 두 번째 줄에 M. A. 사츠, E. D. 히리야코바, M. A. 체호비치, 세 번째 줄에 D. A. 힐코프, S. L. 톨스토이가 있다. 캐나다. G. F. 미틀첼의 사진. 1899년.

『부활』의 삽화. '카튜샤 마슬로바의 아침'. 화가 L.O.파스테르나크의 그림. 1898년.

'새벽예배에 참석한 카튜샤'. 1898~1899년.

'고르차긴 집에서의 경식' 1898~1899년.

Л. Н. ТОЛСТОЙ.
Такъ что же намъ дѣлать?
Выпускъ первый.
ВЪ ЧЕМЪ МОЯ ВѢРА?
Графа Л. Н. Толстого
GENÈVE
Л. Н. ТОЛСТОЙ.
ЧТО ТАКОЕ ИСКУССТВО?
О ЖИЗНИ
Графа Л. Н. Толстого
GENÈVE
ELPIDINE, LIBRAIRE-ÉDITEUR

НИВА
ЛИТЕРАТУРЫ
ОТКРЫТА ПОДПИСКА НА „НИВУ" 1899 Г.
Воскресеніе.
графа Л. Н. ТОЛСТОГО.

예배 장면, 네흘류도프가 토포로프를 찾아가는 장면을 포함한 그 외 많은 장들이 완전히 삭제되었다. 그중에서도 특히 교회나 정부에 대한 비판이 담겨 있다고 여겨지는 장면들은 심하게 삭제 당했다. 뿐만 아니라 페테르부르크의 많은 고관들이 작품의 몇몇 등장인물들 속에서 자신의 모습을 발견하고, 이로 인해 작품의 수정은 더욱 어려워졌다.

예를 들어, 시성 종무원(宗務院)의 종무원장이었던 포베도노스체프는 작품에서 토포로프의 모습 속에 형상화되었다. 타치야나 리보브나는 일전에, 자녀들은 사마라의 몰로칸 교도(우유와 계란 이외의 육류를 금하는 정교의 한 분파 – 역자 주)들로부터 분리시키는 문제로 종무원장을 만난 일이 있었는데, 이때의 경험은 톨스토이가 이 인물형을 창조하는 데 도움을 주었다. 그녀의 이야기는 작품의 제2부, 27장에서 토포로프와 네흘류도프가 나누는 대화의 기초가 되었다. 또한 시종 무관 보가트이료프는 올수피예프 공작(A. V. Olsuf′ ev)을 연상시켰고, 많은 이들이 차르스키 백작의 모습에서 슈발로프 백작을 알아볼 수 있었다. 마리에트의 남편 체르뱐스키의 모델은 내무성의 오르줴프스키(P. B. Orzhevskii)였다.

자신의 책 〈아버지〉에서 작은 딸 알렉산드라 리보브나는 이렇게 회상했다.

잡지 《니바》는 일주일에 한 번씩 소설을 기재해야 했으나 톨스토이는 자신의 작품을 수없이 수정하지 않을 수 없었다. 최종 교정을 끝낸 원고를 받은 톨스토이가 '잠깐'이라고 말하며 서재로 가지고 들어가 검토를 다시 하고, 몇 시간이 지나서야 겨우 뭔가 자책하는 듯한 표정으로 그것들을 가지고 나오는 일도 잦았다. 그렇게 교정된 원고에는 빈 공간이라고는 전혀 없었고, 종이 전체가 글로 가득 채워져 있었다. 문장들은 모두 지워져 있었고, 원고의 뒷면에는 완전히 새로운 텍스트가 쓰여 있었다. 마르크스는 낙담한 채 톨스토이를 찾아왔고, 수많은 전보들이 해외의 출판사들로 보내졌다. 새로이 수정된 원고는 자주 지연되었고 초판에서는 러시아 판본과 해외 판본이 나뉘었다. 타냐, 마샤와 그 남편, 손님들…….할 수 있는 모든 사람들이 그 텍스트들을 정서했다.

잡지의 연재는 여러 번 중단되었고, 톨스토이는 또다시, 그의 이야기에 따르면, 『부활』에 여러 '멋진 장면들을 창조해 넣었다.' 1899년 10월 18일자 작가의 일기에는 이런 구절이 있었다.

『부활』을 끝냈다. 썩 마음에 들지 않는다. 제대로 수정되지 못했다. 성급한 감이 있다. 그러나 이제는 손을 뗐고 더 이상 흥미를 느끼지 않는다.

톨스토이가 작품을 끝냈다고 여긴 것은 1899년이었고, 바로 이 무렵에 해외에 있던 출판사 '자유 언론'을 통해 출판되었다. 작품의 발표는 전 세계의 지대한 관심을 불러일으켰다. 알렉산드라 리보브나의 기록에 의하면 "언제나 그랬듯이 소설에 대한 비평은 호평과 혹평으로 갈리웠다. 혹평을 하는 사람들은, 토지 소유에 대한 자신의 생각 – 헨리 조지의 이론 – 을 사람들에게 가르치고 그들을 이끌고자 했다는 것, 교회에 대한 공격, 그리고 군국주의……. 등의 이유를 들어 톨스토이를 비판했다. 『부활』은 외국에서도 큰 관심을 불러일으켰고, 그 평들은 러시아에서와 마찬가지로 다양하게 나뉘었다."

스타소프는 톨스토이의 이 작품에 열광했다.

아, 당신의 작품 『부활』은 실로 위대한 작품 입니다! 전 러시아가 그로 인해 살고 그로 인해 성장할 것입니다.……. 도처에서 사람들이 그에 대한 이야기하고 있습니다.…….

이 작품에 대해 네미로비치 – 단첸코 (V. I. Nemirovich – Danchenko)는 이렇게 평가했다.

당신의 작품은 종종 문학이 아닌 것처럼 느껴집니다. 나는 최소한, 뭔가를 읽으면서, 그것을 읽고 있는 게 아니라 직접 이 사람들과 감옥드르 방, 피아노, 양탄자 등을 보고 거리를 걷고 있는 듯한 느낌을 이처럼 생생히 가져 본 적이 없습니다.

체로프(A.P.Chekhov) 또한 환희를 보냈다.

이것은 참으로 놀라운 작품이었다. 가장 덜 흥미로운 부분은 카튜샤에 대한 네흘류도프의 태도와 생각에 대해 서술한 부분이었고, 가장 흥미로운 부분은 그 안에 나타난 공작들, 장군들, 아낙네들, 사내들, 죄수들 그리고 감시자들이었다. 페트로파블로프스크 요새 관리자, 장군, 강신술사에 대한 부분은 가슴 두근거리며 읽었다. 참으로 훌륭했다. 그리고 페도시야의 남편! 이 사내는 부인을 '민첩하다'고 말하고 있는데, 바로 톨스토이의 펜이야말로 진정 민첩한 것이다.

작품을 써 나가는 동안 톨스토이는 혁명가들에 대한 재판 과정

오프틴 수도원의 수도원. 지즈드라 강변에 세워진 오래된 러시아의 수도원. 코젤스크 시에서 몇 킬로미터 떨어진 지역이다. 이 수도원에서 이곳의 수도사들과 연관된 많은 작가 및 사상가들이 순례를 하였다. 특히 암브로시가 유명하다. 그는 도스토예프스키의 『카라마조프의 형제들』에 나오는 조시마의 인물모델이 되었다.

레프 니콜라예비치 톨스토이는 이 수도원을 6차례 방문하였다. 그가 어린 시절 형제자매들과 함께 이곳에서 사랑하는 숙모 A. I. 오스텐 사켄의 장례식을 했다. 숙모의 묘비에는 그들이 직접 묘비명을 써넣었다. 1881년 레프 톨스토이는 걸어서 야스나야 폴랴나에서 이곳까지 왔다. 그리고 1910년 집을 떠나며 톨스토이는 먼저 이곳을 찾았다. 그는 수도원의 숙소에 머물렀으며, 그가 남긴 자필이 이를 증명해 준다. "머무를 수 있게 해 주셔서 감사합니다. – 레프 톨스토이."

수도원은 오랫동안 닫혀 있었으나, 지금은 다시 정교교회로서 되살아나고 있다.

지즈드라에서 바라 본 오프틴 수도원의 수도원

'성스런 문'

오프틴 수도원의 교회의 모습이다.

을 면밀히 검토했고, 그들의 친척이나 친구들을 만나기도 했으며, 실제 서신들과 서류들을 꼼꼼히 읽었는데, 이것이 그를 조금씩 '혁명화' 했을 뿐 아니라 적잖은 공감을 가지고 자신의 주인공 – 혁명가들을 대하게 하였다. 이같은 톨스토이의 상태와 견해는 그와 같은 견해를 가지고 있던 지인들조차 염려하게 만들었다. 1899년 2월 24일, 체르트코프는 톨스토이에게 이런 편지를 보냈다.

이야기하고 싶은 것이 하나 있습니다. 갈랴(체르트코프의 부인 – 저자 주)와 저는 오래 전부터, 이 소설의 내용과 관련하여 우리가 받은 어떤 인상을 당신에게 이야기하고 싶었습니다. 당신이 '정치범' 들을 그토록 동정적으로 묘사하고 표현하는 것 에 우리는 기쁘고, 또 큰 감동을 받았습니다. 바로 이것이 가장 다수를 차지하고 있고 또 가장 성실하며 충실한 사람들 뿐 아니라, 자신의 인생에 대해, 신념에 대해 확신을 가지지 못한 이들까지 모두를 당신에게로 인도할 것이기 때문입니다. 당신은 그토록 세밀하게 모든 것의 거짓과 그릇됨을 밝혀 내고 있고, 그 모든 것이 당신의 이야기 속에 고스란히 담겨 있습니다. 때문에 저와 갈랴에게는 이런 느낌이 들었습니다. 만일 이 '혁명적' 인생관이라는 것이 그 안에 선한 것과 진실된 것이 담겨 있다는 것을 넘어서, 메달의 뒷면까지도 독자들에게 드러내는 방식으로 표현되지 않는다면, 이 움직임은 아마도, 그 분석의 부재로 인해, 독자들의 인식 안에서는 순수한 기독교적 인생관과 조호를 이루지 못할 것 같습니다. 독자들은 묘사된 다른 모든 현상이나 사건들을 바로 이 기독교적 인생관을 통해 조명해 보고자 할 것이기 때문입니다. 만일 당신이 말하고자 한 것이 이렇게 되어 버린다면 너무도 안타까울 것 같습니다.

분명 톨스토이는 이같은 체르트코프의 의견에 동의했던 듯하다. 그리하여 소설의 마지막 판본에서는 혁명가들에 대한 네흘류도프의 공감이 눈에 띄게 약해졌고, 그 긍정적인 모습과 함께 "그들에게는 또한 일종의 망상도 있다" 고 말하고 있다.

톨스토이의 마지막 장편소설이었던 『부활』은 러시아 문학사에 있어 한 시대를 종합하는 것이었다. 뿐만 아니라 이 작품은 러시아 문학사에 있어서, 그리고 세기의 전환기에 온몸으로 전 러시아 사회를 겪은 작가의 창작 방식 – 시평 (時評)적인 장편, 탐구를 위한 장편, 보편화를 위한 장편 – 에 있어 새로운 것이었다. 이전의 장편 소설들이 가졌던 고전적인 형태는 이제 수명을 다하였고, 톨스토이는 자신의 철학적 · 도덕적 가르침을 표현하고 설교하기 위한 새로운 방법을 찾아낸 것이다.

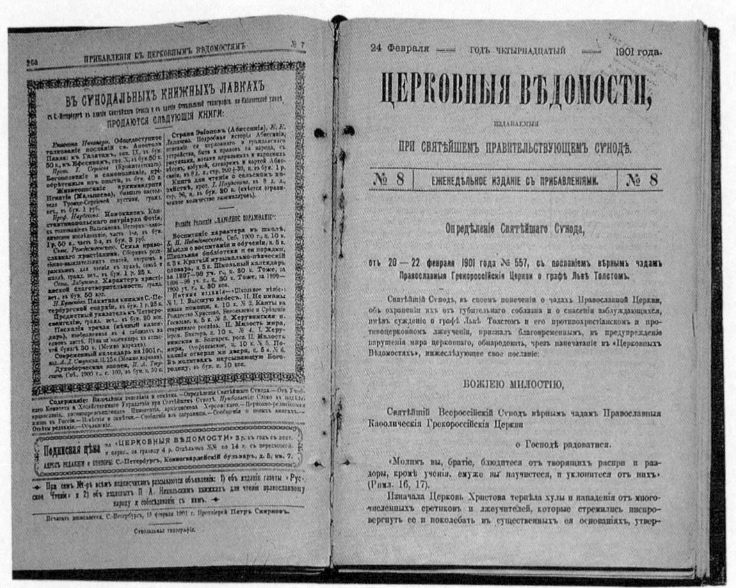

ПРИБАВЛЕНИЯ К ЦЕРКОВНЫМ ВЕДОМОСТЯМ

В СИНОДАЛЬНЫХ КНИЖНЫХ ЛАВКАХ

ПРОДАЮТСЯ СЛЕДУЮЩИЕ КНИГИ:

24 Февраля — ГОД ЧЕТЫРНАДЦАТЫЙ — 1901 года.

ЦЕРКОВНЫЯ ВЕДОМОСТИ,

ИЗДАВАЕМЫЯ

ПРИ СВЯТЕЙШЕМ ПРАВИТЕЛЬСТВУЮЩЕМ СИНОДЕ.

№ 8 | ЕЖЕНЕДЕЛЬНОЕ ИЗДАНИЕ С ПРИБАВЛЕНИЯМИ. | № 8

Определение Святейшего Синода,

от 20—22 февраля 1901 года № 557, с посланием верным чадам Православныя Грекороссийския Церкви о графе Льве Толстом.

Святейший Синод, в своем попечении о чадах Православной Церкви, об охранении их от губительного соблазна и о спасении заблуждающихся, имев суждение о графе Льве Толстом и его противохристианском и противоцерковном лжеучении, признал благовременным, в предупреждение нарушения мира церковного, обнародовать, чрез напечатание в «Церковных Ведомостях», нижеследующее свое послание:

БОЖИЕЮ МИЛОСТИЮ,

Святейший Всероссийский Синод верным чадам Православныя Кафолическия Грекороссийския Церкви

о Господе радоватися.

«Молим вы, братие, блюдитеся от творящих распри и раздоры, кроме учения, емуже вы научистеся, и уклонитеся от них» (Римл. 16, 17).

Изначала Церковь Христова терпела хулы и нападения от многочисленных еретиков и лжеучителей, которые стремились ниспровергнуть ее и поколебать в существенных ее основаниях, утвер-

《교회소식지》에 실린 1991년 〈2월 20~22일 종교회의의 결정〉과 영국의 '자유로운 말' 출판사에서 V. G. 체르트코프가 발행한 레프 톨스토이의 〈종교회의에 하는 대답〉.

1900~1903

스스로를 정교라 일컫는 교회로부터 파문을 당한 것은 지극히 당연한 일일 것입니다. 그러나 내가 파문을 당한 것은 신에게 대항했기 때문이 아니라, 오직 영혼의 온 힘을 바쳐 그분께 봉사하기를 바랐기 때문입니다. 교회로부터 파문을 당하기 전에…… 나는 교회의 가르침에 대해 내가 읽을 수 있는 모든 것을 읽었습니다……. 그리고 나는 교회의 가르침이 교의적으로는 간교하고 유해한 거짓과 위선이며, 실제로는 진정한 그리스도의 가르침이 지닌 모든 의미를 완전히 감추어 버리는 가장 저속한 미신과 제의들의 집합이라는 확신을 갖게 되었습니다.

그들이 믿는다 말하는 것들을 나는 결코 믿지 않습니다. 그러나 나는 많은 것을 믿고 있습니다. 그리고 저들이 내가 그것들을 불신하고 있다고 사람들을 설득하고자 하는 것들 또한 나는 믿고 있습니다.

나는 이러한 것을 믿고 있습니다: 영혼으로서, 사랑으로서, 모든 것의 시작으로서의 신을 나는 믿습니다. 그가 내 안에 있고, 내가 그 안에 있음을 나는 믿고 있습니다. 나는, 신의 뜻이 인간 그리스도의 가르침 속에서 무엇보다도 확연하고 명료하게 드러나고 있다고 믿고 있습니다. 그리고 그러한 그리스도를 신으로 이해하고 그에게 기도를 드리는 것이 가장 큰 신성 모독이라고 여기고 있습니다. 한 사람이 이 세상에서 이룰 수 있는 진실된 축복은 오직 신의 뜻을 수행하는 데 있으며, 신의 뜻은 사람들이 서로 서로를 사랑하여 그 결과로서, 복음서에서 말했듯이, 그들이 다른 사람들로부터 받기를 소망하는 것들을 다른 이들에게 베푸는 것이며, 이것이 바로 모든 사도들과 율법의 핵심이라고 나는 믿습니다. 따라서 각자의 삶의 의미는 오직 자신 안의 사랑을 키우는 것에 있으며, 이같은 사랑을 키워 가는 것이야말로 현생에서는 개개인을 좀 더 큰 축복으로 인도하고, 죽은 후에는 그 사람이 자신의 마음속에 지녔던 사랑보다 더 큰 축복이 내려지게 하는 것이라 믿습니다. 그리고 다른 무엇보다도 바로 이것이 이 세상에 성행하고 있는 반목과 속임수 그리고 강압이 자유로운 합의와 진실, 그리고 사람들 간의 형제애적인 사랑

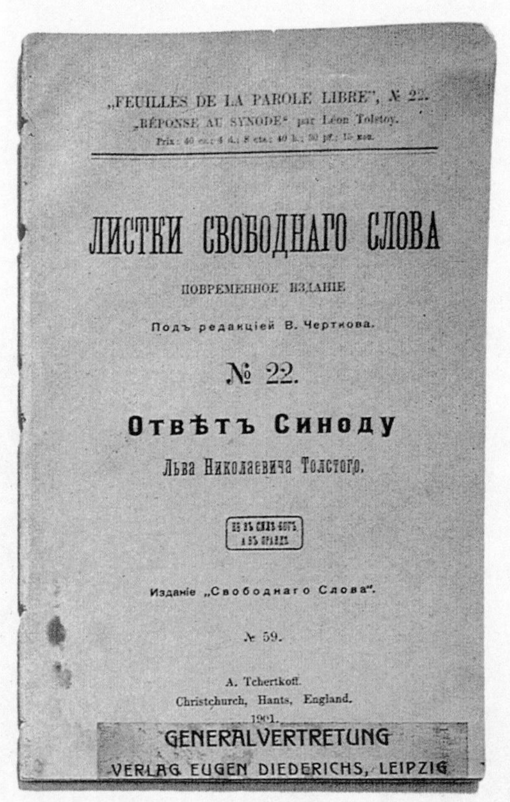

으로 바뀌는 세상 즉 신의 나라를 이 세상에서 이루는 길이라 믿습니다.

나는 지금 나의 믿음만이 진리의 모든 시대에 있어 의심할 바 없는 유일한 것이라 말하는 것이 아닙니다. 그러나 나는 나의 지성과 감성이 요구하는 모든 것들에 부응하는, 이보다 더 단순하고 명료한 것을 알지 못합니다. 내가 만일 그러한 것을 알 수 있다면 나는 즉시 그것을 내 안에 붙잡고자 할 것입니다. 왜냐하면 신에게는 진리 이외의 그 무엇도 필요치 않기 때문입니다…….

L. N. 톨스토이

2월 20~22일, 종교회의 결정에 대하여.

파문

톨스토이는 20세기를 모스크바에서 맞이했다. 1900년대는 그에게 격동의 시간으로 기억될 사건의 연속이었다. 세기 초의 러시아는 혁명적 움직임이 급속도로 성장하고 있었고, 이러한 현실은 작가의 작품에 여실히 반영될 수밖에 없었다. 이 시기에 있어 창작의 주를 이룬 것은 기본적으로, 공식화되어 가던 톨스토이의 사상 — 사물 및 사건들 안에 현존하는 규칙들을 밝혀 내어 폭로하고, 자신의 교의를 설파하고자 하는 노력 — 에 정확히 부응하는 시평(時評)들이었다.

참회록 이후 수년간 그는 많은 논설과 기사, 소책자들을 통해 고유의 도덕론에 근거를 부여하고 그것들을 설명하고자 했다. 첫 번째 러시아 혁명에 즈음하여 톨스토이는, 조국의 근본적인 문제 — 토지 문제 — 를 거론하며, 토지에 대한 소유권 문제와 러시아의 국가 체계를 개혁하기 위해 투쟁했다. 그리고 이 부분에서 그의 견해는 사회주의 혁명가들의 견해와 날카롭게 대립하게 되었다. 그들에 대해 톨스토이는 "나는 혁명의 성공을 믿지 않는다. 적은 지나치게 잘 무장되어 있다. 그러나 혹시라도 당신들이 성공을 이루게 된다면 성공의 바로 그 다음 날 사회주의의 모든 내부적 모순이 드러나기 시작할 것이다. 사회주의는 근본적으로 부르주아적이다. 왜냐하면 그것은 자신의 적인 자본주의와 마찬가지로, 사람들의 복지와 인생의 의미를 물질적인 풍요에서 찾기 때문이고, 이러한 기반에서 삶을 재건한다는 것은 모래 위에 건물을 세우는 것과 마찬가지이다. 이러한 방식으로는 인류의 행복에 도달할 수 없다……. 당신들은 물질적인 문화를 추구하면서, 사람이 부를 위한 것이 아니라, 부가 사람을 위한 것이라는 사실을 망각하게 될 것이다……. 그리고 이번에는 거꾸로, 당신들에게 승리를 가져다준 바로 그 무력이 사라지지 않을 것이고, 희망

레프 니콜라예비치 톨스토이. 야스나야 폴랴나. S. A. 톨스타야의 사진. 1900년.

레프 니콜라예비치 톨스토이, S. A. 톨스타야, 조각가 일리야(엘리아스) 야코블레비치 긴츠부르그(왼쪽), 비평가 블라디미르 바실리예비치 스타소프(1824~1906). 야스나야 폴랴나. S. A. 톨스타야의 사진. 1900년.

하던 부 대신에 오직 다른 형태의 내분과 전쟁만이 생겨날 것이다. 당신들은 평화를 갈망하게 될 것이다. 동시에 당신들은 무장을 해야만 할 것이다……. 사람들의 형제애는 사막의 신기루처럼 당신들로부터 사라지게 될 것이다."

톨스토이는 유혈과 무력이 없는 다른 길을 제시한다. 그는 사유재산의 폐지를 평화로운 개혁으로 여겼고, 그 일례로서 토지에 대한 단일세를 제안한 미국의 경제학자 헨리 조지의 이론을 제시했다. 톨스토이의 견해에 따르면 인간 내부의 도덕적인 완성만이 신의 왕국—자유, 인류애 그리고 행복—에 평화를 가져올 수 있는 것이었다.

우리는 혁명가들과 매우 가깝습니다. 현대의 사회 체제에 대한 우리의 견해와 입장은 동일한 것이지만 우리는 열쇠들을 끼우는 고리를 따라 절단된 멍에의 양쪽 모두에 가까이 서 있습니다. 그러나 공통의 목표 달성을 향한 우리의 길은 정반대로 놓여 있습니다. 우리가 연합하기 위해서는 이 고리 전체를 지나가야 합니다. 즉 그들이 무력을 거부하고 혁명가이기를 포기하거나 내가 크리스트교인이기를 포기해야 합니다.

작가는 많은 혁명 사상들이 내포한 실현 불가능성, 환상 그리고 삶으로부터의 단절성을 인식하고 있었다.

톨스토이의 사상은 러시아의 경계를 넘어 확산되어 세계적인 의미를 가지고 있었다. 번역문을 통해 드러나는 작가의 종교적—정신적 가르침은 세계의 전 지역에 널리 퍼져갔고, 작가의 열성적인 가르침에 수많은 이들이 응했다. 그의 영향력은 지대했다. 1901년, 문학가이자 언론인이었던 수보린(A. S. Suvorin)은 자신의 일기에 이렇게 적었다.

우리에게는 두 사람의 황제가 있다. 니콜라이 2세와 레프 톨스토이. 그들 중 누가 더 강한가? 니콜라이 2세는 톨스토이에 대해 아무것도 할 수가 없다. 그는 톨스토이의 권좌를 흔들 수 없다. 하지만 톨스토이는, 의심할 여지 없이, 니콜라이의 권좌와 그 왕조를 뒤흔들 수 있다.

러시아뿐 아니라 세계사에 있어 새로웠던 이 시기는 의심할 여지 없이, 톨스토이의 가르침이 갖는 강한 영향력을 느끼고 있었다. 만일 이 설교자가 사람들이 공감하고 싶어하는 것에 대해 말하면, 그의 말과 관계없이 사람들에게서 그의 이야기는 마음에서

타치야나 리보브나 톨스타야(1864~1950) 과 남편 미하일 세르게예비치 수호틴(1850~1914).
야스나야 폴랴나. S. A. 톨스타야의 사진. 1900년. 1899년 11월 14일 결혼하였다.

미하일 리보비치 톨스토이(1879~1944)와 글레보프 가문 출신의 아내 알렉산드라 블라디미로브나(1880~1969).
야스나야 폴랴나. S. A. 톨스타야의 사진. 1901년. 1901년 1월 31일 결혼하였다.

마음으로 전달되었고, 이미 일어나고 있는 감성이나 기분, 관념들의 근본적인 변화를 더욱 빠르게 촉진시키는 데 지대한 영향을 미쳤다.

톨스토이는 1901년 겨울을 모스크바에서 보냈다. 소설 『부활』의 창작과 관련된 막대한 긴장감이 그의 건강에 영향을 미쳤다. 그는 자주 건강이 악화되었으나 창작을 계속했으며, 캐나다로 이주한 성령 부정파 신자들에 대해 큰 관심을 가지고 지켜보았다. 1902년, 시베리아 유형을 마친 성령 부정파 신자들의 지도자인 베리긴(P. V. Verigin)이 톨스토이를 방문했다. 그 대담은 두 사람 모두에게 중요한 것이었다. 이 대화 이후 그들은 많은 종교적 문제에 있어 견해를 달리하였음에도 불구하고, 베리긴은 자신의 전 생애에 걸쳐, 추방된 이들의 삶에 참여하고자 했던 이 위대한 작가에 대해 경건한 마음을 간직했다. 톨스토이는 종교와 교육 문제에 대해 염려하였다. "한 가지를 쓰고 싶다: 우리의 세계에서 종교의 부재에 대하여. 우리 삶의 모든 추악함이 이로부터 기인한다. 그리고 또 하나는 교육에 관한 것이다. 자신의 모든 힘을 이성적이고 자유로운 학교의 설립에 쏟아 부으라고 포쉐(비류코프)에게 말하고 싶다……. 이 일은 세상에서 그 무엇보다도 중요한 것이다. 왜냐하면 우리가 희망하는 모든 것은 다음 세대들에서만 이루어질 수 있는 것이기 때문이다."

톨스토이의 명성은 그의 종교적 견해에 대한 관심을 불러일으켰고, 정교회는 이에 대해 염려하지 않을 수 없었다. 1901년 2월 22일, 레프 니콜라예비치 톨스토이의 파문을 심의하기 위한 종교회의가 열렸다. 회의에서는, 교회는 더 이상 그를 정교도로 간주하지 않으며, 그가 참

S. A. 톨스타야와 손자인 소냐, 레프 그리고 아들 A. L.
톨스토이의 아내, 즉 자신의 며느리인 올가 콘그틴티노브나와 있다. 야스나야 폴랴나. S. A. 톨스타야의 사진. 1900년.

레프 니콜라예비치 톨스토이와 막심 고리키(1868~1936).
야스나야 폴랴나. S. A. 톨스타야의 사진. 1900년 10월 8일.

1901년 5월 20일 레프 리보비치 톨스토이의 생일. 야스나야 폴랴나. S. A. 톨스타야의 사진.
왼쪽부터 D. F. 톨스타야(L. L. 톨스토이의 아내), A. B. 골리덴베이제르, L. L. 톨스토이, A. L. 톨스토이, A. V. 톨스타야(M. L. 톨스토이의 아내), M. L. 톨스토이, S. A. 비비코바(톨스토이 집안의 지인), N. L. 오볼렌스키(M. L. 톨스타야의 남편), M. L. 오볼렌스카야(톨스타야 가문 출신), S. L. 톨스타야, 알렉산드라 톨스타야, 아이들 보모인 E. S. 데니센코, I. A. 아르부조프(톨스토이 집안의 하녀)와 L. N. 톨스타야의 아이들 타냐와 오니심.

야스나야 폴랴나 집에 있던 시절 부엌 입구에서 알렉산드라 리보브나 톨스타야(1884~1979).
S. A. 톨스타야의 사진. 1900년.

S. A. 톨스타야. 야스나야 폴랴나. S. A. 톨스타야의 사진. 1901년.

회하지 않는 한 앞으로도 정교도로 여기지 않을 것임이 결정되었다. 톨스토이는 신성 모독과 이단으로 비판받았다. 파문에 대한 반응은 예상 외의 것이었다. 소피야 안드레예브나 톨스타야의 증언에 따르면 마침 일요일이었던 2월 24일, 톨스토이는 종교회의 결정에 대해 아무것도 알지 못한 채 친구 두나예프(Dunaev)와 함께 루뱐스카야 광장을 걷고 있었다. 그곳에는 많은 사람들이 있었다. 누군가 톨스토이를 알아보고는 비웃으며 외쳤다. "인간의 형상을 한 악마다!" 군중들은 "만세! 안녕하세요, 레프 니콜라예비치!" "위대한 작가에게 축하를!" 등을 외쳐 대며 톨스토이 주위로 몰려들었고, 그는 겨우 군중들로부터 빠져나와 집으로 돌아올 수 있었다.

이 무렵에 대해 소피야 안드레예브나는 이렇게 적고 있다.

2월 24일자 모든 신문에 레프 니콜라예비치의 파문에 대한 기사가 실렸다…… . 이 기사들은 사회적인 분노와 민중들의 오해 그리고 불만을 불러일으켰다. 이후 3일 내내 많은 이들이 레프 니콜라예비치에게 갈채를 보내 왔고, 생화가 담긴 꽃바구니들과 전보, 편지들이 쇄도했다…… . 나는 그날 바로 포베도노스체프와 주교들에게 편지를 보냈다…… . 며칠간 계속 우리집은 일종의 축제 분위기에 휩싸여 있었다. 아침부터 밤까지 손님들이 몰려들었

A. L. 톨스타야가 자신의 말을 보여 주고 있다. 야스나야 폴랴나. S. A. 톨스타야의 사진. 1900년.
왼쪽부터 M. A. 스타호비치, A. L. 톨스타야, S. A. 스타호비치, L. L. 톨스토이, S. A. 톨스타야, N. N. 게(아들), S. L. 톨스토이, M. S. 수호틴, T. L. 톨스타야-수호티나, L. N. 톨스토이.

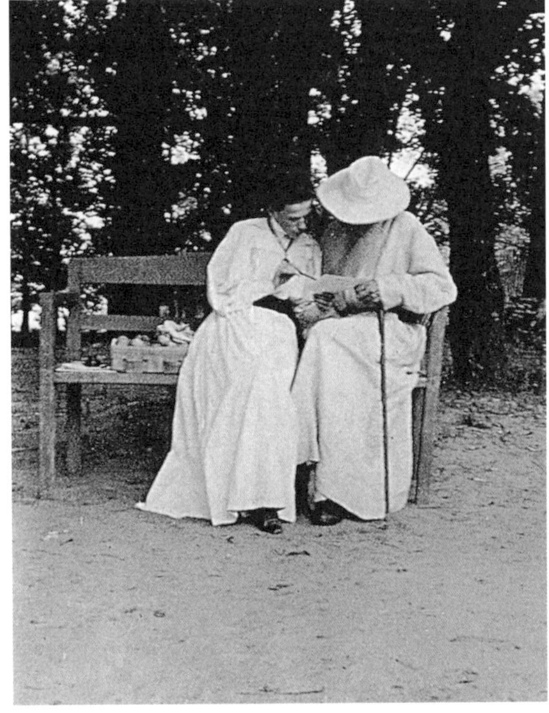

L. N. 톨스토이와 딸 M. L. 오블렌스카야.
야스나야 폴랴나. M. L. 오블렌스카야의 사진. 1901년.

모스크바. 키타이 고로드에서 바라본 볼샤야 루반카의 전경.
'세레르, 나브골츠 그리고 K' 사의 사진철판. 1888년.

다…….

모스크바에서는 승리자 비둘기, 사자와 당나귀들, 포베도노스체프의 꿈 등과 같은 익명의 우화들이 퍼져 나갔다. 톨스토이는 자신의 일기에 이렇게 적었다.

최근 교회로부터 당한 이상한 파문은 공감의 표출을 불러 일으켰고, 사회적 성격을 띤 학생들의 집회로 인해 나는 황제와 그 관료들에게 서신을 보내게 되었다.

학생들의 집회 — 이것은 3월 4일에 페테르부르크에서 발생한 학생들의 시위를 말한다. 혁명에 가담한 학생들을 군대로 징집하라는 명령에 격분한 많은 학생들이 거리로 나와 이에 항의하는 시위를 벌이다 잔혹하게 구타당하거나 투옥되는 사태가 벌어졌다. 이 사건에 분노한 톨스토이는, 황제와 그 각료들에게 보내는 서한을 쓰고, '대다수의 러시아 민중이 가장 희망하는 것' 이라는 제목의 짧은 호소문을 작성했다. 그는 모든 이들의 경제적, 종교적 자유를 요구했다. 그러나 여기서는 의식적으로 언론, 출판, 집회의 자유에 대해서는 언급하지 않고 있으며, 그가 제시한 그 4개 조항은 1억에 달하는 농민들의 가장 중립적인 대표자들이 수행하기를 바랐다. 언론, 출판, 집회의 자유와 관련된 다른 요구들은 기본적으로 지식인층과 혁명가들이 이끌어 낼 것으로 여겼다. 이 호소문은 미완으로 남았고 출판되지 않았다.

3월에는, 페테르부르크에서 온 레핀(I. E. Repin)이 톨스토이를 찾아왔다. 이 무렵 페테르부르크에서는 이동파 전시회가 열리고 있었는데, 여기에서 레핀이 그린 톨스토이의 초상화가 전시되고 있었다. 초상화 주위에는 지속적으로 학생들이 모여들었다. 그들은 초상화 주위를 "만세!"의 외침과 꽃들로 가득 채웠다. 그 결과 초상화는 전시회에서 철수되었고, 전

콘스탄틴 페트로비치 포베도노스체프(1827~1907).
1880~1905년 종교회의 검사였다. 페테르부르크. G. 데니에르의 사진, 1899년.

요안 크론슈타드트스키(요안 일리치 세르게에프, 1829~1908).
크론슈타드트의 안드레예프스크 수도원의 사제장이자 수도원장. P. P. 새우.의 1890년(?) 사진으로 만든 A. V. 빌리보르그의 사진철판.

모스크바 니콜스카야 거리에 있는 종교회의의 인쇄소.
1900년대 초 사진. 최초 공개.

시를 금지당했다. 그리고 알렉산드르 3세의 박물관이 그 초상화를 사들였다.

3월 말, 톨스토이는 종교회에 보내는 답신을 썼고, 그 안에서 특히 자신의 몇 가지 사상에 대해 설명하고자 노력했다.

진리보다도 크리스트교에 대한 사랑으로 시작하는 이는 머지않아 크리스트교보다도 자신의 교회나 분파를 사랑하게 될 것이며 종국에는 세상의 그 무엇보다도 자신(자기 자신의 안정)을 사랑하는 것으로 귀결될 것이라는 콜리리지(Кольриджд)의 말이 있다. 나는 그 반대의 길을 걸어왔다. 나는 나 자신의 평온보다 정교의 믿음을 사랑했고, 그런 뒤에 내 교회보다는 크리스트교를 사랑했으며, 지금은 세상의 그 무엇보다도 진리를 사랑한다.

한편 교회로부터의 파문과 관련되어 공감과 지지를 전하는 서한과 전보들이 러시아 각지로부터 톨스토이에게 날아들었다. 더러는 선물을 보내오기도 했다. 브랸스크 유리 공장의 노동자들은 황금색 문구가 적힌 녹색 유리 공예품을 보내오기도 했는데, 거기엔 다음과 같은 글귀가 적혀 있었다.

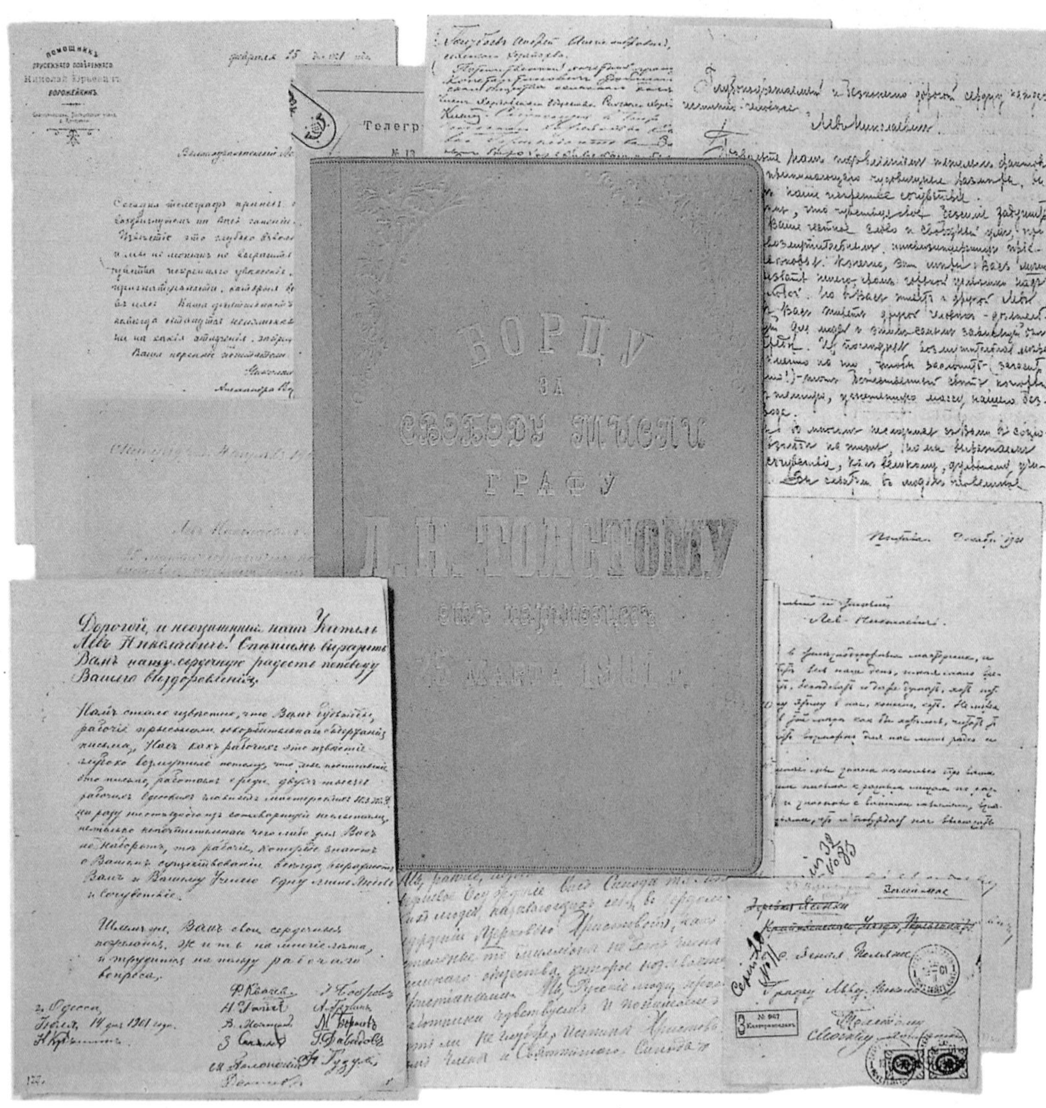

러시아정교회의 레프 톨스토이 파문에 대한 반응들:
톨스토이와의 단결성을 보여 주는 편지, 호소장, 전보.

소동을 진압하기 위해 키예프 대학 학생들을 군인으로 동원하는 것을 반대하는 시위.
1901년 3월 4일 경찰과 카자크인들에 의해 해산되었다. 아마추어의 사진.

'두 명의 황제' (레프 톨스토이와 니콜라이 2세).
프랑스 잡지에 실린 풍자화. 1901년.

29회 이동 전시회에서 레핀이 그린 레프 톨스토이의 초상화 앞에서 작가에게 보내는 갈채.
레프 톨스토이는 398명이 서명한 축하전보를 받았다. 1901년 3월 25일. 아마추어의 사진.

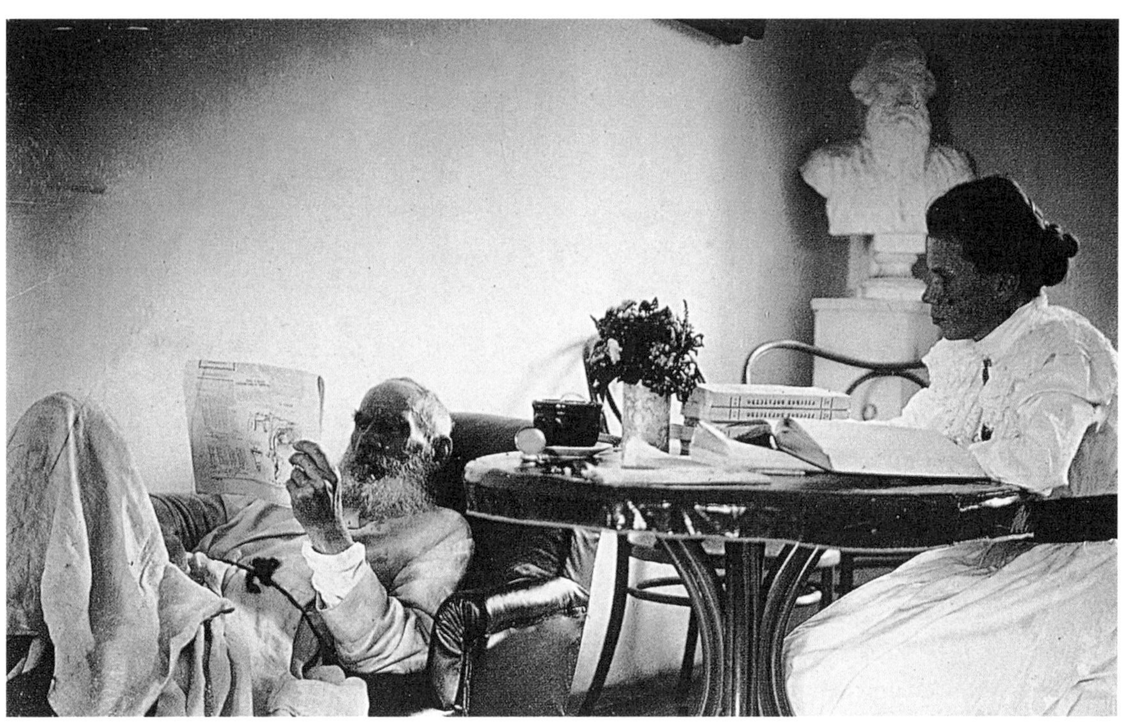

야스나야 폴랴나 집의 레프 니콜라예비치 톨스토이와 딸 마리야 리보브나. S. A. 톨스타야의 사진. 1901년.

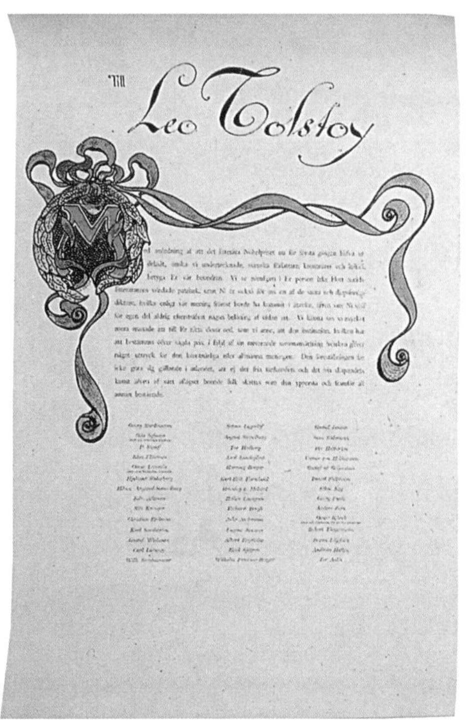

Till Leo Tolstoy

첫 번째 노벨문학상을 레프 니콜라예비치 톨스토이에게 수여하지 않은 스웨덴 아카데미의 결정에 반대하는 스웨덴 작가 및 예술가들의 호소장.
S. 라게를레프, A. 스트린드베르그, G. 게이에르스탐, E. 케이가 썼다.

문진(초록색 유리 덩어리).
톨스토이의 교회 파문과 관련하여 브랸스크 현 댜티코프스크 공장의 노동자들이 레프 톨스토이에게 선물한 것이다.

얄타 바다의 전경. S. A. 톨스타야의 사진. 1902년.

마음속 깊이 존경하는 레프 니콜라예비치에게, 당신은 시대를 앞서 가는 많은 위인들 가운데 한 사람입니다. 그리고 그들은 화형을 당하기도 했고 감금이나 유형에 처해지기도 했습니다. 그 사제장들과 바리새교인들이, 저들이 원하는 대로 당신을 파문하게 내버려두십시오. 위대하고 소중한 당신을 사랑하는 러시아인들은 영원히 당신을 우리의 자랑으로 여길 것입니다.

톨스토이는 이 선물과 아름다운 글귀에 대해 진심으로 노동자들에게 감사했다.

이 해에 레프 니콜라예비치는 자유로운 학교를 꿈꾸며 다시 교육에 관심을 기울였다. 비류코프(Biryukov)에게 보내는 1901년 3월 21일자 서한에서 그는 새로운 교육 방식을 제안했다:

1)종교 교육, 혹은 굳이 교육이 아닐지라도 최소한 거짓된 교육으로부터의 보호

2)삶을 살아가는 방식의 교육-잘못된 습관적 예속 탈피

3)교육의 목표-경제적 능력의 성장과 귀속으로부터의 해방

4)예술적인 것

5)노동-노동 체계

6)위생

사실 이것들은 시작을 위해 필수적인 것일 뿐이고, 이것은 끝이 보이지 않는 일이다. 다만 무엇이든 간에 시작해 보아야 한다.

젊은 세대의 교육에 대한 생각으로 여념이 없었던 톨스토이는 학생과 교사들의 자발적인 노동에 기반을 둔 학교를 구상했다. 그러나 그는 상술한 자신의 생각들이 완전무결한 것이라고 여기지는 않았다. 작가는, 교사들 스스로가 자신들의 계획을 완성하고, 창조적으로 활동 및 연구할 수 있는 여지, 그리고 누구에게나 명백히 드러나는 과감함과 효율성의 여지를 남겨 두었다. 새로운 자율 학교에서만이 자유로운 새 인간이 길러질 수 있었다. 국가가 학교를 관리하는 한, 그러한 학교들은 오직 사회 체제가 요구하는 인간만을 양성해 낸다고 톨스토이는 간주했다.

1901년 여름, 레프 니콜라예비치의 건강 상태가 극도로 악화되자, 의사들은 크림 반도로 요양을 떠날 것을 권했다. 온화한 기후와 바다 공기만이 작가의 건강 회복에 도움을 줄 수 있었다. 파니나(S. B. Panina) 공작부인이 톨스토이 일가에게 가스프라(Gaspra)에 있는 자신의 별장을 빌려주기로 했다. 그리하여 9월에 톨스토이와 그의 가족은 크림 반도로 떠났다. 웅장하고 화려한 집과 살림들, 아름다운 가구들은 톨스토이의 가족들에게는 낯

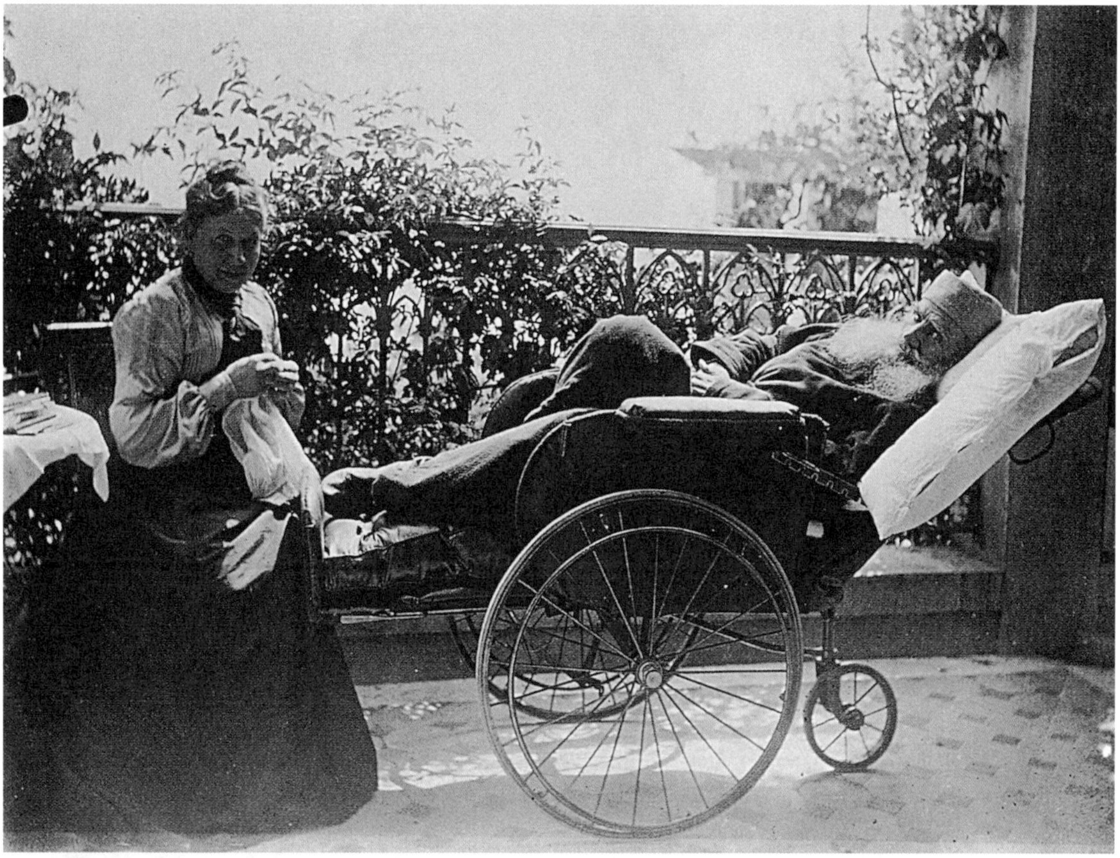

레프 니콜라예비치 톨스토이와 S. A. 톨스타야가 가스프라의 S. V. 파니나 별장 발코니에서 찍은 사진. S. A. 톨스타야의 사진. 1902년.

선 것이었다. 화려함과는 거리가 멀었던 그들의 집은 항상 단출함와 엄숙함만이 가득했었다.

그 무렵 톨스토이와 함께 했던 친구들 가운데 하나가 훗날 기록하기를 레프 니콜라예비치가 이 집을 둘러보던 시선, 일종의 두려움 섞인 그 시선을 회상하는 것은 재미있는 일이었다. 집은 화려했고, 잘 관리되어 가꾸어져 있었다. 이 집은 마치 부유한 유럽인들이 지중해나 다른 휴양지에 소유하고 있을 법한 대저택과도 같았다. 그러나 검소함과 소박함, 이렇게 말하긴 좀 뭣하지만 야스나야 폴랴나의 궁핍해 보일 정도의 집과 세간에 길들여진 톨스토이에게 이런 집은 낯설기 그지없는 것이었다. 야스나야 폴랴나 집의 마룻바닥들은 깔끔하지 못했고, 창문은 썩어 구멍이 나기도 했으며, 벽들은 칠이 벗겨져 있기도 했다. 그런 집에서, 가족들은 그것들을 지금 수리를 할 것인지 아니면 내년까지 그대로 두어도 될지를 상의하곤 했다. 그런 야스나야 폴랴나의 집에 비해

레프 니콜라예비치 톨스토이가 1901년 9월 8일부터 1902년 6월 25일까지 살았던 가스프라의 집. S. A. 톨스타야의 사진. 1902년.

레프 니콜라예비치 톨스토이와 A. P. 체호프
가스프라. S. A. 톨스타야의 사진. 1901년 9월.

레프 니콜라예비치 톨스토이와 딸 알렉산드라 리보브나. 미스호르(얄타 근처). S. A. 톨스타야의 사진. 1901년 9월.

화려하고 잘 정돈된 집이 갑자기 눈앞에 나타난 것이다. 레프 니콜라예비치는 모서리마다 놓인 거대한 꽃병들을 두려움 섞인 눈으로 바라보며 우리에게 조심하라고 경고했다. 집이 그의 마음에 들지는 않았던 게 분명했다. 그는 아래층의 오른쪽 방을 사용했다. 홀 쪽으로 난 그 방에는 남쪽과 서쪽을 향해 난 창문들이 있었는데, 남쪽으로는 햇빛으로부터 보호하는 테라스가 설치되어 있었다. 그에게 딱 들어맞는 방은 아니었지만, 아래층에서는 가장 조용한 방이었다. 위층은 계단을 이용해야 했기 때문에 환자를 위해서는 좋지 않았다.

건강은 빠른 속도로 회복되어 톨스토이는 차차 산책을 나가기 시작했다. 처음에는 짧은 산책으로 시작하여 나중에는 알렉산드르 미하일로비치 대공 궁전서부터 리바디야(Livadiya)에 이르는 길을 거닐며 얄타의 아름다운 풍경을 즐겼다. 이 무렵 크림 반도에 와 있던 체호프와 고리키는 병상에 누워 있던 톨스토이를 자주 찾아왔다. 모스크바에 있을 때부터 이미 알고는 있었으나 이들과 특별한 신뢰를 쌓은 것은 이곳에서였다. 체호프가 다녀갔다. 우리 모두가 그의 명쾌함과 모두가 인정하는 그의 재능을 좋아했고, 그는 마음이 통하는 사람이었다. 무서운 병의 그림자-결핵이 이미 그를 덮고 있었고 그는 우리에게 감동을 주었다. 그리고 또 하나 눈에 띄는 일기 구절이 있었다.

고리키와 체호프를 만나는 일이 즐겁다. 이 시기에 톨스토이 집안과 특히 가까워진 것은 고리키였다. 그는 가스프라를 자주 방문했다. 그의 아들은 알렉산드르 톨스토이와 가까워졌고, 고리키 자신이 자주 그들과 어울려 시간을 보냈다. 출판인 퍄트니츠키(K. P. Pyatnitskii)에게 보낸 서한에서 고리키는 그러한 즐거움을 표현했다: **"나는 레프 니콜라예비치가 참으로 좋습니다……. 얼마나 멋진 사람인지! 우리는 아마도 100년, 아니 다음의 레프 때까지 더 오래 살아야 할 것 같습니다."**

레프 니콜라예비치 역시 몇 차례 올레이즈(Oleiz)에 있는 고리키를 방문했다. 그들은 주로 문학에 대해, 당시 명성을 날리던 알렉세이 막시모비치와 그의 친구 레오니드 안드레예프의 작품에 대해 이야기를 나누곤 했다.

장티푸스를 앓던 레프 니콜라예비치 톨스토이. 가스프라. S. A. 톨스타야의 사진. 1902년 5월.

1901년 말에 톨스토이는 '종교' 와 그 본질에 대하여를 완성했다. 이 짧은 글은 영국의 체르트코프(Chertkov)에게 보내져 자유 언론(Svobodnoe slovo)에 기재되었다. 작가는 많은 일기를 남겼다. 이 시기의 기록들은 세기 초 작가의 관심을 사로잡고 있던 여러 사상과 사색들을 자세히 보여 주고 있다. 삶에서, 가장 먼저 이루어야 할 것은 명확하다. 그것은 투쟁과 강압에 기초한 삶을 사랑과 이성적 합의에 기반한 삶으로 바꾸어 가는 것이다. 그리고 이를 위해 정신적으로 단련되어야 할 많은 것들이 아직 손도 대지 못한 채 모든 인종과 종교의 노동자들 안에 고스란히 남겨져 있다. 톨스토이는 머지 않아 러시아를 강타할 대격변을 예감하고 있었다. 그는 여전히 민주주의 세력과 전제 정치 간의 충돌을 피할 수 있기를 희망하며, 그들의 대립을 평화적으로 해결할 방도를 찾기 위해 깊이 숙고했다. 결국 그는 니콜라이 2세에게 보낼 서한을 작성하며, 최근 발생하고 있는 사건들에 대해 황제가 눈을 뜰 것을 다시 한 번 요청했다. 이 서한은 톨스토이의 높은 예술성이 담긴 시평(時評)이었다. 편지는 '친애하는 형제여' 로 시작했는데, 이러한 문구는 당연히 이 편지를 받은 이와 그 주위를 놀라게 했다. 서한에서는 러시아의 현 체제에 대해 타협 불가능한 내용들이 들어 있었다.

전제 정치는 구시대적인 통치 체제로, 세계로부터 단절되어 있는 아프리카 중앙의 저 어딘가에 있을 민족들의 필요에나 부응할 수있는 것일 뿐 문명이 꽃핀 세계와 교류하며 점점 더 발전하는 러

가스프라 집 테라스에서 아침식사를 하는 레프 니콜라예비치 톨스토이. 1901년. A. L. 톨스타야의 사진.

가스프라 집 테라스에서 S. A. 톨스타야와 아들 일리야 리보비치.
S. A. 톨스타야의 사진. 1902년.

A. M. 페슈코프(M. 고리키)와 아내.
가스프라. N. L. 오볼렌스키. 1902년. 왼쪽부터 예카테리나 파블로브나 페슈코바(볼진 가문 출신), 안드레이 리보비치 톨스토이, M. 고리키, 알렉산드르 보리소비치 골리덴베이제르.

폐렴을 앓다가 회복된 레프 니콜라예비치 톨스토이.
가스프라 별장 테라스에서 가족과 지인들 사이에 있다. 1902년.
왼쪽부터 레프 니콜라예비치 톨스토이, S. L. 톨스토이(서 있는 사람), N. N. 게(아들), S. A. 톨스타야(바느질하는 사람), N. L. 오볼렌스카야, U. I. 이굼노바, M. L. 오볼렌스카야.

시아 민중의 요구에 부응할 수는 없습니다. 따라서 이러한 통치 형태 그리고 이와 관련된 정교회를 계속 유지하는 것은 이제 다양한 무력 행사를 통해서만 가능해졌습니다……. 이에 이어 톨스토이는 황제에게 친애하는 형제여, 현세에서 당신의 삶은 한 번뿐입니다. 당신은 이 삶을, 악으로부터 선으로, 암흑으로부터 광명으로 향하도록 인류를 인도하는 신의 섭리로부터 나오는 모든 움직임들을 멈추려는 헛된 시도에 사용할 수도 있고, 민중의 소망과 바람을 깊이 숙고하여 그것들을 이루는 데 자신의 삶을 바쳐 기쁨과 평온 속에서 신과 민중에 봉사하는 마음으로 생을 보낼 수도 있습니다.

레프 니콜라예비치는 가스프라에서 알게 된 니콜라이 미하일로비치 대공에게 이 서한을 차르에게 전해 줄 것을 개인적으로 부탁했다. 그들은 문학에 대해 많은 대화를 나눴으며 이 대화에는 고리키 또한 자주 참여했다. 서한의 전달에 대한 레프 니콜라예비치의 필수 조건은 황제가 그것을 다른 누구에게도 보여 주지 않는다는 것이었다. 니콜라이 2세는 작가의 요청을 존중하여 그렇게 할 것을 약속했고 실제로 그 서한은 알려지지 않았다. 그러나 러시아의 역사는 자신의 길로 나아가고 있었고, 이 위대한 사상가, 작가조차 그것을 바꿀 수는 없었다. 러시아는 급속도로 혁명을 향해 치닫고 있었다.

1902년 초 톨스토이의 병은 다시금 악화되었다. 이때 톨스토이는 생명이 매우 위독한 지경이어서, 모든 친척들이 가스프라로 올 정도였다. 이 우울했던 시기에 소피아 안드레예브나가 찍은 사진 속에는 당시 가스프라에 모인 이들의 모습이 담겨 있다. 그들은 최악의 경우에 대비하고 있었다. 1902년 2월 3일, 소피야 안드레예브나는 쿠즈민스카야(Kuzminskaya)에게 전하길, 병의 상태가 매우 불규칙적이고 느리게 변하기 때문에 그 어떤 의사도 장차 어떻게 될지를 예측하지 못하고 있습니다……. 심장에 가까이 있는 왼쪽 폐의 폐렴이 계속되고 있으며 언제 그것이, 최

장티푸스를 앓고 난 후에 가스프라에서 휠체어에 앉은 채 산책하는 레프 니콜라예비치 톨스토이.
A. L. 톨스타야의 사진. 1902년 5월. 왼쪽부터 U. I. 이굼노바, K. V. 볼코바, 의사들인 I. N. 알림슐레르, S. YA. 엘파티예프스키, D. V. 니키틴.

근 몇 년간 계속 악화되기만 한 심장으로까지 퍼질지 모릅니다. 그는 입을 다문 채 생각에 잠겨 있습니다. 그에게 무슨 일이 일어날지는 신만이 아시겠지요. 그의 주위에 있는 우리 모두에게 그는 매우 친절하고 온화하게 대하고 있습니다.

상황은 매우 심각해져서, 전 러시아와 세계로 톨스토이가 죽음에 임박했다는 소식이 퍼져 나갔고, 심지어 일부 신문에서는 그의 사망 소식이 실리기도 했다. 톨스토이의 사망으로 인해 발생할지도 모르는 소요를 사전에 막기 위해 정부는 톨스토이가 사망할 경우 그의 시신을 비밀리에 야스나야 폴랴나로 운송할 것을 명령했다. 톨스토이의 가족은 크림에서 장례를 치르기로 결정하여, 이를 위해 근처의 조그마한 땅을 매입하기도 했다. 병세가 조금 호전되자 톨스토이는 일기를 계속 써 나갔는데, 더러는 친인척들에 대한 언급도 있었다. 1902년 1월 23일, 가스프라에서 쓴 일기를 보면 몸이 좋지 않다. 베르텐손(Bertenson)이 왔다. 물론 이것들은 별것 아니다. 멋진 시를 알게 되었다:

노인네는 끙끙대기 시작했다네,
노인네는 콜록대기 시작했다네,
노인네는 이제 아마포로 기어들어가야 할 때네.
아마포 밑으로, 으음…… 그리고 무덤으로.

민중들의 작품은 얼마나 아름다운가! 이토록 생생하고, 감동적이면서도 진지한 것을…….

소피아 안드레예브나와 자녀들, 조카 — 작가의 누이의 딸인 오볼렌스카야(V. V. Obolenskaya)와 여러 지인들이 톨스토이를 헌신적으로 보살피고 있었다. 그는 모든 이들의 사랑과 애정으로 둘러싸여 있었다. 그리고 예상치 못했던 일이 발생했다. 병세가 갑자기 호전된 것이었다. 물론 병이 완전히 물러간 것은 아

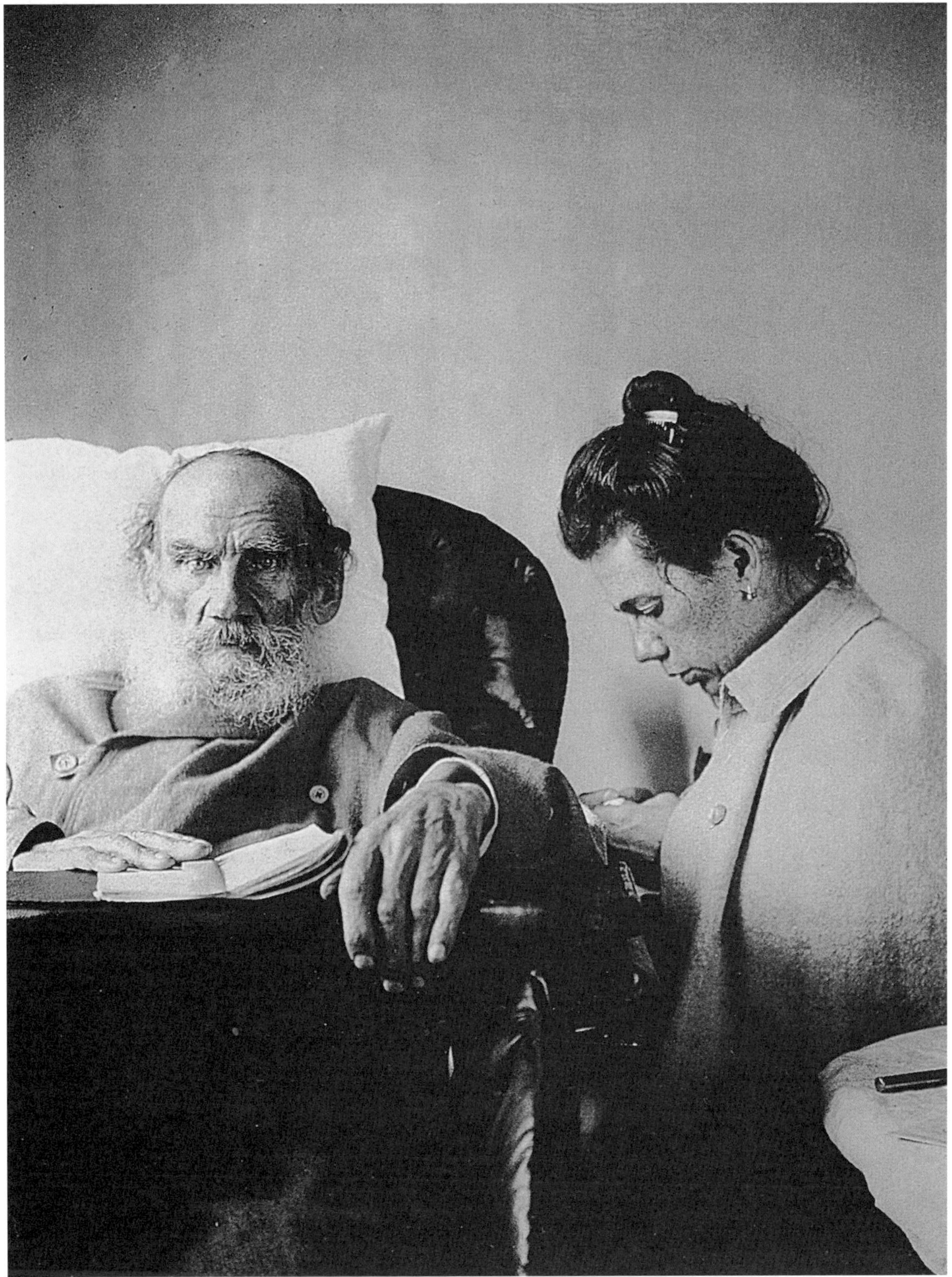

레프 니콜라예비치 톨스토이와 딸 타치야나 리보브나. 가스프라. S. A. 톨스타야의 사진. 1902년 5월.

가스프라에서 레프 니콜라예비치 톨스토이의 아내와 아이들. 왼쪽부터 일리야 리보비치, 안드리에 리보비치, 타치야나 리보비치, 레프 리보비치, 소피야 안드레예브나, 미하일 리보비치, 마리야 리보브나, 세르게이 리보비치, 알렉산드라 리보브나. S. A. 톨스타야의 사진. 1902년.

니었다. 4월에는 갑작스런 티푸스성 복막염으로 인해 또다시 건강이 심하게 악화되었다. 5월 말에 가서야 겨우 톨스토이는 기력을 회복하여 바람을 쐬기도 하고, 글을 쓰거나 손님들을 맞이할 수 있었다. 크림 반도에 머무는 동안 톨스토이의 거처를 찾은 이들의 수는 헤아릴 수가 없었다. 체호프과 고리키 외에도, 샬랴핀(Shalyapin)과 스키탈레츠(Skitalets), 먀소예도프(Myasoedov)와 발몬트(Bal′mont), 코롤렌코(Korolenko)와 마코비츠키(Makovitskii) 등 많은 지인들이 톨스토이를 찾아왔다.

전 세계 사람들이 레프 니콜라예비치의 병세에 관심을 가지고 지켜보고 있었다. 많은 이들이 톨스토이를 노벨 문학상 후보로 추천했으나(문학의 진귀한 현상이다!), 수상자는 프랑스 시인 쉴리 프뤼동으로 결정되었다. 이와 관련하여 스웨덴의 작가들과 학자들은 이같은 결정에 항의하는 내용이 담긴 서한을 톨스토이에게 보내왔다.

우리는 당신에게서 현대 문학의 깊이 존경할 만한 거장을 볼 뿐 아니라, 강하면서도 감동적인 시인의 모습을 봅니다. 비록 당신 스스로는 이러한 유의 상을 받기 위해 노력한 적은 결코 없다고 할지라도, 바로 이러한 것이야말로 이런 경우에 무엇보다도 먼저 알려져야 한다고 생각합니다……. 노벨 문학상 수상 작가를 선정하는 임무가 맡겨진 기관은 작가들, 예술인들의 의견도, 사회적 견해들도 전혀 반영하지 못한 것으로 여겨집니다.

소피아 안드레예브나는 6월에 자신의 언니에게 이렇게 적고 있다.

레프에게 닥쳤던 티푸스는 이제 물러갔습니다. 그가 치명적인 병을 둘이나 앓고서도 쾌차한 것은 그저 기적이에요. 이제는 다 나았습니다……. 레보치카(레프의 애칭)는 활

일리야 리보비치 톨스토이, 작가 스키탈레츠(스테판 가브릴로비치 페트로프. 1869~1941), 박사 콘스탄틴 바실리예비치 볼코프. 가스프라. 1902년. I. L. 톨스토이의 사진. 최초 공개.

알렉세이 막시모비치 페슈코프(M. 고리키)와 표도르 이바노비치 샬라핀 (1873~1938). M. 드미트리예프의 사진. 1901년.

알렉산드르 이바노비치 쿠프린(1870~1938). 얄타. S. 코간의 사진. 1908년. 톨스토이와 그는 단 한 번 1902년 6월 25일 얄타에서 만났다. 톨스토이는 단번에 쿠프린이 재능 있는 작가라고 확신하였다.

가스프라에서 작업 중인 레프 니콜라예비치 톨스토이. S. A. 톨스타야의 사진. 1902년 6월.

기가 넘치고 있어요. 지금도 콜랴 오볼렌스키(Kolya Obolenskii)와 자신의 생각을 논하고 있어요. 신문도 읽고, 식사도 잘하고 있습니다…….

1902년 6월 25일, 톨스토이 일가는 야스나야 폴랴나로 되돌아왔다. 얄타로부터 세바스토폴까지는 기선을 이용했는데, 이 선상에서 레프 니콜라예비치는 쿠프린(A. I. Kuprin)을 알게 되었다. 톨스토이는 그의 작품들을 잘 알고 있었고, 그의 재능을 높이 평가했다. 세바스토폴에서부터는 기차를 이용했는데, 가는 길 내내 많은 이들이 톨스토이를 갈채로 맞이했으며 그가 타고 있는 차량을 꽃으로 채워 놓았다.

"레프 니콜라예비치는 마침내 두 다리로 일어섰습니다. 야스나야 폴랴나로 돌아온 그는 죽음을 이겨낸 강인한 영웅입니다. 그는 토지 문제에 관한 글을 쓰고 있습니다. 이 같은 힘과 시대의 요구에 대한 놀라운 이해력을 가지고 있지요!"

고리키가 퍄트니츠키(Pyatnitskii)에게 쓴 글이었다.

야스나야 폴랴나의 일상적인 분위기로 돌아온 톨스토이는 『하지 무라트』를 쓰기 시작했다.

『하지 무라트』의 창작은 몇 해에 걸쳐 계속되었다. 아직 젊었던 카프카스 시절에 이미 톨스토이는 많은 이들을 불안케 했던 일에 대해 형 세르게이에게 이야기한 적이 있었다:

"만일 카프카스 지역의 소식을 가지고 뽐내고 싶다면, 이맘 샤밀 다음으로 두 번째 인물인 『하지 무라트』가 최근에 러시아 정부에 항복했다는 이야기를 하면 될 겁니다. 체첸의 전 지역에 걸쳐 위대한 용사였던 그가 비겁한 행동을 한 것이죠."

당시에는 아직 젊은 장교였던 톨스토이는 이 사실이 야성적인 한 카프카스인의 생애사를 뛰어넘어 자신의 창작 인생의 한 부분

크림을 떠나던 모습. 여객선에서 항구까지 가는 작은 배에 앉아 있는 레프 니콜라예비치 톨스토이. D. V. 니키틴의 사진. 1902년 6월 25일.

레프 니콜라예비치 톨스토이. 야스나야 폴랴나. '세레르, 나브골츠 그리고 K' 사의 사진. 1902년.

'가난한 사람들의 나무'가 있던 레프 니콜라예비치 톨스토이의 집 앞 작은 광장.
야스나야 폴랴나. P. E. 쿨라코프의 사진. 1908년.

야스나야의 '자유로운 방'에 있는 레프 니콜라예비치 톨스토이와 형제인 S. N. 톨스토이.
M. L. 오볼렌스카야의 사진. 1902년 9월. S. N. 톨스토이의 야스나야 폴랴나 마지막 방문. 1904년 그의 임종 전에 레프 니콜라예비치 톨스토이는 피로고보 영지로 자신의 형제를 두 번 찾아갔다.

1903년 8월 28일 자신의 생일 레프 니콜라예비치 톨스토이와 아내 그리고 자녀들. 야스나야 폴랴나.

F. T. 프로타세비치의 사진. 왼쪽부터 일리야 리보비치, 레프 리보비치, 알렉산드라 리보브나, 세르게이 리보비치가 서 있고, 미하일 리보비치, 타치야나 리보브나, 소피야 안드레예브나, 레프 니콜라예비치, 마리야 리보브나, 안드레이 리보비치가 앉아 있다.

야스나야 폴랴나 집 테라스에 있는 레프 니콜라예비치 톨스토이.

P. A. 세르게옌코의 사진, 1903년.

야스나야 폴랴나 집 서재에 있는 레프 니콜라예비치 톨스토이와 S. A. 톨스타야. '세레르, 나브골츠 그리고 K' 사의 사진. 1902년.

야스나야 폴랴나 집 서재에 있는 레프 니콜라예비치 톨스토이와 S. A. 톨스타야.
'세레르, 나브골츠 그리고 K' 사의 사진. 1902년.

야스나야 폴랴나에서 레프 니콜라예비치 톨스토이 가족과 손님들. S. A. 톨스타야의 사진. 1901년 7월.
왼쪽부터 첫 줄에 T. L. 톨스타야-수호티나, M. L. 오볼렌스카야-톨스타야, S. N. 톨스타야와 I. L. 톨스토이 그리고 아이들 일류샤, 안드레이, 미샤, S. A. 톨스타야, A. V. 톨스타야. 두 번째 줄에 M. S. 수호틴, N. L. 오볼렌스키, A. L. 톨스타야, A. N. 두나예프, U. I. 이굼노바, O. K. 톨스타야, M. N. 무롭체바(?), S. L. 톨스토이, M. L. 오볼렌스카야, 신원미상, 신원미상, A. I. 톨스타야, A. B. 골리덴베이제르, M. L. 톨스토이, A. L. 벨리슈.

이 될 거라는 사실은 꿈에도 생각지 못했다. 『하지 무라트』의 구상은 그에게 있어 마치 숙명과도 같이 피할 수 없는 것이었다.

자연스러운 인간, 세속적인 사상들과 공허하고 거짓된 희망 그리고 위선적인 사회적 관습으로부터 자유로운 인간, 자연이 존재하는 것처럼 살아가는 인간은 늘 톨스토이의 관심을 끌었다. 그는 다양하면서 서로 닮지 않은, 더러는 타협하고 더러는 투쟁하며, 온순하거나 강하기도 한 자신의 주인공들을 통해 이 이상형을 찾고자 했다. 이들 가운데에서 가장 탁월한 것이 바로 『하지 무라트』가 보여 준 그 선명함과 아름다움, 비극적 인물형이었다.

살아 숨쉬는 삶에 대한 칭송이 완숙함과 다양한 색채, 조화를 이룬 고결함 속에서 나타나는 『하지 무라트』는 톨스토이의 예술적 유언으로 여겨진다. 작품에는 젊은 톨스토이의 주인공으로서 갖는 야성적인 힘과 함께 깊은 연륜을 지닌 노인의 더러는 비애로 가득 차기도 하는 현명함이 함께 녹아들어 있는 듯 보인다.

이 작품을 접한 뒤 고리키는 "과연 『하지 무라트』를 이보다 더 완벽하게 쓴다는 것이 가능할까? 우리에게는 불가능하다. 하지만 톨스토이라면 가능할 것이다"라고 평가했다.

실제로 톨스토이는 『하지 무라트』를 미완으로 간주하였고, 이 작품은 그가 사망한 후에야 출판되었다. 야스나야 폴랴나를 떠날 때 그 마지막 길에 톨스토이가 『하지 무라트』 원고를 가져갔다는 것은 의미심장한 일이다. 아마도, 그 안에는 많은 개인적인 모습과 그 자신이 고뇌했던 문제들이 담겨 있었을 것이다.

톨스토이가 새로운 작품의 창작에 착수한 것은 1896년이었다. 산책을 마치고 돌아온 뒤 그는 수첩에 "타타르인이 길에 있다. 『하지 무라트』", 그리고 일기에는 "『하지 무라트』가 생각났다. 쓰고 싶다"라고 적었다. 초판본의 명칭은 레페이(우엉)였다.

작품은 경이로운 자연 풍경과 여름의 아름다운 서정으로 시작된다:

'프레슈펙트'를 걷고 있는 레프 니콜라예비치 톨스토이. 야스나야 폴랴나. A. L. 톨스타야의 사진. 1903년.

레프 니콜라예비치 톨스토이와 미국인 법률가 윌리암 제닝스 브라이안(1860~1925).
야스나야 폴랴나. A. L. 톨스타야의 사진. 1903년 12월. 왼쪽부터 통역사 T. S. 수슬로프, 브라이안의 아들 윌리얌, 레프 니콜라예비치 톨스토이, 윌리얌 브라이안과 그의 비서 M. 플린.

러시아의 들판과 풀내음, 그리고 아름다운 꽃다발과 그에 대조적인, 갈아엎은 벌판과 사람에 의해 뽑혀 버린 우엉-타타르인의 죽음. 그러나 자연의 힘은 죽지 않는다: 죽어 버린 검은 들판 가운데에 마차를 타고 온, 검은 땅의 진흙으로 몸을 바른 다른 타타르인(우엉)이 있다……. 그에게서 육신의 일부를 찢고, 내장을 끄집어내고, 팔을 자르고, 눈을 뽑았다. 그러나 그는 여전히 버티고 서서, 그의 모든 동료들을 파멸로 몰아간 사람에게는 항복하지 않는다. 이 같은 힘!? 나는 생각했다. 그는 모든 것을 극복해 냈다. 수백만 풀들을 짓뭉개더라도 그는 항복하지 않을 것이다.

부서지더라도 결코 항복하지 않는 우엉(레페이)은 이 작품 속에서 사그라들 줄 모르는 인생의 힘을 상징했다. 그리고 바로 이것이 작가의 기억 속에서, 또한 최후의 순간까지 삶을 지켜내고자 하는, 정복될 수 없는 카프카스인인 하지 무라트의 형상이 되살아나는 부분이다.

카프카스 이야기에서 톨스토이는 인간으로서, 그리고 작가로서 자신의 위치가 정립되어 가던 자신의 젊은 시절로 돌아간다. 그 시기에 그가 느꼈던 인생의 비밀은 여전히 변함없이 남아 있었다.

"나는 단순하고 오래된 것을 발견했다……. 나는 불멸이 있고, 사랑이 있으며 영원히 행복하기 위해서는 다른 이들을 위해 살아야 한다는 것을 알았다……. 비록 우리 앞에 놓인 것은 이상화된 카프카스가 아니라 전쟁과 자유가 기묘하게 뒤섞인 거친 변방이라 할지라도, 소설은 영원한 사랑의 이러한 마음을 불러일으켰다.

진정한 카프카스인의 아름답고 순수한 형상을 지닌 소설의 주인공은 현명하고, 자신감이 넘치고, 열정적이며 그 자신이 속한 민족의 문화와 자연으로부터 분리되지 않는다. 동시에 그에게는 문명화된 삶이 갖는 서정성과, 작가 자신이 항상 냉철한 비판을 가했던 전제 군주에게서 보이는 잔혹함이 없었다.

하지-무라트는 중층의 의미를 가진 복잡한 인물이다. 그는 모

『하지 무라트』– '레페이(우엉)' 의 첫 발행본 자필. 왼편에 톨스토이가 직접 써넣은 글이 보인다. 1896년.

다게스탄. 아울 구닙-1859년 러시아 군대에 포로로 잡혔을 때 샤밀이 머물던 곳. 카프카스 군대 총사령부의 사진사가 찍은 사진. 19세기 후반.

레프 니콜라예비치 톨스토이.
야스나야 폴랴나. F. T. 프로타세비치의 사진. 1903년.

순적이면서 동시에 순수하다. 잔혹하고 영리하며 피를 부르는 이 광신적인 전사는 동시에, 고통받는 인간이며, 아들을 사랑하는 남편이자 아버지이고, 삶과 죽음, 품위와 명예에 대한 자신의 관념을 끝까지 지키고자 하는 인물이다. 카프카스인들의 시에서 톨스토이는 예전에, 걸작으로 여겨지는 노래를 찾아냈었는데, 그것이 『하지 무라트』에 대해 많은 것을 설명하고 있다:

뜨거운 총탄이여, 네가 죽음을 가져오는구나 — 그러나 나의 충실한 노예가 바로 너 아니었던가? 검은 땅이며, 네가 나를 덮는구나, 그러나 말을 타고 너를 밟던 것은 내가 아니었던가? 차갑구나, 너 죽음이여, 그러나 내가 너의 주인이었노라. 『하지 무라트』를 죽이는 것은 가능하지만 그를 파괴할 수는 없다. 그는 죽은 뒤에도 죽음의 지배자로 남아 있는 것이다.

하지 — 무라트는 작가의 개인적인 형상의 확대다. 동시대의 작가가 예리하게 지적한 바에 의하면 레프 톨스토이는 『하지 무라트』의 모든 것을 이해할 수 있었다. 그러나 나폴레옹에 대해서는 그 무엇도 용서치 않았다. 『하지 무라트』는 마음으로부터 싸웠지만, 나폴레옹은 이성의 힘으로 전쟁을 일으켰기 때문이다.

다게스탄. 아울 훈자흐.
카프카스 군대 총사령부의 사진사가 찍은 사진. 19세기 후반.

니콜라이 1세(1796~1855).
1825년 러시아 황제로 등극. F. 크류게르의 원작으로 만든 P. F. 보렐(?)의 석판.

샤밀(1799~1871). 페테르부르크.
S. L. 레비츠키의 사진. 1860년대 말. 다게스탄과 체첸의 카자크인들 독립전쟁을 지휘하였다. 1859년 러시아 군에 포로로 잡힌 후 칼루가로 유형보내졌다.

하지-무라트만이 톨스토이의 관심을 끈 것은 아니었다. 그는 동양에서 서로 상충하는, 그러나 똑같은 두 개의 세계를 보았다: 하나는 일상적이고 자연스러운 사람들 — 평범한 카프카스인들과 러시아 군인들 — 큰 공감과 함께 표현되어 있는 — 의 세계이고, 다른 하나는 두 개의 극단적인 절대 권력 — 아시아와 유럽의 — 을 상징하는 샤밀과 니콜라이로 대표되는 그 시대의 두 주요 적대자들의 인공적인 세계였다. 톨스토이에게 있어 상충되는 힘들의 정의 속에 그 자신의 견해와 판단이 담겨 있었다.

두 권력자는 인류가 진실로 지닌 선에 대립하며, 인간에게 그 어떠한 이로움도 가져오지 못하는 체제의 화신이었다. 때로는 체제가 그들 자신과 관계없이 움직이기도 한다: 전쟁과 약탈, 종속과 강압, 개인성과 그 자연스런 표출에 대한 강제. 스스로의 법칙에 따라 살아가는 사람은 숙명적인 죽음을 맞이할 수밖에 없고, 따라서 하지-무라트의 죽음은 비극적인 숙명인 것이다.

『하지 무라트』를 집필하는 동안 톨스토이는 역사서들을 면밀히 검토했다. 역사적 사실로부터 벗어나는 것을 허용치 않으며 그는 특히 "오랫동안 균형잡힌 시각을 유지하지 못한다면, 이것이 권력에 대한 나의 관념의 일례가 되어 버릴 수 있기 때문에 나에게는 매우 중요한 의미를 갖는 니콜라이 파블로비치에 관한 장을 쓰는 데 고심했다"고 말했다.

톨스토이식의 권력에 대한 이해는 검열관을 자극하여, 이 소설이 출판될 때에는 니콜라이에 대한 장이 상당히 줄어들었고, 황제에 대한 인물 묘사는 생략되었다. 훗날 『하지 무라트』에 삽화를 넣는 작업을 했던 화가 란세레(E. E. Lansere)는 자신이 직접 인물 묘사를 되살렸다. 그는 톨스토이의 텍스트에 정확히 부합되는 초상을 만들고자 했다.

견장 없는 검은 프록코트를 입은 니콜라이는 점점 나오는 배를 따라 허리띠로 꽉 조여 묶은 자신의 몸을 아무렇게나 내던지 듯 탁

하지 무라트(1790년 말~1852). 카프카스 카자크인들의 독립전쟁에 참전하였다. 1840년대 G. G. 가가린의 원작을 보고 I. 로란과 E. 치체리가 만든 석판.

레프 니콜라예비치 톨스토이.
야스나야 폴랴나. M. L. 오볼렌스카야의 사진. 1903년.

레프 니콜라예비치 톨스토이.
야스나야 폴랴나. S. A. 톨스타야의 사진(여러 장 찍은 사진 중의 한 장). 1901년.

레프 니콜라예비치 톨스토이.
야스나야 폴랴나. A. L. 톨스타야의 사진. 1903년.

레프 니콜라예비치 톨스토이.
야스나야 폴랴나. A. L. 톨스타야의 사진. 1903년.

자 옆에 앉아, 미동도 않은 채, 들어오는 이들을 생기 없는 눈으로 쳐다보았다.

톨스토이의 소설은 화가에게 영감을 불어넣어, 그는 이 작품 전체의 삽화를 그리고자 했다. 란세레는 카프카스인들의 생활과 관습을 좀 더 알기 위해 여러 차례 카프카스를 여행했다. 그는 그곳의 자연 풍경, 마음에 깊이 새겨진 독특한 지역색, 무기와 의복들 그리고 생필품들의 세세한 점들을 묘사한 많은 수의 습작과 작품을 남겼다. 그곳의 자연에 대한 스케치는 화가가 역사적 심리적 관점에서 톨스토이의 카프카스 주인공들을 그 특유의 주위 풍경 속에 그려 넣는 것에 큰 도움을 주었다. 원문에 따라 화가가 그린 생생한 작품들은 톨스토이의 텍스트와 완벽한 조화를 이루었다. 화가가 지닌 재능은 『하지 무라트』의 삽화 작업을 하는 동안에 완전히 발휘되었다. 그의 그림들은 풍부한 표현력을 가지고 있었다. 그 작품들 속에는 그것들을 충분히 위대한 문학적 기반으로 만드는 예술적 사실성이 담겨 있었다.

사과 정원에서의 산책. 야스나야 폴랴나. S. A. 톨스타야의 사진. 1903년.
왼쪽부터 레프 니콜라예비치 톨스토이, S. N. 톨스타야(I. L. 톨스토이의 아내), N. M. 수호티나(레프 니콜라예비치 톨스토이의 사위인 M. S. 수호틴이 첫 번째 결혼에서 낳은 딸), I. V. 데니센코와 아내 E. S. 데니센코(레프 니콜라예비치 톨스토이의 조카), 미하일 톨스토이, S. A. 톨스타야, A. L. 톨스타야.

1901년 레프 니콜라예비치 톨스토이는 의사들의 권유에 따라 병을 치유하기 위해 크림의 남쪽 강가로 왔다. S. V. 파니나 백작부인이 가스프라의 자신의 별장으로 톨스토이 일가를 초대하였다. 그때 톨스토이 일가가 머물던 집은 아직까지 잘 보존되고 있다. (389-391페이지) 레프 니콜라예비치 톨스토이는 바다로 나 있는 계단을 오르내리며 변함없이 아름다운 바다를 보는 것을 좋아하였다. (390페이지 하단) 1902년 톨스토이의 건강은 몹시 악화되었다. 양측 폐가 모두 폐렴 증상을 보였던 것이다. 이후 레프 니콜라예비치 톨스토이는 별장 테라스에서 바다를 보는 것으로 만족해야 했다. (390페이지 우측 상단과 391페이지)

이곳에서 그는 체호프, 고리키, 고롤렌코 등 자신의 친구들과 지인들을 맞았다. 가스프라에 머무는 동안 건강은 몹시 나쁜 상태였다. 하지만 그의 강한 체력과 정성스런 간호와 치료 덕분에 그는 다시 일어설 수 있었다. 지금 이 곳은 요양원으로 쓰이고 있다. 요양원의 방 하나는 레프 니콜라예비치 톨스토이 박물관으로 쓰이고 있다.

1890년~1900년대 발행된 레프 니콜라예비치 톨스토이의 작품들.

1904~1907

당신이 내게 쓴 그 문제를 나는 이미 알고 있었기 때문에 놀라지도 않았고 분노하지도 않았습니다. 충분히 예상했던 일이었고, 내게 있어서는 의심할 여지가 없는 진리 — 국가가 건 최면에 걸려 있는 이들에게는 모순적으로 느껴지겠지만—를 확신시켜 주었을 뿐입니다. 강압적인 통치 체제는 이미 그 수명을 다하였고, 이 시대의 통치자들 — 황제, 왕, 장관, 군 지도부나 의회의 영향력 있는 관리들까지 모두 — 은 도덕적 품성의 성장에 있어 가장 아래 단계에 있는 사람들인지도 모릅니다. 이러한 사람들은, 따라서 정신적으로 퇴화된 이들의 자리에 위치하고 있습니다. 세금이라는 명목하에 노동자들의 재산을 착취하고 있는 자들, 살인을 저지를 준비가 되어 있으며 또 실제로 살인을 저지르는 자들, 사형을 집행하는 자들, 자신과 타인을 상대로 위선적인 언행을 멈추지 않는 자들은 이런 사람들이 아니라면 불가능합니다. 이교의 시대에는 마르쿠스 아우렐리우스 같은 현명한 군주가 가능할지 모르겠지만, 우리의 이 기독교 시대에는 지난 시대의 통치자들 — 프랑스의 여러 루이들과 나폴레옹, 우리의 예카테리나 2세나 니콜라이 1세, 독일과 영국의 여러 프리드리히나 헨리, 엘리자베스 같은 통치자들은 그 추종자들이 어떤 노력을 기울이건 간에 관계없이 증오

이외의 그 무엇도 불러오지 못합니다. 온갖 종류의 폭압과 강제를 통해 통치하는 현재의 권력자들은 이미 다수의 도덕적 요구에 미치지 못하는 단계에 이르러 있기 때문에 심지어는 그들에 대해 분노하는 것조차 불가능합니다. 그들은 다만 끔찍하고 가여울 뿐입니다. 분노하건 아니건 간에, 우리가 싸워야 하는 것은 고결한 인류의 의식을 잊은 이러한 존재들이 아니라 인류의 고난의 가장 주된 원인인 강압적 국가 체제의 끔찍하고도 후진적인 제도입니다. 우리가 투쟁해야 하는 상대는 사람들이 아니라, 국가적 강제가 필요하다는 미신이며, 이같은 미신은 현대 기독교 세계의 사람들의 도덕적인 의식과 전혀 맞지 않을 뿐더러 인류가 이미 오래 전부터 준비하고 있는 발걸음을 내딛는 것을 가장 방해하고 있는 것입니다. 이같은 악과 싸우는 것은 오직 가장 단순하고 자연스러우며 동시에 가장 강력하나 여지껏 사용되지 못한 방법뿐입니다. 그것은 정부의 강압을 필요로 하지 않고, 그것에 동참하지도 않으며 살아가는 것에서만 존재하는 것입니다.

당신이 말한 것과 비슷한 일 — 프러시아 정부가 폴란드 농민을 약탈하기 위해 준비하는 것에 대해서 나는 그러한 강탈을 준비하고 실제로 행하는 이들이, 그러한 약탈당하는 이들보다 더 안타깝습니다. 약탈당하는 이들은 차라리 나은 역할을 맡고 있는지도 모릅니다. 그들은 다른 곳에서도 그리고 다른 조건하에서도 그들의 현재 모습 그대로 남을 것입니다. 하지만 나는 약탈자들과, 그리고 약탈자들의 국가나 민족에 종속된 이들이 안타깝습니다. 나는 그들에게 동질감을 느낍니다…….

L. N. 톨스토이, 센케비치(G. Senkevich)에게 보낸 서한에서.
1907년 12월 27일.

‘농민’의 대변인

가스프라로부터 야스나야 폴랴나로 돌아온 뒤 레프 니콜라예비치는 그 무렵 그에게 적잖은 근심을 안겨 주었던 가정의 일상사에 전념하고 있었다. 가정은 평온하지 않았다. 아들들은 자주 톨스토이를 슬프게 했고, 부인과의 불화가 반복되었다. 이 무렵 아들 레프는 문학 활동에 종사하기로 결정했고, 아버지의 명성을 뛰어넘고자 마음먹었다. 그의 소설 탐구와 화해는 1902년, 잡지 《월간 창작》에 출판되었다. 이 작품은 걸작과는 거리가 멀었고, 평범한 작품에 불과했다. 레프 니콜라예비치는 아들의 실패가 매우 고통스러운 일이었다. 레프 리보비치(Lev L'vovich)의 두 번째 소설도 역시 성공작이 아님이 명백했기 때문에, 잡지 《신의 세계》에서는 아예 받아들여지지도 않았다.

1903년 톨스토이는 75세가 되었다. 그는 활력이 넘쳤고, 새로운 구상으로 가득 차 있었다. 언론에는 많은 기념글들이 기재되었다. 동시대인들은 통시대성, 즉 톨스토이의 작품이 갖는 영원성과 변함없는 윤리적 미적 가치를 높이 평가했다. 잡지 《신의 세계》는 지금 우리 앞에는, 거대한 사회적 의미로 인해 다른 모든 것들을 보호하는 문학이 펼쳐져 있다고 평했다.

《러시아통보》는 75세 생일을 맞은 톨스토이가 완전한 정신적, 육체적 원기를 회복했음을 알렸다. 75세 생일은 톨스토이와 매우 가까운 이들, 가족들이 모여 보냈다. 중개인(Posrednik)의 출판부는 레프 니콜라예비치에 의해 수집된 현인들의 사상 출판본을 선물했다. 많은 축하 서신과 전보가 쇄도했다. 그러나 이 모든 축하와 감사의 표현들은 레프 니콜라예비치에게 복잡한 감흥을 일으켰다. 28일은 힘겹게 지나갔다. 축하 인사들은 힘들고 유쾌하지 않았다. 그것들은 진정한 러시아 대지의 것이 아니었고, 바보 같은 일이었다. 허영의 속삭임은 아무것도 아니다. 아마도 속삭일 것이 전혀 없을 것이다. 때가 왔다.

1904년 1월, 러-일 전쟁이 발발했고, 이 소식은 톨스토이를 뒤

영국 크라이스트처치의 체르트코프 가족. 1904년의 사진.
왼쪽부터 V. G. 체르트코프의 어머니인 체르느이셰프-쿠루글리코프 가문 출신의 E. G. 체르트코바, V. G. 체르트코프의 아들 블라디미르(지마), V. G. 체르트코프와 그의 아내인 디테리흐스 가문 출신의 A. K. 체르트코바. 최초 공개.

영국의 체르트코프 집과 레프 니콜라예비치 톨스토이의 자필본을 보관하던 창고(왼쪽 건물).
1920년대 사진.

레프 니콜라예비치 톨스토이의 자필본을 보관하던 창고에서 V. G. 체르트코프와 '자유로운 말' 출판사 동료들.
크라이스트처치. 영국. 1906년 사진. 왼쪽부터 사임스, E. I. 포포프, A. D. 지르니스, A. P. 세르게옌코, L. L. 페르노, V. G. 체르트코프, E. YA. 페르나, A. K. 체르트코바.

'자유로운 말' 출판사 인쇄소에서 작업 중인 식자공들.
영국. A. 몰레트의 사진. 1900년대 초.

레프 니콜라예비치 톨스토이. 야스나야 폴랴나. S. A. 톨스타야의 사진. 1904년.

S. A. 톨스타야가 레핀의 톨스토이 초상화를 따라 그리고 있다. 야스나야 폴랴나. S. A. 톨스타야의 사진. 1904년.

흔들어 놓았다.

전쟁이 터졌고, 그 원인과 의미, 결과에 대해 의견이 분분하다…… . 이 전쟁이 세계에 미칠 영향에 대한 논의 이외에, 모두가 자기 자신에게, 바로 자신에게 이 전쟁이 어떤 의미를 갖는지의 문제가 임박해 있다. 전쟁과 관련하여 무엇을 해야 하는지가 명백하다. 침략하지 말 것이며, 막을 수 없는 경우에는 침략 행위를 일체 돕지 않는 것이다.

톨스토이는 〈재고하라!〉는 제목의 호소문을 쓰기 시작했는데, 그 안에는 전쟁과 그 결과에 관한 경고의 성격을 띤 생각들이 담겨 있었다. 글은 독특한 방식으로 구성되었다. 첫 번째 장에는 모든 시대와 민족들의 위인들의 전쟁에 대한 논고가, 두 번째 장에는 작가 자신의 사상이 담겨 있었다. 전쟁의 발발 원인에 대해 분석하며, 톨스토이는 인류가 축복과 선으로 향하는 길을 잊고 방황하고 있다는 결론에 도달했다…….

그러나 인류가 따라가는 길이 그 눈앞에 보이기 시작하는 낭떠러지에 다름 아님이 명백해지는 시기가 오고 있다고 톨스토이는 생각했다. 작가의 견해에 의하면 사람들에게는 그들을 지배하는 도덕적 근원이 부재하고 있는데, 바로 이 근원점이야말로 전쟁을 멈출 수 있고 종교를 부정하는 행위를 막을 수 있는 것이었다. 두 민족이 대립하고 있었다. 크리스트교를 믿는 러시아인과 불교를 믿는 일본인. 두 종교 모두 살인을 금하고 있음에도 양쪽 모두 이러한 가르침에 거역하고 있었다. 형식적인 종교 추종자들이 오히려 그들의 기본을 무시하고, 사람들로 하여금 서로를 죽이도록 부추기고 있었다.

그후, 자신의 호소문을 평가하며 톨스토이는 서한 가운데 하나에서 다음과 같이 고백하고 있다.

나는 이 끔찍한 전쟁이 그처럼 나에게 영향을 미칠 것이라고는 전혀 생각지도 못했다. 나는 전쟁에 대한 내 견해를 말하지 않을 수 없었고, 내 글을 외국으로 보냈다. 아마도 그 글은 조만간에 알려질 것이고, 고위층의 마음에 썩 들지는 못할 것이다.

이 해는 톨스토이에게 많은 개인적인 슬픔을 가져왔다. 그는 가장 가까웠던 두 사람 — 전 생애에 걸쳐 그의 친구였던 톨스타

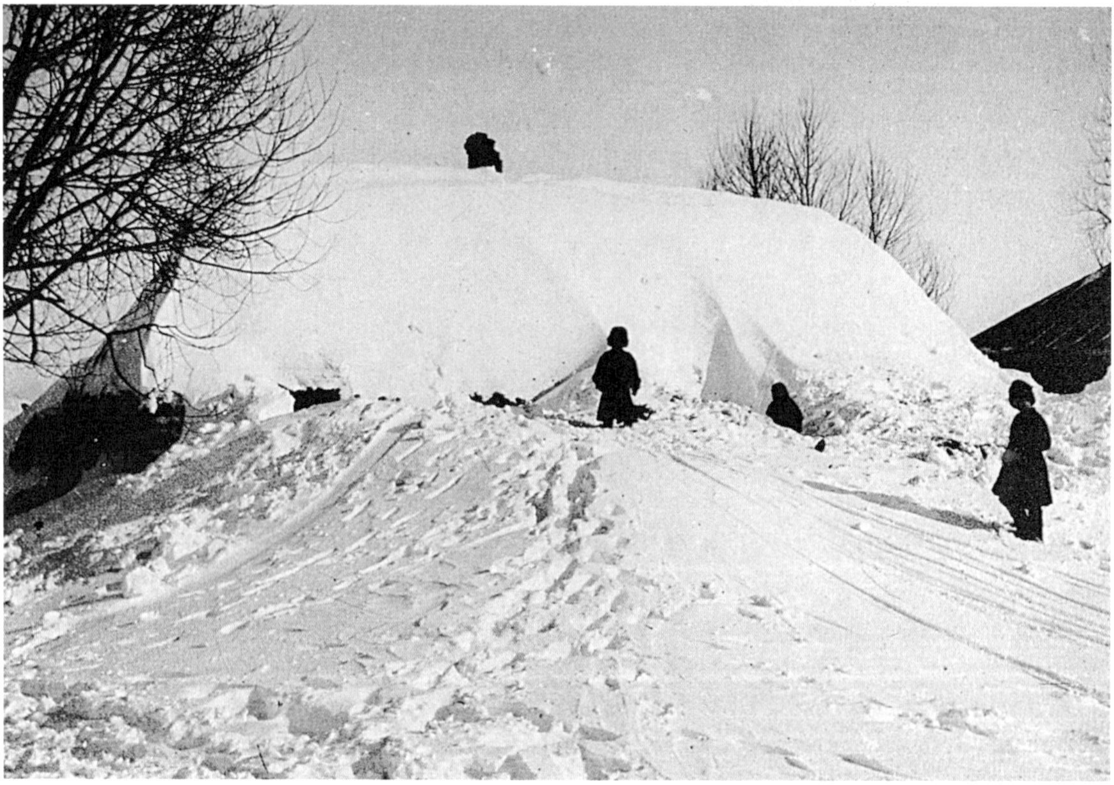

야스나야 폴랴나 마을. V. G. 체르트코프의 사진. 1908~1909년. 최초 공개.

농가에서. 야스나야 폴랴나. P. A. 세르게옌코의 사진. 1903년.

야스나야 폴랴나의 농민들. P. A. 세르게옌코의 사진. 1903년.

레프 니콜라예비치 톨스토이의 아들들.
왼쪽부터 레프 리보비치, 세르게이 리보비치, 일리야 리보비치, 안드레이 리보비치, 미하일 리보비치. 야스나야 폴랴나. S. A. 톨스타야의 사진. 1904년.

야(A. A. Tolstaya) 백작 부인과 형 세르게이 니콜라예비치를 잃었다. 톨스토이는 피로고보에서 죽어가는 형제를 방문했고, 교회까지의 발인과 장례식에 참석했다. 그 자신이 그리 머지않은 과거에 죽음의 문턱을 넘나들었기 때문에, 형 세르게이의 죽음은 그에게 있어 더더욱 견디기 힘든 슬픔이었다.

전쟁의 악마는 점점 더 많은 피의 희생을 요구했다. 야스나야 폴랴나의 젊은 남자들도 군대에 징집되었다. 주위는 온통 눈물바다였다. 이것은 톨스토이에게 매우 괴로운 일이었다. 아들 안드레이가 군대에 자원하여 전쟁터로 떠났다. 얼마 지나지 않아 포르트—아르투르(Port-Artur)항이 점령되었다는 소식이 전해졌고, 레프 니콜라예비치는 슬픔에 잠겨 이러한 기록을 남겼다.

포르트—아르투르의 점령 소식은 나를 슬프게 했다. 슬프다. 이것은 애국심이다. 나는 이러한 애국심 안에서 성장했으며 그로부터 자유롭지 못하다. 마치 내 자신의 이기주의, 가족 이기주의에서 자유롭지 못하듯이, 그리고 귀족 이기주의로부터 자유롭지 못하듯이 애국심으로부터도 자유롭지 못한 것이다.

무책임한 권력가들에 의해 야기된 극동 지역에서의 전쟁은, 처음에는 쉬운 전쟁으로 여겨졌으나, 실제로는 매우 힘든 전쟁이었고, 러시아로서는 치욕적인 전쟁이었다. 해전에서의 패배, 그

선박 위의 화재. 아르투르 항구. 러일전쟁. 1905년. 엽서.

결혼기념일, 레프 니콜라예비치 톨스토이와 S. A. 톨스타야. 1905년 9월 23일. 야스나야 폴랴나. S. A. 톨스타야의 사진.

야스나야 폴랴나 집에서 레프 니콜라예비치 톨스토이와 친한 친구들인 마리야 알렉산드로브나 슈미드트(1844~1911), 알렉산드르 니키포로비치 두나예프(1850~1920). M. L. 오볼렌스카야의 사진. 1905년.

에 뒤이은 대륙에서의 패배는 엄청난 인명 피해를 가져왔다.

전쟁이 최고조에 이르렀을 때, 국적상으로는 체코인이고, 의사이며 톨스토이와 견해를 함께했던 마코비츠키(D. P. Makovitskii)가 야스나야 폴랴나로 거처를 옮겨 왔다. 이때부터 톨스토이의 생의 마지막까지 그는 톨스토이의 친구이자 의사이며 동시에 개인 비서로서의 역할을 다했다. 집안의 모든 사람들이 마코비츠키를 좋아했고, 그는 톨스토이의 가족으로부터 깊은 신뢰를 받는 사람이 되었다. 1904년부터 마코비츠키는 일기 〈야스나야 폴랴나 수기〉를 썼는데, 이 안에는 야스나야 폴랴나에서 벌어졌던 모든 에피소드들이 정확하고 상세하게 기록되어 있다. 마코비츠키의 일기를 통해 우리는 톨스토이가 죽기 직전까지 그 가정의 삶이 어떠한 모습이었는지를, 글자 그대로 마치 영화의 장면들처럼 볼 수 있다.

러-일전쟁에서의 패배는 1905~1907년 혁명의 원인 가운데 하나가 되었다. 레프 니콜라예비치는 모든 종류의 정치적 행동을 거부하고, 자신은 더 이상 신문을 읽지 않으며, 정치에는 관심이 없다고 여러 차례 굳건히 주장했지만, 이러한 주장과는 상반되게 모든 사건과 민중의 여론을 유심히 관찰했다. 친척들과 톨스토이 집안의 손님들 그리고 그외 야스나야 폴랴나를 방문하는 여러 사람들이 많은 이야기와 감상들을 가져왔고, 그것들은 대부분 무섭거나 심지어는 끔찍스러운 것들이었다. 그리고 톨스토이는 민중들의 고통에 부응하여, 연이어 예리한 사회 정치적 기사들을 썼다. 신문을 통해 그는 1905년 1월 9일의 피의 일요일에 대해 알게 되었다. 톨스토이는 경악했다. 페테르부르크에서 자행된 범죄는 가공할 일이다. 그것은 세가지 의미로서 끔찍스러운 사건이다. 첫째, 정부가 민중을 죽이도록 지시했다는 것이고, 둘째, 군인이 자신의 형제들을 향해 발포를 했다는 것이며 셋째, 정직하지 못한 선동가들이 자신들의 하찮은 목적을 위해 일반 민중을 죽음으로 내몰았다는 것이다.

동맹파업과 총파업, 모스크바의 무장 봉기, 이 모든 것들이 톨

농민의 아이들과 함께 있는 레프 니콜라예비치 톨스토이. 야스나야 폴랴나. P. I. 비류코프의 사진, 1905년.

티빌리시에서 야스나야 폴랴나를 찾아 온 철도원 A. I. 푸자노프와 '가난한 사람들의 나무' 아래서 이야기를 나누고 있는 레프 니콜라예비치 톨스토이. P. I. 비류코프의 사진, 1905년.

티빌리시에서 온 사람들과 레프 니콜라예비치 톨스토이. P. I. 비류코프의 사진, 1905년.

산책 중인 레프 니콜라예비치 톨스토이. 야스나야 폴랴나. V. G. 체르트코프의 사진. 1905년.

야스나야 폴랴나 근처에서 말을 타며 산책 중인 레프 니콜라예비치 톨스토이.
야스나야 폴랴나. V. G. 체르트코프의 사진. 1905년. 톨스토이 옆에는 사진을 찍고 있는 V. G. 체르트코프의 말이 서 있다.

보론카 강에서 수영을 하고 돌아오는 레프 니콜라예비치 톨스토이. 야스나야 폴랴나. V. G. 체르트코프의 사진. 1905년.

조각가 니콜라이 안드레예비치 안드레예프(1873~1932)가 야스나야 폴랴나 집 테라스에서 레프 니콜라예비치 톨스토이의 반신상을 빚고 있다. A. L. 톨스타야의 사진. 오른쪽에는 V. G. 체르트코프가 서 있다. 1905년.

1905년 A. L. 톨스토이의 집에 살던 알렉산드르 보리소비치 골리덴베이제르를 찾아간 레프 니콜라예비치 톨스토이. 외양간. V. G. 체르트코프의 사진. 1905년. 왼쪽부터 레프 니콜라예비치 톨스토이, 나제지다 아파나시예브나, 니콜라이 보리소비치 골리덴베이제르(알렉산드르 보리소비치 골리덴베이제르의 형제와 형제의 아내), 알렉산드르 보리소비치 골리덴베이제르의 안나 알렉세예브나, 알렉산드르 보리소비치 골리덴베이제르.

한 번에 여러 장을 찍은 레프 니콜라예비치 톨스토이의 사진.
야스나야 폴랴나. V. G. 체르트코프의 사진. 1906년 7월 23~31일, 1907년 7월.

스토이의 마음을 깊은 슬픔에 잠기게 했다. 무력과 피는 정신적인 예속 상태와 무기력으로부터 사람들을 해방시킬 수 있는 수단이 될 수 없다는 게 톨스토이의 생각이었다.

"이것은 옳지 못한 방법이었다. 혁명의 열기가 달아오르면 오를수록 나는 점점 더 생각에 몰입하고 싶었고, 말이나 행동뿐 아니라 이에 대한 비판 때문에라도 이같은 악한 행위에 동참하고 싶지 않았다."

1905년, 지난 8년간 만나지 못했던 체르트코프(그는 성령 부정파 신자들의 권리를 보호하기 위해 해외로 파견되어 있었다)가 야스나야 폴랴나에 왔다. 레프 니콜라예비치의 집에 열흘간 머물면서 체르트코프는 출판을 위해 두 개의 글 — 〈유일하게 필요한 것〉과 〈대죄〉를 가져갔다. 반면에 기쁜 일도 하나 있었다. 톨스토이의 큰딸 타치아나 리보브나에게서 딸, 타네치카가 태어난 것이다. 톨스토이는 이 손녀를 타치아나 타치야노브나라고 사랑스럽게 부를 정도로 매우 아끼고 애정을 쏟아 부었다.

톨스토이의 호소문 〈러시아인들에게. 정부와 혁명가, 민중에게

고함〉은 1905년의 혁명적 사건에 대한 반향이었다. 작가의 견해 가운데 일부가 여기에 있다.

"세계를 쇄신하기 위해 1790년 프랑스인들에게 요구되었던 것이 이제 1905년, 러시아인들에게 요구되고 있다. 러시아 혁명은 현존하는 질서를 파괴해야 한다. 그러나 그것은 무력에 의해서가 아니라 평화적인 불복종에 의해 이루어져야 한다.

두 번째 인용문이 좀 더, 톨스토이가 도달했던 깊은 사유를 반영하고 있다.

비류코프의 표현에 의하면 톨스토이에게 있어 이 시기는 인생의 모든 심각한 현상들에 대한 반응과 멈추지 않는 깊은 사유로 특징지워진다. 비록 톨스토이가 번거로운 회담들을 피하기 위해 노력했고, 신문을 읽는 것을 의식을 어지럽히고 뇌를 더럽히는 흡연과도 같은 것으로 여겼다 할지라도, 그의 시평들은 자주 언론의 열정으로 숨쉬었고, 시대의 요구를 수행했다. 그러나 톨스토이의 글들은 고결한 정신력과 생명력, 그리고 여러 해에 걸쳐 계속된 지칠 줄 모르는 활동 경험에서 나오는 풍부한 힘으로 다수의 다른 시평들과는 차이를 보였다. 비류코프는 바로 이 정신적 에너지야말로 톨스토이에게 있어 삶의 현상들 — 마치 수많은 모래 속에서도 쇠바늘을 찾아내는 자석과도 같이 이러한 현상들로부터 고결한 정신적 개인의 높은 경지로 그를 인도하는 것 — 에 대한 평가 기준으로 작용했다. 이것이 바로 야스나야 폴랴나의 은둔자로 하여금 고결한 진리의 목소리로 이야기하는 것을 가능케 한 힘이었다. 이러한 입장에서 그는 종종 황제와 직접 논쟁할 수 있었다.

1906년 톨스토이의 가정에서 발생한 사건은 톨스토이에게 깊은 슬픔을 안겨 주었다. 소피아 안드레예브나의 심각한 병세는 복잡한 수술로 이어졌다. 며칠간 그녀는 생사의 갈림길을 넘나들었다. 일리야 리보비치는 훗날을 이렇게 회상하였다.

어머니가 죽어 간다고 생각했던 아버지는 수술로 완쾌될 가능성을 전혀 믿지 않은 채 어머니의 죽음을 준비했다. 수술이 진행되

모스크바. 바리케이드. 사진, 1905년.
니콜라이 2세(1868~1918). 러시아의 마지막 황제. 1910년대의 사진.
니콜라이 2세가 근위병들을 보고 있다. 상트 페테르부르크. 황실앨범 중. 1905년.

는 동안 아버지는 체프이쥐(Chepyzh)로 떠나 그곳에서 혼자 산책하며 기도했다.

"만일 수술이 성공적이라면 내게 종을 두 번 울려라. 만일 그렇지 않다면 아니다. 아예 종을 울리지 않는 게 낫겠다. 내가 직접 오마"라고 말한 뒤, 깊은 생각에 잠겨 조용히 숲으로 향했다.

30분 뒤 수술이 끝났을 때 우리는 누이 마샤와 함께 아버지를 찾기 위해 뛰어다녔다.

그가 우리를 향해 걸어왔다. 그는 두려움에 가득 찬 창백한 모습이었다.

"수술이 잘 되었어요. 잘 되었어요."

숲의 가장자리에서 아버지를 발견한 우리가 외쳤다.

"잘 되었구나. 먼저 돌아가라. 나도 곧 돌아가마."

그는 심려로 가득 찬 목소리로 이렇게 말하고는 다시 숲으로 돌아갔다.

어머니가 마취에서 깨어난 뒤 아버지는 방으로 들어갔다. 그리고 아버지는 침울하고 격앙된 모습으로 어머니의 방에서 나왔다.

"세상에, 이 얼마나 끔찍한 일인가! 평온하게 죽는 것조차 허용되지 않는다. 배가 절개된 채 베개도 없이 침대에 묶여 있는 모습이라니……. 게다가 수술 전보다 더 고통스러워 하고 있다. 이게 대체 무슨 노력이란 말인가……."

소피아 안드레예브나는 빠른 속도로 회복되었다. 그러나 더 큰 불운이 가정을 덮쳐 왔다. 사랑하는 딸 마리아가 세상을 떠난 것이다. 톨스토이의 작은 딸 알렉산드라 톨스타야의 회상을 살펴보자.

이 가을에 오볼렌스키 가족이 우리와 함께 지냈다. 이때의 날씨 때문에 마샤가 감기라도 걸렸던 것일까 아니면 단순히 농민들이 말하는 대로 그녀의 운명이 다한 것일까. 마샤는 11월 말에 병이 났고, 의사는 폐렴이라고 진단했다. 마샤는 심각하게 기침을 했고 옆구리 통증을 호소했다. 그녀는 죽어 가고 있었다. 콜랴와 줄리 그리고 내가 그녀를 보살폈다. 며칠이 지나자 마샤는 알아볼 수 없을 만큼 야위었다. 그녀의 야윈 얼굴은 점점 더 말라갔고, 볼의 홍조는 점점 더 붉어졌다. 눈동자는 무언가에 몰입한 듯한, 우리로부터 삶으로부터 멀어져 가는 빛이 역력했다……. 마샤는 완전히 의식이 있는 상태에서 평온히 눈을 감았다. 아버지와 콜랴는 그녀의 침상

세르게이 리보비치 톨스토이와 두 번째 아내인 마리야 니콜라예브나(주보프 가문 출신).
야스나야 폴랴나. S. A. 톨스타야의 사진. 1907년.
1906년 7월 30일 결혼하였다.

레프 니콜라예비치 톨스토이와 딸 마리야 리보브나, 야스나야 폴랴나.
V. G. 체르트코프의 사진. 1906년.

레프 니콜라예비치 톨스토이와 V. G. 체르트코프.
야스나야 폴랴나. S. A. 톨스타야의 사진. 1906년.

레프 니콜라예비치 톨스토이와 손녀 타네치카 수호티나.
T. L. 수호티나의 딸. 야스나야 폴랴나. S. A. 톨스타야의 사진. 1906년.

레프 니콜라예비치 톨스토이와 손녀 베라.
I. L. 톨스토이의 딸. 야스나야 폴랴나. V. G. 체르트코프의 사진. 1907년.

곁에 앉아 있었다……. 죽기 한 시간 전 그녀는 눈을 크게 뜨고 아버지를 보았다. 그리고 그의 손을 자신의 가슴에 올려 놓았다. 아버지는 몸을 굽혀 그녀의 마르고 창백한 손을 자신의 입술로 가져갔다. "전 죽어요" 겨우 들릴 만한 목소리로 그녀가 속삭였다. 아버지는 자신의 서재로 가 일기를 썼다. '지금은 새벽 1시, 마샤가 숨을 거두었다. 이상한 일이다. 나는 두려움도, 공포도, 지금 벌어지고 무언가에 대한 의식도 심지어는 안타까움도 슬픔도 느끼지 못하고 있다……. 나에게 있어 그녀는 나의 자각에 앞서, 자각되는 존재였다. 나는 그 자각을 주시하고 있었고, 그것은 나에게 기쁨을 주었다. 그러나 이제 이 자각은 더 이상 내가 도달할 수 있는 영역(삶)에 있기를 포기하였다. 다시 말해 이제 나에게는 이 자각이 보이질 않는다. 그러나 자각된 것은, 다시 말해 어디서? 언제?—이것은 자각의 과정에 관련된 질문이며, 동시에 시공을 초월한 진실된 삶과 관련될 수는 없는 것이다.'

마샤는 마을을 따라 옮겨져, 톨스토이가의 선조들이 묻혀 있는 교회 묘지에 안장되었다. 마을을 따라 한참을 갔다. 집들로부터 남녀가 달려나와 추도식을 돕고자 했다. 모두가 마샤를 알고 있었고 그녀를 사랑했다. 얼마나 많은 밤을 성홍열에 걸린 아이들 곁에서, 혹은 산부 곁에서 뜬눈으로 지새웠던가. 또한 농민들과 똑같이 일을 하며 무산자, 과부, 홀아비들을 위해 얼마나 많은 노력을 기울였던가. 다른 이들을 위한 위로와 동정의 말들과 함께 얼마나 많은 눈물을 흘렸던가. 모두가 그녀의 죽음을 슬퍼하며 눈물을 흘렸다.

훗날 많은 지인들이 말하길, 만일 마샤가 살아 있었다면 톨스토이 말년의 사건들이 완전히 다른 식으로 전개되었을 것이라 했다. 의심할 여지 없이, 이 슬픈 상실은 작가의 삶과

S. N. 톨스토이의 영지인 피로고보에서 가족들과 있는 레프 니콜라예비치 톨스토이. V. G. 체르트코프의 사진. 1906년. 왼쪽부터 레프 니콜라예비치 톨스토이, S. N. 톨스토이의 아내인 슈시킨 가문 출신의 마리야 미하일로브나, 베라 세르게예브나 톨스타야와 아들 미샤(S. N. 톨스토이의 딸과 손자), 알렉산드라 리보브나 톨스타야, 마리야 리보브나, 니콜라이 레오니도비치 오볼렌스키.

레프 니콜라예비치 톨스토이와 일본인 작가 토쿠토미 로카(켄드지로, 1868~1927).
야스나야 폴랴나. 1906년 6월 18일. S. A. 톨스타야의 사진. A. L. 톨스타야가 말을 몰고 있다.

야스나야 폴랴나 집에 있는 세르게이 이바노비치 타네예프(1856~1915)와 알렉산드르 보리소비치 골리덴베이제르(1875~1961). S. A. 톨스타야의 사진. 1906년. S. I. 타네예프는 피아니스트이자 작곡가였으며, 모스크바 음악원의 교수였다. 여러 번 레프 니콜라예비치 톨스토이를 방문하였다. 1889년 처음으로 하모브니키에서 연주하였다. 1895, 1896년 야스나야 폴랴나에서 살았다. A. B. 골리덴베이제르는 피아니스트였으며, 1906년 모스크바 음악원의 교수가 되었다. 그는 톨스토이 집안의 가까운 친구였다. 1896년 처음으로 하모브니키에 왔을 때 그는 모스크바 음악원 학생이었다.

야스나야 폴랴나 집의 남쪽을 걷고 있는 레프 니콜라예비치 톨스토이.
V. G. 체르트코프의 사진. 1907년.

야스나야 폴랴나 집에서 레프 니콜라예비치 톨스토이와 피아니스트 반다 란도프스카(1879~1959). S. A. 톨스타야의 사진. 1907년.

행동, 창작 그리고 그의 사상과 사유에 영향을 미치지 않을 수 없었다. 그는 점점 더 내면으로 침잠해 들어갔고, 일반 민중과 진리에의 봉사의 필요성에 대해 점점 더 긴박하게 생각했다. 1907년, 레프 니콜라예비치는 토지 문제에 대한 고뇌 끝에 얻은 생각을 확신이라도 하듯, 농민의 자녀들을 가르치는 학교의 일을 재개했다. 수업은, 톨스토이가 아이들에게 복음서를 이야기하고, 아이들이 그것을 다시금 이야기하거나, 아이들에게 도덕적인 우화를 들려주는 방식으로 진행되었다. "아이들은 공부하러 오고, 나는 그들과 함께 공부한다." 그가 말했다. 이해에 레프 니콜라예비치는 〈아동 문고〉 전집을 만드는 작업에 심혈을 기울였다. 그는 그 안에 자신의 말로 다시 바꿔 에픽테투스, 소크라테스, 파스칼, 루소, 붓다, 공자의 철학과 안데르센 동화, 디킨스와 그외 작가들의 이야기를 실었다. 〈야스나야 폴랴나 수기〉에서 마코비츠키는 "레프 니콜라예비치는 아이들에게 자신의 말로 재편한 이야기들을 읽는 것을 시도해 봤다……. 그는 아이들과 로또(숫자를 맞추는 카드 게임)를 즐겼고, 책을 나누어 주었다"라고 말했다. 여름에는 화가 네스테로프(M. V. Nesterov)가 야스나야 폴랴나를 방문했다. 그는 작가에게 기분 좋은 사람이었고, 톨스토이는 그에게 초상화 모델이 되어 주었다. 마코비츠키는 대단치는 않으나 동시에 매우 흥미로운 일화를 포착했다.

점심 식사 후에 레프 니콜라예비치는 네스테로프에게 초상화 모델을 해 주고 있었다. 그는 밝은 청색의 플란넬 셔츠를 입고 있었는데, 블라디미르 그리고리예비치(체르트코프—저자 주)가 여러 번 그것을 벗겼다. 툴라의 어린 학생들 850명이 야스나야 폴랴나로 톨스토이를 찾아왔다. 톨스토이는 하루 종일 그들과 함께 했다. 그는 아이들과 어울려 체조를 하기도 하고, 보론카 강에서 물놀이를 하기도 했다.

톨스토이는 토지를 요구하는 농민 세계가 격앙되어 가는 것을 점점 더 보고 있었다. 그는 스톨르이핀(P. A. Stolypin) 수상의 농업 정책을 관심 있게 지켜보고 있었다. 톨스토이는 그의 아버지 스톨르이핀의 친구였고, 그들은 함께 세바스토폴에서 근무했었다. 레프 니콜라예비치는 표트르 아르카지예비치(Petr Arkad'evich — 스톨르이핀 수상)를 그의 어린 시절부터 잘 알고 있었다. 스톨르이핀의 농업 정책은 토지 문제를 해결하는 데에

한 번에 여러 장을 찍은 레프 니콜라예비치 톨스토이의 사진.
야스나야 폴랴나. V. G. 체르트코프의 사진. 1907년 6월 19~9월 15일.

있어 톨스토이의 견해와 충돌했다. 알렉산드르 리보비치의 회상에 의하면 "이 문제에 있어 스톨르이핀과 아버지의 견해는 완전히 반대에 놓여 있었다. 아버지는 소유권을 확고히 하는 것을 허용치 않는 토지의 공동 소유 원칙을 높이 평가했으나, 스톨르이핀은 이 무렵 러시아에 후토르(Khutor : 독립 농가와 그에 속한 소유지를 의미)에 기반한 개인 영영 위주의 농업 정책을 도입했다. 그는 토지의 공동 소유, 지속적으로 유지되는 경계와 토지 구역의 산재, 그리고 그러한 토지들의 임시적인 이용이 농민들을 경제적으로 약화시킨다고 여겼다. 따라서 농민의 토지는 완전히 하나의 조각—후토르에 속해 있어야 했다. 이런 식으로 토지가 지속적으로 자신의 소유일 때에만 농민들은 땅을 잘 관리할 것이고 농업의 질을 향상시킬 것이라는 게 스톨르이핀의 믿음이었다."

토지 개혁 문제에 대해 톨스토이와 스톨르이핀 간에 논쟁이 발생했다. 첫 번째 편지에서 레프 니콜라예비치는 어떻게든 스톨르이핀을 설득하여 사건들의 행보에 조금이라도 영향을 미치고자 했다. 그 무렵 야스나야

폴랴나에 머물고 있었던 작가 나쥐빈(I. F. Nazhivin)은 서신에 대해 이렇게 회상했다.

레프 니콜라예비치는 견딜 수가 없었고, 스톨르이핀에게 편지를 썼다. 그 편지를 통해 톨스토이는 그가 가진 막강한 권력을 당시 러시아에서 발생하고 있는 두려운 사건들을 멈추는 데 사용해 달라고 간곡히 부탁했다. 이를 위한 첫걸음을, 레프 니콜라예비치는 헨리 조지가 제안한 것에 기초한, 농민에게의 토지 반환이라고 보았다.

톨스토이는 스톨르이핀에게 편지를 썼다.

한 사람이 타인을 종속시킬 권리란 존재할 수 없다는 것에서 불균형이 생겨납니다. 이것은 마치 한 사람이, 그가 부유하건 가난하건 간에 혹은 황제건 농민이건 간에 자신의 것으로서 토지를 소유할 수없는것과 같습니다.

얼마 지나지 않아 톨스토이는 '새시대(Novoe vremya)' 의 동료였던 스톨르이핀의 형제를 통해 답신을 받았다. 1907년 10월 20~23일에 톨스토이에게 보낸 편지에서 수상은 자신의 정책에 대해 이야기했다.

레프 니콜라예비치 내가 러시아를 위해 최선이라고 생각하는 것을 당신은 악이라 여기고 있습니다. 토지에 대한 소유권이 농민에게 없는 것이 우리의 모든 문제를 야기하고 있다고 여겨집니다. 자연은 인간에게 몇 가지 선천적인 본능을 주었습니다……. 그리고 그 가운데 가장 강한 감정들 가운데 하나가 바로 사유재산에 대한 욕구라고 생각합니다. 사람은 남의 것을 자신의 것처럼 사랑할 수 없고, 임시로 사용하는 토지를 자신의 것처럼 잘 가꾸고 개선할 수 없습니다. 이 점에 있어서 우리 농민들을 인위적으로 거세하는 것, 그리고 천부적으로 타고난 소유욕을 파괴하는 것은 그들을 많은 부정적인 것들로, 그중에서도 가난으로 이끌 것입니다. 그리고 궁핍과 가난은 내게 있어 종속보다 더 좋지 못한 것이라 여겨집니

야스나야 폴랴나의 톨스토이 집을 찾은 툴라학교 학생들. S. A. 톨스타야의 사진, 1907년 6월.

툴라학교 학생들과 레프 니콜라예비치 톨스토이가 보론카 강으로 수영하러 가는 모습.
야스나야 폴랴나. V. G. 체르트코프의 사진. 1907년 6월. 레프 니콜라예비치 톨스토이의 오른쪽에 문학가인 P. A. 세르게옌코가 있다.

야스나야 폴랴나 톨스토이 집의 서재에 있는 레프 니콜라예비치 톨스토이와 S. A. 톨스타야. S. A. 톨스타야의 사진. 1907년.

야스나야 폴랴나 톨스토이 집의 피아노 앞에 앉은 레프 니콜라예비치 톨스토이와 딸 알렉산드라 리보브나.
S. A. 톨스타야의 사진. 1907년.

야스나야 폴랴나에서 5베르스타 떨어진 야센키 마을의 V. G. 체르트코프를 방문한 레프 니콜라예비치 톨스토이. V. G. 체르트코프 가족은 1907년 여름부터 이곳의 쿨레슈코프 집에 머물고 있었다. 왼쪽부터 A. K. 체르트코바, V. G. 체르트코프, V. V. 체르트코프, L. N. 톨스토이, A. M. 히리야코프, A. P. 이바노프, A. P. 세르게옌코. 아마추어 사진. 최초 공개.

레프 니콜라예비치 톨스토이와 '붉은 수염' 의 레프(레프 비켄티예비치 토닐로프, 1873~1920).
검소하게 살던 수도사로서 톨스토이와 생각을 같이하던 사람이다. 톨스토이를 만나기 위해 타슈켄트에서 야스나야 폴랴나까지 무일푼으로 왔다. 야센키. V. G. 체르트코프의 사진. 1907년.

다. 여전히 농노제가 계속되고 있습니다. 농노 해방 이전과 똑같이, 사람들은 타인을 돈으로써 억압할 수 있습니다. 이러한 사람들에게 자유나 권리에 대해 말하는 것은 우스운 일인지도 모릅니다. 먼저 그들의 생활 수준을 향상시켜야 합니다. 최소한의 만족이 사람을 자유롭게 할 수 있는 그 정도까지는 삶의 수준을 높이는 데 주력해야 합니다. 그리고 이것은 노동력을 토지로 자유로이 투입할 수 있을 때, 즉 토지에 대한 소유권이 존재할 때에만 이룰 수 있는 것입니다. 나는 조지의 이론을 배척하지는 않습니다. 다만 그 토지 단일세라는 것이 때로는 대규모의 사유재산과 충돌을 일으킬 수 있는데, 나는 좀 더 발전한 토지 소유자들을 그들의 토지로부터 몰아내는 것이 러시아에 진정 필요한 일이라고 여기지 않습니다. 오히려 반대로 농민들이 토지를 완전히 소유할 수 있는 가능성을 법적으로 보장해 주는 것을 의심할 여지없이 필요한 일이라고 여기고 있습니다.

양쪽 모두로부터 방대한 양의 근거와 실례가 사용된 서신 교환에도 불구하고, 두 사람 모두 자신의 의견을 고수한 채 남았다. 스톨르이핀은 톨스토이 사망 1년 뒤에 사망했고, 러시아의 수호자였으며 충실한 사상가였던 두 사람의 사상 가운데 그 무엇도 실제로 현실화되지는 못했다.

이 1907년에, 야스나야 폴랴나의 집에 하나의 변화가 일어났다. 체르트코프의 추천에 의해 구세프(N. N. Gusev)가 비서의 자격으로 톨스토이에게 초청된 것이다. 작가는 오래 전부터 일상적인 도움을 필요로 하고 있었다. 소피아 안드레예브나, 알렉산드라 리보브나 그리고 톨스타야의 비서 페오크리토바(V.M. Feokritova)는 이미 그들의 어깨에 놓인 막대한 집안일들조차 제대로 해내기가 벅찼다. 구세프는 속기 능력을 가지고 있었으며 톨스토이 가르침의 추종자이기도 했다. 톨스토이는 여러 차례 그에 대해 그 무엇에도 비할 바 없는 조력자이자 일꾼이라고 평했다. 구세프는 야스나야 폴랴나에서 2년을 살았다. 그러나 1909년 그는 톨스토이의 금서를 발송했다는 이유로 체포되어 유형에 처해졌다.

이후 구세프는 이 위대한 작가의 작품과 생애를 알리고 가르치는 데에 자신의 전 생애를 바쳤다. 그의 책, 톨스토이와 함께한 2년, 작품과 생애기, 그리고 4권으로 구성된 레프 니콜라예비치 톨스토이의 생애에 관한 자료 문집은 연구자와 문학평론가, 그리고 역사가들에게는 둘도 없는 값진 자료들이다.

톨스토이에게 있어 툴라는 고향이자 아주 가까운, 어린 시절부터 잘 알던 도시이다. 톨스토이는 백년이 넘는 역사를 가진 도시 근교의 야스나야 폴랴나에서 오래 살았다. 레프 니콜라예비치 톨스토이는 중요한 일을 보러 이 곳으로 자주 왔다. 억울한 사람들의 일을 청원해 주기도 하고, 친구들을 만나기도 하고, 그저 산책을 즐기거나 필요한 경우엔 약국에 들러 약을 구입하기도 했다. (429페이지 상단) 뿐만 아니라 이곳에 들를 때면 툴라의 크레믈린 앞에서 크레믈린의 모습을 감상하기도 하였다. (427페이지). 지금도 툴라의 많은 건물들은 당시 톨스토이의 발자취를 잘 보존하고 있다. 1858년 초 레프 니콜라예비치 톨스토이는 현 귀족회의에서 농민문제를 담당하는 위원회 회원 선출에도 참석하였다. 현 귀족회의가 열렸던 건물은 지금도 보존되고 있다. (428페이지 하단)

후에 이곳에서 〈계몽의 성과〉 첫 공연이 있었다. 1868년 레프 니콜라예비치 톨스토이는 툴라 지방법원의 배심원으로 선출되었다. 그는 법원의 재판에 여러 번 배석하였다. (429페이지 하단). 이후 그는 N. V. 다비도프를 만났고, 그와 아주 가까운 친구가 되었다. 1893년 그의 집에서 (428페이지 상단) 레프 니콜라예비치 톨스토이는 K. S. 스타니슬라프스키와 만나게 되었다.

레프 니콜라예비치 톨스토이가 80살 생일에 받은 축하인사, 편지, 축전.

1908~1909

'침묵할 수 없다!'

1908년 2월부터 러시아 사회가 톨스토이의 80세 기념일을 대대적으로 축하할 준비를 하고 있다는 소식이 야스나야 폴랴나까지 전해졌다. 비류코프에 의하면 많은 이들이 마음 깊숙이로부터 우러나오는 충실함으로, 어떤 이들은 태만으로 해서, 어떤 이들은 허영으로부터 그러했지만, 레프 니콜라예비치의 80세 생일을 경축하자는 거대한 움직임은 자발적으로 형성되었다. 그리고 이러한 준비는 레프 니콜라예비치에게 적잖이 힘든 시기를 가져왔다. 이 일에 직접 관여했던 구세프 또한 자신의 일기에 이같은 기록을 남겼다.

페테르부르크에서는 이 경축 행사에 주도권을 가지고 있다고 스스로 여기는 사람들이 특별한 준비 위원회를 결성하였다. 레프 니콜라예비치에게는, 그 인위적인 움직임, 거만함과 위선, 거짓됨을 칭송하는 듯한 이 모든 준비들이 견디기 힘들었다. 이것들은 모두 그가 자신의 삶과 사상을 통해 추구했던 자연스러움과 진실됨, 겸손과 소박함에 부합되지 않는 것이었다.

톨스토이는 처음에는 이러한 움직임에 반대하지 않았다. 그러나 성서의 가르침을 어긴 사람을 축하하는 것이 정교회 신도에게는 모욕적으로 여겨진다는 내용을 담아 둔두코바 – 코르사코바(M. M. Dundukova-Korsakova) 공작 부인이 소피아 안드레예브나에게 보낸 편지가 작가의 예상치 못한 반응을 불러일으켰다. 그는 축음기에 둔두코바 – 코르사코바에게 보내는 답신을 녹음했다.

친애하는 마리야 미하일로브나, 당신이 만일 허락하기만 한다면 나는 마음으로부터 당신을 '자매여' 라고 부르며 이 편지를 시작했을 것입니다……. 경솔함과 이기적인 마음으로 인해 내가 생각지 못했던 것을 당신은 일깨워 주었고, 당신이 내게 일

야스나야 폴랴나 집 주변의 레프 니콜라예비치 톨스토이.
V. G. 체르트코프의 사진, 1908년.

톨스토이 기념일 전야 야스나야 폴랴나 집의 레프 니콜라예비치 톨스토이와 S. A. 톨스타야. V. G. 체르트코프의 사진. 1908년 8월.

깨워 준 것은 대단히 중요한 것입니다. 나를 칭송하는 경축회를 준비하는 일은 내게 있어 단순히 견디기 힘든 일이 아니라, 오히려 고통스러운 일입니다. 나는 이미 죽음이 가까울 만큼 오래 살았습니다. 나는 오직 내가 떠나온 그분께 다시 돌아갈 날만을 기다리는 사람입니다. 그래서 내게는 이 모든 허영과 하찮은 일들이 힘겨운 것입니다."

그런 후에 톨스토이는 가정의 오랜 벗이었고, 또한 경축 준비 위원회의 위원이기도 했던 스타호비치(M. A. Stakhovich)에게 보내는 또 다른 편지를 녹음했다.

친애하는 미하일 알렉산드로비치. 나는 당신이 나를 진정 사랑하고 있고, 작가로서뿐만이 아니라 인간으로서의 나를 사랑한다는 것을 잘 알고있습니다. 뿐만 아니라 당신은 섬세하고 예리한 사람이니 부디 내 심정을 헤아려 주십시오……. 나는, 경축과 관련된 이 모든 계획들을 당신이 중단시켜 주시기를 청합니다. 내 입장에서는 그저 어리석게만 느껴지는 이것들은 나에게 고통만을, 아니 고통보다 더한 무거움만을 안겨 줄 뿐입니다. 나를 사랑하는 이들, 나는 그들을 알고 그들 또한 나를 압니다. 그러나 그들에게는, 그러한 감정을 표현하기 위해 그 어떠한 외면적인 형식도 필요치 않습니다. 이것이 나의 요청입니다. 원컨대, 이러한 행사를 중단하고 나를 자유롭게 하기 위해 당신이 할 수 있는 것들을 해 주십시오. 영원히 당신에게 매우, 매우 감사해할 것입니다. 당신을 사랑하는 레프 톨스토이."

비슷한 편지가 모스크바의 준비 위원회 의장이었던 다브이도프(N. V. Davydov)와, 작가 나쥐빈 그리고 다른 지인들에게도 보내졌다. 그리하여 경축회는 치러지지 못했다.

1908년 5월 말에 레프 니콜라예비치는 호소문 〈침묵할 수 없다!〉를 발표했다. 이것은 지난 이백년 동안 러시아에서 행해지던 사형에 반대하는 톨스토이의 선언문이었다. 법에 의해 거의 매일 살인이 행해지는 것을 묵인하는 사회 체제에 대항하는 위대한 양심의 분노에 찬 목소리가 전 세계를 향해 울려 퍼졌다. 이 글을 쓰기에 앞서 톨스토이는 신문과 잡지의 기사들, 다브이도프가 그에게 특별히 보내준 관련 기록들을 면밀히 검토했다. 때마침 이 무렵, 5월 중순에 모스크바에서 명성을 날리던 변호사 무라비예프(N. K. Murav'ev)가 야스나야 폴랴나를 방문했다. 그는 사형과 관련된 많은 참혹함에 대해 이야기했다. 그의 이야기를 들은 톨스토이는 "이전에 나는 살인을 저지르는 경솔한 혁명가들에 반대

레프 니콜라예비치 톨스토이가 야스나야 폴랴나 마을을 걷고 있다. V. G. 체르트코프의 사진. 1908년.

레프 니콜라예비치 톨스토이가 보론카 강 근처를 산책하고 있다. 1908년. 야스나야 폴랴나. V. G. 체르트코프의 사진.

레프 니콜라예비치 톨스토이가 야스나야 폴랴나 마을의 개간지를 걷고 있다. V. G. 체르트코프의 사진. 1908년.

레프 니콜라예비치 톨스토이가 야스나야 폴랴나 공원의 울타리를 따라 산책하고 있다. V. G. 체르트코프의 사진. 1908년.

야스나야 폴랴나 집의 레프 니콜라예비치 톨스토이와 I. E. 레핀.
S. A. 톨스타야의 사진. 1908년 12월.

레프 니콜라예비치 톨스토이가 농민들과 이야기를 나누고 있다.
1908년. 야스나야 폴랴나. P. E. 쿨라코프의 사진.

레프 니콜라예비치 톨스토이와 딸 알렉산드라 리보브나. 야스나야 폴랴나. V. G. 체르트코프의 사진. 1908년.

НЕ МОГУ МОЛЧАТЬ!

(О СМЕРТНЫХЪ КАЗНЯХЪ.)

Л. Н. Толстого.

I.

«Семь смертныхъ приговоровъ: два въ Петербургѣ, одинъ въ Москвѣ, два въ Пензѣ, два въ Ригѣ. Четыре казни: двѣ въ Херсонѣ, одна въ Вильнѣ, одна въ Одессѣ».

И это въ каждой газетѣ. И это продолжается ни недѣли, ни мѣсяцы, ни годъ, а годы. И происходитъ это въ Россіи, въ той Россіи, въ которой народъ считаетъ всякаго преступника несчастнымъ и въ которой до самаго послѣдняго времени по закону не было смертной казни.

Помню, какъ гордился я этимъ когда-то передъ европейцами, и вотъ второй, третій годъ непрестающія казни.

Беру нынѣшнюю газету.

Нынче, 9 мая, что-то ужасное. Въ газетѣ стоятъ короткія слова: «Сегодня, въ Херсонѣ, на Стрѣльбицкомъ полѣ казнены черезъ повѣшеніе двадцать крестьянъ за разбойное нападеніе на усадьбу землевладѣльца въ Елисаветградскомъ уѣздѣ.

Въ газетахъ появились потомъ опроверженія извѣстія о казни двадцати крестьянъ. Могу только радоваться этой ошибкѣ: какъ тому, что задавлено на восемь человѣкъ меньше, чѣмъ было въ первомъ извѣстіи, такъ и тому, что эта ужасная цифра заставила меня выразить въ этихъ страницахъ то чувство, которое давно уже мучаетъ меня, и потому только, замѣняя слово двадцать словомъ двѣнадцать, оставляю безъ перемѣны все то, что сказано здѣсь, такъ какъ сказанное относится не къ однимъ двѣнадцати казненнымъ, а ко всѣмъ тысячамъ въ послѣднее время убитымъ и задавленнымъ людямъ.

Двѣнадцать человѣкъ изъ тѣхъ самыхъ людей, трудами которыхъ мы живемъ, тѣхъ самыхъ, которыхъ мы всѣми силами развращали и развращаемъ, начиная отъ яда водки и до той ужасной лжи вѣры, въ которую мы не вѣримъ, но которую стараемся всѣми силами внушить имъ,—двѣнадцать такихъ людей задушены веревками тѣми самыми людьми, которыхъ они кормятъ и одѣваютъ и обстраиваютъ и которые развращали и развращаютъ ихъ. Двѣнадцать мужей, отцовъ, сыновей, тѣхъ людей, на добротѣ, трудолюбіи, простотѣ которыхъ только и держится русская жизнь, схватили, посадили въ тюрьмы, заковали въ ножные кандалы. Потомъ связали имъ за спиной руки, чтобы они не могли хвататься за веревку, на которой ихъ будутъ вѣшать и привели подъ висѣлицы. Нѣсколько такихъ же крестьянъ, какъ и тѣ, которыхъ будутъ вѣшать, только вооруженные и одѣтые въ хорошіе сапоги и чистые солдатскіе мундиры, съ ружьями въ рукахъ, сопровождаютъ приговоренныхъ. Рядомъ съ приговоренными въ парчевой ризѣ и въ эпитрахили, съ крестомъ въ рукѣ, идетъ человѣкъ съ длинными волосами. Шествіе останавливается. Руководитель всего дѣла говоритъ что-то, секретарь читаетъ бумагу и когда бумага прочтена, человѣкъ съ длинными волосами, обращаясь къ тѣмъ людямъ, которыхъ другіе люди собираются удушить веревками, говоритъ что-то о Богѣ и Христѣ. Тотчасъ же послѣ этихъ словъ палачи,—ихъ нѣсколько, одинъ не можетъ управиться съ такимъ

레프 니콜라예비치 톨스토이의 〈침묵할 수 없다!〉의 불법 발행본. 툴라. 1908년.

레프 니콜라예비치 톨스토이. 야스나야 폴랴나. K. K. 불라의 사진. 1908년 7월.

손님들과 가족들 사이의 레프 니콜라예비치 톨스토이. 야스나야 폴랴나. K. K. 불라의 사진. 1908년. 왼쪽부터 D. P. 마코비츠키, A. L. 톨스타야, E. V. 오볼렌스카야, V. G. 체르트코프, L. N. 톨스토이, I. O. 슈라예프(하인), S. A. 톨스타야, I. V. 시도르코프(하인), 바냐(미하일로치) 톨스토이, M. L. 톨스토이 아이들의 가정교사, N. N. 구세프, V. M. 페오크리토바.

했었지만, 지금은 그들이 차라리 이런 것에 비한다면 성인이라는 생각이 듭니다"라고 말했다.

이와 유사한 일은 톨스토이에게 여러 번 일어났다. 열정적인 예술가는 종교 철학자로 변신하여, 정의롭지 못한 세상의 모습과 현존하는 악에 대항하는 투쟁에 나서며, 추방당하고 박탈당한 이들을 보호하기 위해 목소리를 내고 있었다. 현실의 모든 악에 맞서 대항하는 가운데 톨스토이의 훌륭한 시평(時評)들이 탄생했다. 확연히 드러나는 그러한 예 중의 하나가 바로 〈침묵할 수 없다!〉였다. 톨스토이는 글의 서두 부분을 축음기에 녹음했다.

아니다, 이것은 불가능하다!……. 이렇게 살 수는 없다! 이렇게 살아서는 안 된다!……. 안 된다, 다시 생각해도 안 된다. 매일 얼마나 많은 사형 선고가 내려지고 사형이 집행되고 있는가. 오늘은 다섯 번, 내일은 일곱 번, 최근 들어 20명의 젊은이가 교수형에 처해졌다. 스무 번의 죽음……. 그럼에도 의회에서는 핀란드에 대해, 왕의 방문에 대한 회의만 계속되고 있고, 모두가 이것을 당연하게 여기고 있다.

5월 29일에 그는 글을 완성했고, 비류코프에 의하면 글은 약속된 그날 곧바로 모든 언어로, 전 세계로 퍼져 나갔다. 〈침묵할 수 없다!〉를 개재한 러시아 신문들은 벌금이나 탄압에 처해졌다. 그러나 사람들은 작가의 용감한 폭로문에 사의를 표했다. 톨스토이 앞으로 수천 통의 편지가 날아들었다. 그러나 증오를 표출한 것들도 있었다. 80번째 생일이 지난 지 3일째 되던 9월에, 톨스토이 앞으로 소포 하나가 전달되었다. 그 안에는 밧줄과 함께 편지가 들어 있었다.

백작. 당신의 편지에 대한 답이오. 정부에 폐를 끼치지 말고 직접 행하시오. 어렵지 않을 것이오. 이것으로서 우리 조국과 젊은이들에게 행복을 주시오. 러시아의 어머니.

가족들은 며칠간 톨스토이에게 이 소포를 보여 주지 않았다. 그러나 마침내 이 소포를 그에게 보여 주었을 때 그는 놀랍게도, 그것을 매우 평온한 마음으로 받아들였으며 심지어는 소포에 적

레프 니콜라예비치 톨스토이.
야스나야 폴랴나. S. A. 바라노바의 사진. 1908년.

레프 니콜라예비치 톨스토이가 M. S. 수호틴과 체스를 두고 있다.
야스나야 폴랴나. K. K. 불라의 사진. 1908년. 왼쪽부터 레프 니콜라예비치 톨스토이, T. L. 톨스타야 수호티나와 M. L. 톨스토이의 딸 타냐, U. I. 이굼노바, A. B. 골리덴베이제르, S. A. 톨스타야, 바냐(M. 톨스토이의 아들), M. S. 수호틴, M. L. 톨스토이, A. L. 톨스토이.

힌 주소로 답신을 보내기도 했다. 그러나 그 주소는 거짓이었다.

5월에는 페테르부르크 기술 대학의 화학 교수인 프로쿠진-고리키(S. M. Prokudin-Gor'kii)가 야스나야 폴랴나를 찾아와 톨스토이 최초의 컬러사진을 찍어 주었다. 공식적인 축하 행사를 모두 거절하였음에도 불구하고, 그의 글 〈침묵할 수 없다!〉는 모든 이들의 관심을 그에게 불러왔다. 축하 전보들, 온갖 축하 서신 및 선물이 쇄도했고 방문객들이 끝없이 찾아왔다.

8월에 톨스토이의 건강은 다시 악화되었다. 그의 일기에는 "힘들고 아프다……. 분명 죽어 가는 것이다. 내게 주어졌던 무의미하고 호사스러운 삶의 조건들 속에서 더 이상 살아가기가 힘들다. 그리고 이러한 조건들 속에서 죽기는 더더욱 힘든 것이다. 치료, 고통의 거짓 완화, 회복의 공허함, 이것저것 모두 불가능하다. 아니 필요치 않다. 오직 정신 상태만이 악화될 뿐이다"라고 적혀 있다.

톨스토이의 생일을 함께 보낸 것은 가장 가까운 친구들과 가족이었다. 이날에 대해 고르부노프-포사도프(Gorbunov-Posadov)는 이렇게 기록했다.

아침 일찍부터 그의 서재로부터 발코니를 향해 난 문들이 활짝 열렸고, 투명하고도 맑은 공기가 넓고 온화한 파도처럼 흘러들고 있는 서재에서 레프 니콜라예비치는 자신의 안락의자에 앉아 편지와 전보들을 읽고 있었다.

가족들이 그를 축하한 후에, 체르트코프가 그에게 톨스토이의 수많은 영국 독자들이 서명한 축하 서신을 가져온 라이트 씨를 소개했다. 이 축하 서신에 서명한 이들 가운데는 수많은 유명한 작가들(그중에서도 토마스 하디, 메레딧, 웰스, 시인 에드워드 카펜터, 메켄시 월레스, 버나드 쇼, 철학자 프레드릭 해리슨, 케난 등등)이 있었고, 뿐만 아니라 그중에는 학자들, 문학가들, 사회 활동가들, 하원 의원들, 상원 의원들, 사회 개혁 모임 및 노동당의 뛰어난 회원들 등등도 포함되어 있었다.

축하 서신에는 이러한 글귀가 있었다.

당신이 스스로 인류에게 보여 준 용기와 성심, 그리고 새롭고도 고결한 이상은 세상으로 하여금 당신을 사랑하게 만들었습니다.

거의 반세기가 지난 지금 우리는 시간이, 당신의 다양한 작품들 안에 담긴 진리와 아름다움을 신성케 하기를 원한다는 것을 알 수

1908년 8월 26일, 80번째 생일을 맞은 레프 니콜라예비치 톨스토이에게 온 가는 밧줄과 메모가 든 상자.

Графъ

Отвѣтъ на Ваше письмо.

Неутруждая Правительство, можете сдѣлать сами, не трудно. Этимъ доставите благо нашей родинѣ и нашей молодежи.

Русская мать.

1908 года 26 Августа.

1908년 8월 26일, 80번째 생일을 맞은 레프 니콜라예비치 톨스토이. 야스나야 폴랴나. S. A. 톨스타야의 사진.

있으며, 또한 당신의 작품들이 이제는 예전의 그 어느 때보다도 널리 읽히고 있다는 것이 기쁘기만 할 따름입니다. 그 작품들은, 제각기 다른 의견으로 갈려 있던 사람들의 공감과 호의를 끌어내고 있고, 그들은 제각각 다양한 견해와 사상을 가지고 있음에도 불구하고 모두 하나같이 당신의 작품에 열광하고 있습니다.

하여 우리는 당신을 존경하며 따르는 이들로서, 그리고 우리 가운데 여럿은 당신의 충실한 제자로서 여기에 우리의 이름을 서명합니다.

톨스토이는 생일에도 계속 글을 썼다. 이 작업을 매우 중요하게 여겼던 그는 〈신 독서 문집〉을 위해 몇 가지 격언들을 받아쓰게 했다. 여기서 고르부노프-포사도프의 이야기로 돌아가 보자.

홀의 테이블과 피아노 위에는 방금 도착한 서신들이 놓여 있었다. 그것들은 러시아 문학 애호가 협회로부터, 출판인들의 모임으로부터, 문학 애호가 협회로부터 온, 명성이 높던 러시아 화가들이 톨스토이를 위해 특별히 그린 그림들을 담은 화집 등등이었다.

창가 중 한곳에 레프 니콜라예비치에게는 매우 흥미로운 선물이 놓여 있었다. 그것은 파르스(Fars : 모스크바의 레스토랑—저자 주)의 종업원들이 자신들의 임금을 모아 제작한 양은으로 된 사모바르였는데, 거기에는 신의 왕국은 당신 안에 있다, 신은 힘 안에 있는 것이 아니라 진실 안에 있다, 네가 원하는 대로 살지 말고, 신이 뜻하는 대로 살아라와 같은 격언들, 그리고 그 아래에는 선물을 마련한 이들의 이름이 새겨져 있었다. 사모바르에는 역시 같은 서명이 들어간 러시아 자수가 놓인 수건이 걸려 있었다.

28일에만 거의 500여 통의 전보가 배달되었고…… 29일에는 툴라로부터 약 1,000여 통의 전보가 도착했다. 해외로부터 도착한 전보의 수도 헤아릴 수 없을 만큼 많았다.

레프 니콜라예비치의 거의 모든 자녀들이 야스나야 폴랴나에 모였다. 그는 자신의 의자에 앉은 채 — 그는 다리가 아파 걸을 수가 없었다 — 점심 식사를 하고, 식사 후에는 홀에서 큰딸의 남편인 수호틴과 대화하고 장기를 두었다. 톨스토이의 친구이자 추종

'가난한 사람들의 나무' 아래 앉아 있는 레프 니콜라예비치 톨스토이. 1908년. 야스나야 폴랴나. P. E. 쿨라코프의 사진.

야스나야 폴랴나 저택으로 들어가는 입구. K. K. 불라의 사진. 1908년.

사진작가인 S. M. 프로쿠딘-고르스키와 P. E. 쿨라코프 그리고 조수 P. P. 로바노프가 레프 니콜라예비치 톨스토이를 촬영하고 있다. P. A. 세르게옌코의 사진. 1908년 5월.

레프 니콜라예비치 톨스토이가 생전에 해외에서 출판한 작품들. 그리고 R. 롤랑의 『톨스토이의 인생』 1911년.

레프 니콜라예비치 톨스토이.
야스나야 폴랴나. S. M. 프로쿠딘 고리키의 사진. 1908년 5월. 레프 니콜라예비치 톨스토이의 유일한 컬러사진. 그는 러시아에서 처음으로 컬러사진을 찍은 사람이다.

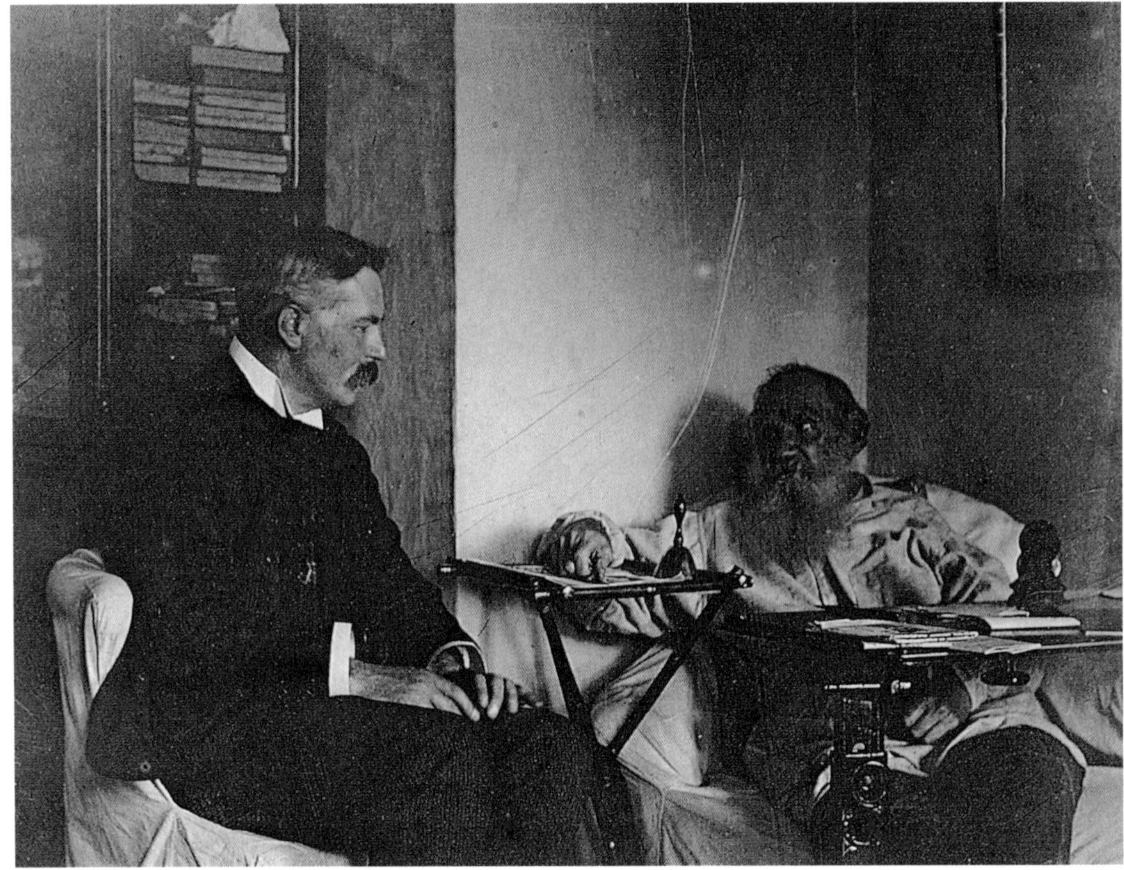

레프 니콜라예비치 톨스토이와 영국인 찰스 테오도르 하그베르그 라임(1862~1940). 법학 박사. 레프 니콜라예비치 톨스토이의 통역자이자 그에 대한 논문을 저술한 작가. S. A. 톨스타야의 사진. 1908년 8월.

자였던 골덴베이제르가 이날 아름다운 음악을 연주했다. 이런 식으로 생일이 지나갔다. 그러나 이날이 가져온 반향은 이후 오랫동안 레프 니콜라예비치의 마음에 남았다. 그는 서한과 전보들을 읽고 또 읽었다. 그에게 있어 특히 값진 것은 일반 민중으로부터 온 편지들이었다. 소피아 안드레예브나는 세심히 그것들을 모아 미래를 위해 소중히 보관하였고, 그것들은 수십 년째 모스크바의 톨스토이 박물관에 보관되어 있다.

1909년 여름에, 톨스토이는 오룔 현의 므첸스크 지방 코체트이 영지로 딸 타치야나 리보브나를 방문했다. 이곳은 타치야나 리보브나의 남편인 수호틴이 소유한 거대한 영지였는데 그는 매우 부지런한 영주였다. 그는 유럽식으로 매사를 엄격하게 처리했다. 잘 가꾸어진 영지 부근에는 반쯤 굶주리고 황폐한 마을이 있었다. 이같은 부조화의 풍경은 톨스토이의 마음에 슬픔을 불러일으켰다. 궁핍의 고통스런 마음 — 아니 궁핍이 아니라 민중에 대한 무시와 그들이 진 무거운 짐에서 오는 고통. 혁명가들의 잔혹함과 무분별함은 용서할 수 있는 것이다. 스베르베예프(Sverbeev)의 점심 식사 후에는 프랑스어와 테니스 시합이 이어졌다. 그리고 주위에는 헐벗고 굶주린 채 혹사당하는 하인들이 있었다. 그는 참을 수가 없었다. 벗어나고 싶었다. 그리하여 딸의 집에서 매우 마음이 상한 톨스토이는 그곳에 오래 머물 수 없었다. 게다가 그를 청한 곳이 또 있었다. 그해 여름 스톡홀름의 국제회의 의장이 회의에 동참하도록 그를 초대한 것이다. 레프 니콜라예비치는 그곳에 가기로 결심했다. 그는 국가의 무력 행위가 크리스트교와 얼마나 상충되는지에 관해 연설이나 혹은 다른 방법으로 의견을 표하고 싶어했다. 그러나 소피아 안드레예브나가 완강히 반대하여, 이 일은 성사되지 못하였다. 아내에게 양보한 레프 니콜라예비치는 하는 수 없이 회의를 위해 연설문을 작성했으나, 그것은 회의에서 공표되지 못하였고, 그는 슬픔에 잠겨 이

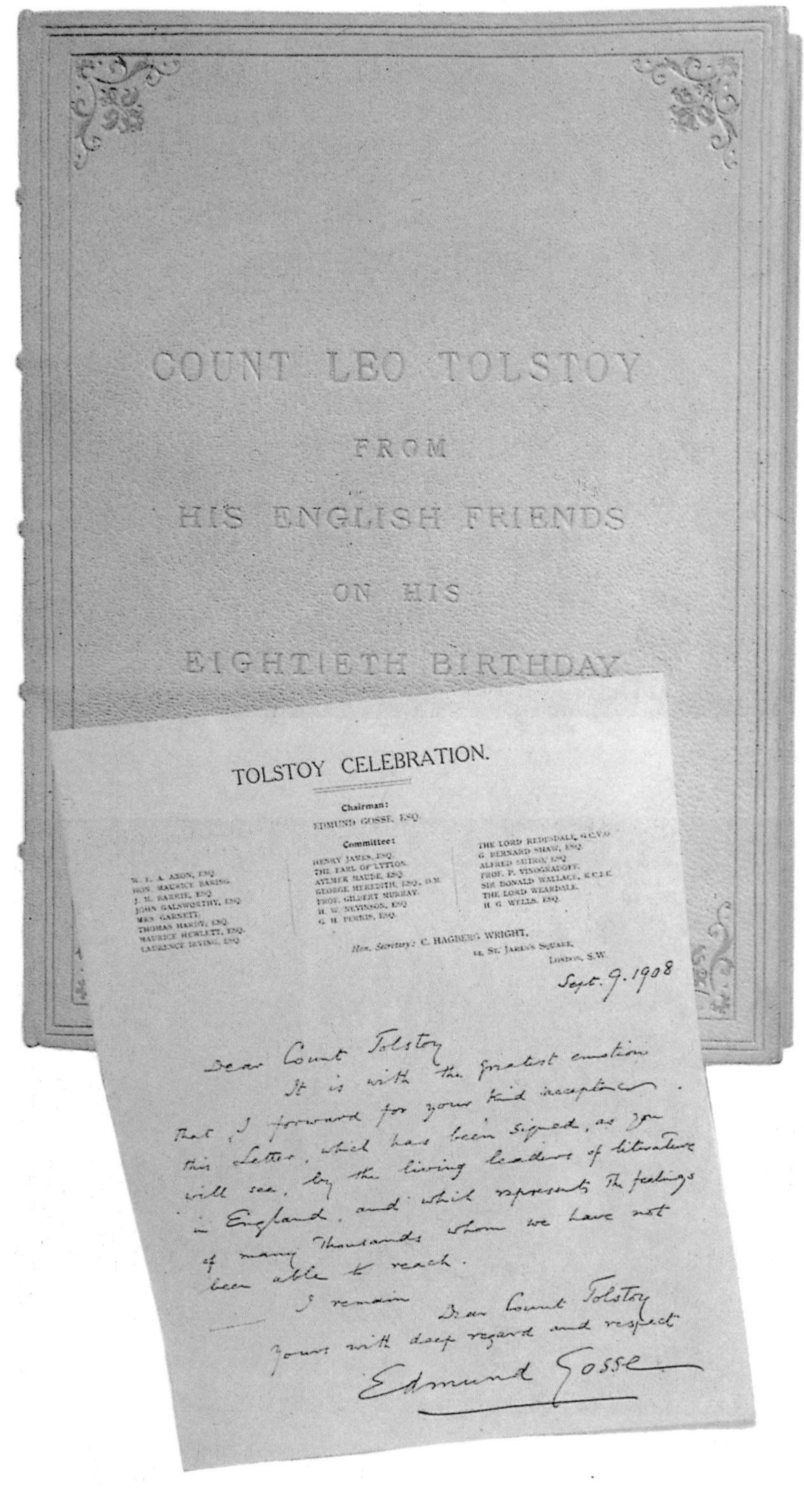

COUNT LEO TOLSTOY
FROM
HIS ENGLISH FRIENDS
ON HIS
EIGHTIETH BIRTHDAY

TOLSTOY CELEBRATION.

Chairman:
EDMUND GOSSE, ESQ.

Committee:

W. L. A. ASHTON, ESQ.
HON. MAURICE BARING.
J. M. BARRIE, ESQ.
JOHN GALSWORTHY, ESQ.
MRS. GARNETT.
THOMAS HARDY, ESQ.
MAURICE HEWLETT, ESQ.
LAURENCE IRVING, ESQ.

HENRY JAMES, ESQ.
THE EARL OF LYTTON.
AYLMER MAUDE, ESQ.
GEORGE MEREDITH, ESQ., O.M.
PROF. GILBERT MURRAY.
H. W. NEVINSON, ESQ.
G. H. PERRIS, ESQ.

THE LORD REDESDALE, G.C.V.O.
G. BERNARD SHAW, ESQ.
ALFRED SUTRO, ESQ.
PROF. P. VINOGRADOFF.
SIR DONALD WALLACE, K.C.I.E.
THE LORD WEARDALE.
H. G. WELLS, ESQ.

Hon. Secretary: C. HAGBERG WRIGHT,
14, St. James's Square,
London, S.W.

Sept. 9. 1908

Dear Count Tolstoy
It is with the greatest emotion that I forward for your kind acceptance this Letter, which has been signed, as you will see, by the living leaders of literature in England, and which represents the feelings of many thousands whom we have not been able to reach.
I remain Dear Count Tolstoy
yours with deep regard and respect
Edmund Gosse

80번째 생일을 맞은 레프 니콜라예비치 톨스토이에게 영국의 문학가들, 예술가들, 배우들, 학가들, 사회단체 인사들이 보낸 축하장.
축하인사를 쓴 800명 중에는 B. 쇼우, G. 웰스, 무레이, 이르빈그, J. 메레디트, E. 고세, O. 헨리 등이 포함되어 있었다.
축하장은 C. T. 라임이 야스나야 폴랴나로 갖다 주었다. 그는 이외에도 여러 번 야스나야 폴랴나를 방문하였다.

테라스 쪽의 야스나야 폴랴나 집. K. K. 불라의 사진. 1908년.
테라스 앞에 레프 니콜라예비치 톨스토이와 M. L. 톨스토이의 아이들인 타냐와 바냐가 서 있다.

야스나야 폴랴나의 집 주변에서 말을 타고 있는 레프 니콜라예비치 톨스토이. K. K. 불라의 사진. 1908년.

안드레이 리보비치 톨스토이(왼쪽), 타치야나 리보브나 톨스타야-수호티나, 미하일 리보비치 톨스토이. 야스나야 폴랴나. K. K. 불라의 사진. 1908년.

누이인 마리야 니콜라예브나와 레프 니콜라예비치 톨스토이. 야스나야 폴랴나. K. K. 불라의 사진. 1908년.

산책 중이던 레프 니콜라예비치 톨스토이(지팡이겸 의자로 쓰던 막대기 위에 앉아 있다).
V. G. 체르트코프가 찍은 사진, 1908년(?).

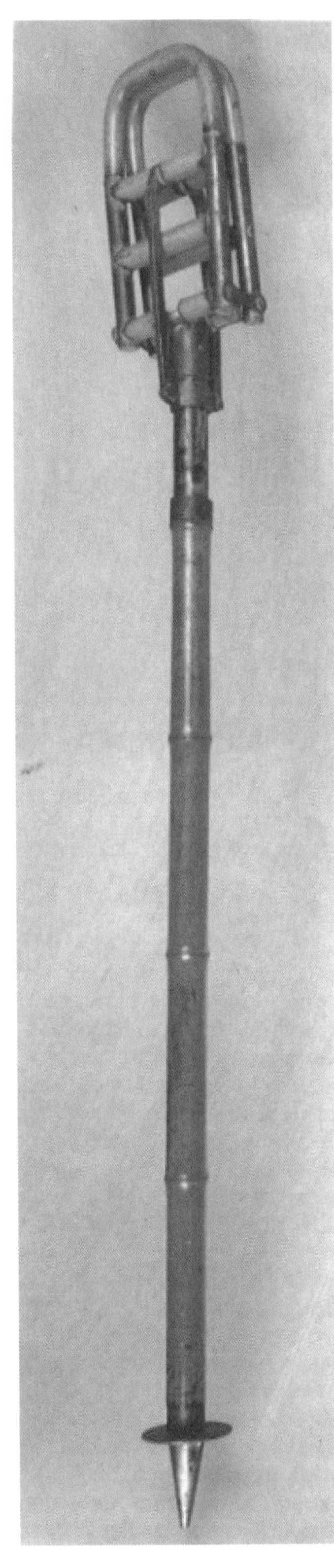

레프 니콜라예비치 톨스토이가 지팡이 겸 의자로 쓰던 막대기. 이중으로 된 손잡이 부분을 의자로 사용하였다.

같은 기록을 남겼다.

도처에 거짓이 판을 친다. 사람들은 진실을 두려워하고 그것으로부터 피한다. 평화를 이루기 위해 모인 사람들이 한편에서는 군사력 강화에 대해 논하고 있다.

뿐만 아니라 야스나야 폴랴나의 집에서는 충분히 복잡한 심리적 상황이 누적되어 가고 있었다. 그러한 상황은 레프 니콜라예비치의 삶에 점점 더 해를 가하고, 그로 하여금 지속적으로 고통받게 하였다. 1907년 영국으로부터 체르트코프가 돌아왔다는 것을 기억하자. 블라디미르 그리고리예비치는 톨스토이가 정신적인 변화를 겪으며 자주 가족들로부터도 이해받지 못하고 소외되던 80년대의 힘든 시기에 이미 톨스토이의 삶에 들어왔다. 체르트코프는 톨스토이에게 있어 그 견해와 사상으로 인해 가까운 사람이 되었다. 톨스토이는 그와의 교류에서 상호간의 이해를 느꼈고 이것이 조금은 그의 마음을 가볍게 했다. 러시아 귀족이자 상류사회의 일원이었고, 촉망받는 장교였으며, 어머니의 저택에서 열리는 파티와 만찬에는 황실의 일원들까지 참석하곤 했던 체르트코프는 자신의 삶을 송두리째 바꿔보려 노력하며 퇴역을 했고 상류 사회를 버렸다. 1883년 톨스토이를 만난 뒤 그는 톨스토이의 충실한 정신적 친구가 되어 그의 사상과 철학을 알리는 것에 자신의 삶을 바치기로 결심했다. 90년대 말 추방당한 성령 부정파 신도들을 도와줄 것을 호소하기 위해 영국으로 파견된 체르트코프는 그곳에서 '자유 언론' 사를 만들었다. 1897년부터 1906년까지 9년간 그는 톨스토이의 문학 작품과 시평(時評)을 출판했다. 러시아에서 출판을 금지당한 톨스토이의 작품들은 체르트코프의 도움으로 해외에서 출판되었다. 그리하여 레프 니콜라예비치의 목소리는 전 세계를 향해 울려 퍼지게 되었다. 톨스토이는 많은 나라들의 독자들의 지성과 마음에 적잖은 영향을 미쳤다.

체르트코프는 영국에, 톨스토이의 친필 원고 보관소를 만들고 동시에, 그것들을 열성적으로 모으고 보관하기 시작했다. 그러나 동시대인들이 지적한 대로, 그의 성격에는 전제적이고 맹신적인 면이 있었고, 블라디미르 그리고리예비치는 종종 무자비할 정도로 톨스토이의 가정사에 관여하곤 했다. 이

레프 니콜라예비치 톨스토이와 N. N. 구세프(오른쪽)가 농민 아이들과 함께 있다.
야스나야 폴랴나. A. L. 톨스타야의 사진. 1908년.

러한 상황은 소피아 안드레예브나에게 모욕적인 것으로 여겨졌고, 이것이 그녀의 중병 — 신경증을 일으킨 원인의 하나가 되었다. 톨스토이는 두 가지가 상충하는 상황에 놓여 있었다. 그는 자신의 아내를 가엾게 여겼으며 동시에 자신의 충실한 친구를 깊이 존중했다. 때문에 그가 러시아로 돌아올 수 있게 된 것은 레프 니콜라예비치에게는 큰 기쁨이었다. 그러나 체르트코프에게는 야스나야 폴랴나 근처나 툴라 현 내에 거주하는 것이 금지되었다. 톨스토이로부터 가능한 가까이에 살며 그와의 교류를 이어가기 위해 체르트코프는 툴라 현에 인근한 곳 — 모스크바 현과 오룔 현에 거주해야만 했다. 그리고 레프 니콜라예비치는 그를 자주 찾아갔다.

친구의 그러한 거처들 가운데 하나이자, 톨스토이로서는 거의 8년간 단 한번도 가지 않았던 모스크바를 마지막으로 방문했다. 체르트코프는 모스크바 현의 크렉쉰 마을의 숙부 파쉬코프(Pashkov)의 영지에 머물고 있었다. 야스나야 폴랴나로부터 그곳까지 가는 것은 쉬운 일이 아니었다. 우선 모스크바까지 기차로 가서 거기서 다시 기차를 갈아타야 했다. D. P. 마코비츠키와 하인 일리야 바실리예비치, 그리고 딸 알렉산드라 리보브나가 톨스토이와 동행했다. 이때 톨스토이가 야스나야 폴랴나를 떠나는 장면을 파테 — 주르날(Pate-Zhurnal)의 사진사들이 촬영했는데, 그들은 떠나는 사람들을 뒤쫓아 글자 그대로 덤불 속으로부터 이들을 찾아냈다. 모스크바에서 톨스토이는 침머만 악기 가게를 방문하여 전 세계의 뛰어난 피아니스트들이 연주하는 피아노 미니온(Min'on)의 소리를 들었다.

크렉쉰에서 체르트코프 일가는 톨스토이에게 최대한의 관심과 배려를 베풀기 위해 물심양면으로 노력했다. 모스크바 근교에 레프 니콜라예비치가 와 있다는 소식은 그 인근 지역으로 빠르게 퍼져 나갔다. 농민들, 교사들, 많은 모스크바인들이 밀려들었고, 며칠 뒤에는 소피아 안드레예브나가 도착했다. 이 집에서의 모든 것이 그녀를 격분시켰다.

채식주의 식단, 톨스토이의 가르침에 대한 끝없는 담화들, 주인과 하인간의 평등, 우호적인 주인 측으로부터 제공되는 톨스토

레프 니콜라예비치 톨스토이와 손녀인 타네치카 수호티나.
타치야나 리보브나가 낳은 딸이다. 야스나야 폴랴나. V. G. 체르트코프가 찍은 사진. 1908년.

'프레슈펙트'를 걷고 있는 레프 니콜라예비치 톨스토이.
야스나야 폴랴나. V. G. 체르트코프가 찍은 사진. 1908년.

공원을 산책 중인 레프 니콜라예비치 톨스토이.
야스나야 폴랴나. V. G. 체르트코프가 찍은 사진. 1908년.

야스나야 폴랴나 마을 근처를 산책 중인 레프 니콜라예비치 톨스토이.
야스나야 폴랴나. V. G. 체르트코프가 찍은 사진. 1908~1909년.

A. L. 톨스타야(앞쪽), N. N. 구세프(L. N. 톨스토이의 비서), V. V. 체르트코프(중앙에)가 야스나야 폴랴나 근처 산에서 스키를 타고 있다.
V. G. 체르트코프의 사진. 1908년.

레프 니콜라예비치 톨스토이(중앙에), 표도르 알렉세예비치 스트라호프(철학논문을 썼으며, 톨스토이의 절친한 친구였다. 1861~1923), 흐리스토프 도세프(왼쪽. 불가리아인으로서 톨스토이의 동지였다. 1886~1919). 야스나야 폴랴나. V. G. 체르트코프의 사진. 1908년 11월.

이에 특별히 집중된 관심. 톨스토이에게 만족감을 안겨 주기 위해 체르트코프는 작가가 좋아하는 하이든, 모짜르트, 베토벤, 쇼팽의 곡들을 연주할 사중주 악단을 초청하기도 했다.

이곳 크렉쉰에서 톨스토이는 원하기만 하면 누구나 자신의 작품을 출판할 수 있다는 내용의 유서를 작성했다. 자신의 사상을 실현하기 위해 노력하면서, 사유 재산, 그중에서도 가장 불법적인 것 가운데 하나라고 여겼던 문학 작품에 대해 톨스토이가 자신의 소유권을 부정했다는 사실은 잘 알려져 있다. 레프 니콜라예비치는 그것으로부터 영원히 자유롭기를 바랐다. 그러나 이러한 그의 계획은 그의 가족 가운데 일부로부터, 그중에서도 특히 자녀들과 손자, 손녀들의 장래 및 그들의 경제적 생활을 염려해야 했던 소피야 안드레예브나의 극심한 반대에 부딪힐 수밖에 없었다. 그녀는 톨스토이의 문학 작품에 대한 소유권을 가족에게 남기기 위해 열심히 노력했다. 명백한 충돌이 발생했고, 이 다툼은 작가가 세상을 떠날 때까지 계속되었다. 작품의 소유권을 둘러싸고 벌어진 이 다툼은, 비류코프의 기록에 따르면, 체르트코프에 의해 고무된 작가의 친구들이 자신의 모든 문학 작품을 공동의 활용으로 넘기려는 필연적인 계획을 톨스토이가 실현시킬 수 있도록 돕고자 함으로서 더욱 첨예해졌다. 그러나 얼마 지나지 않아, 소피야 안드레예브나 모르게 작성된 유서가 법적으로 효력을 지니지 못한다는 사실이 밝혀졌다. 사유 재산을 모두에게 상속하는 것은 불가능했고, 구체적인 상속인을 지정해야만 했다.

레프 니콜라예비치 톨스토이와 그의 의사이자 동지였던 D. P. 마코비츠키(1866~1921)가 말을 타고 산책을 나서고 있다. 야스나야 폴랴나. A. I. 사벨리예프의 사진. 1910년 1월.

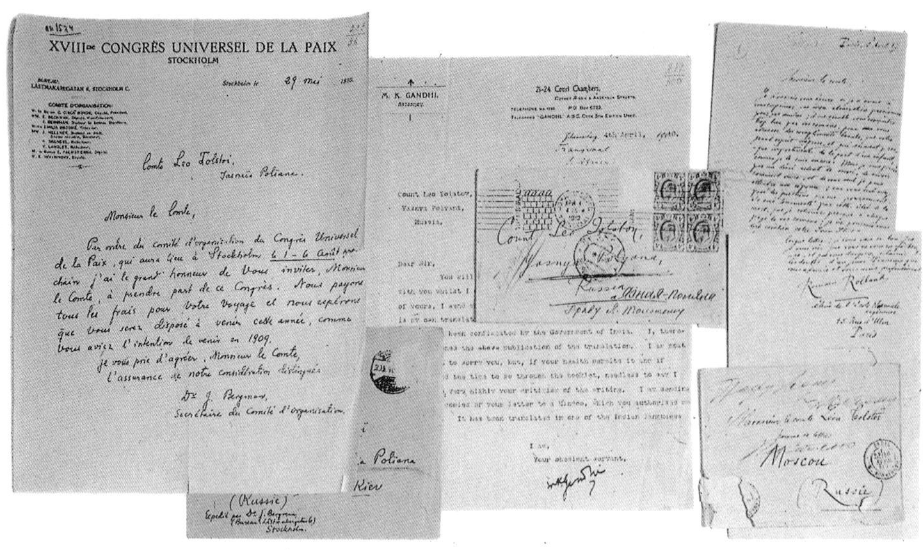

XVIIIᵉ CONGRÈS UNIVERSEL DE LA PAIX
STOCKHOLM

Stockholm le 29 mai 1910.

Comte Léo Tolstoi.
Yasnaïa Poliane.

Monsieur le Comte,

Par ordre du comité d'organisation du Congrès Universel de la Paix, qui aura lieu à Stockholm 6 1-6 Août prochain j'ai le grand honneur de vous inviter, Monsieur le Comte, à prendre part de ce Congrès. Nous payons tous les frais pour votre voyage et nous espérons que vous serez disposé à venir cette année, comme vous aviez l'intention de venir en 1909.

Je vous prie d'agréer, Monsieur le Comte, l'assurance de notre considération distinguée.

Dr. J. Bergman,
Secrétaire du Comité d'organisation.

M. K. GANDHI

21-24 Court Chambers

Count Leo Tolstoy,
Yasnaya Polyana,
Russia.

Dear Sir,

I am,
Your obedient servant,

레프 니콜라예비치 톨스토이에게 보낸 편지들.
R. 롤랑–1887년 4월 16일, K. 토쿠토미–1906년 1월 21일, M. 간디–1910년 4월 4일, J. 베르그만–1910년5월 29일

야스나야 폴랴나 집의 비서실에 있는 레프 니콜라예비치 톨스토이와 딸 알렉산드라 리보브나. V. G. 체르트코프의 사진. 1909년.

야스나야 폴랴나 집의 서재에 있는 레프 니콜라예비치 톨스토이.
V. G. 체르트코프의 사진. 1909년.

소피야 안드레예브나의 주장에 따라 크렉쉰에서 야스나야 폴랴나로 돌아오는 길에, 다시 한 번 톨스토이는 모스크바의 하모브니키에 머물렀다. 그곳에서 묵은 뒤 아침에 사륜마차를 타고 역으로 향했다. 이 출발에 대해 알렉산드라 리보브나 톨스타야는 이렇게 적고 있다.

문 근처에 여러 사람이 서 있었다. 나이 든 군인 하나가 아버지를 보자 모자를 벗고 허리까지 깊이 숙여 인사를 했다. 쿠르스크 역 건물로 다가가는 것은 불가능했다. 광장은 수천, 어쩌면 수만의 사람들로 가득했다. 그들은 아버지를 기다리고 있었다……. 학생들은 스크럼을 짰지만 사람들이 그것을 무너뜨렸다. 우리는 겨우 아버지를 객차로 모시고 들어갔다. 그의 얼굴은 마치 백지장처럼 창백했고, 아래 턱을 떨고 있었다. 기차가 움직이고 군중들이 멀어지기 시작했다. 그들은 소리쳤고 손수건을 흔들어 댔다. 아버지는 창가에 서서 그들에게 인사를 했다.

야스나야 폴랴나 집의 비서실에 있는 레프 니콜라예비치 톨스토이와 그의 비서 N. N. 구세프. 야스나야 폴랴나. T. 탄셀의 사진. 1909년.
떠나는 N. N. 구세프. 야스나야 폴랴나. A. L. 톨스타야의 사진. 1909년 8월. 마차에는 N. N. 구세프.와 마부가 앉아 있고, 현관 오른쪽에 레프 니콜라예비치 톨스토이가 나와 있다.

객차에서 레프 니콜라예비치는 견디기 힘들 만큼의 강한 인상을 받아 정신을 잃었고, 사람들은 그가 죽어 간다고 생각했다. D. P. 마코비츠키가 주사를 놓자 톨스토이는 깊이 잠들었다. 야스나야 폴랴나로 가는 동안에 그는 다시 실신했다. 다행히도 다음 날은 병세가 물러갔다.

1909년 가을에 톨스토이는 런던에 살고 있던 젊은 인도인 마하트마 간디로부터 서한을 받았다.

저와 저의 여러 친구들은 이미 오래 전부터 무력으로 악에 맞서서는 안 된다는 가르침을 믿고 있었고 또 지금도 여전히 그것을 믿고 있습니다. 게다가 저는 당신의 글을 읽을 수 있는 행운을 얻게 되었습니다. 그것들은 제 세계관에 깊은 인상을 주었습니다.

남아프리카에 거주하는 인도인들의 참혹한 고통에 대해 이야기하며 간디는, 비폭력 불복종 운동의 결과로 인해 트란스왈(남아프리카 연방의 한 주 — 역자 주)의 감독에 100여 명이 투옥되어 있다고 적었다. 간디는 톨스토이에게 무력으로 악에 맞서서는 안 된다는 내용을 인도인들에게 전하는 호소문을 써 줄 것을 부탁하며 인도에서 20,000부를 출판하여 보급할 것을 약속했다. 톨스토이는 그 청을 들어주었고, 얼마 지나지 않아 간디는 감사의 표시로서 자신의 책을 한 권 보내왔는데, 톨스토이는 그것을 매우 흥미로운 것이라고 평했다. 위대한 철학자이자 사회 활동가였던 마하트마 간디는 전 생애에 걸쳐, 톨스토이가 선언했던 원칙 가운데 하나인 악에 대한 비폭력 투쟁에 충실했다.

1909년이 흐르는 동안 톨스토이는 코체트이의 타치야나 리보브나를 여러 번 방문했다. 여름이면 보통 수호틴의 영지에서 몇 베르스타 떨어진 거리의 로메츠(Lometsy) 마을에서는 여름마다 장이 섰다. 사람들은 항상 장터를 준비했고, 장이 서기를 기다렸다. 아침부터 사람들은 짐마차를 끌고 장터로 향했고, 여인네들은 축제 의상들을 입었다. 톨스토이도 수호틴 가의 사람들과

N. N. 구세프(1882~1967)는 레프 니콜라예비치 톨스토이의 동지였다. 1905년 '중개인' 출판사에서 일을 도왔고, 1907년부터 1909년까지 레프 니콜라예비치 톨스토이의 비서일을 맡았으며, 후에는 레프 니콜라예비치 톨스토이의 인생과 작품을 연구하였다. 1909년 8월 4일 레프 니콜라예비치 톨스토이의 출판 금지된 작품을 출판한 죄로 야스나야 폴랴나에서 체포되어 2년간 프렘에서 유형생활을 하였다.

야스나야 폴랴나 집의 서재에 있는 레프 니콜라예비치 톨스토이와 V. G. 체르트코프.
T. 탄셀의 사진. 1909년.

텔랴틴키의 체르트코프의 집에서 찍은 사진.
V. G. 체르트코프가 그의 집에 살던 젊은이들과 이 지역을 방문한 젊은이들에게 레프 니콜라예비치 톨스토이의 논문을 읽어 주고 있다. 1908년. 최초 공개.

텔랴틴키의 체르트코프의 집 측면 모습.
야스나야 폴랴나로부터 3베르스타 떨어진 곳에 있었다. S. M. 벨렌키의 사진. 1911~1912년.

텔랴틴키의 체르트코프의 집에 있는 레프 니콜라예비치 톨스토이, 생물학자 일리야 일리치 메치니코프(1845~1916), A. B. 골리덴베이제르. V. G. 체르트코프의 사진. 1909년 5월.

함께 장터로 갔다. 그중의 하루를 마코비츠키는 이렇게 묘사했다.

많은 사람들이 모여 있었다. 사진을 찍기 위해 사진사(타프셀, Tapsel')를 데리고 갔으나 경찰들이 촬영을 방해했다.

"나에게 즐거움을 주기 위해 그들은 나와 함께 다녔고, 길을 만들어 주었다"고 레프 니콜라예비치는 말했다. 레프 니콜라예비치는 타프셀이, 어떻게 암소가 46루블에 흥정되는지, 그리고 모든 것은 누가 15코페이카를 사례로 제공하는지에 달려 있는 것을 촬영하길 원했다. 그러나 성공하지 못했다. 사람들이 길에 앉아 있었고, 레프 니콜라예비치는 그들에게 다가갔다. "버섯을 먹고 있습니다. 이리로 오시지요." 한 노파가 그를 초대했다. 레프 니콜라예비치는 합석했고, 타프셀은 그 모습을 촬영했다. 맨 앞에 앉아 있는 노인의 모습이 잘 나왔었다.

농민 세계와의 가까운 교류는 언제나 톨스토이에게 큰 즐거움을 안겨 주었다. 그것은 늘 에너지와 창조적 영감을 충만케 했다.

생애 마지막 해인 1910년을 톨스토이는 길에서 보냈다고 말할 수 있다. 남은 10개월 동안에 그에게 얼마나 많은 육체적, 정신적 힘이 남아 있었는지가 그저 놀라울 뿐이다. 특히 자신의 고향 야스나야 폴랴나에서 톨스토이가 얼마나 힘든 시기를 보냈는지를 염두에 둔다면 더욱 그러하다. 마리야 리보브나의 죽음 이후 눈에 띄게 괴로운 분위기가 더더욱 강해진 집안에서의 복잡한 상황을 톨스토이는 슬프도록 잘 인식하고 있었다. 이에 더하여 톨스토이가 쓴 글들과 일기들의 미래 운명을 결정해 달라는 체르트코프의 강력한 요청이 있었다. 블라디미르 그리고리예비치의 요구는 종종 그와 같은 생각을 하는 쉬미트(M. A. Shmidt)와 세르게옌코(A. P. Sergeenko)까지도 분노케 할 지경에 이르렀다. 소피야 안드레예브나에 대해서는 더 말할 것도 없었다. 그녀는 체르트코프를 극도로 증오하였고 그러한 자신의 감정을 굳이 숨기려고 하지도 않았다. 집안은 두 파로 갈렸다. 톨스토이의 작은 딸 알렉산드라 리보브나는 분쟁에 있어 완전히 아버지의 편에 섰다. 젊고, 혈기 왕성하며 감성적이었던 그녀는 몸이 불편하고 나이 들어가는 어머니에 대해 자주 잔인하기까지 한 행동을 취했다. 알렉산드라 리보브나는 아버지가 지나치게 양보하고 있고,

야스나야 폴랴나 집 침실에 있는 레프 니콜라예비치 톨스토이와 D. P. 마코비츠키. T. 탄셀의 사진. 1909년.

성령강림제. 야스나야 폴랴나. T. 탄셀의 사진. 1909년 5월.

춤추는 농민들 사이의 레프 니콜라예비치 톨스토이(성령강림제).

농민 여자아이들과 이야기를 나누는 레프 니콜라예비치 톨스토이(성령강림제).

농민들 사이의 레프 니콜라예비치 톨스토이와 S. A. 톨스타야(성령강림제).

손자, 손녀인 소냐와 일류샤에게 〈오이이야기〉를 해 주는 레프 니콜라예비치 톨스토이. 안드레이 리보비치의 아이들이다. 크레크시노. V.G. 체르트코프의 사진. 1909년 9월.

소피야 안드레예브나의 독설을 너무 참아 주고 있다고 생각했다. 반면에 아들들 — 레프, 안드레이 그리고 일리야는 어머니의 편을 들어, 아버지의 문학적 유산에 대해 체르트코프와 그의 동료들이 내린 결정의 불법성을 입증하고자 했다. 그 결과 유언에 대한 무언의 의문이 집안에 가득하게 되었다. 소피야 안드레예브나는 유언의 존재를 알지 못했으나, 어떤 근거에서인지 그것이 이미 작성되었다고 믿었다. 그녀는 그 유언을 찾아내어 톨스토이의 생각이 현실화되는 것을 막아야 한다고 생각했다.

위대한 작가와의 만남을 반드시 이루고자 하는 수많은 방문객들과 손님들, 식객들의 존재가 이처럼 무언의 갈등으로 팽배한 집안 분위기를 더욱 무겁게 했다. 몇몇 사람들은 톨스토이에게 유쾌함을 주었으나 어떤 이들은 그를 분노하게 했다. 그러나 그는 모든 이들에게 관심을 나누고자 노력했다. 뿐만 아니라 바로 그 야스나야 폴랴나와 인근 마을에서는 농민들이 굶주림으로 죽어 가고 있음에도 불구하고 계속되는 가족의 호화스러운—그의 기준에 의하면 — 삶은 여전히 레프 니콜라예비치를 분노하게 하는 것이었다. 오랫동안 숙고한 끝에 그는 이러한 상황에서부터 벗어나 다른 삶으로, 좀 더 자신의 취향에 가까운 그러한 삶으로 탈출하는 것을 꿈꾸기 시작했다. 1910년이 흐르는 동안 하루하루가 지나갈수록 이같은 결심은 점점 더 확고해졌다. 자신의 신념을 지키기 위해 그가 그 어떠한 박해도 받지 않은 데 반해 그의 제자들과 추종자들의 상당수가 투옥되어 있는 상황 또한 톨스토이의 고통을 배가시켰다. 페투호바(E. Petukhova)라는 사람은 편지에서 그러한 그를 폭로하였다.

레프 니콜라예비치 톨스토이와 손녀인 타네치카 수호티나.
야스나야 폴랴나. T. 탄셀의 사진. 1909년.

V.G. 체르트코프의 아들인 블라디미르 체르트코프와 야스나야 폴랴나 공원에서 나무막대 쓰러뜨리기 놀이를 하는 레프 니콜라예비치 톨스토이.
T. 탄셀이 연속적으로 찍은 사진. 1909년 5월.

당신의 삶은 당신의 가르침과 모순되고 있습니다. 당신의 삶은, 최소한 사유 재산에 대한 당신의 입장에서 보여지고 있습니다. 만일 내가 혁명가라면 나는 감옥에 갇혀 있거나 교수대에서 처형을 당해야 할 겁니다. 만일 내가 사유재산을 부정한다면 나는 벌거벗은 맨발이어야 할 것입니다. 그것이 진정 말뿐이 아니라면 그 말에 최소한 가까워져야 합니다. 어떤 독자는 작가에게 백작의 칭호를 버리고, 자신의 친지나 가난한 이들에게 재산을 나눠주고 단돈 한 푼 없이 남아, 이 도시에서 저 도시로 가난한 이들 사이로 가야만 한다고 말합니다.

젊은 청년이 80세의 노인에게 이러한 충고를 하고 있었다!

그럼에도 불구하고 톨스토이는 날카로운 고통을 느끼며 이러한 편지들을 수용했다. 그리고 그같은 편지들은 그의 양심에 상처를 입혔다. 동시대인들의 회상에 의하면 그는 사람들이 그에 대해 어떻게 생각하는지에 대해 많은 주의를 기울였으며 그들의 이름으로 스스로에게 말하곤 했다.

저주받을 노인네야, 하나를 말하고, 행동은 다른 것을 하면서, 또 전혀 다른 방식으로 살아가고 있구나. 죽어 버릴 때가 되었어. 바리새인이 되거라.

1885년에 이미 체르트코프에게 보낸 편지에서 그는 이렇게 묻고 있었다.

진정 나는 단 1년도, 비도덕적이고 미쳐 버린 이 집에서 벗어나 살아보지 못한 채 이대로 죽어야 하는가……. 단 1년도 이성적으로 사람답게, 지주의 대저택이 아닌 시골의

1908년 8월 26일 80번째 생일을 맞은 레프 니콜라예비치 톨스토이와 그의 가족 및 지인들.
야스나야 폴랴나. F. T. 프로타세비치의 사진. 왼쪽부터 V. A. 마클라코프, 레프 니콜라예비치 톨스토이, S. A. 톨스타야, I. I. 고르부노프-포사도프, A. V. 친게르, T. L. 수호티나 톨스타야.

야스나야 폴랴나 서재에 있는 레프 니콜라예비치 톨스토이, S. A. 톨스타야와 알렉산드라 알렉산드로브나 코로시니.
1909년 3월. 알렉산드라 알렉산드로브나 코로시니는 중학교 지리선생이었으며, 여행가였다. 그녀가 3월 1일 야스나야 폴랴나에서 인도에 대해 한 강의를 레프 니콜라예비치 톨스토이가 마음에 들어했다.

레프 니콜라예비치 톨스토이. 모스크바. U. 멤비우스의 사진. 1909년.

크레크시노에 도착한 레프 니콜라예비치 톨스토이.
1909년 9월. A. L. 톨스토이의 딸인 소냐가 자신의 할아버지를 맞으러 꽃을 들고 마중나왔다. T. 탄셀의 사진.

크레크시노의 농민과 가진 티파티.
중앙에 레프 니콜라예비치 톨스토이, A. K. 체르트코프가 앉아 있고, 뒤에는 V. G. 체르트코프, 바이올리니스트 B. O. 시보르, 첼리스트 A. I. 모길레프스키가 서 있다. 1909년 9월. T. 탄셀의 사진.

말을 타고 산책을 떠나려는 레프 니콜라예비치 톨스토이. 톨스토이 옆에 S. M. 솔로마힌과 A. L 톨스타야가 있고, 오른쪽에는 V. G. 체르트코프, D. P. 마코비츠키가 있다. 1909년 9월. T. 탄셀의 사진.

리키노 마을의 농가에 있는 레프 니콜라예비치 톨스토이. 1909년 9월. T. 탄셀의 사진.

크레크시노를 떠나는 레프 니콜라예비치 톨스토이.
1909년 9월. 레프 니콜라예비치 톨스토이, 손녀 소냐 톨스타야, A. L. 톨스타야(앞쪽), S. A. 톨스타야, V. G. 체르트코프, O. K. 톨스타야(뒷줄)가 크레크시노 역으로 나가고 있다.

크레크시노 역에서 기차를 기다리고 있는 레프 니콜라예비치 톨스토이, S. A. 톨스타야, A. B. 골리덴베이제르.
S. G. 스미르노프의 사진. (같은 날)

모스크바에 들른 후 다시 야스나야 폴랴나로 떠나는 레프 니콜라예비치 톨스토이를 세르푸호프 역에서 배웅하는 V. G. 체르트코프.
1909년 9월. T. 탄셀의 사진.

레프 니콜라예비치 톨스토이의 마지막 모스크바 방문(크레크시노에서 야스나야 폴랴나로 가던 중 들름).
모스크바 브랸스키 역에서 레프 니콜라예비치 톨스토이를 마중하고 있다. T. 탄셀의 사진. (레프 니콜라예비치 톨스토이의 오른쪽에 S. A. 톨스타야와 A. L. 톨스타야가 있다. 1909년 9월.

하모브니키에 도착한 레프 니콜라예비치 톨스토이.
A. N. 드란코프가 촬영한 필름 중의 한 컷.

돌고하모브니체스카야 골목을 걷고 있는 레프 니콜라예비치 톨스토이. 모스크바. V. G. 체르트코프의 사진. 1909년 9월.

전자피아노의 소리를 들어 보려고 U. G. 치메르만의 악기상점에 온 레프 니콜라예비치 톨스토이.
1909년 9월 4일(크레크시노로 떠나던 날). 모스크바. T. 탄셀의 사진.
왼쪽부터 V. G. 체르트코프, 상점 판매원들, V. V. 체르트코프, A. B. 골리덴베이제르, 레프 니콜라예비치 톨스토이,
A. L. 톨스타야, I. I. 고르부노프-포사도프.

하모브니키에서 야스나야 폴랴나로 돌아가기 위해 쿠르스키 역으로 떠나는 레프 니콜라예비치 톨스토이.
1909년 9월 19일. T. 탄셀의 사진.

크레믈린의 보로비츠키 문을 지나 쿠르스키 역으로 가던 중. 1909년 9월. T. 탄셀의 사진.

통나무 집에서, 일하는 이들 사이에서 살아보지 못한 채 이대로 죽어야만 하는가.

그렇다면 왜 그는 수년이 흐르는 동안 자신의 꿈을 실현시키지 않았는가? 이 질문에 대한 답은 그리 간단하지가 않다. 떠난다는 것은 아내와 아이들을 불행하게 만드는 것을 의미했고 톨스토이는 이것을 참을 수가 없었다. 악을 불러와서는 안 되었다. 오직 조용히 자신의 십자가를 지고 가야만 했다. 그것이 얼마나 힘들 건 간에 매일매일 사람으로서의 자신이 지고 있는 의무를 이행해야만 했다.

1910년 1월 말, 톨스토이, 체르트코프, 비류코프, 수호틴가의 사람들, 알렉산드라 리보브나 그리고 많은 다른 이들이 야스나야 폴랴나에 모여 민중을 위한 모스크바 계몽 협의회의 도서관 개관식을 축하했다. 마지막 해에 톨스토이와 함께 거주하며 일했던 비서 불가코프(V. F. Bulgakov)는 이 사건에 대해 다음과 같은 기록을 남겼다.

도서관의 작은 건물에 들어서며 레프 니콜라예비치는 거기에 있던 모든 것들을 둘러보기 시작했다. 책들은 순전히 우연에 의해 선택된 것이었으며 따라서 레프 니콜라예비치의 마음에 들 수 없었다. 그중 한 벽에는 두 개의 독특한 화집이 있었는데, 그 안에는 역사적 지리적 내용을 담은 다수의 그림들이 들어 있었다. 레프 니콜라예비치는 농민들이 볼 수 있는 곳에 그 그림들을 걸도록 지시했다.

한편 도서관의 개관식에는 톨스토이의 옛 제자들인 포파노프(T. Fofanov), 레주노프(S. Rezunov), 쥐드코프(Zhidkov), 블로힌(A. Blokhin) 등이 참석했다. 그들은 백작에게서 배우던 시절에 대해 이야기했다.

공부는 훌륭했습니다! 아침에 오면 썰매나 스키를 타고, 그런 뒤에는 블린(러시아식 팬케이크)을 먹었죠. 블린은 참 맛있었어요!. 그리고 벽에는 즐겨라, 청년들이여, 마슬레니차(봄이 오는 것을 맞이하는 러시아의 전통 축제 — 역자 주)다!라고 적혀 있었죠.

톨스토이는 미소를 띤 채 자신의 젊은 시절을 회상하며, 옛 제자들의 이야기를 경청했다. 그리고는 그중 한 사람에게 이렇게 말했다. "세묜, 학교에 다닐 때보다 훨씬 더 기민해졌는걸!" 좌중 모두가 웃음을 터뜨렸다.

쿠르스키 역에서의 레프 니콜라예비치 톨스토이 배웅. 마차 위에 레프 니콜라예비치 톨스토이와 S. A. 톨스타야가 등을 보이며 앉아 있고, 맞은편에 A. L. 톨스타야, V. G. 체르트코프가 앉아 있다. 1909년 9월. T. 탄셀의 사진.(같은 날)

쿠르스키 역 플랫폼에서의 레프 니콜라예비치 톨스토이 배웅. 1909년 9월. T. 탄셀의 사진.(같은 날)

야스나야 폴랴나 집 서재에서 일을 하고 있는 레프 니콜라예비치 톨스토이. S. A. 톨스타야의 사진. 1909년.

레프 니콜라예비치 톨스토이의 누이인 마리야 니콜라예브나 톨스타야는 21년간 카잔 샤모르딘스카야 수도원에서 수녀로 살았다. 레프 니콜라예비치 톨스토이는 자주 누이를 찾았다. 누이의 작은 오두막에서 『하지 무라트』를 집필하기도 하였다. 1910년 늦가을 집을 떠나며 레프 니콜라예비치 톨스토이는 샤모르디노 마을의 수도원 근처에 살 것을 꿈꿨다.
이 수도원의 아름다운 장소(488~489페이지)는 암브로시 수도사가 골랐으며, 지금도 이곳의 훌륭한 사원건물(487페이지), 숙소, 수도원 식당, 병원, 간호사숙소 등이 남아 있다. 지금은 관리가 조금 소홀해지긴 하였다.

도서관 근처는 야스나야 폴랴나 마을의 독특한, 일종의 문화 중심지가 되었다. 어느 청명한 봄날에 레프 니콜라예비치는, 일본으로부터 그를 찾아온 손님들과 함께 그곳으로 갔다. 이에 대해 불가코프가 남긴 기록이 있다.

통나무 집 근처 공터에 축음기를 설치하고 야스나야 폴랴나 마을 사람들을 불렀다. 오케스트라를 연주하고 노래를 부르고 발랄라이카를 연주했다. 발랄라이카가 특히 마음에 들었다. 고팍 음악(우크라이나의 민속 춤과 음악—역자 주)에 맞춰 춤을 추었고 레프 니콜라예비치는 생생한 관심을 가지고 내내 그러한 모습을 지켜보았다. 그는 매우 활기찼고 친근했다. 사람들 사이를 돌아다니며 농민들과 이야기 나누고, 일본인들과 그들을 소개시키고, 서로서로에 대해 이야기를 나누었으며, 남자들에게는 축음기의 구조를 설명해 주는가 하면, 그들에게 노래 가사를 읽어 주기도 하고, 춤추는 이들을 더욱 북돋아주기도 했다.

4월 말에는 안드레예프(L. N. Andreev)가 남쪽 지방으로부터 지나가던 길에 야스나야 폴랴나에 들렀다. 톨스토이는 고리키와 부닌, 체호프의 지인이기도 했고, 그 당시 이미 촉망받는 작가였던 그에게 큰 관심을 보였다. 레프 니콜라예비치는 그의 작품을 주의 깊게 읽어 보았고, 그 작품들 속에 담긴 그의 재능과 신선한 견해들을 높이 평가하며 많은 소설들을 쓸 것을 격려하는 한편, 안드레예프의 희곡 작품들에 대해서는 언급하지 않았다. 그와 동시에 톨스토이는 안드레예프의 이른 명성이 그의 작품에 부정적인 영향을 미칠 수 있다고 생각했다. 야스나야 폴랴나에서 환대를 받은 레오니드 안드레예프는 자신의 컬러사진과 회화, 영화에 대해 즐겁게 이야기했다. 마지막 관심거리에 대해서는 어찌나 열정적으로 이야기했는지 톨스토이 또한 영화를 위한 작품을 쓰기로 결심하기도 했다.

그들은 따뜻한 마음으로 헤어졌다. 톨스토이는 작별 인사를 하며 안드레예프의 뺨에 입을 맞추었고, 자주 방문토록 그를 초대했다. 그러나 슬프게도 이것이 그들의 유일한, 그리고 최후의 만남이었다.

레프 니콜라예비치는 점점 더 야스나야 폴랴나에 있는 것이 힘겨워졌고, 거의 정기적으로 코체트이의 수호틴가를 방문했다. 기차역에서부터 코체트이까지는 작은 사륜 마차를 타고 갔다. 성인의 제일(祭日)이 되자, 톨스토이는 즐거운 마음으로, 전통적인 방식으로 집에서 만들어진 옷을 입고 축제를 즐기는 농민들의 아름다운 모습을 지켜보았다. 코체트이 영지는 표트르 1세에 의해 수호틴 가문에 하사된 것이었다. 영지에는 거대한 공원과 연못들, 호화로운 시설을 갖춘 대 저택이 있었다. 수호틴가의 사람들은 언제나 손님들을 환대했고 매우 친절했다. 톨스토이는 비서에게 농담 삼아 이야기하기도 했다. "불가샤, 이곳은 너무도 좋아서 종종 이 모든 것들이 어디서 나온 것인지를 잊게 된다네."

코체트이를 방문한 뒤 6월에 톨스토이는 영지 오트라드노예(Otradnoe)의 메셰르스코예(Meshcherskoe) 마을로 체르트코프를 방문하고자 했다. 메셰르스코예 마을은 모스크바 현 지방자치회의 중심지 가운데 하나였다. 고아원과 학교, 공장과 두 개의 정신병원 — 메셰르스카야 병원과 트로이츠카야 병원 — 이 그 영토 안에 위치해 있었다. 톨스토이는 병원의 시설을 둘러보았고, 이것이 훗날 〈자살에 대하여〉라는 글을 쓰는 데 도움이 되었다. 트로이츠카야 병원의 의사들은 손님들을 위해 영화를 상영했고, 톨스토이는 그때 받은 인상을 소피야 안드레예브나에게 적어 보냈다.

저녁에는 트로이츠코예 마을의 정신적인 병을 앓고 있는 이들을 위한 오크루쥐나야 병원에 들러 멋진 영화를 보았소. 의사들은 모두 매우 친절했소.

레프 니콜라예비치의 방문은 체르트코프 집안의 사무적인 분위기에 변화를 가져왔다. 그 집에서는 평소와는 다른 활기가 넘쳐흘렀다. 평소에는 엄격하고 항상 생각에 잠겨 있던 집주인도 이때에는 생명력 넘치고 활발하며 말 많은 청년으로 바뀌었다.

메셰르스코예 마을에서 톨스토이는 충만한 에너지를 느꼈고, 아침저녁으로 열성적으로 창작에 전념했다. 여기서 그는 단편 〈우연히를〉 썼고, 감사하는 이유(일기로부터)를 녹음했으며, 〈거짓된 학문〉과 〈인생 역로〉의 세 장을 수정했다.

산책하고 돌아올 때마다 톨스토이는 작은 들꽃들로 만든 꽃다발을 가지고 왔다. 이것은 말 그대로 맑아진 그의 정신과 마음의 평온을 상징하는 것이었다. 메셰르코예 마을을 방문했던 일은 톨스토이의 생의 마지막 즐거운 순간들 중 하나가 되었다. 떠나던 날(이 방문은 즉시 야스나야 폴랴나로 돌아올 것을 청했던 소피야 안드레예브나의 전보로 인해 끝나게 되었다.) 메셰르스코예 마을에서는 톨스토이가 좋아하는 음악이 울려 퍼졌다. 재능 있는 바이올리니스트였던 에르젠코(M. Erdenko)가 그 음악을 연주했다. 태양은 밝게 빛났고, 집들은 풀과 꽃에 잠겨 있었으며 천 상의 음악과도 같은 소리가 하늘로 퍼져 나갔다. 톨스토이가 이 날 자신의 십자가 고행의 길로 떠나고 있음을 생각한 사람은 아무도 없었다.

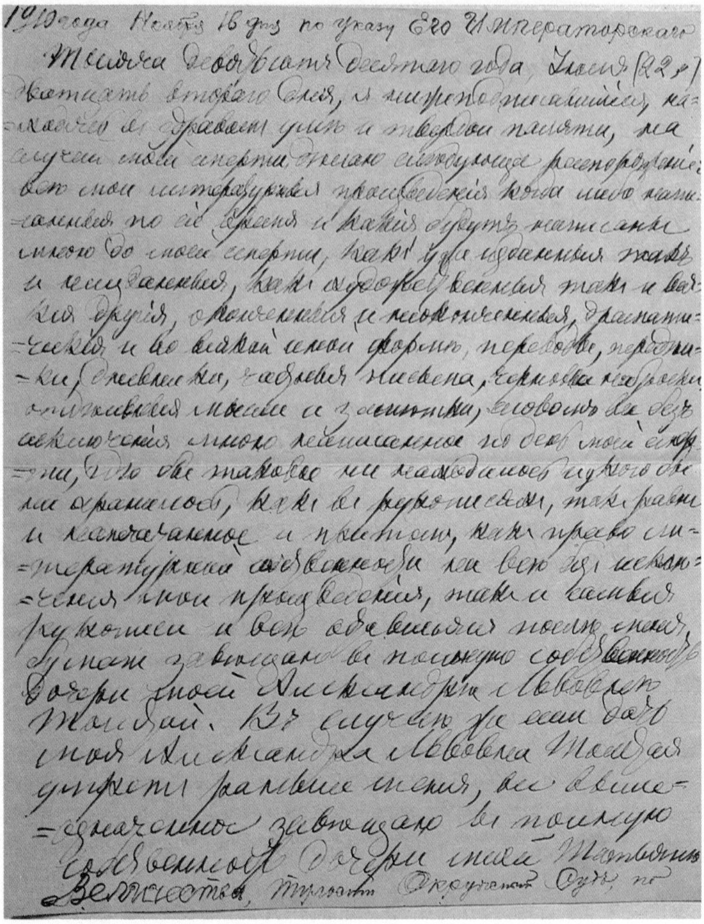

레프 니콜라예비치 톨스토이의 유언.
1910년 7월 22일 쓰였다.

1908~1909

오래 살면 살수록, 그리고 죽음이 임박했음을 생생히 느끼는 지금은 특히, 나는 다른 이들에게 말하고 싶습니다. 이토록 특별히 생생하게 내가 느끼고 있음을, 그리고 내 생각으로는 그것이 적지 않은 중요성을 가지고 있음을, 그리고 바로 '비폭력 불복종'이라 명명하였던 것이 본질적으로는 사랑의 가르침, 거짓된 해석들로 왜곡되지 않은 바로 그 가르침임을 나는 이야기하고 싶습니다. 사랑이라는 것, 즉 인간 정신의 화합을 위한 노력 그리고 이러한 노력으로부터 나오는 활동이야말로 삶의 고결하고도 유일한 법칙이며, 세속의 거짓된 가르침에 현혹되지 않는 한 모든 사람들이 마음속 깊숙한 곳에서 느끼고 있고 또 알고 있는 것입니다(우리가 이것을 가장 명백하게 볼 수 있는 것은 아이들에게서입니다). 이 법칙은 인도뿐 아니라 중국과 유대, 그리스와 로마의 모든 현인들이 이미 말했던 것입니다. 그리고 심지어는 직설적으로, 모든 율법과 예언이 말하고자 했던 것이 바로 이것이라고 말했던 그리스도에 의해 가장 명백하게 공표되었다고 생각합니다. 그뿐 아니라, 이 법칙이 처하고 있고 또 처할 수 있는 왜곡을 예상하며, 그는 그 왜곡의 위험성에 대해서도 이야기했습니다. 그 위험성은, 세속적인 이익에 의해 세상을 살아가며, 바로 이러한 이득을 지키기 위해 무력을 사용하는, 다시 말해 폭력에는 폭력으로 대항

해야 한다고 말하는 이들 고유의 것입니다. 본질적으로, 사랑이라는 이름하에 저항이 허용되자마자 사랑은 이미 삶의 법칙이 아니었고, 또 될 수도 없었습니다. 그리고 사랑의 법칙이 없어지자, 폭력, 다시 말해 최강자의 권력 이외의 그 어떤 법칙도 있을 수 없었습니다. 기독교 세계의 인류는 이러한 방식으로 열아홉 세기를 살아왔습니다. 모든 시대에 걸쳐 사람들은 자신의 삶을 건설하는 데 오직 무력만을 사용했습니다. 기독교 세계의 민족들의 삶과 다른 민족들의 삶 간의 차이는 오직, 그 어떤 다른 종교의 가르침에서는 그것이 그렇게 표현되지 않은 데 반해 오로지 기독교 세계에서만 사랑의 법칙이 그토록 선명하고 확연하게 표현되었다는 것뿐입니다. 그러나 기독교 세계의 사람들은 이 규칙을 흔쾌히 받아들이면서도 그와 동시에 자신에게 무력을 허용했고, 그 무력을 통해 삶을 만들어 갔습니다. 그리하여 기독교 세계에 속한 민족들의 모든 삶은 그들이 따르는 것과 그들이 만들어 가는 삶의 기반 사이의 모순으로 가득한 것이 되어 버렸습니다. 이러한 모순은 기독교 세계의 사람들의 발전과 더불어 점점 더 커져만 갔고, 최근 들어서는 결국 정점에 이르렀습니다. 이제 문제는 이러한 것임이 명백합니다. 둘 중의 하나를 선택해야 합니다. 우리가 그 어떤 종교적 도덕적 가르침도 인정하지 않은 채 우리들의 삶을 오직 강자의 권력에 의해서만 만들어 왔다는 것을 인정할 것인지, 아니면 무력에 의해 모아지는 세금과 조공, 사법 기관과 경찰 기관들 그리고 무엇보다도 군대들을 없앨 것인지를…….

레프 니콜라예비치 톨스토이
간디에게
보낸 편지 중에서
1910년 9월 7일

가출과 죽음

1910년 7월 22일, 야스나야 폴랴나로부터 멀지 않은 숲에서 톨스토이는 비밀리에 다음과 같은 내용을 담은 자신의 마지막 유서를 작성했다.

일천구백십 년, 칠월 이십이일, 아래에 서명한 나는 온전한 정신과 기억력을 가지고, 나의 죽음에 대비해 다음과 같은 유언을 남긴다: 나의 모든 문학 작품들, 여지껏 쓰인 그리고 죽기 전까지 나에 의해 쓰일 글들, 출판되거나 출판되지 않은 것들, 문학 작품과 그외 다른 모든 형식으로 쓰일 글들, 번역문들, 개작들, 일기들, 개인적인 서한들, 초안과 구상들 그리고 모든 메모들, 죽는 날까지 나에 의해 쓰이는 모든 것들, 단 하나의 예외도 두지 않고, 어디서 발견되든, 누구에게 보관되어 있든 간에 관계없이, 자필로 쓰인 것이든 활자화된 것이든 간에, 내 죽음 이후에 남을, 나와 관련된 모든 문서들을 나의 딸 알렉산드라 리보브나 톨스타야의 완전한 소유권으로 넘길 것을 유언한다. 만일 내 딸 알렉산드라 리보브나 톨스타야가 나보다 먼저 사망할 경우에는 상술한 모든 글들은 나의 딸 타치야나 리보브나 수호티나의 완전한 소유권으로 넘겨질 것을 유언한다.

레프 니콜라예비치 톨스토이.

유서에는 다음과 같은 내용이 첨부되었다.

이 유서는 온전한 정신과 기억력을 가진 레프 니콜라예비치 톨스토이 백작의 손으로 작성되었고 서명되었음을 증명한다. 자유 예술가 알렉산드르 보리소비치 골덴베이제르(Aleksandr Borisovich Gol'denveizer) 또한 증명한다, 시민(상인 계층 아래의 계급-역자 주) 알렉세이 페트로비치 세르게옌코(Aleksei Petrovich Sergeenko), 또한 증명한다, 육군 중령의 아들 아나톨리 지오니시예비치 라드인스키

1910년 1월 31일 야스나야 폴랴나에 개관된 모스크바 식자 단체의 도서관 개관식에 참석한 레프 니콜라예비치 톨스토이. V. G. 체르트코프의 사진. 현관 중앙에 레프 니콜라예비치 톨스토이와 식자단체의 대표인 P. D. 골고루코프가 서 있다. 왼쪽부터 B. F. 불가코프, P. I. 비류코프, M. YA. 샤크스, M. S. 수호틴, A. L. 톨스타야, T. L. 톨스타야-수호티나, O. K. 톨스타야, V. M. 페오크리토바, 톨스토이의 손자, 손녀인 소냐와 일류샤.

마을에서 바라본 야스나야 폴랴나 저택의 전경. V. G. 체르트코프의 사진. 1908~1909년. 최초 공개.

(Anatolii Dionisievich Padynskii).

유서가 작성되었다고 직감한 소피야 안드레예브나는 내내 그것을 찾아내고자 노력했고, 이것이 톨스토이를 극도로 괴롭게 했다. 그는 글자 그대로 '자신의 장소'를 발견할 수가 없었다. 또한 아들들, 레프와 안드레이까지도 그에게서 유서가 있는지를 알아내고자 노력을 아끼지 않았다. 톨스토이는 그들에게 사실을 숨기고 거짓말을 할 수가 없었다. 그러나 유서가 존재한다는 것을 인정하는 것은 곧 체르트코프와 가족 간의 대립을 더욱 첨예하게 만들고 블라디미르 그리고리예비치에게 불쾌한 일을 안겨 주는 것이었다. 훗날 알렉산드라 리보브나 톨스타야의 회상에 따르면 "이 무렵 아버지는 비류코프에게 유서에 대해 이야기하였다. 파벨 이바노비치의 의견은 같은 것이었다. 온 가족을 모아놓고 그들에게 자신의 뜻을 밝힌 뒤 유서를 작성해야 한다는 것이었다."

자신을 위한 일기에서 톨스토이는 이렇게 적고 있다. 살아 있게 된다면, 내 실수를 진정으로, 진정으로 깨달았다. 모든 상속인들을 모아놓고 그들에게 내 의도를 밝혔어야 했다. 비밀리에 할 일이 아니었다. 나는 체르트코프에게 이 점을 이야기했다. 그는 매우 실망했다.

이 문제가 절정에 이르렀을 때 코롤렌코(V. G. Korolenko)가 야스나야 폴랴나를 방문했다. 알렉산드라 톨스타야는 이때를 회상하기를 "코롤렌코는 저녁 내내 우리에게 자신의 러시아 여행과 미국 여행에 대해 이야기했고, 모두가 그의 이야기에 귀를 기울였다. 그는 뛰어난 만담가였다"라고 했다.

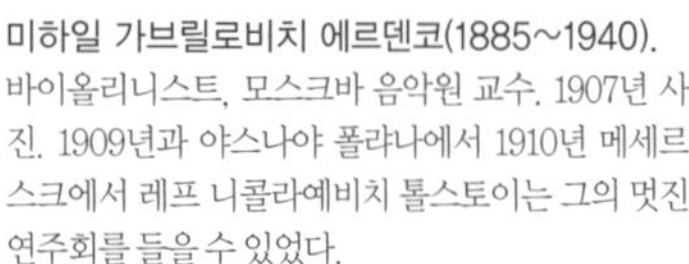

미하일 가브릴로비치 에르덴코(1885~1940).
바이올리니스트, 모스크바 음악원 교수. 1907년 사진. 1909년과 야스나야 폴랴나에서 1910년 메세르스크에서 레프 니콜라예비치 톨스토이는 그의 멋진 연주회를 들을 수 있었다.

블라디미르 갈라크티오노비치 코롤렌코(1853~1921).
작가. M. 드미트리예프의 사진. 1896년. 1886년 하모브니키, 1902년 가스프라, 1910년 야스나야 폴랴나와 텔랴틴키에서 톨스토이를 만났으며, 톨스토이와 서신을 주고받았다.

아르비드 에르네펠트(1861~1933).
핀란드인 작가. 1909~1910년 사진. 톨스토이와 뜻을 같이한 사람. 톨스토이의 작품을 프랑스어로 번역하였다. 1895년부터 톨스토이와 서신을 주고받았으며, 1899년과 1910년 야스나야 폴랴나를 방문하였다.

당시 톨스토이는 코롤렌코와 대화를 나누었다. 그는 영리하고 좋은 사람이지만 과학의 미신에 완전히 빠져 있다고 적고 있다.

코롤렌코의 방문은 결과적으로 톨스토이가 집을 나가 아스타포보(Astapovo)라는 작은 역에서 객사하게 만든 사건을 순간적으로 연기했을 뿐이었다. 가정의 드라마는 종말을 향해 가고 있었다.

톨스토이의 문학작품에 대한 소유권 문제로 인해 발생한 소피야 안드레예브나를 비롯한 다른 가족들과의 불화가 레프 니콜라예비치의 결심에 여러 가지 면에서 영향을 미쳤고, 또 중요한 원인이 되었음은 분명하지만 그렇다고 해서 그것이 톨스토이가 야스나야 폴랴나를 떠나게 된 유일한 원인이라고 여겨서는 안 된다. 이것은 훨씬 더 복잡한 문제였다. 자신의 주위에서, 삶의 모든 면에 있어 붕괴되고 파멸된 일반 평민들의 불평등과 불균형, 그리고 그들의 슬픔과 궁핍한 삶을 보면서 톨스토이는 점점 더 이렇게 살아서는 안 된다는 것을 확신해 갔다. 오래 전에 그에게 일어났던 정신적인 변화, 종교적 갱생와 관련된 새로운 마음의 상태는 다른 삶과는 다른, 뭔가 의미 있는 자기 희생적 행위, 그리고 세상의 공허함과 인류의 사소한 열정들의 극복을 필요로 하고 있었다.

이같은 견해를 확신하기 위해서는 1908년 여름에 쓰인 톨스토이의 일기 가운데 몇 구절을 살펴보는 것만으로도 충분하다.

모든 것이 여전히 괴롭다. 이곳, 야스나야 폴랴나에서의 삶은 지극히 해로운 것이다. 어디로 나가 보던 간에 수치와 고통뿐이다.

나는 더 이상 이렇게 견딜 수는 없다. 나는 할 수 없다. 나는 이러한 고통스런 상황으로부터 해방되어야 한다. 이렇게 살아서는 안 된다. 나는 최소한 이렇게 살 수 없다. 이렇게 살 수도 없고 또 이렇게 살지도 않을 것이다.

한편 나는 많이 그리고 신중하게 생각했다. 그리고 어떠한 기로에 서서 어떻게 행동해야 할지를 알 수 없을 때에는 언제나 개인적인 이익을 좀 더 포기하는 결정 쪽을 취해야 한다는 것이 내게는 너무도 명백해졌다.

야스나야 폴랴나에서 레프 니콜라예비치 톨스토이와 레오니드 니콜라예비치 안드레예프(1871~1919). B. F. 불가코프의 사진.

1909년 6월 8일 '자세카' 역.
V. G. 체르트코프의 사진. 왼쪽부터 V. V. 체르트코프, L. N. 톨스토이, S. A. 톨스타야, A. L. 톨스타야, V. M. 페오크리토바.

1909년 6월 8일 딸 타치야나 리보브나를 만나러 코체트이로 떠나는 레프 니콜라예비치 톨스토이.
'자세카' 역. V. G. 체르트코프의 사진.

코체트이의 레프 니콜라예비치 톨스토이. 1910년 5월 19일. V. G. 체르트코프의 사진.

코체트이 영지에서 레프 니콜라예비치 톨스토이와 손녀 타네치카 수호티나. V. G. 체르트코프의 사진. 1910년 5월.

1910년에는 이러한 기록이 있다.

8월 20일. 말을 타고 다녔다. 그리고 이 지주의 왕국의 모습은 그토록 나를 괴롭혀, 이곳으로부터 탈출하여 숨어 버리고 싶다는 생각이 들었다.

레프 니콜라예비치의 정신적 고통의 원인에 대한 좀 더 풍부한 설명은 1909년 10월 22일, 야스나야 폴랴나를 산책한 후에 적은 그의 일기 기록이 주고 있다.

나는 마을로 갔다. 그리고 그곳에서 가장 강한 인상을 받아 눈물을 흘렸다. 군대에 징집된 젊은이들이 행군하고 있었다. 커다란 아코디언의 소리가 그 여주인들을 의롭고 강인하도록 북돋워 주고 있었다. 군중들이 행군에 동행하고 있었으며 할머니들, 어머니들, 자매들, 숙모들이 슬프게 노래하고 있었다. 그들은, 마을 끝자락의 집마차들로 가서 동료들이 있는 집에 들렀다. 모두 여섯 사람이었는데, 한 사람은 기혼자였다. 아내는 도회풍의 아름다운 여자였는데, 커다란 금색 귀걸이, 꽉 졸라맨 허리띠 그리고 레이스가 달린 세련된 옷을 입고 있었다.

군중은 언제나처럼, 빠른 걸음으로 돌아다니는 생기 넘치는 사랑스런 소년 소녀들과 여자들이 더 많았다. 남자들은 엄중하고 심각한 얼굴 표정으로 그 주위에 혹은 문 옆에 서 있었다. 만가가 들려왔다. 그러나 흐느껴 우는 통곡 소리와 발작적인 큰 웃음 소리를 함께 낸다는 것이 이해되지 않을 것이다. 많은 이들이 침묵하며 울고 있다.

이어 톨스토이는 온갖 종류의 추론이 아닌, 민중들의 슬픔에 대해서, 그리고 작가—이 농민들의 운명에서 무언가를 바꾸기에는 무력하고, 이같은 인간 드라마를 배경으로 자신의 사라져 가는 삶을 느끼고 있는 작가의 개인적인 깊은 공감에 대해서 증언하는 세부 사항들과 특색들을 그렸다. 그리고 세상의 공허함으로부터의 해방이라는 오래 전부터 생각한 결정적인 행보 없이는 그의 삶의 행로가 충족되지 못할 것이라는 자각이 이어진다. 이것을 통해 바로 이러한 일기 구절의 행간이 해독되는 것이다.

사위 M. S. 수호틴의 툴라 현(오를로프스크와 맞닿아 있는 지역) 영지인 코체트이에 있는 자신의 딸 타치야나 리보브나를 방문한 레프 니콜라예비치 톨스토이. 1910년 5월 2일부터 20일까지 이곳에 머물렀다. 집의 테라스에 나와 있는 모습이다. 탄셀의 사진. 1910년. 왼쪽부터 L. 톨스타야-수호티나, M. S. 수호틴, E. P. 수호티나, L. M. 수호티나, S. M. 수호티나, P. G.다슈케비치, 타네치카 수호티나를 안고 있는 유모, B. F.불가코프, D. P.마코비츠키, V. G.체르트코프, 레프 니콜라예비치 톨스토이

V. G. 체르트코프가 레프 니콜라예비치 톨스토이와 우편물을 전해 주던 비서 B. F. 불가코프(1886~1966)의 사진을 찍고 있다. 코체트이. T. 탄셀의 사진. 1910 5월 19일. 불가코프는 톨스토이에 대한 책과 논문을 저술하였다. 그가 모스크바 대학교 학생이던 1907년 처음 톨스토이를 만났다.

오룔로프스크 현의 자신의 지인인 X. N. 아브리코소프의 저택 '평온'에서 딸인 타치야나 리보브나와 레프 니콜라예비치 톨스토이. 야스나야 폴랴나에서 코체트이로 가던 길에 잠시 머물렀던 곳이다. V. G. 체르트코프의 사진. 1910년 5월 20일.

코체트이에서 7베르스타 떨어진 롬츠이 마을에서 열린 시장에서 사람들 사이에 있는 레프 니콜라예비치 톨스토이. T. 탄셀의 사진. 1909년 7월 1일.

나는 떠나는 기혼 자식의 아버지인 바실리 마트베예프(Vasilii Matveev)와 이야기를 나눴다. 그는 보드카에 대해 이야기했다. 그는 술을 마시고 담배를 피운다.

그리움 때문에.

키가 작고 나이 든 촌장 아니카노프(Anikanov)가 다가왔다. 나는 알아보지 못했다. 붉은 머리의 프로코피이였다. 나는 청년을 가리키며 물었다. 누구 누구? 아코디언은 멈추지 않고 계속 연주되고 있었다. 우리 모두 나갔다. 나가는 길에 노인에게 키가 크고 옷을 잘 입고 절제되고 씩씩한 걸음걸이로 걷는 젊은이에 대해 물었다:

"어느 집 자식인가?"

"제 자식입니다." 그렇게 대답한 뒤 노인은 저벅저벅 걸으며 울기 시작했다. 나 또한 울었다. 아코디언은 계속 연주되고 있었다. 바실리에게 들렀다. 그는 보드카를 가져왔고 부인은 흘렙(검은 빵)을 썰어 내왔다. 청년들도 조금 마셨다. 마을로 나가 잠시 서 있다가 헤어졌다. 젊은이들은 무언가에 대해 잠시 이야기한 뒤에 나에게 다가와 인사를 했고, 악수를 했다. 그리고 다시 나는 눈물을 흘렸다. 그런 뒤에 바실리와 짐마차에 올랐다. 가는 길에 그는 여기서 돌아가시면 머리에 이고 옮겨 드립죠라고 아첨하듯 말했다. 예밀리얀의 집에 도착했다. 그러나 야센스키(Yasenskii)가 사람들 외에는 아무도 없었다. 나는 집으로 갔다.

1910년 10월 26일, 톨스토이는 마리야 알렉산드로브나 쉬미트(Mar'ya Aleksandrovna Shmidt)를 방문했다. 어쩌면 그녀와 작별인사를 나누기 위해 갔을지도 모른다. 알렉산드라 리보브나는 훗날 아버지에서 이렇게 추측했다.

대략 이 무렵 그는 두샨 페트로비치 마코비츠키에게 이렇게 말했다. 나는 타냐에게 갈 계획이네. 그녀(아내-저자 주)에게는 타냐에게 간다고 쓸 것이고. 그런 뒤에 거기서 옵치나 푸스트인(Optina Pustyn')으로 가서 아무 노인한테나 함께 해 달라고 부탁할 예정이네. 그들은 아마 나를 진심으로 환영해 주고는 돌려보내기를 희망하겠지.

드라마는 이미 오래 전에 시작되었다. 그러나 그것이

롬츠이 마을에서 열린 시장에서 사람들 사이에 앉아 있는 레프 니콜라예비치 톨스토이.
T. 탄셀의 사진. 1909년 7월 1일.

코체트이에서 야스나야 폴랴나로 돌아오는 길. 므첸스크의 X. N. 아브리코소프의 저택 '평온' 을 떠나 '주샤' 강을 나룻배로 건너고 있다. T. 탄셀의 사진. 1910년 5월 20일.

모스크바 현의 메체르스크 마을에서 가까운 오트라드노예 영지에 있는 레프 니콜라예비치 톨스토이.
1910년 12일부터 23일까지 체르트코프 가족을 방문하였다. V. G. 체르트코프의 사진.

레프 니콜라예비치 톨스토이가 우편물을 수령하고 있다. 1910년 6월. 메체르스크 마을에서 가까운 오트라드노예 영지. T. 탄셀의 사진. 1910년. 왼쪽에는 V. G. 체르트코프, 오른쪽에는 L. P. 세르게옌코가 있다.

'무지함'에 대해 쓴 자신의 논문을 친구들과 지인들에게 읽어 주고 있는 레프 니콜라예비치 톨스토이.

메체르스크 마을에서 가까운 오트라드노예 영지. T. 탄셀의 사진. 1910년 6월.

왼쪽부터 F. A. 스트라호프, V. F. 불가코프, 의사인 A. S. 부투를린, A. YA. 그리고리예프, V. G. 체르트코프, 레프 니콜라예비치 톨스토이, M. P. 발라킨, D. P. 마코비츠키, A. K. 체르트코바, L. P. 세르게옌코, 희곡배우 P. N. 오를레네프.

레프 니콜라예비치 톨스토이. 야스나야 폴랴나. '세레르, 나브골츠 그리고 K' 사의 사진. 1910년.

표면적으로 폭발적으로 드러나기까지는 얼마 남지 않았다. 비서였던 불가코프의 기록에 의하면 다음과 같다.

레프 니콜라예비치의 주위에서는 그가 머지 않아 야스나야 폴랴나를 떠날 것이라는 대화가 점점 더 잦아지고 있었다. 식구들도 톨스토이의 비밀을 알게 되었다. 그들은 톨스토이가 툴라 현의 보로프코보(Borovkovo)에 살고 있는 자신의 친구인 농민 미하일 페트로비치 노비코프(Mikhail Petrovich Novikov)에게 보낸 편지의 내용을 알게 되었다.

가출 일주일 전, 레프 니콜라예비치는 그와 오랫동안 마음으로부터의 대화를 나누었고, 머지 않아 다시 만나기로 약속했다. 그는 노비코프에게 미하일 페트로비치, 당신이 떠나기 전에 내가 당신에게 이야기했던 것과 관련하여, 이런 부탁을 드립니다. 내가 당신에게 가는 일이 실제로 생긴다면 당신네 마을에 가장 작을지라도 독립되고 따뜻한 하타(Khata:남러시아 및 우크라이나의 농가)를 구해 주었으면 합니다. 내가 당신의 집에서 최소한의 기간만큼만 신세를 지도록 말입니다라는 내용의 편지를 보냈다. 또한 그는, 민중을 아는 것-이것은 야스나야 폴랴나의 영지를 벗어나는 것을 의미한다고 했다.

그리고 마침내 운명적인 1910년 10월 28일 밤이 되었다. 작가의 일기로 되돌아가 보자.

떠나기로 최종적인 결심을 했다. 그녀(소피야 안드레예브나-저자 주)에게 편지를 쓰고, 떠나기 위해 필요한 최소한의 것들만을 꾸리고 있다……. 나는 그녀가 소리를 듣고 나와 발작을 일으켜

메체르스스크 마을에서 가까운 트로이츠카야 지방 정신병원의 환자들 사이의 레프 니콜라예비치 톨스토이.
V. G. 체르트코프의 사진. 1910년. 중앙에서 레프 니콜라예비치 톨스토이가 자신이 표트르 황제라고 말하는 한 정신병환자와 이야기를 나누고 있다. 톨스토이의 오른쪽에는 의사인 페르초프와 카멘스키가 서 있고, 왼쪽에는 D. P. 바코비츠키와 의사 소틴이 서 있다.

이비노 마을의 레프 니콜라예비치 톨스토이.
메체르스크 마을에서 가까운 이비노 마을에는 포크로프스카야 정신병원에서 회복된 환자들의 보호시설이 있었다. V. G. 체르트코프의 사진. 1910년.
농민작가 S. T. 쿠진과 이야기 나누는 레프 니콜라예비치 톨스토이. 옆에는 의사 V. I. 쿠브친스키가 서 있다.

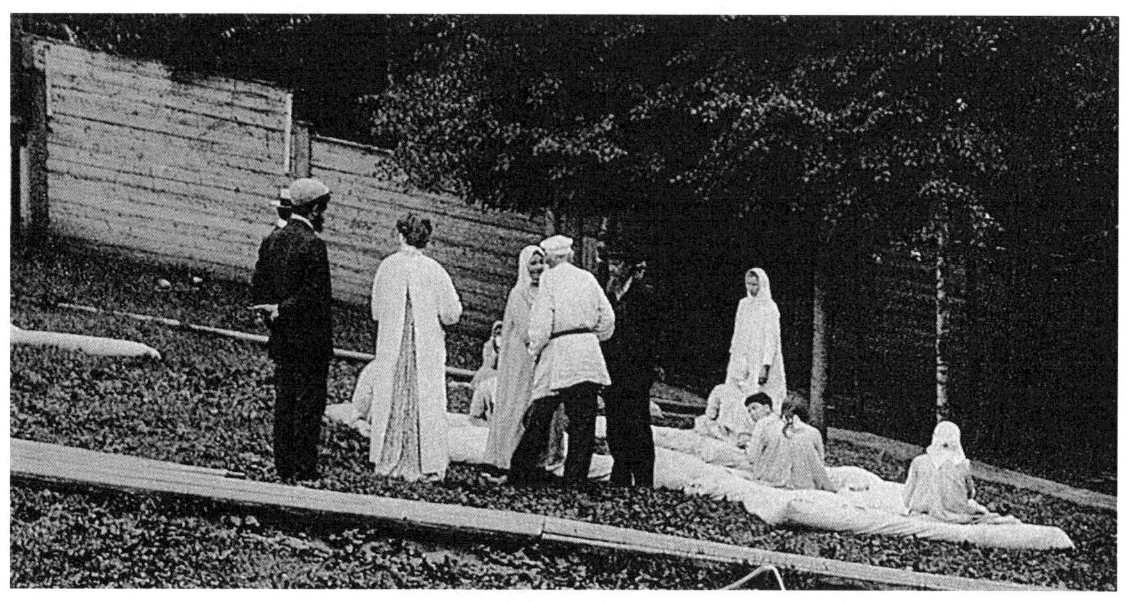

포크로프스카야 정신병원을 방문한 레프 니콜라예비치 톨스토이.
V. G. 체르트코프의 사진. 1910년 6월.
레프 니콜라예비치 톨스토이는 환자와 이야기를 나누고 있다. 오른쪽에는 병원원장인 M. P. 글린카가 있고, 왼쪽엔 의사들인 N. P. 도브론라보바와 B. I. 타르타코프스키가 있다.

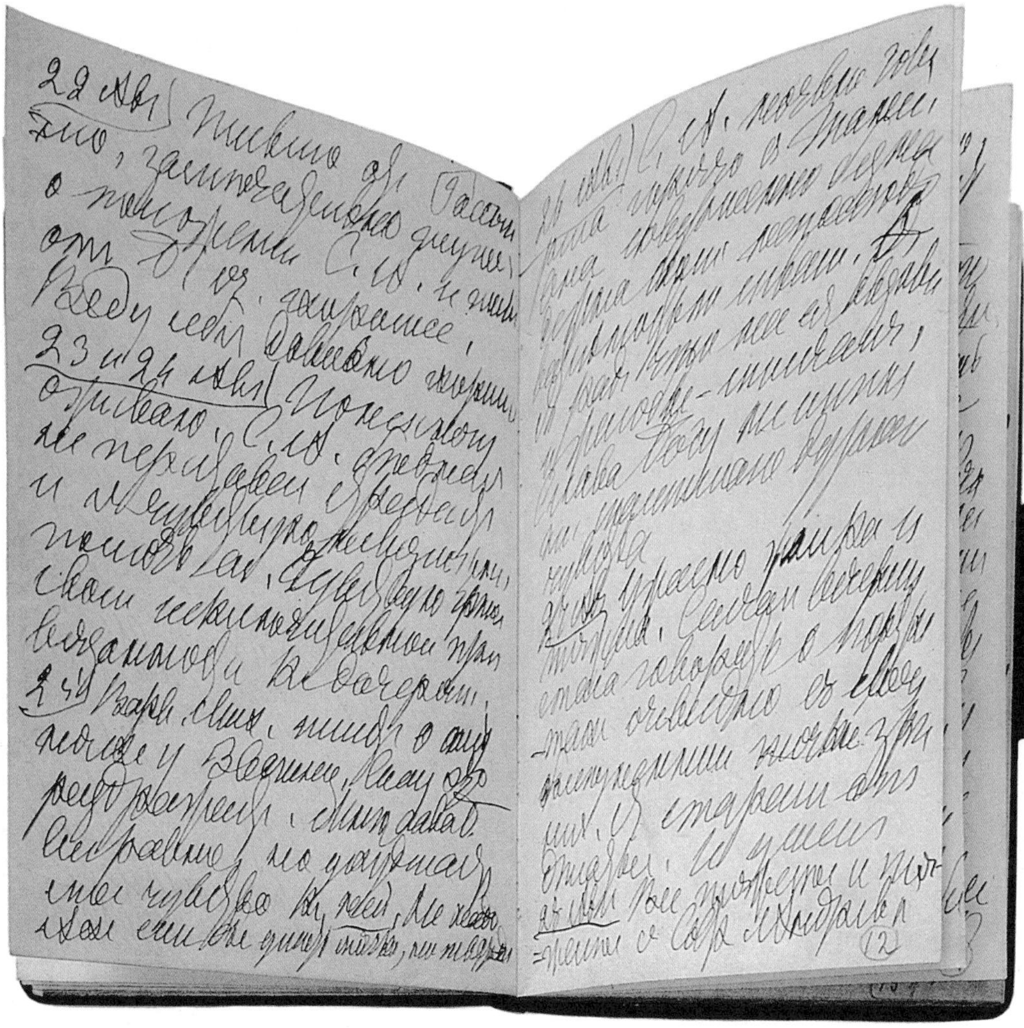

툴라 현의 니콜스크-뱌젬스크의 아들 세르게이 리보비치를 방문한 레프 니콜라예비치 톨스토이와 S. A. 톨스타야.

야스나야 폴랴나에서 100베르스타 떨어진 곳에 있는 지역이다. 며느리인 M.N.톨스타야의 사진. 1910년 6월 20일. 왼쪽부터 N. N. 게(아들), F. I. 고랴인, V. V. 나고르노바와 아들 S. N. 나고르노프, 레프 니콜라예비치 톨스토이의 손자인 세료자 톨스토이, D. N. 오를로프, T. S. 베르스, S. A. 톨스타야, 레프 니콜라예비치 톨스토이.

레프 니콜라예비치 톨스토이의 '자신만을 위한 일기' (1910년 7월 29일부터 9월 22일)

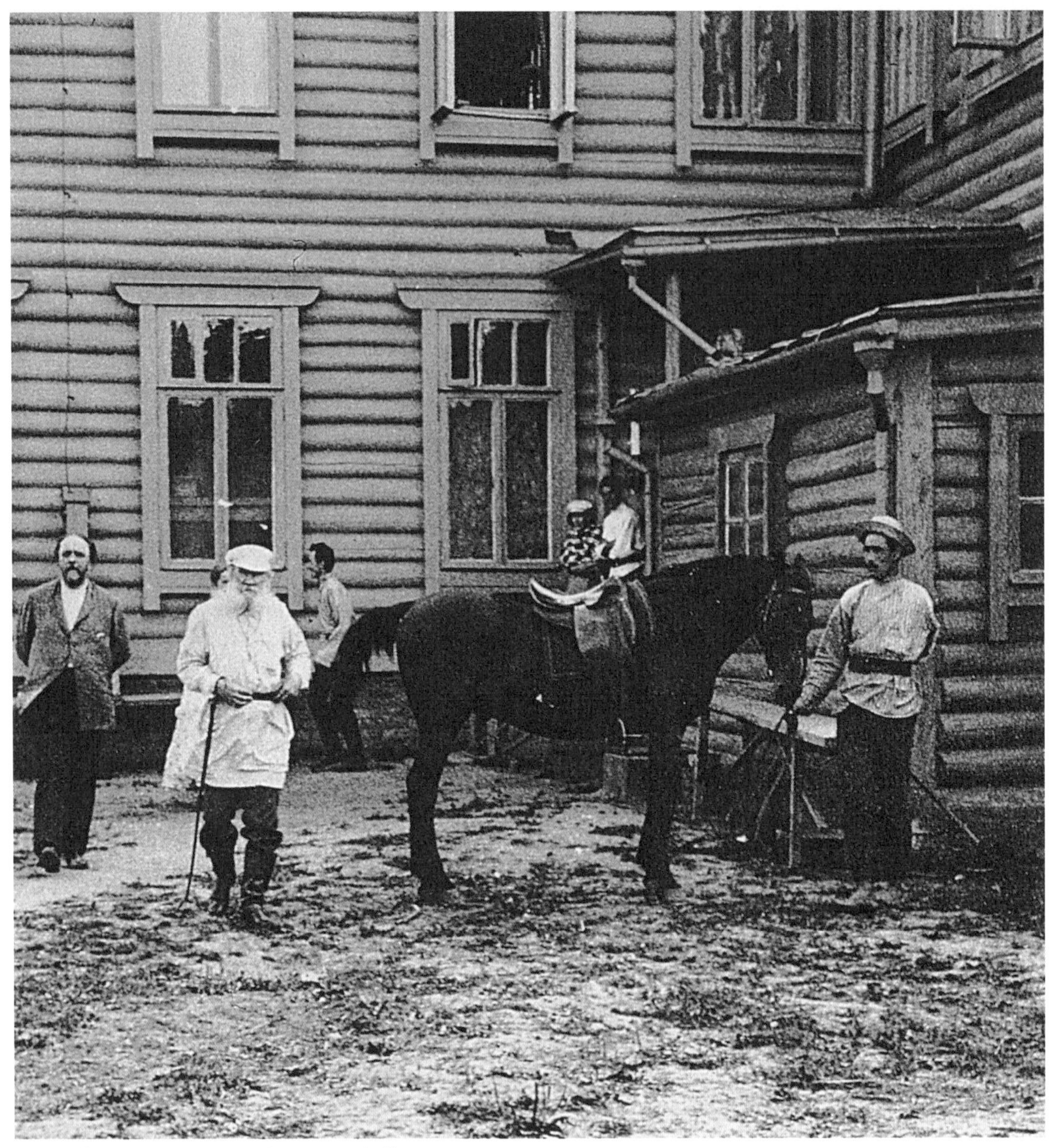

1910년 7월 5일 텔랴키니의 V. G. 체르트코프를 방문한
레프 니콜라예비치 톨스토이.
T. 탄셀의 사진. 톨스토이의 왼쪽에 V. G. 체르트코프가 있다.

미하일 페트로비치 노비코프(1871-1939). 1930년대(?) 초의 사진. 최초 공개. 툴라 현의 보로프코보 마을의 농민.

농민의 삶에 대한 이야기를 썼으며, 그의 이야기를 톨스토이는 매우 높이 평가하였다. 레프 니콜라예비치 톨스토이와 같은 견해를 갖고 있는 사람이었다. 1910년 10월 레프 니콜라예비치 톨스토이는 야스나야 폴랴나를 떠나 미하일 페트로비치 노비코프에게 갈 계획을 세웠다.

툴라 현 크라피벤스크 군 보로프코보 마을의 미하일 페트로비치 노비코프의 농가.
1930년대 사진. 최초 공개.

레프 니콜라예비치 톨스토이를 찍은 여러 장의 사진들. 코체트이. V. G. 체르트코프의 사진. 1910년 5월 19일.

난리 법석 없이는 떠나지 못하게 될지도 모른다는 생각에 몸이 떨린다. 6시가 되자 모두가 잠든 듯했다. 나는 말을 매라고 지시하기 위해 마구간으로 나섰다……. 한치 앞도 보이지 않을 만큼 깜깜한 밤이었고 나는 길에서 벗어나 곁채 쪽으로 가게 되었다. 길을 잃고 숲으로 가게 되어 여기저기 찔리고 나무에 부딪혀 넘어지며 모자를 잃어버렸다. 찾지 못하고 겨우 빠져나와 집으로 갔다. 모자와 전등을 집어 들고 마구간에 가서 지시했다... 나는 추격이 두려웠다. 하지만 결국 떠나게 되었다.

이렇게 하여 톨스토이의 마지막 여행이 시작되었다. 이 여행을 톨스토이와 함께 했던 마코비츠키(D. P. Makovitskii)의 일기장에는 이런 구절이 있었다.

내가 셰키노 역에서 기차를 알아보고 코젤스크로의 교통편이 있는지를 알아보기로 결정했다...(여동생 톨스타야-M. N. Tolstaya-가 있는 샤모르지노(Shamordino)로 가기로 했었다.-저자 주) 나는 고르바체보(Gorbachevo)행 열차표를 샀다... 고르바체보에 도착했다. 레프 니콜라예비치는 마차 안에서, 고르바체보에서부터는 3등칸을 타고 가자고 말했다. 우리의 짐은 수히니치-코젤스크 편 기차로 옮겨졌다. 열차는 화물차였고 3등칸 차량 하나가 연결되어 있었다. 차량은 사람들로 가득했고 승객의 절반이 넘는 사람들이 담배를 피워 대고 있었다……. 우리가 탄 차량은 최악이었고 매우 비좁았다. 언젠가 내가 러시아를 여행할 때 타야만 했던 그런 것이었다……. 숨이 막힐 정도로 답답했다. 나는 의자에 망토를 깔아주고자 했으나 레프 니콜라예비치가 허락치 않았다. 이 여행길에서 그는 이전에는 그가 누리던 모든 혜택들을 받아들이지 않거나 마지못해 겨우 받아들였다.... 4시 50분에 코젤스크에 도착했다. 레프 니콜라예비치가 가장 먼저 내렸다. 내가 짐꾼들과 대합실로 짐을 내리고 있을 때 레프 니콜라예비치가 다가와 마차와 마부를 고용하여 옵치나 푸스트인으로 가자고 했다…….

마코비츠키가 회상한 바에 의하면 그 후 10월 29일에는 옵치나 푸스트인으로 세르게옌코(A.P. Sergeenko)가 와서 톨스토이를 찾기 시작했으며, 현지사의 명령에 따라 그의 움직임을 추적하고 있다는 소식을 전해 주었다. 이날 톨스토이는 세르게옌코에게 사형에 반대하는 자신의 호소문 실제적인 방법의 일부를 읽어 주었다. 점심 식사를 마친 후 톨스토이는 샤모르진스카야 수도원으로 동생을 만나러 갔다. 레프 니콜라예비치와 마리야 니콜라예브나는 만나게 된 것이 행복했고 매우 기뻤다. 만남이 가져다준 격동적인 감동이 지나갔을 때, 그들은 옛일들을 회상하는 차분하고도 마음에서 우러난 대화-유머 섞인-를 했다. 그러한 회상은 레프 니콜라예비치에게뿐 아니라 마리야 니콜라예브나에게도 적지 않았고, 그녀는 놀라운 이야기꾼이었다.

이것이 그들의 마지막 만남이라는 것을 그들을 알고 있었을까? 마코비츠키는 샤모르지노 마을을 방문한 뒤 이렇게 썼다. 돌아오는 길에는 노파 알료나의 집 근처에 방을 구했다고 말했다. 이날 톨스토이는 마리야 니콜라예브나와 함께 점심을 먹었다. 알렉산드라 리보브나와 페오크리토바(V. M. Feokritova)가 온 것은 이때였다.

이제 어디로 갈 것인지를 논의하기 시작했다.

10월 31일 3시경 레프 니콜라예비치는 다시 출발하자는 제안을 가지고 마코비츠키를 찾아왔다. 그리고 여기서 소피야 안드레예브나에게 편지를 썼다.

> 당신이 나를 사랑하지 않더라도, 최소한 미워하지만 않는다면, 내 상황에 조금만 들어와 보아야 하오…… .자신의 모든 힘을 당신이 원하는 —지금은 나의 귀환일 테지만— 모든 것이 이루어지게끔 하는 데 쏟아 붓지 말고, 스스로를, 자신의 마음을 평온케 하는 데 사용하도록 노력해 보시오…… . 당신을 사랑하지 않기 때문에 내가 떠나왔다고는 생각하지 말았으면 하오. 나는 온 마음으로 당신을 사랑하고 있고, 당신을 가여이 여기고 있소. 하지만 지금 내가 하고있는 것과는 다른 방식으로는 할 수 없었소…… . 어쩌면 우리에게 남겨진 생의 이 몇 달간이, 그간 살아온 수십 년보다 더 중요한 것인지도 모르고, 때문에 이 시간들을 값지게 보내야 하는 것이오.

마부를 고용하여, 코젤스크 역으로 향했다. 볼로보예까지, 그후로는 로스토프-돈까지의 열차표를 구입했다. 고르바체보에서는 미행자를 발견했다. 모든 신문들이 톨스토이의 가출에 대해 통보했다. 톨스토이가 탔던 기차에는 이미 탐정들과 기자들이 있었다. 톨스토이는 몸이 편찮기 시작했다. 열이 오르기 시작했고 오한이 들었다. 체온은 38.5도까지 올라갔고 심장 고동에 이상이 생기기 시작했다. 이 상태로 여행을 계속한다는 것은 불가능했다. 여행길의 첫 번째 역은 아스타포보였다.

당시 목격자들 가운데 한 사람의 증언에 의하면 레프 니콜라예비치가 문 앞에 나타나자마자, 1등칸에 타고 있던 모든 사람들이 무슨 이유에서인지 갑자기 일어섰다. 뭔가 특별한 일이 있다고 여겨졌다. 복도에 있던 모든 이들이 모자를 벗었다. 레프 니콜라예비치는 답례로 인사했고, 마코비츠키와 역장의 부축을 받으며 나갔다. 역에 있던 모든 사람들이 역장의 방이 있는 집 현관까지 이렇게 그를 모셔 갔다.

10월 31일 저녁의 일이었다. 톨스토이와 함께 있었던 딸 알렉산드라 리보브나와 주치의였던 마코비츠키는 환자를 위한 피난처를 찾기 위해 호화롭고 잘 꾸며진 집의 주인에게 도움을 청했으나, 그 주인은 환자의 이름을 듣고는 두려움에 사로잡혀 그 요청을 거절했다. 역장 이반 이바노비치 오졸린이 역에 딸린 자신의 작은 방을 레프 니콜라예비치에게 제공했다. 그는 수지를 입힌 통나무로 만든, 낮은 창문들이 많이 달려 있는 집으로 톨스토이를 데리고 갔다. 레프 니콜라예비치가 침상이 준비되길 기다리며 의자에 몸을 기대고 있는 동안, 가방을 든 한 신사가 소리 없이 방으로 들어왔다. 그는 철도청 외래 진료소의 의사였던 스토코프스키(Stokovskii)였다. 그는 진료표를 작성했다.

> 이름-톨스토이, L. N
>
> 나이-82세
>
> 지위-백작, 12번 열차의 승객
>
> 병명-폐렴,
>
> 1910년 10월 31일

스토코프스키의 이야기에 따르면, 그가 지위란 앞에서 머뭇거리며 멈추자, 레프 니콜라예비치가 미소를 띄

결혼 48주년인 1910년 9월 25일의 레프 니콜라예비치 톨스토이와 S. A. 톨스타야. 야스나야 폴랴나. S. A. 톨스타야의 사진. 레프 니콜라예비치 톨스토이의 마지막 사진.

"사랑하는 부부의 사진을 찍겠으니 멈춰 서 달라고 또 부탁을 한다. 난 동의했지만, 어쨌거나 부끄럽다"라고 레프 니콜라예비치 톨스토이는 이날 '자신만을 위한 일기'에 썼다.

레프 니콜라예비치 톨스토이가 아내에게 남긴 작별편지.
1910년 10월 28일 야스나야 폴랴나를 떠나며 쓴 것이다.

오프틴 수도원. 수도원으로 가는 길. 컬러사진(엽서). 1890년대 말~1900년대 초.

샤모르딘스카야 수도원 (오프틴 수도원에서 12베르스타 떨어진 곳에 있다.)
암브로시 수도사가 죽은 수도사의 방. 사진철판(엽서). 1890년대 말~1900년대 초.

레프 니콜라예비치 톨스토이의 누이인 M. N. 톨스타야. 텔랴틴키.
V. G. 체르트코프의 사진, 1911년.
1889년부터 샤모르딘스카야 수도원에서 살았으며, 1891년 수녀가 되어 평생 이곳에서 살았다. 1912년 사망하였다.
야스나야 폴랴나를 떠난 레프 니콜라예비치 톨스토이는 1910년 10월 29일 누이를 찾아왔다. 이것이 그들의 마지막 만남이었다.

우며 대답했다고 한다. "무슨 차이가 있겠습니까? 12번 열차 승객이라고 적으십시오. 우리 모두는 이 세계에서 승객들이 아닙니까. 다만 어떤 이들은 지금 막 자신의 기차에 오른 반면에 나 같은 이들은 내리는 것일 뿐입니다."

톨스토이를 눕힌 방은 크지 않았다. 방은 평범한 노란색 벽지로 도배되어 있었고, 가구에는 흰색 커버가 씌어 있었으며, 창에는 망사로 된 얇은 커튼이 걸려 있었다……. 오졸린 가족의 노력으로 그 방은 가능한 한 환자에게 편리하게끔 꾸며졌다. 쓸모없는 물건들을 내가고 침대를 병풍으로 둘러쳤으며, 발치에는 안락의자를 놓고, 머리맡에는 화병을 놓아 두는 작은 탁자를 두었다. 그리고 탁자에는, 톨스토이의 요청에 따라 그의 수첩을 놓아두었다. 이것이 작가의 마지막 안식처였다. 톨스토이는 "친절한 역장이 훌륭한 두 개의 방을 내주었다……. 밤에는 매우 힘들었다. 이틀간 고열에 시달렸다"고 적고 있다.

한편 톨스토이의 가출에 대한 소문은 수도에까지 퍼졌다. 이 소식에 대한 반응은 이같은 신문 기사를 통해 판단해 볼 수 있다. 레프 니콜라예비치 톨스토이 백작이 갑작스레 영지를 떠난 사건에 대한 소식은 마치 세계적인 사건처럼 페테르부르크에 엄청난 반향을 불러일으켰다. 이날 저녁, 모든 남은 삶과 수도의 적의들은 뒤편으로 사라졌고, 페테르부르크인들의 지성의 관심은 오직 하나의 의문으로 모아졌다: 레프 니콜라예비치는 어디에 있는가?

작가의 병에 대해 알게 된 신문과 전보국들은 톨스토이의 상태에 대한 모든 소식을 열심히 추적했다. 이때까지는 아무도 알지 못했던 시골의 작은 기차역 아스타포보가 전 세계에 알려지게 되었다. 모든 신문이 내보낸 소식은 "아스타포보에서 알려 드립니다"로 시작되었다.

여기에 그 당시의 전보가 몇 가지 남아 있다.

랴잔 현의 아스타포보역, 역장앞.

레프 니콜라예비치가 도착할 무렵과 그곳에서의 체류, 그의 건강 상태와 현재 어디에 있는지에 대해 아무리 사소한 것이라도 전보로 알려 주시기를 다시 한 번 간곡히 요청합니다. 요금은 걱정하지 마십시오. 전보에 대해서는 내일 즉시 원고료로써 100루블을 전달하겠습니다.

-러시아 언론

모스크바, 러시아 언론 앞.

레프 니콜라예비치가 자신에 대한 그 어떠한 소식도 기재하지

'아스타포보' 역과 마을의 모습. A. I. 사벨리예프의 사진. 1910년.

이반 이바노비치 오졸린(1872~1913).
'아스타포보' 역의 역장. 이 사람의 집에서 레프 니콜라예비치 톨스토이가 숨을 거두었다.

말것을 요청하였습니다.

-역장 오졸린

단코프 역장 앞, 세메노프스키(Semenovskii) 의사에게.

병세가 심각합니다. 즉시 와 주실 것을 긴급히 요청합니다. 특별 열차가 오후 11시에 단코프 역에서 출발합니다.

정부 또한 우려하기는 마찬가지였다. 옐레츠(Elets)의 기병 대위 사비츠키(Savitskii)에게 전보가 보내졌다.

환자를 위한 장소로 지정되지 않은 아스타포보 역 건물에 레프 니콜라예비치를 묵게끔 허락한 것이 누구인지를 알아내어 즉시 타전할 것. 현지사는 치료 시설이나 거주지를 보내는 방안을 마련할 필요성을 인정했음.

—육군 소장 리보프(L'vov)

상태가 조금 나아지면 레프 니콜라예비치는 자신에 대해 쓰여진 부분을 제외한 다른 신문 기사들을 읽어 줄 것을 청했다. 그의 관심을 끄는 기사는 잘라서 서류 파일에 넣어 달라고 요청했다. 그것들은 미래의 작품을 위해 유용하게 쓰일지도 모를 일이었다. 그는 소피야 안드레예브나와 큰 아이들에게 마지막 편지를 썼다.

사랑하는 나의 아이들, 세료자와 타냐……. 너희들이 나에게 보여 준 따뜻한 언행에 감사하고 싶구나. 너희들과 작별의 인사를 나눌 수 있을지 없을지는 알 수가

'아스타포보' 역의 S. A. 톨스타야와 아들 일리야 리보비치.
S. G. 스미르노프의 사진. 1910년 11월 3~6일.

안드레이 리보비치(뒤)와 미하일 리보비치가 객차 계단에 서 있다. 이 객차에 톨스토이 가족들이 머물렀다. S. G. 스미르노프의 사진. 1910년 11월 3~8일.

A. L. 톨스타야, S. A. 톨스타야, V. N. 필로소프, .E. P. 스코로보가토바가 I. I. 오졸린의 집 현관에 있다. 아스타포보. '파테 형제들' 사의 기록필름 중 한 컷(촬영기사 J.메이어). 1910년 11월 3~6일.

없다.

11월 2일 저녁 아스타포보로 톨스토이의 아들 세르게이 리보비치(Sergei L'bobich)가 왔다. 훗날 그는 회상하기를 체르트코프와 나 외에는 아버지 곁에 아무도 없었던 아침에, 아버지는 어쩌면 곧 죽을 것 같고, 어쩌면…… .고통스러울지도 모르겠다고 말했다. 그뒤 체르트코프가 나갔고 나는 충분히 오랫동안 홀로 아버지와 남아 있었다. 이때 나는 어쩔 수 없이 아버지가 자신의 죽음을 인식하고 있다는 걸 들어야만 했다. 그는 눈을 감고 누워, 건강했을 때 자주 행했던 것들, 뭔가 그를 격정시키는 것들에 대해 생각할 때 그가 가졌던 생각들로부터 이따금씩 어떤 단어들을 말했다. "그것은 안 좋은 일이야... 네 문제는 좋지 않아…… ."

11월 3일 톨스토이의 친구들—피아니스트였던 골덴베이제르(A. B. Gol'denveizer)와 문학가 고르부노프-포사도프(I. I. Gorbunov-Posadov)가 아스타포보에 도착했다. 톨스토이는 그들을 반가워했고, 오랫동안 그들과 그중에서도 특히 고르부노프-포사도프와 이야기를 나누었다. 톨스토이와 그는 출판사 '중개인' 에서 민중을 위해 값싼 책들을 출판하는 일을 함께 하고 있었다. 우리는 좀 더 다퉈야 할 겁니다. 고르부노프-포사도프가 톨스토이에게 원기를 돋우며 이렇게 말했다.

"당신은 가능하지만, 나는 아닙니다."

잠시 침묵한 뒤 톨스토이가 대답했다.

고르부노프-포사도프는 톨스토이에 의해 만들어졌고, 중개인에 기재되고 있었던 현인들의 사상이라는 마지막 전집의 인생 역로의 두 장의 교정본을 가지고 왔다. 레프 니콜라예비치에게는 이미 그것을 수정하는 일이 힘에 부쳤다. "직접 해주십시오"-그는 이반 이바노비치에게 이렇게 부탁했다. 그리고는 출판사에서 진행되는 다른 책들의 상황에 대해 관심 있게 질문을 했다.

톨스토이의 지인들은 그에게서 변함없는 친절함과 평온함 그리고 상대를 배려하는 모습을 보았다. 이날 그는 독자들의 편지를 읽었고 이런저런 편지들에 어떻게 답해야 하는지를 지시했다. 11월 3일 그는 마지막으로 일기장을 잡았다. 마코비츠키의 부축을 받으며 이미 쇠약해지고 떨리는 손으로 이렇게 적어 나갔다.

밤에 세료쟈가 찾아왔고 나를 매우 감동시켰다. 오늘, 11월 3

병든 레프 니콜라예비치 톨스토이가 누워 있는 방 안을 들여다보고 있는 S. A. 톨스타야. 아스타포보. '파테 형제들' 사의 기록필름 중 한 컷. (촬영기사 J. 메이어). 1910년 11월 3~6일.

일에는 니키친과 타냐가, 그뒤에는 골덴베이제르와 이반 이바노비치가 찾아왔다. 자, 이것이 나의 계획이다. Fais ce que doit, adv(해야만 하는 것을 하고, 앞으로 일어날 일은 일어나게 하라-저자 주). 그리고 이 모든 것이 다른 이들에게, 그리고 무엇보다도 나 자신에게 득이 되도록.

저녁이 되자 심장의 상태가 악화되었다. 의사 스토코프스키는 랴잔-우랄간 철도의 의사장에게 보고서를 보내며 통보했다: 상황이 위급함.

밤이 되자 톨스토이의 상태는 완전히 악화되었다. 그는 크게 헛소리를 했고 체온은 38.3도까지 올라갔다. 심장이 눈에 띄게 약해지기 시작했다. 아침이 되자 환자는 완전히 의식을 잃었다. 때때로 그는 깨어나 무언가를 부탁하기도 하였으나 주위에 있는 사람들이 아무리 노력해도 그의 말들을 알아들을 수가 없었다.

오졸린의 집 주위에는 이 무렵 많은 이들의 관심이 집중되었다. 톨스토이가 있는 집은 너무 작아 기자들과 친지들, 의사들과 오졸린의 방으로부터 흘러나오는 모든 소식이면 뭐든 주워듣으려는 추종자들이 들어갈 수가 없었다. 자신의 직위를 잃을 각오를 하고, 랴잔-우랄 선 철도 관리자였던 마트레넨스키(D.A. Matrenenskii) 장군은 친지들과 지인들이 역에 머무는 것을 온갖 방법으로 방해하던 정부 당국의 무례함으로부터 그들을 보호하기 위해 자신이 취할 수 있는 모든 방법을 모색하고 행동했다. 동시에 그는 환자의 안정을 위해 역을 지나가는 모든 기차에게 기적소리를 내지 말 것을 지시했다. 그의 이런 노력에 대해서 사람들은 훗날 상기했다. 글자 그대로 두 개의 러시아가 숨을 죽인 채 아스타포보 역에서 벌어지고 있는 상황을 주시하고 있었다. 하나는 톨스토이가 전 생을 바쳐 살았고 또 창작했던 민중들이었고 다른 하나는 그를 두려워하고 증오하던 당국과 그 입장을 따르는 이들이었다.

전보들이 이 작은 역에 넘쳐 났다. 그 내용들이 당시 아스타포보 역과 러시아 전체의 분위기를 그 무엇보다도 잘 전해 준다. 전보사들은 밤낮을 가리지 않고 계속 기계를 돌렸다.

3일 10시 10분, 오전.

페테르부르크. 새시대 출판부.

I. L. 톨스토이와 레프 니콜라예비치 톨스토이를 치료하던 의사들.

아스타포보 역의 오졸린 집 앞이다. 1910년 11월 6~7일. '파테 형제들' 사의 기록필름 중 한 컷(촬영기사 J. 메이어). 왼쪽부터 D. V. 니키틴, G.M. 베르켄게임, V. A. 슈로프스키, I. L. 톨스토이, P. S. 우소프.

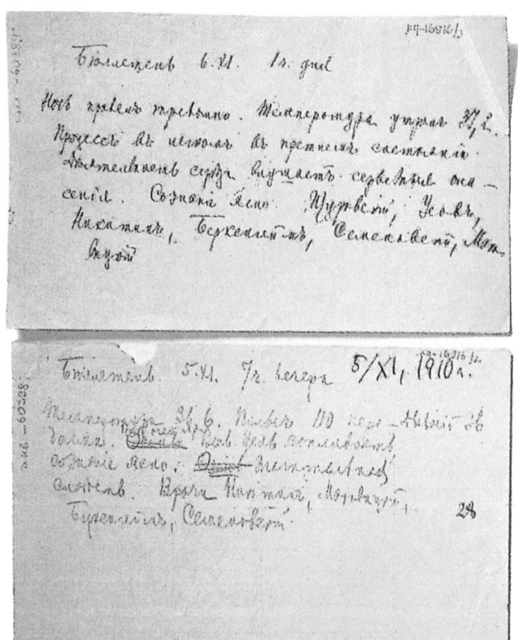

1910년 11월 5일, 6일 레프 니콜라예비치 톨스토이의 건강상태에 대해 의사들이 기록한 진단서.

'아스타포브' 역에 온 전보사들과 기자들.
S. G. 스미르노프의 사진. 1910년 11월 3~8일.

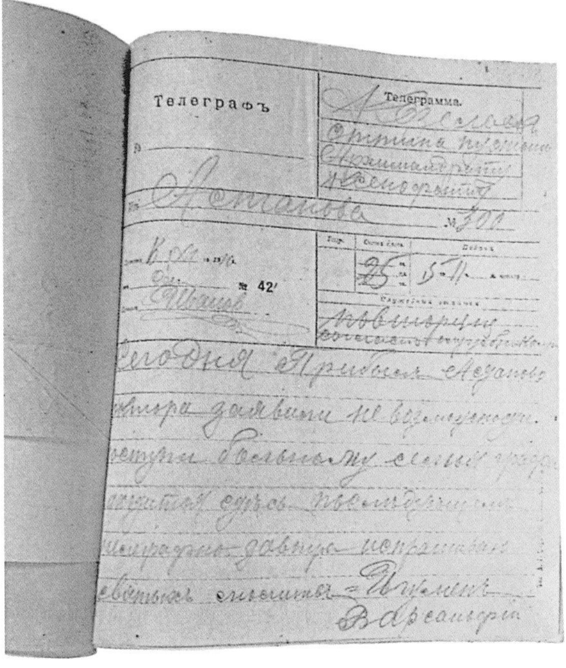
Телеграфъ

Телеграмма.

№ 42

1910년 11월 6일자 전보. 오프틴 수도원의 수도원장인 바르소노피야가 승원관장인 크세노폰트에게 보낸 전보.
러시아 정교회와 톨스토이를 화해시키기 위해 톨스토이를 찾아가려 했지만 실패했다는 내용이다.

어제, 11월 2일에 아스타포보에 소피야 안드레예브나 백작 부인과 안드레이 리보비치, 미하일 리보비치 그리고 타치야나 리보브나가 도착했다. 그들은 아직까지 레프 니콜라예비치를 만나지 못했다. 그는 이들의 도착을 모르고 있다.

오늘 의사 니키친이 왔다. 의사들의 두 번째 진찰이 행해졌다.

작은 역 아스타포보는 사람으로 넘치고 있다. 톨스토이 가족의 많은 지인들과 톨스토이의 능력을 추종하는 이들, 다양한 신문사의 기자들이 와 있다.

예조프(Ezhov)

모스크바로부터. 3일 3시 20분, 오후.

옐레츠(Elets), 헌병대위 사비츠키(Savitskii) 앞.

참모장의 명령에 따라 아스타포보에서 항시도 떠나지 않은 채 머물 것이며, 그곳으로 다섯 명의 헌병을 파견하여 환자의 상태에 관한 본부의 보고를 보낼 것. 688. 육군 소장 리보프(L'vov)

한편, 톨스토이가 참회하지 않고 죽을 경우, 교회와 화해토록 그를 설득하고자 노력해 온 공식 교회에 이득이 될 것이 없었다. 배교자 톨스토이가 죽음에 임박하여 참회를 했다고 민중에게 포고할 수 있다면 그것은 교회의 권위를 드높이는 데 상당한 기여를 할 수 있었다. 종교회의 특별 회의에서는 톨스토이를 참회로 이끄는 화해를 실현화할 수 있는 모든 방안을 채택할 것이 결정되었다.

11월 4일, 대주교 안토니(Antonii)에 의해 훈례조로 작성된 전보가 톨스토이 앞으로 도착했다. 바로 이날 바르소노피(Varsonofii)를 아스타포보로 파견하여 톨스토이가 교회의 품으로 돌아오도록 노력하라는 종교회의 명령이 옵치나 푸스트인에 보내졌다. 이러한 종교회의 행동은 단독으로 취해진 것이 아니었다. 교회의 권위를 유지하는 데에는 제정 정부 또한 관심을 가지고 있었다. 경찰국의 부국장이었던 하를라모프(Kharlamov)가 아스타포보로 특별 파견되었다. 랴잔 현지사였던 오볼렌스키(Obolenskii)와 그는 바르소노피 신부가 쉽지 않은 임무를 수행하는 것을 돕기 위해 노력했다.

죽기 오래전부터 교회가 자신의 화해와 참회에 관한

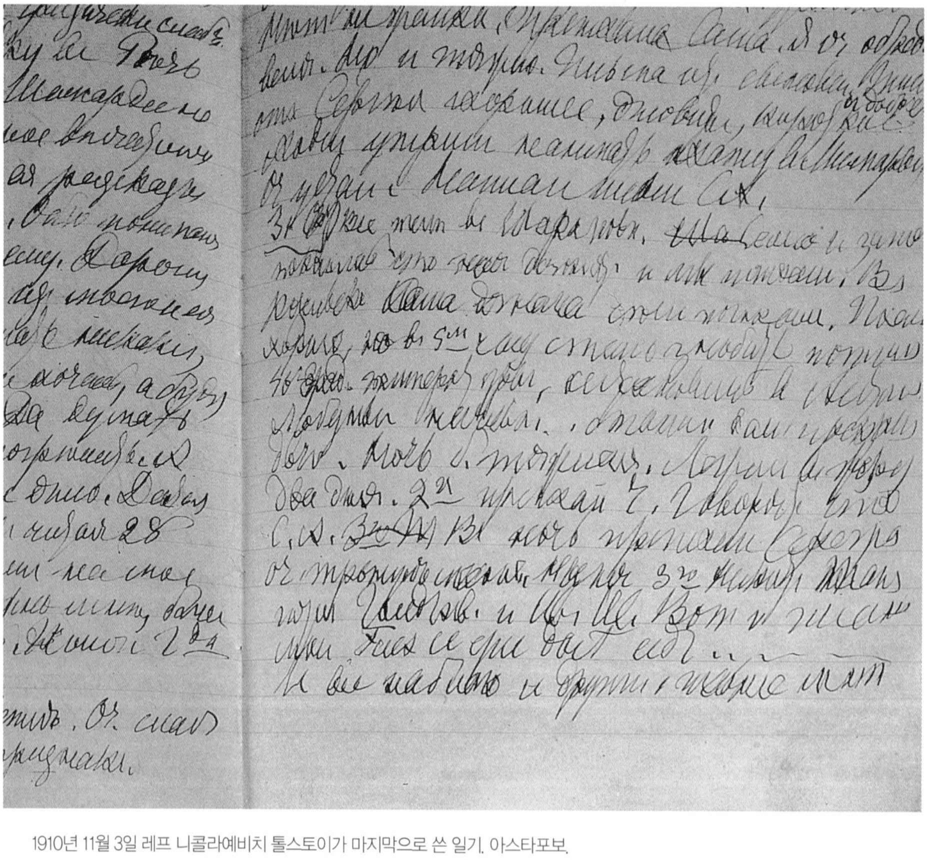

1910년 11월 3일 레프 니콜라예비치 톨스토이가 마지막으로 쓴 일기. 아스타포보.

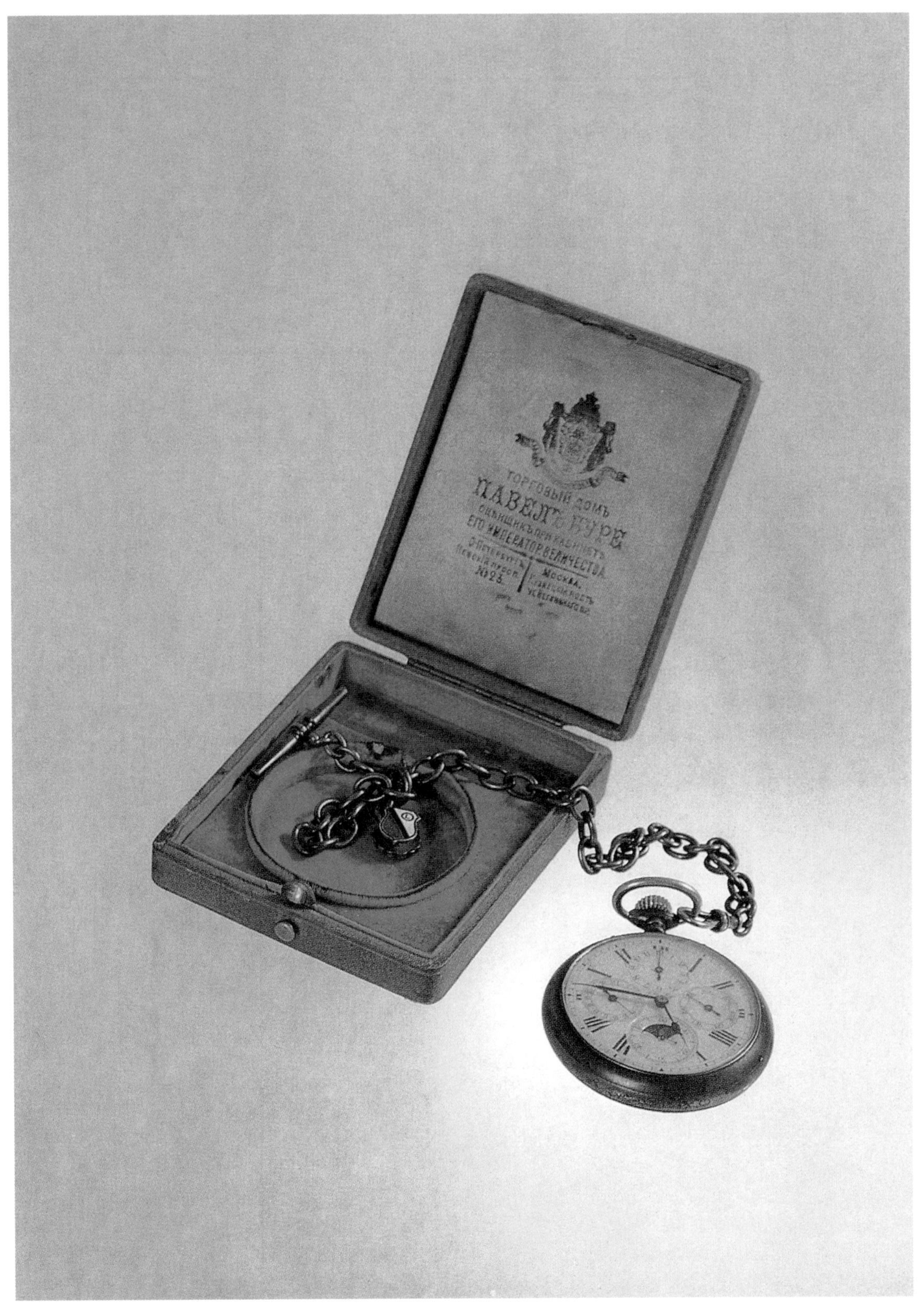

레프 니콜라예비치 톨스토이의 시계. 최초 공개.

ТЕЛЕГРАММА

Плата	руб.	коп.	ИЗЪ	Передана
за передачу				... ю ... ч. ... м. попол.
" отвѣтъ				съ ... пров. №
"				Передалъ
итого:				
Принялъ			190 г. №	

Разрядъ	Число словъ	ПОДАНА	Служебныя отмѣтки:
	... т. ... сл. ... ш.	... ю ... час. ... мин. попол.	

Сегодня въ 6 ч. 5 мин. утра Лев Николаевич тихо скончался.

Щуровский, Усов, Никитин, Беркенгейм, Маковицкий, Семеновский

Настоящий листок представляет собою [illegible], который былъ данъ корреспонден[illegible]

의사들이 쓴 레프 니콜라예비치 톨스토이의 사망에 대한 전보.
1910년 11월 7일, 아스타포보.

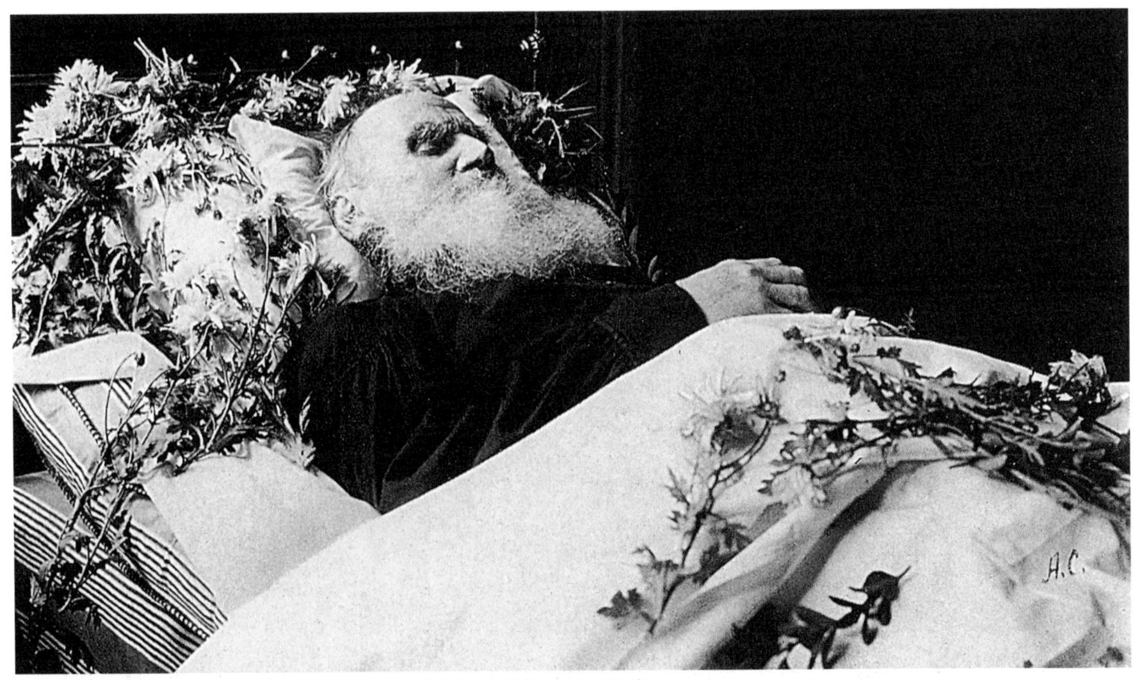

임종 때의 레프 니콜라예비치 톨스토이. 아스타포보. A. I. 사벨리예프의 사진. 1910년 11월 7일.

전설을 만들고자 노력할 것이라는 사실을 예감한 톨스토이는 자신의 일기장에 이를 경계하는 글을 남겼다.

> 내가 죽음에 임박하여 참회했다고 사람들을 믿게 하기 위해 그들은 가능한 모든 방법들을 고안해 낼 것이다. 그래서 미리 밝혀 둔다. 교회로 돌아가, 성찬에 참석하는 것을.나는 할 수 없다…… .따라서 죽음을 앞둔 내가 참회를 하고 성찬을 받았다는 이야기가 나온다면 그것은 모두 거짓이다.

톨스토이의 뜻에 따라 그의 지인들은 수도원장 바르소노피가 톨스토이의 방에 들어가는 것을 막았고, 그의 임무는 성공을 거두지 못했다.

이 무렵 신문 기사들은 어떠했는가? 사람들의 호기심이란 상당한 것이고, 톨스토이가 집에서 나오게 된 것 이면에 있는 실제 자세한 정황들을 알아내는 것에 모든 이들의 관심이 집중되었다. 사람들은 점점 더 이 위대한 작가의 뜻밖의 행동의 목적과 원인에 관심을 갖게 되었다. 언론인들은 여러 가설들을 내세웠다. 이것은 죽음을 예감한 것이며, 참회하고 교회로 돌아가고자 수도원으로 떠나기를 원했던 그의 바람과 관련된 것이라는 추측도 있었고, 이 모든 것이 문학 작품의 소유권을 둘러싸고 벌어진 가정의 불화 때문이라는 설도 있었으며, 자신의 가르침과 정확히 일치되는 행동으로서 속세의 모든 공허함으로부터 벗어난 채 여생을 보내려는 소망의 발현이라는 설도 있었다. 이 모든 추측들 속에는 진실의 일부가 담겨 있지만, 모두가 사실은 아니었다. 고리키의 이야기를 생각해 보자. 톨스토이를, 19세기의 걸출한 인물들 가운데 가장 복잡한 사람으로 여겼던 그가 언젠가 체호프에게 보냈던 서신을 보면 레프 니콜라예비치는 완벽한 오케스트라이지만 그에게는 모든 관악기가 조화롭게 연주되고 있지는 않다고 했다.

언론들이 내놓은 추측들의 모순성, 상술된 견해들의 엄청난 유명세, 그리고 심지어는 사람들의 일부 당혹스러움 등이 이같은 고리키의 비판을 입증하고 있었다. 톨스토이의 가출, 해방의 의문은 훗날 이 비극이 끝난 후 몇 년이 흐르는 동안에도 많은 지성인들을 혼란스럽게 했다. 부닌(I. A. Bunin)은 이 문제에 대한 자신의 문학적-심리적 연구에서 톨스토이의 생각을 인용하고 있다. 그의 견해에 의하면, 톨스토이의 가출은 중요한 교시와 자신의 모든 것을 이해하는 열쇠를 발견하게끔 하는 것이었다. 뿐만 아니라, 시간과 공간, 그리고 원인은 사고 형태의 본질이며, 삶의 본질은 이러한 형식들을 벗어난 곳에 있지만, 우리의 모든 삶은 점점 더 이러한 형식에 우리를 종속시키고 그런 후에 다시금 그것들로부터 우리를 해방시킨다.

I. I. 오졸린의 집 앞에서 레프 니콜라예비치 톨스토이의 관이 나오길 기다리는 군중들. 아스타포보. S. G. 스미르노프의 사진. 1910년 11월 8일.

부닌의 견해에 의하면, 아스타포보는 '종속'의 그 강력한 힘에도 불구하고 레프 니콜라예비치의 생애 자체였던 해방의 완결이었다.

공식 교회에 항의하며, 부닌은 톨스토이는 진정 깊은 신앙인으로 남았으며 그의 불신은, 언젠가 레프 니콜라예비치 자신이 말했던 것처럼, 오직 정해진 형식에 대한 것이었다고 지적했다. 이러한 자신의 생각을 발전시켜 가면서 부닌이, 자신의 오랜 친구인 의사 알트슐레르(I. N. Al'tshuller)가 자신에게 보내온 편지로서 톨스토이의 해방이라는 책을 끝맺어야 한다고 여긴 것은 우연이 아니었다.

톨스토이에 대한 당신의 글을 읽었을 때, 나는 크림 반도의 가스프리에서 심하게 앓고 있는 레프 니콜라예비치 곁에 혼자 앉아 있던 밤이 떠올랐습니다. 그 당시 우리 의사들은 거의 모든 희망을 잃고 있었고, 내 생각으로는 톨스토이 자신도 또한 종말이 가까워졌음을 확신하고 있었습니다. 그는 누워 있었고, 고열로 인해 반쯤은 의식을 잃은 듯했습니다. 그는 겨우 숨을 내쉬고 있었는데, 갑자기 가느다란, 그러나 분명히 알아들을 수 있는 목소리로 이렇게 말했습니다: 당신으로부터 왔고, 이제 당신께 돌아갑니다. 나를 받아 주소서, 주여-그는 이렇게 말했습니다. 다른 모든 신앙인들과 마찬가지로 말입니다.

그때의 톨스토이는 기적적으로 살아났지만, 아스토포보에서는 그의 마지막 시간이 찾아왔다. 오졸린의 집 문 앞에는 의사들이 하루에도 몇 번씩 톨스토이의 건강 상태를 적은 종이를 걸어 두었다. 환자의 용태에 대한 이

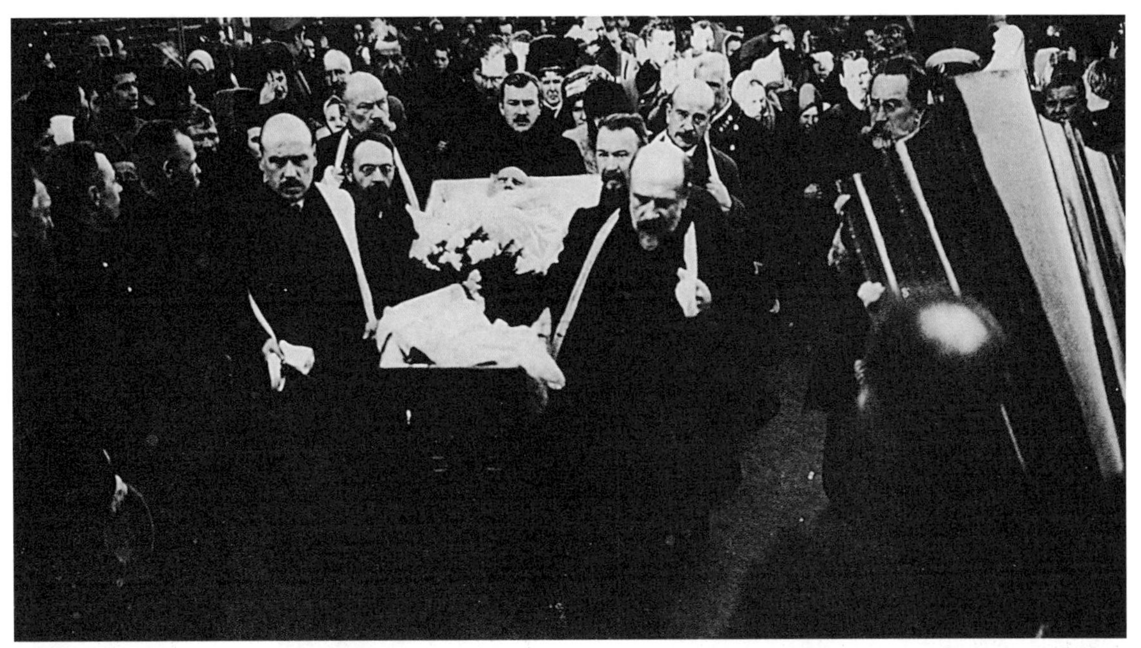

레프 니콜라예비치 톨스토이의 관을 그의 아들들인 일리야 리보비치, 안드레이 리보비치, 미하일 리보비치, 세르게이 리보비치가 옮기고 있다. S. G. 스미르노프의 사진. 1910년 11월 8일.

레프 니콜라예비치 톨스토이의 관을 기차에 싣고 있다. S. G. 스미르노프의 사진. 1910년 11월 8일.

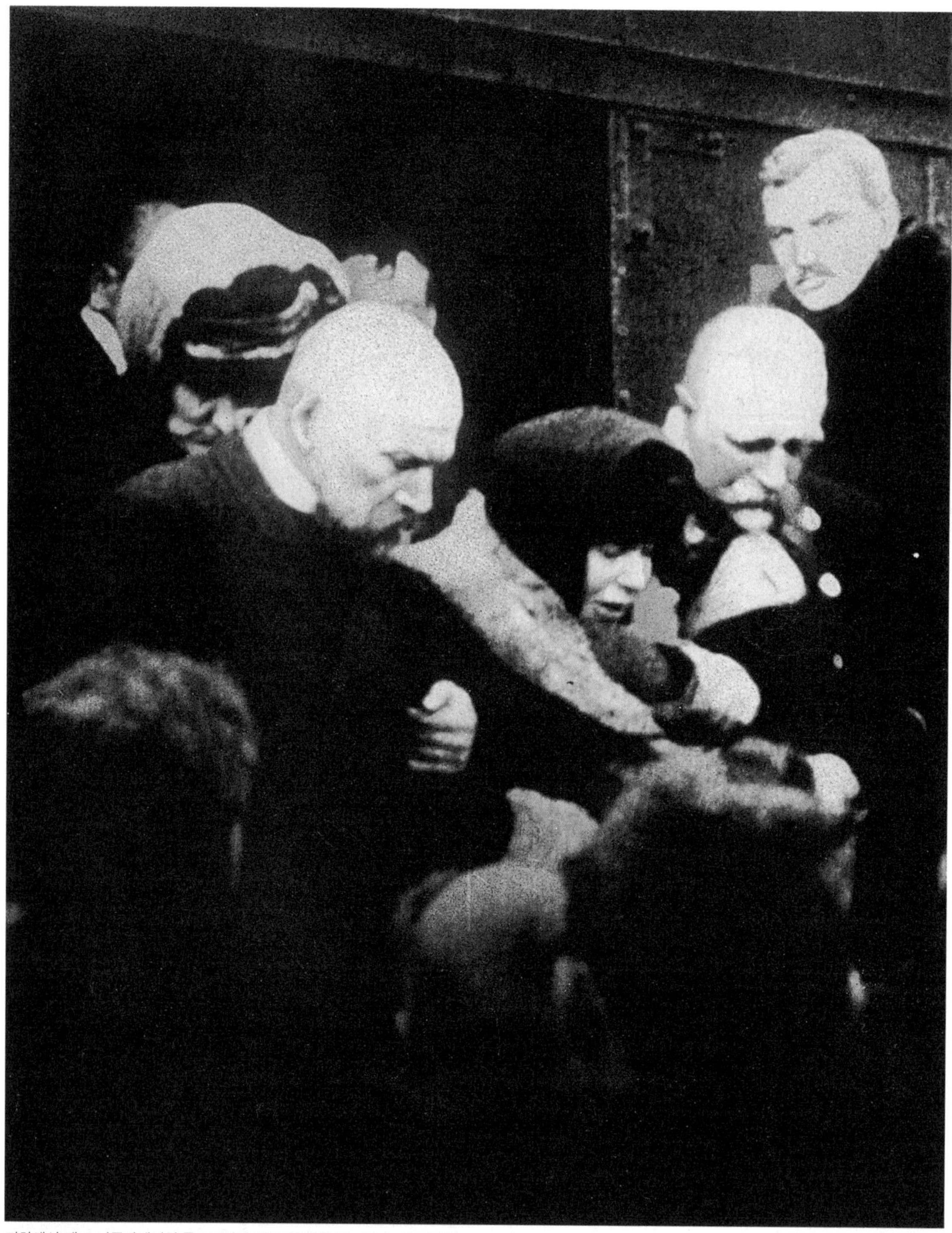

기차에서 레프 니콜라예비치 톨스토이의 관과 함께 내리는 S. A. 톨스타야. 아들 일리야 리보비치와 랴잔-우랄 철도청장인 D. A. 마트레닌스키가 그녀를 부축하고 있다. 1910년 11월 8일. '파테 형제들' 사의 기록필름 중 한 컷(촬영기사 J. 메이어). 최초 공개.

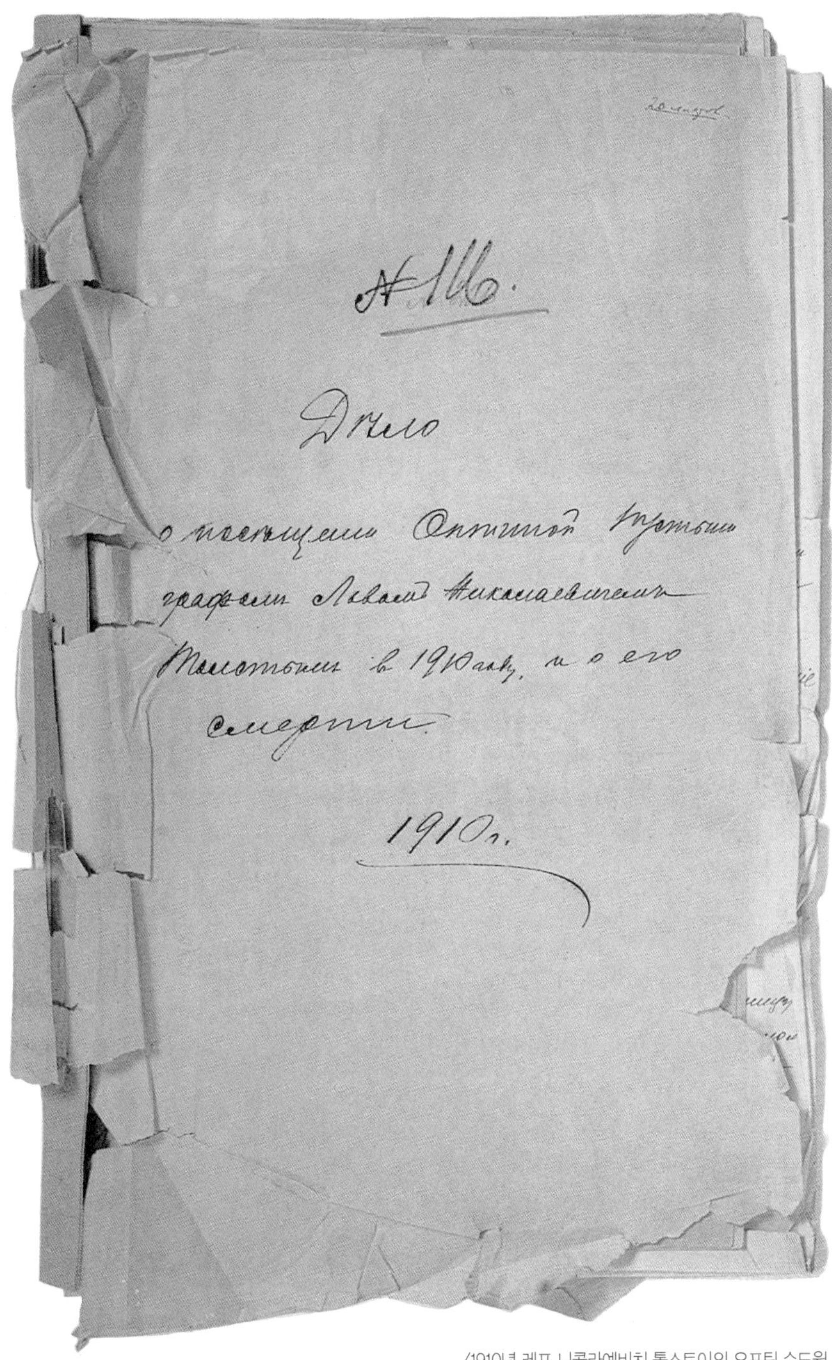

№ 116.

Дѣло

о посѣщеніи Оптиной пустыни графомъ Львомъ Николаевичемъ Толстымъ въ 1910 году, и о его смерти.

1910 г.

〈1910년 레프 니콜라예비치 톨스토이의 오프틴 수도원 방문과 그의 죽음에 대해 작성한 경찰기록〉. 최초 공개.

'자세카' 역에서 야스나야 폴랴나로 향하는 장례행렬. A. I. 사벨리예프이 사진. 1910년 11월 9일.

'자카즈' 숲에 레프 니콜라예비치 톨스토이를 묻고 있다. 그의 무덤 앞에 무릎을 꿇고 있는 군중들. A. I. 사벨리예프의 사진. 1910년 11월 9일.

레프 니콜라예비치 톨스토이의 장례식 날 '가난한 사람들의 나무' 앞에 있는 농민들. S. G. 스미르노프의 사진. 1910년 11월 9일.

야스나야 폴랴나 저택의 입구에 있는 탑을 지나는 장례행렬. A. I. 사벨리예프의 사진. 1910년 11월 9일.

'자세카' 역에서 야스나야 폴랴나로 향하는 장례행렬. A. I. 사벨리예프의 사진. 1910년 11월 9일.

레프 니콜라예비치 톨스토이의 묘지 앞에 선 S. A. 톨스타야.
야스나야 폴랴나. S. A. 톨스타야의 사진, 1912년.

종이들은 그대로 러시아의 모든 신문들에 게재되었다. 톨스토이가 누워 있던 집 부근은 이 무렵 매우 고요했다. 사람들은 조심스럽게 문으로 다가가 그의 상태에 대한 이야기를 기다렸으며, 호전된 것은 없는지를 묻곤 했다. 이 무렵 정부는 소요를 막기 위해 고심하고 있었다. 11월 5일 밤에 고비가 찾아왔다. 레프 니콜라예비치는 거의 전혀 잠들지 못한 채 매우 흥분하여, 내내 헛소리를 중얼거리기도 하고 허우적거리기도 하며, 앉았다가 다시 눕기도 했고, 뭔가 알아들을 수 없는 말을 중얼거리기도 했다. 그러나 낮에는 의식이 돌아왔다. 6일로 넘어가는 밤에도 상태가 호전될 기미는 보이지 않았다. 낮 2시 무렵 갑자기 흥분 상태가 찾아왔다. 레프 니콜라예비치는 크고도 명료한 목소리로 말했다. "이제 끝이다!…… .그리고 끝이다!" 그리고 이어 말했다. "레프 톨스토이 외에도 많은 이들이 있다는 것을 기억해 주십시오. 헌데 당신들은 오직 레프만을 내내 바라보고 있는 것입니다."

6시에서 7시 사이 상태는 너무도 고통스러워져 의사들은 모르핀을 주사하기로 했다. 새벽 2시부터 맥박이 급속히 내려가기 시작했고 극히 미약해졌다. 캠퍼는 더 이상 아무런 도움도 되지 못했다. 5시 20분에는 친지와 지인들이 방으로 들어갔다. 톨스토이는 곧 더 이상 존재하지 않을 것이다. 아침 6시, 단 하나의 단어만을 담은 전보가 전해졌다. 서거하다.

구름 낀 낮, 지방의 지저분한 거리에서 지금 막 내게 전보를 전해 주었다. 신문 판매원은 단 하나의 단어만을 말했다. "죽었습니다!" 네 명의 행인들은 누가 죽었는지를 덧붙이지 않고도 이 운명적인 단어가 누구에 대해 말하고 있는지를 알고 있었다. 코롤렌코(Korolenko)는 이렇게 이날을 기록했다.

11월 7일과 8일 이틀간 작별 인사가 행해졌다. 톨스토이가 누워 있는 방을 지나 철도원들, 농민들, 군인들의 행렬이 끝없이 이어졌다. 그들의 애통한 말들이 들려왔다. 한 농부의 아낙은 자신의 아이를 머리 위로 높이 들며 말했다. "이 사람을 기억해라. 이 사람은 우리를 위해 살았단다." 또 다른 청년은 이렇게 말했다. "민중의 아들인 저는 러시아 민중의 이름으로 당신 앞에 고개를 숙입니다. 당신은 우리 모두의 사람입니다. 비록 당신의 많은 작품들은 해외에서 출판되었지만, 그것들은 발췌를 통해 우리에게까지 전해졌습니다. 당신은 이곳에서, 농민들 가운데에서 죽게 된 것을 행복하게 느낄 것입니다. 이들은 당신을 사랑하고 있고 앞으로 더더욱 당신을 사랑하게 될 것입니다!"

지금까지도 나는 굵은 활자로 신문에 게재된 전보를 읽던 그날, 그 순간을 기억하고 있다. 아스타포보. 11월 7일 오전 6시 5분, 레프 니콜라예비치는 고요히 잠들었다. 신문 기사에는 부고를 알리는 테두리가 쳐 있었다. 가운데에는 모든 이들에게 유명한 그의 초상, 헐렁한 상의를 입고 아마빛의 긴 수염을 기른 채, 슬프고 암울한 눈빛을 하고 있는 노인의 초상이 검게 실려 있었다.

부닌의 기록이다.

온 러시아가 애도의 뜻을 마음에 품은 채 이 위대한 예술가의 마지막 길을 배웅했다. 어마어마한 수의 사람들이 역사상 최초로 교회의 추모 없이 거행되는 국민장에 참석하고자 노력했다. 작가의 시신이 담긴 관이, 그가 죽은 방에서 나오자마자 그 방은 곧바로 기념관으로 바뀌었다. 방의 모습—벽과 벽지들, 페치카와 마루가 모두 변형되지 않은 채 남겨졌다. 그 누구의 관심도, 그 누구의 삶도 이제는 그 방을 더 이상 건드리지 못했다. 당시뿐 아니라 지금까지도 온 세상을 뒤흔드는 사건이 이곳에 영원히 보존된 것이다. 아스타포보의 주민들과 철도원들은 이곳의 모든 것을 그대로 보존하기로 결정했다. 오졸린(I. I. Ozolin)은 이 방으로 돌아가지 않을 것이며, 작가를 감쌌던 세간 중 단 하나도 그곳으로부터 치우지 않을 것을 발표했다. 1910년부터 그 집과 방은 톨스토이의 가르침을 따르고 추종하는 이들의 순례지가 되었다.

큰 슬픔에 잠긴 이날, 비록 생전에 톨스토이가 그 마지막 부탁에서 자신의 관에 꽃을 바치지 말 것을 청했음에도 불구하고, 아스타포보로부터 출발한 장례 열차는 그가는 길 내내 도처에서 몰려든 인파와 화환을 가져온 사절단들로 에워싸였다. 톨스토이의 이 청은 이루어질 수 없었다. 그에 대한 사랑은 너무도 컸고 마음에서 우러나온 것이었다. 브류소프(V. Ya. Bryusov)는 이때의 일을 이렇게 기록했다.

톨스토이의 장례로부터 전 러시아적인 의미를 박탈하기 위해 모든 수단이 동원되었다. 우선 서거 후 3일간 다른 지역으로부터 온 사람이 야스나야 폴랴나에 접근하는 것이 물리적으로 봉쇄되었다. 그럼에도 불구하고 수천 명의 사람들이 온갖 종류의 금지와 방해에도 아랑곳하지 않고, 걸어서 야스나야 폴랴나를 찾아왔다. 그들 가운데에는 학생들도 있었고, 지식인들도 있었으며, 인근의 농민들과 노동자들도 있었다. 뿐만 아니라 100명이 넘는 대표 위원들이 모여들었다.

야스나야 폴랴나에서는 소위 '명령'에 의해 작가의 관이 손으로 옮겨지고 있었다. 관은, 어린 시절 레프 니콜라예비치 톨스토이가 들었던 전설에 따르면 모든 사람들을 행복하게 해 주는 녹색 가지가 숨겨져 있다는 숲으로 옮겨졌다. 장례가 끝난 후에도 며칠간 많은 이들이 위대한 작가의 무덤을 끝없이 찾아왔다.

러시아에서 벌어지고 있는 일에 대한 전 세계의 전반적인 애도를 반영하듯, 프랑스 신문에는 이러한 글이 실렸다.

병상에 누워 있는 그 어떠한 왕도, 임종의 고통을 겪고 있는 그 어떠한 황제도, 그리고 죽어 가고 있는 그 어떠한 장관도 이처럼 모든 이들의 뜨거운 관심을 받지는 못할 것이다. 그의 개인적인 삶은 그처럼 현대 인류의 모든 존재와 긴밀히 연결되어 있었다. 이것이 바로 그의 예술적 그리고 인류애적인 헌신과 공헌을 위해 생을 바쳤던 작가에 대한 존경의 표시였다.

동시대인들이 바쳤던 이러한 평가는 톨스토이의 작품들이 갖는 불멸의 가치를 위한 의미를 조금도 잃지 않았다. 그것들은 그 정신적인 고리로써, 온 인류를 하나로 묶어 주고 있는 것이다.